Unicorn
独角兽书系

金斯顿城＼卷一

WITCHMARK

巫师之印

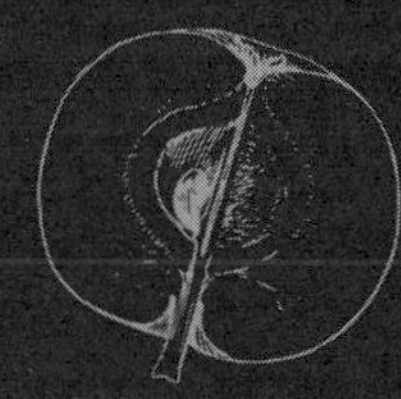

[加拿大]C. L. 波尔克/著　詹义彪/译

THE KINGSTON CYCLE

重庆出版集团　重庆出版社

版贸核渝字（2020）第075号

图书在版编目（CIP）数据

金斯顿城.卷一，巫师之印 /（加）C.L. 波尔克著；詹义彪译.—重庆：重庆出版社，2021.1

书名原文：Witchmark

（The Kingston Cycle Book 1）

ISBN 978-7-229-15390-8

Ⅰ.①金… Ⅱ.①C… ②詹… Ⅲ.①长篇小说—加拿大—现代 Ⅳ.①I711.45

中国版本图书馆 CIP 数据核字（2020）第 215044 号

金斯顿城（卷一）：巫师之印
JINSIDUN CHENG (JUANYI)：WUSHI ZHI YIN
［加拿大］C.L.波尔克　著　詹义彪　译
责任编辑：魏雯　郭思齐
装帧设计：文子
责任校对：刘小燕

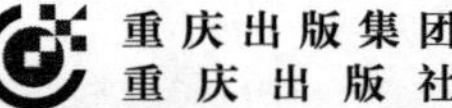
重庆出版集团
重庆出版社
出版

重庆市南岸区南滨路162号1幢　邮政编码：400061　http://www.cqph.com
重庆出版社艺术设计有限公司 制版
重庆市国丰印务有限责任公司 印刷
重庆出版集团图书发行有限公司 发行
E-mail:fxchu@cqph.com　邮购电话：023-61520646
全国新华书店经销

开本：890mm×1230mm　1/32　印张：11　字数：250千
2021年1月第1版　2021年1月第1次印刷
ISBN：978-7-229-15390-8
定价：64.80元

如有印装问题，请向本集团图书发行有限公司调换：023-61520678

目录／Contents

第一章 急诊

办公室里不见马西森医生的踪影。我便攥紧那份备忘录，冲下楼去找她。备忘录的纸是鼓式印刷的，散发着令人兴奋而甜美的芳香，上面的墨水已经浸湿了我的手。她竟要让十六个病人出院！这不可能。就算只让十位病人出院我也做不到，这样会让他们的家人陷入危险。

楼梯间回荡着我匆忙的脚步声。楼梯间里略呈绿色的煤气灯变换到了大厅里的白金以太灯。熟悉的现代灯光是如此刺眼，到处充斥着噪声，我努力克制着内心的畏缩感。接待处的工作人员挥手示意我过去，但我没有注意到她手上的留言条。

“你见过马西森医生吗?”

“二十分钟前她就出门了。”她向左歪了歪头。

走的还真是时候，消息还没来就跑了。不过她也无权在病人达到出院标准前就放他们回家，责任还是在我身上。

“你已经不是第一个来问的了。”她把我的留言递了过来，“部门领导和董事会成员……走得都很早。这次是个坏消息，对吗?”

“强制病人出院。”

她把留言卷成管状，塞进了贴有标签的小盒子里。“好吧，这是在给士兵们的归来腾地方，对吧?”

的确如此，但就算我们知道了也不会降低病人出院的概率。我瞥了一眼那些纸条。全都不是用橙纸写的，所以我把纸条塞进了外衣口袋里，放在皱巴巴的备忘录旁边。“罗宾·索普现在在哪?”

“没看见。护士们正在开会。”

这倒霉的备忘录，连得到罗宾同情的机会都没有。“谢谢你，晚安。”我礼貌地点了点头后便朝出口走去，神情恍惚地推开了那扇沉重的大门。

外面安全感十足。我很清楚这一点，但我穿过医院大门的时候，还是扫了一眼外面的树木。还好，压弯树枝的是成熟的苹果，而不是敌人的压力。

十足的安全啊。我如今身处金斯顿的家中，兰尼尔那永恒的夏日和无尽的战火已与我山海相隔。马车轮子和自行车胎在雨水浸湿的街道上嘶嘶作响，丝丝冬意飘散在清新的空气中。我想从口袋里摸出一根烟，却想起自己早已不再随身携带了。或许罗宾会让我吸一根。劳累一天后，我需要抽支烟来舒缓一下。

各种铃声突然在远处响起，有马车的铜铃声，自行车铃的颤声，还有人们的喊叫声。一辆马车在拐角处疾驰而来，已经完全失控，惊得骑自行车的人纷纷作鸟兽散。车夫使劲扯住缰绳，压下全身重量刹住马车。“急救!”车夫喊着，尽力使那两匹受惊的马平静下来。

寒气直往我的肚子里灌。我们这儿可不是急救医院。虽然自战场上回来后我就再没碰过手术刀，可他们要是需要外科医生，我也得重拾使命。

马车门砰的一声开了。一位肩膀宽阔的绅士跳了下来，怀里还抱着一位病人。病人转过脸来看我，我的心顿时悬到了嗓子眼。从那蜡黄的面色来看，他不只是生病这么简单，明显已经奄奄一息了。他颤巍巍地举起手，抓住我的上衣领。

我把手叠放在病人的肩膀和膝盖上。“先生，我是辛格医生。接下来就交给我处理吧。”

“我是在街上发现他的。”那位先生并没有松手，反而抓住了我的胳膊，我们俩用身体构成了一把担架。他在病人上方向我点点头，“我是崔斯坦·亨特。”

他抓起我的袖子，我们飞奔起来，像是必须要赶在锡制手榴弹爆炸前跑开似的。他是从哪学会转移伤员的？

那个病人再次朝我伸出了手。

“先生，你叫什么名字？”

“尼克·埃利奥特，”病人说，“救救我，星辰者。有人要谋杀我。”

我惊得踉跄了一下，险些跌倒。亨特先生睁大眼睛看着我。

“他在说胡话。”我的借口显然站不住脚。埃利奥特先生怎么会知道我的真实身份？

人们挤在了大厅的无线电广播旁，我们冲过去时齐刷刷地瞪大眼睛盯着我们。一群能干的护士从会客大厅里大步走了出来。

罗宾从中溜了出来，跟我们来到一间空闲的治疗室。亨特先生可以在黑暗中走弯道，避开垃圾堆，简直和我在战争中共事过的军医一样出色。

他后退一步去开灯。刺眼的以太白光让我头皮发麻，同时也照亮了埃利奥特先生苍白的脸庞，他眼睛周围青肿的凹陷处泛着深紫色。

我耸耸肩脱下了大衣，罗宾接了过去并准备帮我摘下圆顶礼帽。

“有人在茶里……给我下了毒。”他气喘吁吁地说，“求求你，星辰者。救救我。”

别说得这么大声。我撕开他满是呕吐物的衬衫。鲍鱼壳制的纽扣在地板上叮当作响。我赤手搭在他的胸口上，不禁倒吸一口冷气。

埃利奥特先生身上的光环似新春的绿叶一般。一个带着巫师光环的陌生人，居然会死在我的桌子上？

这是一场灾难。

罗宾递给我一个听诊器。他获救的希望完全取决于脉搏的跳动，那吃力且毫无规律的呼吸声在他瘦小的胸膛里颤动着。“还有静脉输液器吗？”

罗宾打开补给柜。“没有了。”

“去找一个来。不，两个。快。”

罗宾飞快跑了出去。我把手指放在埃利奥特的胸前。他心中那道深红色的光芒颤抖着。灰色的颗粒聚集在他的胃和肾里：阴暗，但具有金属感。他是被毒死的，而不是死于变质的食物或脏水。要救他可真得靠魔法了。

我手脚肌肉紧绷，且不住地颤抖着。要是救他的话，他就会把一切都抖出来，然后我就会被送进精神疗养院。也有可能更糟，我会被家人从疗养院里救出来。

埃利奥特先生吞吞吐吐地说："我离真相太近了。他们需要灵魂。那场战争……"

他突然作呕，从我身边翻过身去吐了出来。我紧紧地扶住他。"别说话了。"

他费力地喘着气，嘴里没有停下的意思，"克里斯托弗爵士，一定要找到杀害我的凶手。"

我惊呆了，"我是辛格医生。"

他摸索着抓我的手，"答应我。"

一道噼里啪啦的静电从我身上掠过。泛着绿光的藤蔓从他指间窜出，缠绕在我手臂上。我奋力挣扎，但藤蔓还是从他紧握的指间伸展出来，紧紧地缠住了我。

我踉踉跄跄地向后退去，想挣脱开来。他握紧病床，但还是摔到了地上，发出一声惨叫。泛光的藤蔓不断沉缩，逐渐没入我的皮肤。

尼克·埃利奥特抬起了头。他已经走到了生命的边缘，抓着我的手在不断颤抖。

"请收下吧，"他说，"用来拯救他们。"

没时间问我要救谁，或者去哪里救。灵魂，他说道。他知道我的真名。

"克里斯托弗爵士，拜托了，"他喘着气说，"士兵们……他们应该知道真相。”

拯救我的病人吗？我更用力地抓住他的手，“我答应你。”

尼克的力量缠绕着我，试图与我的力量相连。他需要我来完成这件事。我想喘口气，便放弃了与藤蔓的斗争并伸出手去。

我已多年没与他人进行力量相连了，以为再也不会了。他的痛苦令我浑身颤抖，他的绝望扼住了我的咽喉。他把体内每一个微粒都传给了我，他的力量充盈着我。

随着另一个景象的出现，治疗室渐渐消失在了身后。我在下楼的路上绊了一跤，踩在破旧的地毯上，上面还印有粉红色的玫瑰图案。我的五脏六腑仿佛破碎了，我跌跌撞撞地走过小块的黑白瓷砖，来到一扇玻璃门前。我必须找人帮忙，必须活下去。

泛光的藤蔓褪了色，他的身体变得软弱无力。我不再是埃利奥特先生了，他最后那些关于危急时刻的记忆随着生命的逝去而消失了。我试着去感受他的脉搏和呼吸，但这已成了毫无意义的流程。他已经死了。

“迈尔斯！”

罗宾站在门口，手里抓着一个输液包。把东西放在柜台上后，她在我旁边跪了下来，“你受伤了？”

我的皮肤忽冷忽热的。针头从我的指尖蔓延开来，液体逐渐爬上了我的右臂。

“我没事，”我说，“帮我把他弄到桌子上。”

他的力量快要从我体内涌出来了。我必须时刻检查，确保我走的每一步没有把光溢出来。他究竟对我做了什么？我挣扎着站起来，想把尼克·埃利奥特的尸体抬起来。

罗宾盯着我的肩膀，“先生，你在这里做什么呢？”

冰冷的恐惧感让我如芒在背。

亨特先生正站在我身后，缩在一个角落里，他在那儿已经目睹了一切。

我的手像冰一样冷。他只要相信自己没有眼花，就会把情况告诉罗宾。他还会告诉现场所有人，有一个巫师对我施了魔法，称我为星辰者。更糟糕的是，还叫我克里斯托弗爵士。可我怎么会没有注意到他呢？

“打扰了，”他说，“我并不想碍事。人在这种情况下永远不知道该怎么做。”

我眨了眨眼睛。居然没有谴责我？他在干什么？

“很抱歉让你看到这些，”罗宾说，“他很痛苦。你愿意去医院大厅里待一会儿吗？或者我再去找一间空闲的治疗室……”

就该这样，把他弄走。

“没关系，我没事。”他朝她轻轻鞠了一躬，笑得彬彬有礼，然后才注视着我，“医生，你不坐下来歇歇吗？你看起来像是受惊了。”

这个天杀的。他在玩什么把戏？他明明什么都看到了，但还是礼貌而关心地看着我。我挺直了身子。“我很好，谢谢。我只是恨自己救不了他们。”

罗宾和我把尼克·埃利奥特搬到桌子上，伸直他的四肢，帮他合上了还瞪着的双眼。

亨特先生站在检查桌的桌脚边，双手抄在背后，“他说自己是被谋杀的，对吗？”

“这要等尸检后才知道，”我说，“无论如何都要报警。”

左边的柜子里放着床单。我在尼克·埃利奥特的尸体上铺开一张，给他裹上白色的水洗亚麻布，“你说你是在街上发现他的？”

亨特先生用力扯了扯床单的一角，使它均匀地落下来，“在西14街和韦尔斯顿街。”

“西14街？那儿离韦克菲尔德十字医院更近呀。”罗宾弯腰捡起纽扣。

“他自己说要到这儿来。”

我的心怦怦直跳，一下，又一下。一个巫师不去金斯顿最好的医院，却要来这里找我。我慢吞吞地走到治疗室的石槽水池边，打开了热水。我打湿了一块深红色的肥皂，一只手在另一只手上来回搓动，想让自己冷静下来思考一番。亨特先生明明都看到了，但却一句话也没说。

“我们要把情况上报。”我说。

“我去叫他到楼下。”罗宾开始在堆满医疗文件的柜台上忙活起来，“你要做尸检吗？”

涂过肥皂后，防腐的石炭从我滑溜溜的手上散发出酸味来，“明天再做吧。”

“可你明天还有午餐会募捐活动。”

“该死。”我用亚麻布毛巾擦干了手，“对不起，先生，我必须参加这个活动。还有什么需要我帮忙吗？”

“事实上，”亨特先生为我递上工作服和那顶质量还算不错的帽子，表现得像是我的仆人一样。

我把外套搭在左臂上，把帽檐抓在手里。那该死的备忘录在口袋里皱了起来。

“我想和你单独谈谈。不会占用你太多时间的。”

该来的还是来了。威胁，勒索。不管他怎样保持沉默还是来了。

“可以去我办公室谈。”

第二章 秘密协商

爬了80级台阶总算到了办公室。我的胃在翻滚，脚后跟隐隐作痛。我艰难地拖着脚步，尽量抬起头，不让人看出我的虚弱。有个巫师曾把我叫做星辰者。要是亨特先生把这事报告上去，我就会被关进巫术检查室，永远无法清清白白地出来。

亨特先生跟着我的步伐上了四层楼梯。“你每天都爬这些楼梯吗?”

“还不止一次,”我说,“进来吧。”

他只需扫一眼就可以看清我办公室的全貌。我几乎没有足够的空间放桌子，客人坐的椅子闲置时，都是折平了靠在宽阔的窗台上。他只得侧着身子坐，不然的话，在书桌和顶着天花板的书架之间就容不下他的膝盖了。

他俯下身，仔细查看装订成册的廉价小说，又笔直地站起来，看我收藏的少量医学期刊。他的视线从一堵墙转到另一面，然后做了个鬼脸。

“这儿也太小了吧。”

听到他的嘲笑，我的后背瞬间僵住了。没必要说得这么直白吧。我这至少可以清楚地看到南面的花园，有多少医生羡慕不来，“你想找个隐秘的地方谈呀？”

“我想你不会比我更希望有人偷听吧。”

他脱下手套，摘下帽子。要是在其他场合，我见到他会挺开心的。他的头发长得足以编成一根金绳。辫子披在肩上，垂在上衣的翻领处。他的正装毫无瑕疵，就如同尼克·埃利奥特并未因病受损的容貌一样。他穿着最时髦的衣服，长着一张荧幕人物般的脸——皮肤金黄匀称，骨骼清奇，那双蓝色的眼睛仿佛可以洞察一切。他嘴角上的皱纹表明他天性开朗，眼睛里的光芒表明他发现了一些有趣而又不显得残酷的东西。他是我这么多年来见过最帅的男人。真是可惜啊，这样的绅士没有去当演员。

正因为有绅士这一身份，所以他的外套是上等羊绒的，手套是优质小山羊皮的，但他的风度中包含着许多金钱、安逸和特权之外的东西。所以他伸手时，我就配合地握住了。他脸上泛着涟漪，仿佛我是透过旧玻璃看到他的。经过多年的训练，我可以让自己的表情看起来很愉悦。但他脸上却是一副摇摆不定的纠结模样……这是什么意思？

“所以，你什么都看到了？”我说。

“是的。”

“都听到了？”

“恐怕是的。”

“你可以保持沉默，如果……”

他嘴角上扬，眼神变得迷离起来。“现在我可以威胁、勒索你了，对吧？我是该向你要钱呢，还是让你干点坏事呢？”

我正对着他抬起头，摊开我的拳头。“我知道你不会说出去的，对吗？现在说也晚了。”

他逐渐收起了笑容。“请原谅，我只是开个玩笑。医生，我们都不想和巫师扯上任何关系。要是有人知道埃利奥特想用魔力触摸你的话……

“我就完蛋了，”我叹了口气，“你想要什么就直说吧。”

“我想找到你。”他说。

“你不是在找我，”我说，“我又不是什么大人物。”

“你也是个巫师吧，还是个星辰者。”

他果然知道。那他知道克里斯托弗爵士是什么意思吗？胃部痉挛了，我想减慢呼吸使其平静下来。他用直率这把利刃直击我的要害。他正在寻找一位巫师，打算插手我的事并参与其中。我必须摆脱他。但是，我心里清楚得很：这人虽然长得还行，怕是会对我纠缠不休。

我什么也没说。人们说话是为了打破沉默，构建联系。我耐心地站着，注意着他，等着他先发话。

他对我笑了笑。没有任何安抚的话语，也没有一丝犹豫，“我想知道是谁杀了尼克·埃利奥特。”

是他干的吗？我把桌子横亘在我们之间，把报告放在我的记事簿上，“为什么？你又不认识他。”

“因为我是利他主义者。”

要不是我有教养，我指定要当面嘲笑他。利他主义者。还确实是，“一定还有别的原因吧。你为什么想知道是谁杀了他？”

他歪着头，眼睛像猫一样在反光，“有点意思啊，医生。你没有否认他是被人杀死的。”

哦，这个杀千刀的，“我要做了尸检后才知道。”

他把身子向我探过来，“那你现在可以做吗？”

“我必须在女房东锁门之前赶回家。”

“呃。你想让我直说是吧。”亨特先生靠在我的文件柜上，“我想知道魔法为什么会消亡。”

我一动不动。魔法消亡了？并没有。他错了……

该死的！他是故意这么说来给我下套。我得赶紧把话圆回来。

“这样啊，”我说，“我为什么一定会知道呢？”

“我要你帮我查出来。我在艾兰见过的巫师只有你和尼克·埃利奥特。埃利奥特先生虽然死了，但你还活蹦乱跳的。”

我丧失了从未掌握的谈话主导权。“你想让我帮你找出是谁毒死了尼克·埃利奥特，而且知道这个会让你——不，这太疯狂了。我帮不了你。”

“你可以的，克里斯托弗爵士。我可以帮你。”

我突然有点喘不上气。这简直比敲诈还糟糕。

我还是被发现了。

快跑，我告诉自己那没用的双腿。快跑呀！

“你害怕了，”他说，“其实大可不必，我和你一样危险。”亨特先生举起一只紧握的拳头。他的手指边缘泛着红光，他张开手，一束微小的光映入眼帘。从中心发出的光比蜡烛和煤气灯还要亮，几乎和以太一样亮。

如果他说的是实话，那只能说明两件事：他是一个衣着华丽却出身低微的巫师，或者他是一个像我一样的流浪巫师。他给我展示这个魔法表演，是为了赢得我的信任。他确实可以告发我，但我也可以反过来告他。

如果他没撒谎的话。

但如果我知道怎样对我有好处，我就会告发他。

我最后一次虚张声势，“不好意思，你是怎么发出那道光的?”

“这样。”他把光举起来，放在了我的手上。

“什么……”

另一种自我的感觉触动着我，在感觉到力量与我相连之前的一刻，我内心忐忑不安而又充满希望。我把手抽了回去，光线却还附在手指上。没有他的触控，光线就会摇曳不定，逐渐黯淡，消失。

“与它相连吧，”他说，“像抚摸一颗心一样和它接触。”

光线稳定了下来，变得暗了一些。它在我指尖上立稳，我感觉血液在不断奔涌，这种魔力让我感觉自己站得更高、看得更清、力量更强了。

这种感觉真让人着迷。

他再次触控了我，引导着我去连接力量。“你还活着，行动自由，可塑性强。”

那道光微微亮着。我有了控制它的诀窍，懂得如何利用一滴滴能量让它燃得更旺。

我把视线从那道光移到了亨特先生的脸上。他温暖的微笑反射出了我内心的惊奇。我看不见我与光之间的联系。我试着哄它变亮。

一阵微风把略微松散的窗玻璃吹得格格作响。一股凉风吹得我的煤气灯忽明忽暗，凉意慢慢渗入我的脑袋：我们没有被人发现吧?

我攥紧了拳头。在光熄灭之前，我的身体还处于深红色的团团黑影之中。现在，我感觉自己变得既寒冷又渺小。

我已经逃不出他的手掌心了。

“帮我找出是谁杀了尼克·埃利奥特。在霜夜降临前，我教你的所有东西都归你。”他用大拇指和食指的第二指节托着下巴，再次审视着我，“我觉得，你得从如何隐藏自己的身份开始。星辰者啊，在人们眼里，你太过耀眼了。”

转机就在他打开的那扇门外面。如果我能通过看到魔法光环的方法，在出身高贵的法师眼中显得和普通人一样平凡，那我就可以重新在金斯顿自由行动了，“下一步呢?”

他犹豫了一下，“我得回家了。”

必须在霜夜来临前。如果他八天以后走了，会给我带来多大的麻烦呢?

我知道麻烦肯定不小，“我帮不了你。我要照顾病人。”但是，尼克·埃利奥特在死前绕过了一家更好的医院，想告诉我一些有关战争和士兵的情况。他到底是什么意思?是谁想置他于死地呢?

“我永远也不会要求医者抛弃病人，”他说，“但如果我能教你一些可以用来帮助他们的东西，难道不值得一试吗?”

我接触病人时看到的景象确实十分古怪，他会不会能帮上什么忙？

不。不会有奇迹的。无论尼克·埃利奥特知道什么，真相已经被他带进棺材里了，除非有人不惜一切要把真相挖出来。如果我的病人对暴力的极端恐惧成了事实，他会了解他们的烦恼吗？他懂得他们为何受苦吗？

三楼楼梯发出了吱吱嘎嘎的响声。亨特先生惊恐地瞪大了眼睛，我们慌忙调整动作。我坐了下来，好像我们一直在办公桌前聊天。他摊开客人坐的椅子，无精打采地坐在上面。此时过道里还没有脚步声。突然，外面传来了绉胶底鞋的走路声。是个护士。

我松了口气。

人影在结霜的窗户里显得又黑又短，门外传来了熟悉的敲门声。罗宾推开门，侧着身子走了进来。“报告可以先留到明天。警察不会来了。”

“不来了？为什么？”

“大家都被另一桩谋杀案吸引了。杀手和上次一样，都是老手。据我所知，案情极为恐怖。”

罗宾注意到了亨特先生，连忙低下了头，“对不起，我不是有意打扰你们的。”

他站了起来，“小姐，没关系的。”

“这位是罗宾·索普太太，”我说，“罗宾，这位是崔斯坦·亨特先生。”

“很高兴见到你，索普太太。”他朝着她手的位置鞠了一躬，

“医生，我该告辞了，这样你也可以回家了。我希望你能认真考虑我的提议。明天可以给我答复吗?”

我有点摇摆不定。我知道，跳出为自己塑造的假身份而卷入其中有点轻率，但不管尼克知道什么，如果这能帮助到我的病人……

“下午来吧。我要参加一个午餐会，四点才下班。”

“很期待明天见到你。”他扶了扶帽子就走了。我皮肤还在刺痛着，仿佛他还触控着我，指引我保持光亮。

罗宾双手保持着叉腰的动作，直到亨特先生的脚步声传到第一层楼梯口。他离去的声音一消失，她就转过头来看着我。

“什么提议?”

我的钢笔歪歪斜斜地放在记事本上。我把它们排放好，并整理了一下我面前的报告。“他想知道尼克·埃利奥特是不是被谋杀的。可以给我支烟吗?”

她咧嘴一笑，“不行。只有在倒霉日才能抽。”

“我失去了一个病人。这还不够倒霉吗?

“算不上。如果这是一场谋杀，那位高帽先生又何必这么在乎呢?”罗宾眼睛眯着问道，“他不是说他在街上找到了埃利奥特吗?”

“是的”。

“会不会是他杀了尼克·埃利奥特，现在想阻挠调查呢?”

罗宾可真机灵。既然他说了，为什么埃利奥特先生不指控他呢?“我没想过这个问题。”

“我觉得你可以告诉警察，他对这件事的兴趣是不是有点过头了，”罗宾说，“毕竟，警察才是负责调查的人。”

“我现在就该写报告……”

她大步走了过来，夺走了我的钢笔。“他们可以等的，迈尔斯。回家吧，躺床上好好睡一觉，祝你明天的募捐活动一切顺利。”

“你不在，我一个人可怎么办?”

“你可以应付的。”罗宾把帽子递了过来，一心想看我回家的背影。

快到家的时候我闻到了一股焦味。很快就看到了气味的来源——一座窄小的木屋在街道中间燃烧着，山墙也着了火。只见一个满脸煤灰的女人，麻木地望着她家人从房子里拖出堆在大街上的家具。围观的人们送来了毯子和水，在一旁默默祈祷。

我立马从自行车上跳下来。“我是个医生，”我喊道，“大家都没事吧?”

一个穿着焊工皮外套的大块头把一个脸色苍白、呜咽不断的小女孩带到了我面前。“她哭得停不下来了。”

“你是她父亲吗?”

“邻居而已。她父亲还在出版社上班。现场的人们都在这观望，但离得最近的消防车还远在特劳特街。”

火焰的热量使我绷紧了脸，寒冷的晚风吹得我脖子后面发凉。天空乌云密布，燃烧的房子升起了黑烟。“邻居都不在吗?”

街上的人们把家具、工具箱、制服和食物从家里搬了出来，他向人群挥手致意。此刻，风还站在我们这边。但瑞文街东19号街区那些高高瘦瘦的房子，个个摩肩接踵，一阵风就能使屋顶连片烧起来。到时候一辆消防车就会开过来，背靠着火的街区，像撒尿般往火上滋水。

凉风吹过我的脖子，尖厉的鸣笛声传进我的耳朵，并且越来越近了，感觉像是有以太存在。一辆时髦、价格惊人的黑色汽车甩着长鼻子开了过来，人群连忙避让。

我畏缩不前，把哭泣的女孩抱在怀里。我抚摸着她的脸颊——她已经吸入了一口煤烟，但呼吸外面的新鲜空气会让她好起来的——我看着沉重的车门打开，一个男人出现了。

他的穿着像是要出席歌剧首演或一场宴会。他绕过车头，打开副驾驶车门，向里面的女士鞠躬致意。在一片淡紫色的香烟烟雾中，她从车里款款走出。一条闪闪发光的黑色长袍披在她优雅白皙的四肢上，还有一件雪狐披肩缠在肩膀上。从她那贵族式的长鼻子和冰冷苍白的头发中，我看出了她的出身。她是一个加勒比人，一名风暴歌者。要是我被她发现，一切就都结束了。

我用年轻的病人作挡箭牌，想挡住我的脸，我的心仿佛快要跳了出来。琥珀色的灯光照在她的皮肤上，她没有看我，也没有看街上的任何一个人，而是把注意力集中在了火焰上方的那堆云朵。那个男人在她身后两步的地方等着。她仰着头站在那里，肩上披着毛皮，就在街上人群的眼皮底下施展出了魔法。

她看起来毫不费力，但是她副手的膝盖却耷拉下来，她想要多少能量就从他身上拿多少。我猛地颤抖了一下。要是我没有逃脱，被吸走能量的就是我了。我会和风暴歌者的仆从一个下场，力量消逝得无影无踪。

风暴歌者和她的应声虫回到车上时，我连忙转过脸去。他们很快驶离了我的视线。云层在头顶上翻滚，凝聚着水汽，巨大而又黑暗。水滴开始落在旁观者仰起的脸颊上。我怀里的小女孩停止了哭泣，一滴雨点打在她的额头上，她从我怀里爬了出来，哭着说："下雨了！下雨了！"

我的皮肤开始发痒，我忍住了呕吐的想法。

很快，被疏散的邻居们身上穿的睡衣就贴到了皮肤上，若隐若现的。他们把这场雨誉为奇迹，都松了一口气。对他们来说，这确实是一个奇迹。殊不知，是那个珠光宝气，穿着毛皮衣裳的富有女人救了他们的家；他们怎么可以这样呢？魔法很罕见，没有给人带来好运。我骑上自行车，以最快的速度朝东驶去。

我必须装作很渺小，像老鼠一样不起眼。如果亨特先生能教我如何保护我的力量，我就不会再从家骑车去上班了。我虽然只能待在伦敦东部，但我可以在那里享受美食、看电影，在下班后放心地参与社交活动。如果尼克能解决困扰我病人的噩梦和冲动，我就不能对他置之不理。

当我穿过东32街和喜鹊路的交叉口时，路面还完全是干的。我差点就被发现了，尼克的力量让我有点恶心。我之所以能够逃脱，只是因为我不值得他们注意。我能活下来是因为我本应死了。

我抓紧车把，更使劲地蹬着车轮。

第三章 卑微的老鼠

早晨六点半，我到博勒加德退伍军人医院时，花园四周高高的铁栅栏上的麻雀惊得飞走了。我在摸索着自行车锁的时候手套还没摘下来，但尼克的力量和运用它的需要让我的手指感到刺痛。以前从故事里听过巫师是如何将自身的力量交给一个承诺去追寻或复仇的人，但我无法用这种蛮力——尼克的魔法来解开这个谜团。如果不与人接触，我就无法完成工作。我必须坚定信念，希望这种能量充盈的感觉赶快消失。

我穿着最好的鞋，后跟的声响回荡在大厅里。无线广播寂静无声，周围的座位空无一人。我向两位穿着红色军官制服的外科医生道了早安。他们身上的奖章晃来晃去的，用反对的眼光盯着我的灰色法兰绒衣服。是反对，而不是恐惧或厌恶。如果有人知道我的秘密，肯定会传遍整个医院。我的呼吸变得更畅通了。

在精神康复病房的护理站，一半的以太电灯仍处于关闭状态。病房护士们笑脸相迎后又继续工作，丝毫没有受到我的打扰。

当时还没人知道。

我打了个冷颤，从一个钩子上取下我的白大褂，我真希望能在里面再穿一件开襟羊毛衫。咖啡机刚把咖啡煮好，一个护士便帮我把报纸放在桌子上，这里的灯光是整个护士站最亮的。

“谢谢你，”圆圆的脸蛋，金色的头发，高高的个子。凯瑟琳·斯莫尔一点也不小嘛，“凯特。”

凯特点了点头。“医生，你待会儿要换制服吗？”

“我没带。”她懂我意思吗？“穿着不太舒服。”

她认真打量着我，“你去过克鲁了。”

我的整个旅行都是在那里度过的。“361号流动医院，”我确认道，“博勒加德退伍军人医院”。

她话里的疑虑消失了，“我在安娜公主家曾有三个兄弟。”

曾有。“他们有谁回来了吗？”

“艾伯特马上就要回家了。”

“真让人兴奋”。

她的笑容逐渐僵化。

我拿出手帕，但她已经有了。她所有兄弟都死于珀西爵士战争。失去的兄弟姐妹留下了一道摸起来很痛的缝隙。轻拍着凯特·斯莫尔的手，我情不自禁地想起了自己的亲人。她定了定神，着手收集夜间日志，把报道了那两个金斯顿人的两份报纸留给了我。

《先驱报》的头版刊登了一张格雷丝·汉斯莱爵士为金斯顿最新的以太电池交换站剪彩的照片。标题是《汉斯莱的胜利》，接着是“为士兵们的归来及时准备的300个新工作岗位”。

我用手指擦了擦格雷丝爵士脸上的墨迹，把《先驱报》推到一边。

《星报》停刊了，只留下一个耸人听闻的标题，报纸醒目的大标题上只有一个词：“恐怖！”

一些大胆的摄影师冒着被捕的危险，把照片摊在头版上，他们必须有钢铁般的勇气才能走进屠宰场。我知道墙纸上那些黑色的条纹是什么样子，白色床单下的表单太小，太安静了。

我读了下士詹姆斯·巴克利的故事，他拿起一把菜刀，先刺向了自己的妻子和孩子，然后再向自己挥刀。邻居们说他从战场上回来后就变成了一个沉默而孤僻的人。

中毒与此无关。尼克的故事将填补以太无线接收器和电话服务竞争广告之间的空白。

“简直糟透了。”凯特放下值班日志，在我身后读着，“你认为——”

我引起了她的注意，但我们都不敢说。我把《星报》从我的记事本上推开。“你想要那张纸吗？”

她把纸折了起来。“病人不应该看这个。”

“你可以试着忍住。”男人们会从收音机里听到这个故事。他们会互相讲述，故事会越讲越长。

咖啡机咯咯的声音停止了。我把椅子往后挪了挪，她说：“你要不加牛奶的咖啡吗？”

“是的，谢谢。”

柜台上放着一份昨天的备忘录，提醒我必须让三分之一的病人出院。由于还沉浸在昨天的兴奋中，我几乎把这件事给忘了。

“有人见过马西森医生吗？”

“今早没见过。备忘录吗？”凯特把咖啡杯递给了我，我用手捧着，里面还热气腾腾。

“当然。”

“医生，没人想让这么多人出院。”

在尚未治愈，甚至是在证实我几乎无法想象的事情之前，病人都不该出院：我所在的医院里的退伍军人和下士詹姆斯·巴克利有比他们的战斗服役更多的共同点。如果我让一个人回家，让他血债血偿，我永远不会原谅自己。如果尼克·埃利奥特知道什么能帮助他们的话，我就需要了解清楚。“我知道。但他们还没满足出院的条件。”

凯特拍了拍我的肩膀，让我去看晚报。昨晚的值班记录太让人沮丧了：病人失眠了。病人不愿服用补药，还十分倔强。

克罗斯比医生十有八九是上的夜班。

我回头一看，证实了这一点——他坐在电话室里，咬着嘴唇，墨水从他的玻璃笔筒里淌了出来，足以漫延好几英里。我回过头去看那些值班记录，知道了哪些人在黑暗中辗转反侧，哪些人做了噩梦，是谁在昏暗的走廊里拖着脚步，在无人看守的情况下挨过漫漫长夜。

值班护士早晨的低声交谈结束了。我连忙回避。

你很安全，迈尔斯，别傻了。

我扯了扯鞋带，抬起头来，伸着脖子走着。然后又转过头，来到了没有灯光的北走廊。

小杰拉尔德起床了。他把拐杖拄在前面，靠橡胶假肢在木质地板上行走，拐杖发出了沉闷的咚咚声。他在一对拐杖之间走得颤巍巍的，歪歪扭扭的身子全靠一只赤脚撑着。拐杖敲击在地上发出的嘎吱嘎吱声！不禁让我后背发凉。

一个护士把他拉回了床上，我拦住了她，“现在情况还是不妙啊，小杰拉尔德。”

“早上好，医生。你怎么没穿制服，”忧虑的皱纹布满了他的前额，“到底出了什么事？你不和其他人一起去吃午饭吗？”

“不去了。”我双臂交叉，摆出严厉的姿势。但我还是向他眨了眨眼睛，减轻他的忧虑，“谁让你这么烦躁的？”

“老杰拉尔德，医生。”他的脸顿时紧绷起来，一头黑发像皱巴巴的枕头一般，“他拿到了洋中脊玄武岩。”

“他说的？”

“他跟我说的。昨天晚上，他不肯跟克罗斯比医生讲话。”杰拉尔德在克罗斯比医生面前有些闪躲，他的拐杖在不断移动的重量下发出吱吱嘎嘎的声音。我又打了一个寒颤，手指戳到了我的后背。

“好吧，去看看他愿不愿意跟我说话。”

我们连忙赶回12号病房，步伐扬起了地面的灰尘。这是一间天花板很高的房间，从朝北的窗户可以看到煤尘飞扬的天空。在这里，睡眠不足的病人不会受灯光的打扰。有七个病人躺在床上。

老杰拉尔德仰面躺在靠近门口的第四张床上，眼睛盯着天花板看。疲倦使他的脸上布满皱纹，他把指甲抠进了手掌。他的嘴唇在无声的话语中动着，他一遍又一遍地喃喃自语着一个短句。

小杰拉尔德扑通一声倒在自己的床上，用灰色的毛毯盖住腿。“医生来了。”

老杰拉尔德转过头来，看了一眼小杰拉尔德，“你怎么说出去了。”

“没办法，”年轻的杰拉尔德说，“如果是我，你也会这么做。”

“你还年轻，”老杰拉尔德说道，仿佛他们之间差了十多岁。

“你已经成家了，”小杰拉尔德说，“我连个心上人都没有。他们又该怎么办？”

差不多了。我倚在他们中间，给他们每人倒了点水喝。老杰拉尔德沉默了。小杰拉尔德双唇紧闭，谈话被打断让他有点沮丧。

我给老杰拉尔德拿了一杯酒。他看了看，小心翼翼地喝了一口。

“我知道你今天不舒服。我们没必要谈这个。”我其实也不想谈。如果老杰拉尔德跟我说要亲自到绚夏福地去，我就得把他强行送回精神疗养院。我痛恨剥夺病人选择绝望的规定，这样只会让他们丧失对我们的信任感。

所以我把谈话转移到了更安全的话题。克罗斯比医生已经抱怨过了，但我还是问了。“你睡了吗，老杰拉尔德？”

“没有，”他说，“我吃补药的时候他一直在做梦。”

啊。真相逐渐明朗了。“他梦见什么了？”

“杀人，”老杰拉尔德说，“以及从中得到的极度快感。他梦见自己杀了病房里的所有人。小杰拉尔德，斯尼菲，可怕的护士——罗宾，以及他笑的东西。我睡不着，医生。”老杰拉尔德抓住毯子，“你不知道他会干什么。要是我睡着了——”

他那双棕色的眼睛睁得大大的，用目光扫视着整个房间。他用嘴深深地吸了一口气。如果我给他量一下脉搏，他的心跳肯定会加速。他整晚都这么惊慌失措吗？

“那你喝点补药吧，老杰拉尔德，”年轻的杰拉尔德说，“我会坐着。我会盯着他的。”

“不行。他会——”老杰拉尔德的肩膀耷拉下来，“我不喝。”

我对他的坦白并不感到惊讶。这里许多人都存在着老杰拉尔德那样的错觉。现在他需要有足够的安全感才能睡得着。这可不是什么奇迹，甚至都没有人会注意到。尼克的力量让我的指尖感到刺痛，焦躁，几乎不受控制。

没有人需要知道我到底做了什么。

“我有个主意。如果我让他睡着的话，那你就可以安心睡觉了。”

“你能做到吗？”

“让我试试，好吗？”

我在口袋里摸来摸去，把怀表从表链上取了下来。睡上几小时而已，不会有人注意到的。这会变成早晨的例行公事。我抓住了他的手腕。他的心怦怦直跳，虽有点精疲力竭，但仍在为生命而跳动着。新月形的伤痕染红了他的手掌。我的目光从平常的焦点上移开，锁定在老杰拉尔德身体里滚烫的生命轨迹：他呼吸时急促的空气，他心跳时的脉搏，以及老杰拉尔德头脑里积压的红褐色污泥。

我举起了手表，“盯着手表。眼睛顺着它转动，仔细听我的声音。”

我来这儿之前，从没见过这样的东西。我的一些病人让它在自己的脑袋里旋转，一堆小昆虫在他们的脑壳里肆虐，覆盖着他们大脑中隆起的皱纹。这可能是病人的疯狂之处。这可能是最严重的病人的噩梦和致命的诱惑的来源。我太害怕了，不敢触碰它。但是杰拉尔德的病情越来越严重，我不得不让病人出院。

只有一个病人。我用我满溢的能量，触及能量翻腾的边缘。

“想象有一个箱子，”我说，“一个漂亮、结实的箱子，他在箱子里面。箱子是密封的，他出不去。”

老杰拉尔德的呼吸缓慢而深沉。我把大量的红棕色能量聚集起来。

“现在想象箱子逐渐变小。越来越小。他仍然被困在箱子里，但是由于箱子变小了，所以他也变小了。小极了。不那么重要了。”

我强迫它折得小小的，潜伏在他大脑的双叶下面。虽然微乎其微，但却不愿消失。“你做到了，”老杰拉尔德说，“那就可以把他关起来了。”

它使人力量充盈的感觉淡去了。我的呼吸更自由了，但我还处在能量满溢的边缘，“去睡觉吧，好吗？打个盹也行。如果需要的话，我会派护士给你打一针。”

其他病人都醒了，等着轮流跟我说话。如果我留下来，就会错过换班会议。可如果我现在离开，我和病人之间的信任就会破碎，这需要更多的工作来弥补。

这个选择根本就不是选择。

我在比尔旁边坐下，他在我的博勒加德军营里是理查德王子的第一骑兵。他和老杰拉尔德一样，也做过同样的噩梦，梦见杀人、谋杀、病态和阴暗的欢乐。今天早上，当比尔抓住我白大褂的袖子，挺起身子时，我想起了报纸上的巴克利下士。

“帮帮我，医生。他想杀了你。”

十一点的时候，我在努力记着我所有的笔记。我最后的记录只有一两行字，都因我的匆忙模糊了。金斯顿慈善会举办了这次午宴，亨特先生的话还一直萦绕在我的脑海里。所有在场的人都看到了我发出的光芒。

这种好处有多重要？这事对我们来说很要紧，可是这值得那百大家族中的任何人注意吗？在斯坦利家或是在佩尔弗雷家，有人在拥挤的房间里认出了一个死人时眼睛睁得老大。这种可怕的景象让我恶心。我想象着从旅馆里跑出来，被抓住，然后被带回家，并且把我的力量交给一个风暴歌者。格雷丝有时会去做这些事。如果她在那里会怎么办呢？

我的想象完全消失了。我不能冒险。我身不由已地卷入了那些是是非非，错过了马车，文书工作，报告，还有尼克·埃利奥特。

简直完美。我没有做紧急护理评估。

我走向急救室，收集了一些空白表单，多存了几份放在办公室里。我还得打电话要一份死亡检查文件。等文件到的时候，我估计已经忘了时间。

“迈尔斯！”罗宾叫道。

见鬼。

“罗宾，”我说，“你要开始换班了吗？”

“医生们，我们会加倍努力来弥补你们的损失。”罗宾系着一条毛茸茸的围巾，塞在一件女式大衣的领子里，“你得快点，马车来了。”

她领着我上楼，到我的办公室里。她的鞋底在橡胶楼梯踏板上发出吱吱的声音，在铺着瓷砖的楼梯平台上磨擦着。每一种声音传到我耳朵里都是如此的刺耳。

“你几点开始上班？”

“十一点。”

“现在都已经十一点多了，”我说，“你在外科病房吗？”

“迈尔斯·辛格，我认识你，”她说，“你手里拿着表单。你会想，**我只需要把这个记下来，这样我就不会忘了**。接下来，你知道的，就是所有的马车都走了，你会错过整场午宴。”

又见鬼了。“不会的。”

罗宾摆摆手，不理会我的反驳，“迈尔斯，你从来没有受邀参加过慈善活动，这很重要。不要自毁前程啊。”

她站在门口，等我穿好大衣，然后送我到街道上。马车已经在那里等候。罗宾一直待在原地，直到我选好要坐的马车。当马夫们发出咯咯声，把马牵到路上的时候，她向我挥了挥手。

注定要失败的。我向对面的医生点了点头，他是没有穿红色军官制服的人之一。“参加午餐会有什么讲究吗，到时候会有演出吗？我从来没去过。”

“别担心，”他说，“午餐不像晚餐那么重要。等有人问你，你的部门需要什么，再去谈论这个话题。你的专长是什么?”

“精神病。”

他咯咯地笑了，“好好享受你的午餐。”他望着窗外，结束了谈话。他的轻视让我感到些许宽慰。我身处最底层，可以远离视线，不被注意到，不为人所知。

我们来到了艾登希尔酒店，这个由钢铁和玻璃制成的指状物耸立在银白色的天空下。我们一行二十四名医生，都穿着西装、长礼服和正装。我们的身影成倍地出现在墙上烟熏过的玻璃镜子里，一下涌进了星光舞厅。

二十多张八人圆桌统一摆在一侧；休息区则在另一侧，供能量站站长在此休憩。几百个玻璃球从天花板上垂下来，我们一大群人挤在下面。每个玻璃球都放射着柔和的以太光，让人群沐浴在光芒中。好似夜空下，萤火虫发出的星星点点的光亮。穿堂风吹得地球仪晃来晃去，咔嗒咔嗒响个不停。在谈话的嘈杂声和尖锐的以太哀鸣声中，几乎注意不到地球仪的存在。

侍者端给贵族们的一部分香槟酒，神不知鬼不觉地逐渐流到了我们这些下等人的手里。我拿起一杯，站着不动，喝下第一口冒泡的酒。酒味芬芳扑鼻，仿佛可以嗅到绿草和草地上花儿的气息——是在瓦尼尔小姐的鹿之谷里？也许是。我偷了一点宴会厅的墙土，富有的主人们都坐着，我让人群挡在我和他们之间。

马西森医生从人群中走了出来。她穿了一件午夜天空色的沙漏礼服。这和她金色的皮肤和黑色的头发很搭，但她那副表情显得有些不耐烦。

我努力挤出微笑，“马西森医生，你看起来容光焕发呀。”

她打量着我的法兰绒西装，“你没穿制服。”

“我要留着在校友重聚的时候穿，”我说，“想象一下，要是我把蟹肉浓汤洒在上面的话。”好像艾登希尔会屈尊给慈善团体的成员提供蟹肉杂烩似的！我只好忍住不笑出来，“我想和你谈谈关于备忘录的事。”

“我不能免除你的病人出院令。你太不走运了。”

“马蒂。”

“没门。”

“他们还没完全康复。”

“确实没有。十六张床对出院的病人来说还不够。别灰心。”她拧了拧我的领带，“你从来没有得到什么好处。”

“如果你愿意，我可以躲开，回医院去。”

她又担心起我口袋里的装饰方巾，“放松点。想象他们是你的病人。对你的病人来说，你就是个奇迹。你可以和他们自由交谈。别担心。”

也许这就是母亲对待自己的方式，即使你已经是一个成年人了。也许她会帮我打好领带，然后问我是否还好。

我露出了痛苦的微笑，“谢谢你，马蒂，你的心肠可真好。你最好进去，做个演讲——”

“事实上，我正在找你，”她说，“跟我来吧。一直有人让我做个介绍。”

看来是在劫难逃了。“我吗？谁会想——我的意思是，我们要见谁？”另一个医生。另一个精神病医生。没有什么大人物。请吧。

马西森医生把我拖到一条天鹅绒绳子旁，把我们和最富有、最重要的参会者——东道主隔开。我的希望重重地摔在镶木地板上。我跟着她的步伐，但每走一步都会使我胸口周围的束带收紧一格，然后又收紧另一格。

她带我们直奔一群穿着高档日间服装的时髦年轻人。他们穿着与电影里颜色不一样的西装和丝质长袍，在那里吞云吐雾。他们把头发梳在脑后，看上去闪闪发亮，十分精致。他们的首领懒洋洋地躺在一张靠背长椅中间，听着那个坐在她座位扶手上的男人说话。她仰起头笑了起来，周围的人也跟着笑。

马西森医生踉踉跄跄地停了下来，用穿过我身体的那道螺钉把我固定在地板上。那个首领盯着我，像是掐住了我的喉咙。她的嘴张着，和我一样呆若木鸡。

我们俩都看见一个鬼魂站在我们面前。

“克里斯。”我妹妹说。

“格雷丝，”我回答说，“我现在叫迈尔斯。”

是命中注定吧。

在这个星光闪烁的房间里，有那么一会儿，大家都屏住了呼吸。

“迈尔斯。”她突然和我对视了一下。她什么时候长得这么高了？我以为除了在报纸的照片里，再也看不到她了。可现在她就在这里，用威士忌般的棕色眼睛看着我，和我们母亲的眼睛如此相似，和我的也是。

“我还以为你死了呢。”

我所认识的那个女孩的模样就在这个女人的身体里——她的下巴更尖了，柔软的脸颊消失了，下巴上的酒窝和我的一模一样。那天早上，格雷丝一直在画蝴蝶，我从卧室窗户旁的榆树上爬下来，永远地离开了她。

或者更准确地说，离开了她，直到现在为止。

我有跑掉的想法。但我不能跑，不能引起骚动。现场的目光和体面的需要让我动弹不得，逼我挤出微笑，仿佛这一切十分美好。

“那是因为我没有给你留言。”

“你这个混蛋。”她紧紧地抱住我。

这是我的妹妹啊。我举起双臂，也拥抱了她。她把我紧紧地搂在怀里，在我的耳边低声抽泣。当她哭着来找哥哥时，我还像从前那样摇晃她是不行的。将自己挣脱出来然后跑掉，跑到我的腿累断为止也是不现实的。

我妹妹找到了我，我的自由也就到头了。

第四章 誓言

格雷丝陪我走到她的桌旁，我的名字在她左手边的餐具前。办事效率可真高。我替一个脖子上挂着半磅珍珠的女人把左边的椅子拉了出来。

我向右弯过身子，压低了声音，“其他所有人都像多米诺骨牌一样倒下了吗？还是有一位董事长坐在我旁边靠厨房的位置上？”

格雷丝拍了拍我的肩膀，笑了起来。

“请见谅，我们都太好奇了，”坐在我左手边的女人说，“我们忍不住关注起你和汉斯莱小姐的重逢。”

我的重逢。我撇了撇嘴，把头侧到左边。“真是太惊喜了，”我说，“我好多年没见到她了。”

“迈尔斯是和我一起长大的。”格雷丝抽泣着说道。当她告诉我一些不完全的事实来支持我的时候，我尽量不让自己放松下来，“我们小时候形影不离，但他参军当了医生。”

到目前为止，她说的都对。她替我保守了秘密。为什么呢？

“真棒呀。”护士长拿起杯子，“为你们的重逢干杯。”

我们举杯畅饮。可我的酒尝起来却是苦涩的。

小菜一个接着一个上来了，品尝这些菜需要用到沙拉叉、鱼刀、红白酒杯。我的脸上露出了年轻人应有的微笑，但格雷丝却心如止水。我那脾气暴躁的妹妹已经成长为一个女人，她可以随心所欲地引导对话，她也乐意用她的赞同和我们家族的资金来祝福博勒加德退伍军人医院。如果我留在这里，为这个世界做些力所能及的善事，能让她满意吗？

并不会。她会带我回到家人的束缚之中。她不会放过我的。

昨晚，一个知道我名字的巫师死在了我的怀里。今天，是我近十三年来第一次和妹妹一起吃饭。我不喜欢巧合。尼克知道我的真实身份，却在准备把关于战争的秘密告诉我之前死去了。

我小心翼翼地吃着，以免被烤羊肉噎住。如果战争的秘密真实存在的话，王室内阁肯定知情，坐在权力宝座上的男男女女都是隐巫者——女王的秘密法师之一。

“你没事吧，迈尔斯？”

我拿起水杯，略过了回答。我妹妹是个隐巫者，但想象她给人下毒的画面简直太荒谬了。我妹妹会怎么杀人呢？也许是一道闪电，或是一柄利剑吧。此外，她还没有进入议会，更不用说担任内阁职位了。

“我没事。”

格雷丝啜泣着说道：“别吃甜点了，好吗？你走之前，我想单独跟你聊聊。”

桌子上的每一只眼睛都盯着我。“哦，格雷丝。你知道我有多喜欢吃甜点。我应该回到我的病人身边。”尼克·埃利奥特还在医院的停尸房等我呢。

“求你了，迈尔斯?”

出于礼貌，我无法拒绝，尤其是在上流人士面前。我们向桌上的人们鞠了一躬后她便带我走向电梯，那里还有一对穿着丝绸和羊绒的夫妇在等着。她按下一个按钮，镀金的电梯就从18层升到了顶层。电梯里的所有人都盯着指针指向每层楼的数字。

那位衣着考究的女人往右边走了；格雷丝则向左转，来到一扇镶了黑檀木的门前。她领着我穿过一套豪华的现代套房，套房的颜色有黑色和银色的，还有烟熏色与玻璃色的。我的脚步埋进了地毯里，透过平板玻璃窗，可见的景色可以一直延伸到大海上。

格雷丝抓住我的肩膀。“我以为再也见不到你了——”

我挣脱开了她的手。“别碰我。”

格雷丝呆住了，瞪着我，好像我打了她一巴掌。“你真的认为我会——”

“我不能冒这个险。”我必须离开这里，否则她会在我周围施一个缔结咒，然后将它锁定。从那以后，她就拥有了我的力量，就好像是她的一样，想怎么用就怎么用。无论我藏在哪里，她都能找到我。

我将成为她的附属品。

她又向我伸出手来，“你必须同意接受力量缔结。”

我又后退了一步，“我知道那是假的，格雷丝。”

她举起双手。“我只是想和你说说话。我好久没见到你了……”

我以为再也见不到她了，“往后退。”

“不管你说什么。”她退着说道，“我很高兴见到你。我们先不谈力量缔结。你是什么时候回来的？受伤了吗？”

我们相距五英尺，我并没有回答，她又退了回去。我还是开口了，“几个月前。我……他们抓到我了。”

“我知道，”她说，“我想办一场葬礼，但父亲坚决不同意。他说这样弄得好像我们彻底放弃了。”

“父亲如果想要什么，从来不会向任何妨碍他的东西低头。”

格雷丝紧闭的嘴终于张开了。“克里斯——”

“迈尔斯。”我感觉呼吸不畅，“你有和其他人缔结过吗？有我认识的吗？”

“没有，”格雷丝说，“我从来没有缔结过任何人。”

我立刻走到门口，摸索着门锁。

“迈尔斯！求你别走。”

我猛地打开门，寻找楼梯间的方位。

“迈尔斯！我的血在上面！”

我回头来，“你发誓。”

她立马从口袋里掏出了一把刀。我关上了门，但手还放在门把上。她用白色的刀刃划过皮肤，“我将力量与这个承诺联结在一起：没有你的同意，我不会把你的力量转移到我身上。”

鲜血涌上她的掌心，她画了一个具有独特风格的G字母，象征着一道闪电，“我以巫师之印和鲜血发誓，我的誓言绝无半句假话。”

她伸出手。鲜血又渗入了她的皮肤，咒语已经永久成为她身体的一部分。

现在我可以信任她了。

我拉起她的手，用手指在上面抚摸着。她的手掌上横着一道细细的伤疤，融入了其他掌纹，成为一道新的财富线。

“你感冒了。”我说。

“你有了新的巫师之印。”她挠了挠手指，“是在战争中得到的吗？”

“有了什么？”

“一个巫师之印。你一直有粉红色的那块，但新的那块是绿色的。就在这儿，还有那儿。”她的手指在我头顶上盘旋，一个在我的太阳穴附近，另一个在我的后脑勺上，“你还是看不到光环。”

我耸了耸肩，“我做不到的事情太多了。”

格雷丝捂住嘴，为自己的无礼感到懊恼，“至少你可以在战争中幸存下来。”

但我并不值得。“这倒是。”我说。

“我们知道你去了那儿。父亲还发现你去了医学院。”

“他为什么不把我拖回去？”

“他以为你会主动回家。我们把你失踪的事瞒了好几个月。”格雷丝说，“然后你就离开了。收到电报知道你失踪后，他很伤心……”

“什么？他在乎吗？”我发出了一声冷笑，“他可能在收到电报前就开始在你面前检阅潜在的次巫了吧。你怎么会瞒着他这么久?”

她抿了抿嘴，“你失踪后，他就疯了。他命令军队去追踪你。”

我后退了一步，“父亲逼迫约翰斯顿将军去突袭天堂营了?”

“万恶的地方。”格雷丝皱起眉头，好像闻到了什么难闻的气味。

“我们得给那儿起个名字，”我说，“苦涩的讽刺似乎最好。”

格雷丝耸了耸肩，望着天空。我惊叹于她面容的变化——她长大了，成为一个女人了。可她还是一副老样子，仿佛一直没有什么改变一样。“这——这个名字不好吗?”

一股冰冷的、球状的压迫感在我的脑壳后轻轻碰了一下。是一个幽灵。我用手指拂去的一段记忆，“这附近不会碰巧有什么喝的吧?”

“当然有。”格雷丝说。

我来到一张熟铁材质的玻璃咖啡桌前，并在其中一端找了个铺着天鹅绒的座位。格雷丝给我倒了一杯用一滴水稀释的高脚杯威士忌。我第一口喝得太多了，超出了合理的范围，有点不礼貌。我把空杯子放在我们两人之间的桌子上。

格雷丝坐在我左边的座位上，把切割水晶瓶放在角落里。我向右挪了一下，把脸转过去看外面的风景。

在我左边的窗户里，一艘艘船从蓝河口驶出。我的手指向了西边，艾尔斯湾像是东边的相框，勾勒出了金斯顿最古老、最富庶的地段，从象牙色的银行和贸易公司，到宫殿顶上淡绿色的圆顶。目光所及的所有街道都种满了长着金黄色和红色叶子的树木。比起我离开的时候，这里已经有了极大的发展，建筑更加高耸，更加繁华了。

我本应永远离开，不应该如此迷恋金斯顿。

人们沿着道路的格子线移动着。城市的脉动生活在我们脚下显得是那么的渺小和忙碌。他们中的一些人也有姐妹，那他们会对我妹妹说什么呢？

我很想你。我们不能再见面了。这不是你的错。“我还以为再也见不到你了。”我说。

“你为什么要离开？”

“我想治病救人。”我给我们俩都倒上了一指深的威士忌。

“我知道。我不会阻止你的。”

“我想获得自由。”

“我会让你获得自由的——”。

“那你为什么要缔结我？”我问道。

“因为我需要你，”她说，“其他次巫没有一个像你这样想要自由。他们弓着脖子，把自己的才能当做无用的伎俩来否定一切。他们中没有人可以让其他次巫仰望。”

“所以，”我往后一靠，摇了摇头，“我想要自由，所以你想把我缔结在一起，教其他人也应该像我一样。”

“我之所以需要你，是因为风暴歌者和次巫应该像伙伴一样联结在一起。因为次巫不是失败者。那是骗人的。与次巫联结只是因为我们需要巫者能量。”

“你永远需要更多的力量，格雷丝。”我不希望有这种争论，“无论你打算如何高尚地使用巫者能量，你总是需要更多。我不敢相信，这么久了你都没有联结过任何人。”

格雷丝喝了一口威士忌，“没有人觉得自己是对的。没有人觉得自己像你，也没有人拥有你这般能量。在我自己弄明白这一点之前，也没人知道我要做什么。你我联结在一起，就是手套里的同一只手——”

“而我就是那只手套。”但我们联结在一起，什么都可以做。在我只有八岁的时候，为了保留春花的绚丽，我们在家园的土地上空阻止了一场倾盆大雨。我们待在一起的时候，我能感知风，知道空气和水的运行模式，但单靠我自己的话甚至连一阵风都吹不起来。在一起的时候，我们所向披靡。没有她在，我除了耍些二流把戏外，只会让人失望不已。

不。我挽救过生命，我是有信仰的。我的价值不仅仅是一个能量储备，我不会变成次巫的。

“我们可以成功的，”格雷丝说，“我没有必要在巫师圈里吸取你的能量。你不在的时候我就已经可以召唤了。”

“这么说来，让我做奴隶只是为了面子？”

格雷丝紧闭双唇，“我已经发过誓了，迈尔斯。不要侮辱我。”

我松开了拳头，“好吧。告诉我你最近在做什么。”

“我要结婚了。”格雷丝的笑容柔和而温暖，但笑容背后的原因还很新鲜，“这栋楼是我未婚夫设计的。”

“埃德温设计的？不可能吧。”

格雷丝拉下脸来，“埃德温是多年前的事了，迈尔斯。我是和雷蒙德·布莱克订婚了。”

“大布莱克湖家族的人?”这可是百大家族中最有权势的汉斯莱家族的后裔。我又喝了一口威士忌，酒杯里还剩下一些，“你当年对埃德温不是很专一吗?”

“迈尔斯，我当时才十四岁呢。”我歪着头，瞄了瞄，“父亲肯定不希望你嫁给一个次巫。”

格雷丝下巴上的一块肌肉跳了一下，“雷很厉害的。他会弹竖琴，这酒店还是他设计的。他长相英俊，才华横溢——”

“还天赋异禀吧?”我把右腿翘在左腿上，“他是个风暴歌者。”

格雷丝在座位上晃了晃。“没错，他是和我一起加入的。”

“汉斯莱家族和布莱克家族联合起来，你就可以完全压制隐巫者了。”

格雷丝转过头去看了一眼，“倒不如说是牢牢控制。”

最后一口威士忌在我的酒杯里颤动了一下，“情况有多糟?”

她抬起一只肩膀，望向远方，“从你走后，日子就不太平了。”

我的叛逆招致了种种恶果。我计算了一下代价——生活的不便、能量的丧失、家庭的尴尬，我可以看出风正吹向何方，“父亲的能量被侵蚀了。你从来没有缔结过一个次巫。可如果你的浪子哥哥在你身边……”

格雷丝叹了口气，“是的。”

“那你还发血誓保证不缔结我?”我坐回椅子上，疑惑道，“为什么?”

“这些都不如你重要。”格雷丝说，“你还活着。我可以把我哥哥找回来。”

我放下酒杯，“克里斯托弗·迈尔斯·汉斯莱已经战死了。”

“不，他没有。”格雷丝拨弄着精心梳理过的发浪，红褐色的头发直垂到眼睛上，“你不在的每一天，我都很想你。”

“对不起，格雷丝。”

“别这样，”她说，“现在你已经在我身边了。”

但我不会回去的。就算覆盖着缎子和银器，牢笼终究还是牢笼。我站起来，扣上粗布外套的扣子，穿过房间走到她坐的地方。“你今天下午有什么安排吗?”

“没有。”

“那我……”

我用手指抚摸着她的脸。她一直在用生理盐水治疗鼻塞，但病毒仍然挥之不去，不断刺激着她的鼻子和喉咙。我大致了解了感冒病菌的形态和习性，很快就认清了这种特殊的入侵者。她静静地坐着，让我给她治病，尽管她会发烧半个小时，整个下午都疲惫地睡着。不过，等她病好了，就可以饥肠辘辘地起来吃晚饭了。

当我把手拿开时，她却抓住了我的手，“谢谢你，迈尔斯。我讨厌感冒。我一直不知道该如何忍受。你想让厨房做点什么吃吗？电话旁边有一份菜单——”

“我得走了。”

这就是我为自由和学医所付出的代价：为女王陛下和我唯一的妹妹服务了七年。我不敢看她的脸，不敢看她脸上因我流下的热泪。喉咙里传来撕心裂肺的痛楚，我只好在离开时保持沉默。

一直等到我的手触碰到门时，她才开口，“迈尔斯。”

我差点把头撞在镶板的黑色大门上，“怎么了？”

“我不会放弃的。但我会替你保守秘密，不让父亲知道。”

希望涓涓地流淌在我的痛处，让我略感欣慰。我答道：“好。”

我按下了可转动的铁质门把手。

在确定我的手帕没有从我的夹克口袋里漏出潮湿而又皱巴巴的一角后，我装出一副和颜悦色的样子，走出了电梯。客人们还在大厅里徘徊，有人想同我搭话，但我没有理睬。我快速走到街上，去呼吸弥漫着苹果香味的空气。

如果我伸长脖子去看伊甸山庄最顶层的窗户，我会看到妹妹再一次目送我离开吗？我把目光停留在周围的街道上，与韦克菲尔德商业区时髦的路人一同漫步。在午餐会结束后的归途中，外汇商人和交易者若有所思地昂首阔步，对头顶上丰富的水果毫无兴趣。

三个十多岁的女孩正往桶里装苹果，准备带回家，我从她们身边绕了过去。那个爬到树枝上的女孩尖叫着发出警告。我从空中接住了一个金红色的苹果。

“对不起，先生。”

“没事的。”我把它给了一个戴着针织帽、穿着条纹毛衣的女孩。

她摇了摇头，“你拿到就归你了。”

我收起我的奖品，躲开骑手扬起的风，小跑着穿过马路。苹果又圆又硬，挂在秋日的空气里还有点冰凉。格雷丝从小就喜欢吃苹果，尤其是在飘零之月伊始，苹果尚未成熟的时候，她要吃到肚子疼方作罢。她喝了从仆人的食品储藏室偷来的烈性苹果酒，结果第一次喝得酩酊大醉。即使遇上不愉快的事，也不会减少她对最喜欢的食物那种坚定不移的热爱。我咽下了喉咙里的疙瘩，把苹果扔进了垃圾桶里。

我不能让我妹妹回来。即使我学会了如何掩饰我的魔法光环，我们也不能在慈善会上同时出现。她不能去看我，我也不能再回家。但我们可以小心翼翼地私下见面。

如果足够细心的话，我可以从格雷丝口中得知她的朋友和伙伴们在做什么，收集杀害尼克的嫌疑人信息。没有一个内阁成员会因为叛国罪而被抓。要是被发现我在查他们，我可能会被送到停尸房，躺在尼克·埃利奥特旁边。

第五章 奇迹

博勒加德退伍军人医院是一座半圆形的建筑，由灰色的石头和带黑色边框的窗户组成。这种窗户有多块玻璃，共同构成一个更大的整体。这里曾是韦克菲尔德十字街的旧址，后来十字街搬到更远处，位于上城区的一栋更大更宏伟的建筑里，并把土地捐给了当时处于休眠状态的仪仗部队。这座建筑从来都不是为了收容这么多受打击的灵魂而建的，但那沉稳的体量却优雅地承担起了这个重担。

与院子接壤的黑铁栅栏是金斯顿最好的铁艺作品，铁链子将涡卷形装饰和古老的守卫标志缠绕在柱子上，拴着员工的自行车。一辆精致的马车立在步行街边。马车夫一边吃着手中的苹果，一边对着四匹绸缎般的黑马哼着小歌。他向我点头，我回应了一下，然后走到前门。落叶飞旋直下，我的鞋踩到叶子上，发出了嘎吱嘎吱的声音。真是干燥呀。

温暖的空气冲进大开的前门，轻拍着我冰凉的脸颊。大厅里，病人们聚集在无线设备旁，那些没有椅子坐的人站在了后面，但所有人都把头对着扩音器。听到最后一艘船从莫斯威岛启航，船上挤满了回家的士兵这一消息后，他们都笑了。新闻播报结束了。有些人把座位让给了在后面等待的人。弦乐和号角演奏着欢快的舞曲，病人们适时点点头，或在膝盖上轻拍着节奏。

其中一个站起来让座的是老杰拉尔德。他比我想象中更高大，肩膀更宽，眼睛周围的皱纹因微笑而加深了。他腿伤刚愈，尽管步态尚且不稳，但他看起来很有精神。他不知在哪找到了润发油，刮了脸颊和下巴，还修剪了胡子，打了蜡。

我们见面时握了握手。

“老杰拉尔德，很高兴看到你起来走动，不介意我这么叫吧?”

“迟早会习惯的。”他跟在我的后面。

“你看起来好多了。”我说。

“真是个奇迹，医生。”

我又一次给他催眠了，该死的。“我很高兴你休养后有所好转。”我说。

“你让我卸下了身上的重担。感觉像是做梦一样。”

“你是说*他*吗?”

杰拉尔德点了点头，“这不是真的，对吗?”

这是个棘手的问题，最好私下探讨。“我知道你当时的感觉很真实。”我说。

“但我其实很生气，”杰拉德说，“我生气是因为我做的事……”

他突然紧紧地闭上了嘴，看看是否有人听到他说话。他回头看了我一眼，疑问已经写在了脸上：他从噩梦中解脱了，但是否还会再来呢？

除非我能做什么来阻止噩梦的发生。尼克的尸体在楼下等着我，亨特先生大概在楼上等着我。我会查出尼克知道什么，他因何而死，他为了保护谁的秘密而被杀。但病人永远是第一位的。

“咱们到花园去吧，老杰拉尔德。呼吸新鲜空气应该对你有好处。”

我们来到鱼塘边的石凳上，他坐了下来，把心中的困扰告诉了我。他向我袒露了那些无助而又恐惧的日日夜夜，还有那些战役，让他学会了一个人在战争中应该做什么。他确实有足够的经历可以告诉我这些。我知道一个男人会做什么，如果这意味着在战争中活下去的话。

然后他告诉我，是从什么时候开始第一次认为自己体内住着一个杀手。

“我正要回家，医生。我因为掉进了一个陷阱而被开了罚单。伤口还受到感染，但我挺过来了。但后面他来了，我知道这一切已经没完没了。”

“你怎么还是这么想。”

我锁定了目标。他深吸了一口气，“如果它又回来了呢？”

“如果它回来了，你就会知道这一次不是真的。”

“它要是再来，你会帮我，对吧？用催眠术。”他耸起肩膀，迎着微风，注视着银色的鱼儿用鼻子嗅着水面上掠过的昆虫，“它可能会回来，也可能不会。”

“我可以用催眠术帮你入眠。会让你感觉好得多的。”

“不光是睡觉的问题。还有……”他鼓起勇气问道，“我会像新闻里的那个家伙一样紧张吗？”

原来，事情已经抖出来了。“我们不知道为什么詹姆斯·巴克利会这样做。这件事情太可怕了。你听说了吗？他回家以后就没有工作了。”我说。

“他可真不容易，曾经为国效力，回来后却一无所有。”老杰拉尔德拍拍胸前的口袋，苦笑着说，“医生，介意我抽支烟吗？”

“如果可以给我一根，就再好不过了。”

他惊奇地递上一支烟，“你也抽廉价香烟？”

“在前线嘛。”我说，“现在准备戒烟了。”

“不知道为什么。抽烟让人很放松。”他用一只手夹着香烟，熟练地把火柴掐灭了。他用拇指和食指捏住烟，把燃烧那端的光芒藏在手掌后面。他现在见识过一些和我的共同之处了。

香烟很刺鼻，我把烟吸进肺之后，烟就像倒刺一样刺人，但是那种急促感和平静感让我有点上头。我已经三个星期没抽过烟了，我被它弄得晕头转向。

我们盯着池塘和带有斑点的银色鱼儿，看它们不间断地觅食。他说：“我想回家，医生。玛丽需要我。虽然我不在她也能过得很好，但没能陪在家人身边是件丢脸的事。我在这里——”

金黄的树叶从一棵白桦树上飘落下来。一片边缘已经破烂的叶子落在了池塘里。鱼嗅到了叶子的气息，误以为是食物。

“我能找到工作。我是一个园丁。”

谈这个还为时尚早。“你已经起床走动好几个小时了。”我说。

他挥了挥手，烟雾在手指间缭绕，“你知道我在无线广播里听到了什么吗？我们的孩子要回家了。有多少人需要我的床？小杰拉尔德的床怎么办？”

没有人把消息告诉病人，但他们听到了风声，察觉到了我们试图隐藏的东西。“小杰拉尔德没有家人要——”我说。

“他还有我呢，”老杰拉尔德说，“把他送到我这来。我们可以腾出点空间，照料他。他生性开朗，腿也没啥毛病，已经一个星期没做过噩梦了。”

我需要密切关注老杰拉尔德。要监视他大脑里的瘴气，看是否会再次扩散。我还不能让他出院。

他是我需要治愈的对象。他是个成年人了，我不能违背他的意愿把他留在这里。

“距离游行日，”我说，“只剩三天了。”

“一言为定，医生。”

我们握了握手，再次确认。

好吧，我创造了一个奇迹。老杰拉尔德不再是我两周前见到的那个沉默寡言、与世隔绝的人了。他大步走进12号病房，向每个人挥手致意，然后坐在了小杰拉尔德身边，一心想把消息告诉他。

“辛格医生。”

我转过身来。“克罗斯比医生。”

“午宴吃得开心吗？你比其他医生回来得更晚。”

“个人咨询耽搁了，”我说，“格兰姆斯先生想跟我谈谈。”

“啊。奇迹般的治愈啊。”

我脖子后面的头发刺痛了一下。“不完全是，”我说，“今天早上，他对催眠术的反应不错。你需要什么吗？”

“我看见一位先生在你的办公室外面等着。你目前还不是很成功嘛。”他说到最后，对着我的外套和帽子，还有脖子上围着的红围巾点了点头。我的手掌直发痒。克罗斯比医生不太受欢迎，他的同事和病人都不喜欢他，我也不会为他辩护。但克罗斯比要是把注意力放在我身上，我将度过悲惨的一个月，除非他去挑别人的毛病。

“谢谢。我还是去会会他吧。下午好，医生。”

我没有逃跑，急着要去见亨特先生。我不顾旁边六十五级台阶周围的缝隙，一次迈过两个台阶。亨特先生正坐在我办公室对面的一张木凳上等着我。

他以惊人的速度读着一本书。他的帽子紧挨着他放在长凳上，一绺头发从他的发辫里滑了出来。他把一根手指放在书页之间，然后站了起来。

“辛格医生。”勒索者向我鞠了一躬，优雅地低下头和肩膀。所有贵族的礼仪和风度都在我的肢体内时刻准备着，我几乎要用手势回应他了，但还是忍住了，只是伸出了手。

“亨特先生，让你久等了。”他握着我的手，我的心怦怦直跳，“十分抱歉。我刚刚在病人那儿。”

“不必担心。”按照惯例来看，他和我握手的时间延长了一个心跳那么久。当他松手时，指尖顺着我的手掌滑过。这种感觉在我的皮肤上流连了一会儿，似乎不愿离去。

“你在这儿等了很久吗？”

“我一直在看这本书。”他举起来让我看书名，“我一来看到它放在长椅上。”

我叹了口气，“那本书在我们单位很受欢迎。”所有可怕的东西都是这样。

“你读过吗？”

“没有。”

亨特先生拍了拍书的封面，“这本书讲的是一个女人爱上了一个被初恋的鬼魂缠住的男人。”

“什么烂书。”我打开办公室的门，“进来吧。”

他让我脱下外套，然后把身后的门关上。他把这本书和其他几本廉价小说放在一起，然后解下围巾。

“如果我来之前就听说了，我一定会觉得这很可笑。”我接过了他的帽子。他的手指灵巧地解开了上衣，我把衣服挂在紧挨着我的钩子上，“我想知道他们为什么不找巫师来解决这个问题。”

我皱起了眉头，“因为这只是一个传说。”

“咱们都知道这不是真的。”亨特先生说。

我吓得直哆嗦，“亨特先生，请吧。”

“怎么会变成这样？”他用手在额头上抹了一把，仿佛可以抹去心中的苦恼，“我拜访过的每一位占星师都是骗子。每一栋被认为闹鬼的建筑都只是通风良好，有点年头而已。我在审判中见到的每一个巫师都没有获得自由的希望。”

“他们不会审判你，除非你被查出什么问题来。”

“他们太卑鄙了，只要有一点怀疑就会抓人。你知道吗?”

“我知道，”我说，“所以我希望你不要再提这件事了。”

“但你知道这是真的。”他低声说道。

我转身看向窗外。“这并不重要。重要的是人们的信仰。”

“他们以为巫师已经——”

“几乎被消灭了，那些能量充沛的人难免会疯掉，”我有点不耐烦了，“情况可能更糟。一百年前，他们被认为是邪恶的化身，必须被处死。你怎么会不知道呢?”

他皱起了眉头，“我认为终身监禁是一种进步。你是怎么活下来的，还有你的巫师家族?”

他并不知道我是谁。尼克只是叫我克里斯托弗爵士。但是亨特先生不知道艾兰国的巫师会些什么，如果他不知道巫师和法师的区别，那他就不是一个逃亡的次巫。那他是什么身份呢?

他打破了我的沉默。“除了你以外，我还见过其他巫师。”

“什么？你说……”

“你和尼克是我唯一见过的巫师。”他澄清道，“但我也见过其他人。他们有钱有势，因此很危险。为什么富裕的巫师就可以逍遥法外?”

“我可不想落个审判的下场。”他问了一个危险的问题，我不敢回答，“你也不应该这样。请不要再提这件事了。”

他歪着头，皱着眉，然后耸了耸肩，靠在我的文件柜上。“我不会把你的秘密说出去的，医生。你愿意接受我的提议吗?”

“我要检查一下尼克·埃利奥特，”我说，“我会和你分享我发现的一切。我想知道他对战争了解多少。如果可以帮助到我的病人……”

我的书架上摆满了为病人准备的小说，亨特先生从中拿起一本，翻了几页。“我想陪你做尸检。”

“尸检很可怕的，亨特先生。”

他耸了耸肩，“人的心脏就像牡鹿的心。要是我晕过去，你尽管嘲笑我。”

我忍不住笑了，“如果你晕倒了，我肯定会笑你的。”

“所以你同意我去吗？”

“如果我不让你去，你会缠着我要尸检报告吗？”

他笑了起来。听到这笑声，我屏住了呼吸。我真希望自己是个滑稽可笑的人，这样就可以再次听到他的笑声。“肯定会的”。我说。

“那还是让你留下吧。”

亨特先生跟着我走下长长的楼梯，来到停尸房。我加快了步伐。他是来阻止调查的，还是真的想知道真相？他到底什么来历？他很有钱，很自由，却像个外国人一样无知。他到底是何方神圣？

我放慢了脚步，走下最后一层楼梯。我正准备发问，他却先开口了。

“关于精神疗养院，你都知道些什么？”

我对这个突如其来的问题感到很惊讶。“我只去过城里的一家，”我说，“不过我想它们很相像。你想知道什么？”

“你为什么要把疯子送到远离家人的地方？他们去探望岂不是不方便。”

“往往这就是问题所在。”我绕过栏杆，尽量不让脚步发出回声，“有时候，离开家人独处也是治疗的一部分。”

“难道你的家人也是病号？”

“我可没说。”我把手指放在鼻子旁，他对我闪过一丝冷笑。

“亨特先生，”我们走到楼梯底下时我说道，“我无法忽视你非本地人的身份。你不是金斯顿人，应该来自很远的地方吧。”

“非常远，”他同意道，“我走过漫长而危险的旅程才来到这里。”

话题已经偏离了。“那你是从哪儿来的？”我问。

他低下头，向右打了个手势，“这里是停尸房吧？”

门上涂着停尸房的黑漆标记。看来他的出身是个禁忌话题。他在隐瞒什么？

我找到了正确的钥匙，门向黑暗中打开了。

“奇怪，”我说，“里面应该有一个值班人员的。”

我拉下开关，整个停尸房就被冰冷的白色以太灯填满了。在铺着绿色瓷砖的房间里，长长的石质检查桌两两并排摆着。我把医疗包放在最近的一张桌子上。

亨特先生抄着手跟在后面。“哪个抽屉装着他的尸体？”

“我得去看看他。”我在墙上找到了夹板。尼克·埃利奥特的名字是名单上的最后一个，是在八点签入的。但是签到框旁边还有一个条目。尸体已经被签出了。

签出了？

“这是什么意思？”

我摇了摇头，“出了差错吧。应该没什么事。”

他登记在了12号抽屉里。我穿过房间，拉开抽屉门。

我盯着空荡荡的铁盘子，“见鬼。”

他跟着我过来，“尼克·埃利奥特本该在里面吗？”

“是的。”抽屉擦得锃亮，四角还湿漉漉的。这个抽屉今天还存放着一具尸体。

也许他已经被运走了。我打开了所有抽屉，寻找尼克·埃利奥特。大多数抽屉里都飘散着漂白剂的味道。所有尸体都被清理了。

“他们都不见了，”我说，“所有尸体。真是*活见鬼*。”我松开拳头，试着呼吸一下。停尸房空了，所有的尸体都不见了……

亨特先生靠在检查台上，“是不是有点蹊跷？”

我砰的一声关上最后一个抽屉，结果又弹了回来，正好打在我的手肘上。“是的。但我不知道是什么情况。”我紧握着手臂，把激怒的伤痛压了下去。

“一步一步来吧，”他说，“遗体离开这里最常见的原因是什么？”

“家人出面，要求埋葬尸体。也许警察来找他了。”

“那你怎么确定？”

如果他负有责任，还会这样帮助我吗？他非常冷静，推理着事件的经过，等待最终的答案。“文书档案。”

我打开了办事员办公室，找到了即将发出的过境记录文件，“哦，不。”

警察还没来，但金斯顿的殡葬部门来过了。我在那堆过境记录的底部找到了尼克·埃利奥特的名字。

我把文件递给他，把紧握的拳头塞进口袋。他愤怒地抿紧双唇，“这上面说——”

“尼克·埃利奥特的尸体已经被送去火化了。”

第六章 文书背后的暴行

尼克可能还没有被火化。我急忙拿起电话，“接线员，帮我转接市殡葬部门。火葬场。”

电话接通办公室时，我正听着咔哒咔哒的铃声，等待着。电话铃响了六次才有人接听，“这里是火葬场。”

“我是博勒加德退伍军人医院的迈尔斯·辛格医生。我打电话是想咨询一下今天下午被送往火葬场的一具遗体的事。中间出了点差错。”

“什么差错？他们来的时候都已经死了。”他气喘吁吁地轻笑着，祝贺自己讲了个好笑话。

“我想对其中一个做尸检。尼克·埃利奥特。”

“所有尸体都是几个小时前从博勒加德运来的。你的病人现在可能已经灰飞烟灭了。”

木制听筒在我的手中变得滑溜溜的，“你确定吗？”

“我亲自检查了尸体，都在里面。真是不走运啊。”

“太不走运了。”我附和着说，内心感到空虚，“谢谢你的回答。”

亨特先生走到服务办公室的门口，“太迟了吗？”

“太迟了。”我指着他手里的文件，“我不该让你整理的。这些是机密文件。”

“你真是生活在秘密之中啊。”亨特先生又开始翻阅当天的文件，“埃利奥特的尸体是怎么送到火葬场的？”

“医院开具文件。有人把他的抽屉写在正确的表单上，不认识尼克的人得到了表单，所以尼克的尸体被运走了。”我走到水池边，利用肥皂和水洗手这种惯例，让自己平静下来。

“是E.M.，不管是谁。”他走出办公室，手里还拿着那份运输文件，“还是J.R.。”

“等等。”我擦干双手，走回挂着的写字板前，在尼克·埃利奥特的尸体从停尸房通往火葬场的必经之路上，这是第一个路标，“这里写着，E.M.签出了六具尸体。”

他翻看了一下运输单，“市里带走了六具尸体，单子上的名字缩写是J.R.。”他把名字念给我听，我对照记录核对了一下。他们中的一部分在以太冷藏抽屉里躺了两个多星期，大约是我们把无人认领的尸体送去市殡葬部门之前所保存的那么久。他们中的大多数将被火化并埋葬在退伍军人墙，他们的名字和服役日期会刻在他们的印章上。

尼克·埃利奥特不是退伍军人。但有人这么快就把尸体送走是有原因的。“尼克·埃利奥特的单据上的19号箱子里有写着字母D吗？”我问。

“有，”他说，“先别告诉我。这是患病的意思吗？”

“他的症状看起来像霍乱，或者是其他的传染病。”我说，“有些人在碰到有传染病的尸体时，更倾向于谨慎行事。”

“多亏了E.M.。”亨特先生翻了翻值班日志，“是J.R.留下了那张令人愤怒的字条。”他又重新开始翻阅，书页相互摩擦，发出了沙沙的声音，“值班记录里没有E.M.这个人。”

“见鬼了。”

我们苦苦搜寻，但是在签入表单的地方，或者说在桌子上的任何文件里，都没有找到E.M.。

“就好像这个人走进来，签下了尸体的名字，然后又走了出去。”亨特边说边用修长的手指整理着表单。

“每个医生都可以进入太平间。我有主意了。”我伸手去拿电话，把话筒举到耳边。

“这里是接线员。”

“你好，还是迈尔斯·辛格。”我说，“我在看值班日志，我想看一个名字缩写为E.M.的人写的内容，不过字迹太潦草了。你能告诉我哪些医生的姓名首字母是E.M.吗？”

“哦，马西森医生是。”接线员说道，然后抽了抽鼻子。

“斯尼菲！是你吗？”我问。

“下午好，医生。我升职了，”他说，“不用再拖地了。”

“不赖啊，斯尼菲。恭喜恭喜。除了马蒂，还有谁？”

“我可以去查查护士。会是护士吗？”

“我觉得是个医生。还有其他人吗？”

“还有谁会来写值班日志呢？除了她就没有了。”斯尼菲说，“要我给她打电话吗？她可能在办公室里。”

“我自己去找她吧。谢谢你，斯尼菲。”

“马蒂是谁啊？”我挂断电话后，亨特先生问道。

“我的老板，埃莉诺·马西森。”

他皱起了眉头。

“还有其他人的名字带有这些首字母缩写吗？”

“没有了。但不可能是她。”

“你凭什么这么肯定？”

“这不是她的笔迹。我一直在看她的备忘录。”我在纸上翻来翻去，想搞清楚这场不幸。

亨特先生坐在桌子的一角。“你给的意见是凭主观想法还是有根据的？”

“签出时间是十一点十分。她那时就该准备去参加午宴了。”

“你十一点十分见到她了吗？”

“没有，”我承认道，“我在更新病人的文件。然后我必须去前面和其他人会合，坐马车去酒店。”

“你们有多少人在那儿碰面？”

“二十几个。”我抓了抓下巴。胡楂像刺一般擦过我的指尖。

“而且你也不记得见过她。”

我闭上眼睛，回想着。那些人挤来挤去，在找马车座位，她并不在其中。“我没有看到任何一位部门领导，他们一定是和我们分开走的。”

“你记得什么时候见过她？”

“在午餐会上，”我说，“我进来的时候她已经在那儿了。所以她没有足够的时间。”

“你什么时候到的?”

“十二点十分。”

他借来一叠纸做笔记。“所以你不能证明她十一点十分就到酒店了。她完全可以先到这里给所有尸体签名，然后坐私人马车去酒店。”

“可是她为什么要这样呢?”

“不知道，”亨特先生说，“我也没说真的是她。”

“嘿!”一位怒目圆睁的女子站在门口，身上穿着医院职员那种结实的灰色棉质外套，“你们在这儿干什么，为什么乱动我的文件?”

我们侵入了她的办公场所，翻遍了她的文件。天知道她的文件系统是怎么回事，但你决不能让一个职员看到你内心的动摇。我转过身，和她的姿势保持一致。

“我猜你是斯莱特吧？你迟到了。”

“我没有。”她抬起下巴，“我五点才上班。现在还不到五点呢。”

他拿起值班日志，翻看了一遍。“我们到的时候，停尸房连个人影都没有。”

“这么说，你以为没有人阻止，就可以到处乱扔我的文件了是吧?”她大步走了进来，从亨特先生手里接过值班日志，“这些都是保密的。里金斯去哪儿了?”

“她在日志上留了个条子，说她等烦了，得去接她的孩子们。”我说。

“我要举报她，”她说，“这些麻烦事已经快要超出我忍耐的极限了。你们俩到底在这儿干什么？”

“我是来自综合内科的辛格医生，”我说，“如果你能回答我几个问题的话，我就在这张日志上写上：我4点20分到达这里，发现停尸房无人值守。”

“那一言为定。”她把工作簿塞给我，然后把期待的目光转向亨特先生，“你不是医生，对吧？”

他把他的银质钢笔递给我，“这位是崔斯坦·亨特先生。”

她一看就知道崔斯坦穿的是一件上等大衣。她把一只脚向后挪了挪，弯下膝盖，以示敬意，“对不起先生，我不该对你大吼大叫的。”

“不必道歉，”他说，“我来这里是想找一具尸体，但已经不见了。”他多么优雅地避开了真相。

斯莱特伸手去拿签到单，“是谁的？”

“尼克·埃利奥特。”

“哦，他送到这儿的时候简直惨不忍睹，”她说，“请见谅，他是因狂躁而死的。太可怕了。”

我停下笔来，翻回了日志中的一页。“他进来时是你在值班。你叫什么名字？”

“路易莎。把他洗干净可真是太麻烦了。你说他已经不见了？那他的东西也不见了？”

我的胸中里燃起了希望，“我们还没检查过。”

斯莱特打开了右手下面的抽屉，“我只留下了他的钥匙——你肯定不会要他死的时候穿的那些衣服的，先生。肯定不会要的。”

那些衣服本可以好好利用的。“衣服哪儿去了？”

“烧了，”斯莱特说，“没想到你会需要那个。”

“该死的。”

斯莱特低下了头。“你不会举报我吧？我不知情呀，表单上没有说要留下这些衣服。”

“昨晚是谁把尸体带来的？是一个护士吗？是不是一个大概这么高的黑人，满头辫子，还打着结的？”

她摆摆手，否认了我的描述，“谁不认识罗宾护士呀。她没下来过。是护理员带来的。”

罗宾没有被派到急诊科，可能是回外科康复科去了。不过，我倒希望她下来过。

“我可以看看签到表吗？桌子上没有。”

“我把它归档了，”斯莱特说，“我可是做好了我的归档工作，不像医院里的某些人。”

亨特先生拿出第二支笔，借了一本他以前用过的便条簿，又写下一张便条。

斯莱特把文件给我拿来了，打开一看是尼克·埃利奥特的签到表。“在这里。看到了吗？上面写着‘遗体待检查’。没有提到衣服和物品的事。上面应该写着。如果有的话，我就不会烧掉那些衣物。”她说。

“确实如此。但尸体却没有保存好。”

“这不关我的事，”斯莱特说，“里金斯从来没有检查过表单。你真的需要那些衣服吗？我很抱歉。我不知道是什么情况。”

“有钥匙就够了，斯莱特小姐。”亨特先生说。他没有权力处置那些钥匙，但我还是保持着沉默，内心有些许不安。

“这有个文件要写。”斯莱特在桌旁坐下。她从书桌抽屉里抽出一张绿色的表单，把它递给了崔斯坦，“在这里签名。我会把剩下的填好，然后把填好的表给辛格医生。你也可以把它交给亨特先生，对吧医生?”

“可以的。”这是一个打破常规的日子，“让我把这个写在日志里。顺便问一下，谁的名字首字母缩写是J.R.?”

“朱莉娅·里金斯。”斯莱特说。

“我明天想和她谈谈。”

斯莱特幸灾乐祸地笑起来。“真希望我也在场。”

我很快写下一张便条，详细说明了我在4点20分到达一个空的停尸房的经过。亨特先生微笑着接过一串钥匙。斯莱特脸红了，垂着下巴，这样她就可以抬头用一双大眼睛看着他。我走了出来，去取我的医疗包。

他也跟了出来。“还有很多楼梯要爬呢。”

“想走吗?”

“已经有线索可循了。”他友善地搂着我的肩膀，“咱们走吧。”

亨特先生侧身从我的办公桌前走过，晃了晃钥匙圈上的钥匙，让它们发出叮叮当当的声响以示庆祝。“我讨厌撬锁，”他说，“有钥匙可真是太好了。”

“你打算用这些钥匙做什么?”我问道。我已经帮助他……准确地说，这不是偷，但他不是通过正当手段得到的。

“去搜下尼克·埃利奥特的家。”他边说边逐一检查每把钥匙。

“你不能这么做，”我说，“那是警察的工作。”

“你有他们的消息了吗？”他把钥匙抛向空中，又一下子接住，钥匙里的黄铜和铁筒叮当作响。他靠在我的书架上，弄乱了我放在玻璃穹顶上的一只骷髅手，旁边还放着一本《尸骨》。

“还没有。我得给他们打个电话。”

他拿起折叠椅。我拨通电话，等着斯尼菲给我答复。

“这里是接线员。”

“斯尼菲，帮我转接皮克顿街警察局。”

“马上，医生。你找到马蒂了吗？”

不可能是她干的。没道理呀。“我猜她现在已经走了。”

等了十分钟，我终于和一个穿警察制服的人说上话了。等我向库奇曼警官解释完之后，我简直不敢相信自己的耳朵。

他说：“我们不能在没有做检查，死因不明的情况下开展调查。”

“我昨晚请他吃饭了。”我说，“他告诉我他中毒了。”

“很抱歉，医生。没有尸体，我们就无法检查。如果我们不能检查，就无法确定死因。”

“这个人死得很惨。你是说你什么也不做吗？”

亨特先生耸了耸肩，同情地看了我一眼。

“我们可以查看文件，”库奇曼说，“但要在没有尸体的情况下获得证据，就必须做到滴水不漏。”

“真是难以置信。”我尽量不提高嗓门，“你是在告诉我，如果把尸体藏得足够好，或者把它处理掉，我就可以逍遥法外吗？”

“我不建议你这么做。”库奇曼警官说。

“这也太荒唐了。”

“我们会把杀人犯绞死，”库奇曼警官说，“没有拿出最有力的证据，你就想给人定罪吗？”

我摸了摸鼻梁，“怎样才能让你相信尼克的死是谋杀呢？”

“证据，”库奇曼重复道。我惹毛他了。我并不在乎，“我们通常从医生的调查结果开始——”

“死因。”我瘀伤的胳膊肘靠在桌子上。我真想知道是谁剥夺了尼克获得正义的机会，“你就不能试着找出证据吗？”

库奇曼试图把语气放缓，以示同情，“我知道这很难接受，但我们必须遵守法律。没有谋杀的证据，我们就不能继续调查下去。咱们已经聊了很长时间了。对不起，医生。”

他挂断了电话。我把听筒砰地扔回听筒架上。真倒霉。我把前额靠在手背上，想喘口气。

“警察不会来了吧？”

“他们什么也不会做，”我说，“尸体不见了，衣服都烧煳了。证据也没有。”

“也许还能找到些什么。”他摇了摇钥匙圈。

“你想破门而入啊。”

他打消了犯罪的念头，“去调查一番”。

“我可不是侦探。”

“医生总是需要调查的，”亨特说，“你可以收集患病与诊断的证据。你能做到的。”

我恍然大悟，抬起了头，“确实可以。”

他咧嘴一笑，“这就对了嘛。”

他的赞许感染了我，我也报以微笑。“不，我的意思是我可以做正式调查。环境检查。这也是诊断的一部分。表单在哪？”我费了点劲才拉开了左边的抽屉，里面放着一叠医院资料表的备用副本——我也是为了以防万一才把它们收藏起来的。

“你做什么都需要填表吗？”

“这就是文书的暴行。”我找到了其中一份放在我的记事簿上。我的玳瑁笔就放在旁边，“我每天有一半的时间都在填表。”

“我有点纳闷，他们居然没让你上厕所的时候也填个表。”

“别那么大声，他们可能会听到的。”

他傻笑着，歪着头想看看我在做什么，“那你要是填好表，我们就可以去尼克的公寓了？”

“我填了两次表。我要把原件送给我的上司——”

“你上司是医院里唯一一个名字缩写为E.M.的人，她有权释放尸体并销毁尸体吗？你需要得到她的批准吗？”

我把笔放在毡垫上，“你觉得她会不同意吗？那不是她的笔迹。”

“我不知道。你想试试吗？”

“这是规矩，”我说，“我可以肯定不是她干的。她会在所有的复印件上盖章。我们要保留原件，其余的归档。然后我才有权进行环境检查。”

“今天吗？”

“她估计已经走了，”我说，“明天吧。”

“我们不能等到明天。如果她不同意的话——”

“亨特先生，”我拿起笔，把笔尖擦干净，“你有什么建议吗？”

“今天就填好表，给你上司。今晚跟我一起去。要是她不同意，我们就不会失去今晚获得的信息。如果她答应了，我们就没事了。”

“我觉得她肯定会答应的。”

他哼了一声，看了看天花板，“假设存在两种可能性，你还不确定结果是什么。你会怎么办？”

我皱着脸，“你真是个坏蛋，亨特先生。”

他咧嘴一笑，“多谢夸奖。我试试看。”

我打了钩，在空白处写下简短的内容，直到两份副本放在我的桌子上，每个副本上的墨水都干了。“我把这些留到明天早上。”我说。

“这种时候你才会发现我的用处，”他说，“怎样去查明真相我还是略知一二的。”

“就像你清楚如何弯曲钥匙一样。”我朝他手指上旋转的钥匙点了点头。

他把钥匙抛向空中，然后又抓住，“撒谎是人类的天性，医生。他们说一些无伤大雅的谎言，然后又抛到脑后。他们总是把话说得轻而易举来解决问题。你懂的。”

他是多么轻易地就把事实搁在一边，好像那是一条颜色不合适的领带。“你对我撒谎了吗？”我问。

他想了一会儿，“我想不起来了。”

我放下了手中的笔。这不就是骗子的那套说辞吗？“你很圆滑。你问的问题就好像你理应得到答案一样，而我只是顺着你的意思去做，却不知道你的动机。”

亨特先生把钥匙放在桌子上，我随时可以把它们拿走。“只有你自己才能决定我是否值得信赖，但我希望你能这样想。我该怎么做你才会信任我？”

“告诉我你从哪里来。”

他把目光移开，耸起肩膀，“离这儿很远的地方。”

“另一个国家？”

他回头看了看我，“是的。”

“哪个国家？伊达拉共和国？”从他的肤色来看，可能是伊达拉人，但他们在近两百年前就关闭了边境。艾兰国没有多少伊达拉人。

他在座位上挪动了一下，“真有意思，你居然以为我是从伊达拉来的。”

“那到底是不是？”

他迟疑了片刻，随即摇了摇头。不是伊达拉，那能是哪儿呢。兰尼尔贵族倒是喜欢留长发。一想到他是间谍，而且还是敌人，我的心就怦怦直跳。不可能吧。

他可是我的心上人呀。

“亨特先生，你到底从哪儿来？”

他把目光移开，用手指掩住嘴巴，“我觉得你肯定不信。”

“有那么难以置信吗？为什么我一碰你，你的脸就会颤抖？”

我追问道。

他眨眨眼，抬起头来，“能看见我的面纱吗?”

他毫不费力地用魔法蒙住了自己。“我问你几个问题。这是能量变的吗？是不是像你的光那样?”我问。

“是的，”他承认了，“你看到的脸……和我的很像。”

“所以你把自己伪装起来了。可如果是能量的话，不能维持这么久吧。”我胸口有点沉闷，想努力呼吸来缓解。我想回到过去，忘掉我说过的话，无论是真是假，但我现在必须继续问下去，“为什么?”

他不舒服地转过身，“我原本的外表容易引人瞩目。我需要融入人群中。”

“你也不是个绅士嘛。”

他把脱落的一绺头发梳回他的发辫里，“我确实不是绅士。但你是。”

我闭上了嘴。事情崩溃的时候，往往是从四面八方开始。

他翘起二郎腿，“人们向我鞠躬，行屈膝礼，碰帽子，表示对我的尊重。你永远也不会这样。你对每个人都很有礼貌，包括对你的同事。”

“这和我有什么关系，”我说，“是我在问你。”

“我跟你说过，我在这儿见到过很富有的巫师。在电影院的包厢里，在音乐会上，还有在餐厅和高级酒店里。但我和他们保持着距离。”

“法师。我们是法师。”我把喉咙里的疙瘩咽了下去，“你——见过他们同时出入吗?”

他点了点头，“某个人被奴役后，又被人带到其他地方去的那种？见过一两次。太卑鄙了。这也太反常了，拿一个缔结过的人用来——。”他战栗着说。

“你们那儿没人进行力量缔结吗？”

“没有。”他说。

这话刺痛了我的心。他来自一个可以让我自由的地方。“你必须隐藏你的魔法吗？”我问。

“不用。在那儿人们会很尊重你的，”他说，“治愈术是一种至关重要的天赋。”

“但你不会告诉我你来自哪里。”我连这个人都不认识。我看到的那张脸只是一个面具，是用能量做成的。他不是艾兰人。我需要知道真相，即使得承受知道的后果。

我抓住他的手。他用力挣扎，但我还是紧紧地抓住。“我想……”

我的话在喉咙里哽住了。

亨特先生说的是实话。他的假面确实很像他的真面目，但与他的真面目相比，那是一种迟钝、粗野的东西。他本人更加出色，更加空灵……

永不凋零的美。

“半神国。”我低声说道。

“星辰者，”他回应道，一副听天由命的样子，“你好，很高兴认识你。”

一个半神国人拜访了传说中的画家布里安，脱去了衣服，请布里安给他画一幅画。他拿起画笔，陷入了一种狂喜的朦胧之中，他形容这是一生中最美好的时光。一觉醒来，他发现画室里空无一人。那幅画消失了，现场只留下一袋金橡树叶，算作费用。他辛辛苦苦地画了好几年，想把他画在画布上，最后竟把自己的眼睛挖了出来。他那些失败的画作被收藏在皇家美术馆，被认为是杰作。

关于半神国人的故事有很多这样的结局。

“请原谅我。”我想摸摸他，将手指在他脸颊上滑过。可一想到这么无礼的画面，我的神经顿时紧张起来。“我不知道原来你们半神国人真的存在。”

“我们确实存在。”他的能量在我的头皮上、背上、皮肤上轻轻地荡起温柔的涟漪，“我们两国曾经是真正的朋友。”

我真想成为他的朋友。我想让他对我微笑。我想——

我的膝盖撞到了地板上。他的生活简直活力四射。他身上散发着健康的气息和力量，就像壁炉里的火一样温暖。我可以跪在这里，一整天都沐浴在阳光里。我希望他对我有所要求，这样我就能完全按照他说的去做——

我闭上眼睛。“停下吧。”

我连忙把手抽开，紧紧闭上了双眼。我没有严重的污垢，没有铜币，也没有抵御它们的草药。在这个小小的空间里，他可以再次触摸我，让我成为他的附属物。他可以让我成为他的奴隶，让我爱上奴役的感觉。我迅速向后爬去，跌倒在文件柜的角落里。

“我向你道歉，”他说，“但你知道我为什么要保密。”

他的*声音*。我甩出一只手，眼睛仍然紧闭着。

“别碰我。”这既是我的要求也是我的请求。我希望他嘲笑我，不理我。

“我不会再对你施魔法了。”

半神国人别无选择时只能说真话，所以他们用诚实的语言来说谎。我看不出这句话里有什么破绽可言。

“求你了，原谅我吧，迈尔斯。我真的很抱歉。”那种共鸣，那种能让我全神贯注地再听一遍的力量，从他的声音中消失了。现在我明白了，为什么布里安再也没有画过其他的模型，为什么停不下来，为什么结束了对自己的折磨。

我连五秒钟都坚持不住。

“我不认为你能解开我的面纱魔法，我希望……”他结结巴巴地说，“没关系。它很安全。你看着也没问题。”

我一直闭着眼睛。

“迈尔斯，求你了。”

没有命令的意味，魔法也消失了。他的语气中带着遗憾。

我睁开了眼睛。

他又显出了凡人的样子，只不过有点帅气而已。这是一种解脱。我差点哭了出来，“你永远也不会对我施魔法了吗？”

“我不要你做我的奴隶。我不会再迷惑你，让你如此心碎。”

听起来很真诚，但这些话有太多回旋的余地。“这个承诺我接受不了。”我说。

“我可能不得不对你使用魔法。但我是为了教你东西，保护你，或者只是娱乐而已。我无法保证永远不对你使用魔法，但我发誓：我不会让你做我的随从。”

我看到了那个洞，“不管你说了愿望，你真的需要我做你的奴隶吗?”

“不需要。”

尽管不应该相信他，但他的回答还是可信的。他是众神之子，是创世者们造访自己创造的世界时，与那些迷恋他们的凡人结合所生的孩子。半神国人常常和我们一起周游世界，如果我们有幸在他们面前表现得很有趣的话，他们就会被逗乐。可后来，他们离开了这个世界去保护死者，原因则众说纷纭。

我要是得罪了他，我的生命就一文不值了。我现在可能在冒犯他。我低下了头，“我向你道歉。”

“请不要这样——”他扶我站起来，“别听我的。不要表现得好像我更有权威，或者永远不会出错，也不要轻信任何故事里说的我应该是什么样子。”

“可你确实——”

“爱慕虚荣，”亨特先生说，“骄傲自大、容易厌倦、爱恶作剧。我只能向你诚实展露这些毛病，已经够直白了。我们去尼克·埃利奥特的公寓看看吧。”

第七章 韦尔斯顿街西1455号

在去韦尔斯顿西14街的路上，我一直保持着沉默。时髦的男装和女装裁缝把店铺开在韦尔斯顿，店里的平板玻璃窗在晚上黑漆漆一片。马车散布在街道上，运送衣服、杂货和晚间邮件。我们一离开车夫那辆漂亮的马车，我就跟在亨特先生后面两步远的地方。他的扣子已经解开，大衣在风中飘扬着。枯叶在平坦的黑色道路上不断跳跃。他在两株苹果树之间驻足，让骑自行车的人顶着逆风从身边穿过。

那些人从他身边经过时，连眼睛都没眨一下。他们不知道走在他们中间的是谁，也不知道那个穿着精致外套、梳着老式辫子的英俊男子是个传奇人物。

传奇人物仔细查看了商店之间那些不起眼的门，还有上面的公寓入口。我把双手深深地插进口袋里，等待他的决定。

“直接出门，到街上去，”他若有所思地说，“慌乱的时候，我总会这么做。”他转向东边，对着迎风面选定了目的地。那是一栋砖砌建筑，一楼有一家马丁&戈尔德书店。

亨特先生站在写着1455的黑白瓷砖上，试着用一把黑色铁钥匙开锁。

我环视街道。“你觉得是这个吗?”

锁哗啦一声开了。他笑着为我扶着门。墙上有个铜制信箱，我们并肩站着，读着贴在上面的名字。

“埃利奥特。”我把手指放在刻着的牌子上，“301。”

楼梯在我们脚下吱嘎作响，我还收到了一个惊喜——走廊上的破地毯铺满了粉红色玫瑰。

他走了两步，转过身来盯着我，“这是什么地方?”

“我以前见过这个地方。”

“你认识住在这里的人吗?”

“不认识，是在……他死的时候。”我不能公开谈论这件事。

他拍了拍我的肩膀，“我明白。”

我想靠在他的手臂上，但又有些畏缩。我索性问道：“那件事合乎常理吗?”

他抬起头，“有可能。难道你不知道?”

巫师已经好几百年没有引渡过死者了。“不知道。”我回答。

“我是这么认为的。咱们先找到301房间再说吧。”

“好的。”*表现得像你属于这里一样，迈尔斯*。我挺起胸膛，准备对遇到的每个人展露微笑。

一个穿天鹅绒外套的女人在楼梯平台上遇到了我们，我们便走到一边让她过去。她回头偷偷看了亨特先生一眼，没注意到我那件多余的工作服。二楼传来阵阵音乐声——原来是有人在拉小提琴，而不是无线广播或留声机发出的声音。

他驻足聆听，“拉得不错。”

“可旋律很古怪，先生。”

他不满地看了我一眼，“什么意思？”

“这是*卢卡斯复仇记*的最后一段独唱曲。”

就在卢卡斯眼睁睁地看着敌人克里昂的下属们起身要刺死他们的国王将军时，小提琴随着进攻提高了声调，尖锐的音符记录下了痛苦的笑声。我不禁打了个寒颤。

亨特先生爬上了三楼的楼梯，“正义使者卢卡斯？”

“是毁灭者卢卡斯。”我纠正道，“巫师王卢卡斯。”

“巫师王。”他冷笑道，“卢卡斯统治时情况如何？四十年的法律改革，女孩可以和男孩一样接受教育的传统——”

“对不起，先生，做了坏事之后，你会通过做好事来弥补吗？”我问道，“卢卡斯带来了改革，但那是用鲜血换来的。”

他带着怀疑的眼神看向我，“所以他做的好事……其实是邪恶的？”

“不，”我说，“这很复杂。301到了。”

亨特先生试着用一把黄铜钥匙来打开那个破旧的钥匙板孔。我扫视了一下大厅。会不会有人出来，看到我们闯入他们邻居的公寓。

“这么倒霉吗？”

“肯定是其中一个……啊。”

门打开了，里面露出一个小巧整洁的厨房，水槽上方的窗户几乎给放着药草盆栽的架子遮住了。我跟着他溜了进去，关上了门，把锁重新扣上。

他站在厨房中央，盯着一堆昂贵的、由以太电能驱动的器具，“你觉得这些东西怎么样?”

我脚下的一块地板吱吱作响。亨特先生对我的退缩报以微笑。“先生? 呃，我的总体印象吗?”我问。

他对那些小玩意儿挥了挥手，“我的意思是，尼克·埃利奥特拥有这些东西，说明了什么?”

我把医疗包放在烤板上，解下围巾，“他很有钱嘛。一个炊具，一个快水壶，一个搅拌机，还有一个咖啡壶? 这些东西很贵的。”我走到他身边，用我的衣袖在他的身上蹭了蹭，“也许他在公司里工作过。这些都是阳光电器公司的产品。”

“可都没有连接到电源板上，”他观察后说道，“你说这是为什么?”

“只有一个电板，”我说，“这地方太老旧了，不能再住了。”

他对着墙上的投币箱点了点头，“还有什么?”

我环顾四周。还有什么地方不对劲吗? 还有什么可疑的呢? 我之前到底看到了什么?

整洁的厨房里摆放着昂贵的器具。一扇长满绿色草本植物的窗户，遮住了后巷里单调的景色。

东西都很干净……一切都收拾好了。

“他说茶里有毒，”我说，“茶杯和茶壶在哪儿?”

他打开了橱柜。一个朴素的白色茶壶放在属于它的位置上，旁边放着糖碗和茶叶罐。每个钩子上都挂着一个白色的茶杯，钩子从茶杯把手上穿过。

我打了个寒颤，一种隐约的想法爬上了我的后背，“有人来过这里。杀了他之后他们便收拾了残局。”

“说的没错，医生。”

这句恭维话让我有点心花怒放，备感温暖。“谢谢你，先生。”我说。

他叹了口气。

“亨特先生。”我纠正道。

他那痛苦的表情依然存在。“我就是你之前认识的那个人，医生。丝毫未变。”我说。

“可你……”

“非常愚蠢，”他说，“在社交上还很笨拙。我对你的世界仍然相当无知，还很不耐烦。”

“每次我想起你是个传奇人物，你就会对我喋喋不休地说你的缺点吗？”

他哼了一声，“如果你一直把我捧得高高在上，我迟早会摔下神坛的。我需要你忘掉那些。”

“我怎么可能会忘呢？”我几乎要笑出声来了，收不住的那种，“我怎么能忘记你是——”

“我可不是一个传奇啊，医生。”我的大衣衣肩在他的抓握下起皱了。他吓了一跳，松手把衣肩抚平后，又把手放回了原处，“我想回到从前。我们可以做朋友，或成为朋友。”

“我们会变成朋友的。”和半神国人交朋友，我可真是个傻瓜。

“叫我崔斯坦吧。”他说。

我的耳朵可以听到脉搏的跳动。“不合适吧。”我说。

“迈尔斯，”他叫道，温暖传遍了我的胸膛。他靠得更近了。

太英俊了，他的脸庞还只有一半真实，“我想这么叫你，你会拒绝我吗?”

我往后挪了挪，撞到了烤板上，“不会。”

“迈尔斯。”这个词让我心潮澎湃，“那你叫我崔斯坦吧。”

我的嘴唇开始发麻。我的舌头轻敲着我的牙齿。**崔斯坦**。

“亨特先生。”我叫道。

“真倔啊。”他翘起了一边的嘴角。凉风吹进了他站着的地方，“尽管茶具已经清理干净，但可能还有更多东西在等待着我们发现。”

“让我看看茶壶。”我需要做点什么让气氛恢复正常，“如果没有擦干净，我肯定需要这个。”

崔斯坦和我同时伸手去开门，我们的手撞在了一起。

“这地方挺近的。”他把茶壶放在柜台上，“你要茶壶干什么?”

“测试它的砷含量。”

“这是他的死因吗?”

“这是最合理的猜测了。他坚持了很长时间才到医院。砷味微甜，你会在茶里怀念它的味道的。”我揭开盖子，看着里面的东西笑了笑。多年的冲泡让茶壶内壁已经发黑了，里面的铜锈也没有丝毫擦洗过的痕迹。

“这是我们的第一个证据。”我把茶壶放在我的医疗包旁边。

“太好了。帮我找找剩下的证据。”他走进餐厅，身体挪到一旁让我进去。一张可供六人使用的餐桌上铺着钩针编织的花边桌布。我把手放在一只精心缝制的扇尾鸟上，发现另一只的姿势稍有不同，且第三只离第二只很近。

崔斯坦靠在椅背上，旁边还倚着一把里拉琴，他沿着桌布上的尖顶网布描画出一条路来。“这是什么？”

“贵，纯粹就是昂贵的东西，”我说，“你不能在机器上做钩针花边。这得靠手工来完成。”我摸了摸我找到的五只鸟，“每一只都各不相同，它们并不是按照某种规律排列在网格上的。”

“你怎么知道？”

“我以前吃饭的时候曾盯着一块类似的桌布。”我说。

我低着头，听父亲利用晚餐时间赞美他早熟的女儿，讲述我的失败——一天、一周、一年中的失败，那些失望的事从未留下疤痕，但也没有愈合。我数着妈妈最喜欢的桌布上扇状尾巴的鸟儿，强忍着不能流下的眼泪。格雷丝会成为一名风暴歌者；而我只是个次巫，注定要受制于我妹妹。

“迈尔斯。”崔斯坦碰了碰我的肩膀，“你从桌布上知道了什么？”

我耸了耸肩，“可能毫无意义。我是说，关于他的死。”

“但它告诉了你一些关于尼克的事。他怎么会有这块桌布？”

“不是他买的。这块桌布太昂贵了。是他母亲做的，”我说，“她做这些可能是为了赚外快。”

“你怎么知道？”

“厨房。”我朝厨房的方向挥手示意，“昂贵的器具和廉价的白色器具。富人家里总会有瓷器和管家，即使仆人不住在家里。”

“所以，一个发财的穷人中毒了。这是他故事的开始。让我们去查明剩下的故事吧。”

尼克·埃利奥特的前屋贴着砖墙，收藏着琳琅满目的唱片。留声机的喇叭开口正对着一张安乐椅，旁边还放着一个带底座的烟灰缸。墙上另一个以太电表在为无线电收音机供电。

“他喜欢听音乐。”

“我受够了无线电，”我表示同意，“哦，我真傻。他不能忍受以太的运转。”

“我也不能，”崔斯坦说，“我讨厌那玩意儿。它就像是一只在你耳朵旁嗡嗡叫的蚊子，或者像是用舌头尝到铜的味道那么恶心。”

出于内心的同情，我不禁打了个寒颤，“以太是在铜线上运行的。也许这就是原因。”我打开了客厅的壁橱，“他一个人住。另一间卧室是书房，这里没有女人的东西。”

“迈尔斯，”崔斯坦笑了起来，“你可真让我吃惊。”

我仔细看了看壁橱地板上的五双男鞋，脸颊瞬间发烫起来。埃利奥特先生本可以选择跟男人在一起的。在他这个年龄，对这种行为的容忍度会开始下降，但结婚的压力还不是无法承受的。“说的有道理。”我说。

“但我觉得你说的才对。这儿没有成对的东西。家具安排的不是成对的，他的卧室……”崔斯坦转动多面玻璃旋钮，“哦。他有个情人。”

一条淡玫瑰色的丝质睡袍，和一件更重的青铜色和绿色锦缎衣物一块挂在了门钩上。崔斯坦再次把门关上。

“一次检查一个房间吧。这是什么?”他从咖啡桌上拿起一本相册，“报纸剪报。”

我翻遍了大衣口袋，找到了一张记者证，“他是个记者。”

“我猜他写过关于园艺的文章。”

“园艺？”我走过去细细翻看了几页。崔斯坦翻到报纸上的一张照片，上面有一个小花园，在动人的夏日少女脚下，花儿翩翩起舞。

我捂住了嘴。“他是绿拇指先生。”

“每周的可爱花园？”

金斯顿东部地区为争夺他们六尺见方的地块荣誉，每周都要在《星报》上评选可爱花园。我的女房东赢过一次，她把那张剪报镶到镜框里，摆在了她的前厅。

巴斯太太会为绿拇指先生哀悼的。

“尼克·埃利奥特写的专栏是纽约最受欢迎的专栏之一。谁会想杀他呢？”

“也许有人知道他的秘密。”崔斯坦说。

“但他们可以举报他。他不可能通过检查，眨眼之间他就会被送进疗养院。为什么要杀人呢？”

“因为工作上的竞争，还是家里有了麻烦？”

“或许是他的情人？有人设法把毒药倒进他的茶里，然后把现场清理干净——亨特先生。”我摸索着找他的袖子。“他喝茶的时候只有他一个人在。凶手不会让他跑到街上的。你有没有看见什么人，在你停下——”

崔斯坦把一根手指举到唇边。

公寓走廊的地板嘎吱作响。一把钥匙滑进了前门的锁里。

崔斯坦用一只手捂住我的嘴，把我拖到角落里。

第八章 幻觉

“尼克?”

一个女人走了进来。完了，我们完了。

她看到我们肯定会尖叫，还会报警。我们能解释清楚吗?

她走进前屋。“尼克?”她完全没有注意到我们。

她耸耸肩脱下毛皮茧衣，扔在了沙发上，“别告诉我你病了，尼古拉斯·阿尔瓦·埃利奥特，你需要人照顾呀。”

崔斯坦继续捂着我的嘴，一只手紧紧地缠住我的肋骨。这些手势提醒着我，别说话，别动。他身上的茴香味萦绕在我耳边。

她脱下修长的黑色皮手套，时髦的短发卷曲在突出的颧骨周围。一头浅黑色的头发泛着淡淡的蓝色光泽，使她白皙的皮肤看起来更加柔滑。她身穿一件奶油色丝绸衬衫，一条宽腿炭色长裤，系着一个石板色和带银色条纹的领带。

那个女人穿过前屋，打开了卧室的门，“尼克?”

她看不到躲在角落的我们。崔斯坦把我们隐藏在她的视线之外，这种力量来自我所嘲笑的传说和故事，尽管我童年时曾热切地读过。他微微松开了压在我嘴唇上的手，滑下来搂住我的腰。

我们从脖子到膝盖的部位都贴在一起。他的气息在我耳边温热地呼出，我不敢离开他半步。万一我们脚底的木板发出声响怎么办?

那个女人回到了前屋，酒红色的嘴唇紧闭着。她在原地驻足，一番深思熟虑后做了个决定，嘴角的皱纹顿时又恢复了原状。她蹑手蹑脚地走进书房，把六个木制抽屉开了又关，四个金属抽屉发出了回声，她沮丧地关上了最后一个抽屉。

“你在干吗，尼克?”她对着空气问道，“你去哪儿了?”

她回来拿她的茧衣，然后匆匆披上，心情明显不悦。她检查了一下餐厅，脚下的高跟鞋在地毯上发出沉闷的响声。

我的肩膀很痒。我的毛毡衣里面太热了。崔斯坦在我脖子上呼出的气，一波又一波地扩散到了我的四肢。在我的想象中，我能嗅到他嘴里的茴香味，感受他丝绸般顺滑的发丝与我指间的缠绕。这一切太生动了，他紧紧地贴在我身上，地板嘎吱作响，还好没有被发现。我不应该考虑亲吻任何人，更不用说有些神圣而又无情的半神国人了。

女人打开钱包，拿出了一个带有刻字的银瓶，喝上几口后又戴上手套，空手离开了公寓。崔斯坦抓得更紧了，我们站在那里，直到她脚下的楼梯发出嘎吱的声音。

我从他的双臂挣脱开来，猛地拉上我的大衣，系紧我腰间的纽扣，“你做了什么?”

崔斯坦耸耸肩，“我是一个幻术师。幸好我把咱们都隐藏起来了。她在书房里找什么?”

我的呼吸的速度太快了。“你让我们隐形了?”我问。

他对我微微一笑，“是的。”

他拥有的力量真是…… “太不可思议了”。

“谢谢夸奖。”他笑得更开心了，“要同时隐藏两个人还真是不容易。我有点饿了。”

他完成了传说中的壮举，居然只是饿了？“如果是我，估计骨架都要散了。”

“我可以坚持到搜索结束为止。”崔斯坦带头向书房走去，“不管她想要什么，她什么都没找到。有点意思。”

“进来打扫的人已经搜过书房吗？”

他站在房间中央，慢慢地转了一圈，“一个发财的穷人被毒死了……就因为他写的东西？啊，太好了。一直在找这个。”

“找什么？”

崔斯坦戴上手套，举起一台立式打字机的盖板，之前得意的表情逐渐变成了苦恼。和之前那个女人一样，他也打开了抽屉。

“这是什么？”我过来检查那个打字机。

“色带还是新的，”他说，“可你看这个。”

他在桌面上放了一个盒子。这位传奇人物读过斯奈德的《**最佳二次上墨工具**》。我打开了盖子；起动机上沾满了使用过的污渍。存放在隔间里的色带已经不见了。

崔斯坦打开了所有的抽屉。“没有备用色带，也没有新的色带盒。尼克·埃利奥特重复使用了他的旧色带。他的死因就在这间屋子里，可现在消失了。这里什么都没留下。”

他检查了一下文件柜，“所有的抽屉都是空的。”

“证据不见了，”我说，“全部消失。我们什么也没发现。”

他摇了摇文件柜，“帮我搬下这个。”

我挤到他左边，我们一起把柜子从角落里抬了出来。我们发现了一堆灰尘。崔斯坦又把柜子移回角落里，我们分别在桌子的一边坐了下来。

“把你的膝盖抬起来一下。”我提醒道。我们把那东西移动了几英寸。一张便签躺在灰尘里，可能是放在电话旁边的。

“空白的。”

崔斯坦一把抓起便签，对着亮光举了起来，“不完全是。给我一支铅笔。”

我打开抽屉，找到了一支柔软的素描铅笔。崔斯坦在便签上擦了一下。浏览完上面的信息后，他瞪大眼睛瞥了我一眼，“你说你不认识他？”

“不认识。”

他把便签递给我，我读着擦拭后露出的字母：

CMH=迈尔斯·辛格医生

精神科医生，BVH

——这里允许采访病人吗？

——不要吓到他！

“B.V.H.是博勒加德退伍军人医院，”崔斯坦说，“那C.M.H.是什么意思？”

“是我，”我说，“他知道我的名字。克里斯托弗·迈尔斯·汉斯莱。”

“啊。你和克里斯托弗·汉斯莱总理有什么关系吗？”

“可以这么说。”一阵冰冷、令人颤抖的恶心袭来，我感到难以呼吸，“他是我父亲。”

“所以，你毕竟还是个有身份的人嘛。”

我点点头，努力把呕吐物咽回去，“我逃去参军了。”

他歪着头，“你比大多数人回来得更早。你受伤了吗？”

我关上了回忆的大门。如今我身处艾兰的金斯顿，天堂营已成过往。“严格说来，是的。”我回答道。

崔斯坦眉头紧锁思索着什么，然后为了礼貌地关心我而又舒展开来。“那我就不多问了。”

“多谢。”

“我只能转移话题了。”他领着我们穿过尼克的公寓，来到厨房门口，“要是尼克写的东西公之于众的话，杀手会有很大的损失，所以他要杀了尼克。”

“但他写的是关于园艺的东西，”我说，“谁会为了园艺而杀人？等等，如果他写的不只是这些呢？”

“他还能写些什么呢？”

“这场战争。他说过，士兵们应该知道真相。”

“谁会因为他反战而杀了他？”

“民族主义者，”我说，“但不是用毒药。他们会在街上把他打死，还是在其中一半人喝醉的情况下。”

“他们应该知道战争背后的真相，”崔斯坦沉思着，“真相究竟是什么呢？”

“我不知道，”我说，“他没有说太多有意义的东西。不过他也谈到了灵魂。”

这句话引起了崔斯坦的注意。他抓住我的手。“努力回想下他说的确切内容。”

我闭上眼睛，“‘他们需要灵魂。’他就是这么说的。我还以为你在寻找遗失的魔法呢。”

“灵魂力量的魔法。谁会需要灵魂呢？”

“我不知道。可以猜下吗？”

“说不定有帮助。”

“我觉得是隐巫者。我的子民。但你无法接近它们。”

“你说得对，我接近不了。”崔斯坦放开了我，帮我抚平皱巴巴的袖子，“我得知道尼克了解的内情，迈尔斯。你愿意帮我吗？”

“他对战争有些了解，士兵们需要知道这些。我会帮你的，咱们第一步应该做什么？”

“说不定去他的工作场所会有发现。”

“我不知道这趟行动能否纳入我的检查表中。”

“可能没人会告诉咱们实际情况，但试试也无妨。”他锁上了门，示意我跟他走。我们经过楼梯时，听到了楼梯的抗议声，“我们去吃点东西吧。”

与崔斯坦共进晚餐。是去餐厅，坐在一张小桌子上，用膝盖和胳膊肘顶在上面，还是去他家享受舒适的私人空间呢？我握紧手指。我不能和他单独在一起。我知道半神国人的故事是以什么结束的。“我该回家了。”我说。

他挺直身子，故作镇定，“明天下班后，我给你打电话？我让管家早点准备晚饭……”

“我会从茶壶里找到真相的。”我向他保证。

我把自行车从他的马车后面卸了下来，然后我们在韦尔斯顿街分道扬镳。

我拒绝了崔斯坦家的一顿美餐，换来了五英里半的山路骑行，山下就是金斯顿东部地区。我把自行车驶出路边的时候，医疗包里的茶壶鼓了起来。我们当时可是破门而入的，万一被抓住了……

我站在踏板上，弯腰握紧车把，以抵挡把我往西推的风力。穿过铁轨和挂在头上的以太电线时，我紧咬着牙关。抵达后，我的腿不住地颤抖。面前是一座灰色房子，带有白色窗台，十分宽阔，巴斯太太房子前面那个获奖的花园里有了秋日枯萎的残花。

一辆马车停在巴斯太太的房前步道上，车顶上有汉斯莱家的三只野猪标志。

快跑，迈尔斯。离开这里。但我的腿在克鲁的时候就不听我使唤，在这里也一样。我跨在自行车的横杆上，呆住了。

马车颠簸着，一个仆人穿着制服——*那种制服*——跳下台阶朝我走来。“汉斯莱爵士在里面等你呢，先生。”

他抓住我的医疗包的手提处，把包从自行车前轮上的篮子里拿了出来。

我终于可以动了，“不用……”

“先生？请问您需要什么帮助吗？”

他提起我的包，由于里面放着茶壶，褶皱皮边已经撑得很满。他朝巴斯太太的房子望去，我妹妹可能正坐在里面，在煮白菜和羊肉末的香气中喝着碎叶茶，吃着罐头里精心保存的饼干。

他拿着我的包，里面有茶壶，各种药品，我的注射器盒，还有我的解剖刀，自从我在361号流动医院救了二等兵詹姆斯·沃尔夫的命后，我就再没有用过那把刀了。我可以放弃所有这些，还有我房间里的一切。我可以骑着车在金斯顿东部纵横驰骋，还可以——

还能去哪呢？格雷丝发过血誓。无论她在这里做什么，都不会把我当作她的奴隶带走。

于是我抬起下巴，把腿从车座上甩了下来。我让他扶着车把，他跟在我身后两步远的地方，随我走了三十步来到前门。

我把钥匙递给仆人。他锁上了我的自行车，把我的提包递给了我，然后在前门旁边坐了下来。他身上的橙色外套一尘不染，也毫不在意身后墙上的那块补丁，那里的灰色油漆之前就已经剥落。

教堂的钟声敲响的时刻到了。前门啪的一声打开时，第一次的敲击声还没有完全消失。在我隔壁房间打鼾的管道安装工走了出来。

“医生”。

“亚瑟。近来可好？”

“还不错，只是——”他慢慢地扭动着脖子，这个动作让他缩了缩身子，“我感觉自己落枕了。见完你的神秘访客之后，你能来看一下吗？”

我的神秘访客。不是**我妹妹**。真是个小确幸啊。我来到房子后面，穿过客厅前门时，无线广播里正发出刺耳的声音并低沉地回响着。

巴斯太太家的厨房装点着绿植，十分温馨，格雷丝在一张盖着软垫的木椅上休息，手里拿着一只上好的茶杯。巴斯太太从桌旁站起来给我端上晚餐，希望我像那些劳动后男子一样，趁女人在厨房里忙活时直接把晚餐倒在盘子里。

“我喝杯茶就好，巴斯太太——”

“继续吃吧，迈尔斯，”我妹妹说，“你需要吃点东西。”

切碎的卷心菜和羊肩排加了酒和醋炖好后，在我的盘子里冒着热气。一个前臂被柏油烧伤的家伙从洗漱间走了进来，举起了手，“小姐，太太。还有……”

“辛格医生，他叫道格拉斯，他睡在后面的卧室里，”巴斯太太介绍道，“道格拉斯·福克斯。”

“马路工人？”我问道，握了握他那只用肥皂洗得干干净净的手。胃酸在他的咽喉里沸腾着，试图溶解一个不肯掉下来的块状物。

“听说你是个医生，”道格拉斯说，“一个医生住在这里干什么？巴斯太太，请原谅。你是一位实习生吗？”

“我不是实习生，福克斯先生。”

“所以你是一位真正的医生。啊哈。”道格拉斯用前臂拭了拭湿漉漉的额头，“我吃完东西就肚子疼，这是为什么？”

“原因可能有很多。”如果是肠胃结石的话，那就意味着要动手术。我还得说服他请假。可生病的话工作就会受影响，劝他就难了，“我可以帮你看看。”

“明天看吧。你还有一位重要的客人呢。”他朝我妹妹点了下头便走了出去，让我继续吃饭。

格雷丝看着我咬下第一口排骨，几乎没有一丝颤抖。巴斯太太跟着福克斯先生，和其他人一起来到前厅，他们会在那往以太收费器投币，聆听今晚的戏剧音频。为把气氛推向高潮，剧里充满了意想不到的情节转折和惊心动魄的配乐。只剩我们两个单独在场后，格雷丝礼貌的表情一下子就变成了强烈的愤慨。

“伯德兰？你住在伯德兰一所公寓里的单间里？”

她还是我记忆中的那个样子，会对不喜欢的晚餐或不愿遵守的观点嗤之以鼻。我向她眨了眨眼睛，岁月便消逝了。“你的声音正常多了。感冒好了？”我问。

“差点被你的疗法烧死后，我现在很好。”她环视了一下厨房。我很高兴巴斯太太的瓷釉铁锅没有污点，而且她从不允许任何地方有一粒灰尘。可是格雷丝看上去就像这间厨房成了一个可怜的窝棚，“他们给你多少工资？”

“还不错。”肉已经炖了好几个小时了，“如果有合适的公寓，我已经买得起了。”

“这件事包在我身上了。在伯德兰的话，确实可以。”

“你怎么在这儿？”

她低头看了看杯子，然后回答道：“我是来看你的。”

“为什么？”

“因为你是我的——我的朋友。我想你了。”

我在胸口中央揉了揉，温暖的光芒蔓延到我的四肢。好多年过去了。“我也想你。”

“我还想跟你谈谈——”她摇摇头，“算了吧。你不能住在这个鬼地方。”

我情绪崩溃了。她不能这样替我做决定，就好像我是她的副手一样。“我没住在这。”我说。

她竖起了一道眉毛，“没有吗？”

“你这不是在给我找公寓啊，”我说，“你会挑一个十居室的豪宅。你是怎么找到我的？”

“我给医院打了电话，马西森医生帮了大忙。”

“哦，确实是。”肉是酸的。

“别生气，迈尔斯。六个房间的也行。”

“算了。”

她翻了个白眼，“他们居然会造出小于六个房间的公寓吗？”

“格雷丝，你知道一条面包要多少钱吗？”

“你是在讽刺我自命高雅吗？”

“你能否认这一点吗？”

她气呼呼地摇了摇头，“那你需要什么样的公寓？”

“你可不是来这给我找新住处的吧。”

格雷丝瞄向左边，“你都下班好几个小时了。你上哪儿去了？”

我不能告诉她真相。她会因为那个半神国人而召唤整个巫师圈。去了电影院？她会问我看了什么。去吃饭？可我刚刚吃得像个饿死鬼。还是去了图书馆？那我借了什么书？

“迈尔斯。”

只能撒谎了。“我去拜访了一个朋友。”我说。

“谁？”

我看向别处。

格雷丝咯咯地笑了，“哦。还和男人在一起呀？不觉得自己已经过了玩这套的年纪吗？”

“格雷丝。”

她呷了一口茶，“我觉得这总比吊在女洗衣工身上好。”

“格雷丝。”

“开玩笑啦。肯定是秘书吧。”

我盯着她看，她给了我一个充满歉意的眼神，“抱歉，我很高兴你有朋友。巴斯太太说你不爱跟人说话。”

“我估计她什么都告诉你了。”

在厨房外的走廊上，其中一块木板吱吱作响。我往嘴里塞满了羊肉，格雷丝则喝着茶。进来之前，巴斯太太敲了敲门，“不好意思，汉斯莱小姐，九点过后我就不招待客人了，现在已经十点了。”

“当然。”格雷丝把椅子往后推了推，“谢谢你的茶。迈尔斯和我要去——”

“你自己去吧，格雷丝。”我纠正道，“我要留在这儿。我不会告诉你这次来访有多么惊喜。”

巴斯太太和格雷丝对我的话不屑一顾。

“的确。”格雷丝戴上手套，“惊喜是我们团聚的主题，不是吗？巴斯太太，再见。”

她吻了吻巴斯太太面颊旁的空气，要是我的房东太太没有像太阳一样容光焕发，那就糟了。格雷丝离开前回头看了我一眼，仆人的脚步声与她一道回荡在门廊上。

巴斯太太转向我，“格雷丝小姐是个好人。无论她是如何抛弃你的，你都不能那样对她。”

“并不是——”我连忙闭嘴，重新说道，“已经好久了。”

“你把饭先吃完。”她把茶具拿走，瞥了一眼妹妹的茶杯。她静静地走了，眼睛睁得老大。

“怎么了？”我问，“她没喝完吗？”格雷丝一旦冒犯地留下一杯只喝了一半的茶，她就会公然跳着舞，穿过韦尔斯顿三角区。

“没事，”巴斯太太说，但她拿起格雷丝的杯子后，嘴唇明显发白了。她没有把杯子拿到石质水槽去，而是从后门走了出去。通向院子的门吱呀一声开了，接着传来了骨瓷砸在人行道上的声音，巴斯太太还连吐了三口唾沫。

我差点忘了我的晚餐。我张大了下巴，但在巴斯太太看过来之前，我又闭上了嘴。她发现我盯着她看，脸红了。

“我知道，这不算什么。”她努力保持微笑，好像毁掉她最珍贵的茶杯并不打紧。

“你可以从茶叶中看出预兆。”我说。

她的肩膀抬了起来，“只是个小把戏。这可不是*巫术*。”

“当然不是，”我安慰道，“你看到了什么？”

“我得催他们上床睡觉了。你要是想洗澡，水箱已经加热过了。”她走了出去。

我数到三，看了看留在桌上的那个杯子，就是巴斯太太喝过的那个。一个轮子紧靠左边，意味着她身边的人将要离开，且不是她自己。最接近珊瑚口红弧线的是一个十字，意思是谨慎，省钱，不冒险。剩下的茶叶都汇集在了底部的红棕色液体里。

她肯定在格雷丝的杯子里看见了什么。情形肯定糟透了，以至于她连忙停止查看预兆。如果我也取了一杯来喝，会在里面看到什么呢？

也许不想知道，但我已经猜到了。我希望我有山尼科尔写的《*半神国故事集*》。关于绚夏福地守护者的传说，童年的记忆只剩下这么多了。

我把盘子拿到水池里擦洗干净。从厨房窗户吹来的风，就像一只冰冷的手裹在我身上。我还记得什么？和半神国人结怨意味着史诗级的灾难。正义的梅纳斯曾经惩罚过他们，并诅咒他们只能说真话，因为他们对凡人施的诡计已经超出了他忍耐的极限。他们的复仇只是个传说，他们那些凡间情人都死于悲痛。

崔斯坦说过要教我，他一定会照自己说的去做。无论再做什么，都是在走弯路，尤其是接受他的邀请，置身更私密的环境中。

我已经很久没有享受过朋友的亲密陪伴了。我太忙了，身上的秘密太多了。

崔斯坦已经掌握了我的不少秘密。

但我知道《一缕星辰，只为青丝》的情节。海伦娜的鬼魂从血淋淋的浴缸中升起，飞向天空，奔向绚夏福地，戏迷们想知道海伦娜最后是否会和海琳重逢。

我不能和他走得太近。

巴斯太太拿着一小叠信件匆匆走进厨房。“你的季度单据今天到了，”她说，“太多了，邮箱都装不下。”

信封在我手中噼啪作响，我的姓名和地址打印得整整齐齐，左上角还有我所在银行的标志。邮戳上写着“飘零之月20号”，正是尼克·埃利奥特去世的那天。我的指尖开始发麻。我拍拍裤兜，确信钥匙就在里面。

“巴斯太太，你能五点来敲门叫我吗？”我问道，“我明天早上有件事要办。”

第九章 歌迎冬至

尼克的信箱里有一封薄薄的信，是金钥匙出版社寄来的，但没有银行寄来的超大信封。我及时赶到医院食堂，抓起最后一个黏糊糊的面包和一杯盖好的焦咖啡准备上楼。搬运工推着手推车，里面装满了病人吃的早餐，避让着负责传送各部门文件的职员。信插在夹克口袋里，戳着我的肋骨。我提醒自己，我偷了一个死人的邮件——只是为了讨回公道。

只要马蒂批准我的环境检查报告并提交给警方，一切就都好办了。不过，我还是不愿让别人注意到这些篡改过的时间表，所以我把信藏在了左边那个黏糊糊的抽屉里。茶壶像一件古玩一样摆在书架上。检查表上的墨水早就干了，所以我在下楼去看日志之前把它们塞进了带夹写字板里。

小杰拉尔德和老杰拉尔德在跟我聊完后，结伴走到了花园里。小杰拉尔德坐在花园的土地旁，双手戴着手套，一只脚像螃蟹一样走路，把鳞茎埋在黑土里。老杰拉尔德耙着树叶，把松散的编织袋给装满。越来越多的病人开始加入到他们的工作中，照料灌木，摘苹果，仿佛老杰拉尔德的情绪转变感染了他们所有人。

那些跟着来呼吸新鲜空气、享受阳光的人，都是我康复得最好的病人，但我能让他们出院吗？在医院的平静中成长，和面对世界的压力是不一样的。但还是有更多的病人来了。即使我们让这里的所有病人都出院，我们的床位也不够。我回到室内，看看那些没有康复的病人和园丁。

我进来时，比尔正躺在床上，眼里闪烁着希望的光芒。

“能给我催眠吗?”比尔紧紧握着我的手，“医生，可以吗?求你了。”

一片干涸的血色云朵在他的脑海里疯狂地旋转着，我不敢触碰。但我还是拿出手表，轻声说着话，只需涓涓细流的力量便足以助他入睡。他醒来时还会做同样的噩梦，但至少现在可以休息了。

八点半的时候，我从医生休息室顺了一杯没烧焦的咖啡，为避免有人和我搭话被发现，我赶紧溜了出去。我上三楼去拿茶壶，又走下五层楼来到地下室，然后在实验室里找了个地方，测试一个陶片上是否有砒霜烧焦的虹彩迹象。做实验的时候我虽然离的有点远，但我看到火焰冲过凹面时，内心不免有些得意。尼克·埃利奥特会得到公正的裁决。

我扑灭火焰，期待地转动夹紧的陶瓷碎片，凝视着炭黑的表面。

测试结果为阴性。

我拿起护目镜，把碎片朝向灯光。尼克·埃利奥特那把茶壶上锤击过的弧形块连一点火花都没有留下，说明没有接触过砒霜。

我是不是把毒药弄错了？可症状似乎是符合的。在一个更肮脏、知识更匮乏的年代，尼克的病可能会当成霍乱处置，但他说自己是被毒死的。“在茶里。”这就是他的原话，我们从未像当时靠得那么近过。

我把茶壶里的残渣扫进了垃圾桶。我转过身，背对着我为实验而组装的冷却装置，走向了停尸房。

我打开了未锁的门。那个值班人员警觉地抬起头来，我问她是不是朱莉娅·里金斯，她一下子睁大了眼睛。

她几乎要从座位上跳下来向我行礼，“有什么需要帮忙的吗?”

“我是迈尔斯·辛格医生。”她看到了那张纸条，知道我是谁。

“你是来调查我的吗?”她的声音很小，充满了恐惧。我让她害怕了，害怕我会把她不在的事情告诉她的上司，让应有的后果降临到她身上。如果为了得到我想要的东西而威胁她的工作，那我就是个无赖。“虽然停尸房空了，我觉得也没什么大不了。”他说。

“我就是来和你谈这个的，”我说，“我昨天本来要对其中一具送往火葬场的尸体做尸检。为什么所有尸体都运走了呢?”

“马西森医生昨天下来过，问起上次完成的全套卫生程序有哪些。”里金斯太太说。

我的嘴巴有点干。她为什么要管这个呢？她是综合内科的医生呀。监督停尸房的清洁工作不是她的分内之事。“是她叫你把尸体送出去的?”我问。

“不是。她只是让我打扫卫生，把尸体重新整理好，放在干净的抽屉里。”她把颤抖的双手紧握在胸前，“只是我找不到卫生手册，所以我去资料室找了一份，然后——”

我等待着她说完。

她倒吸了一口气，承认道:“我离开了医院。”

“啊。”

“我去了一辆馅饼车那儿——”她拧了拧手指，抬起头来，眼里不停闪着泪光，“我必须将停尸房打扫得符合卫生标准。为了送孩子上学，我没吃早饭。我知道我需要一些东西来帮助我渡过难关。当我回来的时候——”

“你发现表已经填好了。”

她垂下了头，“笔记板上的签署表当时就放在我桌上。我知道我应该值守好停尸房，我不是故意要——”

“如果是我，我也会这么做的。可马西森医生没有把尸体签走吗?”

“她一定是改变主意了。我回来后就发现了转移尸体的命令。”

“你值班的时候，还有人进过停尸房吗?”

“没有。一直都只有我一个人，直到我——”

“直到你提前离开去接孩子。”

“求求你了，医生。”里金斯太太的声音断断续续的，“后面尸体就不见了。”

我把手帕递给她。“这不是你的错，”我说，“你只是按吩咐办事，留下一个空的停尸房似乎并没有什么坏处。你得照顾你的孩子。你和你丈夫的值班时间重叠了？”

她抽泣着。“只有——一周一天——”

“因为这个，你现在处境有点尴尬，”我说。下星期我要到这里来做轮班的文书工作。我在哪里填表并不重要，没人需要知道这个，“可是你并没有亲眼看到马西森医生写了单子。”

“她是十点半下来的，然后马上又走了。”

“那你是什么时候去吃馅饼的？”

“十一点。我离开的时间最多只有20分钟。”

“你还记得她穿什么衣服吗？”

“她的医生制服。”她擦去眼中的泪水，“戴着一顶外科医生的女帽，下面还塞着卷发棒。穿着她的其中一套西装，还有——长裤，你见过的。”

所以她并没有打算换身衣服再去参加午宴。“谢谢你，里金斯太太。你帮了我一个大忙。如果你又想起了昨天的其他事情，可以打电话到我办公室吗？”

在曾写过特别说明的那页值班记录，我又写下“**请忽视，事情已解决**”，她向我表示了感谢。

上楼时，我用另一只手接过那片温热的、经过试验的陶片。我在三楼停了下来，敲了敲马西森医生的门。

“门没关。”她叫道。

我打开了门，里面的空间足以容纳四个我的办公室。我把那片温暖的茶壶陶片放进口袋，穿过宽大的松木板，把检查表放在她的桌上。

她拿起文件，摘下眼镜，专注地看着表上细小的字迹。“为什么要做环境检查?”

“我的一个病人……”

“你是在调查病人出院的情况吗?”她把眼镜塞进白大褂的胸袋里，站了起来，“跟我来吧，我正要去查看护士们的情况。你要检查哪个病人的家?”

我替她开了门，站在旁边等她锁门。“尼克·埃利奥特。他前天晚上在急诊时死了。”

“尸检结果如何?”她迈着轻快的步伐向楼梯间走去，高跟鞋踩在地板上咔咔作响。

我连忙追上去，“尸体昨天被下令火化了。我去检查的时候，他的遗体已经不在了。”

她眯起眼睛看了我一眼，“所以，你现在想扫清谜团是吧?”

她走在里边，左手扶着栏杆走下楼，一路回荡着轻快的脚步声。

“尼克·埃利奥特告诉我他被下毒了，”我说，“他的症状让我想到了砒霜。”

“他准是呕吐了。你检查了他的衣服?”

“衣服已经被停尸房的工作人员烧成灰烬了。”

“所以你只有他的口头声明而已。”她把表递给我，“我不能批准这个行动。”

什么？“马西森医生？”

“你管得太多了，迈尔斯。我不是说你软弱。你勤勤恳恳，做事一丝不苟，还富有同情心。正是拥有这些品质，所以你成了我精神科最好的医生。但你还没有决定要让谁出院，我需要你下周把那些床位空出来。”

“这就是为什么你——”

“两天内我需要16张空床。我不需要你去挖掘那些廉价小说里的秘密。把死亡归为疑似凶杀吧，然后抓紧把事办了。”

怀疑是凶杀案，却没有验尸医生的报告？警察连根手指头都不愿意动。我只能自己做点什么，我是唯一可以开展正式调查的人了。

没有一个正式的理由对我来说重要吗？我必须弄清他遭受了怎样的对待和背后的缘故。除了我和亨特先生，没有人可以为他挺身而出了。该死的，她为什么不签字？

除非是崔斯坦猜对了，而我错了。

“马西森医生，下令将尸体运走和火化的人，名字首字母缩写是E.M.，”我说，“是你吗？”

她睁大了眼睛，“辛格医生。你是不是——”

“迈尔斯！哦，真凑巧。”

格雷丝站在大厅的人群中，手里提着一个午餐草篮。盖子半掩着，一对酒瓶的瓶口从一侧露了出来。

“格雷丝，你怎么来了？”

“我想和你一起吃午饭，”她说。就像她小时候一直渴望的那样，一篮子午餐，上面铺着一块布，哪怕只是在游戏室里吃。她还记得那些时光吗？她向马蒂伸出手，“马西森医生，你好！”

马西森医生站直了身子，“你好。谢谢你对博勒加德退伍军人医院的捐赠，真是令人敬佩呀。”

“这件事挺有意义的，”我妹妹说，“恐怕被你发现了，医生。我是来引诱我的老朋友和我共进午餐的。昨天我们几乎没有时间来好好叙叙旧。”

她先是出现在我家，现在又提着野餐篮子来了。“我下午还要巡视病房呢，格雷丝，我不能把一天的时间浪费在一瓶酒上。”我说。

马西森医生拍了拍我的手，“我会重新给你排班的，迈尔斯，别担心。和你的朋友好好享受午餐，然后抓紧给我挑选出16个床位。如果你还不死心，再来我办公室敲门。”

她大摇大摆地走向护士更衣室，已经不需过分在意她对我推迟工作的不满。格雷丝又提起篮子，懊悔的笑容里还存有一丝少女的痕迹。

“就算得到许可，工作量也不会减少呀。”

她的捐献也许就是一张收据，整个医院都会向对他们最慷慨的恩人鞠躬。但我清楚自己的职责。“我还有一大堆文书工作要做，我不该错过今天的值班。”我说。

“就今天嘛，迈尔斯。带我去你的办公室。”

“这不就是个有窗户的杂物室嘛。”

“至少景色不错，”我咕哝着说，“怎么没人注意到这里的风景呢?”

“因为他们得尽量不让膝盖擦破皮，在碰到——任何东西的时候。”格雷丝侧着身子，文件柜和书桌之间的空间十分狭窄，格雷丝只好侧身穿过。

“我不会在办公室看病的。”我清理了书桌上的钢笔、墨水瓶和抹布，把一叠需要存档的报告丢在窗台上，“我这一般也没有客人。”

她低下了头，“我就是想见见你。”

“你昨天不是见过我了吗。还见了两次。”今天早上我去了洗衣房，踩到了她那倒霉的茶杯碎片。我有种不祥的预感，格雷丝要出事了，“你为什么要见我?”

她抚摸着我的脸。我顿时紧张起来，但没有退缩。“见到你的感觉有点不大真实，迈尔斯。我还以为你死了，尸骨腐烂在兰尼尔充满血腥的大地上。”她说。

“我确实应该死在那儿的。”我说，“很多人都是这样，但我却没死。”

“你还不明白吗？我需要看到你活着，平安无事，过着你应有的生活。”

那种生活可不是住在一个单间，做一名博勒加德退伍军人医院最不起眼的医生。“我对现状很满意。”

她翻了个白眼，“都别闹了，迈尔斯。我很抱歉打扰了你的生活，下次我们去餐厅。”

然后被人发现一起出现在公共场合?“我们不能去餐厅。”

“那就去酒馆吧。你喜欢的那家，罗巴克。”

我仿佛被什么噎住了，“格雷丝，罗巴克是一家……一家男性活动场所。”

“我知道，迈尔斯。我又不是小孩。”格雷丝打开了酒瓶。她从篮子盖上取下瓷质汤碗和镀银餐具，又从温热的钢锅里舀出蟹肉汤。

“是蟹肉汤呀。”

“不喜欢吗？”

“不喜欢也得喜欢，”我说，“这道菜咱家的菜单上不是也有，每周要吃三次。我很惊讶你也会做。”

“我以前在酒馆里吃过，而且当时没有把自己完全隐藏起来。”

“为什么要这样？”我问，“会被发现的。”

格雷丝得意地笑了，“大家都以为你是学生时代的宠儿。看来我还是没有消除任何人的偏见。”

“可你都快要结婚了。”

格雷丝掰开了一个小圆面包，里面还冒着热气。她涂上黄油，递给了我。“你不出席我的婚礼只会让人们更加相信你是我的挚友。现在一切都很好，迈尔斯。喝你的汤吧。”

汤里加了酒，味道很清淡，里面放的香草比我以前喝到的清香味更浓。“所以你给医院捐了一大笔钱。”我说。

“我还觉得捐得不够呢。你真的走不开吗？”

“真的不行。”

“我能为他们做的只有这些了，算是一份道别礼物吧。”

我放下勺子，“什么？”

“我知道该怎么做。”格雷丝靠着碗，手肘稳稳地撑在桌上，“开一家你的私人诊所吧。”

“不要。”

“听我把话说完。你在城里的每一家医院都有特权——”

“我不需要特权，除非我在做手术——”

“完全可以的，”她说，“这样永远也不用担心被人发现。”

哦，那当然。我向后一仰，“因为我的病人有可能是百大家族的。如果来一个需要专属服务的病人，那可得用魔法来给他们治病。”

“没错。”

“不应该这样，格雷丝。”

“这不就是你离开的原因吗?”她问道，“当大家都说次巫只会玩愚蠢的把戏时，你却想成为一名医师。你已经证明他们错了，你回家后——”

“然后同意被你进行力量缔结。”

“就可以去行医了！你也可以向其他次巫展示一下，该如何让自己的能力有用武之地。你可以激励他们!”

“为什么？这样就能对他们的主人更有利用价值?”

格雷丝皱起了眉头，“没有人会那样想。”

“父亲不就是这么想的。”

“我们这代人不会这样，”她说，“我们可以改变这种文化，迈尔斯。我们可以做得更好。你要清楚一点，我不会强迫你，让你屈服于我，更不会像其他所有风暴歌者那样，对次巫做一些自己期望的，很可怕的事情。”

“所以我们要以身作则。”

“对！没错。我们将引领新的潮流。”

“可我必须放弃这里的生活，还有我的工作。”

格雷丝环视了我办公室，“我明白了，这里有太多东西让你留恋了。”

“他们需要我，格雷丝。”

她把注意力转移到我身上，整个喉咙都在努力抑制着翻涌的阵阵情绪。“我也需要你，迈尔斯。我曾为你哀悼过，不停地梦见你成了一个幽灵，而你其实一直都活着。现在正是我需要你的时候。”

“是需要我，还是我的服从？”

“我需要我的哥哥，我们的家庭。我知道你和父亲从来没有达成一致过，但你现在有了筹码。”

我把脸变回一副不动声色的样子，额头上那惊讶的皱纹也松弛了下来，“我只是一家退伍军人医院的科室医生，工资很低。这个筹码根本就不值一提。”

“你昨天至少募捐了五千元。”她指出。

我眯起眼睛。她转移了我的注意力，让我一直争论是否有筹码。“格雷丝，你是不是有什么瞒着我？”我问。

她抿了口酒，“我本来打算晚点告诉你的。”

“在我接受你对我生活的改造之后吗？还是好好地奉承我之后？还是让我再次尝到留下的美好生活之后？要有对付父亲的筹码，格雷丝，这意味着权力。”

格雷丝把脸望向窗外。

没人能控制我父亲。他是女王手下隐巫者中的首席法师。他是王室大臣，很受康斯坦丁娜王后和理查德王储的器重，但这也有争议。

“我没有权力要求父亲，除非我有他需要的东西。”我看了看自己的手，“他是不是病了？”

她一直不敢看我，“很抱歉，我应该早点告诉你的。”

一丝疼痛感在我胸口裂开。愚蠢。我更应该知道的。“所以他不需要我，只是想要我的才能罢了。你还给他买了下来。”我说。

“他真的需要你，迈尔斯。他非常想你。他收到你失踪的电报后，简直狂暴得像一股摧枯拉朽的自然力量。”

“他是不是还在安全委员会工作？还是说疾病使他行动迟缓了？”愤怒和疼痛在我胸中熊熊燃烧。这就是与妹妹重逢的代价：把目光从她手里拿着的笼子上移开。

“有时候，他只能在病榻上工作，”格雷丝说，“偶尔他还能勉强坐坐马车。他无法召唤其他巫师，这个霜夜我们还有要事要办。”

“他病了多久了？”

“一年了。”她垂下肩膀，“三周前病情还恶化了。”

“你会在冬天歌唱吗？”我问。

“今年是个风暴年，迈尔斯。我们必须小心应对。我从来没有唱过冬天的歌，今年又是风暴年，父亲还病得很重。”

“他是去年病的？”

“对。”

“有什么症状吗？”我希望我能收回这句话。

“胸痛，虚弱，呼吸困难，”格雷丝说，“有时候休息下症状就会减轻。要是日子不太平，什么都起不了作用。”

任何事情都有可能发生，但绝不会是好事。“你还没结婚，也没有让任何人成为你的羁绊。”我说。

格雷丝闭上眼睛。我知道她看到了什么。

“如果他死得太早，你会成为隐巫者主音吗？”

她嘶嘶地吐着气，瘫倒在我的客用折叠椅上，“我的支持率还不够。”

“因为谁呢？”

“珀西·斯坦利爵士。”

鲜美的杂烩汤在我胃里凝固了。反战的论辩家称兰尼尔战争为珀西爵士战争，毕竟其作为国防部长，这种指责不算离谱。如果斯坦利不想打仗，战火也不会燃起。但是，他觉得驱逐艾兰大使馆已经是对他的侮辱了，因此他派出了10万士兵，装备上皮带式连发步枪、燃烧弹和肩炮，去杀死那些手持长弓和长剑的农民和工匠。

我看不见格雷丝拿着毒瓶的样子，但我能见到珀西爵士下达的命令得到执行。

我把手伸到桌子对面。格雷丝抓住我的手，用手指在上面轻捻着。我们就坐在冷却的大杂烩碗旁边。

茶杯碎片让我心烦意乱。要是我知道的话，我能阻止吗？她在茶叶中的命运是否意味着她将失去她的地位？

如果珀西爵士成为隐巫者主音，我妹妹设想的改革就不会实现。斯坦利把他的长子当奴隶，用一个电池来增强他歌唱风暴的力量。我毫不怀疑，达西和萨拉·瓦利太太的婚姻是经过安排的，目的是要培养那些真正的人才，让他们回归斯坦利家族。

我喜欢达西。我留下的朋友们很依赖格雷丝的统治。我不会把自己拴在她的事业上，即使那样很高尚。可父亲一去世，她就没时间了。

我可以给她争取时间。

“我可以给父亲做检查，但我有前提条件。”我说。

“告诉我你需要什么，我来安排。”

“这可是一份要求清单。”

“没问题。”格雷丝说。

仅有一次她听到要求后和我争辩，但最后我还是如愿以偿了。

“把酒瓶留着吧。”格雷丝把野餐篮的盖子盖上，叠在脏盘子上，“你想要什么我都满足你。”

我帮她穿上外套，陪她走完所有楼梯来到大厅，心里想着自己有幸给予一位女士这样的礼遇。病人们盯着她看，但她那银狐色的外套和时髦程度使他们不敢向她打招呼，或是试图吸引她的目光。只有比尔·派克是个特例，他离开了自己的床，通过无线电收音机听着下午的戏剧。他盯着格雷丝，脸上燃起了熊熊的怒火，他的拳头紧握，嘴唇动了动，口中嘟囔着什么。

我们快到门口时，他们开了门。亨特先生走了进来，一看见我就笑了，“迈尔斯。”

椅子在抛光地板上发出了摩擦声，让我的注意力又回到了收音机上。比尔跳了起来，那因恐惧而发亮的眼睛直盯着崔斯坦，嘴巴张得大大的。他匆忙溜走时摔了一跤。

“什么——”

“迈尔斯，这位是?”妹妹在我身旁僵硬地说道。

我皱起眉头，“格雷丝，这是我的……朋友，崔斯坦·亨特先生。”

我瞟了一眼比尔，但他已经走了。

她的手紧紧搂住我的臂弯，我趺趺撞撞地向前走去。“亨特先生，这位是格雷丝·汉斯莱爵士，女王陛下的皇家骑士。”我介绍道。

崔斯坦脱下帽子，鞠了一躬，“你好!”

格雷丝站着，挺直了双腿和肩膀面对着他，满脸敌意。究竟是——

她当然可以看到崔斯坦的面纱魔法。

“格雷丝，”我温和地说，“亨特先生是我的朋友。”

她继续盯着他，“的确如此。”

“格雷丝。”在她的抓握下我活动了一下二头肌，作为警示，“大家都看着呢。”

她把下巴挪开，注意到了自己的神情，“对不起。我该走了。”

她吻了吻我的脸颊，那血红色的唇膏在我脸上留下了印记。她又用充满敌意的目光打量了崔斯坦一眼，然后大步走出了医院。

崔斯坦看着她离开，盯着门关上。

我清了清嗓子，“你来这儿干吗？我以为你得晚点才到。”

他回头看着我，注意力集中在我脸颊的唇印上，“我打断了你和你——”

我靠近他，压低了声音，“我妹妹。这是秘密。”

“你的……哦。”崔斯坦摆弄着他的帽檐，“我正要告诉你，我的马车夫迈克尔有急事，所以我们没有马车坐了。”

“你有自行车吗?”

他点了点头，“我在来的路上买的。但我还有其他安排，所以我会迟到的。”

“顺便说一句，我也会迟到的。你好了再来接我吧。”

“好的。”他直挺挺地站了起来，又恢复了格雷丝吻我时暂时失去的那种居高临下，从容不迫的姿态。一想到崔斯坦刺痛了我的心，我的胸膛里蹿起了一丝火焰。

那使我成了一个傻瓜。“你有关于尼克的线索吗?”我问。

“我发现一个女人声称自己是灵媒，她要到三点才接待客户。”

我歪了歪脑袋，“跟你的使命有关吗?”

他对这个老式的词笑了笑，“是的。”

“祝你会谈顺利。”

“谢谢你。”他停了一会儿，想找点话说，“很期待同你共进晚餐。”

他低下头，用那双蓝眼睛盯着我，然后转身离开了医院。

我的巡视时间比平时晚了一个小时，轮班结束后，我还有一个令人不安的任务，就是选择16个病人出院。小杰拉尔德和老杰拉尔德都得走，所以我把他们的名字写在一张名为“出院”的单子上。比尔则在标有留院的名单上。留院名单上的人比出院名单上的人增长得更快。

我把第五个名字加到出院名单上，沿着我的指关节在名单上涂抹着墨水。这件事今天是办不完了。我也不打算在一天之内安排给父亲治病而不让他知情。我从尼克·埃利奥特那取回的信还没有打开，就放在我的桌子上，等着崔斯坦的到来。

也许接受如此亲密的邀请是愚蠢的，但我被他吸引了，我想得更多的是接近他，而不是我是否会在他的火焰中燃烧我的翅膀。

我的门前响起了敲门声，罗宾的身影定格在门前的磨砂玻璃上。

“进来吧，罗宾。”

“迈尔斯，我听说你少年时的朋友给医院捐了五千块。”她关上门，靠在了门上，“那些钱足够重新整修两间手术室，供所有工作人员使用了。”

“有趣的是，我听说那些钱足够把普通内科的每张床都换成新的，还能多支付五个护士的薪水。”

她露出了牙缝，“你的消息来源有失偏颇。”

我把笔放下，“我想问你一件事。”

她坐在我的办公桌角上，拿出烟草袋卷好一支香烟，“拿去吧。”

我如饥似渴地看着烟草，“你有没有听说停尸房需要消毒，或者遇到紧急情况，必须将所有尸体火化？”

罗宾歪着头，“我没听到有任何紧急情况。”

我向后靠在椅子上，咬着指关节，“快给我一根吧。”

“算了吧，”罗宾说，“倒霉日才可以。”

“我觉得有人故意毁了尼克·埃利奥特的尸体，这样我就没法检查。这还不够糟糕？”

“不够。”她舔了舔纸上的胶水，封好了一个完美的圆筒型香烟。就算用我这双外科医生的手，也不见得会做得更好，“为什么会有人做这种事？”

“不让我知道他死于谋杀。”

“谋杀。他被下毒了？”

“不知道。我还没做过尸检。”

“他说他被谋杀了。”罗宾抬头看着天花板，“但他的声明是唯一能让人怀疑的理由。”

还有我触摸他时看到的东西，但我不能告诉罗宾。“但在我查出他的死因之前，他的尸体就已经消失了。”我说。

“告诉警察了吗？”

“没有尸体，谋杀就不成立。”

罗宾的嘴抿了起来，“迈尔斯，别管了。”

“为什么？”

“如果你说得对，那是谋杀，有人处理了他的尸体……那他们为什么不把你也处理掉呢？”

又一个影子落在我办公室的门上。罗宾把她的烟丝放在桌子上准备打开。

“亨特先生。”她鞠了一躬。

“索普太太。”崔斯坦弯下腰，握住她的手，“最近还好吗？”

“我很好，谢谢你。你是来打听尼克·埃利奥特的事吗？”

“我承认，我确实很好奇，但我遇到了另一件事。”

我清了清嗓子，“亨特先生要去……请我吃饭了。”

罗宾的眉毛扬了起来，“真的吗？”她回过头来，盯着崔斯坦看。

“我保证十点前把他送回家。”

她嘲弄地笑了笑，“见好就收吧，亨特先生。”

她拿起烟袋，期待地站在崔斯坦面前，崔斯坦在门口退了一步，让她过去。

他随手关上了门。“要是我伤害了你，她准会把我碎尸万段，”他笑着说，“她甚至无须多言。你建立了一段真正的友谊，迈尔斯。”

“她从未见过有人说要来看我。”

“我质疑这个城市所有男男女女的品味。”

我的脸火辣辣的，“你的调查进展如何了？”

崔斯坦做了个鬼脸，“很遗憾地说，灵媒是一种骗局。”

“很抱歉。”

他靠在我的桌子上，叹了口气，“照这样下去，我会揭穿金斯顿每一个耍把戏的人，想弄清楚你们为什么还活着。”

我眨了眨眼睛，“什么?”

“这是什么?”他拿起尼克·埃利奥特的信，“你还没打开呢。”

“我在等你。你说我们为什么还活着是什么意思?”

“你居然还没打开，真是难以置信。你可能从来没有去找过新年礼物。”

果然，没有格雷丝指挥就不行。“我有毅力。”我说。

他轻轻地笑了。“我知道。”崔斯坦把信封翻了过来，“纸质不错。还是那个很流行的出版商?”

我指了指书架上的廉价小说，“这些都是金钥匙出版的。”

“这是……”他拿起我的开信刀，划开了信封，“哦。昂贵的信封，廉价的信纸。”

我闻了闻空气，“桶印的。”而且是手写的；墨水在薄纸上以粗体字和黑点流淌着。

“很好奇。”崔斯坦打开信，扬起眉毛大声读道：“**先生您好；感谢您最近给金钥匙出版社投稿，但您的手稿不满足出版商的需要。希望您能把稿件投到别处。**”

“哎哟，一封满嘴套话的样板信。”

他把纸拿到我面前让我看。我靠在他的肩膀上。在紫黑色的墨水下面，整齐的蓝色字体写着：

“**尼克：如果你的编辑不想要的话，我也不要。**”

纸条上的签名是L.R.。

“对于一个陌生人来说，这个后记过于私人化了。”崔斯坦说。

“不要什么?”我问道，“如果L.R.说尼克的报纸编辑不喜欢，那就不是小说。”

“不管是什么，我觉得最好去报社问问。”崔斯坦把信塞回信封，“你准备好了吗？”

“亨特先生。”

尽管我们已经近在咫尺，但他还是转过身来，“总有一天你会叫我崔斯坦。”

我咽了咽口水。离得如此之近，我能感觉到他身上散发出的能量，他等待我说话时的紧张。“我想让你教我如何伪装我的力量。”我说。

“当然可以。你还想学什么？”

“我看不到别人身上的魔法，除非我碰到了他们的皮肤。”

“精彩的第一课。别动。”他把手伸向我的脸，“你的睫毛……”

我一动不动。光滑的手指拂过我的脸颊，一根短短的、弯曲的睫毛搭在他食指背上。“你小的时候，是不是对着这些许过愿？”

他手指滑过的感觉停留在我的皮肤上，那温柔的触感不断徘徊着，再次抚摸着我。我还能说话，但声音嘶哑了。“我们确实有。”

他的手更离我的嘴更近了，“别告诉我那是什么。”

“如果我不知道许什么愿呢？”

他笑了，“这是我们小时候从未遇到过的问题，许愿的时候要多为自己考虑，迈尔斯。吹吧。”

他曾经是个孩子。我把这个想法抛到脑后，吹了一下。我的愿望并没有什么言语，但闻起来有茴香味。扑哧一声睫毛，不见了。

“做得好。”崔斯坦把我的围巾绕成一圈，挂在我脖子上。我站在原地等待他的关怀，因为我很傻，还很鲁莽。

我退了回去，扣上了我的外套，“因为许愿吗？”

“因为自私的愿望。”

热气刺痛了我的皮肤。

他掏出手套，调整了下帽子，“吃过晚饭我们就开始训练。”

第十章 哈尔斯顿街西1703号

穿过医院大厅时，我有一种被监视的感觉，当我从手术帐篷里出来抽烟时，这种感觉让我想躲到掩体后面。来自……那里。

崔斯坦碰了碰我的肩膀，“迈尔斯?”

“那边那个，拿着报纸的男人。”我仔细打量着他外表的每一处细节，从那顶崭新的帽子，到涂了蜡的齐整胡子，再到那卷起的裤腿。每一针一线和皱褶都展示着他的阔绰。在退伍军人医院晃悠，这些钱显得太多了。

“他怎么了?”

“没什么，”我说，“我们走吧。”

我解开自行车链时，那个陌生人用胳膊夹着报纸离开了医院。他拐了个弯，我一拉链子，他就不见了。

“就是那个人?”

“是的，”我说，“没什么事。”

“也许。”崔斯坦沿着栅栏往上挪了一点，解开了一辆自行车的链子，上面所有的小装饰使其符合了富人的坐骑标准——管子和挡泥板上的手绘卷轴，全封闭的链盒，帅气的双弹簧皮鞍和轮锁——等着把我和崔斯坦带到街上。

对于那些不习惯的人来说，金斯顿下午的自行车车流会让人发毛。你加入了一个自行车队伍，然后向前移动，直到你成为领先的骑手。汇入车流有一些微妙的迹象、礼仪和习惯，我们从未考虑过，直到有人来捣乱。崔斯坦跟在我后面，喊道："哈尔斯顿街西17号。"

这是一个很好的社区，两边都是又高又窄的联排别墅，中间都有个小花园，里面种着苹果树。我按了两次铃，喊了一声"新鱼"，前面的一些骑手挥手向最近的两轮改装自行车致意。

我们落入了一群穿着麻袋装、闪亮皮鞋的男人中间，多半是职员或经理。崔斯坦在我旁边踩着踏板，咧着嘴笑。"真是让人耳目一新，"他说，"骑自行车的好处还挺大嘛。"

"你打算解雇迈克尔，是吗?"

"再过几天就好了。"他回头看了又看，"不要往后看。"

我忍住了附和他手势的冲动，"什么?"

"医院的人就在我们后面。"

我瞥了一眼车把的后视镜，看到有女人骑在后面。"他可能在忙自己的事。我们下个路口右转吧。"我说。

我们离开了车流，向南转弯，这次我的镜子捕捉到了他——在一个偶然的距离，但他已经转到了我们的方向。

"在那条小巷左转。"我说。我们不得不急转弯才能过去。我们伴着餐厅垃圾和油桶的臭味骑着，避开停在路边的马车和马粪，鹅卵石弄得我的骨头咯咯作响。

崔斯坦加速向前，然后左转，我们又回到了平坦的柏油路上。那个留着小胡子的人使劲踩着踏板，追着我们。

肾上腺素在我的四肢上激增，我更用力地踩着踏板。“左边，”我叫道，但当崔斯坦冲出空隙，转身回到韦克菲尔德街时，我向右躲闪，几乎挡住了缓慢移动的车流。

他们对我大喊大叫。“卑鄙小人！乱骑车！”其中一个甚至说我是一个排泄器官，但我看着车镜。左边还是右边？他想要我们中的哪一个？

他右拐了。那就是我了。尽管如此，我还是笑了。如果他要的人是我，他就得抓住我。

我抄了近道，把车骑进十字路口，然后一个急转弯，直奔一个又短又陡的小山。爬上去吧，该死的。让我们看看你的表现。我踩上踏板使劲蹬，但他的身体素质比我想象的要好，很快我就飞驰在一条人流密集的街道上，人们从一家店到另一家店交错而过，去办一天的杂事。我按着车铃，大声警告，躲避着惊慌失措的顾客，他们对我挥舞着拳头，然后当我的追兵飞快地追来时，他们又愤怒地叫喊着。

当我冲进另一条鹅卵石小巷时，我举起一只手，做了一个普遍表示侮辱的手势，惊动了一辆马车。他会对我厌烦的，然后热血沸腾，像这样追着我。如果他头脑冷静一点，就会让我继续骑走。

一切都明朗了。我穿行在小巷楼房晾晒的衣服中，裤腿在风的吹拂下轻轻地在我的背上摆动着。一只猫看到我过来，飞快地跑到安全地带。我蹦到街上，双腿打颤，追我的人也跟了过来，他那因骑行而发红的脸上留着一圈黑胡子。

我转过一个弯，崔斯坦朝我骑过来，从我身边经过，专注地盯着那个追我的人。当我弯下腰去加入崔斯坦的追击时，我感到心情澎湃。现在与他对峙的有两个人，我们便成了猎人，他想逃离崔斯坦狰狞的面孔，于是沿着光滑的黑色道路飞奔，试图远离我们。

但他并不是每天下班后都要骑5英里的上坡路，也不是每天都要在楼梯爬上爬下。我们赶上了他。他尝试用突然的转弯和刁钻的动作把我们甩开，直到我们来到国王大道，火车过街栏杆在街对面降了下来。

火车驶来了。现在他就在我们面前，我打算多问他几个问题。

但他踩得更猛了，直奔铁轨而去。我们离得很近，铁轨上方裸露的铜缆在我耳边呜呜作响。那名骑手从铁轨上冲进火车轨道时，火车喇叭警示性地发出了可怕的号叫声。

铁轨在尖叫，机务员试图刹车，但一列客运列车需要四倍于自身的长度才能紧急停下。在降下的栏杆处等待的骑手们大喊大叫，有的人把目光移开——

我们的猎物在铁轨上飞奔，像一块湿滑的拳头上的肥皂一样射了出去。

当那个留胡子的男人跑掉后，火车才逐渐停了下来。

崔斯坦靠在车把上，喘着粗气，和我对视后，他咧开嘴笑了，“真有意思。”

崔斯坦是个疯子。但我也一样，因为胸中冒泡的感觉让我想笑。追捕我们的人逃了，但我们扭转了局面，结局非常不错。

“你看清楚他的长相没?”我把声音放低，“他是巫师吗?”

“看清了，没错，是个巫师。”崔斯坦评价道，“跟我回家吧，吃到肚子爆为止。我们要努力调查。”

崔斯坦的两层公寓是一个镜屋。墙上挂的不是艺术品和照片，而是镜子，镜框是用镀金和紫檀木以及手工摩擦的白桦木制成的。我有六英尺高，他家伞架旁的镜子比我还要高几英寸，镜框上雕刻着丝带花环和从裂片橡木叶子后面露出来的林地生物。一模一样的银框镜子两侧是通向厨房的狭窄走廊，崔斯坦在厨房亲自准备晚餐。

我还在为我们的冒险而感到精力充沛，但兴奋却变成了惴惴不安的神经压迫。那个人一直在等我。当我们把猎人变成猎物后，我的内心开始颤抖：杀害尼克的凶手知道我参与其中。

我那烦躁的手指转动着雪利酒杯，看着崔斯坦穿着衬衫在里面忙活。他厨艺高超，拿刀和锅的动作十分优雅，毫不拖泥带水。

“你似乎很惊讶嘛。”

“我还以为半神国人不用……”

他笑了，“不用吃饭?”

“不用做饭。”

“什么，我们难道会用魔法变出美味?”

我耸耸肩，略表尴尬。

他眨了眨眼，“这倒是真的。”

他把牛排切成片，放入油锅煎，然后端来几块牛排和各种温室种植的蔬菜，配上棕色蘑菇。

“我还能变出更多呢。”他劝我多吃点，“这是燃料，你的身体所需。”

我一直吃到眼前游动起黑点才停下来，然后他把我带到客厅。我站在门口，这一切都看在眼里。没有一件家具是相匹配的，但都是簇绒的填充品，到处都是用鲜艳的布料和轮廓突出的刺绣做成的靠枕。这简直是杂货铺、女士私人会客厅和绅士的卧房的结合体。只是还差一只猫而已。

“你怎么不说话。”

“不知道说什么。”

“哦，体验一下吧。”崔斯坦趴在一张铺着鹿皮的躺椅上。

“看起来很舒服嘛。”的确如此，这是一个可以让人放松的房间，可以抽烟，可以彻夜长谈。这是一个为闺蜜好友而准备的房间，而且不只是陪伴。真惬意呀。

“我家和你想象中的不太一样吧。”

“我的意思是，你和我想的不一样。半神国人是让人敬畏和恐惧的对象，而你……”

“你知道保持威严有多辛苦吗？在宫廷上层是很累的，我在尽可能地逃避。”

“宫廷上层是什么样子的？”

他捂住眼睛，“彬彬有礼，举止得体。美妙而又危险。每个人的背上都悬着一把刀。”

“听起来像卢卡斯的宫廷，在百大家族反对他，抚养阿格尼斯女王之前。”我走了两步来到一把扶手椅前，一屁股坐了进去。我的肘部撞到了一根人工吹制的玻璃水管，我弯下腰去闻了闻。

“大麻。”崔斯坦说。

“如果是鸦片，那就意味着一次教训。”

“我是个好孩子，医生。娱乐，而不是毁灭。”他坐起来，拍了拍身边的地方，“坐这儿吧。我想知道一件事。”

我坐在他旁边，与他的腿部保持一定距离，“你想知道什么？”

“你们为什么要迫害可怜的巫师？你为什么说他们会发疯呢？”

我眨了眨眼睛，“是他们干的，他们一直都这么干。”

“但是你的人民，贵族们——他们就没有？”

“嗯，没有。他们和其他人一样，容易陷入忧郁或过度兴奋，但巫师就不同了。”

“不是吧。”崔斯坦说，“区别在于财富和权力。你有，而他们没有。”

我摇了摇头，“巫师可不像法师。”

“真是势利，迈尔斯。你有什么证据？”

“但他们确实会发疯。有这样的案例，而且还不少。”

“你见过巫师吗？”

“见过一次。她在审判中被证实了巫师的身份。她当时在金斯顿精神疗养院等待转运。”她被缔结了羁绊，所以她不能伤害自己，但她已经不能反抗，不能流泪，也不能沉入自己的内心深处，以逃避发生在她身上的事情。

她一看见我就尖叫起来，脸色气得很难看。她已经知道了。她能从我身上看到。她恨我，因为在她被束缚的地方，我是自由的。

我不怪她。

“那也只有一个。”崔斯坦打破了我的幻想，“一个巫师疯掉就是证据吗?”

这个问题很刺耳。“要是他们没有发疯，我们为什么要把他们送到精神疗养院?”我问。

“为什么呢？确实是这样。”

他暗示的不可能是真的，这肯定有区别，否则他们为什么会被送走?“你是说这是谎言？他们……被清除了吗?”

“你知道听证会吗?”

我耸了耸肩，“只在报纸上读过。”

“我参加过听证会，读过笔录。你知道指控巫师发疯最常见的证据是什么吗?”

“错觉。”

“具体来说，这种错觉会促使他们指控其他人是巫师。他们通常管社会最上层的人叫做……皇家骑士。”

晚餐塞满了我的肚子。“但这是……”

“真的，”崔斯坦说完，“对不起，迈尔斯。作为一个精神病医生，我以为你知道这些。”

“我们有自己的专长。”有多少巫师去了精神疗养院？在启蒙运动之前，有多少人走上了绞刑架，让人们相信巫师不是邪恶的，只是疯了而已？有多少人被踩在下面，所以我们百大家族才能大摇大摆地走路，过着自由自在、有钱有势的生活？我喉咙里有了个疙瘩，怒气偷偷蹿上了我的舌尖，玷污了我的舌根。一股仇恨感瞬间袭上心头。我讨厌他们；我讨厌我自己。

“迈尔斯。你的族人，法师们。你们为什么要彼此奴役呢？”

“只有一种法师很重要：风暴歌者。”

“你又不是风暴歌者，所以你不重要？”

“不能控制天气的人都会被缔结羁绊，所以风暴歌者可以像使用行走的电池一样，汲取次巫的力量。”

“为什么？”

“权力，”我说，“团体仪式会从每个参与的法师身上夺走最后一丝力量。如果有人想出了如何同时缔结两个次巫，并在不先杀死一个的情况下同时汲取两个次巫的力量，他们就会这么做。歌唱风暴就是这么重要。”

“所以你的族人会认为你是在否定自己的力量，以达到他们的目的？”

“是的。因为我逃跑了，我会受到极端的控制。”

崔斯坦伸出手，但在碰触我之前又抽了回去，“你想回家吗？”

“不想。”我不想独自面对这个问题。我可不想躺在我那凹凸不平的床上，感受这种恶心的愤怒。我需要把问题先放到一边，以后再考虑。“教我点东西吧。”我说。

“首先你必须学会不带触摸的观察。这是心理上的障碍，但并不难解决。”

这件事被搁置了。一股感激之情让我感受到了温暖。“我该怎么办?”我问道。

“选一面镜子吧,”他说,“一面能同时看到我们的镜子。看着镜中的影像,让你的思绪自由发散。你需要一种特定的意识状态来让它起作用。”

“什么样的状态?”

“照镜子。”崔斯坦说。

我定了定神,选了一面框架最简单的镜子,“现在要干吗?”

“一直看着,直到你厌烦得要哭出来为止。”

“然后呢?”

“继续看。”

几个小时过去了,崔斯坦已经读完了一本书。我烦躁不安,努力保持不动,把游移不定的心思拖回正轨,最后叹了口气,“这样不行的。”

“你是不是想太多了?”

“可能是吧。”

“你在想什么?”

过去的一分钟里,我一直在痴痴地盯着他那挺直的鼻梁,关注着他那勤奋的阅读方式。在这个房间里懒洋洋地看书,喝白兰地,聊天,看书,或者……想必会很惬意。

这些我都不能说。“我必须学会如何做到这一点。这可以帮到我的病人;保护我的安全。很多事情都得靠这个。”我说。

“果然想太多了。”崔斯坦伸出手,“摸摸我的手。”

我凝视着他的影像,闪闪发光,我坐了起来。崔斯坦放开我的手后，影像的变化又消失了。我坐回垫子里，“我永远也掌握不了这个。”

崔斯坦拉着我的手，他手掌上的老茧摩擦着我的皮肤。我凝视着他那伪装凡人闪闪发光的效果，希望在他放手后，这种效果依然存在。

可惜并没有。

“做点别的吧，”我说，“说说话来分散我的注意力。”

“我该说什么？”

“告诉我你为什么来这里，来多久了？”

“快一年了。我来这里是为了解开一个谜团。”崔斯坦说。

“你指的不是尼克·埃利奥特吧？”

“不是，我是被派到这里来查明你们死亡的原因。”

我转过头去，“什么意思？”

崔斯坦在我的手背上画了几个圈，“继续照镜子。你看到了什么？”

“我看见你了，但有一种摇摆不定的样子。你什么意思？我们明明还活着。”

“你是活着。你们艾兰国有数百万人，但你们的灵魂不会来到绚夏福地。你们已经很多年没有来过了。”

“为什么？那他们会去哪里呢？”

崔斯坦耸耸肩，“我要是知道，我就在回家的路上了。你治疗的时候看到了什么？”

“我看到了你的身体内部。”我说，“我看到了你的心跳，肺部膨胀的空气，血液的脉搏。如果你的胸部中弹了，我可以看到子弹，以及子弹路径上破碎的肉体。”

“我不知道这是怎么回事。”崔斯坦的影像摇摇欲坠，我仿佛看到了他，虽然只是水从窗口落下。

“你现在为什么到这儿来？”

“嗯？”崔斯坦歪了歪脑袋，“来金斯顿？”

“你说你以为我们都死了好多年了。为什么现在才来呢？”

“魔法开始在王国的其他地方闪烁。我们派人去查明原因。把我送到死寂之地是……后话了。”

“所以他们派你去做无用的探索？”

崔斯坦的思绪移开了，“只要不用待在宫廷，做什么都可以。你要怎么处理这颗子弹？”

我眨了眨眼睛，“什么？”

“我在问你的技术。你要通过手术把子弹取出来？”

他改变了话题，“是的。”

“我以为你想让身体自然愈合，我不知道有这么详细。”

“也许你们半神国人就是这么做的。子弹一出来，我就能让肉重新粘在一起。或者应该说我可以助推一下，然后我就会头晕目眩，世界的边缘变成黑色。”

“因为你已经达到了极限。”崔斯坦说，“取出子弹了吗？”

“枪伤是最不打紧的。手榴弹、地雷，这些才是我的致命伤。”

“你无法治愈这些伤吗？”

我的笑声很苦涩。“哦，不，我可以。我受了重伤。那些离死亡最近的人，就是未解的原因。我救了他们，很多人。”我说。

我创造了奇迹。

“你很厉害嘛。你找到了自学的方法。”崔斯坦说，“你能看到我身上的旧伤疤吗?”

我又坐了起来。

“你胸口右侧那儿，有一个伤口。它刺穿了你的肺部，击中了肩胛骨——发生了什么?”

“我挡住了一支箭。”

伤疤呈一条直线。子弹可能从他的肩胛骨上弹了回来，然后滚进里面撕裂了更多的肉。“真是不可思议，怎么弄的?”

“一次暗杀未遂。”

我眨了眨眼睛，“有人想暗杀你?”

崔斯坦笑了，“不是杀我。我是继承人的私人保镖之一，在她的孩童时期，我替她挡了一支箭。”

“真勇敢。”

他耸了耸肩，“职责所在。”

“既然你是继承人的保镖，那你来这里干什么?”

“你注意到我们没有再接触了吗?”

我们确实没有。他正坐着，双手放在了大腿上。我凝视着他的影像，注视着他跳动的心脏，倾听他那有血有肉的亲身经历。

“你的手腕骨折了。”

“学剑时摔了一跤。”

“我看见了。”

崔斯坦再次握住我的手，“你做到了。”

他变回真实的自己，我的呼吸也随之急促起来。他散发出一种力量，比我从任何一个人身上感受到的力量都要强大，无论是风暴歌者还是次巫。力量的边缘朦胧地覆盖着我的皮肤，我向他倾斜过去，就像铁被一个磁石吸引住一样。

他把另一只手放在我们之间，“等等。”

我松开他的手，捂住眼睛。

“你可以看着。”他又回到了人类的模样，眼中流露出人类的不完美和遗憾，“很抱歉，我没有想到。”

“没关系。”我站起来，“我该回家了。很可能快……该死。”

我的表滴答滴答地走着，还差一刻钟就十点了。

“太迟了吗？”

“没关系。我可以回医院去，我以前也在那睡过。”

“不然你就留在这吧，”他说，“这儿还有一间卧室。”

“我可以去康复室，偷偷睡在一张小床上。”

“这比小床还软。充裕的毯子，饱满的枕头，热乎乎的早餐。我们身材差不多，你可以先穿我的衬衫，而且客用浴室里的东西也很齐全。”

“我都是早睡早起。”早上五点半可不是绅士该活动的时间。他可能到九点才起床。

“我要生存。”他领我上了楼。

崔斯坦家客房里的深色羊毛地毯还是崭新的。宽敞的房间里还残留着壁纸胶水的气味，和下面的房间有着同样不匹配的混搭风格：宽大的床两侧的衣柜并不搭，小茶几周围的厚垫椅子像是一对兄弟，而不是双胞胎。一扇开着的门展露着一间私人浴室，冰冷的石板上铺着厚厚的棉垫。

"这搭吗?"

崔斯坦站在门口，手里拿着一件叠得整整齐齐的衬衫。我对着他扭曲的面容眨了眨眼。不管有没有触碰到他，我现在都能看出来。

"我很喜欢。"我做到了。这个房间虽然品味一般，但特别舒适。好像在招呼你钻进羽绒填充的被子里，多休息一会儿，熬夜多看几页书，然后再睡在光滑的棉被单里。

"这还没有人住过，"崔斯坦说，"你是我的第一位客人。"

"谢谢你让我留宿。"

他把衬衫拿出来，"只要我还在，你尽管住在这儿。"

"作为你的客人吗?"

"我不能要求你为了学习魔法和抓捕凶手而放弃工作。你是一名医者，你永远不会这么做的。"

"你说得对。"

他向我靠过来，"我们需要你抽出的每一分钟，迈尔斯。这是个好办法。"

我从他手里接过叠好的衬衫，"机智。"

"实用。"

他住得离医院很近，房间也很舒服。我们会在彼此的陪伴下单独度过夜晚。为了学习，为了调查。

崔斯坦又靠了过来，"说，你愿意。"

"我得早睡早起，现在该上床。"我扮了个鬼脸，"睡觉了。"

他没有收回那得意的笑容，"很好，迈尔斯。斯帕罗太太会叫醒你的，明早见。"

“我要在六点半赶到医院。”

“我可不用。”崔斯坦说，“快去睡吧，祝你做个好梦。”

褥子把我裹得紧紧的，毯子既暖和又厚实。但就在房门打开前的几分钟，前门开了，我被吵醒了。一个胖乎乎的女人走了进来，看到我醒了便低着头。

“早上好，我猜你是斯帕罗太太吧。”我揉了揉眼睛，但她指关节周围的炎症还是很明显，不见消失。

“你是亨特先生的客人吗？你喝咖啡、茶还是巧克力饮料？”

巧克力饮料？我从小就没喝过。格雷丝喜欢喝巧克力饮料，这样可以让她心情愉悦，或者作为学业成就的奖励。“请来杯咖啡吧，我是迈尔斯·辛格。”我说。

“辛格医生，我现在就去启动咖啡机。”

“你怎么知道我是医生？”

她指了指那张小小的写字台。“那是医生用的包，上面绣着香油叶，对吧？”

“对。真是细心呀。”

她耸耸肩，“我并不想打听你的私事，医生。我是不小心看到的。我现在去拿早餐。”

她关上门。我进入那间浴室，从包装纸上拆下一把新的剃须刀。关节有点痛。她的关节很痛，不管我愿意不愿意，我都看得出来。也许疼痛会平息下来，那种承载着尼克的力量的感觉已经消失了。我将迎来有趣的一天。

水龙头里的水是热的，剃须皂没有任何凹损，几分钟后我就穿着崔斯坦的精致棉衬衫和昨天的领带下楼了。斯帕罗太太站在水槽边，洗着巧克力锅。

“早上好，斯帕罗太太。”

她擦了擦手，“亨特先生吩咐我要弄清楚你喜欢吃什么，因为这几天你都是他的客人。”斯帕罗太太给我端来一大杯咖啡和一盘奶油烤面包，“别怕麻烦，我今天要去采购。”

“吃什么都可以，我不挑食。”

“不挑呀，那你最喜欢吃什么？”

“橙子。”

“现在是季末，”斯帕罗太太说，“但我还能应付。哦！亨特先生的巧克力饮料。他让我叫醒他，他要送你。”

“我来了，斯帕罗太太。”崔斯坦拖出一把椅子，坐在我旁边，“早上好，迈尔斯。睡得好吗？”

他的头发没有像平时那样绑着辫子，散落在了棉袍的衣肩上。即使是半睡半醒的状态，他也抓住了我的心，即使我现在不碰他，也能看见那摇摆的扭曲体。他把一只胳膊放在桌子上，用一只手托着头，捂着嘴打着呵欠。“不好意思，我平时没有起这么早。”

“我睡得很好，谢谢。”我说，“你的客房很舒适。”

“愿意继续来我这做客吗？我先跟你说好，到周末我们就得自力更生了，斯帕罗太太放假了。”

周末，和崔斯坦独处。我喝了一口咖啡，争取片刻的时间来思考。我不应该这样，可我又想。

斯帕罗太太说："他喜欢吃橙子，但坚持说自己不挑食。"

"那你就留下来吧。"

我放下杯子，"挺实在的。"

崔斯坦喝完了一大杯巧克力饮料，"你老板给检查表签名了吗？我还没问过这个。"

"没有。"

他放下杯子，"她有说理由是什么吗？"

我咬了一口吐司，嚼了嚼，咽了下去，"她说我在追逐一些虚无缥缈的东西。她让我把死亡认定为疑似凶杀，但她不想让我从其他工作中分心。"

崔斯坦眯起眼睛，靠了过来，"这也许并不能说明什么，但是——"

"她怎么会跟尼克的死有关系呢？"

"我不知道，"崔斯坦说，"但我们不能忽视这种可能性。"

"对了，我得早点走，季度单据到了。如果我们能找到尼克的信，或许可以从中了解一些东西。"

"季度单据？"

"银行对账单。里面有尼克·埃利奥特上个季度的每一笔交易，开的每一张支票，每一次存取款。"我喝完了杯子里的水，然后站起身来，"希望邮箱满满当当的。"

第十一章 季度单据

拆开一个信封后，我压抑着胜利的嘶吼。信上盖着金斯顿东部储蓄联盟的印章，有我大拇指那么厚，比起我自己的账单，这些信加起来足足有我的三倍厚。真是幸运！尼克肯定是那种喜欢开支票，不用现金交易的人，这样他的行踪就更加详细了。我迫不及待地想给崔斯坦看。

我把信封塞进医疗包里。包放在了我的仪器箱上，我只好用舌带上的最后一个孔把顶部扣上。我走到街上，哼着一支舞曲。一阵风吹起了我的围巾，贴到了我脸上。我及时把围巾拉开，然后就看到了棕色的哔叽布和黄铜纽扣，铭牌几乎撞到了我鼻子上。

我撞上了一个警察。

牌子上写着：费舍尔。内心的不安顿时涌了上来。

“对不起！”我绕着他转了一圈，包包像个铅块一样重，“我应该认真看路的。”

“没事。”警察伸手把我扶稳，“你还好吧？”

“没事，谢谢。”费舍尔警员的太阳穴有头痛的迹象。我把包丢在自行车的前筐里。这种景象并没有消失，我不知道怎么关掉。

费舍尔指了指标有1455号的黑漆门。“你住这儿吗?”

我努力让自己的呼吸平静下来，并露出遗憾的神色，“对不起，并不是。”

“你是去拜访什么人吗?”

“没有……”**快撒谎，迈尔斯，把牛皮吹上天**，“我正在找一套公寓，想进去看看这地方保养得怎么样。我不应该这样做。”

他点了点头，“你找了多久了?”

“刚开始。”

“你的任务很艰巨啊。”费舍尔说，“祝你好运。”

我血管里的血液又回到了正常的温度。“谢谢你。”

我用颤抖的手指打开自行车锁，等着一股自行车流的通过，然后让风把我吹到街区尽头。我在车流尾部等着横穿的车辆散去，寻找烤咖啡的香气来源。被人监视的感觉在我的脊梁上翻腾着，我从寒风中挣脱出来，向右转，借用了昨天的一个技巧。

两个女人跟在后面，没有别人。我带着海腥味的空气，在去医院的路上不停地回头看。

护士站里鼻塞声和咳嗽声此起彼伏。克罗斯比医生把写好的夜间值班记录递了过来，我的眼睛有些迷糊。“出院的任务完成了吗，辛格医生?”克罗斯比医生问。

“还在审查，你呢?”

“没什么好纠结的，他们今天就要走了。”他得意地看了我一眼，“需要帮助吗?”

在野战医院，我本可以告诉他把记录放在哪里。在这里，我只能回一个冷冰冰的微笑，“谢谢，我手里有。”

每个人都有黄绿色的黏液堵在脸上，覆盖在喉咙上。没有人责怪我把自己关在四个轮班医生本该共享的小办公室里。

今早的《星报》后半部分写着：“斯坦利部长对休养法说不。”我的情绪一下子有点低落。该法案包括为退伍军人服务提供额外的运营资金，比如就业工作团和这家医院。我们需要这样的法案，而且说实话，在他们洗劫了兰尼尔的木材和黄金之后，难道不能给那些面对杀戮与惨象的人留点资金吗?

但是有什么东西把这个故事挤到了折页下面。我翻了翻，担心会发现什么。

一桩谋杀案占据了上半部分。士兵杰克·邦廷，妻子，孩子。邻居们说，他回家后就销声匿迹了。我把报纸推到一边，不想在四处巡视的时候去想杰克·邦廷在做什么梦。

我的病人明天就要走了，调查尼克的事也没有任何进展。季度单据不会告诉我现在需要知道的事情。我让那些心智没有被乌云笼罩的病人出院了，但究竟还有多少病人？有多少妻子害怕丈夫回来？有多少男人会在出院后担心自己的内心潜伏着什么？这些问题鞭打着我。我必须找到答案。

我还得再让两个人出院。

老杰拉尔德·格兰姆斯和小杰拉尔德·罗杰斯已经整理好自

己的行李，把各项事情安排妥帖了。我注意到有些人用羡慕的眼光看着他们，库珀，威尔逊。他们两人的头脑都没有被那些会让他们失去住院资格的群众所蒙蔽。我的清单列好了。

女管家正在拆床单，把床单塞进洗衣车里，我躲了过去，坐在了比尔身边。他又做了一场噩梦，内心的那个杀手突然站起来，杀了所有人，然后用木偶线把他拖回自己的家庭，场面十分恐怖。比尔脑袋里的乌云越来越大，这种阴暗顺着他的脊柱蔓延开来。

比尔看着其他人下了床。詹姆斯·奥斯汀抱着一堆衣服，从窄小的房间搬到床上，开始小心翼翼地整理行囊。比尔拽了拽腿上打着补丁的毯子，叹了口气。

“我不用回家，对吗？”

“我宁愿你待在这儿，比尔。”我坐在他旁边，测了下他的脉搏，看着干涸的血云在他的脊柱上扩散，“我昨天在大厅看见你了，发生什么事了吗？”

“催眠不起作用了，”他说，“我以为感觉好多了，后来我看到那位女士，他——”

比尔闭上了嘴。我从口袋里掏出一个听诊器，放在他的肋骨上，“深呼吸。”

我不需要听他的肺部。我需要他集中精力，让一个惊慌失措的病人深呼吸会让人觉得居高临下。我把膈膜放在他胸口的不同地方，听着他的呼吸，然后问道：“他怎么了？”他的心跳一下就平静了下来。

比尔的心跳得更厉害了。“他非常生气，医生。他恨得想杀了她。我抓住椅子，这样她就不会被掐死了。可他还是不死心，好在另一个人来了，医生，那个戴高帽子的人。他很怕那个人，怕得要死。”他说。

我把听诊器拿开，用这个动作来换取几秒钟的思考时间。他恨格雷丝，一见到崔斯坦就害怕。这是巧合吗？“那我呢？”

“什么？”

“他也恨我吗？”

比尔点了点头。“但他怕你。为什么催眠不起作用了呢，医生？”他的手指搓来搓去，拧了又拧，“我刚开始睡着了，但我醒来后，他又回来了。他总是在那里。为什么对老杰拉尔德有用，对我就不起作用呢？”

“我也不清楚。”这很可能是真的，“如果可以的话，我想给你做些检查。”

“你想把照片给我看，我再给你讲讲他们的故事？”

好主意。“除此之外，还有一些其他的测试。我想看看你的血液，可能还有其他问题。”我说。

“好吧。今天吗？”

“可以，”我说，“去花园走走吗？”

比尔望向别处，“太冷了”。

“还看书吗？”

“你有《坚持的美德》吗？”

“中午吃饭的时候我给你带过去，你想在明天游行前刮个胡子吗？”

“应该要的。”比尔说，但他没精打采地盯着天花板。我让他好好休息。

我的午餐是蟹肉沙拉配小圆面包。我坐在办公桌上，一边歪歪扭扭地吃着，一边翻阅尼克的银行业务记录，追溯他乘火车穿越艾兰国的历史。我搞不懂他为什么要去这么小而且又无关紧要的城镇。在报告的开始，他消费有一张去诺顿的火车票。那儿种着许多桃子。也许是为了庆祝节日？

我找到了去“玛丽的愿望”的旅程，一个我从未听说过的小镇。他的季度报告的中间部分详细叙述了他的另一次北方之旅。红鹰镇位于“羊群之乡”的边缘，是肉类和羊毛交易中心，而不是园艺中心。尼克·埃利奥特去那儿做什么？

一个人影从我门前走过，矮矮的，头上梳着许多辫子。

“进来吧。”

罗宾溜了进来，绕过我的桌子，站在我的书架边。她对着季度单据皱起了眉，歪着头，颠倒着看，“这些不是你的吧。”

“罗宾。”

她抬起头来，“对了，克罗斯比拿走了你的病人档案，然后急匆匆地去了抽血化验室，要求解释你所做的一些测试。”

“他做了什么？为什么？”

罗宾有些恼怒，肩膀沉了下去，“迈尔斯，他在监视你，你不知道吗？他急着要举报你，你会有麻烦的。”

“你怎么知道的？”

“他也讨厌我，所以我一直对他留了个心眼。另外，我在医院里的朋友可不止一个，不像我刚提到的某些医生——”

皮底鞋走在楼梯间时发出了咚咚咚的声音。罗宾看着另一个阴影笼罩在我的门上，她的眼睛睁得大大的，没有经过允许我的门就被打开了，更不用说敲门了。克罗斯比医生站在大厅的另一边，一看见罗宾就愁眉不展。他的前额突然一阵头痛，胃酸爬上了他的食道，心也怦怦直跳。我差点要问他是否没事。

“辛格，”他说，“我可以跟你谈谈吗？”

他的语气并没有让人觉得是一种请求。他紧紧地盯着罗宾，皱着眉，额头上分明写着“**出去**”。

罗宾绕过办公桌，等待着。

克罗斯比盯着她看了一会儿，才意识到必须退后一步，让她过去。他阴沉的目光追随着她的离去。哪怕他说错了一个字……

他把灰白的头往后一甩，用黑色的眼睛瞪着我，嘴角流露出不满，“你相信你的病人得了梅毒吗？”

这是怎么回事？“不信。”

他把手放在桌子边上，向我靠了过来，“那你为什么让他们做梅毒测试？”

“克罗斯比医生，我不会在你检测病人健康的时候去审问你，对吧？”

他的下巴向上翘了好几度，“辛格医生，我想你根本没有注意过精神康复中心的其他医生在做什么，但我注意到了。我知道杰拉尔德·格兰姆斯已经从困扰我们部门的病症中完全康复了，而且要归功于你。”

我不得不打断这句话。“如果你对格兰姆斯先生的病历有什么具体的问题，”我说，“随时可以向我提出来。”

他笑了，眼里的光芒看起来很满意，“事实上，我是这样做的。”

可真棒。

“你前天记录了你给格兰姆斯先生施了催眠术。我当时正在值夜班，他非常痛苦。你以为我会相信你在他眼前晃了晃表，他就好了吗？”

我只能这样承认：“格兰姆斯先生可能很容易受暗示……”

“医生，别跟我说你把他的幻觉给催眠了，医生！”

“我没有要解释什么，克罗斯比医生。我不知道我做了什么，甚至不知道我到底做没做。”

“你刚才检查了我的肩膀。”

“什么？”

“你在撒谎，辛格医生。咱们都懂的。”

这并不重要。我的话正和他相反，“你到底想说什么，克罗斯比医生？我能做什么呢？我怎么可能治好格兰姆斯先生的疯病呢？”

“你让他走了，”克罗斯比医生说，“除了他，你让你所有病人都产生了错觉。现在你却要求病人做昂贵的血液测试，而他们也有和格兰姆斯先生一样的错觉。你一定有什么阴谋。”

“克罗斯比医生……”

“别狡辩了。”克罗斯比医生将手指对着我，“马西森医生可能被你愚弄了，但我不会。你以为我没注意到你是怎么蛊惑病人的吗？为什么护士们总是要替你办事？我知道，辛格医生。我会拿出证据的，证明给所有人看。”

我忍下了愤怒。毕竟，我的超能力没有被察觉。

“你听到自己的声音了吗，克罗斯比？我想你该回家了，好好休息一下。可以去读本好书，比如说在一间舒适的浴室里。”

克罗斯比脸上弥漫着血色，“再说一遍，到外面去。”

我自己的血液也翻涌上来了，可我不在乎。我受够了这只牛虻在我箱子周围嗡嗡叫。“乐意之至。”我说。

“这是怎么回事？”马西森医生走进大厅，双手叉腰，“克罗斯比医生，辛格医生，有什么需要我帮忙解决吗？”

“不用了，马西森医生，”克罗斯比医生说，“我正要走。”

他昂首阔步地走了。马西森医生走了过来，双眉紧蹙。

“迈尔斯？”

“他有点讨厌我，”我说，“对不起，我不是故意的。克罗斯比医生注意到我让一些病人做检查，他想知道为什么。”

“他上来就指责你……为什么？”

“我不知道。”有人在走廊的留言板上贴了一张新的通知，宣传一个游戏俱乐部。我急忙回头去看埃莉诺。

“你为什么要做这些检查？”马西森医生问道。

我的耳朵痒痒的，手一直放在身边，“想听实话？我在追云逐雾呢。”

“迈尔斯？”

“有些疾病会让人表现出疯狂的迹象，比如梅毒，”我说，“如果这就是我们有些病人产生错觉的原因呢？如果有生理上的原因呢？”

马西森医生双手叉腰，“迈尔斯……”

“他们都在想同样的事情，马蒂。你有没有遇到过不是士兵，却带有隐藏杀手效应的人？谁没有去海外打过仗？如果是身体上的呢？”

“你这是猴子捞月。”

“现在有五万人要回来了。”我用手搓了搓头发，“有多少人有战斗神经症？有多少人有隐性杀手效应？我应该在一个月前就捞到月亮了，两个月前。”

她端详了我一会儿，把嘴角压在牙齿下面，“你把这些写下来了吗？”

“在笔记里，”我说，“你要报告吗？”

“昨天就该给我了，你应该在开始追捕之前来找我。”

“我会给你一份报告。”我保证道，“还有一份研究计划书，其中应该有杰拉尔德·格兰姆斯。”

“我同意，”马西森医生说，“先完成你的清单，迈尔斯，然后试着和克罗斯比医生和好吧？”

我懊丧地看了她一眼，“我们差点打起来了，我觉得他不想跟我和好。”

“如果你找不到友好相处的办法，那我来调解。周末他上午班，但他想跟上你的日程表。”

“我的日程安排？那芬奇医生呢？”

“她怀孕了。和克罗斯比医生解决好这个纠纷吧。”

“和平解决？”

“是的。”马西森医生转身回到楼梯间，我重新拿起三明治和尼克的季度单据。我刚适应了阅读的节奏，电话就响了。

我盯着这该死的电话，叹了口气，然后接了起来，“喂。”

“迈尔斯，”格雷丝说，“一切都准备好了。游行后的早晨。”

“这么快?”

“他没有多少时间了。”

“你说得对。”我必须牺牲大部分时间来休息。在手术室待了一天后，我睡得天昏地暗，吃的东西足够养活一个团，“我6点到。”

“我派马车去接你，你不能再骑车回去了。”

“是的。”我没法骑12英里的自行车，而且格雷丝也不知道我住哪儿。

“非常感谢你所做的一切，迈尔斯。虽然父亲不会感谢你，但我会。如果你想要什么——我应该再给博勒加德退伍军人医院捐款吗?”

“你已经给了五千了。”我说。

“那就给你自己想要的东西吧，什么都可以。”

“我只想要自由，格雷丝。这是你能给我的最好的东西。”

片刻的沉默后：“我明白了。六号见，迈尔斯。”

一天结束后，我把所有东西收拾好，然后把吃午餐时格雷丝的那瓶葡萄酒带了回去。崔斯坦可以和我边吃晚餐边喝酒，然后我们可以一起研究如何关掉我超常的透视能力。在克罗斯比医生面前我得小心点，他已经确信我是个怪胎，能够诊断出病人的一切病症，而且也不会减轻对我的怀疑。

今天下午，医院大厅里没有衣冠楚楚的陌生人。我打开自行车锁，把车推到街上，加入了五个戴着钟形帽子的女人的队伍。她们似乎互相认识，因为她们有说有笑，互相叫唤着。她们谈到多特和一个叫哈里的家伙的前景时，我尽量不去听，但她们又开始取笑她们的头儿，聊得很开心。

左边的一点动静让我举手示意，准备评论一下昨晚的雨，才发现骑手来得太快，太急了。

“小心!”我喊了一声，但还是撞上了。我撞上了旁边的女士，右手重重地摔在了地上。她一声尖叫，又把她的车友撞倒了，然后我们后面骑自行车的人也撞得一塌糊涂。

我的手腕突然感到一阵灼热的疼痛，猛烈得让我的胃翻腾起来。我把手腕紧紧地贴在身上，咬紧牙关，忍受着移动手腕带来的新一轮疼痛。

我们这些不幸的人身后响起了震惊的叫喊。人们围在我们身边，在我们的不幸事故前停下，帮助我们从混乱中解脱出来。与我相撞的那位女士特别爱惜自己的脚踝，但毅然拒绝了我的帮助和道歉。

“你没事吧?”一个男人说，“我都看见了。他故意骑车撞你，偷走了你的包。”

我的包?

我扫视了一眼那群站起来的人。酒瓶正躺在街上，已经砸碎了，椭圆形的红色液体飞溅在车道上。人们在清理玻璃，以免扎破轮胎。装在我前轮上的金属车筐是空的，我的包也不在人行道上。

“他走的哪条路？”

他指了指街道，“他早就走了，应该是拐过弯了。你包里的东西很重要吗？”

我的心一沉，“我是医生，那是我的医疗包。”

骑自行车的人皱起了眉头，恼怒地翘起了卷曲的胡子，“他是在找你的药，医生。真是丢人现眼。”他看着我准备单手把自行车骑走，“你受伤了吗？”

“摔伤了。”许多人站在人行道上想平复一下自己，我也加入了他们。我的包被偷了，手术刀不见了，听诊器和多年的工具也没了。难道是因为几块钱的药被偷的？

傻子才信，尼克·埃利奥特的季度单据就在里面。

我锁上自行车，一瘸一拐地走上街头。崔斯坦家就在不远处。我试着回忆尼克去过的城镇名。**诺顿，玛丽的愿望，红鹰**。我随着步伐的节奏重复了一遍。我必须记住。

第十二章 弥合

崔斯坦家的铜狮子门环虽然老旧，却擦得锃亮。我用左手抓着门环，拍打着门。一路忍受着痛苦让我有些疲倦。我想把手腕抱在胸前躺下，试着入睡，哪怕只是为了逃避一下。

我想回到过去，这样我就可以刹车或者以某种方式躲避，而不造成交通堵塞。我真想一跃而起，一把抓住那小人的后脖颈。我要是早点注意到他在潜伏在附近就好了，这样我非凡的直觉就能提醒我，然后巧妙地把他拘留起来，这样我们就能找出是谁派他来偷证据的。

崔斯坦的前门开了，女管家惊恐地盯着我，我那些后悔、希望的幻想突然蹦了出来，“怎么了，辛格医生?！发生意外了吗?”

“有人袭击了我。”她把门开大了些，我走了进去，“他们把我从自行车上撞倒了。”

“在交通道路上？真糟糕，”斯帕罗太太说，“你还能爬楼梯吗？噢，可怜的外套。”

我小心翼翼地伸直手臂，一阵剧痛涌上我的前臂，我感到有点不适。我不情愿地把严重程度从扭伤、疑似骨折升级为骨折。我没有时间去处理手腕骨折的事情，也没空去找被盗的银行记录。

斯帕罗太太帮我脱下大衣和夹克衫，每当我畏缩或丢脸地大叫时，她就大惊小怪地对我说："可怜的宝贝。"很快，在她的保护下，我蜷曲着手腕，一瘸一拐地走进崔斯坦的客厅，斯帕罗太太领着我走向那张棕色的绒面沙发。

"你的裤子破了，"斯帕罗太太说，"只是撕开了一条缝，基本上没有什么是我修补不好的。"

"我脱不下来。"我说。

"你需要拿条毯子盖住，"斯帕罗太太说，"但我又不是没见过，我有过三任丈夫。"

"我的意思是我解不开扣子，"我说，"我的手腕。"

"好吧，那还是我来吧。"斯帕罗太太说。

"你来更好。"我同意道。我踮起脚尖，站了起来，在膝盖上盖了一条紫色的流苏毯子，然后坐下来让斯帕罗太太帮我脱鞋子。

"你的衬衫上有一块酒渍，"她说，"吃午饭时洒的吗？"

"我带了一瓶酒，结果碎了。"

她扶我坐起来，"最好尽快处理掉。"

她表现得小心翼翼。不管怎样，我都得把衬衫脱了。但是她说："我给你找件睡衣吧，孩子。"我便什么也不想动，直到我听到马车上马具的叮当声和崔斯坦的马匹脚步声停在前门。

"斯帕罗太太？"我试着把毯子拉到下巴。

"迈尔斯？你在吗？我又发现了一个骗子，声称能和死人说话——”

“别进来，亨特先生!”斯帕罗太太说道，怀里抱着一件鲜红的织锦睡袍，“辛格医生没穿衣服。”

不仅仅是脱光了衣服，我正在抽屉和袜子堆里翻找着。我应该待在卧室的。我摸索着要拿睡袍，斯帕罗太太试着帮我穿上。

“什么情况?”崔斯坦在滑门里停了下来，“为什么?”

“发生了一起事故，转过去吧。”斯帕罗太太说。

崔斯坦抱怨着，但还是转过身来，戏剧性地遮住了眼睛。我的脸颊上泛起了热气，但我用手指夹住了袖子的缝隙，我发出的声音让他三步并作两步走进了房间。

“你受伤了。”崔斯坦说道，同时环顾着斯帕罗太太，“你哪里受伤了?”

“手腕。”我挤出话来，但斯帕罗太太拍了拍手，想把他赶走。

“转过身去，亨特先生!”

崔斯坦抬头看了看错视天花板壁画，叹了口气，但还是转过身去。

斯帕罗太太把睡袍上的每一颗纽扣都系好了，“好了。我觉得这人太多了，是时候告诉亨特先生发生了什么。”

她把我的衣服拿走，把我们留在客厅里，“亨特先生，我要去看一下烤箱里的鸡肉。医生，我马上就把这破洞缝好。”

“您真是太好了，斯帕罗太太。”我们喊道，他冲我咧嘴一笑，我的尴尬顿时就减轻了。他把椅子拉近，靠了过来，“你得等我把斯帕罗太太解雇了才能痊愈。”

“我不能把治愈术用在自己身上。”

“该死的，”他咒骂道，“我想我可以给你看看，现在要不要来点吗啡?”

“你不应该玩那个，”我说，“大麻已经没什么害处了，但吗啡是会上瘾的。”

“我听说了。”崔斯坦转身来到一个房间，然后打开了一个柜子。那儿本应该是餐厅，却被他用作办公室。“如果你的手腕摔断了，我可以替你接骨。如果能减轻你的伤，我会觉得好受些。”

“他们偷了我的包，”我说，“他们把我从自行车上撞倒，还偷了我的包。”

“谁？跟踪我们的那个人?”

“可能是吧。”一想到不止一个人在跟踪我，我就有点不寒而栗。尼克对战争的了解害死了他，现在我也跟他一样……

下次，可能就不是从自行车上推下来那么简单了。有了先例，再次谋杀的可能性会变得更大。

“尼克·埃利奥特的银行记录在我包里，”我说，“我想这就是原因。”

他回到我身边，手里拿着一个棕色的瓶子，“地狱之火。”

“把这些写下来，”我说，“诺顿，玛丽的愿望，红鹰。这些都是他去年去过的地方。”

“我会记住的。”崔斯坦一把药匙推到我的唇边。我吞了吞口水，因为苦涩而倒吸了一口凉气，“我没能进去会见金翅雀的罗斯小姐。”

“见鬼。”我的舌头开始发麻，吗啡已经缠绕在我体内了。

“我和《星报》的休闲版编辑有约。”

“什么时候?”

“明天。”他盯着我的眼睛，点了点头，“疼痛减轻了吗?”

“一点点。你知道怎么接骨吗?”

“不太会。”

我叹了口气，“我还是现在就告诉你吧，免得我完全被你的补药给迷住了。”

相比于我，我想这对他来说要更难，尽管我痛苦地嘶吼、呜咽，他并没有任何犹豫或退缩。我喊叫得太大声，以至于斯帕罗太太进来查看发生了什么。他把我的手放好，用焚香托盘临时做了一个夹板，绷带也是用他的一条丝绸领带做的。他握着我的手腕，仿佛我的手腕又要折断了，但补药已经减轻了疼痛。

“我的制服，明天还要穿呢。”我说。

“我还没有解雇迈克尔。如果你愿意相信他，把钥匙给他，他会拿到这里来的。”

她的目光在我们俩之间飞快地掠过，“亨特先生，也许我今晚应该留下来陪辛格医生。”

“我应付得过来，斯帕罗太太，不过你可真好。”崔斯坦说，“等他们来了，你能帮辛格医生收拾一下吗?”

“当然可以。”她匆匆走出房间，崔斯坦扶我起身。疼痛已经平息，变成了隐隐作痛，已经不需要特别注意。我和重力的关系改变了，如果我没有把脚放好，我就会飘起来。我看起来岂不是很可笑?

有个地方摆着一个盘子，盘里的鸡肉已经切成了小块。我小心翼翼地给自己喂食，不想表现得没有尊严。楼下砰砰的敲门声响起，斯帕罗太太出去应门。

崔斯坦扬起下巴，指着我的盘子，“再吃点鸡肉吧，虽然你不想吃。”

“这道菜有点奇怪，你是要教我怎么——”

“是的。”他答应了。斯帕罗太太回来时，他安静了下来。

“真的不需要我吗，医生？留下来也不麻烦。”她问我，但还是瞥了崔斯坦一眼。

“只是扭伤而已，斯帕罗太太。”我对她笑了笑，“我希望明天吃早餐的我可以自己切肉。”

斯帕罗太太看了崔斯坦很久，但他已经把注意力转回他的盘子上了。最后，她行了个屈膝礼，走了出去。崔斯坦松了口气。

我笑了，“我脱衣服的时候，她是不会让你进来的。”

“你当时脸红了。”他呷了一口茶。

“还不是她大惊小怪的！”

“我很高兴你在需要帮助的时候来找我，”他说，“吃甜果馅饼吗？”

“来点吧。”我的手腕离得很远。崔斯坦切成了小片，我很喜欢那混合着橙子香味的甜味。我用茶水冲了冲，等着他领我回到客厅那张“昏睡沙发”上。

“镜子这招应该有用。”他从墙上选了一面方形镜子，“在你能看到手腕的时候，照照镜子吧。”

“好吧。”

“把注意力集中在镜子里的那个人身上。”从这个角度看，像是他的手臂，“看着吧，就像看到需要你治愈的东西那样。”

我看着镜子里的影像，无论眼睛怎样偏离焦点，什么都看不到。

“我一直都不擅长做这些训练。”我说。而格雷丝却很习惯练习。我自己能做的事情，磕磕绊绊也能完成，指导对我没有好处。这就是为什么我从来没有让父亲高兴过。

“别胡思乱想。”崔斯坦轻声说，“想象一下，这个房间飘浮在天上。想象一下我们周围的云朵，远处的城市，不要去想痛苦的事情。”

飘浮在高空之上的是漫天的繁星，现在只有我们两个和我们之间的秘密。我知道如果能看到自己的手腕会是什么样子——一束闪着火花的猩红色的光，冲向我尺骨周围破碎的地方。每一颗火星都会在断掉的骨头上堆积，然后重新黏合在一起，使骨头重新成为一个整体。火星想成为一个整体，成为我身体的机器。我所做的就是把更多的火星引到断裂处，比自然愈合得快一些。

但后面我觉得自己很虚弱，差一点就能填满整个缺口了。我现在很痛，仿佛这几个星期以来所有的钝痛都浓缩在这几秒钟里，我几乎失去了对火星的控制。

一股力量让我稳住了，火星修复得更快、更坚固了，直到所有的小光都聚集在一起，并维持这种状态。

“精彩极了，”崔斯坦说，“现在躺下，你——”

哦。我靠着绣花坐垫摔倒了，随着房间的倾斜而感到晕眩。

“我以前从未有过这种感觉。我用尽了全力，但后面又冒出了更多的能量。那是尼克的力量吗？”

“你没有先施展你的魂星吗？”

“我的什么？”

他把镜子向上倾斜，让我看到自己的脸和其他东西：两个光点在我头顶上盘旋。一个是柔和的粉红色，另一个是春叶般的绿色，嵌在勾勒出我身形的蓝绿色光芒中。正如格雷丝所说，这是我的巫师之印。我的光环上还有斑点。

“那些是什么？”

“这就是为什么你们的族人被称为星辰者。你不知道吗？尼克死的时候，我看到他的力量与你缔结在了一起。”

“绿色的那道。”

“是的。你已经有了一个，那是谁的？”

我想原地消失，“我不知道。”

“你知道的，”他说，“他们死的时候你就在那里。你触碰了他们，他们把自己的生命倾注在与你的羁绊上，然后才死去的。”

这不可能。我闭上眼睛，紧紧地捏着耳朵，但我不能不听他说话，把耳朵封上。崔斯坦抓住我的手，我应该推开他的。

“迈尔斯，”他说，“你还记得，是谁把他们的灵魂和你缔结在一起吗？”

我的胸口也开始隐隐作痛。我的喉咙突然被带刺的硬块卡住了，嗓子都哑了。我舔了舔干燥的嘴唇，告诉了他。

“我母亲。”

“医生？”

我们一直静静地坐在一起，我凝视着盘旋在我耳边的玫瑰金色光球，我的巫师之印。我母亲的灵魂，一直陪伴着我……

崔斯坦摇了摇我的膝盖，“迈尔斯。”

“嗯?”

他凝视着我，“你可能不用再打吗啡了，想睡觉吗?”

我眨了眨眼睛，“几点了?”

他从昏睡椅上爬下来，把我拉了起来，“走吧，该睡觉了。”

下楼时，我把左手搭在他的肩上，几乎没有绊到脚。他把我领进那间令人愉快的、不协调的客房，然后往后退了几步，“你自己能行吗?”

“嗯?”

“纽扣。”

“哦。”我伸手去抓最上面的那颗，正准备把它拧开时，突然疼得我龇牙咧嘴。崔斯坦轻轻撇开我的手，手指放在扣着的纽扣上，然后解开了。

凉爽的空气从我的领子下悄悄溜过，我的皮肤一下起了鸡皮疙瘩。“亨特先生。”我说。

“还有四个呢。”他说，他的声音在黑暗中显得很安静。

我站在原地不动，“继续吧。”

他的指尖从未触及我的皮肤，我却感觉火辣辣的。吗啡让我头晕目眩，我的手腕在不停地抱怨着。我一动不动地站在那里，他触摸着我的每一个扣子，把每一个丝绸覆盖的圆盘从孔里滑出来，直到我的睡袍松开，我在他面前脱光了衣服。

不过这也没关系，我在卧室里。

他紧紧握住我毫发无损的左手，全神贯注地盯着我，目光里有他想要的东西，我可以肯定。他就站在我可以把手放在他肩上的地方，静待了十下心跳那么久。

我抬起手，他的嘴微微张开，我的手指移到他的脸颊上。

“崔斯坦，”我叫道。他的眼睛瞪得大大的。我永远不会厌倦于说出这个词，尤其是在他眼里放光的时候，“我该睡觉了。”

他咽口水的时候喉咙动了动。“理智的迈尔斯。”他转过头，在我的手掌上落下一个吻，“祝你好梦。”

他最后热切地看了我一眼便离开了，给我留下了私密空间。理智，负责，愚蠢的迈尔斯。他走的时候，我把睡袍扔在地上，乱成一团。

第十三章 白柄弯刀

我在黑暗中醒来。用夹板固定的手臂很疼；我的头在砰砰地抽痛。我只能看到模糊的形状，灰暗中的阴影。我的帽盒在茶几上，制服挂在门后的挂钩上。今天是游行日。16个病人已经出院，等到我下周开始上班的时候，病床肯定已经满了。

我试着弯曲右手的手指，有点僵硬，但本来可能会更糟。情形已经恶化了，我得小心了。我既不能躺在床上或者躲起来，也不能抛弃我的职责。不管会不会被追杀，我都得继续追查下去。不过至少明天可以睡个懒觉。

我发出一声叹息。明天也不行，我必须回家，今晚不能待在这。我不想让格雷丝知道更多关于崔斯坦的事，更不用说他的住处。

“该死的。”

事故发生后，我就精神恍惚地直奔崔斯坦家。白痴！万一我被跟踪了呢？万一他们知道我现在在哪儿呢？

我得警告崔斯坦。要是他们去找他，或者针对斯帕罗太太可怎么办？

我掀开被单，脚踩在地板上。

猩红的长袍还放在原来的地方，我从床上起来，把它从地毯上捡了起来。我把衣带系在解开的前襟上，然后找到上楼的路。崔斯坦懒洋洋地躺在客厅里，仍然穿着背心和衬衫袖子。他以特有的速度读着，直到注意到我。他抬起头，把书放了起来。

“早上好，”他说，“你的手腕怎么样了？”

“断了，现在很僵硬，”我说，“听着，事故发生后，我就直接到这里来了。”

“你担心有人跟踪你。”

“是的。我应该早点发现、想到这个的。”

“我会注意的。我待会告诉迈克尔，他会照顾好斯帕罗太太的。”

我让他们陷入了危险之中。崔斯坦和迈克尔会照顾斯帕罗太太，他们不会让她出事的。但如果我早点停下来想想，这事就不会发生了。

“迈尔斯，”崔斯坦打断了我的思绪，“别自找麻烦了。你饿吗？”

“饿。”我能吃下一栋房子，“呃。我想吃东西，吃很多——”

“你用了自己的能量储备才进入了灵魂，星辰者。”崔斯坦说，“你总是这样吗？把个人能量消耗到没有为止？”

“我想是的。”我说。

“我们得修复你的巫术，”崔斯坦说，“不过改天吧。在你倒下之前，到厨房去。”

我坐在一个逐渐成为我专用的椅子上。他在我面前放了一块厚厚的苹果馅饼，不停地端来食物：鸡蛋、吃剩的鸡肉，还有我可以开怀畅饮的所有咖啡。

他把盘子里的食物堆成小山，然后和我一起吃，盘子旁边放着一杯巧克力饮料。“你觉得那个留胡子的人就是我们要找的投毒小人吗?”他问。

“是的，但我不认为他是谋杀我们的凶手。”我说。

崔斯坦疑惑地看了我一眼。我抬起一只手，咽下一些鸡蛋。

“我的意思是，我认为他和凶手是一伙的。”

“啊。某人影响力太大，不能亲自得到他/她肮脏的双手。”

“正是如此。”

他歪着头，点头示意我继续说。

我大口地喝着甜甜的黑咖啡，“国防部长，珀西·斯坦利爵士。他是我们中的一员。一个法师，我的意思是——”

“一个有权势的人。”

“老实说，我不知道咱们怎样才能扳倒他。”

“哦，这个交给我吧。”崔斯坦笑得龇牙咧嘴，眼中的光芒让我不寒而栗，“扳倒他是一件趣事。”

在某种程度上，我对这个想法感到很兴奋，但我还是忍不住开口了，“你不能……除非我们有证据。不是说我喜欢这个人，我不喜欢，但是——”

“为了你，我可以一直等到你被说服为止。”

为了我。在我没有发话之前，他并不会伸张正义。他把复仇托付给我，这让我的手心发麻，暖意流遍了胸口。“谢谢你。”我放下叉子，摸了摸下巴，“该死的，我要刮胡子了。”

“确实该刮了。”崔斯坦同意道，“交给我吧。你洗完澡我就给你准备好。”

由于用不上右手，刷牙的时间变长了，洗澡的速度也变慢了。我穿着放在门外留给我的新睡袍走下楼。

崔斯坦没有理发椅，但他有一个靠背的座位，后面还有一个盆。一张小桌子上放着刮胡子的工具，就像我的手术盘一样整齐，他站在旁边，把袖子卷到手肘。

崔斯坦向椅子做了个手势，“坐。”

他用一只手帮我把头枕在脖子后面。椅子的顶部足够高，所以我的头可以稍微向后耷拉。

“我自己能行。”

“你确实可以，不过还是我来吧。”

“要做的事情太多了。”

“至少现在不用。闭上眼睛吧。”

剃须油的香味近在咫尺，崔斯坦的手指按摩着我的脸颊，轻轻地覆盖着我的胡须，然后用热毛巾裹住我的脸。我还没来得及说什么，他的手指就伸进了我的头发，有力的手指按摩着我的头皮，“什么都别想。放松就好。”

我闭上眼睛，躲避毛巾的热度。这感觉真棒，我的每一丝头痛都被他有力的双手抹去了。“你很擅长这个嘛。”

“我可以开一家店了。”

我一直闭着眼睛，但我微笑着，“你会是个不错的男仆。”

他嘲笑道，“自己开店更赚钱。你怎么会成为一名退伍士兵?”

崔斯坦用手指梳理着我的头发。我差点没忍住呻吟出来，只好用一个解释来掩盖，“我从家里逃跑了，然后去参军了。这似乎是个好主意。我可以做我生来就该做的事，治病救人，与死神搏斗。”

梳齿轻轻地刮着我的头皮。“可后来战争爆发了?”他问。

“艾兰入侵兰尼尔的时候，我已经快完成一个外科研究了。”我回答道。

毛巾掉了，他在我的胡子上擦着泡沫，“所以你就过去了。”

“这就是我的初衷。”

他在盆子里洗手时，我身后水花四溅。

“你真勇敢。”

“你还挡在了箭前面呢。”

“好吧，我也很勇敢。”崔斯坦说，“我是女王手下的一个搜寻者。”

“什么意思?”

“我们是保镖，但不仅限于此。我们是真理的寻求者，是正义的使者。”

“这就是你来这儿的原因，对吧?”

他稍稍停顿了一下，然后说：“基本上是这样。你准备好了吗?”

“做最坏的打算吧。要是你割断了我的喉咙，我现在就能治好。”

他翘起一边的嘴角，“好。”

他把拇指抬高，按在我的颧骨上，帮我舒展皮肤。崔斯坦的剃刀只有一块光秃秃的刀片，磨得一气呵成。刀刃从来没有跳过或刺入我的皮肤，刀刃在我喉咙的脉搏上滑过。他能看到我的脉搏跳得有多快吗？一定要当心呀。

他把我的下巴抬起来，抚摸着刀片，我的胡须刮到了刀片的边缘。我不禁打了个寒颤，害怕刀片会刺破我的喉咙，还好他把剃刀拿开了。

“没事吧？”

“没事。我……”

“放松。慢慢呼吸。”

我的头发都竖起来了。仅仅是他靠近一只耳朵发出的声音就让我的皮肤发麻。我呼吸着。他抚摸着我胡须生长的每一寸空间，如果不够光滑，他就用剃刀刮一刮。剃刀划过我的胡须，发出噼里啪啦的刮擦声，我喘息着。渐渐地，当他小心翼翼地从我的脸颊和嘴角抹去最后的一点肥皂时，我甚至差点又一次叫出声。

他的手指划过我的脸颊，用指尖绕着我的下巴，点了点头。

“刮得真帅。”

我可以伸手把他拉近自己，把他的头按下来，让我亲自品尝他那带有茴香味的嘴唇。我的手指蠢蠢欲动。

“我很喜欢。”我说，惊讶于自己沙哑的声音，“你真是太好了。”

“我很善良的，”他说，“经常都这样。”

他虽然还保持着面纱魔法，但我无法转移视线。

“你该穿衣服了。”崔斯坦说，“自己可以吗？”

我知道，如果说不的话会发生什么。一个生动的猜想在我的脑海中绽放，直到清晨的阳光照在他的头发上。

我的心怦怦直跳，我舔了舔嘴唇。“崔斯坦——”

前门开了，崔斯坦退后 步，清理剃须刀上的肥皂。

“早上好，斯帕罗太太。”崔斯坦喊道，“恐怕我把厨房给毁了。”

我退到楼下，留下崔斯坦向斯帕罗太太保证，我们会独自处理好这周最后几天的事情。我靠在房门上整理思绪。这周末，在我们已经如此接近——之后独处。

我不能装作是自己的想象。我很清楚一个男人是如何围着他想要的人转的。崔斯坦一定会抓住我伸出的手。他会一直待在我身边，把抵抗的负担加在我身上。

我耸了耸肩，穿上立领衬衫，制服里面还穿着一件束腰外衣。我曾听过一个故事，讲述了凡人被半神国人的魔法所困，半神国人感到厌烦而离开他们后所发生的事情。他没有给我施魔法，但却要离开了，这足以成为拒绝任何人的理由。

纽扣只是一个试验，但我可以扭动右手把纽扣从衣服的洞里推出去。当我发现自己把衬衫扣歪后，又咒骂着解开纽扣。

“医生，”斯帕罗太太叫道，“需要帮你穿制服吗？”

“纽扣太多了，斯帕罗太太。”我开门让她进来，“可以帮帮我吗?”

斯帕罗太太正好进来了，“是不是单袖口太多了，医生?”

“是的。崔斯坦已经给我做了早餐。”我说，“他整夜没睡。”

她迅速看向我，“你睡得怎样?”

“刚吃过晚饭，就睡得像猪一样。”

她扣好我的双排钮扣，把色金立领缠绕在我的脖子上，然后退后一步，站着欣赏这种效果。她看了看束腰外衣左胸上绣的圆圈，说:“你的勋章也需要帮忙。”

我本想先把勋章别在夹克上，可现在太晚了。“是的，如果你愿意帮忙的话。”我说。

“当然。”她回答。

我有两个用来摆放奖章的架子，每个架子上有三枚，可我从不看那些奖章。“先把有橄榄绿丝带的那枚拿出来。”

“博勒加德的明星呀，”斯帕罗太太说，“你是第一个参军打仗的人。”

“是第一个，但也是最愚蠢的，斯帕罗太太。”我对她笑了笑，把衣领从喉咙上扯下来，“其他的是金斯顿勋章和医者勋章。因为我的参与，我才能得到这些。”

她知道另一个架子是什么意思。一枚印有女王侧面肖像的银币是我在前线服役所得的奖章。金色的十字架和王冠是对我的奖赏，因为我曾爬过粪土和碎尸，去救一个被扔在一堆尸体上但还活着的男孩。他的奖章是在死后追授的。

最后一枚奖章是一枚椭圆形的铜质奖章，上面刻着断裂的镣铸，奖章左半边如弯月般刻着“耐力”字样，右边则刻有“勇气”字样。斯帕罗太太盯着奖章，眼里闪烁着泪光。

“我现在不是好好的吗，斯帕罗太太。”我在左边口袋里放了一块手帕，轻轻地擦着她脸颊上溢出的泪痕，“只有活下来，你才能带着那枚奖牌到处走。”

她不会问我他们做了什么。我们大多数人从不提起这件事。她伸出手拍拍我的脸颊，脸上带着勇敢而湿润的微笑。

我紧握着她的手，“谢谢你帮我穿制服。”

我跟着她下楼，左臂夹着尖顶帽，右手拿着小羊羔皮手套。穿上制服让我感觉站得更高了。

我进门后，崔斯坦站了起来，用手抚平背心，“你看上去气色不错，医生。”

“谢谢你。”

“迈克尔会带你去医院，我们大约四点到。”

“然后我们就去星报社吗？”

“是的。约好的时间是四点半。真险啊。”

“我会做好准备的。”

博勒加德医院的退伍军人们早早地就起床了，已经穿戴整齐。好多个涂油帆布包放在了铺好的床脚上，病人们在浴室里排队刮脸，把胡子梳成整齐的卷毛。走廊里满是穿灰色制服的士兵和穿鲜红上衣的军官，我希望自己能到办公室去做一些文书工作，直到一切都结束。

但是他们看到了。他们都看见了。

我们可以根据某人胸前的勋章来构建他的旅行故事。我尽力做好自己的事，但凯特·斯莫尔看到了我的铜质奖章，给我端来了咖啡。小杰拉尔德绷紧了脸，他咬着嘴唇不让它颤抖。人们拍着我的肩膀，紧握着我的手对我说，他们很高兴看到我成功了。

但是比尔却平淡地问道："你是怎么做到的，医生？你为什么不在这些床上？是什么原因？"

"你们都需要我。"我说。

"密涅瓦需要我。"比尔抬头看天花板，"但我在这里。"

我的手发麻了，在裤子上擦了擦。我帮不了他。我不敢。那团云朵在比尔脊背的更深处蔓延开来。抽取脊椎液是很痛苦的。我没有明确的理由来进行这项测试，克罗斯比医生一直在翻我的文件。

"我们会让你下床的，比尔。不要放弃。"

但比尔已经在盯着漆成白色的天花板看了。

我回到护士站，疯狂填写表格。凯特给我拿来了一份《设备和药物丢失或被盗表》，我边口述她边帮我填写。

"你的包不见了，真可惜，"她说，"所有的工具都在里面呢。"

我很赞同这点。我把表格拿到材料室，那里的工作人员看了看我的文件，问道："铭牌上刻着M.H.S.，印着香脂叶和烟草棕色皮革？"

"是的。你怎么——"

她把椅子往后一推，打开储物柜，把我的医疗包放到了桌上。

“你已经找到了我的包，我还得填这些表?”

“这就是文书工作的残酷，”她说，“按你收到的东西在清单项目上打钩，填好后东西就都归你了。”

我浏览了一下清单。我那上好的注射器和药物不见了，尼克·埃利奥特的季度报告也不在。

我核对了一下存货，在一行字上停了下来：**带加权指针的抛光玛瑙吊链**。

我跳过这一项，继续往下看。我发现了另一个问题：

白柄弯刀。

她没有注意我这边。清点好以后，我便把那些肮脏的东西带上楼去。

我拧上身后的锁，把包里的东西都掏了出来。我的手术刀还在，还用纸包着。我要再给它们消毒一下。我会把东西打磨好，包装好，然后收起来。绷带脏得一塌糊涂，我直接扔进了废物箱。每个东西要么被搁置，要么被扔掉，直到我看到最后一样。

我为什么要留着这些东西?我可以肯定有人曾仔细搜查过我的包，还留下了那些物品。可能会有人指着我，喊我巫师。光是这种怀疑就足以做出指控。我永远经不起检查，我也逃不出精神疗养院。他们称其为医院，可同样是一座监狱。

我先把绳子抽出来，提防着锋利的刀刃。谢天谢地，上面没有刻字。只是一把普通的白柄木刀，一把带有树篱咒语和形体的刀。这是我11岁的时候别人送我的。格雷丝用她随身携带的小刀割断了对我的誓言。

法师会在仪式中使用它们。据传，巫师们也是如此。

接下来是钟摆。手里拿着一个钟摆，摆动的模式会告诉你一些无从得知的事情——谎言背后的真相，孩子的性别，死者的存在。法师不用这些，但巫师会用。

我像握着手术刀一样握着这些东西，把它们当作过去的碎片。这把刀是一把开信刀。钟摆是我用来催眠的道具。

很容易解释，也很容易被驳回。我把钟摆塞进口袋里，把刀和空包放到桌子上，下楼去参加游行。

第十四章 游行日

16张床还不够。

人们挥舞着鲜红的手绢，高声欢呼，声音淹没了街上的音乐。音乐声一起，你就会脚痒得想跟着节拍舞动，一边拖着脚步一边跺脚。市民们冲到街上给士兵送苹果，有时还要亲上一口，然后飞快地回过头来，又从路边的篮子里摘下另一个苹果。他们欢呼着，大笑着，高举双臂跳着舞。

我穿着制服，站在那里数着。每个方阵都有六十四人，列队行进着，他们挥着手，亲吻着姑娘，吃着苹果。另外一个方阵只有十五人，下一个是十二人，还有一个十八人。

我数了一下没有感染的人数。其余的人都带着蠕动的干血云，我觉得他们的笑容有些僵硬，他们清楚，欢乐是自己该戴上的面具。

虽然我的内心早已波涛汹涌，但纪律要求我乖乖站在这里。这是一场灾难。我必须做点什么，把这个消息传给员工——但他们能做什么呢？他们为什么要这么做？我没有证据，我也不希望别人来刺激我讲述一个成功的故事。

那个方阵有九个人。

太多了。摆在我面前的工作量越来越大了，有可能会让我无从招架。我必须找到原因，必须找到治疗方法。

我得摘下面具，站在屋顶上大声喊出来。医学界不会听一只老鼠的意见。

我转过脸去，注视着人群，他们在等待着家人和心爱的人归来。只有士兵才有瘴气。平民有感冒、消化不良的毛病，我轻轻一碰就能治好。人群不满地瞥了一眼抱着哭闹婴儿的年轻父母。她的耳朵感染了，脸上布满了泪水和鼻涕，她痛苦地尖叫着，却得不到安慰。

我拖着脚步走了过去，和孩子的母亲进行了眼神交流。她给了我一个抱歉的微笑。我抚摸着孩子的卷发，捏着她的耳朵，她瞬间安静了下来。

“你做了什么?”她妈妈问。

“她太累了，噪声太大，”我喊道，“把她的耳朵捂住，最好带她回家睡觉。”

“我们在找她叔叔，就在游行队伍里。”她举起婴儿的手，向行军的士兵挥舞着。宝宝忍受着这一切，瞪大眼睛看着我。

“希望你早点见到他。我就先回去了。”

“说再见，玛丽。”她向我摇了摇她女儿的小手。

这个可爱的小女孩给了我一个拥抱，在我的脸颊上吻了一下，还给了我一个苹果。

“上尉，您的脸色有点苍白。”她对我笑了笑，然后大摇大摆地走到街上。我感激地咬了一口苹果。虽然对治愈伤口几乎没什么帮助，但这种水果汁水丰富，香甜中带着一点酸涩。苹果嘎吱嘎吱地响着，很结实，是驱赶颤抖的最佳选择。

一阵寒意袭上我的脖子，让我汗毛直立。我在视线范围内搜索着。树上的苹果太多了。人群欢呼着士兵们回家，但有一张脸却变得苍白，朝我抿着嘴。

克罗斯比医生瞪得我的帽子都要着火了，他的嘴向下扭曲着，抑制着对我的反感。他用戴着手套的手握着喉咙，转身朝医院走去，闪开人群往里面走了。

他看到我了。他究竟看到了什么？

我走近了一位妇女，她怀里抱着一个哭闹的婴儿。我摸了摸婴儿，哭声就停止了。

但他会认为这是什么呢？

一种巫术，或是一个咒语。无论信徒们认为巫师能做什么，我的立场和他都是相反的。但要是有人相信他，或者我警告过任何人，就会有大批士兵涌向不堪重负的床位……

见鬼，我必须变成一只老鼠。

我顺着克罗斯比医生的路走到门口。

大厅里挤满了出院的病人，他们都背着沉重的吊索袋，每个士兵在驶向兰尼尔之前，都用同样的灰色帆布袋把自己的生活也装了进去。有些人穿着制服，如果拐杖和手杖不符合规定，似乎也没有人介意。我那猩红色和金色的辫子很显眼，通向楼梯的路在我的制服面前岔开了，大家纷纷向我点头致意。

“你在这儿呀，”罗宾用拳头敲着我的胸膛，“游行前我很想你。霜之月1号，护士们要为我举办生日派对，我知道你有多爱吃蛋糕”。

我把脸拉长成一副充满希望的样子，“巧克力蛋糕吗?”

“幸运的话可能是，”她说，“我得走了。我们要给一个人解剖，寻找把他肠子撕碎的弹片。”

“经过蛋糕的诱惑之后，这听上去很可爱。”

“你会来参加晚会吗?”

“我不会错过的。只要有蛋糕就不会。”

她又捶了我一下，把笑声留在身后，冲进了手术室。

“辛格医生!”小杰拉尔德背着麻袋向我走来。他的笑容能把一个房间照得比以太还亮。“老杰拉尔德不想不告而别。他在病房里。”

“我有空。”人群又在我们前面分开了，沿着走廊往12号病房走去。老杰拉尔德站在他那张被剥光的床边，把最后一件衣服装进麻袋里。他转过身来，脸上已经露出了笑容，我的心怦怦直跳。

感染已经侵入了他的内心，一根根卷须从他的脖子上慢慢滴落。

“我们这就走，”老杰拉尔德说，“谢谢你，医生。”

我必须做点什么，“我希望你继续关注病情，老杰拉尔德。如果你需要什么，或者睡不着，就来找我。”

他愣了一下，笑得更灿烂了，“我已经设想了你给我准备补药的场景。我想我不会失眠的。”

他愿意吃补药吗？比起内心生出的恐惧感，他会更信任补药吗？

老杰拉尔德耸了耸肩把袋子放好，“也许我会回来做个催眠。”

“会让你睡着的。”小杰拉尔德反对道。

“我可以上门拜访。比如，四天后？”

“我会叫玛丽去泡茶，医生。”

远离医院后，我可以让他继续接受治疗而不受怀疑，“那就等我吧。”

“玛丽见到你会很高兴的。医生，我们得走了。谢谢你为我们所做的一切。”

他们列队走出了病房。

对我来说，诸事不顺。等病人们都走后，我就用大孔针从比尔的脊柱上抽出液体，让他痛苦不堪。我原以为液体会是浑浊的，或者是锈迹斑斑的凝固血色，但实际上很清澈，尽管我选择的抽液部位在感染的浊气、怒气的边界内。

在实验室里待了一个小时，却什么也没有发现。虽然得不到所有测试的完整结果，但我还是需要知道。我需要文件来做研究，即使我知道什么也找不到。

我的针没有沾染上任何污物，这不应该。细菌、病毒、寄生虫——我应该有证据的，因为事实就摆在那里。我必须用凡间的手段来调查。我怎样才能开发出一种实验，证明我用天赋看到的东西存在呢？

我试着用简单的工作把这件事忘掉。有先见之明的文员们已经整理好了新的病人档案，空白处已经备好，等待着无数的人去填写。我有自己的分类方式，但分类文件并没有缓解我的沮丧。血液和尿液里什么也没有，脊髓液里也没有发现。

也许我需要做个脊椎活组织检查，但我永远也得不到许可。如果我能检查一个死亡的感染患者，也许会有帮助。杰克·邦廷的尸体就在警察的停尸房里，不过我无法接近。

任务的重担压得我喘不过气来。医生们认为这种错觉是想象的产物，是对谋杀和暴力的一种抵御，是对我们卑贱和野蛮本性的排斥。谁不愿逃离这样的回忆呢？

但我知道。我看到了。这些妄想伴随着我的病人，以及过去的数百——不，数千名士兵头上的干涸血云。

我把新的病人档案推到一边。我把比尔的病历放在记事本左边，然后打开了抽屉，取出我的治疗日记。

电话响的时候，我看着自己写的内容：“肿块一直在比尔·派克的头骨里，并沿着脊椎延伸，似乎是朝着大脑和神经而去。”

我当然需要有人打断我一下。我拿起听筒，把墨水抹到了太阳穴上，“啊嗨。”

“迈尔斯。”

我忍不住叹了口气，“格雷丝。”

“很高兴在办公室碰到你。今天怎么样？去看游行了吗？”

“队伍正好经过了医院。有什么需要帮忙的吗？”

“我找到了一套公寓，”她说，“在哈尔斯顿公园。有八个房间。”

“太大了。西边太远了。”

“迈尔斯，你不能住在伯德兰。总之，我自有打算。你可以去伊甸山庄，在我家的套房里过夜，明天早上会有马车来接你。”

“我今晚有约。”

电话里的沉默让我耳根发凉。我合上笔盖，等待着。

“和你的……朋友？”

“是的。”

“你不应该和他来往。太危险了。”

“怎么会？”

“我知道你看不到我视线内的东西。”她声音里的同情已经通过电话线溢了出来。紧挨着我耳边的以太让我浑身起鸡皮疙瘩，这种感觉和她的声音明显是相抵触的，“他可是个巫师，迈尔斯。”

我咬紧牙关，想起昨晚得出的关于巫师和法师真正区别的结论。我也在发抖，因为崔斯坦正处于危险之中。要是格雷丝想举报他，他们就会把他抓起来。我不知道他们是否可以扣留一位半神国的亡灵守护者，但我不想知道。

“你还蒙在鼓里吧。很抱歉。”

“我知道。”

“什么？你怎么可以这样呢？他们很危险！你不能相信他——”

“这不是问题的关键。”

“我才不管。别再见他了，见见别人也好。你怎么能跟一个妄自尊大的巫师混在一起，他们随时都会发疯的——你是疯了吗?”

“别对我指手画脚，我不会和你一起吃饭，我也不会去伊甸山庄过夜，我和亨特先生相识的话题到此为止。”我把秘密日记本塞进抽屉里，关上的声音有点太大了，“我得走了，格雷丝。”

我挂了电话，然后数到十，深呼吸，细想着所有的一切。她从小就喜欢对我指手画脚；从我清楚地知道自己不是风暴歌者的那一刻，她就开始管着我了。她必须清楚，我不是她的下属。我是我自己，有我自己的事业，自己的事情。

比如我的病人。我把心思用在了琢磨实验结果上，一定有什么等着我去发现。

我必须弄清楚如何利用试验来测试。可然后呢？诊断并不意味着治愈。万一我找不到治愈的方法呢?

我一定可以。数千名士兵都感染了。

办公室的门上出现了一道影子。

“进来。”

崔斯坦戴着一条与我的外衣很配的猩红色丝巾。他伸手去拿我的外套，“迈克尔把车停在几条街以外的地方了。”

当我穿上制服外套时，他手里拿着我将要穿戴的帽子，“不能停近一点吗?”

“交通简直一团糟。人们都在街上跳舞。”

“我想换件衣服。”我紧紧咬住嘴唇。闭嘴吧，迈尔斯。

“大多数人只会看到制服，看不出其他东西。快点，我们不能迟到。”

第十五章 星辰

《金斯顿星报》坐落在国王大道东边的一栋十二层楼里，它的石灰岩三角墙上写着“精确、有趣、及时”。《星报》往往会从有趣的报道转向耸人听闻的内容，但我每天早上都会像我的邻居们一样读报。

崔斯坦注视着一个女人，她脖子上挂着两个摄像机，身后拖着一个行李袋。她穿着高跟鞋跑向电梯，但电梯还是在她面前合上了，接着她说了一串话，在我上战场之前，我从来没有听一个女人说过。

崔斯坦加快了脚步，我却和他相反。她就是那个去过尼克·埃利奥特的公寓，颧骨很高、举止优雅的女人。尼克的情人。

“真倒霉。”崔斯坦说，“要不要帮你拿行李？”

“我必须赶在这个满是毒疮的期限之前，否则卡利会杀了我。”她一个手指接一个手指地脱下手套，露出涂成亮黑色的指甲。等她终于抬头看到崔斯坦时，她笑了，“有一位先生帮忙真是太好了。”

“我是崔斯坦·亨特，”崔斯坦说，“这是迈尔斯·辛格医生。”

她把我大衣的翻领推到一边，看我的奖章。我静静地站着，她的指尖飘过我的女王英勇十字勋章，“你好，英雄。我是阿维娅·杰瑟普。”

她向我投来的目光是如此热烈，我感到脸上绽开了光彩，“很高兴见到你。”

“哦，希望如此。”我向她鞠躬，牵起了她温暖的手。她只是有点醉了，但在其他方面却很健康，“是什么风把你吹到《星报》来了?”

“我们和休闲版的编辑有约。”

“真是太巧了。我可以带你去见她。”她向我倾过身来，“告诉我是怎么回事?”

“我们来打听尼克·埃利奥特的消息。”崔斯坦说，我闭上了嘴。

阿维娅睁大了眼睛，张嘴吸了一口气，“他已经死了，对吧?”

“恐怕是的，杰瑟普小姐。”

她叹了口气，把脸转向天花板，“我就怕这个。”

哦，真的吗?

“你跟他很熟吗?”崔斯坦问道。

“我们是好朋友，”她回答说，“他是怎么——怎么发生的?”

“我觉得是砒霜。”我说。

“哦，尼克。”阿维娅闭上眼睛，但又睁开了，专注地看着我的脸，“你说‘你觉得’，是什么意思？”

“尼克死得很蹊跷。他有什么仇人吗？”

“没有。大家都很喜欢他，不管他怎么看待自——。”阿维娅盯着我，“他是被谋杀的？”

我张了张嘴，又闭上了。她怀疑是自杀。如果是我们错了呢？如果尼克疯了呢？他请求我帮助的时候也许是疯了，但他肯定是被谋杀了。

“我们有理由相信他是，”崔斯坦说，“如果你能帮我们——”

阿维娅用一只脚一转，笔直地打开了通向休闲版编辑部的双开门，“我不敢相信有人会对尼克这么做。大家都很喜欢他的。”

一个女人推门而过，手里端着一杯黑咖啡，“尼克怎么了？”

她上下打量着我们，目光停留在我的奖章上。我应该换件衣服的。

“他死了，”阿维娅说，“死于谋杀。”

“尼克·埃利奥特被人谋杀了？”那女人惊叫道，新闻室沉闷的轰鸣声顿时平息下来。

他们瞪大了眼睛。人们开始哄抢钢笔和记事本，记者们围了上来，猎物出现了。

“你们也不是警察呀，”那女人接着说，“为什么是你们在这里，警察呢？”

我犹豫了一下。崔斯坦介入了，“辛格医生正在收集证据，准备递交给警方。”

“尸检难道还不足以引起他们的注意吗？”

“尼克·埃利奥特是怎么死的？”另一个人问。

“我们认为是被毒死的。”崔斯坦说。

人群靠得更近了，“你认为？”

“这就够了。”

二十个人的头转向一个身穿玫瑰色步行服的娇小女人，她的长发打理成了复杂的冠状辫子，这是我小时候流行的风格。她用手杖支撑着自己，“你们可以回去工作了。先生们，可以来下我的办公室吗？”

阿维娅作势要跟我们走，那个女人眯起眼睛拦住了她，“杰瑟普小姐，红丝带女性午餐会上的底片都冲洗出来了吗？”

“还要选择一种印刷字体。”

“那你还有工作要做哦。”

阿维娅喘了口气，大步穿过房间，行李袋上的轮子吱吱作响。

“我是卡罗琳·米勒，”小妇人说，“你准是崔斯坦·亨特。”

崔斯坦弯下腰，握住她的手，“我身边这位是迈尔斯·辛格医生。他是这个案子的正式调查员。”

她又看了我一眼，“军队里的外科医生？”

“我在博勒加德退伍军人医院工作，米勒太太。亨特先生把尼克送到了我的医院。”

“我明白了。”

她让我们进入她的办公室，里面的空间很狭长，还有一面玻璃墙，可以俯视员工的办公桌。她的客用椅子很好看，是用手工雕刻的木头做的，有着完美的弧形靠背。我心满意足地叹了口气，然后她用仿佛可以洞穿一切的眼神看着我，“你就像在鱼钩上蠕动的虫子。既然警察说没有证据，你为什么还要追究?”

“我还没来得及检查，尸体就被毁了。”我说。

“埃利奥特先生今年早些时候有几次旅行。”崔斯坦说，“是因为这里的工作吗?”

米勒太太抬头看了看天花板，气得不得了，“那些该死的旅行。我就不应该答应的。他开始提前完成工作量，这样就可以抽出时间赶在截止日期前完成任务。现在休闲版编辑部的每个人都认为他们可以潇洒地说些废话，然后去度假。”

“他们是个人旅行吗?”我问，“他有说去干什么吗?”

“他说在为一本新书做研究。”

崔斯坦插了一句，“所以他从来没有根据他的研究给你编过故事?”

米勒太太盯着崔斯坦，“他旅行的时候到底做了什么?”

“我们也不确定，”崔斯坦承认，“你知道他去哪儿了吗?”

“你应该问问爱丽丝·法默，”米勒太太说，“她虽然只是个打字员，不过哪怕她有一星半点的写作能力，我也会马上给她一张记者证。”

崔斯坦歪了歪脑袋，“这个感叹还挺有趣。”

“她从来不忘事，”米勒太太说，“但她不会写字。任何写字的任务都不行。就是那个在拐角处，穿绿色衬衣的。”

爱丽丝·法默在打字记录时，她的前臂有力而灵巧地摆动着。她的姿势很完美，身形挺拔，泰然自若。她看着我们走

近——

好吧，是我。她虽然盯着我，可手指始终没有失去节奏，还伸手将压板打回原位，又去征服下一行。她甚至没有看一眼她抄写的笔记。她的眉毛总是露出惊讶的神情，额头上布满了皱纹，褐色的大眼睛睁得大大的，目不转睛地看着我。直到我们走得很近伸出手后，她才转移了视线，耸起肩膀自卫。

我把手放了下来，崔斯坦也是。

"是法默小姐吗？我是崔斯坦·亨特，这位是——"

"我知道他是谁。"她的声音很轻柔，几乎有些水汪汪的，"大家都以为你死了，克里斯托弗爵士。"

房间仿佛震动了一下。

崔斯坦抓住我的胳膊，稳住我，"你怎么会认识他？"

"《金斯顿皇家先驱报》，康斯坦丁娜女王统治的第四年，飘零之月19号。你和你父亲在一张照片上出现过，"她说，"你在汉斯莱公园的儿童花园剪彩。"她歪着头，把手指捏在一起。

那天我*就已经*剪了彩带。那时我才六岁，还没有让人失望。

"我是迈尔斯·辛格医生，愿为您效劳。"我说。

"尼克有一张你的照片，"她说，"很高兴见到你，辛格医生。"

"有什么？"

爱丽丝从座位上移开，低着头走到尼克的办公桌前。她拉开抽屉，递给我一张照片。我站在博勒加德的铁栅栏旁的人行道上，等着罗宾解开自行车链。这张照片的构图很草率，仿佛有人只是把相机对准我们就拍了。

“飘零之月16号。”爱丽丝说，“这张照片拍得不是很好，但尼克给我看过之后，我就记住你了。我告诉他你是谁后，他似乎很惊讶，甚至还问我是否肯定。”

这就解释了尼克是怎么知道我的名字的。为什么要拍这张照片呢？如果假设尼克能看到光环，那就说得通了。他可能在医院调查那几个人，看到我在那里，便拍下照片作为他探寻真相的一部分。

“对不起。”爱丽丝说道，眼泪直流。

我们跟着她回到打字机前。崔斯坦扶着她的椅子说：“米勒太太和我们说，你可以回答一些关于尼克·埃利奥特今年旅行的问题。”

她把目光滑向一边，“他确实去旅行了。在新岁之月3号至7号去了赫德利（因个人原因）；雪凝之月14号到19号去了柯福德（去写一篇关于南方温室养殖的文章）；阳春之月20号到25号去了红鹰（因个人原因）。樱之月4号到9号去了诺顿（参加桃花节）。夏令之月11号到16号去了玛丽的愿望（因个人原因）。”她的双手一下子松开了，用手指紧紧地拧着裙子，“我要工作了。”

他最近去了什么地方？“只有这些吗？”

“飘零之月5号到9号去过拜韦尔。”爱丽丝咽了下口水，“去看——去看他母亲。”

崔斯坦和我交换了一下眼神，“他母亲。”

爱丽丝把目光落在双手上，双手拧成一团，“他已经完成了所有工作。他的每个专栏都是我打的。尽管提前三个星期就写好了，但他还是完美地预言了那个的可爱花园。”

崔斯坦在我身边动了动，“他是个什么样的人，爱丽丝？”

“他很善良。”爱丽丝的笑容让她看起来很漂亮。“如果他想查阅上一个专栏的内容，他会来问我。我挺喜欢他的。”

“他有什么变化吗？有看起来不开心吗？”

“他试图掩饰这个。”爱丽丝说，“也许没人知道。”

“他什么时候开始隐藏的？”

“从诺顿回来后，他变得更沉默寡言了，也不再笑了。”

有几个月了。可能更久，但我相信法默小姐的记忆力。

“法默小姐，如果你还记得什么，请告诉我好吗？”

崔斯坦递给她一张名片，是用乳白色硬纸做的，有压花边框，“谢谢你的名片，亨特先生。我会保存好的。再见，辛格医生。”

爱丽丝回到她的抄写工作中，打字时依旧没有参照原页。

我们向米勒太太点了点头，一言不发地离开了，直到电梯里只剩下我们俩。

“她没叫我崔斯坦爵士。”

“她大概已经记住了贵族的名字。”我说，“亨特不在上面。”

“那些城镇之间肯定有什么联系，”崔斯坦说，“找到其中的联系，我们就能发现旅行的原因。”

“他对自己正在研究的东西保密，”我说，“金钥匙出版社虽然拒稿了，但还是被偷走了。很明显，他发现了一些别人不想泄露的东西。”

“有权势的人？”

我想到了珀西爵士，但我没有证据。如果是哪个隐巫者想杀掉一个有记者证的反战煽动者，他是最有可能的。我怎么能找到他的证据呢？我根本无法接近他。

但崔斯坦或许可以。如果我们有足够的证据指向珀西爵士，或者更准确地说，指向他的部下的话。“必须这样，不是吗？我被他的手下抢劫，尼克的公寓被盗，他的尸体被巧妙地毁掉……我们必须找出他写的东西。”我说。

我们来到了街上。这里没有庆祝活动，但在我们南边的街区，到处都是唱歌跳舞的人。迈克尔坐在马车顶上，手里拿着一个便条本，但还是跳了下来给我们打开车门。

“迈克尔，去喜鹊路东3921号。”

“好的，医生。我记得。”

“如果你需要帮忙收拾衣服，我可以帮你。”崔斯坦伸开四肢躺在马车后面的弹簧软垫长椅上。“现在，简单吃点怎么样？”斯帕罗太太把肩膀的一边靠在炉子上，现在炉子应该快要散架了。

“我应该待在家里。我要……我明天要做一次治疗。”

崔斯坦歪着脑袋，“你隐藏了你的天赋，但你还在做治疗。”

我不想谈这个。马车颠簸着进入车流后，一团又酸又热的东西在我的胃里膨胀起来，化作一只酸涩的手伸进了我的喉咙。“我的家人。”

“啊。”

回家的路途很短。崔斯坦伸出一只手拦住我，伸向自己胸前的口袋。

“我想给你一样东西。”

我盯着他掌心上那把长长的铁钥匙，“你的钥匙吗？”

“以防你需要一个精神疗养院。”

“我不能——”

“我希望钥匙会在初日回来，”崔斯坦说，“现在就拿去吧。”

我接过钥匙。因多年的使用上面产生了一些缺口和刮痕，放在手里感觉很沉。现在无论白天还是黑夜，我都可以随时光临。普通朋友可不会把家里的钥匙交出来。

只有恋人可以。“我可以——”我说。

崔斯坦迎向我的目光，握住我的手，“迈尔斯，拿去用吧。我们还有工作要做。霜夜即将来临。这样会更轻松。”

霜夜来得太快了。“那我收下了。”我说。

他肩膀上的紧张感消失了，“要记得用上它。”

“我会的。等我结束之后。”

“人们会在马车后面啧啧称奇的，”崔斯坦说，“明天见。”

第十六章 羁绊

我从口袋里拿出钥匙端详一番，然后放在床头柜上，紧挨着我的闹钟，闹钟的时间是早上五点。我闭上眼睛准备睡觉，钥匙捕捉到了街上的一丝光线，直到第二天早上，它仍然在那里，并不是幻想和什么假把戏。我烤面包时，钥匙压在了我的裤兜里。在休息日，我是第一个起床的，甚至在巴斯太太下楼去打开公寓大门之前，我就已经醒了。

“辛格医生。”她歪着头站在厨房的门槛上，但还是走上前，喝了一杯刚煮好的咖啡。她呷了一口，对我冲泡的质量满意地点了点头。

“你要去医院加班吗?”

“只是早起而已。”我说道，我的指尖触摸着白色的杯子，收集着它的热量。

“你朋友会派那辆上乘马车来接你吗?”她举起了咖啡杯，“你来之前，从来没有绅士在我家里住过。”

“我已经不是绅士了，巴斯太太。”

“医生，有些东西就像一件旧外套一样，是褪不掉的。”巴斯太太冲我微笑，“如果你需要突然行动，我也能理解。”

她从椅子上起身，我跟在后面。巴斯太太打开前门，在周末版的《星报》后面，一辆沉重的钢制敞篷四轮马车正等在人行道的尽头。四匹戴着头巾的黑马形影不离，静静地站在那里。

巴斯太太回头看着我，“我猜那是给你准备的。”

“谢谢你，巴斯太太。”我弯下腰为她取回那份《星报》，然后跨过门槛，走向人行道。

“辛格医生。”

我停了下来，“巴斯太太，怎么了？”

她用苍白的手指捧着报纸，眼睛盯着马车，“小心点。你们两个。”

“巴斯太太？”

她紧张地笑了笑，然后关上了门。

“您需要帮助吗？”

脚夫已经悄悄地走了过来。我把包交给他，领着他往马车走去。这是一辆旧的家庭马车，经过翻新，看起来就像十几年前的样子。格雷丝向我眨了眨眼，把脚从对面的长凳上挪开让我坐下，“天哪，你穿的是什么？”

她惊讶地看着我的花呢夹克和平顶帽。

“工作服。”一个叛逆的小恶魔在指导我穿衣——我没有穿那套上好的灰色法兰绒西装，而是穿了一套用机器按照均码制作的花呢格子夹克。肩部很合身，身体起伏较大，裤子上的格子也不太搭。

没那么糟。

格雷丝皱了皱鼻子，“你住在一个单间，穿得破破烂烂的。我觉得你穿去参加午宴的那件衣服有点过时了，那件衣服穿起来就像个劳工。”

这不公平。我没有戴领巾，而那套西装有一件马甲。“我想我们应该谈点别的。”我说。

“我给你带了早餐。”格雷丝指了指对面座位上的篮子，我坐在旁边，掀开了盖子。

格雷丝敲敲车顶，马车颤抖着开动了。我紧紧抿着嘴唇，看着我的早餐。从玻璃罐中取出的草莓，放在了人工制作的双层奶油中。用鸡蛋、蘑菇、香肠和奶酪填充的鸡蛋面包结。我的口水都快流出来了。一堆粉红色的培根，上面还淋着甜芥末酱。

这是一场灾难。

“这是我最喜欢的早餐。”

她微笑着，充满着自豪与喜爱，“我记得。”

“格雷丝……”她只是想让我开心，“你不应该这么做。”

“哦，迈尔斯，求你了。别再荒唐地自我否定了。吃你的早餐吧。”

“你把仆人赶出了房子，”我解释道，“然后你让厨师在黎明前为克里斯托弗少爷做好最爱吃的早餐，在天亮前带走。”

“哦。”格雷丝的嘴抿了下去，担心得嘴唇发抖，“你觉得她明白了吗？”

“她会用我最喜欢的东西来逗我开心。”

我调皮的时候，常常躲在她的厨房里。就算在最糟糕的日子里，我也完全不想离开。

“我会让她保持安静的。”

“那她就知道自己是对的。”

“我不是故意要——”格雷丝叹了口气，“抱歉。”

“你也没有恶意。”我拿起银勺，开始吃早餐。我吃了草莓，三个带馅的鸡蛋面包还有培根，一点也没剩下。我吃完的时候，格雷丝目瞪口呆。

“治愈术会耗尽我的精力的，就像风暴之歌会榨干你一样。”我说，“神奇的魔法。虽然只是二流的把戏。”

“我知道，”她说，“次巫的魔法也有自身的价值。但是你的会——他们应该对你更好，迈尔斯。他们应该更好地对待所有的次巫。”

“哦，得了吧，格雷丝。我们有住的地方，衣食无忧，生活得很奢侈，不是吗？我们不应该心存感激吗？”

“别对我发脾气，迈尔斯。我理解那种感觉。”

“你不明白。你可以想象，也会同情，但你无法理解。”

格雷丝望着窗外的金斯顿，随着马车车轮的每一次转动，她变得更加时尚和富有了。我们经过韦尔斯顿三角区，进入了哈尔斯顿公园。崔斯坦家的前门就在我们身后的某个地方。

“我们快到家了，”格雷丝说。

我的早餐让我的胃变得沉重起来。

西角是一个公园，里面散布着各式房屋，比15号以西的街

区豪华多了。这里种植的苹果呈深酒红色，果肉酸涩，非常适合做馅饼和苹果酒。格雷丝还爱吃苹果吗？还是已经长大了，不爱吃了？

我回头看了看那个舒舒服服地躺在座位上的女人。我不认识我妹妹了。我离开的时候，她还那么小，现在已经要站出来承担一些父亲的责任。

马车放慢了速度，转过身来，抹去了我的沉思。汉斯莱府在朝阳中打着瞌睡，玫瑰色和琥珀色的灯光照在我们身后的马厩上。我伸长了脖子。房子这边的小窗户一字排开，挤在一起，这样每个仆人都会有自己的小房间。我摸了摸那块手工凿成的灰色石头，惊讶地发现里面什么也没有。

仆人们早上放假了。大多数人都不在这里，剩下的都在享受奢侈的睡眠。我小心翼翼地踏上台阶，安静得像只老鼠，直到我们走到地毯上。地毯是手工编织的，上面还勾勒着环环相扣的正方形图案。我头也不回地穿过我以前的卧室，在小桌子之间晃悠，桌子上立着几尊透明的玻璃雕像——那些是艺术，不是宗教。我把手抄在背后，*永远都不想碰那些东西*。

我想弄倒一个。

格雷丝停了下来，我们忙着倾听这种寂静的声音。她轻轻地用手指按了按门把，我们蹑手蹑脚地走了进去。

我早该料到的。

主卧旁边那张又宽又重的床上，一个老人正躺在左边睡觉。头发因年岁而结了霜，鬃毛般的胡须雪白一片。他在我的记忆中是那么的高大。眼前这个男人十分消瘦，经过一年痛苦的垂死挣扎，脸上的皱纹更深了。

我的父亲。

这就是那个给我的生活蒙上阴影的巨人的下场？他看起来是那么的弱小。虽然人很虚弱，但肺里的赘生物却生长得很健壮。它们仍然在生长。长得很旺盛，有的大如拇指头，有的小如斑点，但数量太多，太结实了。我救不了他，但我可以为格雷丝争取一些时间。

我把指尖放在他露出的胸骨上，开始早饭后的工作。太多了。我来得太晚了。如果我一年前就看到这个……

在我的意念下，赘生物都缩小了。我攻击最大的，让它们变小，然后直接杀死了小的赘生物。我一直忙活到视线边缘发黑，头脑肿胀发热。

父亲可以从床上爬起来。这会是一个奇迹，即使还不够完整。我治愈不了他，但可以多活几个月了。

格雷丝注视着我，嘴唇抿得发白。她眯起眼睛，似乎想看清我在做什么，她的眉毛担心地扬了起来。我希望有更好的消息给她，并努力微笑。

格雷丝的表情从担心变成了恐惧，“迈尔斯。”

她注视着我身后那个虚弱的身影。

床上的人动了动。

父亲像毒蛇出洞一般迅速地抓住了我的手。力量压在我的皮肤上，在我身上打洞，威胁着要把我碾压个粉碎。

我奋力挣扎，但我已经倾注了所有的力量去治疗，心力交瘁了。他那又薄又干的手如同他的力量一样紧紧地捏住我的手指。

“别再挣扎了。”

“放开我!”

“哦，别傻了，克里斯托弗。”

我拽着他的手，想把力量之网扯开。

即使房间在旋转，眼前一片漆黑，我也没有放弃。

我坐在一张软垫椅子上，苏醒了过来。我觉得皮肤还紧绷着。一些肮脏的东西污染了我鼻子下的空气——闻起来有咸味。

“迈尔斯。”

是格雷丝的声音，她的手放在了我身上。实在是太多了。我挥手驱散臭味，挣扎着站起来。

一股力量把我压住了。怎么——

瞬间我就明白了。

我看了看妹妹的肩膀，“放开我。”

“不行，”我父亲说，“是时候停止胡闹了。你的自私几乎毁掉了这个家庭，你要负起你的责任。”

不能再使力了。我现在浑身乏力，已经晕倒了，“我才不要做你的奴隶。”

“是为了格雷丝，而不是我。”

“闭嘴。”我紧紧抓住椅子的扶手。我的手腕很疼，一直在发热，抽筋。父亲的力量包围了我。如果能将力量刺穿，撕裂，我就能挣脱开来。

父亲证实了我的怀疑，“你没有被缔结，只是被控制了。如果你不识抬举，我就让你成为格雷丝的羁绊。”

我抬起疲惫的头。格雷丝跪在我面前，双手放在我膝盖上。

“迈尔斯，他真的会那么做的，”她低声说，“求你了，这是唯一的办法。”

“这是你的计划吗？”

“笨蛋，你们俩总是太放肆了。格雷丝已经告诉我，在我准备控制她的时候，她做了什么。我应该抓紧你，确保你会同意。”

“我从没想过会发生这种事，迈尔斯。”

“同意吧。”父亲说，“答应与格雷丝缔结羁绊，否则我就把你带走。”

他有一个弱点。我后背上有个地方在摇晃。我感觉到了，摸到了它，让我的触觉变成了一把刀——

父亲弯了弯手指。

我的喉咙哽住了。我挣扎着，窒息的感觉把我拖入了恐慌。我失去了对力量的掌控。我真蠢。太蠢了。我又一次挣扎着寻找它，在我的监狱里寻找着一个弱点。这时，一切都变得黑暗起来，我的身体迫切需要空气。

“别打了。”

“迈尔斯，”格雷丝哀求道，“他会缔结你的。”

我看着眼前的一条隧道正快速地消逝。

父亲又恢复了体力。他的身体并没有因为治疗而枯竭。他站起来了，充盈着我的力量。我需要触摸他。但我无法与他的力量抗衡。

我拖着身子在地板上走，但他却迈开了脚步。我爬得更远了，他只得离开我的手掌。我抬起头，伸出手，一切都暗了下来。只要我释放出能量，父亲就会给我喘息的机会。我的头晕乎乎的，但还能呼吸。

我吸了两口气，然后又贪婪地吸了一口，咳嗽起来，“我同意。”

“直接说出来。”

“我同意你缔结我，格雷丝。”

“让她来吧。”

“父亲——”

这股力量再次将我压垮，“说。”

我老鼠般的生活结束了，我的自由消失了，但我仍然没有勇气去死。

我向妹妹伸出双手，掌心向上，手腕合拢，“请缔结我吧，格雷丝。”格雷丝哭了，但她还是照做了。

我太虚弱了，无法独自行走，但我只是朦胧地意识到这一点。我已经走得很远了，到了一个没有什么值得大惊小怪的地方。

格雷丝扶着我走过走廊，喃喃地说：“不该这样的，绝对不应该，迈尔斯，很抱歉。我从来没有想过会弄成这样。”

这并不重要。甚至连自己的感觉都不是真实的。格雷丝的力量控制着我，但这发生在别人身上。另一个人的手腕温热地跳动着，而且带有瘀伤。有人感到恶心和疼痛。另一个人在挣扎，拍打着薄如纸片的翅膀，试图从刺穿他的大头针中逃脱。

我只是静静地看着，内心毫无波澜。

去人格化是一种心理上的诡计，是将身体里自我的感觉分离出来，用来缓冲恐惧。我非常清楚那是什么，但即使知道也不能改变什么。我只是一个旁观者。

所以我看着格雷丝带着我走过几何地毯，走过那些玻璃雕像。我伸出一只胳膊，富有同情心的莉莉娅摔在了木板上。

“对不起，迈尔斯，原先不应该是这样的。”

她用脚尖推开了一扇门。

我的卧室没有一点灰尘。床上用品散发着马鞭草的味道，各种亚麻制品洗得十分干净。我留下的一切都摆在原来的位置，就连留声机的喇叭也还对着床。

这是一个圣地。我钻进毛茸茸的床，格雷丝给我披了一件锦缎。她坐在床边，用一只手抚平了我的前额。

“说点什么吧，迈尔斯。什么都可以。你尽管恨我。我活该。”

我闭上眼睛。而我的声音，我自己沉着冷静的声音，向我内心那病态的，空洞的感觉低声说道：*我不认识这个女人*。我只认识那个女孩，那个忠贞不渝、才华横溢的女孩，她无法承受保守秘密的重负。这个女人可以做到吗？是她一手策划的，还是她在父亲面前根本毫无秘密可言？

“和我说说话。”

我一直闭着眼睛，“走吧，格雷丝。让我一个人静一静。”

“你有什么想要的吗？”

“我的自由。放了我。”

“没你想的那么糟，迈尔斯。”

这不值得回答。

她把手放在我肩上，“我希望你能继续行医，希望你能独立。让人们看看一个次巫如果能自由支配时间会有什么样的表现，这至关重要。”

“可以自由支配，但并不自由，格雷丝。”

“我需要你，迈尔斯。如果我要想得到发言权，我就需要你。我想说服你，但我不想像这样。”

“可你不肯放了我。”

一片沉默。

我转身松开她的手，背对着她，“走开。”

床摇晃着。门边的地板还在吱吱作响。门关上了，伴着钥匙转动的沙沙声，我那平静的、思绪遥远的心灵点了点头。

为了做自己想成为的人，我放弃了一切，抛弃了一切。我想成为一名医生，一个治疗师，而不是依附于一个真人做她的奴仆。十三年来，我一直是自由的。

不。十三年来，我一直在躲藏，把自己缩得很小，因为害怕这一刻——他们发现了我，把我扔回原来的地方。

我还是回到了这里。所有的东西都和我离开时一模一样，每本书和唱片都在原处。在这里的那些年并不重要，那段时光根本就不存在。

我的生命结束了。我的事业毁于一旦。我辛辛苦苦掌握的所有技能都将付诸东流。我被送回了家庭的牢笼里，只不过是格雷丝的副手，要我顺从她，服从她，我唯一的价值就是随时可以从我身上夺走的力量。

我已经走了这么远，即使我不得不在行医背后隐藏我的力量。我现在要治好格雷丝的感冒，减少父亲体内的癌细胞。照顾那些已经拥有最好的一切的人。

我想睡觉。我想遗忘。许多次巫每天都喝酒，在酒精的朦胧中尾随在他们的风暴歌者身后。有些人闻到了鸦片烟斗里的花香，就目光涣散，几乎走不动路。

他们中一些人吸食的鸦片，足以使他们做梦到永远也醒不过来。

很多东西都能杀了你。不用喘一口气我就知道了一百种。自从有“天堂营”以来，我第一次列出了触手可及的手段。我心里估量着系在银灰色丝绸窗帘上的绳子，另一个念头向我泼了一盆冷水——如果我死了，我的灵魂就去不了绚夏福地了。崔斯坦还是没有找到他们真正要去的地方。

崔斯坦的钥匙压在我的大腿上。我摇摇晃晃地从口袋里取了出来，在手指中转动着，触摸着那些划痕和凹痕。崔斯坦肯定想知道我出了什么事。他会来找我的。他也许知道如何解开羁绊。就算他不知道，他也会帮我反击。

我把钥匙塞回口袋里。

我坐了起来，把铺盖从腿上扔了下去。格雷丝已经把门锁上了。我穿过连接卧房、更衣室和浴室的狭窄走廊，来到客厅。这里和我离开的时候一模一样，就连书桌也还在窗前，窗外有一棵榆树，离窗台只有几英尺远。

我从小到大都没有爬出过这个窗户。我感觉有点难受。无论我跑到哪里，格雷丝最终都能找到我。

我打开窗户，爬过我的旧桌子，不顾自己的手腕，沿着皮叶粗糙的树枝匍匐前进。树枝在我的重压下倾斜了，灿烂的金色叶子在我的打扰下颤抖着飘落。我爬了下去，双手挂在最低的树枝上，落到草坪上。

这不是最好的着陆方式。我一瘸一拐地走到马车房，冲了进去，我已经扭伤了左脚踝。我目瞪口呆地看着旁边停着的车辆，长着一副鼻子，质地光滑，闪闪发亮。

这是一辆汽车。在这个城市里，萨迪·兰瑟的发明并不多，普通人十几年创造的价值也抵不上它。它们是令人叹为观止的奇物，奔跑的速度可以超过最快的马或最强壮的骑手。

要是开车，格雷丝马上就能抓到我。

我转过身去，找到了我想要的东西。我偷的那辆黑漆自行车可能是仆人的。我把内疚感塞在同一个角落，在那里我忽略了自己颤抖的四肢，踩着脚踏穿过风景如画、令人牙痒痒的车道，来到光滑的黑色街道。

还要过多久格雷丝才会意识到我已经不在了？她可能已经知道了。我的脊椎骨慢慢地蠕动着，但我还是继续踩着踏板。我把自行车拐进了哈尔斯顿公园，沿着公园的斜边骑到了对面，离开了这个仍在沉睡的地区。

韦尔斯顿三角区已经苏醒，开始营业了。我遇到了书店、软

呢帽店、裁缝店和茶馆，骑着车逆风而行。一阵头晕目眩的感觉和越来越暗的视线说服我下车步行。我没有锁，但崔斯坦的家并不远。

如果我还有什么东西要排出的话，我一定会在街上呕吐的。汗水的淡淡光泽让我感到寒冷，但我还是走到了崔斯坦家的前门。

这把钥匙可以插进锁里。我转动钥匙，拖着自行车走了进去。我的倒影十分苍白，深陷在阴影中。楼梯若隐若现，又陡又窄。厨房似乎有一英里远。

但我已经骑了三次了。

我步履沉重地走着，全然不顾脚踝的疼痛和手腕的跳动。我跌跌撞撞地走过短短的走廊，来到厨房。

崔斯坦穿着一件黄色的丝绸睡衣坐在那里，喝着一杯咖啡。

“迈尔斯。”他站起来把我扶到座位上。

“他们给我缔结了羁绊，崔斯坦。”

“你的家人?”

“我逃出来的。”

“原来是这样。”

“我饿了。天好暗……”

天暗了好一会儿。

第十七章 更崇高的利益

橙子的酸味和果糖味浸湿了我的舌头，我咬了一口。果汁像阳光一样爆裂开来，糖粒在我嘴里融化。鹿皮衣在皮肤下伸展着，光滑而温暖。

我睁开眼睛。

崔斯坦坐在昏睡沙发边上，手里拿着一块糖粒状的橙子。他把橙子举到我嘴边，我又咬了一口。

他耐心地喂我吃橙子，一块接着一块，煮咖啡和煮燕麦的香味飘进了客厅。我想坐起来，但他推了推我的肩膀。

“放松点。你当时晕倒在我怀里了。你一时半会儿还不能起床。”

“我没有晕过去。”

“你昏倒了，精疲力竭。我很惊讶你能一个人来到这里。”

“我也是不得已。”

“我猜你家住在西角吧。”

“我们那儿可以看到艾尔斯湾，就在公园旁边。”

“我有一次曾试着去探索这个地方，结果被礼貌地送出了小区。你们家很有势力。”

“是的。你知道的，我们都是法师，个个都是皇家骑士。”

“你和谁……缔结了羁绊？”

“我妹妹。”

“啊。”崔斯坦用一只手在收拾果皮，“她会来找你的。我马上就回来。”

他离开了房间，我的头倒在垫子上。我感觉好些了，但已经饿坏了。我不能吃下堆积如山的食物，然后再准备战斗。我必须慢慢地补充能量。我会在原地不动，等格雷丝找上门来。她会在我恢复之前找到我。

空气变得越来越凝重，存在一股朦胧的力量。空气跳动着，经过我的皮肤，每一次跳动都会渗入墙壁。崔斯坦回来后，我已经听不到街上的噪声了。

“你做了什么？”

“我给房子蒙上了帷幕，这样她就察觉不到你了。”

我安全了。“完美。”我说。

“还得看情况。”崔斯坦端着一个托盘和两个碗回来了——他吃大份的燕麦，给了我小份的。他把燕麦递了过来，“不用我多说，但你要慢慢吃。”

“我会的。这取决于什么？”

“你妹妹有多聪明？”

“她很机灵，有耐心，肯定会找到我的。”我抬头看着他，“你不能……你有办法破除那个羁绊吗？”

“我不会，”崔斯坦说，“等你康复了，你自己说不定可以。你比你妹妹强大。”

我吞下温热的麦片，“你怎么知道？”

“你有两颗灵魂之星。除非她天赋异禀才能比得上你。”

“格雷丝很厉害的。”她还是学生的时候，因为想骑自行车，她就第一次靠自己的力量平息了一场风暴。但崔斯坦是对的，“我怎样才能解放自己？”

“如果她不让你走呢？把她榨干，直到她无法再保持这种关系。”

我放下勺子，“要是我贸然出手，万一力量不够，那怎么办？”

“你可能会死的，像你母亲那样。”崔斯坦直截了当地说，没有遮遮掩掩，也没有喃喃自语，“这不是我说了算，但我希望你不会。”

“但你认为，我比她更强大。”

“两个灵魂缔结在一起？是的。但你可以在她放弃羁绊，对你放手之前伤害她。”

“她会因此恨我的。”

“那你愿意继续做她的奴隶，好让她继续喜欢你吗？”

“我也会因此恨她的。”我吃着燕麦。里面有浓郁的香料，点缀着烤苹果块，“所以我就待在这里，直到我准备好面对她。”

崔斯坦喝着咖啡，“你想待多久就待多久。我会继续更新房子外面的帷幕。你去给谁治疗了？”

“我没有治好他，”我说，“我为他争取了一些时间，但他快死了。”

“谁?”

“我父亲。”

“他是谁?”

“隐巫者主音。”我说，“他是——我父亲是一张巨网中的蜘蛛，他快死了。我妹妹将会接任，但权力已经发生了转移。”

解释完的时候，我已经刮到了碗底，最后一口燕麦有点胶着和冰凉。崔斯坦听着，若有所思地点着头。

“你的归来有助于提高你妹妹接班的机会。要是她失败了……次巫的现状就不会得到改善。但你妹妹想要改革，对吗?”

“是的，”我说，“她想让我成为一个标杆，让我知道一个受到一定重视的次巫能做些什么。她希望他们更有利用价值。”

崔斯坦歪了歪脑袋，“为什么你最看重风暴歌者?”

我眨了眨眼睛，“隐巫者控制着艾兰的天气。所有的天气。嗯，不是每一阵风，而是天气模式。”

崔斯坦盯着我，“他们控制着全国的天气？怎么控制的?”

“通过联结，”我说，“数百人一起工作。”

崔斯坦惊讶地看着我，“他们什么?”

“半神国人不会互相联结吗?”

“没有这么大的规模。数百人?”

“他们每个季节都会聚集在这里唱歌，冬天留在金斯顿过冬，直到春天来临继续歌唱。乡村的巫师圈掌握着当地的天气模式。”

这些暗示在崔斯坦的脑海中产生了共鸣。我看着他仔细思考这件事。“聪明。但如果组织瓦解了……”他说。

“整个艾兰国都会遭殃。庄稼要歉收。人们得挨饿。”我看向别处，“我知道一走了之很自私。”

崔斯坦抓住我的手，“他们为了自己的繁荣，把你当奴隶。”

“是为了国家更崇高的利益。”

崔斯坦摆摆手，“不对。为他人服务是一回事。不管事业多么高尚，强迫自己去做是完全不同的。如果他们没有与你缔结羁绊，你会离开吗?”

“不，”我说，“我不介意自己的渺小。我无法驾驭狂风。我想治病救人。我想拯救生命，而不是做一个电池和繁殖者。”

崔斯坦扬起眉毛。我看向了一边。

“给次巫……配对。”

“我很高兴你跑掉了。”崔斯坦说，“我希望你能激励其他人也这样做。”

“我想一定是这样。”我说，“我不认为我的消失会让我的家人情绪低落。”

“待在这里，直到准备好面对你妹妹。”崔斯坦说，“希望你有足够的时间恢复体力。”

“我已经感觉好多了。”

“很好。我得去穿衣服了。我在等一个人。”

“谁?”我把碗放在崔斯坦的托盘上，坐了起来。

“爱丽丝。至少，我猜她今天会来。我想她是去参加寺庙里的活动。”

“她来的时候，我也许应该躲起来。我穿着不够得体。”

我的脸颊越来越热，但我笑了，“我想让自己看起来像个脱了制服的仆人。”

他的嘴唇颤抖着，“恭喜你成功了。”

“我觉得我可以说自己乔装打扮了。”

“你把衣服留在这里了。”崔斯坦说，“斯帕罗太太把你衬衫上的酒渍洗掉了，就是出事那天借的那件，还补好了你裤子上的破洞。”

我动了动脚踝。没什么问题。“愿上帝保佑斯帕罗太太。我的夹克呢？”我问。

“还在修补中。你只能只穿衬衫了。”

“总比这个好。”我跟着崔斯坦上楼了。

早餐吃得不够。我的头晕程度足以让崔斯坦担心，他把我塞进躺椅里，我在他的注视下打着盹。我梦见了一座房子，如果你关上一扇门，然后再开门去寻找我留在书房的那匹高大的黑马，房子里的屋子就会发生变化。一切仿佛还历历在目。我醒来的时候，带有一种恐惧感，因为梦见黑马是死亡的预兆。

敲门声响起，我坐了起来。崔斯坦把他的书放在一边，但我必须行动起来，把梦里的最后一丝痕迹从脑海中抹除。

“我去开门。”我把偷来的自行车推到大厅更远的地方，然后为法默小姐转开了门。

站在台阶上的身影虽然更高大，更优雅了，却不那么受欢迎。格雷丝长长的黑色汽车停在路边，格雷丝自己也松了口气。

“我不是来拉你回去的，”她说，“我想和你谈谈。”

我想把门关上，但格雷丝把门挡住了。“迈尔斯，求你了。”她说。

我又猛地把门拉开，“你会放了我吗？”

格雷丝双臂交叉抱在胸前。“所以我们要在街上争吵吗？”

“你走吧，格雷丝。”

她放低了声音，“迈尔斯，我可以让咱们做到双赢。”

“怎么说？”

“你能让我进去吗？”

“这不是我的房子。”

“没事的，迈尔斯。”崔斯坦站在我身后，他的手温暖地放在我的背上，“她不想出洋相，但如果你让她别无选择，她只好那样了。”

我叹了口气，把门开大了一些。

格雷丝脱下外套，走了进来。她盯着那张布满镜子、不配套的墙纸，发出阵阵叹息，“你不应该待在这儿，迈尔斯。他是个巫师。”

“我们也是。”我打开了客厅的门。

“我们可不是普通的——”

格雷丝对着色彩鲜艳、数量繁多的植物和墙上的镜子眨巴着眼睛。在平复好心情，舒舒服服地坐下之前，她检查了翼状靠背椅的座位，并对着躺椅旁边三英尺高的水烟筒瞪大了眼睛。

“迈尔斯，你不会是认真的吧？”

“我觉得很舒服。”

“这很粗俗。”

“可能这就是舒服的原因吧。”

“我们应该去别的地方谈谈。去个私密的地方。”

我把脚放在桌子上，“我不会走的。你是怎么找到我的？”

“我们已经联结在一起了。”

“我被屏蔽了。”

“你消失的时候，我就已经在跟踪你了。我隐隐约约知道你在哪儿，所以我就去找你的护盾了。”

崔斯坦端着一个茶盘回来了。“真是遗憾。我还以为你没那么聪明呢。”

他坐在我旁边，给我倒了一杯，把一块方糖搅拌进去。他把手放在我的大腿上，抿了一口自己的酒。格雷丝的鼻孔惊讶得张开了，她看着崔斯坦靠在我身上，好像我们是恋人一样。

是我让他这么干的。

崔斯坦在沉默中率先开口了，“你做的事太残忍了。”

“不关你的事。”

“我们为什么不谈谈天气呢？”崔斯坦喝了一口杯子里的酒，“你打算如何度过这个冬天？你有没有让暴风雪通过，或者干脆赶出你的国境？”

格雷丝向我投来了震惊的目光，“迈尔斯！你做了什么？”

“他什么也没做。你知道你都干了些什么吗？”

格雷丝没有理他，“迈尔斯。我知道你很孤独，他给了你想要的东西，但你不能让一个普通人知道我们的秘密。”

崔斯坦依旧走到我身边，“那么，你打算怎么办呢？指控我有巫术，让我接受那些滑稽的审判？把我关进精神疗养院？”

“你迟早会疯掉的，”格雷丝说，“他们都这样。”

“但你和你的亲人却不会。”崔斯坦歪着头说，“你不觉得奇怪吗？”

“他们不具备掌控魔法的能力。”

“格雷丝，”我打断了她的话，“巫师和法师之间可能并没有什么区别。”

崔斯坦轻蔑地哼了一声，“你和他们唯一的区别就是他们出身贫寒，而你不是。你不希望他们在身边。”

格雷丝眯起眼睛，“他们？不是我们吗？你觉得你和其他巫师有什么不同吗？”

“我不是巫师。”崔斯坦站了起来，显得更高大、更有气势了，他粉碎了掩盖自己真实面貌的面纱咒。格雷丝倒吸了一口气，扭动双手做出防护的手势，崔斯坦恼怒地一挥手，抹掉了这个动作，“迈尔斯是我朋友。如果他说出那句话，别怪我对你发火，格雷丝·汉斯莱小姐。我保证，你要是敢伤害他，我肯定会报复你。”

格雷丝紧闭双眼，“你离我哥哥远点。放他走。”

“我可没有抓着他不放。这是你干的事。”

格雷丝现在跪在地上，与使出全力的崔斯坦作斗争，“求你了，让他走吧。他对你毫无意义。他是我哥哥，我唯一的哥哥。请放他走吧。”

我妹妹在为我求情，以为我被崔斯坦施了咒语。这是因为她爱我，还是她需要我？

“崔斯坦，不要。”我碰了碰他的胳膊，他平静了下来，“格雷丝，我知道你不希望闹成这样。我们先把事情放在一边。放了我吧。”

“我做不到。”格雷丝从地板上站起来，“迈尔斯，你确实应该恨我，但我不能让你走。很多事情都得依赖你。你走了之后，又跑掉了十个次巫。”

我也曾怀疑过，“他们逃走了吗？”

“只有两个没找到，其他的都被严密控制了，有一个还自杀了。我们可以把事情做得更好，但如果我不接替父亲，珀西爵士就会接管。”

崔斯坦鄙夷地说：“这跟迈尔斯有什么关系呢？”

“你不会理解的，半神国人，但迈尔斯清楚。”

真让人恶心。我确实在乎。我也没办法。珀西爵士当家对次巫来说可糟透了。他将成为总理，拥有比担任国防部长时更多的权力。如果他能像父亲那样保住内阁的职位……

我必须让他为自己在这场战争中的所作所为负责，如果他对士兵们的病况也有责任的话——我希望我的良心能让我释放崔斯坦，但是一个半神国人的报复可能会产生超出代价的后果。

格雷丝看着我，“迈尔斯。我发誓，你知道我永远不会虐待你的。我需要你帮助他们。等我成为隐巫者主音，你就可以做自己喜欢的事了。”

“但你还是不放我走。”

“除了我们在各个季节和节日歌唱的时候以外，并没有什么影响。每年只需要八个晚上，迈尔斯。仅此而已。”

“这不是自由。”崔斯坦说。

“确实不是，”格雷丝说，“但这是我能给你的。”

“对不起，格雷丝。我不能接受。”

“我也很抱歉，迈尔斯。但你没有选择的余地。”

“我有。”

确切地说，我和妹妹之间的纽带并不是一条线，但我可以从崔斯坦的镜子里看到这种联系。通过这样的联系，她可以把我的力量当作她自己的来使用，就像——

仿佛我的灵魂与她缔结在一起，就像母亲和尼克与我紧紧相连一样。但有一点不同：灵魂只是力量。我还有意志力。

我抓住她的手腕。

她吓了一跳。“迈尔斯，你怎么了——迈尔斯！”

她的光环是金色的，很有威力。我必须更强大。我试着拉紧我们之间的羁绊，但它就像拉着艾尔斯桥的钢索一样坚固。

她想把她的手拽开。“迈尔斯，停下来。”

“你会放我走吗？”

“我不能！”

“你不会的。”我拉了拉，再次测试了一下羁绊。我可以做这个。我将自由。

“求你了。”

“他强迫我们两个，格雷丝。”

“这是唯一的办法！”

“再想一个吧。”

她光环的边缘消失了，离她的皮肤更近了些，变得更薄、更苍白了。如果你认为钢缆很柔软的话，那么这种羁绊也是柔软的。我得使劲拉，直到变成一股线，我已经头晕了。

格雷丝向后拖，我们在地上摔成一团。她攥起拳头打在我的眼睛上，但我没有放手——仍抓着她的手臂和她的力量。

“你弄疼我了。”

“你可以停下，放我走。”

她一脚踢了出去，又打在我身上，结结实实地打在三角地带。

“迈尔斯！”崔斯坦动了动，我抬起膝盖，喘着气。

这个纽带现在变成了一条麻绳。我赢了。

血从格雷丝的鼻子里渗出来。我没有打她，但一股红色液体从她下巴流下来，滴在她的牡蛎丝绸衬衫和暴风雪般的淡紫色领带上，在氧气的作用下，看起来鲜红而明亮。

“迈尔斯，”崔斯坦抓住我的肩膀，“她快不行了。”

格雷丝喘着气，咳嗽着。鲜红的血液从她嘴里飞溅出来。她体内在出血，心脏和肺部在攻击下有些衰竭。她快要死在我的手中了。这就是自由的代价：我妹妹的生命，被我亲手夺走。

我将力量化为一把刀，开始切割我们之间的羁绊。如果能弄断的话，也许我能及时抓住她。

格雷丝试图挣脱。这种努力是如此无力，甚至不如一个孩子。她瘫软了，嘴唇上冒着血丝。她想说话，但挣扎着保持呼吸。

我将获得自由，她将失去生命。

我松开手中的力量，拽住她血淋淋的领带，手指紧紧地抓着她的喉咙。

"格雷丝。对不起。回来吧。"

她又咳嗽了一声，但鼻子不流血了。我努力让她起死回生，挽回我所做的一切。崔斯坦的手一直放在我的肩膀上，带着悲伤和愧疚，源源不断地给我力量，与我的力量混合在一起。

"格雷丝!"

我不会让她死的。当我修复她肺部的小裂口，安抚她过度劳累的心脏，按摩肝脏和肾脏恢复功能时，她的呼吸开始变得平缓了。房间疯狂地倾斜着，但我不敢停下来。

"对不起，格雷丝，我不知道，我永远不会——"

她抬起一只手放在我的脸上，"迈尔斯。"

我握住她的手，看着崔斯坦，"我不能。"

"你不能这样，"他说，"她宁愿死，也不愿放了你。"

"他说的没错。"格雷丝的声音沙哑了，"我是个胆小鬼。"

"别说了，"我说，"不会有事的，格雷丝。我们会解决的。"

"现在你会恨我的。"

"永远不会，"我说，"我永远不会恨你。"

她的笑容滑过血淋淋的牙齿。"也许今天不会，但你迟早会的。我不能让你走，迈尔斯。我得领导隐巫者。我必须。"

"嘘，崔斯坦，帮帮我。"

他跪下来抱起我妹妹，把她带到我睡觉的房间。他给我端来一盆温水和一块海绵，把她的上衣泡在冰冷的水槽里，而我则把她皮肤上的血迹清洗干净。他把海绵和脸盆拿走，领我下楼去沙发上休息。

"你看起来像是我应该把你塞到她身边。"崔斯坦说。

“我很好。”

“你才不好呢。”他的手温暖地放在我的肩上，“不过还是算了吧，她醒来后会饿的。”

我的肚子在咕噜咕噜叫。“还有香肠吗？”

“斯帕罗太太可以把储藏室清空。”

我浑身发抖，我差点把我妹妹给杀了。“我现在该怎么办？”我问。

崔斯坦抓住我的手，捏了捏，“想办法活下去。”

第十八章 妥协

格雷丝睡着了，我正在吃晚饭，比平时早了一些，这时前门响起了敲门声，打断了我。

我正在等爱丽丝·法默，但阿维娅·杰瑟普踱进了客厅，她穿着一条阔腿裤，配着一件黑白相间的针织背心，衣领下系着一条紫红色的领带，与嘴唇上的颜料很搭。她在崔斯坦手工结成的羊毛地毯边上停了下来，一只脚向前，另一只脚向后，屁股摆出光滑的曲线。她把两根手指举到嘴边，把一支未点燃的香烟插在中间。我真希望自己也能抽一口烟。

“英雄，你看起来像个饿鬼。”她慢吞吞地以一种优雅的姿势坐在格雷丝坐过的椅子上，身子前倾以便给我点烟，“要吃的还是要抽的?”

“如果还有其他的，我就不客气了。”

她啪的一声打开手提包，一个银色的箱子放在手里，“我请客。亨特先生？要不要来根烟?”

他阴沉着脸，“不了，谢谢你。”

阿维娅向天花板吹着紫罗兰色的烟雾。我拿了爱丽丝的名片，她并不需要这个。从来没有忘记过一件事，可怜的姑娘。

“这是一份非凡的礼物。”我说。

她摇了摇头，“既是好事，也是坏事，英雄。你的苦日子已经过去了，她却永远也摆脱不了，”她没有理睬茶水服务，“你确定尼克是被谋杀的？”

“我们都确定。”

“他没来上班的时候，我以为——”她的小手指轻敲着嘴角，她想了想，决定说话了，“我还以为他自杀了呢。”

“理由是什么？”崔斯坦问道，“他不开心吗？”

“也不完全是不开心。听着，我知道现在离喝咖啡还有一个小时，但你有什么适合女孩子喝的吗？”

“威士忌？”崔斯坦问道。

“愿诸神保佑你。”阿维娅等着那只雕花水晶杯，然后一饮而尽，“他是什么时候死的？”

“初日。”

她又吞下一口酒，崔斯坦则给自己灌了一大口，“其实，他死的那天我也去了现场。他刚从一次旅行中回来。他不在的时候，我帮他的植物浇水。”

“这么说你当时在他韦尔斯顿街的家里？”

她点了点头，“他当时……盯着墙看，不肯说话。他总是对秘密守口如瓶，我已经习惯了，但他人已经不行了。我应该陪着他，但我不是那种你生病或伤心时会打电话倾诉的人。我不知道该为他做什么。”

“那你做了什么尝试?”

“那地方连根黄油都没有。我帮他给斯旺森食品杂货店打了电话，这样他就有东西吃了。”

崔斯坦靠得更近了，“你点了什么?”

“尼克不怎么会做饭。他喜欢吃口袋饼，我就点了半打。还有冷冻螃蟹杂烩，葡萄和饼干，苹果馅饼，他对烹饪一窍不通。”

“你和他一起吃吗?”

“我当时在市区，”阿维娅说，“我冲进去打了个招呼，但我应该‘在期待回归日中捕捉金斯顿精神’。我一直待到给斯旺森的送货人员开门后才走的。”

“你以前也这样做过吗?”

“这就是为什么我和尼克从来没有认真相处过。他把自己关起来写作，忘记了吃饭，变得越来越安静，越来越陌生。我去那儿是为了——”她吸了一口烟，“我是个好人。”

“你是要去斩断你们之间的柔情蜜意。”崔斯坦说。

阿维娅点了点头。“我喜欢能照顾好自己的男人。而尼克的情况越来越糟。每次旅行他都会带着更多的秘密回来，在写他那本该死的书。”

“你知道那本书是关于什么的吗?”我问。

她摇了摇头，“他说在出版之前必须保密，所以不是关于园艺的。尼克本应该坚持做花坛的。他是因为那本书而被杀的，不是吗?”

“你怎么会这样想?”

“他没来上班的时候，我回去看过他，”阿维娅解释说，“我已经在担心出现最坏的情况。我想去找纸条，可他的办公室里一张纸都没有，甚至连我的购物清单都不在了。”

我的心怦怦直跳。崔斯坦和我对视了一眼，“你在找什么？”

她的肩膀垂了下来，“也许是一张纸条。但后来我又去找他的手稿，找他所有的文件，结果都不见了。”

“包括购物清单。你说你以前给他订过食品杂货，”我说，“这个订单有什么不同吗？有什么特别不一样的地方吗？”

“那次不是塞德里克。”

“塞德里克是送货员？”

阿维娅点了点头，“是个男的。最近落难了，我想。”

“为什么？”

“看他的衣服就知道了。哦，他以前穿的是粗花呢，但不是碎布织的衣服。这是很好的东西。他还戴着一顶海狸皮帽子。对这样卑微的工作来说穿得太好了。”

我想知道他是否骑着一辆崭新的自行车。

“谢谢你。”崔斯坦把手搁在膝盖上，尽量靠得近些，“你告诉我们的东西非常有用。如果再见到这个人，你能认出他吗？”

“除非他刮了胡子。”

“胡子很显眼吗？”

“那是他脸上的骄傲。两端卷曲起来，就像士兵的一样。”她注视着我，“你要是留起胡子应该挺潇洒的，英雄。”

我也笑了，“打理起来很麻烦的。”

“他有一双水汪汪的蓝眼睛。不像你那样，亨特先生，你的眼睛是苍白的。要是再见到他，凭那把胡子我就能认出他。”

"你能做个证人陈述吗?"

她坐了回来,"你认为他是凶手。"

"别去找他。"崔斯坦警告说,"否则你们报社的人都会因你的好奇心而死。要真是他,那就很危险了。请你保证你不会去找他。"

她举起一只手,仿佛在发誓,"以我的天地良心起誓,我会做一个好女孩。"

"谢谢你,杰瑟普小姐。如果没有你,我们就不会了解这些。"

"还有一件事。"我说。

阿维娅笑了。"英雄,尽管说。"

我希望脸上的热气没有让我脸红,"尼克对战争是什么看法?"

"他讨厌战争,"阿维娅说,"他读过《和平报》和《人民之声》,你懂的。他在工作时总是闭口不言,当然,在《星报》没人会听反战的论调……他绝不会因为你上过战场而不尊重你,辛格医生。他不生士兵的气。"

"那他在生谁的气?"

"当然是战争委员会,以珀西·斯坦利爵士为首的那些人。你知道吗,珀西爵士是六个公司的董事会成员,这些公司在兰尼尔的出口上有着特殊的商业利益。我不是什么喜欢喊口号的人,但这次胜利让他赚得盆满钵满,我说真的。"

"我不知道这件事。"

"哦,当然。皇冠木材,皇家矿业,女王纺织品和出口公司,艾兰以太和灯光集团,国家铁路和航运集团……最后一家我记不清了。这就像一座金山，不是吗？我明白尼克为什么会那么愤世嫉俗了。”

“我知道了，”我说，“这确实给斯坦利部长的个人动机蒙上了一层阴影，对吧？”我颤抖着，想再抽一支烟。要是我追查到底……

好吧，我再也不用担心被家人抓住了。也许老鼠最后能猎到狐狸呢。我还没有傻到去相信珀西会为尼克的死负责，但我们可以阻止他成为隐巫者的领导，也许我可以想出其他方法，让珀西爵士为尼克的生命付出代价。

杰瑟普小姐起身接受崔斯坦的鞠躬礼，临走前又递给我一支烟，我把烟藏在了胸前的口袋里。崔斯坦送她下楼，回来时打开了客厅的窗户。

“我更喜欢大麻燃烧的气味，”他说，“但杰瑟普小姐看到了杀害尼克的凶手，你敢打赌那不是我们在街上追的那个人吗？”

“我连一个纽扣都不会赌。”

“塞德里克·鲁克三天前来过这里，给我们送杂货。我亲眼看到的。”

“那我们可以问问他关于那个人的情况。”

“我们有一个任务，”崔斯坦说，“斯旺森食品杂货店离这儿不远。我们明天就得去，我想他们现在已经关门了。”

“我应该去看看格雷丝。”

她侧身躺着，毯子拉到了耳边，但并没有睡着。我在门口等

着，“要不要给你带点吃的？”

她没有动，“你怎么还对我这么好？”

“你是我妹妹。”

“我让你最害怕的噩梦成真了。”她翻了个身，抬起头来。她看起来几乎毫无血色，是那么苍白。

内疚和羞愧从我们的羁绊中触动了我。她知道我小时候逃避了什么，而现在，这又给我带来了什么。

这是我能想象到的最糟糕的事情：在我十七岁的时候，在特权手中长大。但我遭受了更严重的痛苦，我有奖章可以证明。

我把手放在她的额头上，看她状况如何，“你最怕的噩梦是什么，格雷丝？”

“失去隐巫者主音的地位。”

她会好起来的。她需要好好休息一晚，吃饱饭，一天内不能使用魔法，但她最终肯定会好起来的。“失去力量对你来说很重要吗？”我问。

“一切都靠这个。这个风暴年，珀西爵士不知道他面对的是什么，次巫需要我取得成功。你也需要我成功。父亲……”

“还有几个月的时间。”

“只剩这些时日了吗？”痛苦使她的声音嘶哑了，“他能活到婚礼那天吗？”

“新年的时候？或许可以。”

“时间不够了。”

“没办法。你为什么这么关心次巫呢？”

“你是次巫。埃德蒙……”说到这里，因为想起了少女时代的爱情，她颤抖了一下，紧紧地闭上了嘴唇和眼皮，“他肯定是和雷吉娜·霍华德在一起了。她二十年来一直忍受着无子的婚姻，直到今年。”

“雷吉娜·霍华德不是圈子里的，对吧？她要次巫干什么？”

“自从你离开后，次巫就注定会被缔结在实力不够强大，不足以进入金斯顿巫师圈的隐巫者身上。”

“来自全国圈内的吗？”

“任何圈子里都没有，”格雷丝说，“他们缔结的是15岁的次巫。”

“这是为什么？”

她尖锐地看了我一眼，“我有没有提到雷吉娜·霍华德怀孕了？”

我想了好一会儿才明白过来，“这也太可怕了。”

“这种情况必须制止。作为隐巫者主音，我可以阻止。”

“珀西爵士也不会。”

格雷丝的笑容有些苦涩，“有孩子是一种幸福，迈尔斯。次巫的孩子是合法继承人。有些隐巫者实际上有两个妻子……只是有一个人没有配偶的合法权利。”

“你为什么不早点告诉我呢？”

“在你爬出窗户来到这里之前？”

我耸了耸肩，“当然可以。”

“我是认真的，迈尔斯。我不想控制你。但我需要你。我真的需要你。”

她确实需要，该死的。而且她需要我成为大家期望中的次巫，所以我的“归巢”将是一次胜利。

“我想独立，”我说，“我知道你不会解开我的羁绊，但我要过自己的生活。我将继续在博勒加德当医生，我将有自己的家。”

她握住我的手，“迈尔斯，我答应你，我会尽量给你自由。你是我们次巫的未来。我们会带领大家一起前进。”

“你要和次巫商议解除羁绊的条件。”我继续说，“这样一来，受到虐待或不公平对待的人，可以请愿获得自由。”

她坐了起来，脸色发白，“可以，还有天赋的训练。应该把那些叫做天赋，而不是恶作剧——哦，还有很多事情要做，迈尔斯，太多了。”

“也许我们应该在楼下吃晚饭时再商量。”

她眼中的热情消失了，“你知道他是什么人，对吗?”

“他叫崔斯坦。”

听到我口中这个熟悉的称呼，她眯起了眼睛，“迈尔斯，别跟他在一起。”

“他又没有伤害我，格雷丝。”

“你知道半神国人厌倦了自己的凡人玩具后会发生什么吗，迈尔斯？如果他没有蛊惑你，就离开吧。只要你愿意，你可以留在伊甸山庄，想待多久就待多久。”

“我不是他的玩具，崔斯坦是我的朋友。”

“他们的种族是没有朋友的。”

“他有一个。”

“我不能放任你就这样疯掉。”

“格雷丝，你和我一样知道这些故事。崔斯坦是个自负，不安分的家伙，还很傲慢。他这么善良也是他自己的选择。”这些批评从我嘴里毫无拘束地冒了出来，“我被蛊惑了吗？”

我坦率地念叨着出崔斯坦的缺点，她咬着嘴唇。“没有。但是他可以——”

“我相信他。”

“你不该这样。”

我抱起双臂，“我交的朋友都是精挑细选的。”

她的头重新垂到了枕头上，“他会想要更多的。”

“没时间了，格雷丝。他要在霜夜回去。”

“他怎么会在这儿？”

我转向衣柜里那一堆薄薄的衬衫。崔斯坦借给我一些，我从中挑了一件，亚麻布洗得很柔软，“这就是他的故事。”

“他不会告诉我的。”格雷丝坐起来，把手插在袖子里，晕眩使她脸色苍白，她向后靠在枕头上。她衬衫的花边上，有一点血斑正在变成褐色。

“也许你不应该在我的朋友面前胡闹。”我举起她的手，帮她把袖口的扣子扣好，系好她借来的衬衫的纽扣，“我去给你拿点东西来，待在原地别动。”

崔斯坦在厨房前的大厅里看到我了，“你妹妹怎么样了？”

“还不能下床，”我说，“不过，多吃点东西，休息一下，就会完全好的。”

“你呢？”

“我已经恢复得差不多了。”

崔斯坦交叉着双臂。

“但我不介意再来一个橙子。”

“照顾病人之前，得先把自己喂饱。”崔斯坦带头走进厨房，“然后告诉我，你打算怎么办。”

“情况比我离开时更严重了。”我从一个刷着蓝色漆的碗里挑出一个橙子。我在解释格雷丝告诉我的事情时，尽量不为隐巫者辩护。我还没说完，崔斯坦就沉下了脸。

“跟我走吧，别管这些了。”

“我必须帮助他们。”

“为什么？”

“因为他们很重要，”我说，“如果我能帮上忙，我就不能让他们受苦。”

崔斯坦噘起嘴角的一边，交叉着双臂，“你妹妹也很关心这件事，和你一样。”

“那倒不至于，但她的确在乎，确实明白这是不对的。”

“而帮助他们的最好方法，恰好是让她在你们族人中拥有最强大的地位。”崔斯坦把我的橙子皮捡了起来，扔到垃圾桶里，“这似乎有点可疑，但很好。她明天早上能恢复到可以起身离开这里吗？我们必须找到塞德里克·鲁克的车。”

第十九章 大屠杀

躺椅睡起来还不错，吃过比平时稍晚的早餐后，格雷丝乘坐汽车向西走了，而我和崔斯坦则往东走，迫不及待地要去办事。一个明亮的黄色遮阳篷是斯旺森食品杂货店的特色，遮住了半边人行道上摆放着的水果和蔬菜摊位，其中有一摊当地的苹果免费供人取用。崔斯坦拿起一个咬了一口。

“我从来不买食品杂货，”他说，“都是斯帕罗太太负责采购。”

我自己只买过几次，但我知道得够多了。工人们的衣服上都系着黄色围裙，我还发现一个男孩在摆放蜜饯罐头。

“先生，需要帮你找东西吗?”

“我在找一个叫塞德里克的送餐员。他在这吗?”

“要是在的话，应该在后面。”他放下手中摆放货架的活儿，指着一袋袋麦片和干蔬菜旁边的一扇门。

在后面的区域，堆叠的木质平台上存放着更多的食物。一个姜黄色头发的男人把一个装满农产品的木箱放在一个横置圆筒做成的架子上，然后一推，箱子就被送到队伍的尽头。男孩们看了下订货单，然后把箱子装在三轮自行车上运走。

那人瞥了我和崔斯坦一眼，“先生们，有什么需要帮忙吗？”

“我在找塞德里克·鲁克。”

他把拳头放在屁股上，眯起眼睛看着我，“他怎么了？”

“没什么，”我说，“我想问一下他上周送货的事。”

“有什么问题吗？你不能拿他出气，他只是送货的。”男人皱起了眉头。

“没什么问题。”我宽慰地说，“我只是想和塞德里克谈谈。”

“他可以算是你的服务的一个重要组成部分。”崔斯坦给了他一张钞票。他眨了眨眼睛。这是一笔慷慨的，甚至是离谱的小费，但消失在了那个男人的口袋里。

“塞德里克！”他大吼一声，一个男孩吓了一跳，像是已经预料到了似的，“这些人想和你谈谈。”

他小跑过来，斜着眉头，满是担忧，“我做错什么了吗？”

“完全没有。我们想问你一个关于送货路线的问题。有人和你的送货区域相同吗？”

“珍妮·库珀。我没上班的时候，她负责我的路线。”

“可你上个初日下午还在工作吗？”

他点了点头，“那天太忙了。我一次运了三个订单。”

“你还记得给韦尔斯顿街1455号301房的尼克·埃利奥特送过货吗？”

他点了点头，“当然，那次很轻松，因为那个人在楼下等我。”

“尼克在楼下等你？”

他摇了摇头，“不，先生，是他的朋友。他说他要去见埃利奥特先生，他会帮我提上去。他给了我三个硬币作为小费。”

三枚硬币可以买到足够多的糖果，一个星期内他都会是同龄人中最幸福那个。“你还记得那人长什么样吗？”我问。

“很富有，虽然比不上他——”他指着崔斯坦的羊绒大衣和小山羊皮手套，“但也差不多。他有军人一样的胡子，但他没有穿像你这样的大衣。”

“他个子高吗？”

“没你高。”塞德里克说，“怎么了？出什么事了？他到底有没有偷吃？”

崔斯坦和我对视了一眼，“你什么意思？”

“他到楼下的门厅里去了。”塞德里克说，“埃利奥特先生住三楼，楼里没有电梯。”

杂物间就在那儿。他可以藏在下面，对尼克的食物做个手脚，然后再送过去。我记得尼克说过：“在茶里。”他的意思是让人吃饱饭，而不是喝饮料。

“谢谢你，塞德里克。如果再见到那个人，你能认出他吗？”

塞德里克皱起眉头，“他长得挺普通的，没什么特别的。”

“除了那把胡子。”

“对。”塞德里克摸了摸自己的上嘴唇，用手指顺着嘴唇往下摸，“你还想知道什么吗？我还要工作呢。”

“时间的回报。”崔斯坦说道，银币落入了塞德里克的掌心，“你真是个眼尖的小伙子。”

“谢谢你，先生。”硬币放进口袋后，塞德里克小跑着离开了。

我带路回到商店的公共区域，在一个冷藏箱前停了下来，里面装着几瓶苹果汽水。崔斯坦在过道里转来转去，等着我排队付钱。他摸了摸那些杂志的封面，上面印有电影明星的照片。我翻开《先驱报》，看到了《星报》，顿时怒火中烧。

“**大屠杀！**”标题是这样写的，一张照片占据了整个版面，一位穿制服的警察在砖砌的联排屋里拦路。

“报纸也要吗，先生？”收钱的女孩问我。

我付了钱，把报纸塞在腋下，标题藏在了褶子里。

“你拿了周末报？我不觉得你是休闲版的爱好者。”崔斯坦评论道。

“又发生了一起谋杀案。”我说。

“另一起？什么意思？”

我们现在肩并肩走在街上，风从背后吹来。“你还记得第一个晚上，因为在调查另一起谋杀案，警察迟迟不肯来吗？”我问。

崔斯坦一脸惆怅地看了我一眼，“有点印象。”

“退伍军人一直在杀害他们的家人。妻子，孩子，然后是他们自己，”我说，“又发生了。”

我们一起在崔斯坦家客厅读着报纸。我读到了特伦斯·比奇下士的故事，他是一名刚从兰尼尔回来的军人，他在家中割断了所有人的喉咙，然后去街上袭击平民，最后才被警察制服。崔斯坦靠着我，在我肩上读着。

“这也太恐怖了。上周的事吗？”

“是的。都是退伍军人，最近刚从战场上回来。”

崔斯坦抬起头，“你的工作是治疗士兵。”

我点了点头，“他们抓住了这人，另外两个自杀了。”

“你知道为什么吗？”

“和我一起工作的士兵……战争太残酷了。我甚至无法向你描述那里的情形，我们身上发生了什么，我们对他们做了什么。这深深地伤害了我们的心灵。”

“他们会因此而杀害自己的家人吗？”

这只是猜测，我没有任何证据。我不愿相信这个事实，也不愿相信在将士归来的游行上，我看到的许多男人和老杰拉尔德、比尔以及被我排除在出院名单之外的另外21个病人有同样的感染。但我还是告诉了崔斯坦真相。

“恐怕确实如此。”

崔斯坦揉了揉我的肩膀，而我则低头盯着《星报》封面上的警察，“继续看吧。”

外面有人在欢快地叫喊，想邀请大家一起喝一杯。阳光斜射在镜子上，这是午后的亮光。我靠在崔斯坦的手上，继续说：“有些人有着同样的错觉，他们认为自己体内有个杀手，想要对所有人进行发泄。我觉得有生理原因，但我还没找到。”

“这是用你的能力看到的？”

我叹了口气，“是的。我一直在保密，因为我想用普通的测试来发现问题。”

"因为这会泄露你的秘密。"崔斯坦说,"不过,你在兰尼尔的时候是个外科医生。我知道人们崇尚外科医生,认为精神科医生甚至不应该被称为医生。你为什么要转到精神科呢?"

我闭上眼睛,"兰尼尔人突袭了一所野战医院,要把我带走,"我说,"如果他们只是想要一个好医生来挽救他们的生命,那也不至于这么糟糕。"

崔斯坦的手滑过我的肩膀,抚摸我的脊椎时,我衬衫的一角溜到了他的手下面。我也曾这样抚摸着我的病人,让他们看到往事中最黑暗的部分。

"他们让我出手施救,"我说,"我自己的人。他们会被折磨,肢解。他们知道我是如何创造奇迹的,所以拿枪指着我的头,一直举到我因治疗而昏迷过去。然后他们会喂我吃东西,直到我恢复,再次施救。有一个人,我救了他四次,这样他们就可以再次审问他。他虽然不知道他们想要什么,但这并没有阻止他们。"

"你是被迫的。"

"我应该让他们杀了我。"

"没人想死,迈尔斯。"

"是的,"我说,"他们求我。我本来应该——"

崔斯坦用手捂住我的嘴唇,"你获救了,却认为自己不值得。你被绑架了,被监禁了。这不是你的错。"

我对我的病人说过多少次了?

他把我拉到身边,我靠在他身上,毫不羞于索要这种亲密行为。他把我的头放在自己的肩膀上,继续说下去,"他们救了你,就把你送回家。但你不可能成为那样的治疗师,所以你找到了另一种方法。”

“精神病治疗法。”

“因为你还想治愈他们。”崔斯坦说，“你从不放弃，迈尔斯。你和我认识的所有治疗师一样勇敢，甚至有过之而无不及。我的朋友科马克——我真想带你去见他。”

“半神国人也需要治疗师?”

“我们也会受伤，迈尔斯。也可能会被杀死。”

“我还以为你们都有不死之身呢。”

“除非我们过得很无聊。他会教你一些我不会的东西，你也可能会教他一两样东西。但他对你和你所做的一切，只会表示钦佩。”

“但愿吧。”

“嘘，你什么都不用说，”崔斯坦说，“在半神国，你应该有个伴儿。”

“像助理那种的?”

“从某种意义上说是的。你不用为了救别人而自杀。我无法想象你一个人是怎么做到的。”

“没办法。”

“如果我——如果你有个同伴，他就会告诉你，发生的这一切并不是你的错。你只是做了你该做的，这样才能活下来。他会很高兴看到你回去的。”

我从他肩膀上抬起头来，“你以前不认识我呀。”

“那么，我很高兴你来到了我能找到你的地方。”

他离我太近了。我之前一直很平静，因为他的靠近而感到些许安慰。现在我感觉更加激动了。

他把两根手指放在我的下巴下面，把我拉近，让我们的呼吸搅在一起。在他吻我之前的一瞬间，他的温热就扩散到了我的嘴唇上。

苹果汽水清脆香甜的味道在他的嘴里回荡着，我就像开瓶时冒起的气泡一样发出嘶嘶声。下意识的颤抖和强烈的兴奋感在我的皮肤上游走，而他的温暖并没有触及我的皮肤。我有点头晕目眩，张大了嘴巴，他把我紧紧地拉向他。

我们一直在奔向这一刻，无论我怎样回避，试图否认我那愚蠢的想法——不在乎他是否无情，不在乎半神国人从来没有爱过，也不会去爱的传说。现在，他的手游走在我的腰背上，我什么也不在乎了，我只想要更多。

我们把鲜艳的坐垫推到一边，我把头枕在一个软垫长椅上。一个枕头尴尬地躺在我的肋骨下，我并不在意。崔斯坦的辫子落在肩膀上，当他在我身上伸展时，辫子又缠在了我的脖子上。我用手指抓住他的领带，然后扯松，扭开他的领扣。他的心在胸膛里剧烈地跳动着，整个人不住地颤抖。一种温暖的感觉传遍了我的全身。他也许是个半神国人，但我却让他着迷了。

“迈尔斯，”他喘息着说，“我们需要一张床。”

“不，我们不需要。”我不想让他停下来，哪怕是飞上楼的半分钟也不行。我把他拉回来，解开另一个扣子，去感受他的皮肤与我贴合。

就像魔法一样神奇。这是魔法。我碰到他的时候，我让魔法从指尖渗出，而崔斯坦则紧紧地抓住了我，甚至是在颤抖的时候。如此循环往复。我从来没有用魔法碰过情人。我从来没有做过自己，即使是在那些最私密的时刻。总是躲躲藏藏，从不自由。

现在自由了，我又拽着他再吻一次。

然后他抬起头，听到了前门的敲门声。

“可能是爱丽丝。”崔斯坦的头发从辫子上散开了，衬衫领子和领带也歪了。

我看起来可能有点衣冠不整，但我还是坐了起来，“我去烧水。”

我们各自离开的时候，把躺椅垫子留在了地上。

法默小姐坐在一张椭圆形靠背椅的边缘，双手搭在膝盖上。即便是休息日，她也没有降低穿着的标准，脚边的手提包里露出一片蕾丝网纱。她是个常去寺庙的姑娘，一到没有女人的房子去，她就会瞪大眼睛，内心恐慌。

“喝茶吗，法默小姐?”我演示性地给自己倒了一杯。虽然我更喜欢不加牛奶的甜茶，但还是加了奶油和糖，“崔斯坦很快就会过来。他给女管家放了两天假。我们应该想到……”

她的目光从我那乱蓬蓬的头发和匆匆拉直的领带上移开，羞怯地笑了。“打扰了。”

这女孩真聪明。要是崔斯坦继续待在这，我建议他和法默小姐组成调查搭档。她会比我更在行。

“法默小姐，”崔斯坦说，她对着嘎嘎作响的杯子点了点头，棕色的鬈发颤抖着，“应该没有让你久等吧？”

他把笔记本和钢笔放在茶水旁，又坐到我身边。他把手搭在我的膝盖上，爱丽丝强忍着没有松口气。

“我来是因为不想让编辑部的其他人知道。他们会……问很多问题的。”

经历过记者们的好奇心全部集中在我身上之后，我并没有责怪害羞、不自在的爱丽丝想要逃避这样的审查，“我们也会有问题。是关于尼克的书吗？”

“是的。尼克·埃利奥特当时在写一本关于尽职的巫师的书。”

所有的假设都破灭了。他写的不是战争吗？他写的是关于巫师的书？那么，尼克说士兵们应该知道的时候，他指的是什么呢？

崔斯坦放下茶杯，“你知道为什么吗？”

“他很痴迷，”爱丽丝说，“他读了关于审验和审判的所有东西，可以追溯到五十年前。他还对此保密——只有卡利·米勒知道，她所在部门的记者中，有很多人都梦想着做财经新闻、时事或调查性报道，尽管写专栏挣的钱更稳定一些。”

“还不如破获一个重大新闻来得光荣，”崔斯坦沉思着，“你知道他为什么对巫师那么感兴趣吗？”

当然，因为他自己就是。但是爱丽丝不知道，我也不打算告诉她。她低头看着自己的双膝，正端庄地靠在一起，上面盖着淡灰色的华达呢衣裳，“我想这和他母亲有关。”

“为什么是他母亲呢？”

“她被检查出是个巫师。几年前，《星报》上有一则告示。在康斯坦丁娜女王统治的第十四年，苹果枝之月12号。”

那一年我离家出走，花了七年时间侍奉女王，以换取药物。我在心里盘算着。“尼克不可能超过——”

“十三岁，”爱丽丝说，“他来这里和一个监护人住在一起。在他母亲作为病人被送进医院之前，他曾住在拜韦尔。”

崔斯坦看了我一眼，“法默小姐，你知道尼克去过的其他城镇是否有巫师精神疗养院？”

“都有的。诺顿的佐登伍德精神疗养院，建于尼古拉斯国王统治的第三十年——”

她看我皱起眉头，对我表示同情，“41年前，拜韦尔的疗养院也差不多在同一时间完工。它们都是大约40年前建造的。我可以用下你的笔记本吗？”

她写的字迹圆润，看起来赏心悦目，上面列出了尼克去过的每个城镇，精神疗养院的名称和开业年份。

“你见过他的手稿吗？”

“对不起，亨特先生。”她擦了擦手指上的墨迹，“他从来没有让我看过。我只看过他的笔记，内容是关于六个精神疗养院的建设，以及获批巨额资金，修往这些城镇的铁路。尽管那些地方都很偏远，副线的扩建一拖再拖，而艾兰却在修建通往任何地方的火车。”

我闭上了嘴。每个小学生都知道，一个不懂交通规划的老国王会有什么歪点子。但同时在这些线路两端建造的精神疗养院呢？

他们在学校里从来没有教过我们关于精神疗养院的知识。

我的下个念头让我有点寒心：如果这个想法是正常的呢？

崔斯坦捏了捏我的膝盖。“法默小姐，我觉得你很机智，把这件事告诉了我们，并且还保密。”

她看起来满怀希望，“你知道这意味着什么吗？”

崔斯坦摇了摇头，“还不知道，但我会调查清楚的。”

他护送爱丽丝出去，然后走进客厅，脚底下发出了砰砰的声响。他从我身边冲了过去，走进一间本应是餐厅的房间，里面有一张大桌子和几个书架，在书中搜寻着。

“在哪儿，在哪儿？怎么会消失了呢？这该死的东西好大——啊！迈尔斯。来看看这个。”

这儿是一本地图集，打开那一页就能看到艾兰的地图。他在昂贵的插图上到处比画。“那些城镇在哪里？”

我摇了摇头，“地图上没有。只是些小地方而已，甚至连铁路都没有。”

“是谁要修铁路的？”

“国王，”我像小学生般条件反射地说道，“不，他有顾问——部长。”

我的嘴有点发干。

“迈尔斯？”

“交通和基础设施部长。”

“哪位是……哦。”

“我父亲。”

我以为是珀西爵士。我可以把战争的责任归咎于他，但尼克的死却在另一个嫌疑人的脚下。父亲肯定参与其中了。如果他不想让这些火车无处可去，就不会造了。我父亲会为了保密而杀人吗?

我其实没必要问。正确的问题是：格雷丝会吗?一星期前，父亲病得卧床不起。他一直让格雷丝逐步接替他的位置。那个留胡子的男人可能是父亲的人，但也可能是格雷丝的人。

崔斯坦把地图册递给我，“找到那些城镇，迈尔斯。求你了。”

我扫视了几页，但上面都是苍蝇般的小点。唯一还有点规模的是拜韦尔，一个靠近国家中心的地方。但是这本书有一个索引，很快地图上就出现了环绕着这片土地的红点——不完全在边界上，但很接近。父亲为什么要在那里设立精神疗养院?

看着这些点，崔斯坦皱起了眉头，“为什么?”

“与家乡环境的距离——”

“我记得，迈尔斯，你说过。可为什么这么偏远?难道他们都关押着巫师?外面还有什么?我需要知道，但我找不到。”

我说出了一直在回避的话，“你不能留下。”

“不行。女大公会表现得好像需要把我找回来一样。我预计会有搜捕者在石头的另一边找我，要是他们越过石头，发现我没有被囚禁或丧失了能力……那就完了。你想让你的王储生你的气吗?”

我不想让他走，“惹恼王子可不是个好主意。”

“需要花很多时间来安抚艾菲太太。她不喜欢自己的宠儿离开太久。”

“你是她的最爱？”

“自从我救了她的命后。”他摸了摸那一页，翻到一张至少已经过时十年的金斯顿地图，“如果我回来了……我能在这儿找到你吗？”

“在这里？金斯顿？”

“在这栋房子里，”他说，“你就住这吧。我已经租了两年了。箱子里有钱，我肯定不需要了。”

我犹豫了一下。我没有住在巴斯太太家，并不是因为我只能住在这里，而是出于习惯。在西区找一套公寓太费时间了，我还得去医院工作。要是我不搬家，格雷丝就会帮我搬走。我的银行账户里有一笔钱，可以暂时支付斯帕罗太太的费用，但迈克尔呢？我不需要司机。这是一个不切实际的想法。但我觉得在这里很受欢迎，就像在家里一样。

“你就住这儿吧，迈尔斯。我还想着回来找你呢。”

“我……”

“求你了。”

我其实也想住在这里。“好吧。”

崔斯坦的笑容温暖了我的脸庞，他握着我的手，我歪着身子与他的嘴唇交会，“迈尔斯。”

门环敲了四下，声音又尖又响。

我往后退了一步。

“谁呀，真该死。”崔斯坦说着，大步走过地板，朝客厅窗外望去，“来了一次又一次！你妹妹。”

“格雷丝？她究竟要……哦，不，”我叫道，“回归日快到了。

她要我去参加那个社交季的首映式。”

“真是凑巧。”崔斯坦嘟囔道，“你愿意的话，我可以把她打发走。”

我叹了口气。“让她进来吧。我应该知道她的计划。”

“我不想说太多，迈尔斯，但投票前在人群中亮个相太重要了。”

“他们要对领导仪式的人选进行投票？作为代理隐巫者主音，不应该是你吗？”

“珀西爵士已经说服了自己派系的人，领导之位不应该由继承人担任。”格雷丝抿着嘴唇，下巴绷得很紧，“对不起，迈尔斯。我需要所有能得到的优势，这意味着要把你展示出来。”

这会把我从崔斯坦身边拉开。回归日是一场彻夜的狂欢，完全不顾及劳动者的睡眠。百大家族是不会派自己去工作的。

崔斯坦明晚就得走，我却没法在这里和他告别。我会和格雷丝一起在冬天唱歌，作为父亲的代理人，作为隐巫者主音的继承者。随着她的浪子哥哥回归后，她会在次巫眼里步步高升，牢牢掌握她生来就该掌握的力量。

尼克·埃利奥特死后保留下的神秘力量。

“我没衣服穿了。”

格雷丝向马车点点头，“我们得去把你的制服拿来。”

当然。这可是这场小戏剧最完美的服装。我叹了口气，伸出了手。不管怎样，既然大家都会盯着看，那为什么不像乌鸦中的红衣凤头鸟一样脱颖而出呢？

“我不能待到天亮，我还要工作。你得早点离开，就说你要去感知空气。如果今年是暴风雨年，这样做是说得过去的。”

“我忘了你在空气中感觉不到什么。”

“至少可以猜到什么时候需要雨伞。”我转向崔斯坦，“对不起。”

“我们都各自肩负职责，”崔斯坦说，“你那儿还有钥匙。回来的时候叫醒我。”

第二十章 回归日

“我们得早点走。”我说了不下十遍。

我把手表落在床边的床头柜上了。尽管按照惯例，我应该戴着的。其余百大家族的皇家骑士对庆祝的时间毫不在意，但医院却期待着我和太阳的到来。

我们在车厢里欢跳、颤动着，我尽力保持一切正常。我闭上眼睛，回想着和她的每一段对话。我可以肯定，我从来没有告诉过格雷丝关于尼克·埃利奥特的事情。我比记忆中的格雷丝更善于保守秘密。如果不是这样的话，在我去给父亲治病之前，她可能就把我的事告诉他了。如果是的话，我可能会和一个杀人犯的同谋坐在一辆马车里。我的心怦怦直跳。妹妹是个杀人犯吗？

她可能精心策划了我们在慈善会上的见面，来医院是为了比安插在我身边的跟踪者更密切地监视我。是格雷丝，还是父亲呢？

不难想象我父亲派一名部下去跟踪尼克·埃利奥特，又让那个下属跟着我。提着木偶线让他们跳舞，这有点像父亲的行事风格。

但他死后格雷丝会继承财富，财产……还有她梦寐以求的权力。

我们下了马车，迎接我们的是晴朗的天空，归来的家属们漫步进入位于西角公园中心的大厅时，我们忽略了星辰。好奇的目光回望着我那醒目的猩红色外衣，人们张大了嘴，惊讶地看着我的脸。我来到这了，回来了，一位战争中的英雄归来了。我在妹妹身后两步的地方坐了下来，她才是真正的大人物，即将成为隐巫者主音。

她会怎样来确保自己的地位呢？

我抛下这个想法，跟着格雷丝走进大厅，走在她身后两步远的地方。

人们窃窃私语，惊愕地走进大厅中央的五面宴会厅，人群像剧院的幕布一样散开，让出一条通往西边台阶的路，台阶上放置着一个镀金的紫色宝座。

上面空空如也。女王陛下已经从宝座上下来了。我们迟到了。

格雷丝挺直了身子，把头向左右微微转动。寂静已经波及边缘，将乐手们卷入其中。

一片沉默，直到一个身穿红衣的女人走进了空旷的地面。“我就在这里，我的姑娘。”

我们低下头，跪在地上。康斯坦丁娜女王猩红色的长袍上缀满了即将入秋的树叶，褶边的刺绣很厚实，还饰有珠子。随着女王不断走近，我想听到了树叶的沙沙声和嘎吱声，她伸出手让格雷丝亲吻。

“你们都起来吧。格雷丝女爵，克里斯托弗爵士。”

站起来之前，我有点想寻找我的父亲。我朝着她手的位置鞠躬，然后看着她的眼睛。

康斯坦丁娜女王年轻时很漂亮，但成熟后更加的摄人心魄。她的年龄轻松地栖息在精致的躯体上，平滑的金黄色皮肤在脸上显得十分柔和，那是一张曾露出过微笑，蹙起过眉头，经历过一切的面孔。一大堆钻石、黄玉、红宝石和祖母绿，披在瘦削的肩膀和弯曲的锁骨上，宝石的切工宛如秋叶一般。金色的橡树叶覆盖着她卷曲的黑色鬈发，银丝闪闪发光，毫无年老的歉意。

她伸手抚摸我的勋章，每举起一块的时候，都在感受着自己脸庞的轮廓。铜奖章放在她的指垫上时，我想闭上眼睛；在她凝视铜奖章表面的断裂镣铐时，我想拉开她的手。

“这就是你的成就呀，克里斯托弗爵士。你跑去参军了。告诉我们为什么。”

“自豪感，陛下。我加入了外科医生的行列，可以发挥我的天赋。”

“陛下，迈尔斯爵士有治病的才能。他想让这一本领有用武之地。”我妹妹解释道。

“所有的次巫都有这样的能力，还是你独有的?”

“夫人，有些人可能有。”

“现在又回到你真正的职责上了吗?”

你会因为撒谎而说不出话的。“夫人，我是医生。”我说。

她那浓黑的眉毛垂了下来，“你的工作会妨碍你为我服务吗?”

“不会的，夫人。”我的舌头干了，“我不会允许这种情况发生。”

她点了点头，“我对其他次巫很好奇。你有一个有用的天赋，也许其他人也是这样。”

我心中泛起了暖意。一个有用的天赋。身后传来舞步移动的声音，无数张嘴巴在舞厅里喘息，呼吸着温暖的空气。

我忍不住笑了，于是低头计算了一下分数：次巫得一分。

月亮沿着舞厅屋顶的玻璃窗变换了位置，从东南角的低处移到了南面的边缘。现在是十点钟，还是十一点?如果我有话说，早该离开了。我已经看腻了，说够了谎话，受够了去猜测隐藏在礼貌的好奇心下的东西。我厌倦了蜂蜡和香水的味道，厌倦了变淡的香槟酒味，厌倦了我笑脸上的疼痛。

但格雷丝走了，据我观察，首席隐巫者也走了，他们是在议会和内阁中实力最强、地位最高的法师，他们希望所有见到的人都尊重自己。所有能量站站长、首席法师的召唤者和联结者，可能都要关起门来争论到底是谁会在冬天歌唱。

格雷丝希望那个人是她。

我透过玻璃屋顶眯起眼睛看着月亮，试着计算时间。一旦格雷丝解脱了，我一定要离开。她还要再谈判一个小时。如果我没法睡觉的话，我上班的时候肯定是昏昏沉沉、头脑混乱的。

“克里斯托弗爵士?”

我转过身来，“请叫我迈尔斯。克里斯托弗爵士是我父亲。”

面前是个女孩，至少比我小十岁，从头到脚穿着奶油色和乳白色的丝绸与蕾丝衣裳。她抬起头看着我的眼睛，戴着手套的手握在了一起。

“我也会治愈术。”她的语气低沉，我得看着她涂红的嘴唇才能明白。

她不是第一个告诉我自身天赋的次巫，但她是第一个治疗师。

而且她年纪太小，不适合和我私下交流。

“这是一个有用的天赋，”我说，“你是和你妈妈一起来的吗?”

“和我哥哥。他在次席。我们来自红鹰镇。”这个名字在我的记忆中跳了一下。红鹰，那个有火车站和精神疗养院的北方小镇。

“我想见见他。”

她瞥了一眼那群年轻人，他们笑得太大声，喝了太多。一个和她有着同样金发的人发现我们在看他，便举起酒杯，但并没有过来与我们会合。

这年头，究竟什么才是礼仪？他对她有责任，这样不合适。我一直盯着他看，他离开了他的朋友们，在来找我们的路上又抢了一杯玫瑰金色的香槟。

“克里斯托弗·汉斯莱爵士。”他伸出手来，“我是理查德·普尔。看来你已经认识我妹妹塞林达了。”

“他更喜欢别人叫他迈尔斯爵士。”塞林达说。

“很高兴见到你们。普尔小姐告诉我你在次席。你一定很有天赋。”

“北方的天气就像一匹野马，”他说，“从小时候起，我就开始平息风暴了。”

如果有门路的话，他一定会大有作为的。不过普尔这个名字我只是略知一二，所以我猜不出来。

“我妹妹很有力量。”他说，“而且她的小把戏玩得很得心应手。我好几年没生病了。你喜欢她吗？”

我眨了眨眼睛，“我们才刚认识，但我已经被她迷住了。”

“也许你俩应该一起跳个舞。”

塞林达看起来容光焕发，“我做过白日梦，想在回归日上跳舞。”

我只能恭敬不如从命，“那我们一起跳吧，普尔小姐？”

我很少抱着舞伴跳舞，但她似乎并不在意我业余的技巧。她穿着少女般的礼服和端庄的珍珠首饰，闪闪发光。她瞟了一眼我的奖章，专注地盯着那枚铜章。

“很可怕吗？”

“是的。”

“你真勇敢，竟然做到了。”她说，“我的猫死了。”

什么？“很抱歉。”

“她很老了，有很多痛楚，也不能动弹。她死在了我腿上。我哭了，然后我——”她左顾右盼，噘起嘴角，然后瞪圆了眼睛看着我，“我想知道她是怎么死的。”

哦。“你做了死亡检查。”

她点了点头，“我想成为一名医生。你觉得我可以吗？”

“想成为医生有很多门槛。”

“但你做到了。”

“我确实做到了。但想想我做了什么，我逃跑了。我参军是为了换取接受教育，结果却卷入了一场战争。你也可以参军，但要得到许可。”

她低下了头。对于一个温文尔雅的皇室骑士之女来说，我大胆的提议并不是那么容易接受。如果她足够叛逆的话是可以的，但不能鼓励她这样做。

她抬起头，脸色凝重，“你觉得我漂亮吗？”

“我——普尔小姐。”

“我觉得你很帅，”她说，“而且很勇敢，你对治愈术也很了解。我们可以生出强大的孩子。”

哦。哦。“我从没打算结婚。”我说。

“我不介意，”她说。“成为一名医生就够了。你可以……你能让你妹妹和我哥哥谈谈吗？”

我突然哑口无言。舞蹈结束了。我们为那些翻找着音乐寻找下一首歌的音乐家们鼓掌。我把塞林达·普尔带回了她哥哥那里。

“这是我的名片，”他说，“我会在周中回家。”

他领着他妹妹穿过了人群。

普尔小姐是第一个走上前来的姑娘，可是大门却向一个接一

个的姑娘敞开，她和到了适婚年龄的姑娘跳了一次又一次。所有人都向我低声诉说着她们的天赋。他们都想找到一种方法来掌握这些天赋，凭我自己的训练史，我难道不能成为一个宽容的丈夫吗？

这让我心碎了，也让我的心中燃起了怒火。我不想要一个妻子。我试图通过离开舞厅来逃避她们，但她们在不断补充的自助餐周围追赶着我，希望我在格雷丝埋头于另一个会议或友好的谈话之前找到她。

年长的劳森小姐把电影院的最新情况都告诉了我，这时一个男人优雅地伸手打断了我。他扫视了我一眼，从我擦得锃亮的鞋尖，到我精心梳理的头发，他从容的微笑说明我显然通过了这次检查，“我是雷蒙德·布莱克，我等你妹妹已经等得不耐烦了，她还没结束。”

“布莱克先生。”我低下头打招呼，“伊甸山庄酒店设计得非常成功。我迫不及待地想看你下一步要做什么。”

“在婚礼结束之前，我不打算做任何计划。”他转过身来，示意我跟他走，“跟我来吧。”

我们把劳森小姐甩在后面。

“你很受欢迎嘛，”他说，“我想每个令人中意的次巫都想认识你。”

“这有点让人吃惊，”我说，“我从没打算过要结婚。”

他对我耸了耸眉毛，“这不重要。你觉得埃尔辛·佩尔弗雷怎么样？”

她踩到了我的脚，“挺有魅力的。”

雷蒙德嘲笑道："她的下巴简直有一英里长，而且她有鼻窦炎。但她父亲是东南部的能量站站长。她是你最好的选择。"

我肚子里的酒凝固了，"从政治上来说。"

"他还在犹豫不决。先确保佩尔弗雷和格雷丝能成为隐巫者主音，然后再去和她跳支舞吧。"雷蒙德走开了，留下一道背影给我。

看到珀西·斯坦利爵士进入房间的那一刻，我就知道格雷丝已经自由了。康斯坦丁娜女王早就回家了，月亮已经升到了玻璃屋顶的西南面。音乐家们正在第二次用餐休息中。我回到崔斯坦家之前，天空会被黎明染成紫色。

我真希望自己还能怀疑珀西爵士谋杀了尼克。

珀西·斯坦利爵士径直朝我的猩红色外衣走来，他的脸涨得通红，"所以，他们已经说服了你，对吗？你现在处在一个合适的位置。"

我眨了眨眼睛，"是的，我和格雷丝缔结了羁绊。"

他眯起的眼睛和他的讥笑很搭。"埃斯特尔跑了，"他说，"是你干的。我们再次找到她的时候，她已经喝了毒药。都是你的错。"

因为我胆大妄为地离开了自己的地盘，在他的孩子身上种下了叛逆的种子。"埃斯特尔……斯坦利？我想我们从来没有见过面。"

血色加深了。他的鼻孔张得像个喇叭口，愤怒的气息激起了怒火。“狂妄。没有一个安分的次巫敢这样做。我不相信你是被威胁的，迈尔斯大师。其他人都被你用勋章迷惑了，完全不明白你根本就不属于战争。”

“我很高兴见到女王陛下，”我说，“我度过了一个最受欢迎的回归日。我彻夜舞蹈，见到了这里每一位迷人的年轻女孩。你觉得佩尔弗雷小姐喜欢诗歌吗？我一直在回想她眼眸中的星辰。”

要是埃尔辛亲耳听到的话，那就太残忍了。但这让珀西爵士的双下巴开始颤抖，对我的暗示感到微微的满足，这种感觉很好。但如果我对他逼得太紧，他就会挥舞紧握的拳头，次巫可没有还手的权利。

但他必须向格雷丝道歉。

“啊，珀西爵士。”格雷丝与雷蒙德·布莱克一同出现了，她的笑容充满喜悦，“你人真好，还问候了我哥哥。雷蒙德早些时候花时间做了自我介绍，据他说，迈尔斯从未感到孤独过。”

“你的脚一定酸了吧，迈尔斯。跳了那么久。”

“布莱克先生，跳到天亮是我期待精进的技能。”

“你肯定还有时间再跳一次吧?”他意味深长地看了佩尔弗雷小姐一眼。她独自站在为跳舞而铺设的地板边缘，梦想着打开镶嵌在地板上的五瓣图案。她触及到我的目光便摆了摆手，脸涨得通红，我也报以微笑。

如果珀西爵士再生气，他的头发就会着火。我讨厌他的乐趣也随之消失了。我今天笑了，但我受到欢迎让格雷丝感到很高兴，这让我有些烦恼。她可以安排我的婚事，她有这个权利。如果结盟能巩固她的地位，她就会这么做。

这比谋杀容易多了。

“我想我应该把精力留给所有应邀的来访者。”我说，“格雷丝，你还想继续待着吗？我可以派马车回来接你。”

“我准备回家了，”格雷丝说，“祝你晚上愉快，珀西爵士。”

我一路上一言不发，直到马车轮沿着红路驶回了国王大道。“‘我早上还要工作’这句话，你认为哪一部分是微不足道的，格雷丝？人们在睡眠不足的情况下就会产生失误。我手中握有生命！”

“我们进行了一场辩论，”格雷丝说，“关于谁将在明天歌唱，恭迎冬天的降临。经过三轮投票，我以一票之差获胜。一票啊，迈尔斯。”

这并不是格雷丝希望得到的支持率，她甚至不应该只获得这点支持。她累了，身体随着马车一起颤抖着。

“你吃过饭了吗？”

“我还以为准时上班是最重要的事情呢？”

“你应该吃一点的。”

“我会想办法的，”格雷丝说，“你跟埃尔辛·佩尔弗雷跳过不止一次舞吗？”

这个问题把我吓得浑身发抖，“我没有和任何人跳过第二次。”

“很好。她父亲也在现场投票。我们不需要她。你觉得劳拉·伯利怎么样？”

劳拉·伯利？这是谁？“格雷丝，我从没有结婚的打算。”

“我们需要一场婚事，”格雷丝咬牙切齿地说，“我和布莱克家族的联盟还不够。伯利家会使我们和佩尔弗雷的结盟更加可靠，而且伯利小姐一点也不难看。”

一声冰冷的耳语震得我脖子发抖：我不认识这个女人。

“先不要喜欢任何人，”格雷丝说，“但要习惯这个想法。到了灯光盛宴上，你就会成为一个已婚男人。很抱歉。”

我正坐在座位上，这个声明带给我强烈的震撼。“我不会结婚的。”

“你必须结婚，迈尔斯。”

“格雷丝，别逼我这么做。不能在我已经答应帮你的情况下，不可以在……”

“什么？在你想要那个无情的半神国人的时候？他的族人和我们的感情不一样，迈尔斯。你只是在逗他开心，仅此而已。”

“我们不是……”

“他让你着迷了，所以你才会一直保持被他利用的关系。他想从你这里得到什么？他只是在跟你做交易，他们都这样。”

我咬住嘴唇，想了想，“他是我朋友。”

“你觉得他爱你吗？”

我退缩了，“我知道他不会。”

“迈尔斯，他不可能会爱上你的。你知道这些故事。我们爱上了他们，结果他们离开了，最终分手。”

“他从来没有做过你一直相信的事情。”

“告诉我，你看着他的时候，你是不是喘不上气？”格雷丝说。

我低头盯着地板，看着我们之间的空间。

“迈尔斯。”格雷丝温柔地说，“我不会再失去你了。不会的。我不会把你交给一个无情的人。只要我还能呼吸和战斗，我就不会允许这种情况发生。”

“他是我的朋友。”

“他是怎么成为你的朋友的？你是怎么认识他的？”

我看着窗外，“我们不会回城里的。”

“你要去哪里？你的公寓锁上了，我们快到家了。”

“格雷丝……”

“父亲还没醒来你就想消失。”

“我没有。”

“哈利整晚没睡，”格雷丝说，“他可以早点上床睡觉，而不是让他一路开车去伊甸山庄。”

“哈尔斯顿街……”

她用斩击的手势打断了我的抗议，“迈尔斯，我做不到。我不能相信他，请别让我这么做。”

她不能相信崔斯坦？我无法对这种讽刺进行评论。“我相信他。他从来没有给我不信任的理由。”我说。

“你在暗示什么？”

“你把我的事告诉父亲了。”

她畏缩了一下，好像我掴了她一个耳光似的。她看向别处。“他问过我。他其实已经知道了，迈尔斯。他一直都知道，但他从来没有告诉我，然后他问我你过得是否快乐。他一直都知道的。”

“你有没有陷害我？”

“不！我没有。我发誓，迈尔斯。”

“他已经恢复了一部分，你打算作何解释？你以为他不会察觉到吗？”

“我——”

我抓住她的手。她的心跳比平时更快，呼吸很浅，肾上腺素在她的血液中游走。由于争论的压力，一切都变得更加紧张了。“你要把我的事告诉他吗？”

“是的！”

坦白过后，她紧绷的肌肉放松了下来，“从那以后，我就知道我不能替你保密了。我要让他明白，我已经发誓不与你缔结羁绊。我需要你的同意和信任。我想告诉他，但他不听。我从没想过他会那样对你，迈尔斯。我发誓。”

告诉我这些后，我能感觉到她的释然，就像那种感觉在我自己体内流淌着一样，“好吧。”

她垂头丧气。

“还有一件事，”我说，“你认识尼克·埃利奥特吗？”

她眨了眨眼睛，“谁？”

她的心脏依旧缓慢地跳动着，她可以自由呼吸，不过脸上充满了疑惑的神情。她甚至不知道我说的是谁。

那就只剩下父亲了，还有发生在士兵身上的事。尼克说过，他们需要灵魂。灵魂是什么？

崔斯坦寻找的灵魂。

谁需要他们？

“迈尔斯，尼克·埃利奥特是谁？”

“别管了。”我说。

“他很重要吗?”

“他对我来说很重要,”我说,“我只是想知道。”

“你是不是在生我的气,因为我告诉了父亲?”

“是的。”

“他已经知道了,但我本可以试着撒谎的。”

“格雷丝,你我都知道如果你想对他撒谎会发生什么。如果他让你觉得自己像他靴子底下的虫子后,他迟早会知道真相的——”

“我还没告诉他你和半神国人的事。他也没有理由问。但他想知道你睡在哪里,如果不住在寡居屋的话。”

见鬼了。经过这么长时间,她很清楚如何操纵我。我叹了口气,把头靠在软垫靠背上,“很好。”

格雷丝微笑着,看起来松了一口气,“我已经让人清洗过了,但炉管裂开了。你该进屋吃早饭了。”

“我想你应该有我可以穿去上班的衣服吧?”

“当然,”格雷丝说,“我已经安排好一切了。”

寡居屋散发着马鞭草和油皂的气味。墙面上满是石膏和油漆,柔和的蓝色镶着白色和镀金边框。古色古香的家具上有我曾祖父那个年代的雕刻,床架布满了大量深色的木雕,式样奇特。床垫、床单和枕头都是新的,用薰衣草和玫瑰香水处理过,以助睡眠。

我倒头就睡。

一个我不认识的仆人用一杯巧克力饮料叫醒了我，给我送来了衣服。西装裁剪成了黑色、木炭和烟灰色，配以手工削肩，闪耀着羊毛丝织物的光泽。细小的针线缝制出最时髦的棉质衬衫圆领，织锦领带手感丝滑，用料厚实。一双闪闪发光的黑皮鞋搁在鞋架上。

我又回到了奢华的怀抱，周围都是华丽的服饰，还有富绅早上梳妆打扮用的生活用品。

这一切都是格雷丝早就计划好的。

“烟色的法兰绒，”我说，“天蓝色的领带。”

这是为了诱惑我。

“你是我父亲的贴身男仆吗?”我问。

“二号男仆，先生。”

“你叫什么名字?”

“我叫威廉，先生。”

我靠在一把皮革美容椅上，让他给我刮脸，我打了个盹。

随着诱惑的消逝，我不能指责格雷丝的选择。我已经很多年没有过这样舒适的生活了。另一个人从寡居屋出来，沿着小路走到早餐室的玻璃门前。

这是我的热咖啡，照例没有加牛奶。我最爱的撒着粉色食糖的橙子，双层奶油草莓，粉红色的腌猪肉和塞着炒鸡蛋的温热黄金面包卷。仿佛又回到了童年，只是我没有在盘子左边打开一本书，吃东西的同时津津有味地阅读。

早餐室外的走廊里有什么东西在吱吱作响。我放下勺子，注视着那扇门，告诉自己不要把通向地面的玻璃门闩上。可能是格雷丝。

吱吱声又响了起来，早餐室的门一打开，我就说出了那声音：一个没有上油的轮子。

雷恩先生还是管家。格雷丝可能比他矮一些，但只是矮了一英寸，和我一起长大的瘦高个儿现在驼背了。他把我父亲推到没有椅子的首座上。我在一张可容纳二十人的桌子中间坐了下来。然后又起身，把餐巾放在盘子上。我要去医院吃饭。

“儿子，你当医生是对的。”

我生硬地向他鞠了一躬，“谢谢您这么说，先生。”

“你要是觉得我不同意你当医生的话也没错。我是个傻瓜。”

什么？

“我相信你应该得到一个解释。坐下吧。”

我简直不敢相信自己的耳朵。我对了？父亲错了？外面下大雨了吗？

雷恩先生给我热了咖啡，在我手边留了一份《先驱报》。他还记得。我放下报纸，喝着咖啡，等待着。

“次巫被忽视了，”父亲说，“他们的天赋没有得到训练，因为他们的天赋不是最合适的，但不管怎么说也是魔法。”

我没有转身看向窗外，“你的态度变化挺大嘛。”

“你敢蔑视我。”他笑了，露出了整齐的人工假门牙。他的勺头落在一个煮鸡蛋顶端上，把鸡蛋打碎了，“我不敢相信你做到了。但有件事让我没有把你拖回来。我知道你在哪儿。”

我眨了眨眼睛，好像格雷丝还没有告诉我，“你一直都知道？你故意把我留在那儿？”

他点了点头，“我以为你会自己回来。没钱的时候，生活是很艰难的。住在一个单间，吃螃蟹，我以为你的新奇感会慢慢消失。”

“可我没有。”

“确实没有。虽然每个人都说你的天赋一文不值，你还充分利用了你的天赋。你有力量，我的孩子。力量和勇气，我花了很多年才发现。”

我想掐自己一把。我的指尖在桌布上划过，勾勒出一只扇尾鸟的轮廓，父亲则告诉我他是如何关注我的职业生涯的。他列举了我的成就，他读过我发表过的所有论文。

他表扬了我。但他强迫我同意缔结羁绊，尽管所有的隐巫者都会因为尼克·埃利奥特说出他们的秘密而感到尴尬，但不管尼克写了什么关于巫师和精神疗养院的东西，父亲都会责怪他。

我父亲会为了保密而杀人。

“你是什么时候改变了对次巫的看法?”我喝了一口咖啡，咬了一口凉了的蛋卷。

“在你来之前，我下不了床的时候。”

啊。“我没能治好你。”

“但我有更多的时间了。我们可以守住隐巫者主音的位置。我已经好几个星期没在电台露面了。格雷丝不会介意我旁听他们的决定，让他们看看你的归来给他们带来了什么。”

我查了一下《先驱报》晨报上的日期。**代表团将签署投降书**，标题是这样的。它应该说，**世界颠倒了**。“我的恢复是一大优势。”

“迈尔斯，你的治愈术是拯救这个家庭的关键。如果我当初没有看走眼，注意到你的潜力的话……”

“你同意格雷丝的意见吗？你认为次巫应该发挥自己的天赋吗？”

父亲把煮熟的蛋白和溏心蛋黄舀到吐司上，“太浪费了。他们认为次巫不过是为我们提供原始能量，实际上大有用处。”

确实有用。我所有迷惘的、轻率的希望都在这个词的刺激下爆发了。我有利用价值。

我明明更清楚这一点。为什么会忘记呢？

我站起来，把餐巾纸丢在花边桌布上，“我听到马车的声音了，我该去上班了。”

“当然，”父亲说，“今晚的仪式过后，你会筋疲力尽的。格雷丝打开了寡居屋的门。住得舒服吗？”

“睡在钱堆里能不舒服吗。”

“这里已经有一百年没有重新装修过了。”

“还保护得很好嘛。”

“它可以是你的。”

从来没有。“我有住处，爸爸。但还是谢谢你。早餐吃得很愉快。”有用的。我只是一个工具，不是一个儿子。

我不能再遗忘了。

第二十一章 延期

尽管博勒加德退伍军人医院就在街道对面，但其实可能远在八英里之外。我跳下马车，让马车夫先回去，然后汇入了稀稀拉拉的人群，大家都围着一个戴着白色手套的警员，他双手示意禁止我们通过。

“那个，我是博勒加德退伍军人医院的医生。医院就在那里。”我从警察的肩膀上方指了指。他的喉咙因感染而刺痛着，我向后退了一点。

“我明白，但你得先等队伍过去。”他对其他自以为值得破例的人也说过这句话，这些人要么紧咬着牙等待，要么昂首阔步地走另一条路。

如果我继续往前呢？那儿没有绳子。我可以冲过去，不会造成伤害——

“任何试图穿越的人，都会被控以妨碍外交官的罪名。”这名警察说。

我往后退了一步，“这是外交游行？”

“兰尼尔人来了，”警察说，“来签署投降书，宣誓效忠于女王。我们现在是一个帝国了。”

说最后这一句时，他扬起了下巴。

笛声和鼓声在街上回荡着。我和其他人一起转过头去，我嗅到了一丝夹在风中的月桂树燃烧味。蓝色的游行队伍星星点点地沿着国王大道移动着，在前面击鼓前进的节奏慢如葬礼的步伐。

我想是吧。我看着，当穿着蓝色衣服的人群走近时，我试着眨掉眼睛里的斑点。我看到的不是斑点，而是在音乐家头上盘旋的巫师之印。

前面的人穿着浅蓝色长袍，裙摆在脚踝处盘旋，他们缓缓前行。笛手们演奏了一支乐曲，抑制住泪水和强烈的哀恸，这使我后背发抖。从黎明到中午，从黄昏到夜晚，长袍变得越来越暗。他们是天空祭司，兰尼尔人的主要精神信仰，他们个个都是巫师。

他们看了我一眼，如果我和他们有目光接触，他们就会把注意力转回前方的道路上。他们也能看到。他们是否也能看到一些旁观者身上干涸的血云？我抑制住惊讶的叫喊，反复查看。

没有一个祭司有感染的情况。

也许他们都不曾在战斗现场附近。不应该有一些人在吗？代表们走在穿着镶红边的白袍祭司队伍中间。他们脸上都没有兰尼尔上流人士化的妆容，平时华丽的辫子散落在脚踝处随风飘扬，也没有一个人受到感染。

五十人虽然算不上什么统计样本，但却让我很烦恼。既然感染已经蔓延到这么多归国士兵身上，他们怎么会一个都没有感染呢？

免疫力。对当地疾病的适应性。可能有一百种原因。如果我能在兰尼尔人身上做测试——假设存在那种情况。我看着那些带有巫师之印的祭司，他们因失败而垂头丧气，头脑中没有感染的痕迹。

是什么在保护他们？

他们在哀鸣的笛声和丧钟的鼓声中行进，月桂树的烟雾从各个香炉中喷涌而出，空气都变得圣洁了。他们会一路走到宫殿，在王座前停下，跪下来。这是再一次的羞辱，好像他们经历的死亡还不够。经过仪式性的监禁后，他们会签署投降书，成为艾兰国的臣子，彻底宣告失败。

即使他们做了那样的事，我还是会为他们感到难过。这是一场可怕的战争，但他们的武器从一开始就处于劣势。那场战斗从来都不是公平的。绝望的人会做出疯狂的行为。

这是我最接近原谅他们的时候了。

一位祭司转过头来，打量着站在那里嘀咕的人群。与我对视时，她的嘴角掠过一丝不怀好意的微笑。

她又看了我一会儿，然后转过身去，不把我放在心上。这不是一个被彻底羞辱的人应有的姿态。

那眼神很狡猾，有点自鸣得意，了解一些我不知道的事情。其他祭司在吹笛子和挥动焚香的时候还时不时地东张西望。我尝试顺着他们的目光，想知道他们在看谁。

士兵。他们脱掉了军装，有的剃掉了胡子，所有人都被感染了，头脑里蒙上了一层感染的阴影。

复仇出现在我的脑海时，冰冷的恐惧感在我的内心深处颤抖着。

游行队伍一过，警察就给沿街的人放行了。我转过身去看旁边的警察。他招了招手，点头示意我们可以通行。那些等待的人们要么穿过街道，要么骑上自行车，忙着自己的事情。

我跑到了医院。我一步两个台阶地爬上通往办公室的楼梯。这不是感染，是疾病。

也是报复。

走到楼梯间，虽有人从我身边经过，但没有一个向我问好。一名护士看到我之后，先在楼梯口停了下来，然后又退回二楼，尽管我知道她是一名精神康复工作人员。

她是在躲着我吗？

这个想法很荒谬。

我绕过第三层楼梯，罗宾从楼梯的座位上站起来，眼睛瞪得大大的。

“迈尔斯。”她张开手，楼梯在我脚下摇晃着。

她递给我一支卷烟。

我有点喘不上气。

爬楼梯的脚步声传来，医院的一个侍者喘着气。“你是罗宾护士吗？他们在找你。我已经快把医院找遍了。”然后他看见了我，眼睛转了一圈。然后往后退，显然是害怕了。怕我。

她站起身来。“我马上就到。胆囊，”她说，“一个小手术。我希望能及时出来见你。”

那位侍者飞快地投来惊恐的目光。“对不起，请不要生气，但他们需要罗宾护士。”

我从她手里接过香烟，塞进了胸前的口袋，“发生了什么事？为什么每个人都吓得魂飞魄散的？”

话音刚落，我自己就知道了。

那位侍者惊恐地从楼梯狂奔下去。

罗宾看我的眼神中透露着担忧。“一切都会解决的。”她说完便转身离开，留下我盯着她的背影看。

这不可能发生。至少不是现在。我终于知道我的病人出了什么问题。我爬完剩下的楼梯。我办公室的钥匙放在从崔斯坦那借的衣服旁边的口袋里，我伸手去拿时，铁和青铜制的钥匙发出了叮当声。在我办公室钥匙孔周围的小划痕中，明亮的青铜沟壑闪闪发光。门上的杠杆咔哒一声，推得比以前更深了。

在我推开门之前，我就知道会看到什么。

有人洗劫了我的办公室。我数了数理查森的《腹部外科百科全书》的卷数。八卷书都在那儿。我的水晶威士忌套装也是如此，空空如也，布满灰尘，没有被人动过。我的文件柜被掏空了。散落的纸铺在地板上，文件和记录被皮底鞋践踏过。最让我崩溃的是我的桌子被破坏了，每个锁着的抽屉都被打开了。

我的东西被扔回了抽屉里，乱糟糟的。我的银质钢笔在里面。我想修补的手表表面有一条裂缝，但还在抽屉里。

我打开了上锁的抽屉。

那本日记本已经不见了，上面详细记录了我所知道的感染情况。

也许就在这儿，在文件下面。我拿起文件，摸索着寻找日记本，但运气不佳。薄薄的转印纸虽然已经被干涸的绿墨水粘在桌子上，但还是在我的手指下噼啪作响，我知道那是我的失物招领单，上面详细记录了我医疗包里的东西。

我把纸从记事本上清理开。

那把白柄刀不见了。

钟摆也不见了，是从我放在抽屉的角落里拿走的。白柄刀，钟摆，详细记录杰拉尔德·格兰姆斯和比尔·福克斯病情的杂志……

克罗斯比。肯定是他干的。

马西森医生站在敞开的门口。她用敏锐的目光打量着我精致的衣裳。

“辛格医生。”

还好是辛格医生，不是迈尔斯。“马西森医生。”

“去我办公室吧，我想和你谈谈。”

巫术的工具我可以解释，但那本日记呢？我能说些什么呢？我该怎么办？

我能做的只有抬起头来，接受她的提议。

“好主意。我还担心我的办公室太乱了。”

马西森医生没有笑。她转过身，让我跟着她。下楼的时候，她没有回头看我，也没有跟我说话，大步流星地走进她的办公室。

“把门关上，坐下吧。”

钟摆、白柄刀和书是马西森医生的记事本上唯一的物件。

“克罗斯比医生昨天从一个新来的病人那里知道一些传闻后，

闯进了你的办公室，”马西森医生说，“你认识一个叫詹姆斯·沃尔夫的人吗？”

我在流动医院的最后一天救了他的命，治了他的腿。我累得连脚都抬不起来。太累了，我都没听见他们来。

“我有个病人叫这个名字。”

“他说你用魔法治好了他，还偷走了他的灵魂作为报酬。”

马西森医生天花板的一角都被水渍弄脏了。她在墙上栽了一株四处蔓延的植物，而没有去修理墙角。

马西森医生点点头，“这很荒唐，我也同意。但这促使克罗斯比医生找到了这些东西。”

我等待着。

“克罗斯比已经被停职，在等待董事会的审查，”她说，“你也是。”

“马西森医生？”

“我也没办法，只能让你俩停职。但我想知道这些是什么。”

“一把开信刀。”我说。

“当然。可克罗斯比说这是一把用来收集魔法物品的银刃刀。”

“刀刃是银的，”我说，“但这是一把开信刀。链子上的那个硬物是钟摆。我用来作为催眠的视觉焦点，帮助病人控制疼痛和睡眠。”

“迈尔斯，我读过这本书。里面的措辞很有意思。”

“我用病人的语言来描述他们认为潜藏在自己内心的东西。”

这就是我的弱点。我把看到的东西写了出来，融合了我的魔法视觉和医学知识。但这样写毫无意义，没有临床价值，科学上也讲不通。

“故事有自身流传的方式，”马西森说，“对巫术的指控已经传遍了你的病房，没有人可以阻止。很多医生都看过沃尔夫先生手术后的伤疤。我也看过了。”

“我猜已经传遍了。”

“太令人惊讶了，”马西森医生说，“在你有机会完成一半之前，他就应该死了。但他还活着，还能走路。他告诉了所有想听的人，你是个巫师。”

“而且他们还信了。”

“我们可以解决这个问题，”马西森医生靠在桌子上。

“怎么解决?”

“接受检查，我们就可以摒除这个问题。”

哦。

她指的是巫术检查。他们会把那些疑似懂巫术的病人关在一个内衬有黄铜的房间，然后审问他们，并在交叉审讯中给他们使绊子。我知道该怎么回答。我可以答得出来。

但我受不了那么多黄铜。即使是携带着以太的黄铜线也足以令人大发雷霆，就像一只你无法从头上甩开的苍蝇一样。巫师们请求从检查室中得到释放。还在医学院读书的时候，从踏进检查室的那一刻起，我就开始讨厌它了。

黄铜才是真正的考验。有些人可能会声称自己整天在风中唱歌，整天跟死人说话，但如果没有被墙上的黄铜搞垮，他们就只是被忽悠了而已。

马西森医生打破了沉默，“你通过检查后，克罗斯比医生就会被解雇。就一天而已。你今天就可以去金斯顿精神疗养院，周中就可以回来巡视。”

我绝不会在检查室里待上一整天。

一切都结束了。我被毁了。如果不照马西森医生说的做，我就不能否认这些谣言。就在我的病人最需要我的时候，我的名誉一文不值。

除非我能用财富和权力把事情推到一边去。

我靠在椅背上，用手指敲击着椅子扶手，“我想你最好把我停职。我会在董事会听证会上请一名辩护律师。”

一丝绝望掠过她的脸庞，她脖子上青筋凸起，“要想平息克罗斯比医生的指控，这是最简单的办法。证明你不是巫师，迈尔斯，他就再也不能这么做了。”

“我做不到。太荒唐了。”我皱起眉头，撅起下巴，让马西森医生见到她已经预料到的愤怒，“我要雇个律师。”

“你为什么不参加测试，迈尔斯？”

“我今晚和我妹妹有个社交活动。”

“你不做检查，是因为你要和格——爵士出去。”

她捂住了自己的嘴。

现在轮到我向她靠近，“你已经知道了。”

“你们长得很像。眼睛一模一样。”

“这么说，你只是运气好猜对的？”我摇了摇头，“我的午餐会邀请函。我身份卑微，不可能受到邀请，但你还是坚持要我去。为什么？”

马西森医生紧盯着我的目光，“你在《神经》上发表的关于战斗神经症的论文，受到一位著名慈善家的极大赞赏。”

没有人会为了消遣而读医学杂志。我把这些点串联起来：马西森把我的成就告诉了父亲，然后父亲想出了一个计划，把我和格雷丝安排在一起。“告诉我，是谁想邀请我，把我介绍给格雷丝爵士。”

“克里斯托弗·汉斯莱爵士，”她说道，“你父亲，我现在明白了。”

她暗中监视我。作为父亲，他一直好奇我获得自由后会做些什么。“他给了你什么？升职？”我问。

马西森医生的眼睛瞬间瞪大了，“赞助。”

我不应在意自己的侮辱，“这就是他想要的吗？只是请我吃顿午餐？”

“他想知道你过得怎样。”

“你认为他听到我被指控使用了巫术会高兴吗？你不但不解雇我的指控者来支持我，反而要我接受检查？”

“这将消除一切疑虑——”

“你没有足够的权力把它抹去。”

一阵爆发性的叹息后，她的肩膀瘪了下来。她低下头，“我当然没有。我现在还不是医学主任，我要成为首席法师才有资格担任这个职位。”

“支持我一下吧，马蒂。建议开除克罗斯比医生，我找律师的时候请支持我，我会帮你的。如果——”

她抬起头，双唇微张，眉毛高高扬起，“如果？”

“上个星期去吃午餐前，你是不是下令把尸体都搬走了？”

她把目光移向别处。

“果然，”我说，“你怎么可以这样呢？他被谋杀了。”

“他说你不需要分心。”

“但是为了破坏尼克·埃利奥特接受警方调查的机会——”

“他要把桌上的钱拿走。”马西森医生握紧拳头，直到指关节发白，“我没办法——你知道我们有多需要钱吗？即使有补贴，以太要花多少钱？”

“这是谋杀，埃莉诺！你妨碍了正义！”

“这是为了我和你的未来！”她说，“还有医院的未来！你知道我们今年收到了多少捐款吗？”

“至少有五千块，”我说，“尼克·埃利奥特却为此付出了生命的代价！”

“真凶可能永远都找不到。我可以理解。但你连嫌疑犯都没找到，你只听到他是被毒害的口头保证而已。”

“因为你销毁了尸体。而且还为了一个赞助人，睁一只眼闭一只眼。”

“如果没有赞助人，成千上万退伍军人的医疗保障就会越来越少。”她把松散的卷发从紧蹙的额头上拨开，“我们一直尝试在手指上敷药来止住动脉出血。”

“就这么让凶手逍遥法外？就因为我出去抽了支烟？埃莉诺。要是下次我父亲想清除掉让我工作分心的人，会发生什么？”

我父亲想要什么，都可以。我不会放过这个机会的。尼克知道了关于精神疗养院和巫师的秘密，父亲不想告诉他。父亲知道我一直在这里工作，甚至不一定是尼克死在我怀里的事实促使他下令销毁了尸体。也许是他运气不好，尼克找到了我。

“你觉得呢，迈尔斯?”她看起来疲惫不堪。疲惫而消沉——肩负着与父亲交易的真正压力，“我只能那么做。”

“如果我离开医院，或者被解雇，你就会失去你的钱。”

“一切都取决于你能否留在医院。”

“我知道，我很抱歉克罗斯比医生把这一切都破坏了。”

“如果你的辩护人不能说服他们——”

我点了点头，“我不想离开。”

“但如果董事会不相信——”

“我知道。”我不能在这里坐一上午，也不能就这么溜走。我得去精神康复中心，“我想跟我的病人解释一下。”

“你不能这样做。”她摇了摇头，“你被停职了。”

“他们有权从我这里得到解释。”

“你还有可能是在操纵你的病人，把他们当作你复职斗争的棋子。对不起，迈尔斯。我不能让你这样做。”

“就几分钟。”

“如果有必要的话，我会让警卫护送你出去。安静地离开吧，迈尔斯。我是认真的。”

我的每个病人都是一个嘀答作响的时钟。退伍军人分散在全国各地，回家后他们的家人将成为攻击对象。我不能阻止他们回家，但我可以保证我的病人的安全，保护我的病房，和每一个在那里工作的人。

“好吧，”我撒了个谎，“让我先收集一些东西。”

我被停职了。我没有特权，不能诊治，也不能见我的病人。我必须走下这些楼梯，然后出门。

该死的。

我穿过大厅，沿着走廊走到精神康复中心，途经女更衣室。罗宾出现了，穿着一件水漂过的灰色棉衣。“迈尔斯。”

“罗宾。我得走了。”

她抓住我的胳膊，“别听他们说的那些蠢话。我希望我能做点什么——我很抱歉发生了这些。比尔的事我也很抱歉。你一定很担心他。”

比尔？“你什么意思？”

她沮丧地把头往后一仰，“马蒂从没告诉过你。她当然不会。如果她说了，你绝不会悄悄地离开。”

“比尔怎么了？”

“他的急性应激反应发作了。他在一个安全的房间里。很严重。”

我用手抓住她的肩膀，“有多严重？”

“他袭击了克罗斯比医生。这是整个混乱的开始。他还在用兰尼尔语大骂你是个巫师。而新来的病人告诉了大家，你是如何在他的腿上施魔法的——”

“哪个安全室？”

“他在B室。我去看过他。他们给他打了镇静剂——迈尔斯！等等！”

我没理她，跑开了。

病房有一部分灯光闪烁不定。我跑进空荡荡的走廊，在B号安全室前刹住脚步。一扇沉重的门打开了，门上有一个与眼睛平齐的窥孔。

比尔躺在里面，裹着厚厚的帆布保护装置。你从镇静剂中醒来后，要不是还疯狂地不讲理，准备对自己施暴，他们也不会用这些东西。但更糟糕的是，感染会一直蔓延到手指和脚趾。

我拉开了门。地板和墙壁上有羊毛衬垫和汗液的味道，还有——有人没有及时带他上厕所，或者他是故意这么做的。

我走了进去，地板在我的鞋子下沉了下去。“比尔。我一听到消息就来了。你没事吧?”我说。

“巫师。”

带着一丝极为丑陋的兰尼尔人的味道，他嘴里吐出了那个词。

我站在原地，向他展示空空的双手，“他们把你关在这个房间是为了保证你的安全，因为你有暴力倾向。你现在还想伤害别人吗?”

“我要杀了你。我们要把你们都宰了。”

“所以你还是很暴力，”我本想用兰尼尔语回答，但我还是换成了艾兰语，“我们来聊聊是什么让你这么生气。”

“不要说鸟语，你这个杀人凶手。”

我眨了眨眼，但还是继续说下去，“你为什么不想用艾兰语跟我说话？”

“闭嘴。”

“回答我。”

“肮脏的艾兰人。嗜杀的巫师，死灵法师。你就该死。”

那是什么？我应该在闯进来之前看一下图表的。“为什么？”

他没有回答。我又用兰尼尔语试了一次，“为什么？”

“因为你很邪恶。你这个杀人凶手，灵魂吞噬者。你的行为必须被阻止。”

“你要阻止我们。”

这是——我不知道这是谁。肯定不是比尔，比尔可不是这样的，仿佛有另一个人在操纵着比尔的身体，在跟他说话。我必须做点什么。

我能操纵这个咒语吗？我已经把杰拉尔德的照片揉成一团。我跪在比尔身边。他想咬我，但我把手放在他的前额上。他猛烈地扭动着身体，咬着下巴，但我的注意力集中在遍布他全身，一直传到他脚趾的咒语上。

走廊里回荡着奔跑的脚步声，但我没有理会。

我无法打破咒语。我在帮老杰拉尔德的时候曾把咒语折服。咒语的边缘反抗着我，比尔挣扎着，试图摆脱我的触控。

“迈尔斯，”马西森医生说，“你被停职了。”

“就一会儿。”

我抓住了其中一个边缘。它想要挣脱开来。我往后退，它从比尔的身体内升到了空中。我不停地拉，一点一点地，就像从病人的肠子里拉出一条绦虫一样。像个寄生虫，但它……

“迈尔斯。我命令你，离病人远点。”

我没有理会马蒂，陷入了沉思。这是一个灵魂，是一份财产。

我用力拉，把它从比尔的身体里拖出来。比尔在愤怒和痛苦中尖叫着。他抽搐着咬住自己的舌头，呼吸急促，血像雾一样喷出来。

它一下子就松开了，从我的手里扯了出来，然后——跑到了东边。在它消失前的那几分之一秒里，又向东移动了，我能看见它。

有人双手抓住我的腋下，把我拖走了。比尔不断咳嗽，挣扎着。他的头发被汗水打湿了，贴在前额上。

“医生?”他问道，又咳嗽了一声，“医生，发生了什么事?”

我定住双脚，挣脱了把我拖出来的勤务兵。

比尔害怕得声音沙哑了，“我为什么会在这里，发生了什么事?”

马西森医生的背僵硬得像块木板。她转过身来看着我，脸色白得像纸一样。

比尔气疯了。我触控了他，他恢复了理智。

她向后退了一步，让我够不着。

“埃莉诺。”

“什么也别说了，迈尔斯。去找你的辩护人吧，没找到就不要回来。护送他出去。”她说完就转身走了，匆匆走进安全室，跪在比尔身边。

勤务兵把我拖走了。我必须回去！我必须明白我做了什么。

我使劲拉扯，想挣脱他的手。

“走吧，辛格医生。”

“我必须回去。”

“马西森医生让我护送你出去。安静点，否则警察会介入的。”

如果警察听到关于我的一丁点传闻，就会立马把我送进金斯顿精神疗养院。谣言会传得更广。

我放弃挣扎，跟他走了。我释放了比尔。我帮不了别人，但我可以对老杰拉尔德再试一次。

第二十二章 特劳特街东3125号

坐了三十分钟的火车，我向北步行到特劳特街的一个地方。3125号是一栋刷着黄色漆的窄小房子，跷起两层楼高，四周都是花园。老杰拉尔德的房子可能需要粉刷，但那整洁漂亮的小院子要归功于他的手艺。

我站在前门，敲了三次门。门廊上还挂着屏风，这些家具适合陪伴在霜夜前最后几天的阳光下。他们明天就会装上百叶窗，如果买得起的话，也可以装上双层玻璃。

我透过花边窗帘窥探着里面的动静。没有人来。我不可能白跑这么远。应该有人在的。玛丽至少应该在家。

难道她去购物了？他们的小花园里不可能什么都种，而且杰拉尔德不在的时候，她也没有人帮忙打理。我在路上经过一家斯旺森食品杂货店——去找她有什么好处吗？

也许那里有一间外屋，一个棚子。一个用回收的窗户做成的小温室，可以在秋末春初为娇嫩的植物提供庇护。我绕过房子，小心翼翼地踩在狭窄的平滑石板路上，路就铺在房子和篱笆之间，这里甚至也建有花园。南瓜在地上游荡；啤酒花在房子的一侧生长。

沿着水果墙建有一个温室，但里面是空的。一只手套丢弃在草地上，一个篮子在后花园的小路上洒落一地，里面装着切好的草药和晚熟的蔬菜，仿佛有人匆匆离开了花园。新鲜的泥土上有左脚的印迹，但没有右脚的。

小杰拉尔德曾来过这里，然后又进了屋。我顺着后面的台阶走进了屏风房，在炎炎夏日，这里可以给家人提供一个舒适和隐秘的地方。我嗅到了血液的刺鼻气味。太多的血。小杰拉尔德受伤了吗？我不这么认为。没有血迹通往房子里，那是来自于——

不，不。

在里面。

我拉开屋里的纱门。厨房的门半开着，发出一股恶臭，哦，太难闻了。味道十分刺鼻，有腐烂的气息。出事了。

我把门推开。小杰拉尔德躺在地板上，眼睛睁得大大的。他的血液在身下聚集起来，闪烁着湿润浓稠的光芒，但边缘却很黑。我抬起他的手腕，摸了摸他蜡黄的脸。他的身体正在逐渐冷却。

很明显，一个女人的腿横在隔壁房间里，一只鞋不见了，袜子底部有一个裂口。是玛丽吗？

我避开小杰拉尔德的血迹。

玛丽。她的血浸透了餐厅下面的破旧地毯，双手上的伤口明显是因防御而划破的。

《星报》会管这叫什么？血洗？

恶心的感觉聚集在我的胃里，虽然我见过更严重的死亡，更惨烈的伤痛，知道血液干涸后的腐肉味。我蹲下身子，抓起她的手，压在她手腕上最安静的地方。

这是我的感染和金斯顿的国内谋杀之间的联系。这是我自找的，因为我不希望这种联系是真实的。现在我知道成千上万的人都有这种寄生的灵魂，他是真实存在的，而不是人为的捏造，用以否认令人发指的战争行为。我没有告诉任何人，一直保守着我珍贵的秘密，直到现在为时已晚。

这些死亡都是我的错。其他人的死也是，但这些人与我干系重大。我把玛丽·格兰姆斯的头发从脸上抹去，然后骂了一句。我在破坏犯罪现场，到处都留下了我的脚印和指纹，我还乱摸了格兰姆斯太太的头发——我很清楚。

我穿过餐厅走进前厅时，地板吱吱作响。

上面的吱吱声回应了我。然后又是一声。沉重的脚步声穿过二楼。一只靴子重重地踏在笔直而狭窄的楼梯上，发出空洞的响声。老杰拉尔德跳了下来，蹲在地上。

他拿着一把血淋淋的刀向我走来，他手里反持着刀刃。我拿起一把客厅里的椅子，一边摇晃一边瞄准他的脸。

他躲开了，向我的双腿扑来。我向后一跃，落在了玛丽的手臂上。为了站稳脚跟，我把椅子弄倒了——要是摔倒，我就死定了。

椅子砰的一声倒在老杰拉尔德的头上，可惜没有更重一点。他紧握着刀，费劲地想把椅子推开。

我慌忙向后退去，鞋子上沾满了小杰拉尔德的血。我无法在刀战中干掉一个兰尼尔人。我需要一把刀或一把剑之类的东西。

我发现了一个拖把，我一把抓住，把拖把顶部挥向老杰拉尔德的脸。沾满水的绳子让他失去了平衡。

我的心怦怦直跳。我只有一次机会。

我冲过去，把他推到餐桌上。我摸索着找到他那只空着的手，使出了浑身的力气紧紧抓住。

当我封住他的气管时，他感觉有点窒息，拿刀的手臂疯狂地摆动着。

我进入他的脑海，“沉睡吧。”

刀子滚落在地上。

我松开他的喉咙。老杰拉尔德的口鼻在颤抖着呼吸，而我则将他体内干涸的血魂剥离出来，拉走了。

我已经想好了剥离杰拉尔德入侵者的诀窍，但灵魂又像被吸走了一样，从我的手中抽走了。再一次向东飘去。

我调整了重心，停了下来，因为我的脚碰到了什么东西。我低头一看。

我踩到了玛丽·格兰姆斯的头发。

我踉踉跄跄地往后退，差点被拖把绊倒。杰拉尔德躺在桌子上，双腿悬空，双臂张开。他轻轻地打着鼾。

我还不能叫醒他。我轻轻地碰了碰他的手，让他睡得更深，我蹑手蹑脚地从他和他妻子的尸体旁走过，爬上楼梯，来到楼上的卧室。

一定要在学校。一定要在学校。

杰拉尔德和玛丽的卧室在前面，一张编织的床罩铺在床上，足够两个人睡，还有一些带有针线装饰的小枕头，写字台的顶部挤得很紧。床罩的一角被翻了起来，所有的抽屉都打开了。

他曾一直在这里寻找。我从房间里走了出来，转向第一扇关着的门。

我推下门杆，打开一个小房间，窗下有一张窄小的床，我的胃里一阵翻腾。

房间里空空如也，只有一个军用包，靠在梳妆台旁边的墙上。这是小杰拉尔德的房间。我继续往前走。

老杰拉尔德有两个儿子，杰米和山姆。他们一定住在后面的同一个房间，门关得紧紧的。门前的地板发出咯吱咯吱的响声，一块鲜艳的牌子上涂着他俩的名字。

我闭上眼，推开了门。

老天保佑。

对面的墙上有两张床。中间的编织地毯上散落着一个男孩的玩具。球和音乐曲柄盒，高尾马和士兵，都是木制的，颜色鲜亮而且一尘不染。

很干净。

我跪在了地上。

楼下传来一阵撞击声，惊讶的尖叫声变成了惊恐的哭喊声。

“玛丽?”

杰拉尔德醒了。

我冲下楼去。

杰拉尔德把玛丽抱在怀里。他摇晃着她的尸体，埋在她的头发里抽泣。他想把头发从她脸上抹去，不让她的头往后摇晃，不让她的喉咙裂开。

“杰拉尔德。”

“走开。”

“杰拉尔德，我是辛格医生。”

“你走吧。”

“你还记得什么吗？”

“别管我。”

我走近了些。“你还记得——”

“我把她杀了。我把她杀了。”

“是*他*杀了她。”

“是谁已经不重要了。”老杰拉尔德说，“她死了。”

“我得叫警察来。”

“叫他们来吧。我才不在乎。”

“杰拉尔德。杰米和山姆不在这里。你的孩子还活着。”

他好像没有听见我的话。

我想找一部电话。他们很富有，完全买得起。我拿起了听筒。

“报纸上提到了这里！”一个女人惊呼道，“这就是为什么所有的专栏都是重复的原因。他被谋杀了！哦，可怜的绿拇指先生。”

“不好意思，”我打断了她，“我需要用下电话。”

“谁在那儿？”另一个女人问道。

“迈尔斯·辛格。我是医生。我现在需要报警。”

“报警！”第一个女人叫道，“快。”

他们挂断了电话，为我腾出了线路。

我站在前厅。我拖着脚走在地毯上，鲜血染红了我的外套和裤子。杰拉尔德在我身后哽咽着。电话铃响了一下又一下，一个声音接了电话。

“这里是金斯顿警局，我是格雷・芒廷。”

咔嚓一声。有人接了他们的电话。他们会听到一大堆。

“可以派警员来特劳特街东3125号吗？”我咬紧牙关，抵御着警察离我耳朵这么近的刺痛，“这里恐怕发生了两起谋杀案。”

我刚挂电话，铃声又响了。我让铃声刺耳地响着，冲回厨房取回我的包，跪在老杰拉尔德身边，“警察来了。杰拉尔德。你不记得发生了什么。你懂我意思吗？你不记得了。”我打开那个水渍斑斑的包，往里面寻找一个瓶子和一个定量杯。

“这有什么关系？”

“做这件事的时候，你已经不是你自己了。”他是不是从一个可怕的梦中醒来？难道他一直都是一个无助的看客，无法阻止自己攻击妻子和朋友？这都不重要了。杰拉尔德・格兰姆斯已经崩溃了。他身体的一部分仍然抱着格兰姆斯太太的尸体，她的四肢歪歪扭扭地伸展着。他摇晃着她的尸体，抚摸着她凌乱的头发。

鸦片酊的苦味在我鼻子底下弥漫，他一直挣扎着，“我真该被绞死。”

“不，你不应该。你没有责任。你明白我的意思吗？你精神不正常了。我会告诉他们的。我会在法庭上作证，因为这是事实。喝点这个。”

他拿起杯子喝了一口。老杰拉尔德叹了口气，“鸦片酊？”

"是的。"

"把剩下的给我，"他说，"这样我就能永远睡下去了。"

"我不能那样做，杰拉尔德。"

嗡嗡的声音越来越大。我站起来，透过花边窗帘往外看。妇女们在街上闲逛，扣好羊毛大衣的扣子，在家居服上系着鲜艳的围巾以抵御寒冷。有些人在抽烟。他们都看着那所房子，担忧地皱起了眉头。

第一个警察来的时候，他们像鸽子一样散开了，都带着担心的眼神回答他的问题。

杰拉尔德点了点头，补药已经起作用了。我放轻了手脚，他一直坐着，不过摇晃了一下。"在这儿等着。"

我打开前门。

我走出来后，迎接我的是阵阵喘息声。几个女人尖叫起来，昏倒在其他人中间。

这名警察嘴唇发白，双手紧紧握着警棍的把柄。

我眨了眨眼睛，"怎么了?"

"待在原地别动!"

"当然，"我说，"我正想请你进来。发生了什么——"

我低头一看。我手上和袖口上的血迹都干了。

"哦。"

我把手举起来，"我给你打过电话了。我是来看望我的病人的。"

"你是谁?"

"迈尔斯·辛格医生。我是博勒加德退伍军人医院的医生。

杰拉尔德·格兰姆斯是我在那家医院的病人。”

“他是个军人?”

“是的。”

他的眉毛从中间翘了起来，“他打过仗?”

“是的。”

如果说有什么变化的话，那就是警官的脸色更加苍白了。“他死了吗?”他问。

“走得很安详。”我说，“我能活着算是走运了。”

呜呜的铃声响起，声音越来越近。

“那是运尸车。”警官说。

一个女人惊恐地倒吸了一口冷气。

后援的到来鼓舞了年轻人的士气，他爬上了楼梯，“你可以把手放下来了，但不要去任何地方，我们还有问题要问你。”

其他警察跟在他后面，其中一个身上的黄铜装饰比我平时看到的巡警还要多。他是一名警官，可能是那些警察的上司，他们聚集在这里记录凶杀案这种严峻的业务。

“之前是你打的电话?”

“我是迈尔斯·辛格，杰拉尔德的医生。”

他向一名警员招手，让他过来，“告诉我发生了什么事。”

“我是来看望老杰拉尔德的，这是我让他从医院的精神康复室出院的条件之一。”

“精神康复？他疯了吗?”

我皱起眉头，“我到的时候，格兰姆斯先生正经历着现实的全面崩溃。正是在这种不理智的状态下，他杀害了自己的妻子和朋友杰拉尔德·马丁。”

“那你是怎么活下来的？”

“把他制服后，我就把他劝住了。”

他又看了我一眼，露出钦佩的神情，“靠你自己。”

“挺不容易的。”

“不过，如果他和另一个人一样，那你可真厉害。”他点头表示赞同，幅度大得足以算是一个鞠躬，“他在现实中有了这种突破性的转变时，说的是兰尼尔语吗？”

“是的。”我说，“意识到自己的所作所为后，他有点心烦意乱。我给他打了镇静剂。他有自杀倾向。”

“是什么驱使他这么做的，医生？”为什么是他们——他们的妻子和家人。

“那里发生了什么事？”

“战争。”我说。

警官摇了摇头。

还有更多的问题，我从他们那里了解到，特伦斯·皮金除了兰尼尔语之外什么都不会说，而他现在身处金斯顿精神疗养院的一间安全室里。

他们想让我告诉他们发生了什么，如何解决这个问题。但我做不到。

一个警察让我搭便车到伯德兰，他十分肯定，如果我坐火车的话，血迹斑斑的衣服会引起骚乱。我在他车的侧斗里踩着脚踏板，感到很困惑。

“他们会帮忙吗？你逮捕的人。他们会帮你把自己踩回监狱吗？”

“很多人都会，医生。甚至那些和我作对的人。你会惊讶的。有时候，被抓住也是一种解脱。”

我决定专心蹬车。

他陪我走到门口，向惊恐万分的巴斯太太解释说，我一直在协助警方办案。我冲上楼去脱掉血淋淋的衣服。我不知道能不能把血迹从我的工作服里清洗出来。我有一件备用的，比这更破旧的衣服。也只能这样了。

在回崔斯坦家的出租车上，我带了一套换洗的衣服和鞋子。他门前停着一辆长长的黑色汽车，孩子们涌了过去，虽然在很近的地方观望，但却不敢碰那弯弯曲曲的轮毂和车头上跳跃的雄鹿装饰物。

崔斯坦和格雷丝在独自酝酿着麻烦。

我跑上台阶，穿过门，侧耳倾听是否有人提高了嗓门或是争吵的迹象。

格雷丝放下茶杯，在座位上扭了扭身子，瞪着我。“你上哪儿去了？”

“没时间审问了。”

“我们都去医院找你了。”崔斯坦说，“我们听说了那个医生指控你使用巫术。”

“我还担心你被逮捕了。”格雷丝的声音在颤抖，“我来这里找你，你却不在，亨特先生也不知道你去了哪里……”

“别说了，”我说，“格雷丝，你最近有没有关注《星报》?”

“我们不看《星报》，你知道的。”

“那些谋杀案。战争归来的士兵杀害了他们家庭里的所有人。你听说过他们的事吗?”

“你昨天还在说。”崔斯坦说，“还有其他的吗?”

“我的一个病人。”我说，“我一直在研究我一些病人的问题。我以为这是一种疾病，但我错了。错得离谱……”

“所以那是什么?”

“他们被附身了。”我说，“我也不知道是怎么被附身的。但我在他们体内看到的不是感染。他们一直都是对的——他们体内还有一个人，一心想要杀人。”

格雷丝显得很困惑。崔斯坦脸色苍白，“你确定吗?”

“我见过两个病人都是这种情况。我把乌云从他们身上抽走，他们才恢复了正常。”

“一朵云。”崔斯坦靠得更近了，“像一群昆虫?”

“是的。”

格雷丝的手掌在膝盖上拍了一下，重新吸引了我的注意力，“你们俩在说什么呢?”

“我的病人——”

“——一种魔法。”崔斯坦说，“亡灵巫术。”

这句话把我吓呆了，“亡灵巫术?”

“是的。”

“你们两个在说什么？迈尔斯，这是什么咒语?”

我用手捋了捋头发，“格雷丝，你能看到人身上的魔法吗?

你能认出巫师吗？”

“可以。”格雷丝说。

“来，看看窗外。”

我们聚集在客厅的小玻璃窗前。哈尔斯顿街来往车辆很多。在下午的交通高峰期到来之前，趁着自行车流量较少，送货车布满了公路。一群孩子围住了格雷丝的车，但不敢触碰。一个男人骑进了十字路口，我朝他指了指。“看到了吗？”

“看到什么？”他们异口同声。那个人骑着一辆装满新鲜蔬菜的自行车，从视线里消失了。

“见鬼了。那有一个。还有一个！”

“我没看见——”

他的半边身子都被红褐色的泥土包裹着，“戴着圆顶礼帽，穿着绿色呢子外套。”

“那件可怕的绿色呢子外套。”格雷丝说，“我没看见——”

我抓住她的手，进入她的力量，“看。”

“迈尔斯。你怎么……”

“我跟崔斯坦学的。”崔斯坦握住了我伸出的手。我从格雷丝的力量中抽回，崔斯坦让我进入他的力量，让我给他看我视线内的东西。

他感受到了格雷丝没有体会到的温暖，眉宇间透露出焦虑，胃也紧绷着。格雷丝只觉得好奇和沮丧，直到洞察力的极大提高牢牢吸引住了她。

“迈尔斯，我还是能看到的。”格雷丝说，“还有一个。”

崔斯坦指着东边，摸了摸窗户，“还有第三个人，从服装店走出来了。”

我退了出来，又只剩下我自己，站在姐姐和朋友之间，“你还能看到吗?”

“是的。”他的声音很严肃，“就像我看到科马克一样。那些人都是和死人的灵魂拴在一起的，亡灵巫师们靠这个保持年轻。”

我知道这个故事，“用手或刀剑诱骗一个人杀死你，在你死去的时候触控他们……”

“你的灵魂附在他们身上，这样你就可以把他们的身体据为己有。迈尔斯，这就是卢卡斯的复仇。”格雷丝脸色发白，用手捂着身体，不知道是要抚慰自己翻滚的胃，还是捂住自己的嘴。

崔斯坦低声咒骂，“有多少士兵是这样的？我已经看到五个了。”

“根据我在回归日上看到的情况？我放弃了，数了数那些没有被附身的人。”

“有多少?”

“成千上万。”我说，“他们都要回家了。在艾兰各地。要是他们突然攻击——”

想到这就难受。全国各地会有更多的家庭被毁灭，成千上万本应被信任的英雄突然变成了怪物。艾兰将被摧毁。

“什么时候?”

“我不知道。”但其实我知道。兰尼尔代表团在皇家监狱里又坐了三天的仪式性监禁。“投降的人。和外交官一起来的天空祭司，他们中的一些最高级成员头上都有十几颗星星。如果他们施了咒语……”

格雷丝脸色一变，“女王有危险。”

“除非她得到保护。”

“这是……”格雷丝用一只手捂住肚子，呼吸急促，“对不起。我要……”

她微微摇晃着，挺直了身子。我起身去扶她，但她稳住了身子，离开了房间。通向卫生间的门喀嚓一声关上了，水哗啦啦地流出来。

崔斯坦双唇紧闭，“为什么兰尼尔人要施这个咒语？”

“复仇，”我说，“发起最后一次反击，给我们一记过肩摔。他们不会因为被征服而感到庆幸。”

“都是很好的理由。”崔斯坦说道，但皱起眉头看着天花板。

“还能想到别的吗？”

“没有了。”崔斯坦承认，“我正试图让这件事符合我的任务要求，但我不确定这些碎片是怎样组合在一起的。也许亚历山大——那是我在兰尼尔的同行——也许他成功了，知道灵魂的去向。”

我想起了释放比尔和杰拉尔德时看到的情景，“东边。他们往东走了。我不知道为什么，但他们去了那儿。”

厨房和崔斯坦书房之间的门滑开了。在穿过房间的路上，格雷丝在一个用来展示上乘瓷器的小橱柜前停了一下，盯着储藏在里面的书籍和其他东西，“那是头骨吗？”

“我刚到这儿时，从一个到处行骗的巫师那儿得到的。”

她点点头，转过身去，“什么……”她弯下腰，崔斯坦的记事本放在图册上，已经打开了，“你为什么在这张地图上画了一个五角召唤星印？”

崔斯坦眉头紧锁，“一个什么？”

格雷丝拿着崔斯坦的图册来到客厅，“北面、东面、东南面、西南面、西面，中间是召唤者，要合五为一。我们在季节里唱歌的时候，就是这样站在仪式上的。”

“迈尔斯告诉我，你在仪式中动用了数百人。”

格雷丝点了点头，“是的，包括边境上的次巫。一百五十六名隐巫者，还有同等数量的次巫。但能量站站长和隐巫者主音是这么站的。方位很重要。”

“那么，你能去这些地方，为你们整个国家制作一个五角星印吗？”

“只要有足够的力量，但这需要……”格雷丝抬起头来，“几千人，数万人，我也不知道能不能做到。为什么？”

崔斯坦和我对视了一眼。

格雷丝站直了，“这是怎么回事？你为什么会在这里，亨特先生？”

崔斯坦站了起来。“说来话长，最好边喝边聊。来点葡萄酒还是威士忌？”

我们喝着威士忌，舌尖冰凉，心口温暖。格雷丝懒洋洋地躺在翼背椅上，而我则靠在崔斯坦的昏睡沙发斜背上。等我们坐定后，崔斯坦解释了寻找亡魂无果的事情。艾兰没有鬼魂，但巫师引导迷失者前往绚夏福地的传统早已消逝。他告诉了格雷丝关于尼克·埃利奥特的情况，还有遇见我的经历。

“所以尼克·埃利奥特在调查这些城镇的精神疗养院。”格雷丝说，“关押巫师的精神疗养院。为什么？”

崔斯坦紧紧咬住嘴唇，“我也不知道。但五角召唤星印可以聚集力量？”

“是的，你不用它们吗？”

“半神国人对群体魔法没有兴趣。”崔斯坦戳了戳地图，“我得去拜韦尔。尼克的母亲被送到那里了。也许他想方设法见了她一面。也许她能告诉我们那些精神疗养院里发生了什么，他们让她做了什么。”

格雷丝的杯子在送到嘴边的时候停了下来，“他们让她做了什么？”

“汉斯莱小姐。”崔斯坦说，“你们的法律和实施方法把所有能找到的巫师都挖了出来，以这种特殊的模式分配到你们国家边境的各个据点。你觉得他们是被抓去编筐的吗？”

她转过头来，嘴唇发白，“你说的有道理。这么说你是打算把回来的日期推迟了？”

“我就快找到答案了。”崔斯坦回答道，“拜韦尔附近有一些石头，我可以从那里通过。我可不想再闯进皇家公园，被卫兵追着跑。”

“*再次*？”格雷丝问道。

崔斯坦摆了摆手，“去年我到你们王国的时候，发生了一个小小的误会。任何人都有可能这样。我本想为这场混乱道歉，但他们直接向我开枪了。”

格雷丝故作冷静，“你说的石头是什么意思?”

“宫殿的地面上有一圈螺旋形的石头。那是一扇门。”

格雷丝的眼珠子都快瞪出来了，“国王之石是一道门？而你们半神国人可以随时从里面蹦出来?”

“即使在稳定的土地上也不容易。”崔斯坦倒上第二杯威士忌，“我在金斯顿石头上的所作所为简直就是英雄事迹。如果我前往拜韦尔，并穿过那里的石头……”

“你打算怎么去那儿?”

“我有一个马车夫。”

“但我们得进精神疗养院。”

“我也许能把我们隐藏起来。”崔斯坦说，“如果最后遇到麻烦，我就帮不上忙了。如果把我们隐身且同时行动的话，会用掉我所有的力量。”

格雷丝坐立不安，“要不……”

“要不怎样?”

“我带你去。”格雷丝说，“我的车虽然不舒服，但比马车快多了。”

“可这样还是进不了精神疗养院。”崔斯坦说，“不过还是谢谢你。”

“我可以让咱们进去。”格雷丝说，“慈善会资助了全国的每一个乡村疗养院。我们实际上已经拥有了那些机构。”

“我们可以找到安·埃利奥特。弄清楚他们受到了何种对待。”

“疗养院是下一个线索。”崔斯坦说，“我需要带着答案回来。”

“但是这个……附身呢？”格雷丝问道，“如果附身会让士兵们杀害家人……必须要阻止他们。”

“仅仅靠我们三个是不够的。”我舔了舔嘴唇，继续说道，“我们需要隐巫者。”

“我们还需要次巫。”格雷丝的表情变得激动起来，“如果他们可以帮忙拯救艾兰的话就可以让隐巫者意识到，他们对待法师同伴的态度到底是如何阻碍了我们的进步。”

“所以你是这么看待他们的。”崔斯坦说，“不是作为工具，而是人。”

“我们都是工具，亨特先生。隐巫者只是对王室的用处更大罢了。”

“你们是人，汉斯莱小姐。特别是为你的女王服务，但还是人。你将如何告诉其他人？”

“今晚，我们在冬日里唱歌的时候。每个人都会到场。我会召集各大能量站站长，先告诉他们。迈尔斯，你需要解释一下，但你认识所有人。”

“珀西爵士会是个麻烦。”

格雷丝的嘴噘到一边，点了点头，“珀西爵士一直都是个麻烦。但其他四个人会很理智。我们今晚就和他们谈谈，明天早上再去精神疗养院。”

“你能再等一天吗，崔斯坦？”

“我必须这样做。”崔斯坦耸耸肩，“最好晚一天才有答案。如果任务完成了，艾菲女大公会收敛脾气的。”

第二十三章 黑珠与白袍

坐在格雷丝的车上，我头晕目眩，浑身起鸡皮疙瘩。车辆是以太驱动的，要想让这辆沉重的黑车在大街上行驶，所需要的有功功率让我在三十秒内就得眯着眼睛抵挡疼痛。

“你怎么受得了？”

“准备一辆马车要花好几个小时，”格雷丝说，“这景象比以太光还要糟糕，对吧？可惜已经成了遗物。”

一个精致的遗物。前面板是用昂贵的金色木头雕刻而成，暗色的结点使其更加讨人喜欢。厚实的真皮座椅上，手工雕刻着类似棕榈叶的叶子，黄铜装饰着驾驶盘周围拱形的表盘和仪表。

只有最富有的人才能负担得起这样的奇物，而他们大多数人将不得不忍受接近如此多的以太和黄铜进行驱动的痛苦。我咬紧牙关，看着小路上的小树枝，紫色鹅卵石铺就的小路通向一座又一座令人瞠目结舌的房子。

当我们经过大门，走向庆祝回归日的大厅时，我已经做好再走出去的准备。一辆金色马车径直停在门前。我们急急忙忙地冲过被践踏的紫罗兰顶端，边走边追寻花儿的踪迹。

我跑到汉斯莱家的私人套间，格雷丝躲进了装有玻璃穹顶的房间，我曾在这里和十几名年轻女子跳舞。我换上一件次巫长袍，白色羊毛上装饰着白色的刺绣，袖子是方角的。我对环形纽扣的系法并不熟练，我的慌乱只会让情况更糟。

在我换衣服的那个小房间外面，有许多人在嗡嗡低语。格雷丝已经去召集各大能量站站长来聆听我们的警告。我必须把我看到的情况告诉各大能量站，并经受住他们的质疑。格雷丝不知道如何应对他们的审视。

这就像解释一个棘手的医疗案例细节，或者在同行面前争论自己的发现。我经常这么做，这次也不例外。但少数人不能发出这么多的喃喃自语声。

我从小更衣室出来，停了下来。二十几个人侧过肩，瞥了我一眼，又耸耸肩把我打发走了。格雷丝去找统领各自能量站内法师的那五个人，但他们带来了自己的下属联结者。

这可不是领导之间的简短对话。这是一次决定性的，足以通过投票决定结果的集会。格雷丝倚着壁炉，站在套间前面。面对众人，她没有理会木雕桌上的黑色玻璃瓶。她是唯一没有穿礼服的人。我是套间里唯一的次巫。

“去做你自己的事吧，孩子，”一位年长的妇女对我说，“在仪式之前我们还有事情要做。”

“他才是和你有关系的人。”格雷丝说，“迈尔斯，上来吧。”

当我在人群中穿梭时，听到了轻微的咔哒咔哒声，就好像他们在用一串珠子数数。格雷丝靠在壁炉上，给我一个鼓励的微笑。

在套间前面，所有首席巫师都无动于衷地盯着我。我认识其中一些人。他们没有一个人回过头来用温暖或鼓励的目光看我。

“把你跟我说过的事再告诉他们。”格雷丝说。

我双手交叠在次巫长袍的袖子里。这一直是个错误。我不该为此穿上这件衣服，提醒自己的卑微。

“我们的时间不多了，”我说，“所以我就直说吧——艾兰国有危险，康斯坦丁娜女王可能会在周末签署投降书时被我们自己人袭击。”

有些人一副不相信的样子，其他人则皱起了眉头。

“我是博勒加德退伍军人医院的精神病医生。我大部分病人都有战斗疲劳症，我们还在努力了解这种情况。”

说到战斗疲劳症，许多人的眼睛都翻到了天花板上。很多人不相信这个，也不相信忧郁症和慢性焦虑症。但我必须继续说下去。我得告诉他们一些能产生共鸣的东西。也许他们自己也看到了。

“你们当中有多少人能认出法师，或者看到一个人周围的光环?”

格雷丝用嘶嘶的声音警告我，但她却噘起嘴，交叉着胳膊责备我。隐巫者不会承认自己懂次巫的技能。

“我口误了，抱歉。你们中有多少人的家人或朋友也会这种把戏?”

有几个人举起了手。数量很少，所以我能数出来，其他人看到有人承认后又多了一些。

“他们对保护女王意义重大。我自己也会这一招。我将我能看到的情况描述一下，你们可以问问自己的家人，是否也见过像这样的人。”

我向他们描述了瘴气的情况，几个人睁大了眼睛。他们已经看到了。希望从我的胸口蔓延开来，温暖了我冰冷的手。他们中有些人见过。

“我不知道我看到了什么。我以为是一种疾病，因为我的技能是治愈术。但我错了。这不是病。”

我深吸了一口气，继续说下去，“这是一种咒语的效果，将兰尼尔人的灵魂与杀死他们的士兵的身体缔结在一起。渐渐地，他们会附身在士兵身上，然后攻击他们的家人，再攻击任何接近他们的人。报纸上已经报道了四起这样的谋杀案。我今天目睹了第五起。”

人们坐立不安，四处张望，查看其他人的反应。他们都看见了珀西·斯坦利爵士，他双臂交叉，嘴巴抿得紧紧的，一副不以为然的样子，眯起眼睛瞪着我。我寻找着那些能认出我所描述的征兆的人。他们坐得那么的，那么的安静。

“来到艾兰的兰尼尔人在投降书上签字时，会有一千名士兵站在那里休息。在这一千人中，有些人将会被附身，在女王面前拿着礼仪性武器。在那里发动袭击可能会导致灾难。”

这时响起了惊慌的声音。隐巫者一个接一个地大声发问。但是珀西爵士站了起来，举起手让大家肃静。

房间里安静了下来。

“好了。”珀西爵士说，“汉斯莱小姐，这出歌剧我们都看过了。你在浪费我们的时间吗？你给次巫的自由太过了。”

我无法让他否认这一点。我向首席法师们讲话，好像他要求我澄清似的。“参加投降的不只是那一千人。艾兰各地有数万名被附身的人都回家见他们的家人了。光是屠杀他们的家人，就会让这个国家遭到毁灭性的打击。”

议论声此起彼伏。能看到光环的法师们转向身旁的人，他们窃窃私语，语气十分迫切。但珀西爵士却发出了一声短笑。

“这太荒唐了。巫师之王卢卡斯的复仇只是一个故事，一个玩笑罢了，迈尔斯大师。格雷丝，我知道你还太年轻，不能承担隐巫者主音的责任，就算一个幼稚的小学生也不会相信这些。”

“我没有说半句假话。”我让自己的声音扩散到整个套间，但我没有喊叫。喊叫是为无力者准备的，“可就算你需要更多的证据，你能无视我的警告吗？至少告诉女王，加强对她的保护——”

他气得直剁手，脸色通红，“听我说，到此为止。”

所有认识我的隐巫者都把目光从我身上移开，摇了摇头。一个个咬着嘴唇，站了起来。

“我们应该调查一下。”她说，“珀西爵士，我也会他说的那招。我见过他描述的东西。”

“你们能量站的长官让你说话了吗，琼爵士？”

她扬了扬眉毛，“这算正式出席吗？我以为这只是一个紧急会议。”

“我也看到了。”另一个隐巫者站了起来，长着尖鼻子和长脸，“而且我读过报纸。那些杀手每一个都是军人，都是从战争中回来的。他可能搞错了，但我不相信他在撒谎。”

更多人开始窃窃私语。

珀西爵士翻了个白眼，“还有其他会次巫把戏的人相信这个次巫的故事吗?”

格雷丝走上前来，站在我身边，“我也能看到。我相信我哥哥。他在成千上万的士兵身上都见过他报告的状况。我们不能忽视他的警告。”

一个穿着厚重刺绣长袍的人站了起来，全场顿时鸦雀无声，“这个次巫逃避责任，用假名参军，被迫回来执行任务。”乔纳森·布莱克身材魁梧，众人将目光投向他，默默地表示敬意，“我们怎么知道他不是为了提高自己的地位而编造威胁?他显然不知道自己有几斤几两。”

我感觉浑身发冷。格雷丝未来的公公已经起身质问她。我们脚下的地面塌陷了。

我妹妹用坚定的声音回答了他，“我哥哥是一位出色的医师，也是一位战争英雄。他选择去充分发挥自己的天赋，是我们可以做到提前预警的唯一原因。如果没有他，这次袭击将变成一场彻底的突袭。”

乔纳森爵士表现出一副深思熟虑的样子，然后再次开口说话。

“够了！我们要赶不上仪式了。”珀西爵士举起拳头，拳头里的关节发出了咔嚓声。

另一只手回应了他，现在两撮拳头都发出了咔嚓声。不是珠子的声音。

投票球。

“我对格雷丝·汉斯莱爵士的能力没有信心，她无法担任代理隐巫者主音。”他说，“我提议进行投票。”

乔纳森·布莱克站了起来，“没时间投票了。仪式——”

“——仪式太重要了，不能交给我们不信任的人。我感谢星辰者，她从来没有机会知道内阁的真正秘密。投票吧，我们现在就投票。”

珀西爵士大步走到黑玻璃瓶前，把选票啪的一声投了下去。还没等他落座，他的追随者就已经把瓶子挤得满满的了，当他看到首席法师们排着队走向瓶子，投下他们的选票时，他十分得意。

不到两分钟就搞定了。在里面投球的时候，有些首席法师连看都不看她一眼。珀西爵士朝瓶子点了点头，脸上的得意之情溢于言表。

“统计一下。”

格雷丝抿着嘴拿起了瓶子，倒置过来。

黑球倾泻而出。只有一道白色的闪光。但这还不够，远远不够。

珀西爵士张开双臂，“格雷丝·汉斯莱爵士不再是代理隐巫者主音了。按照惯例，如果有位置的话，她会被降级为末席中的一个联结者。谁还有位置吗？”

没有人举手。

一切都结束了。

格雷丝一动不动地站着，她为之努力的一切都灰飞烟灭了。

首席法师们从我们的家庭套房里鱼贯而出——这里还属于我们吗？从这个套间装饰的经久不衰就可以看出，汉斯莱家族的权力已经延续了几个世纪。我的父亲、祖父和曾祖母的画像还挂在墙上，俯视着我们。

我本以为会发生争执，但没想到珀西爵士会如此小气，竟然无视我们的警告——

我的警告。格雷丝让我发言，自己站在一旁。隐巫者对自己手下的次巫可不是这样的。也许父亲已经意识到，隐巫者丢弃了多么丰富的工具，但其他人并不认同他的看法。

格雷丝已经被完全挤出了圈子。甚至圈内最低的职位也不属于她。我穿上外套，把睡袍揉成一团扔在地上。

格雷丝还是没有动。

我走近了，“格雷丝。我们得想想该怎么办。”

她眨了眨眼睛，视线还停留在菲奥娜·汉斯莱的画像上。

“格雷丝。”她现在不能对我破口大骂。我们有一场大屠杀要阻止，“女王还在这里。”

现在她看着我，“不。”

“格雷丝，她有危险。”

她下巴的肌肉跳了一下，“可现在，你不用再参加重大仪式了。你不必嫁给任何人。汉斯莱的遗产已经粉碎了。而这对你有利，迈尔斯。”

她的话让我浑身发冷。确实如此。她说的没错。“这是一场灾难，格雷丝。你听到我说的了吗？这不是我干的。我为什么要这么做？”我说。

“你的自由。”格雷丝说，“我们夺走了你的自由。这是你的报复。”

“格雷丝。事情并不是你想的那样，这是我最不愿意看到的局面。我应该坚持让你亲自和他们对话。他们当然不会听一个次巫的警告。”

格雷丝仰头看着我。

“我不会因为你缔结了我而让艾兰陷入水深火热之中。”

她又喘了口气，发出一声颤抖的叹息，“你确实不会。照顾好别人之后，你才会想到自己。我们该怎么办?”

我朝门口走去，“我们应该告诉女王。”

“他们不会让我们接近她的。”格雷丝说，但她跟着我走到门口，穿过宽阔的走廊，身穿白袍的次巫在那里狼吞虎咽地吃着自助餐。他们注视着我们，在我们经过时互相嘀咕着。

消息已经传开了。

我一直绕到大厅北面，打开了召唤大厅的门，昨天晚上我们还在那里跳舞。

我们在镶嵌着华丽装饰的地板上走了五步，隐巫者才来拦在路中间。

“你已经被罢免了，请离开这里。”

我急着要说些什么，但我已经犯了那个错误。我看向王座，康斯坦丁娜女王在那里和珀西爵士说话。我盯着她，真希望自己是名议长。她穿着一件鸽灰色的丝绸长袍，钻石垂在锁骨上，就像雪花永久地定格在灯光下。从房间的另一边看去，这一切很耀眼。

请看着我。我在心里重复了一遍。我用我的意志向她倾诉我的想法。**你有危险。请你看着我。**

“你在无视王室的致命威胁。”格雷丝把声音压得很低。我希望她能大喊大叫，但她永远不会打破控制的假象，“保护女王高于一切。珀西爵士可能已经忘记了，但我没有。”

珀西爵士说着话，把双手塞进长袍里，然后把手垂在身体两侧，似乎不知道该拿它们怎么办。康斯坦丁娜女王并没有发出叹息，但她的目光一转，视线掠过人群，落在了我身上。

一道眉毛扬起。她歪着头，专注地望着我和我妹妹，除了她之外，只有我们没有穿礼服。我做出了最可怜的哀求的表情，并为她的好奇心祈祷。珀西爵士顺着她的目光看向我，脸色暗了下来。

他做了个手势，派他的联结者来打发我们，然后继续和女王说话，女王不情愿地把注意力转回到新的代理隐巫者主音上。

乔纳森爵士又说话了。他的下巴和雷蒙德一样，又窄又尖，“请离开。”

“你这么肯定我的次巫错了？”格雷丝要求道，“你愿意拿生命作赌注？你确定？”

另一个人看了一眼她的伙伴，然后说：“你让你的次巫告诉了我们一些直接来自歌剧的内容了是吧。”

“所以你打算无视吗？”

珀西爵士的助手走上前来，挡住了我望向女王的视线。

她没有再看我一眼。

“是的，不要逼我们动粗，汉斯莱小姐。带着你的次巫离开吧。”

一个身穿长袍的隐巫者从一群穿着朴素长袍的联结者中间冲了出来。是雷蒙德。他握住格雷丝的手，把什么东西折叠在里面。

“对不起。”

他消失在了人群中。

格雷丝张开手。祖父的订婚戒指放在她的掌底，宝石绿得如此之深，几乎成了黑色。

她把手合拢成拳头，“迈尔斯，我们走吧。”

我跟在她身后步入了夜色中，我支撑着自己的身体，抵御着汽车的“鸡皮疙瘩效应”。“我们没有足够的时间去预约。”

“我们已经无能为力了，”格雷丝说，“我们现在也没有接到参加投降协议的邀请。只有圈子里的人才可以参加。”

“肯定有什么事。”

“可能是吧。如果他们不听我们的话，半神国人也许可以帮忙。我们和崔斯坦一起去精神疗养院，问问他的女王。”

“是女大公。”

听到我的纠正，格雷丝摆了摆手，“如果有必要的话，我愿意到石头里去。珀西·斯坦利爵士不会因为她讲那些荒诞的故事而投票反对她吧？我们可以得到她的帮助，迈尔斯，祈祷我们还来得及。”

我们驱车离开时，祖父的订婚戒指在汽车控制台中间的唇形架子上叮当作响。

“对不起，格雷丝。”

她瞥了一眼戒指，耸了耸肩，“我并不爱他。”

“即便如此。”

她摇了摇头，那顶圆帽也摇晃了一下，“忘了雷蒙德·布莱克吧。那是政治上的事。他有情人。”

“一个次巫？”

“理查德·伯利。”

格雷丝的汽车在穿过哈尔斯顿公园的中途，落下的冻雨从引擎盖上弹开了。

“什么鬼东西。”格雷丝打开开关，一个橡胶雨刷器刮净了挡风玻璃，“下冻雨了？在仪式期间？他们现在必须在冬天唱歌。”

“这是怎么回事？”

“仪式应该在星空下进行，迈尔斯。有人弄错了。”

“或者珀西爵士的技术还不能胜任这个职位。”

格雷丝的笑容不怀好意，“多尴尬啊。可怜的人。”

她慢慢地、平静地呼了一口气，然后又吸气，唱了起来。我从头皮到手臂上的寒毛都立了起来。格雷丝很强大。她自己能施展多少魔法？雨夹雪下得慢了，停了下来。

“没必要把你的外套弄湿。”格雷丝说，“你进去后我就收手。”

“你不进来吗？”

“不进来。”格雷丝抚摸着大衣的毛袖口，“经历过这么多事，我想一个人静一静。我会早点回来的，你好好睡一觉吧。”

“你怎么解释早上离开的事？”

格雷丝摆了摆手，“我会在他醒来前一个小时离开。他下次见到我的时候，会有半神国人陪着。”

“主动。父亲喜欢这样。”但也不是太喜欢，“格雷丝……我们不知道在疗养院会发现什么。而且我不知道他是否会鼓励我们去那里。”

她紧紧握住方向盘，“你说什么？”

如果我们完全保密的话，就会让女王失去最后一道防线。“把兰尼尔人的咒语和士兵的事告诉他。他可以和女王谈谈，至少可以安排人员保护女王。不要告诉他我们要去拜韦尔，或者任何关于疗养院和尼克·埃利奥特的事。”

他可以保护女王。他会保护她的。他可以让珀西看起来像个贪恋权势的蠢货。他可能从我妹妹那里夺走了代理权，但父亲仍然是隐巫者主音。

“为什么不可以呢？”

我不能把一切都告诉她。“我觉得这些精神疗养院会让我们无意中发现一个国家机密。他可能会阻止你。然后我们就不能向女大公求助了，因为那是一种外交行为，有些超出了你的权限。”

“我没有外交权力。我明白你的意思。我不会把疗养院的事告诉他的。”

我的嘴唇紧紧地贴在一起。我不应该让她一个人去处理这件事。“也许我和你一起去解释会更好。”

“迈尔斯。去那栋联排别墅，享受一个私密的夜晚吧，”格雷丝说，“我来处理父亲的事。”

我张大了嘴巴，“格雷丝……”

她耸了耸肩，“崔斯坦和我谈过了。我早上会来这里。做煎饼。”

我呼吸了一口新鲜空气，走进了崔斯坦家。

灯光很暗，但我对崔斯坦狭窄的门厅很熟悉，所以我脱掉鞋子，把自己的帽子收起来，这多亏了格雷丝为了方便我而施展的魔法。空气中飘着一股淡淡的热巧克力味，水龙头里的水不断冲刷着厨房里的锅。

“你们两个已经回来了？我没想到你们会去几个小时。”崔斯坦透过半开的厨房门叫道，“你出去的时候我想到了一件事，汉斯莱小姐。”

“崔斯坦，格雷丝没——”

他推开门，停了下来，盯着坐在前门垫子上的我，把我的外套挂起来。

“格雷丝不在这里。她早上会来的。”

他扬起眉毛，“有意思。”他的头发从平时扎好的辫子上散开，披在背上。他解下了领带，打开了最上面的纽扣，露出了光滑的金色皮肤，“发生什么事了？”

“我们被赶出来了。他们投票让格雷丝出局，让我们走人。”

“他们居然不听劝告。”

“格雷丝想向你们的女大公求助。”我在他面前停了下来，“她会帮忙吗？”

“如果这意味着你的人民欠她的人情……她可能会。但我不能保证。”他抬起手，然后又静止了，好像畏缩了，“迈尔斯。”

“怎么了?”

“你来了。”

“我应该走吗?”

“不，留下。”他的手颤抖着放在我的手上。

我把他的双手举到唇边，吻了吻他的指关节。“你没有蛊惑我。”

“像传说里那样。”崔斯坦说，“我从来没有。”

“你在发抖。”

“我是在发抖。是不是很傻?”

我翻过他的手，亲吻他的掌心，抚摸着他持剑之手的老茧。“你很紧张。我以为你没有感觉到……”

“别说了，迈尔斯。”

他搂着我的脖子，让我抱着他上楼。

崔斯坦壁炉里的桦木倒了下来，迸出一阵火花。我用一只手撑起身子，准备顶着让人起鸡皮疙瘩的空气去照看一下壁炉，因为主卧套间的暖气片站在两扇高高的透风窗户之间，窗户上挂着银色和紫色的花缎，暖气片十分冰冷且毫无用处。

当我从铺满绒毛的被子里滑出来时，崔斯坦抓住了我的胳膊。“不要。”

“火快灭了。”

他钻进毯子下面，我把另一根木头放在炭火上，拉上链帘，以防火花落在厚厚的地毯上。我的脸和胳膊被火烤得暖烘烘的，从窗帘周围渗进来的风把我的后背冻得冰凉。

我没有迷恋他，我应该感到着迷的。看着床上盖着的一个毯子成了驼峰状，我不禁笑了。我应该被施了两次魔法，但我没有。

他离开后，会很让人心痛。但也只是会痛而已。

“你笑什么？”

“当我把冰冷的手放在你身上时，你会号叫成什么样。”

“这是一段珍贵的回忆，我会铭记在心的。”崔斯坦把被子翻了回来，“过来，过来。别告诉我现在几点了。”

不管怎么说，天亮得太快了。

他蜷缩在我冰冷的后背上，下巴搁在我的肩膀上。“我会想尽一切办法回来的。”

“我知道。”

“迈尔斯。”他推了推我的背，这样他就能看到我的脸，“这可能需要一些时间。”

“没事的。你必须回家。你得去报到，毕竟是继承人的保镖。不必多做解释。”

他耸了耸肩膀。“是的，我必须这么做。因为我知道传说是怎么样的。有些是真的。”

“就像你不能……”

“我们怎么会不懂爱呢？”崔斯坦说，“我们怎么会把心锁起来，不受伤害呢？”

如果我把手举起来，就会碰到他的胸口。“确实如此。”我说。

“我们不会把心放在棺材里保管的，迈尔斯。但凡人的生命只存在七八十年，而强大的巫师能活一百岁到一百一十岁，然后他们才会死去。”

我舔了舔嘴唇，“崔斯坦，你多大了?”

“担心我老牛吃嫩草？我五十一岁了。”

“你看起来只有二十岁。”

一个枕头落在我脸上。“马屁精。”他说。

“好吧，二十五岁。但你不——你不会死吧？我可是会死的。”

“一个半神国人永远不会忘记他们所爱的人。他们会带着记忆，永远地走下去。直到他们被杀死，”他的手拂过我的脸，“迈尔斯，我永远不会忘记你。永远不会。”

第二十四章 霜之月

霜月的黎明，天空泛着银色光泽。乌云轻轻地飘在天上，暗示着有足够的雨水给街道铺上金橘色的叶子，清洗空气中的盐分和海藻。我望着客厅窗外空荡荡的街道，如同憋了一口气，一杯黑咖啡温暖着我的手指。

“她会来的。”崔斯坦在我身后说。

“我知道。”我说，但我又转头看向西方。

崔斯坦的手温柔地在我肩膀上画着圈。我转过身把他拉近，倾身亲吻他的下颌。我们一起站在客厅的窗前，但我不再注视着街道了。

发动机低沉的轰鸣声越来越近，崔斯坦把头缩了回去，“看。”

是格雷丝，她坐在她的黑色长车里。她把车停在公寓前面的空地上，向窗外挥了挥手，然后进来了。

“你说要来做煎饼？”崔斯坦迈开脚步，我的左手边突然变凉了。

"我来加热煎锅。"

格雷丝跟着崔斯坦进了厨房，"你觉得你的人在找你吗？"

"我相信他们在找我，但还没有任何寻找咒语触动过我。"崔斯坦说，"而且时间越长，我们可以期待的反应就越大。"

"他们真的会派战队来找你吗？"

"我……对女大公来说是不可或缺的。"崔斯坦说，"她等了一年零一天才等到我回来。最好提前做好准备，他们怕是来势汹汹。"

一支半神国人的军队直奔我们而来。数万名被死去的兰尼尔人附身的士兵，一心想要报仇。但如果要用魔法的话，吃顿早餐可以让我们恢复体力，所以我和格雷丝碍于情面想帮忙。他把我们赶到厨房的桌子上，我们猛喝咖啡，吃着崔斯坦给我们带来的食物。

我一边用叉子切煎饼，一边无视格雷丝对我这种工人阶级行为的嘲讽，"父亲对这个消息怎么看？"

她用的是小刀，每一个手势都很精准，"他醒来后要去见女王陛下。他深信不疑。"

"你说得好像很容易似的。"

"我把你告诉我的话和我自己看到的都转告他了，他相信你的才华。迈尔斯，他真的很在乎你。"

这可不是什么安慰。也许他真的在意我，但这并不重要。无论我们在精神疗养院里发现了什么，都很可能会让我们关系破裂。我耸耸肩，一口饮尽咖啡。我们还是可以成功的。格雷丝会赢回她的位置。次巫将赢得更多的权利，更多的尊严。雷蒙德·

布莱克会后悔抛弃她，但也许他们会和好。

说不定会有足够多的人站在她这边，这样我就不用再搞一场王朝式的婚姻了。

哦，迈尔斯。你还是很自私。“你知道你要问女大公什么吗?”

“不知道。如果崔斯坦的预测不正确，她不在那里呢?”

“我想我们会和他一起去找女大公的。”

“她肯定在的。”崔斯坦终于坐到了我身边，他的盘子里堆满了圆圆的金黄色薄饼、甜甜的糖浆和半磅香肠，“我快点吃。”他答应着，以一种不得体的速度开始吃早餐。

我们把脏盘子留在了身后，向缺席的斯帕罗太太表示歉意，准备骑马去拜韦尔。

格雷丝把车速开到了极限，速度的压迫感让我们紧靠座椅，摇晃得不行。旅途中的速度快得难以想象，比马儿奔跑的速度还要快，早就过了马儿会因为紧张而倒下死去的阶段，这是多么令人激动。速度表显示，时速四十英里，甚至比火车还快。

如果这辆车没有让我们感觉如此不适，我们几乎不说话，试图把我们的早餐咽下去。如果我们不是为了寻找尼克被害的真相而奔波的话就好了。我希望证据能指向别人，而不是父亲。

如果真是这样，我又能做什么呢？父亲是凌驾于正义之上的。他们永远不会以谋杀罪逮捕他，我知道这一点。但这不是放弃的理由。崔斯坦仍然无法回答被派遣去调查的问题——艾兰的死者去了哪里？我想起了我从比尔和老杰拉尔德那里拉出来的两个灵魂的路径，就那样从我的手中溜走，消失得无影无踪。究竟去了哪里呢？

东边。东边，往拜韦尔方向去了。

格雷丝开车在狭窄的道路上拐了个弯。“我想——是的。就是那里。”

她指了指窗外。疗养院的外墙刷着优雅的白色石膏，有高大的窗户和漫无边际的侧厅，四周环绕着鲜红叶子的灌木和欢快的黄菊花。在人们眼里，这座建筑是如此宁静、祥和而沉稳。一道高达十二英尺的黑色铁栅栏围着长长的、连绵起伏的草坪和成熟的橡树，栅栏顶端又长又尖。

“这地方让人感觉很友好嘛。”崔斯坦说。

“确实很舒适。”我同意道。

“你能感觉到吗？”格雷丝问道。

“我坐在这车里什么也感觉不到——”

但我的头发都竖起来了，空气中弥漫着闪电来临前一秒的重压气息。

充满了浑厚的力量。

“那是什么？”

崔斯坦捏住了我的手。他仰起脖子望着天空，声音因恐惧而变小了。

“灵魂。他们正涌入大楼。你能看到他们吗？”

“看不到。”我说，“给我看看。”

一分钟后，我希望我没有问这个问题。“哦，天哪。”

他们在空中飞驰，向精神疗养院飞去。他们进去了。

没有人出来。

格雷丝向门卫出示了证件，门卫亲自跑出来为我们打开大门，当我们沿着弯弯曲曲的小路驶向疗养院的大门时，他摸了摸制服帽的边缘。

“这么容易。”格雷丝说道，我的脊背一阵发凉。

“我要吐了。”我说，格雷丝刹住车。我跌跌撞撞地走到精神疗养院前那片散落着树叶的草坪上，试图呼吸没有尖叫气息的空气。

没有任何可以利用的东西。

“感觉有点不对劲。”格雷丝说，“我的皮肤在收缩。我们会在里面找到什么？”

“恐怖。”我边回答边擦着嘴。我不想进去。可我必须进去。我向疗养院的前门走去，格雷丝和崔斯坦分别站在我左右。

警卫在里面等着我们。格雷丝举起她的证件，他们就退了回去。

一个男人走进大厅，径直向我们走来。在白大褂下面，他还穿了一套精致的西装。“有什么需要帮忙吗？”

“有，”格雷丝说，“我是格雷丝·汉斯莱爵士、这两位是迈尔斯·辛格医生和崔斯坦·亨特爵士。我们是来参观设施的。我哥哥特别感兴趣。”

“我是个精神病医生。”我说。

“**精神**。你写了关于分离性记忆发作及其在患有战斗疲劳的退伍军人中的治疗。”

“你认识我?”

“我知道你的名字。我写过一篇文章，讲的是巫师之间错觉共性的文章，我也注意到了你对退伍军人的观察……你不是来谈这个的吧。”医生先是露出微笑，然后转向格雷丝，“我是詹姆斯·弗雷德曼医生，愿随时为你效劳。你是来带辛格医生参观精神疗养院的?”

“也是为了满足我的好奇心。”格雷丝说，“我想看看我们投资的成果。”

“当然。请进吧。”

他为我们打开了一扇门，把我们领进了一条用以太照明的走廊。他缓步走向金色橡木楼梯，“辛格医生，我想你对我们的病人护理有兴趣吧?”

“是的。”我说，“我想看看那些巫师。”

他在步子中间停了下来，“当然，他们在这里。我们是一家经过批准的机构，可以照顾有魔法天赋的病人。鉴于这种情况，我们会尽量让他们过得舒服些——”

格雷丝清了清嗓子，“不是这样的，如果你愿意的话。”

弗雷德曼医生又停了下来，一只脚踩在楼梯上，“你说什么?”

“带我们去地下室吧，”格雷丝说。

“你们关押巫师的地方。”我补充道。

他咽了咽口水，“病人都在楼上。”

他完全明白我的意思。

格雷丝摇了摇头，“肯定在下面，走吧。”她轻快地走过镶嵌在地板上的五角星，“我们没时间浪费了。”

格雷丝锁定了那股力量的源头，她穿过服务大厅、后楼梯和不合理的角落。弗雷德曼医生要求她停下来解释，但她没有理会。他的抗议渐渐变成了激动的语句“女士！”和“请你停下来”。

他最后还是溜走去叫警卫了，格雷丝带着我们往下走了三层楼梯，直接进入了地狱。

地狱是一间又深又宽的房间，有光秃秃的石墙和长时间没洗头发的气味。十五个人被锁链锁成一个圆圈坐在地上，用铜质的东西镶嵌在地上。图案和曲线在地板上蔓延成一条条连绵不绝的线条，就像隐巫者大厅地板上的镶嵌物一样复杂。

格雷丝吸了口气，“这是一个召唤圈。”

“就像隐巫者使用的那样？”

她点了点头，“他们用铁链锁起来的方式……是以能量站为单位排列的，每一能量站有两个联结者。他们正在把力量移到中央。”

我们进去的时候，没有一个巫师抬起头来。他们坐着，敞开心扉，让能量穿过他们的身体，汇集到圆圈的中心。

“你能感觉到吗？”崔斯坦问道。

确切地说，他不是指灵魂。他指的是能量运动的感觉。力量汇集到圆心，然后沿着直线被逼出来，延伸到我的感知范围之外。

他们怎么能受得了呢？这比检查用的带有黄铜装饰的房间还糟糕。我真想逃离这里，可惜我的腿不听使唤。这些人被强迫这么做多久了？

“是黄铜的问题。”我说，“大概有好几英里吧。就像铁路一样，把灵魂沿途运送到哪里去了？”

“发电站，”格雷丝说，“是以太。”

我们惊恐地面面相觑。

“我们必须打破它。”崔斯坦说，“阻止它。”

“怎么阻止？”格雷丝问道，“我们怎样才能打破它？”

“靠巫师们。他们必须参与进来。”

“他们是通道，就像被缔结的次巫一样。”我说，“这就是它们的作用。灵魂通过他们进入铜中。这是以太的作用。这个。”

“是的。”崔斯坦说。

格雷丝用手指梳理着她的头发，“一直都是来自灵魂。一直都是。”

“是的。”我在一个女人旁边停了下来，她用不解的眼神盯着我，她看着我测试她的羁绊。

“试试这个。”崔斯坦递给我一把手铸钥匙。

我看了看钥匙，又看了看他，“真的吗？”

他耸了耸肩，“我以为会有锁链。没有人愿意来这里。”

真是聪明啊，崔斯坦。我在镣铐里试了试，果然合适。我弹出了锁住她的锁。

“你能站起来吗？”我问道，并扶她站了起来。

当我走向下一个囚犯时，她跟着我。她看着我解开那个男人的手铐，扶他站起来。他挪到一个角落里，尽量离我们远一些。

“能量在波动。”崔斯坦喊道，“这取决于巫师。”

我继续往下一个囚犯走去。那个女人跟在我身后，眼睛里有了新的光芒。

“你会没事的。”我说，“我是迈尔斯。你叫什么名字？”

“安。”

“你是安·埃利奥特吗？”

她的眼睛瞪得很大，“是尼克派你来的吗？”

她充满希望的眼神刺痛了我的心，“是的。”

这是真的。

“大家都会没事的，安。”我说道，“没有人会再把你锁在这个圈子里。”

安一路跟着我，甚至当我重新与崔斯坦和格雷丝碰面时，她也不愿意离开我。崔斯坦用闪亮的眼睛看着我，格雷丝却惊恐地捂住了嘴。“感觉在圈子里不是这样的。这感觉就像——”她颤抖着，“迈尔斯，我错了。大错特错了——”

她的膝盖砰地一声跪在镶铜的地板上。她双手抱着头，“我们做了什么？”

“你不知道。”崔斯坦说。

“我早该知道的。”格雷丝把脸转向天花板，“我应该问一问的。迈尔斯。迈尔斯，对不起。”

“其实我知道。”我说，“但你还蒙在鼓里。现在我们可以——”

“不，”格雷丝说，“你不明白。”

门咔嚓一声开了。安抓着我的胳膊。

“迈尔斯，很抱歉。”格雷丝说道，父亲走进了房间。

“你也没告诉她。”我的心跳在耳边猛烈地跳动着。我想抓住父亲，给他戴上那些镣铐，让他尝尝安的感受，“你怎么能这样做？”

“想开一点，迈尔斯。你心里背负的东西虽然很可怕，但你能承受得住。”他把手杖的顶端安放好，靠在上面，他走近了一步，“想想金斯顿。想一想所有的人都得到了好天气和以太的恩惠。数数那些因为我们的伟大工程而兴旺发达的数百万人。”

我感到不寒而栗，“看看在这里面受苦的十五个人。父亲，你对他们说了什么？”

“多数人的需要是最重要的。”

“那你怎么不代替他们。”

他耐心地给了我一个微笑，“迈尔斯。将军会和步兵一起作战吗？”

“那就把隐巫者放到他们的位置上。”我把手臂甩向那台可怕的机器。灵魂堵塞了空气，我奋力呼吸着，“如果众人的需求如此重要。既然是为了国家的利益，那对兰尼尔发动的战争怎么说？”

“兰尼尔不需要他们生产的所有以太。”

“你发动了一场战争！你派成千上万的人去杀人，究竟为了什么？就为了那些小玩意？”

父亲用手杖咚咚地敲打着地板，嘴唇紧紧地贴在一起，“为了我们民族的进步。”

“这才是兰尼尔战争的真正原因。为了设下这个局，夺取他们的灵魂。这就是他们在外面的原因，不是吗？他们附身了我们的子民，准备在投降时进行大屠杀。我们要做点什么来阻止这种……令人发指的行径。”

父亲拄着拐杖，“我没料到他们会反抗，但这并不重要。隐巫者和王室都处于守护之中。后备部队已奉命集合。”

如果我会再次感到恶心的话，我一定会呕吐出来。“你真的不在乎。当你在皇家卫队和高墙后面的时候，他们见人就杀，而且都是无辜的人。”我说。

“我懂得计算成本，儿子。”他向前走了一步，又用手杖带路，“成千上万的人会被附身者杀死。如果你打破了召唤结界，数百万人将遭受痛苦。”

如果我打破它？我可以打破它。怎么打破？“格雷丝背叛我的时候有没有告诉你崔斯坦的事？”

格雷丝看起来很痛苦。“迈尔斯——”

“她不想告诉我你的巫师情人。”父亲摇了摇头，“在分享我们的秘密之前，你应该很清楚。当然，他必须得死。”

崔斯坦一副龇牙咧嘴的样子，“法师，你想让我死？那就来试试。”

我举起一只手，崔斯坦没有扑过来，但他的冲劲让他浑身颤抖着，“他之所以在这里，是因为半神国人注意到了这些，父亲。”

父亲眨了眨眼睛，更仔细地盯着崔斯坦，“半神国人？”

看来，妹妹并没有把一切都告诉他。“他们注意到兰尼尔的灵魂流动减少了。如果你不管不问的话，他们就会以为艾兰所有人都刚刚死去。半神国人会为此和你开战。”我说。

“让他们来吧。”父亲说，“你没有看到事情的全貌。十次死亡就可以使我们的力量增强一百倍。我们的辉煌将延续下去。”

我血管里的血液都凝固了。我稳住膝盖保持站立，“我们的辉煌，还是你们的？为了保持这种力量，你什么都做得出来，什么都愿意相信。但这样不对，父亲。这简直是丧心病狂。”

愤怒驱动着我——不是前进，而是后退。

我走进圈内，感受着周围的灵魂。由于没有巫师将力量沿着铜线输送到乙太能量站，灵魂汇集在了结界内，将其填满。

他们已经无处可去。

一切都水落石出了。我明白了。

他们需要一个归宿。

“现在结束了，父亲。已经完成了。”

艾兰死者的灵魂在我身边喧嚣着。当我在寻找释放他们的方法时，能量已经满了。空气中的原始力量把我烫伤，刺痛了我的皮肤，挤压着我的呼吸。这比待在汽车和检查室里还要难受。

崔斯坦往空气中抓了一把，父亲飞了出去，重重地撞在墙上，然后倒在了地上。他摸索着爬了起来，双手放在面前，眼睛瞪得大大的，却什么也看不见。

“我们得快点了。”崔斯坦跨过队伍，握住我的手，“他们会从你身边经过。”

“我知道。”我说。

我们的力量融合在了一起。“我来开路。”

我深吸了一口气。

“等等。”

格雷丝站在圆圈的边缘。我摇了摇头，试图给她最后一个微笑。**再见了，妹妹。**“我必须这么做，格雷丝。”

“我知道，”她说。她举起手来，我们之间绷紧的羁绊之链让我在压力下僵直了身子，有一瞬间，紧张的气氛一下子消失了，我踉跄了一下。

她让我自由了。

“介意我加入你吗?”她走到线外，“你需要一个召唤者。”

第二十五章 解救者

我伸出左手，她握住了我的手。

格雷丝对着魔法歌唱，召唤灵魂。崔斯坦解开了房间中央的空间，迎接明亮的光线，声音如一千只鼓胀的动物在敲击大地。我看到了崔斯坦弯曲的能量丝线，他用我的能量星光填满了中间脆弱的空间，将丝线编织在一起，就像治愈骨头一般。灵魂们听从了格雷丝的召唤，把我们周围的空气挤得透不过气来。

我惊呆了。像这样联结在一起，我同时感受到了崔斯坦和格雷丝的力量。在我们上方看不见的天空中，冷空气膨胀了起来，压强很大。云朵形成了。

我已经拥有了格雷丝的感官知觉。我沿着地面上的黄铜延伸着我的感知范围。它沿着我的神经发出尖叫，从中央复杂的印记向各方伸展成一条条直线，在半英里外的集线器那里连接了起来，以平行于铁轨的轨迹延伸到有精神疗养院的边界城镇。

这张网极其之大。这是多年建设的成果。我们必须阻止灵魂无助地被吸附到网络之上，并且释放他们。水分顺着我的嘴唇流下，舔到之后，我尝到了血的味道。

父亲把一只手伸到了召唤圈的边缘，然后又抽了回来，像是被烧伤了一样。

格雷丝把我扶了起来。我咳嗽的时候听到了她的抽泣声，一股红色的“火焰之花”从我的嘴唇里喷涌而出。但她仍旧呼唤着那些穿过我的灵魂。从未停歇过。

一个女人在尖叫，但我找不到声音的来源。艾兰的生命体涌入我的体内，他们的记忆也随之注入我的脑海。出生，学会走路，上学，工作，恋爱，生小孩，还有狩猎和园艺，记忆在我身上流转，让我心神不定。

十六岁那年，听到交响乐演奏《阿比安塔》时，我哭了，我知道自己永远不会坐在舞台上演奏。当我见过最漂亮的女孩说要做我的妻子时，我感觉内心雀跃不已。

我不知道自己还能站立多久。

安在边界上徘徊，随着我的晃动，她的手开始扭动。我不能不向她点头，向她微笑，向她保证会平安无事。但她勇敢地迈进圈子，在能量面前畏缩了一下，紧紧抓住我的肩膀。她敞开了心扉，通过我引导她的力量。我可以站直了。我的鼻子不再流血了。我胸口的灼热感消退了。

她灵魂的淡绿色光芒离开了她的躯体，与我缔结在一起。她的灵魂得到释放后，通过我注入了更多的能量，足以连接到崔斯坦的门户，从这里进入他的王国。

安的尸体躺在我脚边。其中一个被我释放的巫师向我靠近，把安的尸体抱走，然后把手放在我的头上，把他的力量给了我。

他死后，第三个巫师走上前来。接着是第四个。

父亲对我大喊大叫，但我听不见他说话。现在雷声更大了，微弱的叫喊声与隆隆的雷声相比，简直是小巫见大巫。他挣扎着向我们靠近，与失明作斗争，格雷丝编织了一阵大风把他吹了回去。理发师把我赤褐色的头发剪短时，我哭了，因为我已经十岁了，不再是一个小男孩了。格雷丝的声音沙哑了，但她仍一直在召唤。崔斯坦虽保持着通道畅通，但他的力量减弱了。

我给了他们一些巫师赐予我的力量，那些巫师把前人移到一边，在我之前牺牲了自己的生命，每个星星般的灵魂在我的脑海中飘浮着。在这十七个灵魂中，有些只是微弱地闪动着，把一切都给了最后一个人。

千百个声音在咆哮。号角声响起，格雷丝一遍又一遍地呼唤着。祖母把手放在我的掌心上，教我编织。我仍在努力加固崔斯坦打开的大门，追寻着那些线，使其硬化。

我的视线游走着，黑暗在我知觉的边缘蔓延。我的时间不多了。地板上的花边状印记由简单的直线连接起来，穿过地面，分枝越来越小，覆盖着地面……就像一个循环系统。

“迈尔斯。”崔斯坦说，“你看到它们了吗?”

我不知道他是什么意思，但他闭着眼。我也闭上了眼睛，让一幅幅以太网络的画面在脑海中绽放，太大了，我无法把所有的画面都真正记在脑子里，但通过他的感官，我看到了他所做的事情。

灵魂宛如星辰一般。在金斯顿的一个星系，还有更小的斑点标记着其他城市与城镇。崔斯坦向我展示了一个孪生的灵魂，第二个灵魂干涸了，血色变红，正伸展着要取代第一个。

我伸出手，将寄生的灵魂剥离出来。灵魂被吸进了以太网络，向我们疾驰而来。在网络的能量下，我连做一个深呼吸的功夫都没有。

我又找到了一个。还有一个。

“不能一个一个的来！”格雷丝喊道，“没时间了！”

她说的没错。但该怎么办呢？我现在能看到那些愤怒的灵魂，天空中的红星，已经不计其数。就像沙滩上的沙粒。

就像一种病毒。

我知道是什么让这些入侵的灵魂与活生生的灵魂变得不一样了。

我的一个星魂熄灭了。安正亲吻着她幼子的无色细发。另一个人眨了眨眼睛，和他的新婚妻子在广场上跳舞。尼克正在玻璃屋里催熟橘子。还有另一个正逐渐消失，它停止了呼吸。

“不，母亲，不要。”

我奋力想解开她与我之间的联结，但她把仅剩的力量倾注在我身上，她与我最后的接触是在我头顶上的一吻。我的胸口被撕开了一个洞，疼痛难忍。我痛惜她的力量流失，想把整个魔法之网扔在地上好好哭一场。

在我的治愈魔法的驱动下，成千上万只绳索伸向入侵的灵魂。我放出了能量丝线，他们找到了自己的目标并将其拉进了网络，让网络更加强大。

我学会了吹灵笛。我帮我哥哥做好去神庙的准备，用木梳梳理他闪亮的金发。我和怀有身孕的表妹坐在一起，她接到丈夫战死的噩耗后就哭个不停，我抱着她给她安慰。我低下头，一个天空祭师给我和村里所有的男人都施了咒语。我们拿起刀，带着他们对我们牺牲的祝福，奔赴战场。

兰尼尔人的灵魂们也从我身边经过。我看到了他们的遭遇，他们是如何战斗和死亡的，他们的天空祭司是如何知道艾兰的军队在征服的领土上建造了什么，他们是如何绑架祭司和见习修士，并把他们关在死亡引擎里。我明白了他们为什么如此要残酷地阻止我们，不惜大打出手。

但他们的复仇只会让灵魂机器变得更强大。

父亲说的没错。每一次死亡都会让以太网变得更加明亮。我们正在消耗它，但我们不能永远站在这里。在这扇门建成之前，灵魂已经找到了通往绚夏福地的路。我们必须打破以太网络。

但有什么办法呢？

疗养院通过铜线与发电站相连。巫师们召唤灵魂；精神疗养院里的铜线圈会把他们吸下来。我们必须关闭主线，然后灵魂要么来到我们建造的大门，要么找到自己的路。

“格雷丝。”

她也看到了，“帮帮我。”

我放下我的力量，格雷丝抓了过去，她同时在五个地方召唤着，离我们站的地方有一英里远。格雷丝把所有的能量丝线都变成了她想要的东西。天空乌云密布，显得巨大而黑暗，充满了湿气。暖空气在下面翻滚。

她用自己的意志化生出一个指头，然后指了一下，雷声在头顶上裂开，像半球形定音鼓一样滚动起来。接下来的一击让灯光瞬间熄灭，闪了两下才有一半的灯泡重新亮起。

随着格雷丝召唤的闪电不断落下，我们周围的能量开始逐渐减弱。一道接一道，每个人都说铜线断了，不是断成两半，而是成了碎片。

但她必须施展她的风咒才行，父亲走进圆圈内可怕的光芒中，一只手拿着他的银刃刀。他把刀举过头顶，又把刀落下，深深地插进崔斯坦的胸膛。

所有人都震惊了。疼痛使我们之间的联结开始动摇，父亲伸手去抓握能量，想把能量从我们身上夺走。

崔斯坦握住刀柄，将其抽了出来。鲜血从伤口处涌出，从他的嘴里溢出。

“不!”

崔斯坦没有放开我的手。他抬起头来，抓住他亲手做的大门。他会一直守到死为止，这是他做的最后一件事。

我不能眼睁睁看着他死。我把他肺上的划痕缝合起来，把那根粗大的动脉关上，然后封住。

“放开大门!”

他摇了摇头，“不行。”

“你会死的!”我的心跳得太快，太痛了。但我们还是做到了。崔斯坦动脉上的封印还在。血液流动着，但没有渗漏。动脉虽然在抽搐，但他至少活了下来。

然后我就不能呼吸了。坐在我身旁的格雷丝哽咽着，她用那只空着的手掐着自己的喉咙。

是父亲。他和我们站在一起，手里还握着那把血淋淋的刀。

“停下。”

我答不上话来。他无法从格雷丝那里夺取召唤的控制权——从我们三个人建立的联结中，从融合了我们自身与能量的纽带中。我可以阻止父亲窒息我们的企图，但如果我放开格雷丝或崔斯坦联结就会断裂。大门就会倒塌。

但如果我们昏迷了，门还是会塌。

格雷丝伸出手抓住父亲的手腕。从裸露的手腕可以看出，他的脉搏在格雷丝的手指下疯狂地跳动。血液在父亲的皮肤血管中流动着。他的肺里充满了拒绝我们的空气。愤怒和恐惧从他的内心喷涌而出，这是一种绝望的号叫，对我们摧毁一切的所作所为表示否认。

我伸出手穿过格雷丝的身体，触摸到父亲的心脏。我把它紧紧地箍住。我捏着它，确定它有疼痛感。他踉跄了一下，跪了下来。我更加用力地捏着。他拉住格雷丝的手，想挣脱出来。

我的喉咙畅通了，呼吸着潮湿的地下空气，空气中弥漫着人的努力和溅出的鲜血的味道。

我又捏了一下，父亲紧紧抱住胸口。

但格雷丝松开了他的手，拉着我们离开了大门，一路摇摇晃晃，鼻血直流。她惊险地避开了一匹天鹅绒般的黑马的乌黑蹄子——不，是白马——不，是花斑马——骑马穿过大门的是一个女人，她左手拿着一张角弓，随时准备拉开和松开右手指尖上蓄势待发的箭。另一匹如烟似银的马跟在后面，骑马的是另一个女人，她的金发束在身后，角弓蓄势待发。

十几个骑手从我们造的门里涌了出来。弓箭手从没有鞍的马背上滑下来，冲向崔斯坦。一个身穿白衣的男人跪在我身边，毫不在意我从最后那绝望的呼吸中喷出的血。

“帮帮他们吧。”我喘着气，然后眼前一黑。

我终究没死。

我呼吸着，泪水在喉咙里起伏，我舔着干燥的嘴唇。我在一个用火盆取暖的帐篷里。沉重的毯子把我压在下面，我在层层叠叠的被褥中挪动时，我意识到自己是赤裸的。“有人吗？”我的声音嘶哑了。我咳嗽了一声，又试了一次。

“有人吗？”

没有人回答我。我试着坐起来，光是推开毯子就耗费了我许多力气，我必须休息一下才能继续。我摇摇晃晃地穿过帐篷，跪在一个手工雕刻的木箱前面。木箱没有上锁，但我没有。

这是什么衣服？我拿出一件银色外衣。衣服的长度足以遮住我的膝盖，上面布满了常春藤刺绣。难道这里就没有我可以穿的衣服吗？

我翻遍了丝绸，绒面革，羊毛和天鹅绒的衣物。从内衬着雪松木材的箱子里取出像是童话故事里的衣服后，我不得不休息一下。我有点喘不上气，感觉浑身酸痛，颤抖无力，箱子已经空了，我却始终没有找到裤子。我看着那堆被丢弃的华丽服饰，寻找适合我穿的，装饰最少的衣服。

一股冷风吹进了帐篷。“你不该下床的。”一个白衣男子直奔我而来。

“我很好。崔斯坦在哪儿？格雷丝还活着吗？”

“你是个治疗师，”那人反驳道，“所以你是表现最差的那种病人。你并非无恙。我勉强救了你的命。你也不会死，因为你没有留在床上让自己的身体愈合的意识。”

“我可以走路。”我抗议道，他把我引回床上，“那崔斯——呢？”

“你可以躺下休息了。少给我添麻烦，也别想着自愈了。”

“你怎么知道——”

“因为治疗师都是白痴。”那人说，“我很清楚。如果你操控魔法来治疗自己，你就会解开我在你身上布下的网，然后你就会崩溃而死。你现在的实力就和风中摇曳的蜡烛差不多，你不会因为自己的愚蠢而死吧。”

“你的口气简直和罗宾一模一样。”我抱怨道。

他把厚厚的毯子盖在我身上，“你很尊重罗宾吗？”

“罗宾是我见过最好的护士。”

那位治疗师摸了摸毯子，暖意从毯子里散发出来，“很好。有人要见你。如果我让他进来，你会乖乖躺在床上吗？”

“是不是——”

“崔斯坦？是的。”

“我——你真好。”我说，“我是迈尔斯。”

“我是科马克。”

“很高兴认识你，科马克。”我又舔了舔嘴唇，科马克扶我坐起来喝水，水很干净，冰冰的。

“你坐着就好。”他又在我身后堆了一些枕头，我感激地靠了下去，“在你休息之前，你只有几分钟的时间。”

他打开帐篷，让崔斯坦进来。他从科马克身边冲过来，跪在我窄小的床边，抓住我的手。他把我的指关节按在嘴唇上，闭上了眼睛。

“崔斯坦，”我说，“没事的。我没死。”

“你不知道你离死有多近。”崔斯坦说，“我们在你身边坐了好几天，才让你活下来。”

“多久？”我问道，“我们现在在哪？”

“我们在拜韦尔的石头上，”崔斯坦说，“我们没法让你再往前走了。”

“今天几号了？”

“霜之月8号。”

已经过去了一个星期。“我们开战了吗？”我问。

“还没有。”崔斯坦抚摸着我的头发，“别担心。格雷丝还在努力中。”

“格雷丝？她没事吧？”

“我们都很好，迈尔斯。你需要恢复一段时间。”他俯身吻了吻我的眉毛，“按科马克说的做。不要试图加快愈合的速度。你下床后能把衣服扔得满地都是，这就是他高超治愈术的证明。”

那是我的衣服？哦。“崔斯坦。”我又舔了舔嘴唇，“你说我们还没有开战是什么意思？”

“绚夏福地和艾兰都在等着看你能不能活下来，”崔斯坦说，“皇家骑士们都说你是叛徒。艾菲女大公已经宣布你为解救者。试图进入营地的入侵者已经被射杀。”

他的意思是，有刺客。“我要活下去。告诉他们。”说这话的时候我意识到，如果我死了，可能更容易阻止战争，“士兵们叛变了吗?”

崔斯坦摇了摇头，“只是零星的事件。完全不像原来可能发生的那样。你做到了，星辰者。”

我闭上了眼睛，“那些人呢?”

“到处都停电了。全国各地都有迷失的灵魂，但半神国人和被释放的巫师们正在一起努力引导他们。举国上下震惊不已，现在都还没缓过来。”

我一直闭着眼睛。他们需要我，而我却不在他们身边。“父亲呢?”我问。

“在艾兰国的外交团队里。他要求见你。”崔斯坦说，“但没有人会让他接近你。格雷丝已经抛弃了隐巫者，现在在我们的营地里。你想见她吗?”

“是的。”

“等你休息好之后吧。”崔斯坦说道，然后俯身吻了吻我干涩的嘴唇，“她会和我们一起去绚夏福地。”

我挣扎着坐起来。“什么，我不能去绚夏福地，崔斯坦。我必须留在这里。”

他的手一直放在我的胸前，把我推回皮草和软垫中。“至少在接下来的一个月里，你不能接触魔法。如果我让你看看维持你生命的网……”

“但你可以。”我说，“你可以看到那张网，对吗?”

“是的。”

“那就给我看看是什么样子的。”

“不行。”

“我需要了解一下。给我看看。”

崔斯坦点了点头，我的手上冒出了绿光网格。这些线细如发丝，在网络中相互交叉，模拟着我的血管、神经、肌肉纤维的复杂分支，一直延伸到骨骼中的骨髓里。

“这是怎么……”

“科马克是个天才。”

我把手翻过来转过去，可以看到整个网的不同维度。真是不可思议。这需要消耗能量——非常多的能量。“这张网是怎么维持的？是什么在提供动力？”我问。

崔斯坦握着我的手，“我。”

我摇了摇头，帐篷开始旋转，“不是你吧。”

“确实是我。我把自己缔结于你了。这是唯一的办法。”崔斯坦抬起我的手吻了一下，现在已经摆脱了幻觉的束缚，“格雷丝也是。为了维持这张网的运转，我们都吃得像猪一样多。”

“我欠你一条命。”

崔斯坦耸了耸肩，“我的命就是你的。”

“只要我能做到，我就会放了你们两个。”

“我知道。”崔斯坦说，“但我想请你再来一次。”

“什么意思？”

他用双手捂住我，“半神国人有时确实会缔结羁绊。”

“真的吗？用来做什么？”

“结婚。”

我说不出话来。我忍受的所有痛苦都融化在皮肤的温暖中。

“我们结婚吧，迈尔斯。和我共度余生。不管之后做什么，我们都要在一起。”

“我们可以在一起吗？”

“可以的。半神国的子民都可以。”崔斯坦又吻了我的手，“快答应我。”

我不知道在我昏迷的一个星期里发生了什么事。以太的能量消失了，隐巫者已经掌控在一个视我为敌的男人手中。

但崔斯坦会在身边陪我度过这一切。我用一只手撑起身子，腾出手来触摸崔斯坦的脸。他显露出了真面目，如此空灵飘逸，具有超凡脱俗之美，但这并没有把我拖入迷恋的境地。这就是他，他的真面目，我笑的时候几乎感觉不到疼。

“我愿意。”我紧紧握住他的手，他的幸福感从胸口中心一直蔓延到手指上，缠住了我的手，“我很明白你的感受。”

“这是羁绊的一部分。你介意吗？”

我并不介意。与他结合，我就自由了。

独角兽书系

金斯顿城╲卷二

STORMSONG

风暴之歌

[加拿大]C. L. 波尔克/著　余祖儿/译

THE KINGSTON CYCLE

重庆出版集团　重庆出版社

版贸核渝字（2020）第073号

图书在版编目（CIP）数据

金斯顿城．卷二，风暴之歌 /（加）C.L. 波尔克著；余祖儿译．—重庆：重庆出版社，2021.1

书名原文：Stormsong

（The Kingston Cycle Book 2）

ISBN 978-7-229-15432-5

Ⅰ．①金…　Ⅱ．①C…　②余…　Ⅲ．①长篇小说—加拿大—现代　Ⅳ．①I711.45

中国版本图书馆 CIP 数据核字（2020）第 226160 号

金斯顿城（卷二）：风暴之歌

JINSIDUN CHENG (JUANER)：FENGBAO ZHI GE

［加拿大］C.L.波尔克　著　余祖儿　译

责任编辑：魏雯　王靓婷

装帧设计：文子

责任校对：何建云

重庆出版集团
重庆出版社　**出版**

重庆市南岸区南滨路162号1幢　邮政编码：400061　http://www.cqph.com

重庆出版社艺术设计有限公司 制版

重庆市国丰印务有限责任公司 印刷

重庆出版集团图书发行有限公司 发行

E-mail:fxchu@cqph.com　邮购电话：023-61520646

全国新华书店经销

开本：890mm×1230mm　1/32　印张：12.5　字数：256千

2021年1月第1版　2021年1月第1次印刷

ISBN：978-7-229-15432-5

定价：64.80元

如有印装问题，请向本集团图书发行有限公司调换：023-61520678

目录 / Contents

第一章 风筝悠悠

在和迈尔斯、崔斯坦打破以太能量网的十四天后，我梦见了风暴之炉。它酝酿了一场风暴——一片巨大的多臂螺旋风暴云出现在天穹高处。半梦半醒间，我睁开了眼睛，看到的却仍是这片异象。

这风暴体积越来越大，绵延数百英里，实在令人难以想象。猛烈的风暴让我动弹不得，胸口直压得喘不过气。我没法脱身，也说不出话，只能眼睁睁地看着它朝着东方汹涌袭来。

我低低地哀号了一声，无力地啜泣着，挣扎着吸了一口气，又发出一声微弱而无奈的呜咽。再来一次。我猛吸了一口气，终于发出了一声尖叫。

这声尖叫总算让我逃离了这场噩梦。风暴瞬间消失，映入眼帘的只有我睡的帐篷，梦魇的味道还残存在空气中。睡了一晚，我的舌尖上泛着一阵酸苦。

做了个噩梦而已。我一边这样说服自己，一边打开衣箱翻找着，想找件衣服穿。这只是个梦。

是梦。

但如果这一切并非梦境，而是现实呢？

我穿上了半神国人给的漂亮衣服，这衣服不仅绚丽多彩，还防寒保暖。帐篷外，阳光照耀着这一片雪白的世界，有点儿刺眼。冬天来得太早了。看着眼前的景象，我心痒痒的，便去找工匠们要制作风筝的材料。不一会儿，我就拿着结实的麻绳、木钉、胶水和亮黄色的纸制风筝翅膀，爬到了拜韦尔山满是碎石的斜坡上。

刺骨的寒风冻僵了我的手指，我却依然能熟练地制作风筝。在父亲的教导下，我从小就会做占卜风筝。我迎风站起身，背对正在升起的太阳，等风筝上的胶水风干。坡下是半神国人的营地，各色圆顶帐篷环绕着小山，有橘红色的，猩红色的，翠绿色的等等，其中最大的帐篷是深靛蓝色的，上面还零零散散缀有星星的图案。

受上周那场大雪的影响，艾兰国今年的最后一次收割根本没法开展。要是那些被风雪毁于一旦的农作物能顺利收成，人民肯定能舒服、富足地过冬。巫师们抵御风暴的那个晚上，我没能和他们并肩努力；在艾兰国需要我的时候，我却不在那里。

一阵脚步声从身后传来，把我的思绪拉回到现实中——原来是崔斯坦·亨特的厚底靴把雪地踩得咯吱作响。他爬上山，在我身边蹲了下来，从皮腰带上取下一个玻璃水瓶。我瞥了他一眼，随即又把目光转回到地平线上。

“早安啊，崔斯坦。”

“早安，格雷丝。我看你刚才尖叫着醒来，做噩梦了吧？怎么又跑来山上放风筝？”他拧开了玻璃瓶盖，瓶子里装着半神国人用来提神的烤树根茶。我接过瓶子，啜了一口。热腾腾的蒸汽轻抚着我的脸，茶里带点树根的苦涩，却被在冲泡时加入的香料中和了。

“这是一种法术。”我答道。喝下去的茶温暖了我的胃。“虽然看起来挺傻的，但我还是得知道我刚才经历的究竟只是个梦境呢，还是某种预示——噢天哪，我太需要这茶了。”

崔斯坦摆摆手，示意我不必客气，“为了调查这个还得放风筝吗？再给我讲讲这个法术吧——先等一下。”

空气中弥漫着一阵夏日青草和鲜花的芳香——这香味是从我身后的石头那边飘来的。崔斯坦解下了他的剑和匕首，拿起弓箭，朝石头走去。

“是谁在那？”崔斯坦问道。

一个男人从山顶上那块岗哨石后面走出来，站定脚步，举着的双手远未触碰到他挂在腰间的箭筒。冬日的微风吹拂着他那件橘红色长袍的褶边。“崔斯坦，这是怎么了？女大公有没有在你来了之后再派人过来？”他开口说道。

他也是半神国的人啊。我站起身，准备点头打个招呼，做个自我介绍。

“女大公亲自过来了。”崔斯坦边说，边放下了手里的弓，“但你怎么来了？”

陌生男子用手抹了抹脸，问道：“女大公殿下可曾知道那群怪物在兰尼尔国干什么吗？”

“她已经知道了。”崔斯坦挪动了一下脚步。这全然是无心之举，却让他刚好站在了我和那个半神国人之间。“你为什么不从兰尼尔国直接去埃隆德尔，而是选择来这儿？这样做很危险。”他说道。

陌生男子漫不经心地挥了挥手，说：“我是来找你的，来把你带回半神国，然后提醒女大公——等一下。”他直勾勾地盯着我，“你是谁？”

崔斯坦走到一边，好让男子打量我。我把那件半神国外套的毛边兜帽往后一掠，他便往后退了几步。他举起手，手指间夹着一把平衡匕首。

崔斯坦抬起手臂，把我俩隔开，“好了，阿尔迪斯。她是我们的朋友。”

朋友。听到崔斯坦这么称呼我，我的脸上泛起一阵红晕，心里暖暖的。那陌生男子却轻蔑地皱着脸。

“她可不是什么朋友。她是艾兰国的人。你可知道他们艾兰国的人在兰尼尔国干了什么好事吗？他们现在又在这里干什么？”

我说：“我们现在知道了，那真的很恐——”

“别跟我说话。”阿尔迪斯说。

“别这样，她不知情，”崔斯坦责备道，“她在发现真相之后，帮忙摧毁了以太能量网。她哥哥为了弥补他们族人所犯的错误，还差点丢了性命。”

我点点头。但阿尔迪斯还是用带着杀气的眼神瞪着我。“一切都结束了。那该死的能量网已经被摧毁了。”我说道。

崔斯坦说：“再来给你们相互介绍一遍，但这次我们得文明点儿。阿尔迪斯，这是格雷丝·汉斯莱爵士。格雷丝，这是阿尔迪斯爵士，是为女大公效劳的‘猎手’。”

崔斯坦和阿尔迪斯都姓亨特，后者还是“猎手”，两人有着相同的名号，却压根没什么相像的地方。

他们都很帅气，但崔斯坦瘦削的脸庞和金色的头发使他看起来更加神采奕奕，而阿尔迪斯红褐色的头发在高耸的颧骨周围散成波浪状，那方正的下巴使他显得一脸直率，棱角更加分明。他盯着我，脸上仍然带着明显的厌恶，但还是把刀收进了鞘里。

“你好。”我向他打了个招呼。

阿尔迪斯无视了我的问候，“女大公打算怎么公正地处理这件事？我倒是有些建议。”

“她会和女王进行正式外交会谈的。你得多了解了解这里，这样你才能搞明白这里的情况。”崔斯坦答道。

阿尔迪斯又瞄了我一眼，然后问道：“她在哪儿？”

“在那个靛蓝色的帐篷里。她正想见你呢。”

“好的。”

阿尔迪斯径直朝我走来，非要把我挤到边上去，给他让路。我瞥了一眼他远去的背影，心里暗暗想着，怎么没把你的脚趾冻掉呢。

“哎，他看起来还高兴的。”我说道。

“阿尔迪斯可能已经发现了艾兰国征战兰尼尔国的真正目的。”崔斯坦看着阿尔迪斯远去的背影说道。那个背影正越过营地，朝着艾菲女大公所在的那顶深蓝色帐篷走去。“他肯定会要求严惩艾兰国的，艾菲又很信任他。我们得阻止他。”

话虽如此，我们又怎能否认艾兰国攻打兰尼尔国的可恶动机呢？每当我想起疗养院地下室里的灵魂引擎，我心里都会涌起一阵惊颤，让我直恶心。艾菲从来没跟我提起过艾兰国在兰尼尔国干的可憎之事，而是宁愿把我当做有助于解放死者灵魂的工具。但阿尔迪斯在兰尼尔国待过一阵。他已经看到了这残酷的战争，也意识到，对于将士们在这沙场上流的每一滴血，艾兰国都难辞其咎。他肯定会把这些事情告诉艾菲的，这样一来，恐怕她看向我的时候就不会眼含善意了。

“艾菲很信任你。”我说道。

崔斯坦抿抿嘴，说：“确实也是。继续我们刚才的话题吧，可以吗?”

“好。”我抓稳了手里的风筝，继续朝山顶爬去。

山顶上，有个小灵魂正等着我们。透过他瘦削肩膀上挂着的破外衣，我看到了他那伤痕累累的皮肤。他先是盯着夹在我胳膊下的风筝，后来才抬眼看我。他的嘴唇动了动，但我没听到他说了什么。

“啊嘿。”我蹲下来，把风筝拿给他看，仿佛他还是个活蹦乱跳的孩子似的。他伸出手想摸摸风筝，但他的手指却直直地穿透了这个纸风筝，触不到它，接着他消失在我眼前。

灵魂引擎是为以太能量网提供能量的一个装置。它被破坏后，一批灵魂从里面逃了出来。在他们之中，儿童幽灵的处境是最糟糕的。他们最不应该经历这一切，而我却对此无能为力，没法帮助他们。他们也没法前往安息之国，因为到处的路都被半神国人驻扎的营地阻断了。

“可怜的小家伙。命运之神对他也没有手下留情啊。”崔斯坦叹道。

但他在离开人世之前，本应该得到安息之国给他的照料与安慰，而不是痛苦地承受命运带给他的重压啊。

“好了。话说这风筝的法术是怎么用的?”崔斯坦问道。他拖沓着脚步，走到一块高高的石头前，靠了上去。

“只需用一点巫术，在这上面洒点血，我的灵魂就能和风筝连在一起了。”我把左手的外手套和连指手套都摘了下来，从口袋里掏出了我的白柄博莱恩匕首，割破手指，在风筝头上洒了三滴血。

不一会儿，一只黄色的小风筝就给晴朗的蓝天添了一点色彩，看起来很是令人愉悦。我的灵魂，正沿着我的身体和风筝上的血之间那条线，慢慢延伸开去。风筝在上空的微风里摇摆不定，时而下沉，时而盘旋。而后它乘着风，稳定了下来——此时的我清空了思绪，开始发散感知。向西，我的意识穿过了极地的微风。再向西，逆风吹过海洋，那里空气潮湿，空中盘旋着北方吹来的冷空气。那里正是他们打仗的地方啊……

风筝突然往下沉，朝着地面冲去。我拖着线，再次乘风而起，眼前的一切却令我难以置信:

一团风暴从海边的风暴之炉里呈旋涡状升起，吞噬了数千米的土地。

情况不对——范围太广了，程度太猛烈了。暴风骤雨仿佛带着愤怒，向东方猛冲而去。东边是金斯顿。那里没有以太能量的保护，成千上万的人都只能在黑暗和寒冷中缩成一团。

我卷着风筝线，手不住地颤抖。

“这把戏不错，”崔斯坦说，“你应该先吃点东西再来的。”

“知道啦，老妈子。”不过，看着地面转向的时候，我的脑袋天旋地转地晕，读风向也让我饥饿感翻倍。但是我早些时候确实不是在做梦。我没看错。我半梦半醒那会儿感知到的风暴是真实存在的。而且，如果这风暴降临在海岸，我根本没法想象有多少人会因此丧生。

崔斯坦抓着我的肩膀，让我站稳了。他说：“但说实话，你刚才在悬崖边上的时候脸都青了。你看到什么了？”

我摇摇头，试图清空脑子里的杂乱思绪。可能我现在还做着梦吧？可能这又是一个噩梦罢了。“看到了一团风暴。情况不妙。它——我得走了。”

“去哪？格雷丝？你在说——”

我把风筝放在雪地上，抬腿就走，脚还在斜坡上打着滑。崔斯坦一直在喊我，但我一直没停下脚步，朝着用来做马厩的长帐篷走去。

“格雷丝。”崔斯坦赶上来，抓住了我的手臂，不肯松手，“向我解释一下吧，让我帮帮你。”

“我得去金斯顿城。那里有场非常大的风暴，正冲着我们来呢。”

“这就是你要去那儿的理由吗？”

我挥手挣脱他的束缚，“你想想我不在那儿的时候，可都发生了些什么。”

“这不能怪你啊。他们把你赶出了隐巫者之列，你还记得吗？而且，迈尔斯需要你。”

“你说得对，”我回答道，“但保持理智从来都不能阻止坏事的发生。这场风暴，情况比上周的更糟糕。我只能回去——”

崔斯坦抓着我的手，说：“你回去了，就会被当成叛国贼抓起来。这对你来说没有什么好处！”

“可我不能坐在这儿什么都不干啊！”

“没人要求你去干这些事。如果我们能搞到马车，迈尔斯就能跟我们一起走了。艾菲正面临着抉择呢，你来帮我说服她撤营吧。无论如何，我们是时候去金斯顿了。快来吧，”崔斯坦一边说，一边领着我朝女大公的帐篷走去，“别给阿尔迪斯留时间进谏谗言，给殿下洗脑了。我们越快行动越好。”

放飞天气风筝的两天后，我回到了金斯顿。一到蒙特罗斯宫的阅兵广场前，我就被聚集在那里的罢工示威者认了出来。他们手里举着标语，上面写着巴掌大的字样：“把光还给我们”、“我们很饿——我们很冷！”这些内容都体现着人民的愤怒与恐惧。但更多的标语牌只写着两个黑色的大字：“耻辱。”

看着这个词，我的胃里不住地翻腾，酸涩得仿佛在燃烧。我不能告诉他们，为什么金斯顿城会陷入一片黑暗，为什么他们的无线基站不能用了、电话不能打了。一旦得知了真相，他们的怒火必然会在艾兰国蔓延开来。

在一群半神国人的陪伴下，我尽全速赶回来了。两天前，我冲进艾菲的帐篷，把风暴即将来袭的这件事情告诉了她，她当即答应撤营，我惊异于她的果决，阿尔迪斯在我和崔斯坦进来之前到底跟她说了什么？虽然风暴距离我们还有几百英里之遥，但在海风的助推下，它变得越来越快、越来越猛烈。我们没有时间了。

但就在刚才，金斯顿城的人一看到我们，就都惊呆了。看到我们的出现，拿着一大堆日报的报童们目瞪口呆，马车夫和巡警们不知所措，交了夜班正走路回家的装配工人们也大吃一惊。他们中的一些人丢下手头上的工作，跟在我们后面，推推搡搡地寻找着位置，以便更好地观察队伍。这会儿，抗议者也只顾盯着我们看，他们手里那些宣泄愤怒的标语东倒西歪的。

死者的灵魂混杂在围观的人群之中。他们的嘴唇翕动着，却没有发出任何声音。阳光穿过了他们透明的身体。此时的他们正摸索着开路——活人被他们摸到的时候会感到毛骨悚然，立刻吓得退避三舍。他们率先来到了我们周围。阿尔迪斯嫌弃地咂咂嘴，拨转马头，往队伍中心的地方走去。他目光落到我身上，皱起眉头，扭过头去，厌恶地盯着那些走近我们队伍的人。

在我身边骑着马的半神国人也向我这边瞥了一眼，他们都绷着脸，似乎很不喜欢这样的场景。我缩在马鞍上，而后掉转马头，来到载着我哥哥的马车旁边。他坐了起来，想看看过往的马匹和骑士，但无奈地叹了口气，又躺回了车上。

迈尔斯的举动引起了我的注意。他笑了笑，试图用轻松的表情来哄我。

他说："我能骑马。"

"不，你不能，"我说，"再说了，我们也总算是回来了。"

他叹了口气，盯着天空，"然后你就会跑出去做傻事。"

"我不会的。"我说道。呼啸的大风拍打着我的头，疼得我皱起了眉。

这时，有人扛着一个摄影三脚架向我们跑来，三脚架上嵌着一台巨大的照相机和闪光灯。在半神国人好奇的目光中，她把这个精巧的装置放下，拍了一张照片。后方的人群吓了一跳，惊叫声在我周围此起彼伏。

“那是什么?”阿尔迪斯问道。

为了让大伙儿都能听到，崔斯坦大声回答说：“这是相机。神奇的小玩意儿。它能完美地捕捉到物体的影像。”

摄影师直起身子，凝视着人群。

“崔斯坦爵士?”

那个声音很熟悉。我踩着马镫站了起来，想看得更清楚些。是她。我的记忆中又浮现出她大步走进新开的伊甸山庄酒店的那间星光房的画面，当时那家酒店正处于丑闻风波中。她从不遵从“未婚女性必须穿白色衣服”的铁规，刚剪过的头发染得乌黑，发丝光滑，一头短发造型弯弯地贴合她的颧骨，指向她的红唇。晚礼服的垂褶袖从她肩膀上滑落，雪白的手臂上还套着一副黑色丝绸歌剧手套。

看着她，我像生了根似的定在原地，心怦怦跳，却被下一幕吓得不轻——她愤怒的父亲把一块白色桌布扔到她头上，暴力地把她从房间里拖出来，她痛苦地大叫起来。

这回还是她：同样的黑头发，同样角度的脸颊，同样的血色红唇。她的毛边大衣在两年前就很流行了，戴的也是深受记者们喜爱的尖顶帽子。但就是她，她让我呆立在路上，就像过去那个新年一样。

崔斯坦举起手来，跟她打招呼：“为您效劳，杰赛普小姐。”

过去，阿维娅·杰赛普是家族继承人，作为家里三个女儿中最年长的一个，她会继承杰赛普家庭食品公司的财富。我曾看见她穿梭在派对中，爽朗大笑，魅力四射，光彩照人，而我只希望能和她说上话。而现在，她成了一个独眼女孩，身上穿着一件旧外套。我无法想象——她竟然坚持下来了，为了在报社工作，她竟然拒绝回到原先如丝绒一般奢华的生活。她选择了自己想做的事情，选择了自己的抱负，选择了做自己。这太令人震惊了。她是个有趣的人儿。要是我身边没有这些神眷者就好了，这样我就能跟她说点俏皮话。

我的坐骑晃了晃脑袋，对着正在朝它靠近的一匹马嘶鸣。我艰难地移开视线，朝艾菲女大公点头致意。她朝我笑了笑，一阵微风吹起了她那波浪状的金发，飘拂在她那棱角分明的棕色脸庞周围。她骑着马来到我身边，侧着头，看着阿维娅把另一个胶卷盘滑进她的相机里，按下快门。闪光灯闪出最后一道光后，散发出了一股金属丝燃烧的味道。

阿尔迪斯抬起手，挡住视线，“停。这很粗鲁。”

“是有点儿，”阿维娅承认，“但你们可是新闻人物啊。”

崔斯坦把阿尔迪斯的手按了下来，说道：“她到这儿来的目的，就是要报道我们入城的情况嘛。那是她的工作。”

阿尔迪斯看了看崔斯坦，问道：“她是个传令官吗？”

崔斯坦耸耸肩，答道：“差不多吧。”

阿尔迪斯咕哝了一声。他转而严肃地盯着阿维娅，非常大声地说道：“我们追随来自安息之国的艾菲女大公，她是创世之国的王位继承人，是守望者伊利德女王最喜爱的女儿。传令官，务必用你的声音将这些告诉他们。告诉他们，我们此行秣马厉兵，已做好战斗的准备；告诉他们，我们来此地是要让你们的百姓远离你们所行的恶。”

崔斯坦大声气恼地叹了口气，“够了，阿尔迪斯。她不知道那些事情。”

听到这里，阿维娅放下相机，伸手从外套里掏出了一叠纸和一支笔。

“来自安息国度的艾菲，创世之国的王位……”记着记着，她的笔突然掉到了雪地里。“你们是守护者，你们是半神国的人。你们是真实存在的！”

她身后的抗议者们倒抽了一口冷气。一个女人冲上来，把阿维娅推到一边，跪倒在地，“神眷者，是什么要劳烦你们给我们带来惩戒？是我们做错了什么事情吗？”

“你们没做错什么，”我一边说着，一边扯缰绳，温柔地抚摸我的马，引导它走到阿尔迪斯面前，“艾兰国的国民们，你们并无过错，请保持冷静。这些是神眷者，他们是来和康斯坦丁娜女王沟通的。请让他们安心地走进宫殿吧。”

我的视线再一次投向了阿维娅·杰赛普。她一直看着我，而我扭头看向一群穿着绯红色制服的卫兵。刺骨的寒风吹得我耳朵生疼。

“格雷丝，快停下！”

是迈尔斯的声音。我让马稳住了脚步，然后举起了双手。“啊嘿！”我喊道，“我是菲奥娜·格雷丝·汉斯莱。”

卫兵们迅速地举起了他们的步枪。“你涉嫌犯下叛国罪，正在被通缉，”卫兵队长对我说道，“快快投降!”

“请先领神眷者到舒适的地方去，并热情地接待他们。我需要觐见女王并向她禀告，此事关乎生死。”我恳求着，摊开了双手，手里什么也没有。

在一阵枪械的滑动声和咔哒声中，卫兵们拉开了枪栓。此时，半神国人的队伍中传来一声呼喊。崔斯坦骑着马向前走来，一只手举着，表示并无敌意。

“来自安息国度的艾菲女大公将保护解放者，”他朝卫兵们喊道，“她是我们的客人，我们要保护她免受侮辱和暴力。”

我心里清楚，这些卫兵是有能力在这里打仗的。他们能用步枪对抗不死之人的魔法。但他们会蠢到去伤害半神国的人吗?

我可不能让他们为我打起来。我一只手握着马鞍，翻身下了马。“崔斯坦，求你了，先回队伍里吧。我必须这么做，务必要让女王马上了解情况。”

崔斯坦摇了摇头，说：“艾菲女大公会保护你的。”

我举起双手，掌心朝外，对他说道：“我作为一个忠诚的臣民，在选择信任自己君主智慧的同时，若还选择继续接受外人的保护，这对我的女王而言难道不是一种侮辱吗?我祈求能得到她的怜悯，也坚信她会听我说完的。”

“相信伊利德女王也有同样的期待。”崔斯坦说。

他的语气意味深长。我看着他的脸，想读懂他的表情。但他脸上平静得像水池一般波澜不惊。他往后退了一步，不再阻止我投降。

“把她带走。”卫兵队长一声令下，绯红制服卫兵们都朝我围了过来。其中一人给我的手腕铐上了一副铜边的手铐。铐上的一刹那，铜手铐带来的冰焰刺激使我浑身战抖，嘴唇舔起来也冷得像金属。世界顿时扭曲了，“砰”的一声过后却又恢复了现状。我饿得直哆嗦，但两个卫兵还是在我脚软倒下之前抓住了我。

我无法反抗。我无法尖叫，无法呕吐，也无法以任何方式表示，一碰到铜制品我就会受不了。他们会知道我是什么人，这样就更没有人能把我从监察官那里救出来了。

“轻点儿，”艾菲说，“她投降了。请尊重她。”

卫兵队长紧张地扬了扬眉毛，回答艾菲道：“大人，她是因为叛国而被通缉的。”

“相信女王陛下自会定夺，”艾菲说道，“我是来自安息国度的艾菲女大公，创世之国的王位继承者。我希望能马上见到你们的女王。你可否前去禀报？”

卫兵队长便下了命令。一名部下得令，飞快地冲进了大门，跑步时还踢起了大块大块的雪。其他卫兵则押着我，拐进了通往金斯格雷夫监狱的小路，路上的积雪已被踩得结结实实的了。

“我必须要见女王！”我请求道，“这事关我们国家的命运。”

“我们自有命令安排，哪里轮到你给我们发号施令？”一个卫兵斥责道，“给我闭嘴，好好走路。”

我没再说话。我们从一棵白蜡树下走过，树枝上盖着雪。一群红色的松鸦在监狱塔楼粗糙的灰色石头上盘旋。此时，沉重的监狱大门打开了，仿佛准备把我整个人吞没。

这会儿刚好是监狱放饭的时候，我却不愿在这儿多停留一秒。我感知着那场风暴。这样的感觉压迫着我的颅顶，好似在我的胃里打结，仿佛在黑暗中扭曲着我的梦。现在其他人也一定已经感知到这风暴了。他们必须把这个消息告诉女王。女王需要我的时候，一定不会把我留在这监狱里吧。只要我能和她说话，我就能说服她。她会明了这一切的。只要她愿意见见我，哪怕只是见那么一分钟也好。

“吱——”生锈的大门打开了。塞弗林王子阔步走进牢房，他那身时髦服装，与监狱里粗糙的石壁和难闻的味道格格不入。他衣冠楚楚，从闪亮的鞋尖，平整的制服衣肩，再到他那乌黑的头发，无一不光彩照人。他的模样，还是和我们上次见面时一样英俊帅气。

他衬衫领口下，系着一条橙色绸缎扎染领带，颜色与汉斯莱家的纹章相同。

距离我上次梳妆，已是一天半前了。我的头发散乱着，垂在眼睛前。我也没洗澡，身上套的是囚犯穿的粗麻衣，没有色彩，也没有版型。

“我一听到消息就马上赶过来了，”他说，“你竟然把神眷者带回来了，真是难以置信。”

“殿下，请听我说。暴风雨就要来了——”我抬起头，痛苦地呻吟着，“对不起。我太难受了。”

“我知道风暴要来了。一小时前我收到了其他人传来的消息，他们都是这么说的。”

我挣扎着想坐起来，“我们没有时间可以浪费了。这是我见过的最大的风暴。是女王陛下派你来接我的吗？除了我，没有其他人可以主持这个仪式。”

他走近了镀铜的牢房栏杆，“听我说，我可以帮你逃出这里，但我需要你的帮助。”

我摇摇晃晃地站起来，稳住了脚，“如果我能力允许的话，我可以考虑。”

“无论女王说什么，也不管她怎么说，你都先同意她给出的条件。”塞弗林王子低声说道，我不得不盯着他的嘴唇看才能搞明白他说的话，“但在此之后，我需要你站在我这边。艾兰国因为以太能量和精神疗养院的事，跟半神国之间矛盾很深。可她不听我的。”

我尽可能地靠近栏杆，问：“我们遇到了什么样的麻烦？”

“他们想要的东西，女王不想给。我试着从中劝和，但她就是不肯让步。”

“你想让我帮忙说服她吗？”

“我想让艾兰国挺过这场风暴，挺过半神国对我们的制裁，”塞弗林王子说，“我们必须服从他们的指令，照他们的话去做，可母亲不答应。而更糟糕的是，我们的国民很愤怒。”

人们有多愤怒？自从我们在疗养院地下室深处认识到真相之后，我对金斯顿发生的一切一无所知。难道抗议者们除了在游行广场上聚集之外，还干了别的事情？“连灯都没法用，他们恼火倒也挺正常的。”

“等你放出来的时候，我们会有足够的时间来讨论这事。你会支持我吗？”

“半神国想要的，而康斯坦丁娜女王不想给出去的，到底是什么东西？”

塞弗林竖起一根手指，说：“第一点，艾兰国侵略了兰尼尔国，所以要给他们赔偿。”

“哦。”我可算弄清楚旧时传说的意思了。半神国的制裁，会让受罚者付出他们最不愿付出的代价。康斯坦丁娜女王对自己的成功统治很是自豪，但要衡量她的成就，还得先付出赔偿几百万马克的高昂代价呢。

“他们只想要这些吗？”

“不仅如此。”他竖起第二根手指，“他们还想让我们把巫师都放了，再给这些巫师提供赔偿。可是，巫师们一旦重获自由，他们就会宣扬自己经历的事情，人们听了肯定会怒不可遏。要是这些事情被揭露出去，康斯坦丁娜可能会因此丢掉她的王位，甚至性命。”

“这样的话，她肯定不会同意。”我说道。

“但她必须同意，”塞弗林王子说，“最后，他们要让我们的国民去了解真相，去了解我们以他们的名义所做的一切。”

我盯着他竖起的第三根手指。他说的那最后一点要求，足以让我们灭国。“要是这成真了，艾兰国肯定会被自己的国民夷为平地。”

“如果能说服母亲同意这些要求，我们或许能够让最后那部分不成为现实。”塞弗林说。

“如果她不愿意呢？”

“所以我才需要你的帮助。”

塞弗林的意思，是让我背叛女王。他似乎在暗示说，我若承认叛国罪，反而能将我无罪释放。如果我和他站在一边，他会怎样做去维护他母亲的地位呢？我怎么能背叛我们合法就任的君主呢？如果我背叛了她，那么我的家族世世代代为王室作出的服务与贡献岂不是直接荡然无存了吗？

“您一定要我作出这样的保证吗，殿下？没有其他选择了吗？”

他双手握住栏杆，抬起下巴，看向我的眼睛，“我不想这么做。但他们是半神国人啊，格雷丝，是他们，他们现在就在王宫里。”

他的眼睛里，闪烁着敬畏和惊奇。我能懂。有时候，我会想起他们竟能看见魅客面孔那件事，也会感到惊奇。虽然我自己很容易就会忘掉这种感觉，但是塞弗林王子不一样。他总会去寺庙参拜，还会写冥想录，所以他对半神国人会有不同的看法。我问他：“你有时会不会觉得奇怪？”

“这其实是一大幸事，”塞弗林王子说，“他们正在给我们机会去请求他们的宽恕。其实这真的机不可失。他们大可直接惩罚我们，可这对艾兰国而言意味着什么？女王她没搞明白。”

“他们会怎么做？”

塞弗林耸耸肩，“你比我更了解神眷者们，但我知道女大公的一个侍臣对我们并不友好。你知道我说的是谁吗？”

“阿尔迪斯，”他给艾菲提的建议对我们来说，肯定是百害而无一利，“他想要什么？”

“他认为应该把我们王室族人和所有的皇家骑士都抓起来，让我们成为兰尼尔国的附属国——”

“他们不能这么干！”

“如果我们拒绝，那便会面临灭顶之灾。”塞弗林王子说。

我屏住了呼吸。我想起诗人们传唱的故事里，就有这么一个例子：有位叫兰道夫的国王，他和他的二十个子嗣（包括他的私生子），以及他的六十八个孙子，都遭到了半神国人的诅咒：“你们将会衰败。”

他的妻子当场流产。一年后，他和他的子孙都没有新的后代。十年后，和他们王族联姻的新娘纷纷与他们离婚，回到了自己的祖国；与他国的条约也被撕毁；国土要么被侵占，要么被解放、独立出去了。兰道夫的王室家族逐渐老去，又无权无势，便就此覆灭，也从诗歌和传说中彻底消失了。

我明白为什么塞弗林的脸色看上去那么苍白了。我必须离开这里。

“女大公说，在她亲眼看到艾兰国的真相后，会告诉我们她的决定，但我担心她无法容忍母亲的反抗。”

我知道，康斯坦丁娜女王宁愿憋死，也不会愿意向兰尼尔国道歉，承认那场战争是犯罪行为。如果她知道了王子的计划，下起狠手来是不会犹豫的。王子和他的同伙都会被绞死。

但假如艾兰国会在她的手里毁于一旦，我真的要继续袖手旁观，以宣示对她的忠诚吗？我绝对不会这么做。只要我还有能力，我就决不会让艾兰国覆灭。

不过，这样一来，我就是真正意义上的叛国了。“好吧，我支持你。如果真的到了这一步，我会和你站在一起。”我对塞弗林说。

塞弗林长舒了一口气。

“谢谢你。我带你出去。警卫！”他喊道，“把这扇门打开。现在由我负责看管格雷丝爵士。”

第二章 蛛网恢恢

塞弗林见我准备换上借来的半神国服饰，就别过脸去，给我留了点时间和私人空间。待我整理好着装，他便领着我，穿过金斯格雷夫监狱冰冷的走廊。他不慌不忙地走着，我却心急如焚，甚至想跑起来。因为我要做的事情实在太多了，目前首要的任务就是召集剩下的隐巫者。我很着急，但还是选择和塞弗林步调一致。前阵子我在拜韦尔，不知道这边出了什么事；但如果他能跟我说说这里的近况，我就能利用走路这会儿想想对策。

“女王把他们都抓起来了?”我的声音从石墙上反弹又回到我的耳中。我连忙转过头，凑近塞弗林的耳朵，压低声音问道，“整个内阁都抓了?”

塞弗林早就熟知这走廊石壁爱玩回声的把戏，所以也把头侧向我这边，说：“是啊，都给关起来了。”

难怪上周会下那么大的雪。原来所有首席隐巫者都被关起来了。这是他们应得的惩罚，他们确实有罪。但这暴风雪带来的低温真让我头痛欲裂，肠胃不适，很不好受。只有借助这些巫师的法力和技能，我们才能与风暴对抗。“他们是什么时候进的监狱？对不起，殿下，请恕我冒昧。只是这事比较急——”

塞弗林把手搭在我的手上，然后拉起我的手，让我挽着他的臂弯。

“塞弗林大人，请您告诉我。请不要有所隐瞒，我现在真的非常需要您的坦诚……塞弗林。”我请求道。

他对我笑了起来。大半个金斯顿城的人看到这笑容都会自叹弗如，新闻里也经常有他和艾兰国名媛们的不少合照，照片里的他也正是这么笑着。“他们进监狱的时间，大概是在城里没法用电的第三天。”他答道。

“风暴是在城里停电的第八天来的，这么算来，他们就是那场风暴来临前进的监狱。虽然那风暴威力不算大，只是一场普通的暴风雪，但也还是毁了我们最后一批庄稼。”我说道。

“没关系，我们的粮食总有盈余的，”塞弗林王子耸了耸肩，“应付得了。”

我心想，这可没那么简单。成百吨甚至有上千吨的粮食已经被埋在雪里，渐渐腐烂。

“我的意思是，这场风暴接下来会更猛烈，它的风暴眼大得吓人。我必须要让那些被捕的首席法师在驱散风暴的仪式上施法，而现在能找到的每个风暴歌者都很重要。我需要他们的帮助。”

“我知道的。但母亲正在气头上，我无法确定她会不会准许你把他们带走。”塞弗林一边说，一边带我又转过了一个拐角。我们仿佛走在曲折迷宫的深处。要是想从这儿逃出去，肯定会被绕得晕头转向。不过，我们是不是真的走错路了？在该往左转的地方，塞弗林王子却带着我走了右边的路。他又不像我那样，思绪感官一直得承受着西方那个风暴之炉的煎熬，而且他比我更熟悉这座宫殿，应该不至于走错方向。

我很想礼貌地问他怎么走才对，却没找到开口的机会——他领着我，转过另一个拐角，又开口道："我本以为小克里斯托弗爵士死了。"

听他这么一说，我哥哥隐姓埋名、自由自在的日子怕是到头了。

"这是他自己的想法。他现在有个化名，叫'迈尔斯'。"我说道。

塞弗林王子的嘴角勾起一抹笑容，"还有化名？他可真时髦。"

"他做了对的事情，还平息了半神国人的怒火，劳苦功高。他才是挑大梁干实事的人，我只是帮了个小忙。"

"帮他的时候，你有犹豫过吗？"

我耸耸肩，说："没有。因为他做得对。"

"那你也有功劳啊。很少人能像你这样，能够快速调整思路，去做对的事情。感谢你能为了艾兰国的利益，做出这样艰难而正确的决定。

听着塞弗林的称赞，我红了脸，"谢谢您，殿——塞弗林。"

他轻轻拍了拍我的手，带着我又转过了一个角落，"还得拐弯呢，你会习惯的。但关于半神国人……"

我意识到，塞弗林也想从我这儿了解些什么。我问他："您想知道些什么？"

他又对我笑了。他的眼睛好看又深邃，这会儿笑眯眯的，“他们不会撒谎，是真的吗？”

“我还没遇到过会撒谎的半神国人呢。”

“但那并不代表他们总会说实话吧，是不是？”他轻轻推着我的手臂，领着我走到了一段石楼梯前，石阶宽阔，蜿蜒向上。

我停下了脚步，“这里是叹息之塔吧。”

“没错。有人想见见你。”塞弗林王子答道。

我本想把胳膊从他手上抽离，此时却抑制住了这样的冲动。我说：“想见我的人，是我父亲吧？”

“他和内阁其他成员都在这塔里，等候审判。”塞弗林答道。

“那会是怎么样的审判呢？”我问道。不承想，这话音又在周遭的石头上反弹起来，显得很大声。塞弗林并不知道我父亲做了什么，也不知道我父亲的所作所为几乎要了他儿子的命。也许，他反倒会觉得我父亲的举动是仁慈的。他要是这么想，我也没办法反驳。

“这个案子挺复杂的。任何经过密谋的事情都没那么简单。要想弄清楚到底谁是知情者，知道事情的具体情况和发生的时间，以及当事人都做了什么，这都需要时间。审判者在作出判决的时候，必须慎之又慎且确定无误，有时候还得迅速果断。”

我们在某层一个楼梯平台上停下了脚步，边上有扇窗户。我朝窗外看去，发现一群穿着灰色制服的士兵已经清扫了绞刑架底下的楼梯，正在把扫出来的一簇簇雪往地上倒。

塞弗林王子突然开口问道：“风暴来临之前，我们还有多少时间？”我本来正像着了魔似的盯着窗外的情形，他的问题却穿透了我的思绪，让我回过神来。

我把目光投向刑场，而后让自己的视线逐渐模糊起来——在感应风况的时候，我不需要用眼睛去看，而是用心去感知。“如果首席法师们都在，我们能让风暴今天就到这边。”

“如果没有首席法师在呢?”

“那就是明晚。到那时候，风暴的威力可能会有所减弱，但也可能变得更加巨大。”

听罢，塞弗林王子说道：“我知道你一定会竭尽所能的。母亲也会的。”

他继续领着我，经过一间又一间带着栏杆的牢房。在这些位于最底层的、光秃秃的牢房里，兰尼尔国派来诈降的代表团成员正无精打采地发着呆。他们把漂白了的长发编成辫子，缠在头上，试图掩盖因疏于打理而长出的深色发根。他们的眉毛又长回来了，脸上那些复杂多彩的妆容曾经是他们地位和重要身份的象征，此时却难觅影踪。他们在镀铜的栏杆附近徘徊，看着我们走过，沉默而又充满愤恨。他们中的一些人身上闪耀着魔法天赋的光芒，生发出来的光环上还点缀着巫师之印。

阿尔迪斯·亨特爵士站在他们的牢房外面，气得浑身发抖。

“你们这么虐待他们是什么意思?”他质问道。

“早上好，阿尔迪斯爵士，没想到会在这儿见到您啊。”塞弗林对他鞠了个躬，说道。

“女大公殿下希望得到一份报告，来了解兰尼尔国派遣至此的外交使节的情况，”阿尔迪斯说，“结果你们竟然把他们关在笼子里，给他们穿这些破布来羞辱他们。他们只有那么一点点生活必需品，其他的什么都没有!”

塞弗林脸上毫无波澜，“他们是囚犯。”

阿尔迪斯朝塞弗林迈了一步，离得特别近，看起来比塞弗林高出许多。“他们可是大使。你们让他们坐牢，本来做做样子就行了。你们早就该把他们放了。”

塞弗林说：“阿尔迪斯爵士，您是知道的，我们正处于紧急状态。要维持秩序，我们就必须扩大全城卫兵和警察力量的覆盖范围，所以也没有多余的人手来监视他们了。”

阿尔迪斯怒火中烧，却努力压抑着自己的怒气——从他僵硬的肢体动作就能看出，“我要把这件事报告给女大公殿下。”

他把我们挤开，扬长而去。

我说：“他真的对我们很不满。”

“他很愤怒，但也是给我们考验。”塞弗林回答道。

我不知道他这么说是什么意思，便安安静静地跟着他走。

我们又路过几间牢房，这回里面却铺着地毯，放着丝质被子和羽毛枕头，甚至还挂着用贿赂换来的油画。对于皇家骑士的家长们来说，如果能让自己的孩子在牢里过得舒舒服服的，那花点钱压根不是事儿。那些“囚犯”隔着栏杆盯着我，一脸茫然，不明白我为何会得到这样一位“皇家护卫”的护送。我朝他们点头致意，随后便跟着塞弗林王子来到了塔顶。

我父亲的牢房里，有可供取暖的火盆，一张舒适的床，一张小餐桌，有放着书的书架，还有一扇窗子。一幅我十六岁时的画像，挂在他的床边的墙上。窗子很小，比一个垛口大不了多少；一只胖乎乎的灰色信鸽栖息在窗台上，啄食着小米。

父亲一直都很喜欢鸟，鸟儿们也很喜欢他。跟父亲一起散步的时候，我“结识”了不少小鸟，还在学习的时候把它们的名字和艾兰国的进出口贸易和各行业情况，以及法律知识一并记下来。这些都是我必须了解的，这样我才能接过他的衣钵，成为总理。一切都不应如此。父亲不应该成为叛徒。他不应该成为一个恶魔。

我原本也不应对他有厌恶之情，但我还是记恨于他了。

王子亲自打开了我父亲牢房的门，为我扶着门。

我走进围着镀铜栏杆的牢房。王子把门关了，上了锁，带着钥匙走开了。

我和我最不想见到的人正共处一室。

父亲颤颤巍巍地站起来，“格雷丝。”

他咳嗽起来，剧烈得几乎要倒回椅子上，但他还是站稳了。癌细胞正在蚕食他的身体，让他消瘦了不少，皮肤苍白，嘴唇发青，可他看起来还是那么高。

我下意识地伸手去拿他的止咳药水，还给他拧开了瓶盖——完全没有意识到自己在做什么。他接过去，颤颤巍巍的捧着瓶子，直接把药水一饮而尽。

“谢谢。”

我不想听他给我道谢。我不该和塞弗林过来的，而是应该当众跟他大吵一架。“我不想和你说话。”

他拄着拐杖，手紧紧攥着拐杖头，弄得手指关节都发白了，

“格雷丝，你可只有一次机会。你真的想独自应对这场风暴吗？”

“就算你没被关在这里，你也帮不了我。”他并没有精力可以投入到工作中去。他太虚弱了，根本无法统领巫师届的力量去驯服这场风暴。如果他试着这么干，他会没命的。

“要和风暴对抗，就先得削弱它的力量。别强行让它减速，要迫使它扩散开来，能散多开就多开，有几百英里宽也不为过。这才是你对抗风暴的最佳时机。”他说道。

他并不了解真实的情况。这场风暴可能也给他带来了困扰，但他并不敢尽己所长，亲自去看它一眼。它已经有几百英里宽了，而我们还得让它的影响范围扩大到整个沿海地区，由北到南全覆盖。“如果我们能把风暴散得更开，驱散它的效果会更好。”我说。

父亲拄着他的银头拐杖，走到一把放着软垫的椅子边上，面前的桌子上铺着纸。“你的想法没错，但你没法让风暴停下来，所以试都别试。克里斯托弗怎么样？”

“迈尔斯没死成，还有气儿呢。不过这可不是你的功劳。”

他悲伤地看了我一眼，“你以为我真想杀了自己的儿子吗？”

我把手臂环抱在胸前，“是，我相信你那是迫不得已。怎么示意探视结束啊？”

父亲用力抿着嘴，嘴唇看起来都变薄了。每当他被我倔强固执的性格惹恼，或者不愿意面对他心中的真相时，他都会露出这样的表情。“他想摧毁艾兰国的能量来源。现在他可得逞了。看看他都干了什么好事吧，格雷丝，看看无辜的民众都给他害成什么样了。”

我冷冷地哼了一声，丝毫不相信他的话。“你竟然有脸坐在那儿跟我扯什么无辜民众？给以太能量网提供能量的是什么，你心知肚明。这一切都是你和迈尔斯爷爷一起造成的，你却对此只字不提。”

“当时我们必须停用煤炭。”父亲把椅子拉出来，慢慢地坐了下去。“你不知道，它对天气的影响太大了，还恶化了大气的状态，搞得烟雾就像汤汁一样浸着金斯顿城。天然气也好不到哪里去，所以我们需要一个替代品。”

“这就是你捕捉灵魂的理由？”

父亲拿起一个玻璃茶杯，啜了几口茶。他是在无视发飙的我。小时候的我心中只有愤怒、兴奋或绝望，情绪总会爆发，当时的他正是像今天这样对待我的。“它们只是能量，”父亲说，“只是用来消耗的能量。这就是魔法。你自身的能量——我们的能量总会有盈余的，我们也可以按照自己的意愿去使用它们。但是，如果灵魂不再需要给肉体提供能量，那么即使是一个普通的灵魂也会有惊人的力量。”

“可你用的灵魂能量并不是你自己的啊！”

父亲喝剩半杯茶，把茶杯放在茶碟上。“你以为半神国人不会为了自己的利益而去用灵魂能量吗？你们打破以太能量网的时候，他们就在现场了，正中他们下怀。”

才不是这样的！我说：“他们是去找崔斯坦的。”

“那为什么崔斯坦会在那里？”

我抿着嘴唇，一言不发，盯着窗台上的鸽子。把一切都告诉父亲的日子早就过去了。我们不是一个阵营的。再也不是了。

父亲耐心地看了我一眼，“他在寻找那些灵魂，格雷丝。半神国人太渴望灵魂能量了，以至于要打破公正者梅纳斯定下的契约也在所不惜。”

“你说的是造物主吧，爸爸？我还以为你不相信有神灵呢。”

他耸耸肩，“神迹时代已经过去很久了。没有人被造物主或永生之神触动过。我们自从被神灵抛弃之后，就再没有听说过关于他们的新故事了。还有什么可信的？”

“半神国人是真实存在的，安息之国也是真实存在的。我们背叛了他们——”

他一拳打在桌子上，“是他们背叛了我们。”

杯子震了一下，里面的茶泼洒出来，溅到了茶碟的边上，还沾到了桌上的《星报》上——摊开了的报纸头版上，正是我和半神国人的一张合照。

守护者们往自己身上施了魔法，让自己看起来像人类一样——他们有着非凡的魅力，但看起来依然是个凡人的样子。而诚实的照相机还是会准确地拍下他们的原貌：他们美得超凡脱俗，有着大大的眼睛和高挺的鼻梁，身骑名为“海拉”的鹿角马，这种马肉眼看起来和一般的马很是相似。

报纸上的照片中，艾菲女大公站在镜头中央，面带平静的微笑直视镜头，金色的卷发随风飘舞。站在她身边的是她的秘书伊桑德。伊桑德皮肤黝黑，身着黑衣，无论女大公走到哪里，他都会跟着。照片中的阿尔迪斯脸上正好沾上了茶渍。崔斯坦的手则重重地压在他的肩膀上。父亲的日记放在左边，写了半页笔记的纸上压着一支笔。父亲每天读新闻的时候会做笔记，从头版头条到篇幅最小的专栏，有时甚至是分类广告上的小字，他都会记录。他现在又在做笔记了。写这些对他能有什么好处？在监狱里烂掉吗？

“是他们背叛了我们，”父亲说道，“他们既没有行神迹，也没有行恶，就弃我们而去。即便你说他们是真实的，那为什么还要敬重一个抛弃了你的神明呢？反正我不会。我又不欠他们什么。”

“你该对那些被你关在以太能量网里消耗能量而因此毁灭的灵魂感到亏欠。那真的太可怕了，爸爸。你做的一切简直罄竹难书。你阻止了上千的灵魂前往安息之国，可要是你的灵魂去往此处呢？你也会阻止吗？”

“我说不准。但我还是不待见他们，现在是，以后也是。不过，我想向你道歉。”

我突然说不出话来，惊得目瞪口呆。

父亲嘴上说着要道歉，却并没有惭愧地低下头去，也没有真诚地把手放在胸前以示歉意。不过，他能承认自己的错误，已经是他作出的最大让步了。“我没有把关于以太能量网的真相告诉你，因为我知道你会有什么样的想法。我是想找一个能源的替代品，来满足我们日益增长的需求。之后斯坦利找到了解决办法，也就推动了我们和兰尼尔国的战争。”

“真够该死的，这就是你们发动战争的邪恶借口。”千言万语也没法形容这理由有多可怕。

他怎么能这么做？他是有怎样的铁石心肠才能干出这样的事？

“别老是怀有敌意，格雷丝。你要面对的任务很艰巨。”

“珀西爵士还把魔法网搞坏了，拜他所赐，整个冬天我都得追踪风暴了。”

父亲摇了摇头，“我们要做的，并不只是控制天气那么简单。隐巫者如果没有首席法师的经验和技能的支持，那他们只会是一团糟。艾兰国需要电力。人们现在还震惊得没缓过神来，但他们很快就会找个人来怪罪。这些风暴，你自己处理起来是挺危险的，但你可以驾驭它们啊，格雷丝。你可以让风暴为你所用。”

“我一直听你的话，一直相信你。”我一直信任父亲。他的学识是那么的渊博，又那么有远见——是他教会了我如何探索各种可能性，探究其背后的动机。他总有办法能让一切事情顺顺利利地完成。

但，这次我不会这么做了。我往后退了几步。这“催人泪下”的团圆环节，可不是专门设给他道歉用的。“我不需要你的帮助，父亲。你也不配得到我的信任。”

他叹了口气：“如果你改变了心意，就来找我吧。我一直在。”

“我该怎么出去？”

“你身后有个铃铛，拉一下上面的绳子就行。”

我把铃铛拽响了两次，塞弗林才过来开门放我出来。

塞弗林等到我挽起他的胳膊，才迈开步子，和我一起当着牢房里那些兰尼尔人的面走过，自如得几乎把他们视作空气。但他还是担心地瞥了我一眼，说道：“你必须明白这里的利害关系，

格雷丝。”

一切都岌岌可危——他的未来，我的未来，这个国家每个人的未来都是如此。风暴正在向我们的海岸移动；艾菲女大公给我们设了十四天的观察期，时间一到就会对我们作出判决。在这两者的夹击之间，我们就像站在悬崖峭壁边上，而且还正朝崖边逼近。自然而然地，塞弗林肯定会找克里斯托弗·汉斯莱小爵士寻求指导。谁不想这么做呢？

可能只有我吧。“你不能相信我父亲，塞弗林。你不能相信他。就是他把我们害成这样的，而且他只会做对自己一定有好处的事情。”

塞弗林叹了口气：“我知道你在生他的气，你也有生气的理由。但他很爱艾兰国，还曾发誓要为国效忠呢。他准备付出一切来弥补皇家骑士和祖父尼古拉斯所做的错事。”

“付出一切？”这话是真是假还不一定呢。我忍不住哼了一声，显得有些粗鲁。

“如果有必要的话，他说愿意接受绞刑。实话说，这样的判决很可能成立。”

“而你也相信他说的话。”

“他犯的错很严重。我甚至无法形容有多严重，但他想要改过自新。他哭了，格雷丝。他试过抑制自己的情绪，不让自己哭出来，但当我告诉他小克里斯托弗还活着的时候，他就崩溃了。”

“他想杀了迈尔斯，当时我也在场。我很清楚他都干了些什么。”

“他跟我说，”塞弗林说道，“他很后悔所做的一切。”

听到这里，我嘴里轻轻地呵了一声，语气里满是质疑：“可他看起来对我并没有什么忏悔之意。”

“我认为他会以不同的方式来向你悔过吧，”塞弗林轻抚着我的手，安慰着我，“他这一生都是在你的仰慕中度过的。他很强大，他无所不知，无微不至地指引着你。他在你面前总会想表现得很坚强。”

父亲一向如此。他总是那么坚强，总是充满智慧，总是那么聪明，还富有创造力和洞察力——他把这些能力都传授给了我，而我若要继承他的事业，就必须了解掌握某些秘密，他却对此只字未提。如果真如他说的那样，他想用另一种不同的方法来给以太能量网提供能量，那该怎么办？他就是这么一个人，从来都不会让我知道他的踌躇不定。除了强有力的信念和坚定不移的立场之外，他不会向我表露自己心中一丝一毫的其他想法。

我赶紧抛开了这些胡乱的思绪。我刚才分明是在尝试理解他，尝试找到原谅他的理由。但我根本不可能这么做。永远不可能。然而，有件事几乎和预示着暴风雪来临的头痛一样，让我很是烦恼。“见女王之前，你为什么要先带我去见他？”

“因为他想见你啊。”

这么说，他宁愿听从我父亲的意愿，而不遵从他母亲的旨意吗？

不过，对于这个问题，我完全不需要冥思苦想找理由。因为几乎任何人的做法都会和塞弗林一样。作为艾兰国公认的最聪明的人之一，父亲既有洞察事物本质的能力，也有发现对手弱点的本事。

只有迈尔斯违抗过父亲为他制订的计划。他坏了父亲的名声，让父亲的对手们有了可乘之机。父亲尽了最大的努力才把迈尔斯——我的哥哥——拖回他的住处，但迈尔斯就是不肯屈服，不肯改变主意。

由此，父亲便试图杀掉迈尔斯，以保护这个国家最可怕的秘密。我永远不会忘记这件事。我也永远不会原谅他。“请多加小心，塞弗林。我父亲总能找到办法，最终得到他想要的东西。”

“那就再好不过了，”塞弗林说，“你父亲期望的，是让艾兰国平安无事。如果他总是能得到他想要的，那我们可就已经成功了一半。”

我那愁云满布的脸，此刻终于舒展开来，朝塞弗林露出了微笑，“你说得对。”

父亲确实希望艾兰国能平安无事。他当然会有这样的希望，但他想要的不只有这个。塞弗林不知道，我对此可是看得清清楚楚。

塞弗林王子领着我，沿着复杂的路线穿过金斯格雷夫监狱，来到连接古堡和建于两百年前的所谓“新”宫的长廊。地上铺着上过蜡的金色木材，再也不是冷冰冰的石板地面了。我们沿着铺设地毯的走廊走上楼，去女王的私人办公室的时候，空气也变得温暖起来。

寒冬里的一缕阳光从墙上的圆形窗户外透了进来。墙面前放着一张宽大的桌子，桌旁还有一张铺着紫色软垫的高脚椅。康斯坦丁娜女王正坐在那张椅子上休息，她穿着一套剪裁利落的紫色羊毛套装，侧着头，手指轻轻敲着桌面。

“你们迟到了三分钟。”

迟到了三分钟。塞弗林为了能先把我带到我父亲那儿，对他母后撒了谎。但我脸上毫无波澜，没有表露出任何想法。我跪下来，低下头，右手放在左胸上，等待着。

“平身吧。我们都知道你是为何而来的，”康斯坦丁娜女王说道，“关于西方风暴之炉所酝酿的这场风暴，我们已经从不少囚犯那里得到了预警。而在此之前，你就选择了离开安息国度艾菲女大公的庇护，冒着被我处死的风险来告诉我们风暴将至，带来的消息还比其他人的早了整整一天。格雷丝爵士，你究竟是为了什么呢？”

我站起身。塞弗林从我身边走开，走到女王身边的桌子旁，倚在上面歇息。

“殿下，这是我见过的最可怕的风暴。之前霜夜来临时，恐怕首席法师们施的法术没能让风暴之炉平息下来。”

她翻看着一叠用好纸写的信，旁边放着的信封上印着蜡封。蜡封有青色的——是布莱克家的来信，深棕色的——佩尔弗雷家的，还瞥见了深绿色的——那可能是西布利家的。这些信都来自新上任的百大家族首领，他们试图率先向君主发出风暴预警，然而这危险的风暴只有隐巫者们才能抵御。“如果珀西爵士在那场投票选举中败下阵来，你就得是那个施咒的人了。”

女王要责怪他，我也没有什么意见。我把双手交叉在胸前，不再偷瞄她手里的信件，“是的，女王，但要是让我去施咒，我也不敢保证那样能不能改变我们的命运。”

“他们告诉我，你的能力非常强大，配得上你的地位。姑娘，这是真的吗？”

我点了点头：“是真的。但即使珀西爵士施的咒成功了，这场风暴也会把一切撕成碎片。它太强大了。”

塞弗林王子轻轻地碰了碰女王的肩膀。“母后，就像我说的那样，他们不可能都在撒谎。格雷丝爵士多勇敢啊，舍己为国，而且她说的情况，其他人也能印证。”

“我不知道我们能不能阻止它，”我坦白道，“而且如果没有首席法师的力量……”

康斯坦丁娜女王突然对我和她儿子怒目而视：“我都叫人把他们抓起来了，你们还要我把他们放出来？”

我摇了摇头，这时塞弗林不再倚着他母后的桌子，站直了身子。

“不，母亲。显然是不能的，但你可以放了格雷丝啊，还她一个清白，她就可以让风暴平息下来。她可以帮到我们。”

“还有呢，”我说，“您还记得霜夜那天由您见证的仪式吗？就是我和我哥哥被驱逐出境的那场仪式。”

康斯坦丁娜女王说：“我只在参加霜夜仪式的时候才会那么盼着手里能有本书读一读。按传统来说，我必须待在仪式现场，可它真让我无聊得想哭。不过我的确记得你被驱逐了。怎么回事？”

“我们是来提醒您的，因为你可能会受到袭击，”我说道，“我哥哥的一些病人得了一种奇怪的病症，那时候他就在尝试解开这背后的谜团——那些病人参加过兰尼尔战争——”

“行了行了，”女王摆摆手，“直接说重点。”

“那是一种咒语，是一种巫术，”我说，“大多数老兵身上，都背负着死在他们手下的兰尼尔士兵的灵魂。您在接受兰尼尔代表团的正式投降的时候，应该还有一千名士兵在场，那也完全足以把剩下的敌人都消灭掉，然后——"

"重演卢库斯的复仇，"女王说，"然后你就把这个情况告诉了首席法师们。"

"是的，陛下。"

她咽了口唾沫，下巴绷得紧紧的："他们却不相信你的话，所以也没有人来告诉我。这么看来，我在熄灯以后才推迟投降，真是全靠运气作出的决定了。"

"我们化解了威胁，陛下。迈尔斯利用了以太能量网的力量，用它来驱逐那些背负着敌人灵魂的老兵。然后我们把它毁了，以免它继续吞噬艾兰国人的灵魂——"

"够了，"女王做了个手势，让我停下，"该死的兰尼尔人。就凭这个理由，我要处决了他们。"

塞弗林又靠在桌子上，摊开手撑着桌面，平衡着身体。他的指甲最近磨得闪闪发亮。"母后，有个半神国人特别关心兰尼尔代表团的成员在牢里过得怎么样呢。"

"哪个？"女王问道。

"阿尔迪斯·亨特爵士。"

女王叹了口气。"那个不讲理的家伙。"

"是的。"

"太可恶了。"

我把舌头抵在上腭上。康斯坦丁娜女王一世，竟然也会咒骂别人？只见她拿起一支手工制作的木笔，笔上的纹路被紫色的颜料遮住了，颜料上还盖了一层亮漆。“我们需要拿出让他们没法狡辩的证据，来证明他们犯下了暴行。你明白我的意思吗？要证据确凿。”

“明白，陛下。”

“很好，”女王用那支笔指着我，苦笑着看了我一眼，“我要让你受累了，姑娘。你准备好了吗？”

我把手放到左胸口上，感受着自己的心跳，“我准备好了。”

女王举起了笔，仿佛那是一根权杖，“我宣布，你现在拥有隐巫者的话语权了。我现在任命你为总理，无论是在公开的还是不为人知的事情上，你都要给我出主意。”

我感觉浑身暖暖的。我的地位更高了。是她赐予了我这样的地位。我本以为我得去哄骗她、乞求她才能得到她的信任，但她一声令下就让我从阶下囚一跃升任总理。“好的，女王。”我说。

“作为总理，你要以首席审查官的身份负责调查一个问题，就是你告诉我的那些关于兰尼尔代表团的情况，以及他们想从内部瓦解艾兰国的阴谋。你必须对这次调查的细节保密。明白了吗？”

噢。我眨了眨眼，思考着该怎么措辞，“明白了，但我有个问题，女王。”

“什么问题？”

“我不会讲兰尼尔语。”

这并没有让她显示出任何的迟疑犹豫，“你哥哥不是在兰尼尔服过役吗？”

我的脸逐渐苍白起来，头脑中只剩一股寒意，“是的，陛下。”

“那他学会说他们的语言了吗?”

噢，不。这可不行。“他确实学会了。”

“那就让他来。”

但我不能那么做。“陛下——”

她脸上摆出一副不耐烦的表情，示意我闭嘴，“这有什么问题吗，格雷丝爵士?”

她总算不把我唤作“姑娘”了，可我根本没心思为此向她道谢，而是连忙说道:“陛下，在约翰斯顿营救行动开展之前，迈尔斯在审讯殿里被囚禁了好几个月。”那场营救是我们的父亲设计的，因为他非常清楚自己的儿子在哪里。父亲准备好后，就把所有的线索都放了出来，也就让我在不知道真相的情况下又找到了迈尔斯。现在迈尔斯总算重获自由，能好好休息一下了。我不能把他牵扯进来。

“现在他有机会把逮捕他的人绳之以法了，”女王说，“把他纳入你的调查计划吧。”

“我哥哥在疗养院受了重伤，”我说，“他还很虚弱，很容易就会感到疲惫。他的身体需要恢复。”

“尽可能给他安排好的住处，”女王说道，“但在我准备好把真相公之于世之前，我不想让它有任何泄露。你明白我的意思吗?”

康斯坦丁娜女王一旦下定了决心，就不可能动摇了。塞弗林王子站在她身边，他看着我的眼睛，轻轻地点了点头。这么看来，这是他认为最好的办法了。

奉女王旨意，我只能让哥哥再次回到那个噩梦中去了。

第三章 为艾兰国效力

不行。我不能这么做，也不会这么做。宫里人那么多，我完全可以找个既懂翻译，又能对我们调查任务保密的人来帮忙啊。

我朝着政府大楼走去，总理办公室就在那儿——现在是我的办公室了。办公室里的工作人员们正等待着我的指示。我要立即派人去找合适的助理人选，不过这可能就得用掉一周时间。我父亲的——哦，现在是我的秘书珍妮特，还可以为此开场新闻发布会呢。我们必须开始制订一个重要计划了，这样才能好好对付办公室里即将发生的一切。按那么满满当当的日程安排，我很晚才能到家了，都赶得上吃夜宵的时间了。我早就想甩掉我的靴子，在某个地方偷摸着打个盹儿了。但是我必须时刻关注巫师圈子中的剩余力量——算了。明早再想这个吧。

“格雷丝？”

我停下脚步，转过身，向来者鞠了一躬，“塞弗林。”

塞弗林王子走到我身边，眼神几乎没有落在那些在走廊上停下来对他鞠躬的人身上。他们等到王子走过后才直起身子，恢复工作。“艾菲女大公想见见你。”

“现在吗?”

他微笑着伸出手臂，“我还是带你去见她比较好，这样能让她知道你一切都好。应该不需要太长时间。”

“能见到殿下我很高兴，但我不能久留，”我挽着他的胳膊肘，跟在他身后，“我得工作。”

“这就是工作，”塞弗林说，“女大公每次开会，都总要提起你被关起来的事儿。”

所以说，是艾菲提议把我放出来的?

很有可能。我倒是很愿意去和她见见面，说说话，但我实在是有太多事情要忙了，“那我去吧，让她放松放松心情。我们现在去哪儿?”

塞弗林领着我，走过一条挂满名画的走廊。这些画，我几乎连看都没看过。

“我们让半神国人住进了国宾酒店。”

国宾酒店啊。它就坐落在我去政府大楼的必经之路上，我路过很多次，都发现它总是大门紧锁，后面的走廊一片寂静。“我还没进去过。”

“我小时候进去探索过，”塞弗林说，“以前经常在里面玩模拟游戏，假装有代表团来访，想象所有家具上的防尘罩都掀开了，房间里坐满了人。”

很久以前艾兰国就关闭了边境，所以在今天看来，这间用于接待外宾的酒店里的家具和所有装饰都有种古朴之风——这里的座椅是用沉甸甸的乌木做的，上面也没有铺设弹簧坐垫，只有雕刻得繁复又花哨的图案。我瞥了一眼旁边的几张立柱桌，上面放着花瓶，瓶里插着由金斯顿皇家花园精心培育的温室花朵。这皇家花园虽然只是附属于金斯顿宫的一个小公园，但全年都挤满了前去观光的群众。

无形中，一个沉重的担子突然落在了我的肩上。这个皇家花园是靠以太能量来给自己的温室和那些采集自异国他乡的标本加温的。没有了以太能量，公园里那些无辜的植物，那些像宝石般闪耀美丽的鸟儿，那些有着梦幻形态和色彩的蝴蝶，都活不了。它们的性命，都和那个漂亮的玻璃笼子密切相关。

我已经毁了太多太多。我有太多东西需要弥补，需要改正。我该如何挽回我和首席法师所做的一切呢？面对眼前艰巨而重大的任务，我有点畏缩。

塞弗林瞥了我一眼，“你还好吗?”

“只是突然有点感伤罢了，”我说，“现在没事了。”

塞弗林点点头，“我们到了。”

两个黑皮肤的半神国卫兵，正全副武装地站在两扇沉甸甸的黑漆大门前放哨。门上刻满了飞鸟的形象。

“塞弗林·蒙特罗斯王子和格雷丝·汉斯莱爵士前来拜见殿下。”塞弗林说。卫兵们便为我们开了门。

我们走进一间玻璃房。四周有些昏暗，于是铮亮的玻璃房看起来便如同一颗精雕细琢的宝石，镶嵌在黑色铁板中间。一只明艳得像花儿一样的蝴蝶，晃晃悠悠地朝我们飞来。它轻轻扇动着蓝绿色的小翅膀，翩翩起舞；一阵上下翻飞后，又飞回在玻璃穹顶下嬉戏的其他蝴蝶那边去了。这时，一阵音乐飘进我的耳朵，动听得让我起了一身鸡皮疙瘩——听着这美妙的旋律，我脑海里竟浮现出了这么一幅场景：阳光洒在浅浅的溪流上，波光粼粼，甚是美好。

身穿拖地长裙的艾菲坐在吉他手的座位上。她演奏的美妙音乐，此刻萦绕整个房间。房间里的半神国人一群群地聚在一起，各自做着一些手工活、艺术活——我瞄到有纺纱工、织布工，还有个特别会织花边的男人，他手里的梭子玩得飞快，快得都没影儿了。旁边，一个女人身上只披了件长袍，一头乌黑靓丽的长发如瀑布般垂下。她仿佛一尊雕像，静静地立在那里，让另一个女人画她的肖像画。那么冷还得穿得那么少啊。我对她很是同情，一边这么想着，一边打了个寒战。我便散发出一点能量，让房间里温暖起来。

几个守卫朝我这边看了看，微笑着表示感谢。我也朝他们报以微笑，等着艾菲发现我们。

她一看见我们，就停止了演奏，那群蝴蝶也静悄悄地消失了。她把手上的黑檀木吉他放在架子上，向我们走来，然后将我紧紧地揽在怀中，慷慨地给了我一个拥抱。她的头发散发着幸运草和紫罗兰的香味，那金色的卷发像温柔的手，轻抚我的脸颊。

“你状态不错啊，”艾菲说道，“我心头的大石总算落地了。”

我微笑着说道：“我感觉自己很需要换件衣服，好好睡上一觉。不过我目前过得确实还不错，不仅被放出来了，还成为了女王钦定的总理。可惜啊，我已经开始工作了，所以我只能赶——”

她拉起我的手紧紧握着，“别胡说了。你上一顿饭什么时候吃的？宫里马上就有人送饭来了，留下来一起吃一顿吧。”

我本来是想直接拉响铃铛，唤个仆人去拿盘吃的就行了。但我要是拒绝和半神国人一起吃饭，对半神国人而言，那就是对他们的不信任。“好吧，如果这里有多的小桌板和写信的材料的话，我就留下来。”

“你可以向伊桑德借。”艾菲说着，就领我走向她那个身穿黑袍的秘书。伊桑德正站在玻璃房门口附近一根立着的栖木边，给他那心爱的黑鸽子喂食。他是人群中最高的那个，还有着引人注目的长辫子和深肤色。我赶紧提醒自己别一直盯着他看。他向我点头致意，然后给艾菲送上一只鸽子。

艾菲伸出手，那鸽子便轻轻跳到了她的手指上，“我们的朋友有带来什么消息吗?”

“寺庙里都是人。”伊桑德一边回答，一边把一条穿有银珠的辫子拨到耳后。看得出来，他的耳朵也是精心装饰过的。“今天早上，人们试图在阅兵广场集会，但有一队女王卫兵把他们从广场上赶了出来。有的人在食品店门口排了好几个小时的队才能进去买吃的，还有的人在街上乞讨。”

我听着这段汇报，心里很是痛苦。塞弗林清了清嗓子，说:“没有了以太能量，人们就陷入混乱了。工厂停摆了，工人们也没有工作。他们很担心会不会没饭吃，也很担心能不能保住自己的家——这是个大问题。”

“格雷丝。”迈尔斯摇着轮椅，在我身边停了下来。他坐的轮椅是木质的，有着用灯芯草编织而成的靠背，大腿上还盖着一张彩色织锦毯。“请您原谅。”迈尔斯对艾菲说道。艾菲朝我们点点头，同意让我离开。

崔斯坦朝我招招手，让我过去。我跟着他们，来到房间的角落。这里是玻璃房与宫殿石墙相接的地方，有点儿阴冷。我们在一棵白蜡树旁坐了下来，树枝上盖着白雪，垂挂着火红的浆果。

迈尔斯看起来还是很瘦削，但他已经没有生命危险了。我笑着看着他，同时散发出能量来取暖，“你不是应该在床上呆着吗，怎么出来到处跑？”

迈尔斯朝我翻了个白眼。在他脑袋周围，一串巫师之印组成了一个王冠，闪闪发光，充满能量，滋养着他身体内外那精巧复杂的咒语网。科马克第一次给他施法之后，这张咒语网就已经能让他呼吸顺畅，心跳平稳且有力了，但现在这魔法越来越少，强度也越来越弱了。“我应该多出来活动活动。我现在胃口特别好，吃东西多得能赶上三匹马的饭量了，也开始长肉了，身体在恢复——”

“医生自己就是最麻烦的病人。”这是半神国医生的原话，因为之前迈尔斯老是不肯好好休息、静养恢复，搞得医生们对他连连抱怨。我又拎出来说了一遍：“你得有点耐心。”

崔斯坦警觉地抬起头——有人朝我们这边走来。原来是塞弗林王子。他在我们身边停下脚步，说：“你好啊，克里斯托弗爵士。噢不好意思，应该叫你迈尔斯的，你妹妹说你更喜欢这个名字。非常感谢你能为国效力。”

迈尔斯握住塞弗林伸出的手，说：“殿下不必客气，我只是尽我所能而已。”

塞弗林接着说：“虽然格雷丝还没来得及跟你说明你接下来的工作，但我还是想向你表示感谢。”

迈尔斯微笑地看着他，嘴角扬起的弧度礼貌而自然。“我很荣幸，先生。”

我尽力掩饰着自己的沮丧，“我的计划还不完善，还有很多决策要做。”

“迈尔斯可以帮你做决策啊，”塞弗林说，“你们俩在这项任务里都很重要。”

他拍了拍迈尔斯的肩膀，就走开了。他在房间里逗留了很久，走之前还从盘子里顺走了几个酥皮泡芙吃。要不是朝他的头扔东西会背上叛国罪，我肯定会这么干——因为我太饿了。我把手放在肚子上，饿得有点儿发抖。转过头来，正巧迎上了迈尔斯的目光。

“格雷丝，”哥哥悄悄地问道，声音小得几乎听不见，“王子说的是什么啊?”

我们离开了那间音乐萦绕、幻蝶飞舞的玻璃房。崔斯坦推着坐在轮椅上的迈尔斯，走过走廊，来到一扇较小的黑漆门前，门上刻着一些同心圆图案。我的肚子还在咕咕叫。迈尔斯直起身子，倾向前去，伸手去拧门把手，开了门。崔斯坦推着迈尔斯，进了一间装饰得富丽堂皇的房间——深海蓝和象牙白的色调，点缀着炫目的金色，十分华丽。见壁炉里的火还未完全熄灭，崔斯坦便走过去，往壁炉里添了一根干木柴，把火重新引燃。

我找了张长椅，在一端坐下了。崔斯坦则坐在迈尔斯身旁的椅子上，一条腿搭在扶手上，“发生了什么?”

我紧闭双唇，注视着炉火，“是塞弗林想多了而已，我其实也没什么要说的。很抱歉让你担心了，迈尔斯。你也不用为这事操心。”

“还是直接说出来吧，”迈尔斯说，“告诉我，我该怎么做才能为国效力？”

看来隐瞒他这招是行不通了。我摸着长椅软垫上的丝绒绒毛，努力想找到合适的字眼，“我把我们关于老兵被灵魂附体的假设告诉了女王。她想要证据，就让我去找。但——”

“但你不懂兰尼尔语，而我懂。”迈尔斯说。

“不，这可不行。”崔斯坦边说边坐直了身子，他的鞋跟重重地踩在一条法伦达里地毯上，那可是条古董地毯，“这事免谈。”

“我也是这么想的。”我说道。

“他会说梦话，”崔斯坦继续说，“你也清楚，他肯定是梦见了那个地方。”

我听不懂兰尼尔语，但噩梦深处他喃喃自语时的内容，我几乎都能猜出来，甚至都已经知道“不”、“停下”和“求求你”的兰尼尔语单词怎么说了。

“所以我本来是什么都不想说的，迈尔斯。你不需要担负这个责任。我也没想过要问你的意愿，也不打算把你牵扯进来。我甚至根本没打算告诉你这件事。”

迈尔斯用手臂环着自己的腰，眼睛直勾勾地盯着某个我们不知道的地方。天花板上的煤气吊灯轻轻摇曳着，照亮了他苍白的皮肤。他的脸颊依然凹陷，他的肩膀依然消瘦，摸起来骨头特别明显。我双手紧握，又攥成拳，不去碰他，也不去安慰他。一碰他，他可能就会吓一跳。

“迈尔斯，”崔斯坦唤道，“你现在是在蒙特罗斯宫，在艾兰国，不是在那个地方。我们在这里。我也在这儿呢。”

“我知道，”迈尔斯答道，“我知道我在这儿，也知道你在这儿。”

“告诉我你看到的五样东西。”崔斯坦说。

我咬着嘴唇，一言不发地看着崔斯坦慢慢地、轻轻地把他从恐惧中拉回来。那些恐惧，会伴随他的一生吧。当迈尔斯说出他能听到、闻到和感觉到的东西时，我强忍着哽咽，不让自己哭出声来。迈尔斯向崔斯坦伸出手，崔斯坦便像捧着无价的玻璃般捧着他的手，在他的手掌中间画了一个螺旋图案。

迈尔斯的脸上又恢复了血色。他举起手来，托住崔斯坦的下巴。

“我在这儿。”

“而且你哪儿都不用去。”

“那就好。”迈尔斯把手垂下，放在了崔斯坦的膝盖上，又把注意力放回我身上。“你打算怎么办？”

“我打算查查人事记录，然后就面试候选人——”

“你得把他们分开来，”迈尔斯说，“就是要把面试者分开，不能让他们有任何接触和交流。每个人都需要单独面试。如果你一开始就让他们一起待着，他们就会互相取长补短，互相支持，还会解决——”

“不，迈尔斯。这不是你要考虑的事情，”我说道，“你不用操心这个。”

“我知道。我也明白，你是想保护我，但我可是你最得力的帮手啊。”

“迈尔斯，别这样。”崔斯坦劝道。

迈尔斯伸出手，边说边竖起手指头。“一、我会说兰尼尔语；二、我知道该怎么和那些想对我有所隐瞒的人谈话；三、我知道有哪些策略能让他们开口，而不必动用酷刑。能做到这些的，除了我，你还能找到谁？”

他说得对。我们都对此心知肚明，可他作出的牺牲还不够多吗？

“但他们伤害了你，绑架了你，把你关起来，还——”

“还用了最卑劣的魔法来攻击我们，”迈尔斯说，“所以我想知道这一切究竟是为了什么，我也有资格去了解这背后的原因。妹妹，我们都在这个困境里，所以我愿意帮你。”

我一走进我的皇家总理办公室，三个秘书都立刻跳了起来，齐声说：“早上好，格雷丝爵士。”这会儿，身后的门才“咔哒”一声关上了。珍妮特拿起一个写字板递给我，上面夹着一份打印得工工整整的文件。

“早上好。”我拿过写字板，浏览了一下。真要感谢珍妮特，要是没有她，我怎么可能干得了这份工作？“谢谢你们。感谢三位在我不在的时候能维持这里的运作。有什么要先告诉我的吗？”

珍妮特说：“议员艾伯特·杰赛普已于霜之月二十日召集众议院紧急会议，讨论定量配给的问题。”她又补充道，“您有什么想要加入日程的吗？”

“现在没有。”我穿过接待室，打开了我办公室的门。那是一间用金橡木镶板装饰的房间，除了窗户的位置，其他地方都放有一排书架。一群信鸽正在窗户外面的喂食器边上吃饲料。在以太能量和电话通信出现之后，以前人们用来传信的鸟类也就完成了它们的使命，这些信鸽就是它们回归野外后繁衍的后代。“有吃的吗？我肚子都快饿穿了。”我问道。

“马上给您送来，总理。一小时之前我就把那份报道更新校正好了，”珍妮特朝我手里的写字板点点头，又说道，“相关的参考文件放在您的文件盒里了。”

“谢谢你。”我向她报以微笑。她走开后，我便拿着这些报道浏览起来。有些报道里写的情况我都知道：整个内阁被逮捕、工厂因失去以太能量供应而被迫关闭，还有半神国人的到来。但有份关于公民骚乱的报道内容，我并不了解。报告称，公民们的行动从一开始的抗议示威，演变成越来越多的破坏公物和违法犯罪行为，而这些行为最终以一场迅速被镇压的暴动告终。我还读到了一份令人无比震惊的报道，称于霜之月八日降临的暴风雪可能会使农作物减产。

我正读到关于珀西·斯坦利爵士审讯过程的报道时，珍妮特给我拿来了茶和分量大得足以喂饱三个女人的午饭。我一边吃饭，一边听珍妮特向我介绍先前这边失控的混乱局面——那阵子我还在拜韦尔待着呢。

我们在一个带轮子的石质黑板上列了清单，排出任务的优先顺序。女王先前有令，要我们恢复每天发布五次邮件消息的工作，所以我们还要让二十几个小抄写员抄录那些要邮寄的信件。到了总算能离开办公室的时候，我已经疲惫不堪了。夕阳的余晖投射在政府大楼前的小广场上，拉出一个个长长的影子。

这天效率特别高。一直以来，珍妮特都特别可靠，无所不知。我不在的时候，她也总能非常高效地处理事务。我还是父亲的代理人的时候，一个下午，我就在她的帮助下完全跟上了工作节奏。不过，就算还有报道要读，有人要见，都留到明天再议了。我要先好好吃顿饭，洗个热水澡，在床上尽可能多地睡一会儿。一切留到明早再重新开始吧。我的雪橇车在大楼的台阶下等着我了。它有着明亮而醒目的南瓜色，即使停在政府大楼尖顶上投射下来的蓝色影子里也依然显眼。

一个黑影从大楼的一根柱子后面蹦了出来。一道明亮的闪光灯突然冲着我的眼睛闪了一下。我举起手挡住脸，逃过了第二次的摄影“袭击”。强光闪过后，我的眼前闪烁着绿色的光斑，甚至把一张突然出现的熟悉面孔也看成绿的了。

原来是阿维娅·杰赛普。她把相机挂在脖子上，连忙问：“对不起！是不是闪到你的眼睛了？”

“可不是嘛。”我回答道。她还是穿着那件略显破旧的外套，披散的头发在风中自由地飘着，深深的发色像喜鹊的翅羽般，在光线下还会闪现一抹深蓝。饥肠辘辘的我轻声问道：“你怎么知道我还没走，还在这等我呢？”

她把头发甩回脑后。我眨眨眼，想将眼前的光斑消散掉，只为看清她轻启朱唇，嫣然一笑。“纯粹靠运气。我是来听克拉克议员的新闻发布会的，留意到你没来。”

我在脑海里翻查着一大堆议案材料、备忘录、会见请求和邀请函的内容，想找个借口搪塞过去，却一无所获。“我在办公室里忙呢，想把我不在的那段时间里的工作补上。”我说。

“还有你被关起来那会儿的工作呢，”阿维娅补充道，“不过你现在是自由身了。既然你这么努力地在补进度，我是不是得祝贺你正式成为总理啊？”

她的消息倒是很灵通。

“明天会正式公布的。”

“噢，真不错啊，赶上独家新闻了，”阿维娅说着，眼睛里闪闪发光，“恭喜你，总理。”

“谢谢，但你是不是还没说清楚你怎么知道……”就在这一瞬，我突然想起，那辆四匹马拉着的亮橙色漆面雪橇车还停在门口，我的仆人威廉和乔治也还在等着我，“噢。”

“这不是很明显吗？我就是数了数你的马毯上野猪的图案，而且我也知道你恢复自由身了。”

“而你来这儿是为了参加新闻发布会。”

阿维娅点点头，“从出席率来看，没有多少人对这发布会的内容感兴趣。一些影子联盟已经成立了一个小组委员会，专门调查废除主义者对《巫术保护法案》有效性的主张。”

听了这句话，我心跳加速，努力抑制自己的情绪，不让紧张的神色显露在脸上。

我在脑海里想象平静的水面，以此来平复心情，放松紧绷着的神经。“我对这个小组委员会不了解。也许它会出现在下一堆备忘录里吧。”

“我这里拿到了一份媒体声明，拍到了一张照片，但我感觉这照片是不会刊出的，”阿维娅说，“不过现在我要回《星报》报社了。你的任命公告会刊登在我们的报纸上。”

她这个人非常活泼，和我预想的完全一致。

她是一个充满行动力的人。她可以默默地一直等待，甚至能等到我被解雇的那一刻，这样她就可以冲回报社，再抛出一个轰动的头版头条。我想接近她，感受她那满满的精力和远大的抱负，一起体会她为自己寻得的自由。她和我哥哥一样放弃了一切，只为追求一个梦想，无论在实现这个梦想的过程中会面临多大的风险、要作出多大的牺牲，她都心甘情愿。我说：“我正好要路过你们报社，你把自行车挂在后面吧，我们一起坐雪橇走。”

阿维娅高兴地跳下台阶，搬来一辆涂了黑色漆的自行车，车架和挡泥板都锈迹斑斑。她自己动手，把车挂在了雪橇尾部的自行车固定挂钩上。我的仆人威廉把我们扶到后座上。坐定后，我就在我们的膝盖上铺了一条羊毛雪橇毯，“我们得一起用暖脚器了。”

“我不介意。”阿维娅说。我们挤得更紧了，互相取暖御寒——从臀部到膝盖都紧紧地相互靠拢着，脚趾搭在暖气箱上，脚踝也碰到了一起。她身上那股五香苹果混合着香水中花香的甜美味道扑鼻而来。“你那件长袍看起来很暖和嘛。你在金斯格雷夫过得怎么样？”她问。

“幸好没待太久，”我回答，“我可不爱吃监狱里给的小米饭。哎，你有烟吗？我快憋死了。”

“有是有，”阿维娅看着我，脸上挂着坏笑，“但我这个唯利是图的人要用它来换几个问题。”

“那就来做个交易吧。一支烟一个问题。”

她笑了，爽朗的笑声中还带点沙哑，“五个问题。”

那笑声真让我着迷，让我嘴角不自觉地上扬，“三个吧，故事里不都这样嘛。”

“成交。”她从口袋里掏出一只破旧的锡制烟盒，一下子就从里面拿出两支卷好的香烟，叼在嘴里。只见她在一个锡制火柴盒粗糙的一面上划着了火柴，我便伸出手去，略施法术，把吹过来的风定住了。她惊讶地注视着那纹丝不动的火焰，但很快缓过神来，用火柴点燃了两支香烟，递给我一支，“所以说，你又回来干你的老本行了。”

我的嘴唇轻轻含着她叼过的烟嘴，烟嘴上还留着她口红的印记。我吸进一口烟，烟雾在我的血液里奔腾，满怀感激地呼出一口烟，脑袋里的不适感也仿佛烟消云散了。“女王把我任命为她的总理了。你这个可不算问题哦。”

我们向左拐了弯，走到国王大道上，接着便经过了一座寺庙，寺庙的台阶上挤满了祈祷者，他们的头上蒙着白色的短面纱。这时，阿维娅轻启朱唇，烟从她的嘴里袅袅飘出，“刚才的不算，但现在我要开始提问了。你是怎么带着一队半神国人回到金斯顿的?”

对于这个问题的回答，我早有准备。“纯属巧合，”我说，“我当时和一位研究退伍军人战争神经症的医生在一起，他需要我的影响力大到足以进入拜韦尔的疗养院，那里是守护者第一次出现的地方。他们出现那会儿的场面真够惊人的，我感觉这辈子都忘不了。顺便说一下，你的照片拍得很好。我都不知道原来相机还能揭示他们的真面目。”

“谢谢你的赞赏，”阿维娅说，“我在暗室可被那些照片吓坏了。我完全不知道为什么那台相机会这样，但它确实拍出了我最引人注目的作品。”

“你要名垂千古了，”我说，“单凭那一张照片，版权费都值几千马克了吧。”

阿维娅收起笑容，“你说是就是吧。下一个问题。半神国人到来竟然刚好遇上全国大停电，这就让我很疑惑：以太能量的失去和神眷者的到来有没有什么关联？”

她的直觉很准。我吸了一口烟，又长长地呼出，以便集中思绪。“这个问题很难回答。我不想说得像是半神国人搞得我们失去了以太能量，要他们为此负责，但对于那种能为艾兰国的家庭和企业提供电力的能量，他们确实非常感兴趣。我只能说到这个份上。”

拉着雪橇的马稍稍加速，小跑起来，赶上了一群工作一天后骑着自行车回家的人。他们的左胳膊上系着黄丝带，其中有些人瞪了一眼我和我的雪橇。阿维娅倾向那个用来盛烟灰的小瓮，动手弹了弹烟灰。我把目光从怒视我的自行车手身上移开，转头看着她。我已经迫不及待，准备回答她的下一个问题了。她用一支光滑的银边黑檀木笔在笔记本上正写着什么——忽然她抬起头，迎上了我的目光，发现我正盯着她看。她的眼眸如暗夜般漆黑，纤长而乌黑的睫毛遮蔽了她敏锐的眼神。

她说：“自《巫术保护法案》这一新法案颁布后，亡灵歌者成为了第一批被捕的巫师，也就是那些能够与死者沟通和驱使他们的巫师。大约在艾兰国无电可用、陷入黑暗的四十二年后，成千上万的鬼魂就出现了，遍布整个国家。”她朝雪橇外指了指。只见一个浑身透明的女人穿着白色长袍，赤着脚，穿过了一群正在等交通灯变蓝、准备过马路的行人。她走到街上，人们纷纷躲避。骑自行车的人连人带车直接穿过她的身体时，都惊恐地尖叫起来。

阿维娅继续说道：“以太能量失效，亡灵守护者自奇迹时代以来第一次涉足凡间世界，而就是在这么一个紧要关头，你却在一个收容亡灵歌者的精神疗养院里待着。这三个事件之间有什么联系？”

听罢，我几乎要窒息了。我的脑海里仿佛有个声音尖叫：“撒谎，别说真话！”

“我无可奉告。”

她紧紧地盯着我，“这么说，确实是有联系的？”

雪橇上的滑板发出的每一次嘎嘎声和颠簸声，都震得我的骨头直打颤。“我无法证实也无法否认你所提到的事件之间的联系。”我说。

“如果真的没有联系，你直接告诉我‘不，没有联系’不就行了？这可不是件难事吧。”阿维娅把烟头伸进我们面前的一个瓮里，按熄了烟头，也压碎了一块正在燃烧的炭块，“但你没有这么说。”

“要在报纸上刊登的，可不能是耸人听闻的推测。”我说道。

阿维娅撇着嘴，说：“我不会胡乱发表猜测，汉斯莱总理。我会找到证据的——也许你不会给我提供证据，也许我今天也发现不了证据，但我会继续寻找的。”

“你凭什么认为三者之间有联系？”我问道。可刚说完这句话，我就后悔得差点想咬破自己的舌头。我可真够蠢的！

“我不太相信世界上会有巧合，”阿维娅说，“我到了。”

雪橇在主干道和国王大道交界处的一幢大楼前停了下来，门前还有片砂石地。这座大楼便是伊甸山庄酒店，比旁边的楼稍高一些。它坐落在这街区的尽头，高耸入云，却窗户昏暗、客人寥寥。作为第一批完全由以太能量供能的建筑物之一，这间酒店在金斯顿城陷入黑暗后便被弃用了。

阿维娅把自行车从雪橇后面抬下来，“谢谢你载我一程，汉斯莱总理。等我想到更多的问题，我会来找你的。”

她冲我眨了眨眼，然后把自行车推到一个行李架上，用链条把它们拴起来。此时乔治早已赶着马，拉着我和我的雪橇，消失在拐角处。

我把雪橇上的毯子卷起来盖在自己身上，并把两只脚都放在了暖炉上面，却感觉自己好像永远都暖和不起来了。阿维娅·杰赛普把那三件事情连在了一起。没有找到答案之前，她肯定会四处探寻，誓不罢休——如果人们知道了真相，那么这个答案可能会摧毁艾兰国。

我在后座上不停地发抖，饿了许久的胃疼得仿佛在啃噬我。可我，却因为想着一个问题倦意全无：我要做点什么？

第四章 一场选举

从傍晚时分到后来的一整夜，那个问题一直啮噬着我的心。第二天早上，我让乔治在哈尔斯顿街和17号街的十字路口处把车停下——那儿站着个报童，腰间挂满了最新一期的《星报》。我给了他两分钱，买了份报纸。威廉把报纸递给我。标题下有几个小字："汉斯莱家族后人获任命"。

我快速地浏览了正文。对于精神疗养院的情况、以太能量的失去、艾兰国亡灵的出现，以及半神国人的到来等等，阿维娅在文章里只字未提。还好。至少今天我可以松口气了。

到了金斯顿慈善协会总部的门口，车停了下来，我也把报纸放在了座椅上。这里是金斯顿城最严格的慈善机构。等待申请救济计划的市民们在凛冽的寒风中冻得瑟瑟发抖，挤作一团。

我在人群中寻找戴绿色帽子的工作人员。

"没有人出来登记你们的名字吗？"

人们摇了摇头。慈善协会应该派点工作人员出来和他们谈谈才是。

“我给你们找个工作人员过来。”

我把外套递给一位妇女，接着走进门，去请慈善协会派员与在外等候的人沟通。电梯停了，我便去走楼梯，路上还经过了几间预约室和职员办公室。楼下有更大的会议室和套间，这些房间都是协会工作人员迫于无奈与公众会面时使用的。闻着私人楼层散发出来的早餐香味，我饿得有点胃疼。

办公室里的工作人员从报纸上的那份王室令状中得知我成了隐巫者主音，室内一片哗然。要平息他们的骚动，就跟独自平息一场雷暴一样麻烦。但我想，他们是明事理的，也不至于那么愚蠢。他们会明白我是唯一合适的人选的吧。我路过一张张深色的立柱桌，桌边放着带马蹄形靠背的椅子。煤气吊灯照亮了房间，光线足得完全能看清报纸上的小字。此时人们却放下了报纸，盯着我看。报纸的油墨香飘散开来。

我要是直接冲进房间，在桌子边跑来跑去，用搞出的动静将外面的人连哄带骗地引上楼，其实都不是明智的做法。香浓的咖啡味领着我穿过房间，走向自助餐厅。进了餐厅，我马上往盘子里塞满了各种奶酪，配上切成薄片的水果和鹅肉肠。有个年轻人看着我，可当我的视线落在他身上时，他却垂下目光，转而盯着自己椅子扶手上印的提花方块图案。

我微笑着看着他，脑海里开始闪现他的名字。他是理查德·普尔爵士，才刚满二十岁，来自北方某地的一个次席联结者家族。这房间里的所有人我都脸熟，不过我没有和他们有太多交谈，因为他们主要是联结者和末席召唤者，而且大多都还很年轻，都还是没什么经验的菜鸟——

等会儿。

在这儿吃早餐的人之中，并没有次席召唤者。如果他们不在这里——如果他们之中没有任何一个人在这餐厅里，那他们必然在楼上。如果是这样，那我也必须到楼上去。现在就要上去。

我把我那满满一碟早餐放在了一张空桌子上，走出了早餐餐厅。餐厅门在我身后“咔嗒”一声关上了。我便两步并作一步地上楼梯，很快来到通向天空会议厅门前，抓住把手，猛地推开一扇门。

天厅的天花板是一个多面玻璃穹顶，上面盖着的厚厚积雪几乎遮天蔽日，房间里暗得要点煤气灯。三个黑色玻璃瓶并排放着，那些次席召唤者列队站在旁边，手里拿着黑白两色的投票球。我大步走进房间，把手伸进夹克里。

“朋友们，办场选举是个好主意，但完全没有必要这么做，”我掏出一张专用于书写法律声明和王室令状的厚牛皮纸，说道，“康斯坦丁娜女王已经决定了。她选择了我。”

嘈杂的说话声一浪接一浪地涌来——在一片惊叫和恼怒的喊声中，我清楚地听到“她不能那么做!”这样的话。我忍不住翻了个白眼。

“她当然可以那么做，”我说，“她可是艾兰国的女王。”

“但她也不能这么做，”布兰登·韦尔斯利低下头，继续说道，“我的意思是，她从没这么干过。一般都是我们选出隐巫者主音后再向她报告的啊。”

“应该是我们选出隐巫者主音的候选者后，再提请女王考虑决定，”我纠正道，“但她已经任命我为总理了。”

埃尔辛·佩尔弗雷摇了摇头。这个下巴长长的女人嘲讽道："一个人同时做总理和隐巫者主音这样的情况，可是从未在古代流传下来的传统里出现过呢。这样的做法，是从您的曾祖母操纵政治、掌权之后才开始的吧。您要是说我们不能选两个人分别做隐巫者主音和总理，那可没有站得住脚的理由。"

"隐巫者主音就是按照古代传统的规定选出来的啊，"我说，"我们选拔出来的隐巫者主音，都是最有经验、最有能力、最有智慧的人，难道不是吗？"

埃尔辛听到她不爱听的话时，就会把脸皱起来，那样子特别难看，"那你是这样的人吗？"

争论如果越扯越远，那就很可悲了。"我不打算在这谦虚，因为现在形势岌岌可危。我就是那个合适的人。风暴马上就杀到我们家门口了，再加上首席巫师都还在坐牢，我们并没有时间去检验一个经验浅薄的召唤者适不适合当隐巫者主音。"

埃尔辛抱着双臂，轻蔑地撅着下巴，"我们不会追随你的。"

这可真是够了。埃尔辛一直渴望把我哥哥拴在她身边，想让自己有机会在巫师圈子里获得更大的影响力。"那么，你打算回家吗，埃尔辛？到时候风暴在金斯顿登陆，你就打算盯着你的刺绣看吗？行，那你走吧，"我指了指出口，"其余的人，要是对即将发生的事熟视无睹，不肯帮忙的话，也可以走了。我会告诉女王，风暴来的那天你待在家里啥也没干。"

其他人听完，说道："我们凭什么让你进来接管这里？"

"我们怎么知道你手里那令状是不是真的？"

"我才不管那是真的还是假的，你已经下台了！你不能跑到这儿来还指望我们——”

“格雷丝说的没错。”

众人安静下来，纷纷将目光投向雷蒙德·布莱克。他站起来，扣好了夹克最上面那颗纽扣。雷蒙德在帮我说话？是那个在我被赶出巫师圈子的那个晚上，把迈尔斯爷爷给我们的订婚戒指还给我的雷蒙德？

老实说，我已经从雷蒙德抛弃我的事件中走出来了。

虽然我们并非因为爱情而缔结婚姻，但我们知道为什么要和对方结婚。可他现在出来支持我，能从中获得什么呢？

他朝着那群被他震得沉默不语的人说道：“现在不是为这些小事争吵的时候。格雷丝也领导过我们几个月，可是因为珀西爵士玩弄权术、搞阴谋诡计，她只能离开。想想珀西爵士接手工作后都发生了什么吧，霜夜那会儿错误一个接一个，你们都知道的，毕竟大家都在场嘛。后面那场小风暴来了，就是在第八——”

“那可不是什么小风暴。”埃尔辛反驳道。

“都什么时候了，你还在意我对于梅布尔的描述措辞，”雷说道，“如果当时格雷丝在这里，我们或许还能有最后一次收成。”

我打量着雷蒙德，“你叫它梅布尔？”

他耸耸肩，“我们需要一个代号嘛。”

“但她不在这儿，”埃尔辛说，“你上哪儿去了，格雷丝？”

“我当时在拜韦尔，和半神国人一起，”我说道，“珀西爵士不仅把我的名字从首席法师的行列里除掉了，还把我赶出了整个巫师圈。从那时起，我就没有理由还待在金斯顿城里，坐等他把事情弄得一团糟。神眷者们来到这里时，他们心里也不高兴。所以，能决定出城去，我觉得还是挺幸运的。”

“确实很幸运。”雷说道，对我这没头没尾的故事表示了支持。

“既然你回来了，这里需要你来领导我们。”

“我们可以再举行一次投票，”埃尔辛说，“那样更公平。”

“选举已经结束了，”雷蒙德说，“我同意让格雷丝爵士担任隐巫者主音。你们也应该认可她。”

他这番话使他成了众矢之的。他救了我。

埃尔辛把嘴抿成一条线，又开口说道：“格雷丝爵士当然能在巫师圈子里有一席之地，但剥夺我们自由选择人选的权利——”

雷蒙德冷笑了一声，他的嘴角勾起一抹嘲讽的笑容。

“噢，振作起来接受事实吧，埃丽。你很希望当选吧。”

“和你竞争这个职位？那我当选的概率可不大，”埃尔辛说，“雷，如果我们把那些选票也算上的话，你可是稳操胜券呢。”

啊。一切都清楚了，我也明白自己陷入了一个什么样的境地。

“我同意让格雷丝爵士担任隐巫者主音，”雷蒙德说，“请大家支持她吧。我们有不少工作要做，还要考虑着得在什么时候和整个巫师圈一起对付风暴。别争了，开始行动吧。”

我微笑着大声说：“我们必须在风暴逼近的时候做好准备。我昨晚计算过了，今晚十一点我们就要开始行动。”

有几个人扭过身子去收拾公文包，但也有一些人坐着不动，一副犹豫不决的样子。

雷蒙德点点头，“今晚。大家一起做好准备。”

这会儿大家都动了起来，盖上笔盖，站了起来。雷蒙德碰了碰我的肩膀，“我们可以私下聊聊吗？”

“当然。”

我跟着雷蒙德走进一间小办公室。我似乎没有选择。

他关上了门，在门上施了点法，贴上了一块魔法小窗。如果有人偷听，那可要遭罪了——怒号的狂风会从这小窗往他们的耳朵里灌。这小会议室里有个冰冷的壁炉。透过窗户，街上的景色尽收眼底。雷蒙德伸出一只胳膊，示意我坐下。海勒姆·卡里根的鬼魂懒洋洋地躺在长椅上，浑然不知我们俩进了房。他五年前就死在棋牌室里了。

“这里黑得像坟墓一样。要拉铃叫点什么吗？”

他走到老海勒姆身边，把窗帘拉开了，“来点咖啡，怎么样？”

我站在原地。让雷尽地主之谊也许能给他带来点自豪感吧。“没时间喝咖啡了。我得和负责紧急援助项目的负责人谈谈，看看能不能给在外面排队的人提供点帮助。你想要点儿什么，雷？”

雷一屁股坐到一张深蓝色的马蹄形靠背椅上，把头靠在椅背的簇绒上，“我们真得更仔细地审查这些人的资格。”

我问他：“你觉得现在有多少人是因为这场大停电而失业的呢？”

可这场停电也是我导致的。是我害得这些人丢了养家糊口的工作，我害得他们没了工资，影响了他们生活必需品的运输。他们会理解吗？我们毁了以太能量网，夺走了他们心目中的奇迹，他们还会认为我们做了正确的事吗？

雷蒙德竖起一根手指，“这就是我要说的重点。那些才是值得我们提供帮助的人。”

“我不想跟你争论什么做慈善的理念。现在全国都进入了紧急状态。在这场危机来临前人们就已经感到绝望，其实就表明了我们辜负了他们的期望——”

雷蒙德嘲笑着，抬起一只脚，让脚踝撑在另一边膝盖上，“只要他们努力——”

“你就直说吧，我要支持他们的话得付出什么代价？”

“没有代价，”雷蒙德摊开双手，耸了耸肩，“你是隐巫者主音的最佳人选。如果我去试着取代你，去站到你的位置上，那我可太蠢了。我是不错，但没你那么好。”

噢，这下我可是深陷于麻烦之中了。“那我是要相信，你是为了我们大家好而让位的喽？”我说。

“没错。因为我现在就是这么做的呀。”

牛都被你吹上天了。我甚至都懒得掩饰我的怀疑。

会议室里一片沉寂。雷却没有因此感到局促不安，“我们需要重建政府，需要组建一个新内阁。”

这才是他的目的。“你是想子承父业，做财政部长吧。”我说。

“时间太赶，不能按一般的程序走了。这应该得有令状才能办成吧。”

通常来说，下议院当选的议员会要求准内阁成员参加审查。按他的意思，我必须说服女王打破常规，免掉这个审查流程，在政府内掀起一场骚乱。

“如果没有征得当选议员的同意就任命整个内阁，你觉得他们会无动于衷吗？”

雷蒙德先是眼神一闪，避开了我的目光，然后又把目光转回来，直勾勾地盯着我的眼睛，说：“我们没时间让当选议员为内阁的职位斗嘴了。必须凭令状才能办事。这很紧急。”

他的话虽然在理，我却为此感到头皮发麻。有的地方不太对。问题出在哪里呢？

我转过头，朝外望去。大街上正在进行路面养护工作——工人们把刚下的一层雪用压雪车推平，压实了自行车、滑雪板和雪橇走过的印子。冬天骑自行车特别费劲。那些骑车的人用力踩着踏板，继续为他们的生计奔波着。他们灰黑色的衣服上，还常常点缀着一抹颜色——他们会在左手的袖口上缠一根黄色缎带，透露出他们沮丧的心情。

窗外，还有座一眼望不到顶的建筑。那是伊甸山庄酒店，是雷蒙德在建筑方面的一大成就。

建伊甸山庄酒店耗资几百万，可它开了还不够一年就陷入了困境。它静静地矗立着，里面一片漆黑，显然就是因为失去了以太能量而无法正常营业。艾兰国里也没有一间银行会傻傻地等着他们偿还贷款。当选议员应该会想看看雷的财政状况吧。如果布莱克家族陷入了财务困境，那么雷肯定没法通过下议院的任前审查。这样的话，不用一天，人人都会知道这背后的原因。

我回过头来，发现雷蒙德脸色煞白。他松开拳头，耸耸肩，说：“我知道你凭自己的本事就能处理好一切，但我可以和其他人打打交道，给你减轻点负担。”

确实，他在首席法师们被捕到我回国的短短几天内，就把次席巫师都召集到了一起。有了他的支持，就意味着他的支持者也会加入我的阵营，支持我的工作。这与我和他的婚姻有一样的作用。那时候，我需要布莱克家族的声望来和珀西·斯坦利对抗；而现在，雷需要借用我对女王的影响力，去帮他掩盖他家族负债过多的真相。

我真正的工作，是要说服康斯坦丁娜女王颁布令状，去惹怒下议院。但我还有别的选择吗？

“我会给你搞到令状的。”我说。

我要是不对雷采取点措施，日后他必成为我的隐患。那些没被抓起来的风暴歌者都少不更事，只知道把选票投给一个风云人物，却不会根据事实做判断，这可真够笨的。雷在他的学生时代一直和他的同龄人交朋友，所以胜算很大。

威廉把我扶上了雪橇。暖脚器里燃烧着新的煤块。在慈善协会门口排队的人究竟有多少，我也记不清了，不过工作人员已经佩戴好绿色帽子，出来接待他们了。我的思绪又回到了雷的身上。他和他的选民集团有能耐迫使我照着他的愿望做事，却不让我做点对艾兰国有好处的事情。

我没有选民集团，也没上过大学，所以我从没加入过那些乱搞男女关系的俱乐部，也没加入过他们在女王大学校园里狂欢时成立的任何社团。我没玩过他们那些寻物游戏，没参加过什么秘密聚会，而是在父亲身边学习如何领导一个国家。我经常和长辈们一起参加冬季舞会和各种聚会，讨论贸易、政策之类的话题，而其他同龄人却喝得酩酊大醉，彻夜跳舞。

对此，我并不后悔，甚至庆幸自己能把注意力放在重要的事情上，而不是和其他人那样到处胡闹、到处交朋友。可是，我没有年龄相仿的朋友，这倒令我很不好受。太荒谬了吧！我都二十八岁了，却没有一个朋友？

雪橇转了个弯，驶进了主街。路边有栋大楼，人们进进出出。《金斯顿星报》报社也在这楼里。我多想再看一眼阿维娅那漆黑的头发，但要想再见到她，我可就真够没脑子的了。我怎么还想着再见她一面？她可是个危险的女人。她在寻找真相。一旦她找到了真相，揭露了真相，这个国家的领导人干过的“好事”可就举国皆知了。

我坐在自家的豪华雪橇上，看着外面的世界。上等的马匹拉着我的雪橇，还有最殷勤的仆人伺候着我，可我还是感到自己所受的教育就犹如一堵堵高墙，朝我围拢而来。我需要一个朋友。一个能理解这种教育方式的人。

到了政府大楼门前，我让威廉和乔治停下雪橇。我走下雪橇，进入大门，穿过狭窄的走廊，路过一扇又一扇房门——门后住着供职于政府的职员和官员们。我继续向前走，迈过一道标志着政府大楼和蒙特罗斯宫边界的门槛。眼前有扇门，门口有女王卫队和半神国的守卫把守着。我停下了脚步，随后便获准进入侧厅——在那里，半神国人正享受着康斯坦丁娜女王的热情款待。

房间里原来放着的鲜切花，现在都换成了芳香扑鼻的常青树枝，它的香味和正在炉中燃烧的月桂香味混在了一起，沁人心脾。每张桌子上都摆着一个香炉，炉中飘出的轻烟让整个大厅都弥漫着柔和而令人平静的香气。我走到迈尔斯和崔斯坦住的套间门口，等他们让我进去。

客厅里，迈尔斯正在和客人一起喝茶，身边的炉火正熊熊燃烧。两个萨敏丹族的女幽灵站在门口，仿佛两个卫兵。迈尔斯抬起头看见了我，便把一只骨瓷杯子从嘴边移开，放了下来，“格雷丝。有个人我想让你见见。这是罗宾·索普。”

我把注意力转到了和他同坐一张沙发的客人身上——那是个矮小的萨敏丹族女人，穿着一套羊毛休闲服，很是时尚。

她在那件灰色粗花呢夹克里面，还穿了一件用灵力织就的背心。看见这背心，本来还对她感兴趣的我，心中只剩纯粹的羡慕了。这件针织背心的纹路弯曲，相互交织，形成一个据说是种保护魔法的图案，可以用来迷惑海里的杀人幽灵，保护船员。我本来也想搞一件这样的背心，但因为我不是萨敏丹族的，所以这样不太合适。那个女人的左袖口缠着一条黄色丝带，长长的丝带末端挂在她的手腕上。

看到这个，我迟疑了一下。迈尔斯的这个朋友，是那类把丝带缠在袖口以示对国家心怀不满的人。这类人虽然不会大张旗鼓，但他们还是会默认自己的立场和那些想要颠覆一切秩序、打破常态的叛乱者是一致的。我低头向她致意——这是对平民适用的最礼貌的问候方式。

“你好吗？”我问候道。

“你好。”她回答了我的话，却没有回应我的微笑。单看她的面容，我无法推测她的年龄，二十、五十，甚至更老也有可能，颧骨高耸，嘴唇微曲，深色的眼睛犹如深邃的宇宙，仿佛其中星光流转。但正是她身上的光环，看得我惊得站直了身子。

那种光环其实挺正常的。但问题就出在它太“正常”、太始终如一了。别人所显露的、身上散发出的那种平凡的光环都会由某种彩色闪光形成，可这种闪光在她身上竟毫无踪迹可循。我只是不经意地看了她一眼，本来是不可能留意到她身上的光环的，可她这光环真的不太对劲，真的完全不对劲。她侧着头看着我——我已经一言不发地观察了她很久了。我的脸颊突然滚烫起来。

“我很抱歉，”我说，“我喜欢灵力织物，所以被你那件给迷住了。可能我实际上是一个水精灵吧。”

“也许你对这个很好奇吧，”她回答道，“这是一种宗族图案。”

“我确实很好奇，”我说，“我是迈尔斯的妹妹格雷丝·汉斯莱。”

“噢，我知道你是谁了，总理女士。恭喜你新官上任啊。”

和她对话的时候，我有种这样的感觉：仿佛站在一艘船的甲板上，在海浪的颠簸中努力保持平衡。

“谢谢你。”

“罗宾以前和我一起在博勒加德退伍军人协会工作，”迈尔斯说，“然后她离开了协会，去了医学院。”

罗宾耸耸肩，微笑着，看起来却有点困惑不解，“唉，因为停电，课都取消了。”

迈尔斯拿起杯子，里面散发出一股刺鼻的药味。我便认出这是一种强身健体、有补血功效的饮品。他抿了一口，那苦味弄得他龇牙咧嘴的。父亲也不喜欢这味道。“甚至连讲座都没有了吗?”

她嘲讽道：“整个第一学年都得挤在一个只能容纳200人的礼堂里？那可真会吵得你根本没法专注思考了。但你到这儿来可不是为了听一个前医学生诉苦的啊，格雷丝爵士。”

迈尔斯突然咳嗽起来，边咳边放下了杯子。罗宾见状，便伸手去拿银色的水罐。他摇了摇头，“不，没关系。她也许能帮上忙。”

我没时间和陌生人在这儿聊东聊西了，“迈尔斯，我想告诉你慈善协会里发生的一些事情——”

他不理我，“罗宾，把那场运动的事情告诉她吧。”

罗宾扮了个鬼脸，“谢谢你哦，迈尔斯。我来找你帮忙，就是为了让你把我的秘密说出来呢。”

“罗宾在终止艾兰国巫师迫害的运动中发挥了重要作用，”迈尔斯说道，“不过她需要协会的支持。”

罗宾的脸变得像经过雕琢的雕像一般平静，面无表情。

“那就是这丝带所代表的含义吗?”我问道，“这丝带就代表着你支持还巫师们自由，不是吗?”

“这丝带代表的意思是，我们都在同一个太阳的照耀下生存，”罗宾说，“艾兰国的普通人民应该享有与我们的统治者相同的权利，包括投票的权利，受法律保护，免于剥削、监禁和迫害的权利，还有公平的税收。议会里的代表应该为我们服务，而不仅仅是为地主和老板服务。这些地主老板让我们拼了命地干活，却还要榨干我们的口袋。这还代表着要结束对巫师恶意的、有计划的迫害。”

啊。这就是大学生的话题吧，总是在为乌扎达的乌托邦而争论。

这种乌托邦思想确实能激发年轻人的想象力——他们会想象出一些遥远国家的故事和它们的理想主义原则，它们让所有16岁以上的公民免费投票的做法。他们在喝酒的时候会交流一些关于工人的故事，这些工人每天只工作7个小时，除了获得高额工资外，还能在公司利润里分一杯羹。他们还在文章中写道，公民可以自由地到联盟中的任何成员国去旅行。有的时候，即使我们的政府已经尽了最大的努力来压制这类信息，他们还是会偷偷地宣称巫师是自由公民。

对于一个第一次离家上学的大学新生来说，这确实是个令人兴奋的话题。有关于乌扎达的故事都传得非常真切，但这个传说根本赶不上实际社会形势的变化。的确，即使是最用心构想的改革，在实行的过程中也会出现意想不到的损失。

“尤其是巫师这个方面，”迈尔斯说，“你知道把巫师关起来完全是错误的啊，格雷丝。她当时就在疗养院。”他转向罗宾，向她解释道：“只要是见过精神疗养院里那些事的人，都不可能继续支持这个地方继续开下去。”

可父亲还是这么做了。这些精神疗养院一开始就是他要建的。但我和他不一样。我永远都不可能和他一样。然而迈尔斯做了太多承诺了，总在说要还巫师们自由这样的话。巫师们放出来之后就会告诉人们，他们成了什么样，他们被迫做了些什么……

人们要是知道了这一切，我们可怎么受得住他们的怒火？

罗宾对迈尔斯叹了口气，“你确定她说得都没错对吧？”

“没错。”

迈尔斯的这个朋友是个煽动者。她以信念和梦想引领着自己，却对现实知之甚少。我尝试着露出一副友好的表情，“前面会有艰难的斗争等着你呢。你需要我的建议吗？”

“不需要。我想要自由。就算你想给我自由，你也给不了。”

神啊，要是事情真有这么简单就好了。但我能帮她的忙。迈尔斯说得对。“也许我能帮你做点什么，但如果你能取消抗议活动，这一切都会更顺利。他们脱离了人民，而你需要他们站在你这边，如果你想让他们——”

罗宾打断了我的话。她的语气和表情都冷冷的，“我没说过想要你来拯救我，格雷丝爵士。我是说你给不了我想要的自由。我们要自己去争取。”

噢，天哪。“可改变是个缓慢的过程。”我尽可能温和地说道。

“设定了目标，你就不能只追求最终的结果。中途获得的每一个小小胜利才是这过程的意义所在。”

她耐心地看了我一眼，“要从内部入手，逐步改变。我以前就听过这种说法了，格雷丝爵士。”

“你今天所做的工作，对你的子子孙孙都有好处。”

“是的。因为我今天所做的工作会帮到我的朋友们、我的邻居们，还有成百上千被不公正对待、被投入精神疗养院并饱受折磨的巫师们；也因为我正准备解放我们所有人。你们还要从我们的家族中抓人来——”

“事实比这更糟糕呢，”迈尔斯说，“他们都被关起来了，这样我们就能——”

我急得抓住了椅子的扶手，“别告诉她这个！迈尔斯！”

迈尔斯瞧了瞧罗宾，却转而对我说道：“她有必要知道这个，格雷丝。他们都需要对此知情。”

“不能让他们知道这个，”我低声说道，“他们要是知道了我们父母和祖辈干的那些事儿，可就永远都不会原谅我们了。”

“我们值得他们原谅吗？”

“这种事情不是我们干的呀！但我们有责任去纠正这一切。”

罗宾见我们争论不休，渐渐皱起了眉头，“你们干了什么？”

“我们打破了以太能量网，”迈尔斯说，“我，格雷丝，还有崔斯坦。我们摧毁了它，所以才会有鬼魂在这里游荡。”

“你是说那些灵魂是——噢，神啊。”罗宾脸都白了。她一只手捂着嘴，却把目光投向了我，盯着我的眼睛看，“你们怎么能这么做？”

“你看吧？我们必须毁了它，”我说道，“如果我们置之不理，我们就再也睡不了一个安稳觉了。”

她慢慢地摇了摇头，目光却从未离开过我。

“那你现在怎么睡得着？”

“筋疲力尽自然就睡着了，”我没好气地说道，“噢，对不起。我不该无缘无故生气的。索普女士，我不知道我们能帮你做些什么，但——”

她摇了摇头，打断了我的话，“我觉得你们已经帮了我很多忙了。”

“那你为什么要来找迈尔斯呢？”我质问道，“他也是我们这边的人啊。”

“他舍弃了你们的财富和权力。他不得不躲避法庭的审判，和我们一样只能害怕地逃跑，努力帮助别人的同时还要避免被抓——他做的事儿可比你们中任何一个人都更像巫师呢，总理。”

她最后说这句话时非常轻蔑。我猛地挺直了身子，“你居然敢这么说。”

“格雷丝，”我哥哥说道，“礼貌点。”

这话仿佛一盆凉水泼在我脸上。“我受不了某个叛逆的巫师这般侮辱——”

“我们带走了她的祖母。我们把她家族的所有人都揪了出来，把他们逼进了噩梦。她完全有生气的权利。我以为你会理解的。”

他怎么能站在她那边呢？我的哥哥，在她说了那些话之后居然反过来批评我？做这些事的不是我，而是我们的父亲和迈尔斯爷爷——

在另一个不同的未来世界里，我不会知道父亲何时去世，不会知道自己何时会成为隐巫者主音，不会知道何时把自己锁在了他的办公室里，还戴着白色的面纱、肩上点缀着蝴蝶，但我肯定会读他的日记，也肯定能知道他不愿告诉我的秘密了。那时的我该怎么办呢？

我不敢去想这个问题的答案。

“我为我的粗鲁道歉。”我说道。

“谢谢。”可她脸上根本没有笑意。这样看来，就算我道了歉，我也没有得到她的原谅。我还应该做点什么呢？

我站起来，抚平裤子上的褶皱，“我晚点再来。压力太大对你没好处。”

“我没事，”迈尔斯说，“那你准备好，可以开始调查的时候就来找我吧。”

迈尔斯也帮不了我。他会同情我，可我需要的是解决问题的办法。我没有可以倾诉的人，没有可以监督我的人，也没有可以帮我计划下一步行动的人。

我需要更多的力量。更多的知识。更多的技能和经验。我需要首席法师们，可他们还被锁在叹息之塔里。那个有能力让他们帮我的男人也一样。

和雷蒙德相比，那可是我唯一的优势。我得用好它。

我从高高的窗户旁走过，窗边挂着繁重的蓝色窗帘。窗外的大地上盖着一层白雪，一群红翼松鸦在空中展翅翱翔，寻找着更好的栖身之处。大厅里，一个穿着仆人制服的女灵魂从我身边路过。我截住了一名侍者向他问路，而后就按他的指引，朝着南边的叹息之塔走去。

第五章 公司章程

“建一座塔来关押艾兰国最有名的囚犯们”，这样的想法可真够浪漫的，但不切实际啊。我在叹息之塔里爬着楼梯，大腿酸得像烧着了似的。楼梯两边的牢房里，住着的是适应不了艾兰国寒冷冬季而瑟瑟发抖的兰尼尔贵族们。

看着他们过得这么不舒服，我依然硬起心肠，没有流露出任何同情。这些人曾打算在对艾兰国展开恶毒报复后夺取政权。我绕过聚集在牢房门口的灵魂们，他们大部分是没有染发的兰尼尔平民，全都穿着他们军队的制服，个个眼里杀气腾腾。灵魂要想对现实世界产生影响，需要付出巨大的努力；但我大步走过时表现出的漠然足以让所有人都发觉不了我正反胃不适，也看不到我那汗涔涔的手掌。

我走过首席法师们的牢房，打断了这些人的消遣时光。这些人曾经在艾兰国可是位高权重、呼风唤雨的存在，直到康斯坦丁娜女王“攥紧铁拳”，把他们一网打尽。他们在牢房里可以阅读，可以写作，还可以用手摇音响来听音乐。琼·西布利爵士瞪着我，一边往在橡木框中摊开的一块挂毯帆布上扎了根针。乔纳森·布莱克爵士则刻意背过身去，直到我走出他的视线。

以往死囚的灵魂也在这里，穿着过去几十年的古板衣服，凝视着他们牢房活的“入侵者”。我继续爬楼梯。牢房越高，里面的囚犯入狱前的权力也就越大。看到珀西·斯坦利爵士住过的那间空荡而豪华的牢房，我有点踌躇，但还是朝塔顶的那间牢房爬去。

父亲在桌旁等着我。他的日记和报纸前面，放着一顿吃了一半的午餐。

“你来了。”

我来了。可我不该来。我不需要他。

父亲合起日记本，拧紧了钢笔笔帽，“你吃饭了吗？这是黄油鹌鹑。”

听他这么一说，我翘起舌尖，嘴里仿佛品尝着那美味的香草酱，味蕾上也仿佛萦绕着这道心爱菜肴的所有味道，“我不饿。”

他把报纸也折了起来：“那来点茶吧？我得承认，我需要公司的帮助。早上那会儿半神国人来过塔里了。”

“所以说你和他们见过面了。”

“塞弗林王子和他们一起来的。一个女人，两个男人，分别是文书助理和那个女人的保镖。我从他们随身带的东西看出来的。”

“他们和你说话了吗？”

父亲放下了手里那精致的玻璃茶碟，茶杯碰得哗啦哗啦响，“我感觉谁都能一眼看出他们是多么可怕，多么冷酷无情。他们恨我们。”

“他们只是讨厌你做过的事。”

父亲责备地看了我一眼，“我可不是这么教你的啊。你很清楚那些古老的故事是怎么说的。它们长得很可爱，却仍然是怪物。”

“不是怪物，”我说，“就是危险而已。看来他们对你不错嘛，你需要的东西都有了，看起来你也过得很舒服。”

“我知道你上这儿来不是为了确认我舒不舒服的。”父亲把椅子向后推了推，手指交叉着放在肚子上，“你是想从我这里得到什么。”

“我想从你们首席法师那儿得到一些东西，”我说，“那个百年难得一见的风暴正步步紧逼呢。”

“不行。”

他说这话的声音很轻，却仿佛给我重重地来了一记耳光。

“不行？”

“康斯坦丁娜女王需要明白把我们这样关起来的代价，”父亲说，“拒绝你的请求，我很痛苦，但在这一点上我们是团结的。平民是怎么说的来着？我们在罢工。”

“人们可能会因此死去，”我说，“这样你都不在意吗？”

“我非常在意。但康斯坦丁娜不肯直面自己的所作所为，非得要有证据。她可得面对现实啊。问我点别的吧。”

他不肯给我这帮助，我也就无能为力了。

“没别的了。”

父亲的一边嘴角翘了起来，可太像迈尔斯了。我不由得倒吸了一口冷气。

“你想知道如何在剩下的隐巫者的圈子里稳稳立足吧。”

“这个我应付得来。”神哪，混乱和空虚，我怎么就不能把嘴闭紧点？我为什么还要把一切都告诉他？

“别试着去获得他们的支持。别和他们做交易。也别做出承诺。你现在还什么都给不了他们。你没有那种能力。”他歪着头叹了口气，“可你已经这么干了。你答应了他们什么？”

我摇了摇头。

“那就好。”

“你这么想要的是什么啊，竟然能让你做了个都不知道该怎么进行下去的交易？”

他从桌旁站起来，仿佛想揉揉我的头发，就像他以前那样，来表示他并没有生气，只是难过。这动作确实奏效了。我把真相说了出来，就像我初出茅庐，跟着他学习时那样。

“雷在隐巫者里太受欢迎了。他们在准备选他当隐巫者主音的时候，我出现了，所有人就开始因为我而吵起来，他却跟大伙儿说他支持我。”

“他们就顺从他的意思了吧，”父亲说，“他们是站在他那边的，而他想当财政大臣。”

就算父亲被困在这里，只有一扇小窗和每天的日报与他作伴，他也能知道隐巫者行列中有哪些在野内阁成员，知道隐巫者们的秘密。

“那正是他想要的职位。”

父亲点点头，“不要尝试去获得其他人的支持。你身上没有他们想要的东西。你也不需要他们。”

可获得隐巫者们的支持是我的头等大事啊！我需要他们跟随我的脚步。

“我需要他们。”

父亲抬起一根手指，准备打断我的话，说出他的观点：“你有雷蒙德·布莱克。只要他认为你会为他带来他想要的，他就会让那些人按你的想法去做。别表现得太明显，格雷丝。他会等着你用甜言蜜语把他的狂热粉丝从他的影响中哄出来。你需要做比这更伟大的事情，做雷做不到的事情。”

我在镀铜铁杆外徘徊，又往栏杆里靠得更近些，努力想听清他那轻声说的话，“什么事情?”

“赢得人民的好感和爱戴，”父亲说，“赢得公众的信任。艾兰国就像是一个火柴头，正等人来点燃它呢。”

“人们都很沮丧，”我说，“他们需要一个能为他们斗争的人，一个能听见他们诉求，理解他们困境的人。”

父亲笑了，“这说的就是我的好女儿啊。”

听着他说这句话时，我暖意萦绕，多么讨厌的感觉啊。

“赢得人们的爱，格雷丝，这样在隐巫者之列就无人能阻你成功了。”

我从口袋里掏出一本小本子和一支笔，列起了清单。新闻报道、局长任命令，还有一个新想法冒出了头，渐渐展开，呈现在我的眼前——那就是：要获得人民的爱戴，我就需要去聆听人民的呼声。

我有理由再去见阿维娅·杰赛普了。

眼角的余光扫到了什么动静，我便停下了冲下楼梯的脚步。几只白头画眉从窗台上惊跳下来，引得我把目光投向远处，望向下面的行刑场。

一群戴着红帽子的宫廷抄写员和戴着花边硬领衬的法官们聚在绞刑架边上。旁边还有一群戴着灰色毡帽的记者，拿着相机和记事本，准备报道这一事件，然后飞回他们的新闻编辑室写文章。

我忍不住在人群中寻找阿维娅，可我的目光却突然停驻在了其他人身上——在玻璃折射出来的寒光中，我看见了两个白衣女人：一个健壮，一个瘦弱，两肩低垂，哭泣着。通过这身姿，我认出了她们：是珀西·斯坦利爵士的妻子和他们那不太聪慧的女儿。她们从人群中挤了出来。旁边站着一个头发红棕、没戴帽子的男人，他穿着灰色天鹅绒长袍，站得笔直，抬起头来，看着套索在他们头上晃动。

阿尔迪斯·亨特爵士站着一动不动，正亲眼目睹一个叛徒的死亡。

我把手放在窗户上，额头抵着玻璃，一直看着这场景，直到那些刽子手把珀西爵士赶上绞刑架的台阶，用黑色面罩盖住他的脸，将绳子绕在他的脖子上，才把视线转开。阿尔迪斯爵士则每时每刻都注视着这一切，即使绞刑架的地板在珀西脚下打开、他掉下去，其他人纷纷转移视线的时候，他也毫不畏惧。

珀西拼命踢着腿。我捂着嘴，凝视着眼前的景象：一抹光环从他身上滑了出来，然后聚成一个微小的光球，飘到了阿尔迪斯爵士的头上。

行刑结束后，阿尔迪斯爵士抬起头来，回头看向我站着的窗户这边，他那崭新的巫师之印正闪闪发光。我从窗户边缩回身子，用一只手压住胸口突然传来的痛楚：内疚、愤怒，却又是满满的解脱。我的敌人死了。阿尔迪斯已经夺走了他的灵魂——可阿尔迪斯一个半神国人，拿走这巫师之印又是为何呢？

我不知道。可看行刑的时候，我真的浑身冰凉。康斯坦丁娜女王选了这么一个人为内阁犯下的罪行而死，可一旦开了这个头，就会有更多人要死。这种做法是能平息，还是会加剧半神国人的怒火？

我穿过监狱蜿蜒的过道，穿过宫殿宽阔的、装点着艺术品的走廊，脑海里突然又冒出一件让我忧心忡忡的事。一定是女王下令杀死珀西的。可这对她有什么好处呢？在从宫殿到政府大楼那长长的走廊里，我抱着自己，想给惊得发冷的自己取取暖。人们都对珀西·斯坦利嗤之以鼻。他们把和兰尼尔的战争都归咎于他，还给他起了个绰号“不行部长”。要想找出几个会为他的死感到惋惜的人，怕是很难。

但半神国人是反对杀戮的，他们是不会赞同女王这种做法的。塞弗林只能应付他们对女王的行为的抗议了，这搞得像嫌他自己这活儿还没干够一样——

我在自己办公室门口停了下来。阿维娅·杰赛普坐在楼梯上，见到我便站了起来。她戴着记者们最喜欢的那种时髦尖头帽，帽檐低垂，遮住了一只眼睛，却突显了她那带点狡黠的笑容。

“杰赛普小姐。”她朝我走来。

我紧握着门把手。

“我说过，如果我有其他问题，我会来找你的，”阿维娅说，“你会邀请我进去吗？”

她走近我，一股带着春日气息的牡丹清香拂过，沁人心脾。我扭动门把手，开了门，“请进。你要咖啡吗？”

“好的。”她把一只戴着手套的手放在我肩上，把我朝她身边拉近了一点，在我耳边低语道，说话时呼出的气息还在我的皮肤上游荡：“再来点音乐？你应该不想被别人听到我们这儿说的话吧。”

珍妮推着辆小推车进了房间，推车上放着两杯浓浓的黑咖啡，还有一碟黄油酥饼，中间的焦糖夹心还从边上漏出来了。她怀疑地看着阿维娅，和她打了招呼，走的时候却还是一言不发地关上了门。不一会儿，房间里响起了音乐，这也是为了防止隔墙有耳。

阿维娅站在我办公室会客厅的中间，满怀敬畏地慢慢转了一圈，凝视那些摆满了同一套书的书架。“法律书籍？”她问道，“噢，谢谢。”

我把杯子放在茶碟上递给了她。她接过去，用一只手就能连杯带碟地轻轻握住。能做出这个动作的可少不了多年的礼仪训练。她拿起杯子抿了一口，视线越过杯沿，朝我这边看来。

我后退了几步，在我们之间形成了一个安全距离。

“那些是法律和议会会议的记录。大部分是。”

阿维娅飘然走到雕刻精美的壁炉前，沐浴在炉火提供的温暖中。看到冬季候鸟们聚在窗前的喂食器旁，她高兴地笑了，“你喜欢鸟吗？”

“是我父亲把那些喂食器放在那儿的，”我说道，“但如果我往窗外看却见不到它们，噢，这样的情形我可真的没法想象。你是怎么跑进来政府大楼的？圆形大厅里面有卫兵啊。”

“他们让我们一整批人都进来了。我就只需要拖延点时间就能在这里面待着了。我本来是要去报道行刑的。”

“你错过了。”

阿维娅对此毫不在意。她耸耸肩，“约翰·润森会搞定的。我感觉把时间花在这儿更好呢。”

“我本来要给你写信的，”我说，“有件事想请你帮忙。”

阿维娅放下杯子，拿起了一块饼干，“噢？”

“议会的下议院明天会开一场紧急会议。目前来说，他们是我们在政府里仅存的帮手了。我想暂停《对使用石油和天然气的处罚条例》。人们在这种没有其他选择的情况下用起了天然气，如果我们还去收他们的罚款，那很不公平啊。”

阿维娅沉思着，点了点头，嘴里嚼着饼干，“这么说，我们近期是没法用回以太能量了。”

这个我倒是知道怎么回答，“这次对全国能量网的破坏影响太大了，而且现在的天气也太极端了，搞不了维修。这种情况下就算只收人们一次罚款，那也做得太过了。”

“确实，”阿维娅说，“你是在为民众考虑，以寻求一点宽慰吧。这是你想要的吗？”

“我想让艾兰国的人民都过上最好的生活，”我说，“我想在这些困难的时势下给他们减轻点负担。”

阿维娅举起一根手指，示意我暂停一下，等她把嘴里的饼干吞下去之后再继续。她用咖啡杯下的亚麻布餐巾轻轻擦了擦手指。咖啡杯边印上了她那专属的月牙形口红印子。“如果你真想这么做，你就得禁止那些骗子在杂货店里哄抬价格。一夸脱牛奶卖70分钱呢。”

70分钱很多吗？“一般要花多少钱？”

阿维娅抬起头来看着天花板，大笑道：“我的老天，格雷丝爵士。一般就10分钱啊。”

我惊掉了下巴，“那真的不能忍。”

“所以我们才要有最高限价啊。大多数人每个月要为烟草税付一马克那么多，可这粮食供应的状况完全不对啊。”

我打量着她，“艾兰国最大的连锁杂货店可是在你们杰赛普家族食品公司旗下啊。”

“哎，那确实也是。”她说。

啊哈。“你的叔叔阿尔伯特在东金斯顿-伯德兰的议会里任职——”

她点点头。“——肯定会对你那个设定最高限价的想法大发雷霆的。但如果你真的想帮助艾兰国，你的想法会给更多人省下更多钱。”

这也就相当于直接戳到了这个和她疏远的家族的痛处。我不喜欢阿尔伯特·杰赛普。帮着阿维娅挖苦他，我就感觉自己是在给她撑腰，“我会照你想法做的。你能在明天的报纸上报道下我的意图吗？我今天内会派个信差把具体内容送到你那儿。”

她咧嘴一笑，放下杯子，站起身的同时举起了相机，“人们会在街上给你歌功颂德的，格雷丝爵士。这也许能缓解一下事实揭露时给他们带来的冲击。”

我把咖啡杯放在了小推车上，站直身子，让她给我拍了张非常好看的照片，“你到我这儿来就是为了这个吗？”

“是的。这……”她咬了咬嘴唇，“这可能是个爆炸性新闻。不，绝对够爆炸。这关系到你的父亲和祖父。”

我拿起咖啡抿了一口，想为自己赢得点思考的时间，“那是什么？”

“我找到了艾兰国电力照明公司的章程和公司董事会第一次正式会议的会议记录。”

她扭身拉过腰后的挎包，从里面抽出了几张照片。我扫了一眼那些原始文件的照片，所有的文件都是按法律记录的要求，工工整整手工誊写的。我跳过那些仔细誊写的字，去寻找底下的签名，心中怀疑涌起。

文件上有迈尔斯爷爷的名字，就在尼古拉斯国王签名的下面。父亲的名字则在这份原始股东名单的第三位。另一张照片是每个投资者的股票购买量记录。迈尔斯爷爷和父亲的股份相当可观。

我抬起头看了看阿维娅的表情，“这是怎么回事？”

“大多数人都觉得APL是王室的企业，大概是看了这公司印章上那只戴皇冠的羊才这么想的吧。实际上这是家垄断企业，它的所有者利用政府的支持来维持公司的运营。你介意我抽支烟吗?"

我一边指了指长椅前矮桌上放着的烟具，一边绞尽脑汁，想劝她不要把这些照片放出去。

"你不觉得那个故事只会给人们的不悦和愤怒火上浇油吗?"

"嗯，没错，我确实这么觉得，"阿维娅说，"但如果我继续调查的话，《先驱报》的人可能也会想到这个。他们会找到这个信息的——你祖父已经去世了，你父亲又被关在塔里，你就会是那个要承受一切打击报复的人了。我很清楚父亲的不良行为会对孩子产生怎样的影响。"

她可是杰赛普家族的继承人，接下来会继承财富和商业帝国。各大报纸都称她为"糖袋公主"，密切追踪着她寻欢作乐的步伐，对她的崇拜简直到了疯狂的地步。有时候，她的越轨行为还能成功地把媒体的注意力从她家公司和员工之间的斗争中移开。她虽不像我那样要真正去领导一个国家，但如果要找个人站在这个角度来理解我的话，便只有她了。

我用手抓了抓头发，把女仆今天早上给我精心烫的卷发都弄乱了，发丝垂到了脸上，咬紧了牙关，"我不知道该怎么办。它应该是王室的公司，但我觉得国家财政部没法从股东手里买回这些股份——而且以太能量网被破坏得这么严重——"

"现在可能是讨论这个问题的好时机，"阿维娅倚在壁炉架上，用一只脚撑着身体，"你看看这股东名单上的名字，他们大多数人现在都关在塔里呢。王室可以没收这些股份吧，不是么?

不过这可能又会给你的命运一记重击呢。”

“不，不，又给你说对了，但那样提议的话我可要挨枪子了，”我说，“你想在我办公室工作吗？如果有人能帮我搜出这里所有的秘密，我就肯定能做出点能让艾兰国重返正轨的事情。”

她对我的邀约报以微笑，却让我的心隐隐作痛。

“我喜欢我现在的工作，”阿维娅说，“你觉得这样怎么样？就是我用我发现的这些材料写条新闻报道出来，然后引用你的话，说你认为这笔交易从一开始就不公平？然后我再提出没收这些股份的意见。这是你的一个污点，可这能让你看起来很值得同情。”

“你愿意为我这么做吗？”我惊讶地盯着她。

“你的工作很辛苦，”阿维娅说，“你知道你是史上最年轻的总理吗？”

“我知道。但说真的，为什么这样帮我？”

“在你刚见到我之前，我就在大厅里看见你了。”她越靠越近，从容不迫地朝我慢慢走来。我呆在原地，心都提到嗓子眼儿了。她走到我面前，离我就一臂之遥，“你看起来很不安，总是在独自思考。你的负担太重了。而且我刚才让你面对的是一个足以点燃整个艾兰国的丑闻，但你能承认你的家人做错了。这可比我站在你的立场上为你做的要伟大。”

听了她的这番话，一股暖意涌上我的心头。“也许你能帮我让艾兰国重回正轨呢。我知道人们不开心。他们都希望太阳每天照耀的这片国度能越来越好。我的愿望也是一样的——这也就意味着我要尽可能地承认曾经犯过的错。”

阿维娅歪着头，调整了一下身体重心。不知怎么的，她离我就不到一英尺远了，“那些你不能承认的过错呢?”

在她面前，我真得管好自己的嘴，“有些事情是……天哪，现在一切都危在旦夕。杰赛普小姐，有些秘密我是必须要守住的。”

“叫我阿维娅吧，或者阿维。朋友们都叫我阿维，”她一只手拂过我的胳膊，让我感到了一丝宽慰和温暖，“有时不管你怎么努力，秘密都是守不住的。除了我，也有别的人在调查艾兰国从霜之月一号开始出现的这些怪事呢。”

我摇了摇头，“我知道你的工作就是要去找事件背后的真相嘛。”

“是的，”阿维娅轻声说道，“我想找到真相，但我不希望说出真相的同时毁了你的人生。”

“所以你要停止调查了吗?”

“不，”阿维娅说，“这篇报道已经在酝酿了，我们都没法去阻止它。我在调查时还发现了些别的，我也告诉你吧。以前呢，新闻里经常会报道有人看见了鬼魂，人们私底下写的信件里也会经常提到这个，但大概四十年前就没有再出现这现象了。虽然说这个情况跟我们现在遭受的大范围见鬼事件不太一样，但它之前的的确确存在过。”

我的胃慢慢地翻腾了一下，弄得我有点儿想吐，“这听起来不像是头条新闻啊。”

“确实不是，”阿维娅说，“这件事本身不是头条，但它就像一个完整画面中的一部分，就像某个非常特殊的拼图中的一块……而就在我们说话这会儿，这些拼图块就已经在拼接了……”

我多希望我手里能有根烟，多希望能在它带来的镇静里从容地呼吸，给自己一个整理思绪的方法。她是对的。已经发生了这么多事情，我却没有办法阻止它们。

我突然希望能把一切都告诉她，希望她能为我分担点秘密，也希望她能知道这些秘密泄露的话会有什么危险。我希望可以把我曾经相信的一切都告诉她，可现在这一切在我的脚下碎了一地。

“我做不到。”我说道。

阿维娅又拍了拍我的手臂。

“你准备好了再告诉我吧，或者等我完全掌握了事实之后再说也行，只不过那时你再想保密就显得很可笑了。我会继续调查，直到找到真相。等我找到了真相，我会再来听听你的意见，”阿维娅说，“但我不知道我还能不能再偷偷溜进政府大楼这儿。”

“没有通行证不行。”

她歪着头，微笑着看着我，“你能给我批一个吗？”

我必须盯着她，护着她，不能让我父亲伤害到她。我需要再和她见面。我从她身边走过，把办公室和接待区相隔的门打开了，“珍妮特，你能给阿维娅·杰赛普小姐做一张永久通行证吗？她会把自己的情况告诉你的。”

珍妮特暂停了手头的工作，开始制作通行证。我转过身来，面对着阿维娅。她伸出手来和我握手。

“谢谢你，汉斯莱总理。”

“叫我格雷丝就行，”我说，“珍妮特会好好招待你的。下午好啊。”

她出去了。我站在窗前，看着一只信鸽吃东西，直到确信她已经离开了，我才作罢。她离真相已经很近了。我怎么能瞒着她、不让她知道实情呢？我瞒不住。

可能我也不应该瞒着她。但那样风险太大了。我不能离她那么近。我会控制住这一切的。平复了思绪，我转身离开窗边，走出了办公室。

“下午剩下的时间我都不在，”我对珍妮特说，“我要去看我哥哥。”

我和迈尔斯要去找那些兰尼尔人问话了。能越早发现兰尼尔人袭击艾兰国的真相，就越好。

第六章

第十七次尝试

《橡木姑娘：

这会儿我可太想找点东西填填肚子了。我们要审的那个囚犯所待的石头牢房又冷又湿，搞得他在我们面前哆哆嗦嗦的，连下颚都在发着抖。我们呼出的水雾在空气里混为一团。迈尔斯又开始朝他说话了。我在审讯记录里只写下了他的名字——“尼卡尼斯·安·瓦沃特”。他是假降代表团里的首席祭司，和其他人一样，面对审讯一言不发。既然他这么能保持沉默，我们也不能再在他身上花更多的时间了。

“就到这吧。”我说道。迈尔斯摇着轮椅，离开了审讯桌。我给他开了门，一起出了牢房，“这不奏效啊。”

“他们都接受过抗审讯训练，刚才那个还是他们的星辰祭司长呢，”迈尔斯说，他把轮椅稍稍转了个圈，面对着我，“只需要更多一点时间就行，尤其是因为我们不可能用他们那种大刑伺候的审讯方法。如果是在审讯殿，他们这会儿应该都在抱着自己受伤的手叫唤呢。”

我耸了耸肩。不管他们对他做了什么，事实都不是那样的。

“你确定把他们隔开来会有用吗?”

“孤立本身就残忍,”迈尔斯说,“他们自个儿待在房间里,也没法估算时间过了多久。几天内——”

“我们可能没几天时间了,”我说,“女王现在就想知道这个信息。”

迈尔斯也耸耸肩,摇着轮椅朝下一个牢房过去了,“那可能比较麻烦。现在我们先按着计划来吧。”

他在一扇重重的木门前停了下来。

“你还好吗?”我问道,“是想今天就到这儿吗?还是想吃点东西?”

迈尔斯抬起头来。他的微笑让人安心,也充满了勇气。看到他的笑容,我有好一会儿都不敢相信自己的眼睛。

“这是最后一个外交官了。赶紧结束这活儿吧。”

“我们可以先休息一下,吃点东西——”

“不用了,”迈尔斯斩钉截铁地说,“这边结束之后,我想泡个澡。然后喝一杯。再让崔斯坦来抱抱我。来吧,把这事搞定。”

他把轮椅朝后轻轻挪了挪。我走到门前,把那又长又结实的钥匙插进了锁孔。迈尔斯摇着轮椅过了门廊。看到牢房里的一个女人,他便停下了。那个女人也抬起头来,瞪着我们。

迈尔斯坐在轮椅上的身子都僵住了,“这个女人。我之前在游行队伍里认出她来了,她当时还朝我幸灾乐祸地笑。”迈尔斯接着便朝她说了一堆话,他那快速蹦出的一连串音节和抑扬顿挫的重音,气得她狠狠地瞪着眼,恶声恶气地说了他一顿,而后就对他怒目而视。迈尔斯则对她的回应嗤之以鼻。

“她在侮辱我的口音呢。”

“那可不太好啊。”

迈尔斯耸了耸一边肩膀，“注意，她有说话。其他人却没有。这是个切入点。你想问她什么？”

“她叫什么名字？”

迈尔斯问了她。

“赛维蒂·安·瓦沃特。”她回答道。

“和尼卡尼斯·安·瓦沃特是什么关系？”

迈尔斯继续提问。

赛维蒂草草地点了点头，回答简短失礼。

“那是她父亲。‘瓦沃特’指的是‘月亮’。这是兰尼尔国最常见的姓氏之一。”

迈尔斯注视着这个年轻的女人——她非常年轻，脸上没有皱纹，还有着一头年轻人才有的厚重浓密的头发。她的脸蛋还没有完全长定——一个女人真正的美丽是过了三十岁之后才显现出来的——但她有一双精致的棕绿色眼睛，虹膜周围的深色小圈美得让人惊叹。尽管如此，我还是觉得这很有意思。这个代表团，来的肯定是一些能得到兰尼尔国认可、占领我们艾兰国之后统治这里的人。为什么他们要派这么年轻的人来呢？

我想，我知道这个问题的答案了。

“她地位很高吧。生来地位就高，”我说道，“如果不是这样的话，那她在这代表团里未免也太年轻了吧。”

迈尔斯抿了抿嘴，然后又给她丢出一个问题。她抓着桌子，咆哮着回答。

“你猜得很准，也总算有点收获了。她是兰尼尔星辰王室的第九顺位继承人。”

他又停下来，听着她激情澎湃的演讲，一边接着飞快地翻译：“我们死后，肯定会永远遭受最痛苦的折磨，因为我们损害了最尊贵的兰尼尔王室的命运。但她会为了她的外交官和星辰祭司和我们谈判，想让我们放了他们。”

“噢，孩子，”我喃喃地说，对着女孩摇了摇头，“你现在肯定吓坏了。”

迈尔斯把我的话翻译给她听。她脸色渐渐苍白起来。我看着她眉头愈发紧锁——那两条修过的眉毛间，一条细纹渐显，然后越皱越深——便继续说道：“你对这整个代表团都负有责任，你必须保护他们所有人，这是你与生俱来的义务，对不对？他们是你的臣民，虽然你比他们都年轻。他们只是被派来在你们开展占领行动的时候给你指导、给你出主意的，而你才是代表团真正的领袖。不是吗？”

迈尔斯有即时翻译的本事。我话音刚落，他立刻就能翻译出来。赛维蒂眼睛睁得大大的，然后望向了别处，还在我分析她的情况时低下了头。过了一会儿，她抬起头，开了口。

“确实如此，承蒙我命运的恩典以及星辰领主于我出生时赐予我的荣耀，我是唯一一个有权力和你谈判的人，唯一一个能将自己的话写入法律的人，”迈尔斯翻译道，“这孩子是他们的首领吗？她只有十九岁啊。”

“她有一群经验丰富的员工啊，而且她以前还是个扎马尾辫的小女孩的时候，可能就接受过培训了，”我说道，“菲利普国王登基时才十九岁，他的表现也不错啊。”

她眯起眼睛看着我们。迈尔斯把她的话译给我听了：“你想要什么才愿意还我们自由？”

“我们想知道真相，”我说，“我们知道你们国家用最强大的巫术向我们发动了残暴的袭击。你们用一种仪式，把自己士兵的灵魂附着到一个艾兰国士兵身上，逐渐控制那个艾兰国人的身体。就这样，你们把数以万计的杀人犯带到了艾兰国的海岸上——”

“你在这跟我扯什么谋杀的事呢，”赛维蒂咆哮道，脸涨得通红，“你们杀了我们差不多十万人，还把他们的灵魂困在你们那邪恶的死亡神庙里。你还指责我用巫术，你这个噬魂者？你，费尽心思让每个灵魂在安息之国逃过命运的惩罚，也配说我？”

我没有理会她的爆发，“我想知道这是谁想出来的计划，你是怎么学会这个咒语的，是怎么把它传给你的法师的。告诉我们，我们就会安排把你送回兰尼尔。”

赛维蒂闭上了嘴。我把手伸进衣袋里，等待着。可她就像一尊雕像，一声不吭。不过我从她也那儿得到很多信息了。我知道怎么给她强加一种责任感，让她害怕铸成大错，从而撬开她的嘴，让她继续这样滔滔不绝。

迈尔斯盯着她，沉着冷静，面无表情。可他的手却没有动，双手紧紧交叉着放在肚子上。我得把他弄出去。他应该泡个澡，喝杯酒，再享受崔斯坦舒舒服服的怀抱了。

我抱起双臂，打量了一眼赛维蒂，“好了。她有，而且她有权说话。我们要把她留在这里吗？”

“不，”迈尔斯说，“试试给她点甜头吧，可能比罚她在这受苦管用。你住过你的总理套房了吗？”

那房间我有用来小睡，也有用来寻个清净。我本来想过直接睡在那儿，就不用在宫殿和汉斯莱公馆两头跑了。但我后来还是放弃了这个想法。

“偶尔住住。”

“我们能借来用吗？找到她的衣服和其他个人物品了吗？”

“可以。我们得把武器拿出来，还需要警卫来押送她。不过我用不了几个小时就能把她安顿好。”

迈尔斯点点头：“就这么干吧。我们会把其他兰尼尔人送回他们的牢房。而赛维蒂是关键，如果其他人以为她被我们的粗暴对待，说不定会肯松口和我们谈判，换她的安全呢。”

我站起身。我俩什么也没说，一起离开了赛维蒂的牢房，锁上了身后的门。

“谢谢你，迈尔斯。如果没有你，我也不可能搞得定这个审讯任务的。”

迈尔斯点点头，揉着肚子，“我从没想过我会成为审讯官，还挺考验胆量的。那风暴的情况怎么样？”

他知道，我感知着风暴，头皮上时有痛楚传来。

如果他敢冒险，他会和小时候一样，握着我的手来减轻我的痛苦。他知道那有多痛。但我不能告诉他，其实我的心里翻涌着恐惧，双手冰冷，呼吸急促。我不能告诉他我是多么渺小，面对那个旋转着的巨大力量，那个足以掩埋我们的风暴，我是多么微不足道。

“我们今晚就要面对它了，”我说，“我需要睡觉，吃饭，还得去忙活上百件别的事儿呢。”

“刚才赛维蒂有意愿和我们说话，”迈尔斯说，“那很不错了。我们能找到真相——噢您好，殿下。”

塞弗林·蒙特罗斯刚从拐角处转过来，身着西装，外面披着件优雅的灰色法兰绒大衣，“迈尔斯爵士，格雷丝爵士。一切都好吗？”

“很好，”迈尔斯说，“我们提早完成任务了。我本来想可能还得花几天呢。不过他们代表团的领导者很想和我们谈谈。”

“太好了，”塞弗林王子说，“这样你就有足够的机会了解真相了。格雷丝，明天开完会，你愿意和我一起吃饭吗？”

“我很乐意。”我说。

他向我们点点头：“干得好，你俩都很棒。失陪啦。”

塞弗林继续迈开步子，在监狱里溜达着，仿佛那是条花园小径。我站在十字路口，看着他向左拐去，听着他脚步的回声越来越弱。

“你在干吗？”迈尔斯问道。

“嘘。”

我仔细听着。他的脚步节奏突然变了：他在爬叹息之塔的石梯。塞弗林是要去看首席法师们吗——不。我很清楚。

他是要去看我父亲。

我抓住迈尔斯轮椅上的把手，推着他穿过一条条走廊，“你介意我离开一会儿去给赛维蒂安排交通工具吗？我想在太阳下山前就让她到套房里舒舒服服地待着。”

在我必须去主持仪式之前，我还有七个小时的时间。足够了。我要做的就是申请让守卫们在总理套房门口安排岗哨，列一份允许进出的名单，这名单还得精确到每个仆人。我得横穿整个宫殿去下命令，所以我拖着疲惫的步伐，沿着政府大楼和蒙特罗斯宫之间的通道走。走着走着，满满一走廊身材高大、衣着精致的半神国人突然挡住了我的去路。

我盯着他们的装束：绣满花纹的束腰外衣外罩着一件长外套，外套上还缀有穗带——他们那种时尚就喜欢这样的设计。我拖着脚走在他们身后，看着他们的背影，听着他们温柔的低语——那不完全是萨敏丹语，但听着很像，这让我有点儿郁闷。我想如果有人能说慢一点，说不定我很快就能学会一个词了。据说半神国的语言听起来像是文学和数学这两门学科的母语，这是什么意思呢？

“格雷丝！”

我抛开了这些思绪，对艾菲微笑着。

她穿过人群，紧紧握住我的手，把我拉到队伍中央，“我们要去美术馆。”

“有给你们安排访问吗？我怎么没印象。”

“这是用来讨好我们的小伎俩而已，”艾菲轻蔑地挥了挥手，“我和管家说，我想给我的马套上鞍，骑着去逛逛金斯顿城，他就气得发狂，说是有太多的后勤工作要做，没有规划好的事情他安排不了。”

走廊两边，跪着两列仆人。我努力不去看他们。艾菲看见一个年轻姑娘，戴着浆过的帽子，便转身去摸她的头。女孩抬起头来，脸上流露出敬畏的神情。我们继续向前走时，她还注视着我们。

“如果你想搞一场正式的庆祝游行，我可以帮忙推进。”

艾菲抱怨道：“实话说，我不想参加什么游行盛会，甚至即将到来的舞会我也不想去。我问仆人们高不高兴，他们向我保证说很高兴，可我还记得我们刚到这里那时广场上的那些人。伊桑德从鸟儿们那里得到的汇报都提到了衣衫褴褛、饥寒交迫，还在排队领取食物的人们。我想知道到底发生了什么。”

对艾菲隐瞒真相可能不是个好主意。“我可以给你一些我写的报告，”我说，“过去几个星期的资料我都没有。你有报纸吗？你肯定买了报纸吧。”

艾菲瞪了我一眼，“我又看不懂。我能听懂你的话是因为有咒语，但你写的字我看不懂啊。”

我们穿过走廊，走进高耸入云、光线充足的圆形大厅。这里是艾兰国国家美术馆。一座10英尺高的艾格尼丝女王石像映入眼帘，她的头上戴着艾兰国王室专属的沉重金王冠。这王冠曾经被取下来，但最终还是回到了它合法主人的头上。她的左后腰际佩着一把剑，这代表着她因战功显赫而赢得了登基的资格。她光着脚，脚趾从她的长礼服和斗篷的闪亮褶皱中探出来，蜷曲在寒冷潮湿的国王之石上。靠在她腿上的是一只卷毛的羔羊，象征着女王小时候是个牧羊女，还自己学过战争之道和剑术。艾菲伸长脖子，盯着雕像脸上冷静的表情。

“这是英明的艾格尼丝女王，艾兰国复辟的奠基人，”我介绍道，“百大骑士在被流放后来到她的城堡，发誓如果她收留他们，他们将为她战斗，为她效忠。她答应了——而这一百位骑士就是现在这百大家族的祖先，他们继续履行着他们先辈的誓言。”

艾菲在我背历史背到一半时转向我，“那一百位骑士是从哪里来的呢?”

“一个传说中消失了的王国，”我说道，“据说它是用魔法建起来的一串小岛，坐落在一个大湖的中心。这本来是个很美的地方，骑士们在这里只会为了娱乐而比试剑术，没有人为此丢过性命。可它消失后，没有人能找到它，这么多年了都没有。”

艾菲本来一脸好奇，现在脸上一片茫然，神情带点小心翼翼，又带点害怕。她那金棕色的脸上失去了红晕，看起来也没有那么容光焕发了。她沉默了很久，才开口说道：“你说的这个地方，只存在于故事中吧。一个探险者环绕世界转一千圈竟然也找不到它，也找不到它的遗迹。”

她紧紧盯着雕像，专注得连脖子都突出来了。我壮着胆碰了碰她的肩膀，“您没事吧?”

“没事，”她眨了两下眼睛，点点头，努力挤出一个微笑来安慰我，“我被这个悲伤的故事吸引住了。你和你的骑士同伴连自己的家乡在哪儿都不知道呢。”

“我们来到了这里，这里是我们的家，”我说，“我们很久以前就发过誓了。”

艾菲又点了点头，转过身去，“这些风景是?”

“这个展览是按季节布置的，”我介绍道，“大部分都是我们内陆乡镇的风景。”

我不想看这些风景。这几个展板里的景象一派安宁富饶，却看得我心里很难受。艾兰国今年的降雪量和以往相比翻了一倍，现在还有这么一场大风暴来袭，弄得我脑袋生疼。天文学家今天早上已经发布了预警，金斯顿城里的人们都急着四处寻找食物和柴火，为撑到风暴结束做准备。

蓝河冻住了。恍惚间我还以为已经到雪凝之月了呢。这让内陆乡镇和金斯顿城的最后一轮贸易根本没法继续。我们的食粮越来越紧缺，而那边的人却依然丰衣足食。这场我们无法阻止的风暴，无论如何都会给艾兰国盖上更厚的积雪。等到春天来了，融化的积雪就会变成洪水，冲过他们那其乐融融的河谷小镇，冲走他们的房屋和庄稼。

“他们都在那看什么?”艾菲问道。她走到一群围成一圈正在看画的半神国人身边。

我知道那幅画。

“《橡木姑娘：第十七次尝试》，”我说，“这是绘画大师布莱恩汀的作品。”

艾菲先是眉头紧锁，但当她走上前欣赏画作时，又扬起了眉毛。

画里，一个女人裹着一块华丽的丝质床单，那丝绸夺目的石榴红色衬得她完美的深古铜色肌肤更加美好。她有一头棕黑色的鬈发，细致的描绘令这些发丝看起来飘逸灵动。她有着高高的鼻梁，还有一双半神国人特有的细长眼睛，眼里流露出一种令人难忘的悲伤神情。她站在秋日明艳绚烂的景致里，橡树叶在她身旁纷飞、下落。她伸出手，准备接住其中的一片。

这是布莱恩汀一生中最杰出的作品。艾菲凝视着这幅画，微微收着下颌，交叉着双臂，双眼紧紧盯着它，像是能把它点燃似的。原先围着画看的半神国人像被一阵风吹开了，朝四处散去，然后带着深深的敬畏，安静地注视着他们的女大公。

她转过身，黑色的眼眸盯着我，目光如炬，“告诉我这幅画背后的故事。”

“它被认为是艾兰国最伟大的绘画作品，”我说道，“布莱恩汀是个奇才。是个天才。他写了《关于人物形象及其捕捉方法的研究》，这本书是我国每个艺术工作者学习的基础书目。他十五岁时就写了这本书，还画了插图——”

“说这幅画。”

“好，”我深吸了一口气，试图让自己的四肢不再颤抖，“19岁的时候，布莱恩汀就被玛丽·亨丽埃塔女王任命为御用肖像画师。而与此同时，他语出惊人，说自己身体里有着神哈里安赋予的才能。当天晚上，他正整理他的新画室呢，一个戴面纱的女人进来了，要他给她画肖像。他本想拒绝，女人就把面纱摘了下来，惊艳得布莱恩汀只想给她作画了。他辛辛苦苦地画了几个小时，终于完成了这幅作品，还信誓旦旦地说这是他画过最棒的作品。但他醒来之后，发现女人带着画消失了，留下了一袋金色的橡树叶作为报酬。”

她的目光就没离开过那幅画，“然后呢？”

我又吸了一口气，“然后他就开始试着去重画那幅画。其他事情他一概不做，一概不论。他就这样负债累累，还惹怒了女王，可仍然什么都不管，一心只想着重新画出那个女人。这幅画就是他的最后一次尝试。当时人们发现画架上放着这幅晾干了的画，画架边就躺着他的尸体。他把自己的眼睛挖了出来，然后自杀了。”

“这样哈里安赋予他的才能也就不复存在了，就跟以前一样……可这次却是有人帮着毁了它，”艾菲黯然神伤，轻轻地摇了摇头，“让我在这待会儿吧，我想一个人静静。”

我低下头，退下了。转过身来的时候我还差点撞到了阿尔迪斯。他抓住我的手臂，带着我走开了，走到另一幅画前才停下脚步——画里，阳光明媚，一群孩子正在一个人迹罕至、硕果累累的桃园里嬉戏玩耍。他看上去和艾菲一样生气，只不过，这次的怒火是冲着我来的。

他猛地拉了我一把，让我面朝着他，脸上满是怒气：“你对那些兰尼尔人做了什么？”

“放开我。”我把手臂使劲一抽，从他紧握的手中挣脱开来——没有给他小腿踢上一脚就算不错了。“那你做了什么？在珀西爵士被处死的时候把他的灵魂束缚到你自己身上？”

“这是我作为创世之国使者的责任，”他说，“用不着你来管。我是灵魂的牧者。我们可不想把这个人跟丢。”

这肯定意味着半神国人还有别的计划，要从那些建造精神疗养院的人那里讨回公道。阿尔迪斯其实不必告诉我这些，但这也并不意味着我可以像信任朋友一样信任他。

“我们只是暂时给他们挪了窝。我们正在打扫他们的牢房，让他们能住得更舒服点儿，迟一点就会把他们送回去了。”

“要搞多久？”

我又给自己找了个活儿干。我一到家就得写这个安排，明早第一件事就是把它放在珍妮特的桌子上。

“两天。”

“不行。”

“这可是你自找的，”我说，“你说他们待遇很差，现在我们在改善他们的牢房环境了，你倒又生气了。这就像我给你一袋金子，你反而抱怨它很重。你要是不喜欢，大可跟女大公说呀。我敢肯定她现在有心情听你说话。”

他紧张地瞥了一眼独自站在《橡木姑娘》画前的女大公。看到他这样，我心情好了起来，就算这样显得我很小心眼。我从他身边走开，经过了玛丽公主的肖像画，迈着步子径直朝着警卫站走去。我一小时前就该到那儿去了。

第七章 风暴下的歌谣

我承受着风暴带来的无尽头痛，手臂上留着瘀伤，还有没完没了的任务要我批复——时间就这样一分一秒地流逝了。我还在汉斯莱公馆里努力解决这边的问题，安抚仆人们的情绪。忙完了再试着睡上一会儿。我躺在床上，光滑的丝绸床单用一种能促进睡眠的草本混合物泡过，香气令人心旷神怡；还有六个暖炉把床烘得非常温暖舒适，我却根本放松不下来。我的思绪从一个问题跳到另一个问题上，根本无法平静。虽然偶尔袭来一阵睡意，可几分钟后就又被我赶跑了。

威廉和乔治多带了几个暖炉，给我在去往奈特夏尔堡的路上用。奈特夏尔堡是座白色建筑，沐浴在月光下，坐落于悬崖边，正对着河流的入海口。它位于金斯顿城的最西边，是我们抵御风暴的绝佳壁垒。到了门口，我从雪橇上跳下来，冲进大楼，路过一张张自助餐长桌，上面的食物堆积如山，把桌子都压得吱嘎作响。就算我们的人数再翻两倍也够吃，丝毫不会浪费。一群穿白袍的次巫正狼吞虎咽地吃着馅饼。我急急忙忙地从他们身边冲过去，来到汉斯莱家族专用的套房外，一把推开了门。我换好衣服就要去吃——

蓝绿色的窗帘像堵砖墙一样，停下了我狂奔的脚步。我走错路了吗？没有啊。我还记得怎么从前门走到壁炉旁——那是这间套房最棒的地方。不过，那里本来挂着我曾祖母菲奥娜的画像，后来被人拿下来了。窗户上的橘色丝绒窗帘换成了蓝绿色，但窗外的景色还是没什么变化。

我盯着换下了菲奥娜肖像的那张画。画的是个男人，眉毛很粗，灰白的头发稀稀疏疏的，上唇的曲线特别性感，可一看到他鼻子的样子，我就知道是谁住进了我的套间。门开了，房间里的空气流动起来。来的人连门都没敲，那么多人里——

“格雷丝。”

我转过身来，看着雷蒙德·布莱克，他那尖鼻子印证了我的想法。

“你为什么住了我的套间？”

他笑了，诱人却又危险，“这是个误会。选举……哎。他们只是想主动表现表现罢了。一切都会恢复原状的。”

我会相信他的话吗？不会，但我也只能就此作罢，“算了，反正我也想给客厅换换样子。”

“那敢情好，”他说，“我就知道你不会在乎这些细枝末节。”

掉坑里了吧，雷蒙德。我向他报以一个练过很多次的微笑，“大家都到了吗？我们要的人是不是都聚齐了？”

“你是最后一个到的。可你的次巫呢？你没把他弄丢吧？”

真是烦得要死。“迈尔斯受了重伤，在半神国人的照料下还在恢复呢。”我说道。他也不归我管了，但我不打算展开那个话题。

“他受了伤，我心里也不好受，但好在他没再逃跑，”雷蒙德说，“不然那太尴尬了。”

“确实，”我说道，“我会告诉他你祝他早日康复的。”

其他人会希望迈尔斯跟着我，在我作为风暴歌者完成任务的时候也能陪伴我。我都忘记父亲以前还逼着我们一起行动了呢。这确实是个问题，但改天再处理它吧。

我回到更衣室前面。门开着，里面亮着一盏煤气灯。隐巫者主音专属的袍子就挂在衣物架上，它那黑色的绸面上缀满了珠子，像夜晚的星空般闪着微光。袍子正面有几十粒小小的黑玉钮扣分列两侧，可以一直扣到立领上。这简直是服饰中的杰作。

我曾经想过，自己第一次穿上隐巫者主音整套礼服的那晚会是什么样的。在我想象的所有画面中，却从未出现过现在这样的情况，而是有些什么寓意，有些什么感受的。我的感觉，应该和现在不一样才对啊。

走廊里响起了铃声，让隐巫者们都到仪式大厅里集合。我转过身去，发现了满满一壶水。我试了试水温，水已经放凉了一点，变成温水了。我俯下身子，在脸盆里洗了把脸，才穿上那件闪着微光的完美长袍。我必须重新赢得隐巫者的尊重，而这个仪式就是让我在这条路上前进的一步——当然也可能是后退的一步。

是时候去施法了。我打消了刚才的顾虑，急忙往仪式大厅走去。

首席法师们不在，天空会议厅显得空荡荡的。沿着曲面墙放置的红色软垫长椅周围，披白袍子的次巫们稀稀疏疏地坐着，就像不整齐的牙齿。联结者站立的地板上印有一连串五角星图案，那是给巫师们编织魔力网时用的模板，而我们就是要在这里进行仪式。

风暴在我的意识中旋转。它会像镰刀一样杀过金斯顿城，然后一路向南，向海岸和那边分散的岛屿继续发起袭击，像撕纸条一样轻松摧毁萨敏丹人定居的城镇——这些呈带状分布的城镇以捕鱼、航海和采集珍珠为主业。风暴继续向南去，那就与我无关了，而是轮到伊达共和国去担心了。

我站在大厅正中央的紫色瓷砖处。头顶的圆形屋顶外，云朵飞快地掠过天际。我们吟唱起风暴之歌，仪式开始，风暴翻腾起来。唱到第一个和音的时候，云层分开了，星光撒在了我们身上。

这首歌没有什么实际的法力，而是用来引导风暴歌者施展魔力的：首先要让和风暴歌者缔结了羁绊的次巫把自己的原始能量释放出来，然后和风暴歌者的技能融合起来，拧成一股细绳，然后再把这些魔力绳编织在一起。我要做的，就是把他们的魔力转化成一股能量，以驱散风暴，给干燥的土地带来雨水，同时给这个宽达几英里的风暴调整路径。

每个风暴歌者歌声里的力量正逐渐增强。天空会议厅里，一百二十六位巫师和一百二十六位次巫把他们的力量运传到了我手里。但这还不够。

我领着他们，一齐迎向风暴中分出来的风卷，与之搏斗了一番。现在我来到风暴中心了，可这会儿我的肚子竟饿得叫了起来。风暴的力量没有加强。我得抓紧时间，带领大家在那奇异而刺骨的狂风中穿行。我该从哪里入手?

把它扩散开来，父亲是这么说的。可单凭我们的力量是做不到的。如果风暴的另一边还有上百位巫师帮忙的话，也许还能成功吧——我一开始感受这风暴的时候，就已经觉得它大得吓人了，绵延数英里呢。它的风暴眼至少有金斯顿城那么宽。要让这个风暴停下来，真的希望渺茫，甚至可以说根本就不可能。这时我有点想哭，却不是因为这个。

在风暴里，我很难控制住我们的力量。我也不能把风暴分开——哪怕是把它劈成两半也不行，那样的话我们都会被撞到一边去，我们的阵势也会像积木般，被风暴这个愤怒的孩子挥手击落，轰然倒塌。无论我怎么做，我都要把我们所有人的力量聚合在一起。

“你怎么站在那啥也不做呢?”雷蒙德问道，“快行动啊。”

雷蒙德话音刚落，整座建筑突然摇晃起来。

神啊，赶紧封了这人的嘴吧。谁也不会忘记，我走到了风暴的中心，却开始踌躇不决。

但我不会让他把我逼到干傻事的地步。在完全准备好之前我不会行动。我们身处风暴眼，但我的关节生疼，额头和太阳穴上也隐隐作痛，就像我完全暴露站在风暴眼之中。这里是风暴的引擎，是风暴的中心。这风暴就是个朝我们步步紧逼的毁灭者，我却无法阻止它，无法延展它，无法让它慢下来——

我灵光一闪。我自己是没法让风速缓下来，但我有个想法。

“你在干什么？你得行动起来！”雷蒙德喊道，“试啊，你总得试试看啊！”

“雷，请把你的嘴闭上。大家时刻警惕，”我把魔力绳梳理到风暴眼里，然后放了手，任由它们在被风暴之炉烧热了的空气中四散开来，“冷却风暴眼里的空气。”

来自乡村巫师圈的风暴歌手们马上就明白了，动起手来。风暴产生于冷暖空气的交锋，它会一直到处肆虐，冷空气取胜后才会减弱、消散。来自乡村的这些巫师每年夏天都会给大地带来雨水，平息旋风，自然非常清楚该怎么做。其余的人看了一会儿，才开始学着他们施法。

风依然在怒吼，但风暴眼不也缩小了一点吗？

我把我的意识延伸出去。风暴还是紧紧围绕着它的中心盘旋，肉眼看和之前没什么不同。我们这个办法是摸对了，但力量不够啊。在场的巫师人数再翻一番，一起合力，我们才能驱散这风暴。除了祈祷，别无他法。

噢，守护者们，永生之神，请保佑我们——这是为已经死去的人祈愿的祷告语，祈求他们能在安息之国获得安息。这是我以前和父亲住的时候，跟他学到的唯一一种祈祷方法。拜托了，请帮帮我们。

我不知道该向谁祈祷。

我不知道谁会回应我。

我的意识里，突然伸进了一根魔力细绳，而后越缠越粗，变得和缆绳一样了。我大吃一惊。它的能量不仅非常强大，而且每条魔力细绳里充盈着一致的力量和天赋……这是把两个巫师的能量合二为一了，而不是巫师和与他缔结契约的次巫两人分别的能量。

魔力绳在我们的法阵中盘绕。我的身上充满了力量，膝盖不再发抖了。那能量——明亮又灿烂的能量——照进了风暴眼，和我们一起，配合着在风暴中心翻滚的寒风，努力把风暴眼里的空气冷却下去。风暴眼又缩小了一点，就像眼睛瞳孔紧缩，躲避光线一样。

这样的结果还是第一次见。另一场风暴即将来袭。之后还会一场接一场。和风暴之炉对抗，我们撑得了多久？没有首席法师的力量，我们还能坚持多久？

一个联结者突然昏倒在地。我身边的另一个联结者惨叫了一声，也倒在了地上。我们已经用尽全力了。风暴减弱了，却仍在向我们逼近。巫师们一个接一个地把法力从法阵里收回，没法再继续施法了。但巫师们依然坚持着二重唱，直到阵里只剩我孤军奋战。我招架不住，便开始撤退，想退回到他们身处的边界。

我竭力抑制住眩晕，追循着他们的踪迹。

帮了我们的巫师们是谁？我正追踪这些好心人的身影，金斯顿城的南部边境突然闪起一阵灯光——是巫师们。她们冒着被发现的危险，和这个威胁我们性命的风暴正面对抗。一百多名巫师聚集在河畔城，迎风而起，与风暴搏击。狂风在我头顶怒吼着，弄得我直哆嗦，头皮发麻。她们一直在这里等着，看着我们编织魔力绳，待我们都筋疲力尽，招架不住时，便立即出手相助——

这个秘密的巫师圈到底有多少次冒着被发现的危险，为救陷于危难中的金斯顿城伸出援手？

这个答案，我并不需要知道。如果我害得她们被发现了，监察官肯定会冲到河畔城去抓她们。而且就算我很想知道究竟是什么人帮我们迎战风暴，我也没时间分神去想了。

我头晕目眩，身体摇摇晃晃的，继而跪倒在地。浑身难受，两条腿像肌肉萎缩似的颤抖着，再也撑不住我的身躯了。我精疲力竭，倒在地板上。可看到那股明亮的超自然力量时，我的意识仍然飞离了我的躯体，想追踪它，却发现它停在蒙特罗斯宫十七个圆顶上，消失于古老的层层结界中。

半神国人就像我们的救世主。从离开宫殿开始，他们就帮了我们一路，而那些长老级别的首席法师们却安坐在牢房里，什么也没做。

我的思绪又回到了天空会议厅，却突然感觉一阵天旋地转。我只好闭上眼，深呼吸，等着我们的侍者过来找我。

许多双手伸向我，轻轻地把我扶起来，放到担架上。

“帮我捎个信，”我说，“给安息之国的艾菲陛下。我恳请觐见——”

没人在听我胡言乱语。他们的任务是带我去睡觉。

第八章 秘密之墙

我们的行动失败了。到了早晨，金斯顿城就见证了这一结果的“降临”：城里下了整整三英尺厚的雪。政府大楼有场紧急会议，不过这是我要求召开的。我让威廉给我找出两块打过蜡的滑雪板，翻出我的旧靴子，自己又从衣柜里挑出了在半神国人营地里穿过的那件夹棉束腰外衣，这衣服保暖效果一流，去雪中“探险”穿它正合适。

工人们一大早就跑出门，试着把雪压实。人们正在把家门前的积雪挖开，辟出一条小路。邻居间也互相帮着清理积雪，还在冷风中分享着热气腾腾的饮品。看到艾兰国人下定决心，重新振作，我的心情也愉悦起来。我一路滑着雪，累得身子都微微发热了，总算来到了政府大楼。大楼里空荡荡的，没什么人。

我穿过静悄悄的走廊，朝王宫走去。

昨晚和风暴对抗的时候，有两个半神国人出手帮了我们。我打算把他们找出来。走进王宫，我来到半神国人住的厢房门口，才发现艾菲的会客室的房门把手上系了一条红丝带。那就是没空咯。我便走向迈尔斯和崔斯坦的房间，敲了敲门。迈尔斯开了门。他已经穿好了衣服，衬衫领子服服帖帖地系着一条闪闪发光的橄榄色丝绸领带。

“我知道你会来的，虽然昨晚你都累成什么样了。”迈尔斯把轮椅摇得飞快，我赶紧追上他。

“那风暴可真够棘手的。我一辈子都没见过这么多雪。都不知道你今天为什么还要来上班。”

我们朝半神国守卫们点头示意，便匆匆转进了另一条走廊。走廊里暂时只亮了几盏煤气灯，灯光照在墙壁和地板上，发出了浅绿色的光。“这是场紧急会议。要是哪天那些民选议员在议会上发疯，我却不在场，那天可就是我的忌日了。”

“啊，清楚啦，”迈尔斯瞥了我一眼，朝我咧嘴笑了笑，“赛维蒂昨晚应该过得不错吧。现在我们倒要看看，她会不会感激我们给的这种奢侈待遇呢，还是说这种奢侈待遇燃起了她的自大呢？”

“我们想要的是哪个？”

“两个都有点想——噢。”迈尔斯的轮椅在一段宽阔的大理石台阶前停了下来。

我涨红了脸，一是热的，二是尴尬。“该死。我没想到这点。”

“没事儿，你帮我拿轮椅，我能上楼梯。”

这真挺尴尬的。他站起身，我便拖着他的轮椅走上楼梯。这时，他抬起腿，跨上了台阶。

“看到了吧？一点儿都不难。”

看来是我太担心了。他状况比我想象中的好多了，爬楼梯爬到顶，呼吸起来也只是有一点点吃力。他稳稳地坐回铺着软垫的座位上，摇起轮椅，沿着走廊向前走去。

“还是那间套房吗？”

他的轮椅慢了下来。我们脚下铺了一块狭长的地毯，这是用来减轻脚步声的，可轮椅的轮子在上面就不好动了。“我推你，可以吗？”

他叹了口气，往后坐了坐，“走吧。”

不一会儿，我们就站在了一扇金色的橡木门前，两边站着卫兵。他们面面相觑，不知道该看向我还是迈尔斯。

“哪些人见过囚犯？”迈尔斯问道。

臂章上有两道金军衔的卫兵回答道：“只有您指定的两个女仆见过，而且由始至终都有警卫在场的。两位是自行进去，不用陪同吗？”

“是的，谢谢。”

他们开了门，我便带着迈尔斯进去了。

赛维蒂的变化可不小啊。她头发的黑色发根依然清晰可见，但她那长得惊人的秀发洗过后竟焕发着光泽。她把长发编成了一条手腕粗细的辫子，一直垂到脚踝；身上穿的不再是没染过色的麻衣，而是一袭以橘黄和玫红为主色调的轻纱薄裙；脸上擦得白白净净的，原本的眉毛被拔掉了，画成夸张的弓形，眼睑涂上了玫粉色的眼影，画上了金色的眼线。她的面容中间还画上了一条金线，从脖子的底部一直连到发际。

她的脸，看起来和兰尼尔人描绘祖先形象时画出来的全脸面具差不多。能重新穿戴上自己的服饰，用上自己的化妆品，她的自信心也大增。她张开双臂向我们表示欢迎，仿佛这个房间是属于她的，而不是她的监狱，“我这儿有水可以泡花茶。两位请自便。”

迈尔斯翻译这句话的时候，脸上似笑非笑，“我想她是选了自大哦。”

“你说那未必是件坏事嘛。”

“她可是有思考。继续吧，看看她怎么说。”

“谢谢你的茶。”我说。桌上放着一套玻璃茶具，茶壶里装满了花蕾，它们在晾干前就被卷成球状了。一把椅子被拉到了一边。赛维蒂坐在窗前，用兰尼尔语那令人费解的弯曲字母写着文件。

我坐在对面的座位上，双手放在膝盖上。赛维蒂往杯子里倒了水，干花蕾在水里旋转，渐渐展开。“狂风呼啸了一整晚，”赛维蒂边说边放下了水壶，“满世界都是‘雪’。”

最后这个“雪”字，她是用艾兰语说的。

“这种风暴我们从来都没见过，”我说，“我留意到你在写东西。字很好看哎。”

“这是我的提议书，”赛维蒂说，“你想知道里面写的是什么吗？”

“我很想知道。”我不确定自己这么说会不会不够礼貌，坏了规矩，不过迈尔斯的翻译无疑弥补了这一点。

“这些条件很简单。我知道侵占艾兰国这个计划背后的真相。希望你们明白，我们的行动只是一种防御手段，这不仅是为了保护我们的国土，也是为了保护我们人民的灵魂。这一点我可以坦诚地告诉你，但其余的我先保留。希望我们的谈判能令我满意吧。”

迈尔斯摇了摇头，“她的野心可不小啊。”

“我也这么觉得，”我说，“什么才能令您满意呢，尊贵的赛维蒂殿下？”

她往后一倚，把双臂垂到了长椅背后。

“兰尼尔是一片自由的土地。几个世纪以来，我们一直根据星辰运转的结果统治国家，大家在星辰王室的领导下也过着繁荣幸福的生活。没有星辰王室，没有占星术，我们国家也不可能兴旺起来。我们必须保持我们的生活方式，继续享受我们一直享有的自由。”

我绕过了这段拐弯抹角的话，直击重点，“你想恢复兰尼尔的独立主权吧。”我说道。

“只有这样我才会告诉你真相。”赛维蒂答道。

迈尔斯知道怎么做审讯，可这次不一样。搞谈判可是我熟悉的领域。赛维蒂想要的并不可能实现。如果她和我受过一样的谈判训练，她自然会明白这一点。

我盯着赛维蒂面前那杯还没喝的花茶，里面的干花蕾都泡开了。盯了好一会儿，我才抬起眼睛看向她，“你也知道，这不可能。”

她还是不屈不挠的，“除此之外，一切免谈。这就是我的条件。”

赛维蒂慢慢地伸出一只手，从坐垫上拿起了她写的那份文件，倾身向前，递给了我。她只在纸的右半部分写了字，用的笔也比较特别：写字人越用力，这笔写出来的笔迹就越粗。我在想她是不是用我父亲的那支金笔写的文件。她喜欢黄金。我猜她就是用了那支笔。纸的左边画了个菱形，里面填满了艺术字。一般人会在印章刻上这个图案，然后在热蜡上盖出个家族纹章，可她竟然能这么熟练地直接用手画出来。

我小心地把这张纸拿在手里，“你看得懂吗?”

“看得懂。”迈尔斯伸手接过了文件，他看完那页纸，点了点头，“这上面写的就是她想要的：用信息换取兰尼尔的主权。你要把它带到女王那儿去吗?”

“带到塞弗林那儿。”

迈尔斯点点头，“这样更好。你还有什么要和她说的吗?”

“实话说，我觉得没什么要讲的了。噢，谢谢你的这份提议。我会把它交给王室成员，看看他们会不会原谅你们这个想杀了他们、从他们手里夺权的阴谋。”

赛维蒂听着迈尔斯的翻译，情绪愈发暴躁起来。我心头突然一颤。她太年轻了，还是不太合适做这个。她这么年轻，又孤身一人，也许还有点害怕，可她竟能对别的闭口不谈，只坚持自己的要求。我有些敬佩这种决心。这很勇敢。我要是她，我会怎么办呢？不过我很高兴我从来都不用去考虑这个。

我站起身。迈尔斯摇着他的轮椅，朝门口走去。我们回到了宫殿的主层。

迈尔斯下楼梯时轻松多了。下到地面，他便坐回轮椅上，几乎没有喘气，“要和你一起回去工作吗?”

“等会儿，”我说，“我有件事想问你。”

他摇起轮椅，手握着手轮圈前后甩动着。“说吧。”

我加快了脚步，“我们不在这儿说。”

他追了上来，保持着和我差不多的速度，不让我推他。我们匆匆回到迈尔斯的房间。他把轮椅转过来，面对着我，“你想问什么？”

我扫视了一下房间。只有我们俩。

“你知道我们昨晚举行了仪式吧？”

迈尔斯点了点头，眼睛里却流露出一丝警惕，“那风暴可真够糟糕的。”

“我们尽全力了。但我看到了一些东西。”

迈尔斯的嘴角抽动了一下。这动作很细微，却逃不过我那敏锐的感知力。“王宫里的两个法师帮了我们一把。他们的力量很惊人，肯定是半神国人。”

迈尔斯的指尖又恢复了血色。

“你是想让我去问艾菲吗？”

“麻烦你了。我今天还有很多活儿要干，也不知道我能不能找到他们。”

他点点头，肩膀也不再紧绷，放松了下来。

“我很乐意。”

他放下了戒备，朝我笑起来。我也回以微笑，“你还知道河畔城那边风暴歌者圈子的情况吗？”

迈尔斯怒视我的那一刻，我意识到我错了。他握着手轮圈，摇着轮椅来到了壁炉边，抓起一根拨火棍拨弄起柴火。

“我耍了个鬼把戏。对不起，”我说，“我不该那样骗你。我不该把你当成可以利用的人，迈尔斯。我有什么需要的时候就应该直截了当地和你说。”

“我不否认，我知道你在说什么，”迈尔斯平静地说，他又拿起火钳，往壁炉里的煤炭上放了些木柴，“但我什么都不会告诉你。”

“好，别说了，”我说道，“但你要给她们捎个信，告诉她们，我看到她们了。非常感谢她们为我们冒险、作出牺牲，但即使是在我们迫切需要她们帮忙的时候，也务必要让她们小心。”

迈尔斯盯着我，“你不会和别人说吧？”

“天哪！当然不会。我最不希望看到的就是，这个史上最强风暴还在到处肆虐，风暴歌者们却被关进了精神疗养院。”

迈尔斯转过头，又扭头看向我——他的表情吓得我两膝发软。他没有发火——我倒是宁愿他发火呢，那样我还好受点儿。他看着我，眼神里满是悲伤，失望。

一想到要把他哄回来，我的心就怦怦直跳，“怎么了？”

他又盯着我看了一会儿，然后摇了摇头，“你不懂。”

“懂啥？”

迈尔斯把烧火的工具收拾好，摇着轮椅朝我靠近了一点，“我不能告诉你。你得自己去发掘。”

唉，我真讨厌这种感觉。我是做错了事，说错了话。但我只是不想河畔城的巫师们被抓啊，这有什么不对吗？

“我不知道你在说什么。”

“我知道就行了，”他拉了拉轮椅的手刹，努力站了起来，

“不过，我想你会明白的。”

他把我拉下来一点，捧着我的脸，吻了吻我的额头，“去把艾兰国管好吧，妹妹。我会把你的口信带到的。”

我没什么时间去看其他议员交的议案了，不过开完会我就能小睡一会儿——不对，我跟塞弗林说了开完会就和他去吃饭。我得告诉他赛维蒂和我们谈判的时候有多大胆。又是漫长的一天啊。

我转过拐角，发现我办公室旁边的壁架上，斜斜地倚着一对滑雪板。我打量了它们一会儿，似乎就已经能凭直觉猜到，是谁把它们放在了那里。看这对滑雪板上固定器的样式就能知道，它们不是新款的，那主人也不可能是什么赶时髦的人。如果是议员的话，他们应该会把滑雪板拿进自己的办公室晾干啊。就是说，它们的主人是来这儿办事的，而不是这里的职工——

我不知道我的心跳得那么快，是因为开心还是因为紧张。我也没管那么多了，直接拉开了门。我走进办公室，咔哒咔哒的打字机都安静了下来——珍妮特和她管的秘书们都站起身，保持着立正的姿态。旁边还有一个身影，也站了起来。

阿维娅·杰赛普今天这一身，还挺适合在这冬日时节穿出去玩儿的。她脚上穿着一双长趾滑雪靴，上面套着带纽扣的毡制绑腿，从脚踝一路扣到膝盖；下半身穿着一条粗花呢及膝短裤；上半身穿着一件配套的外套，敞着怀，里面是件小巧的灰色针织背心，上面还有用黑白两色毛线织成的小图案。她一只胳膊下夹着份报纸，朝我咧嘴一笑，便拿出报纸给我看。头版报纸的折痕下，写着这么一个标题："汉斯莱总理今日议会提案：必需品应设定价格上限"。

"啊，这可太棒了。"我笑眯眯地看着她。她也用笑容回应了我。

"你大老远跑过来就是为了看我一眼吗?"

阿维娅一甩头，就把头发甩回了脑后，"昨天皇家美术馆关了，我想请你就此事发表一下看法。"

"我很乐意，"我走过去拍了拍她那挂着外套的肩膀，"有时间聊聊吗?"

"这就是我来这儿的目的啊，"阿维娅说，"谢谢。"

菲利普已经坐在钢琴的长凳上了，准备弹几首曲子，盖过我们的说话声。我把阿维娅领进我的办公室请她坐下，她却从图书室走到了另外一间房，那里面有张长桌，可以用来吃饭或者开小型会议。她用手指抚摸着那打过蜡而闪闪发亮的桌面，抬起头来。

"我知道昨天半神国人去了国家美术馆。你在场吗?"

"在的。"我走到最近的一张椅子边上，可她绕着桌子，来到了我身边。

她倚着桌子，摇晃着身体，离我越来越近，"民众在没有得到通知的情况下就被赶了出去。我猜半神国人这个活动并没有事先安排好吧。"

"确实没有。艾菲女大公老是坐不住。她想在金斯顿城里到处逛逛看，见见这里的人，但王宫方面说外出太危险了。"

阿维娅翻了个白眼，“他们可是半神国的人哎。”

“但外面成千上万的人可能会为了接近他们而发生踩踏事故嘛。”我解释道。

“嗯。你说得对。”她盯着我下巴下面某个地方看。

“你这里弄皱了。”

“我吗？”

她举起手，翻起我衬衫的领子，手指在我脖子上滑动。我僵住了。她从上到下摸了摸我的领带，轻轻地拉了拉那个丝绸结，又重新弄了弄。

她把我的衬衫领子折下来，在我针织背心的衣领上抚平它时，我一动不动地站在那里，呆呆地盯着她脸上那专注的神情。她全神贯注地忙活着，在我衬衫的翻领上弄个不停。她用手指抚摸着我的肩膀，然后抬起头来，黝黑的眼睛看着我，脸上闪烁着温柔的微笑。

“整理好啦。”

我颤抖了一下，“谢谢。”

她又碰了碰我，把手从肩上滑下来，摸着我的胳膊，“你也不会让我这样顶着个歪了的衣领走掉吧。你觉得她能如愿以偿，到金斯顿城里看看吗？我是在说女大公。”

我还能弄皱什么东西，让她自愿去帮我整理？她抚摸我的感觉，还在我的皮肤上流连，似乎不肯消散。尽管她只是在给我整理衣服。“不。噢，王宫的人会带他们出去的，但不会照着艾菲想要的方式去做。”

她笑得更灿烂了，“你叫她艾菲啊。”

我脸红了，“她挺喜欢我的。”

“我倒是不觉得奇怪。你本人完全不是我想象中的那样。”

我抬起头，“你觉得我和你想象得不一样？”

“我以为你就会满脸堆笑，没什么内涵，”阿维娅说，“但实际上，你很严肃。你很认真负责。别人对你观点的批评你也会认真听——而且你作为一个政治家来说太诚实了，这样还挺危险的。”

我瞥向别处，企图掩盖脸上的笑意。“我还以为你会为了出一条爆款头条出卖我的灵魂呢，”我坦白道，“之前这么想的时候我确实不太好受。”

阿维娅眨眨眼，“我之前也没明白你的处境有多复杂嘛，不然我早给你印出来了，两分钱一份哈。”

我本想放声大笑，却看到她表情严肃起来，情绪真是说变就变。她的手从我手臂上滑下来，拉着我的袖子，给我留下些许暖意。

“你现在陷进了一个糟糕的境地。糟糕得远超我的想象。”她低下头，长长的睫毛在脸颊上投下了一片光影流苏。她随即又仰起脸来，离我那么近。我的心怦怦直跳。“里面只有你自己，”她喃喃地说，我的头皮一阵发麻，“孤独是痛苦的。”

她肯定也有过这样的感觉。也许是在她被赶出家门之后。也许是她第一天到报社上班的时候。也许是在她从“明星摄影师”晋升为“明星记者阿维娅·杰赛普”的时候。

我真实的想法一下子就从我嘴里蹦了出来，拦都拦不住，“我讨厌这感觉。”

“你不必这样。”她的手再次放在我身上，抚摸着我，安慰着我，让我平静下来，可这样的举动，也让我心里的火焰燃烧得更旺了——每次看见她，我心里都会燃起这把火。这是我必须要掩盖的，必须要保守的秘密。我多想把内心这些秘密全部撕开——握住她的手，看着她的眼睛，告诉她我锁在心里的一切。这样我就不会孤单了。这样我就可以有一个什么都知道的人跟我在一起了。这样我就可以放下所有的礼节，所有的形象，所有格雷丝·汉斯莱应该成为的样子。

但我永远都不可能这么干，“我也没办法。”

她松开了我，双手垂在身体两侧。

“事情一件件来吧，”阿维娅说，“我还得告诉你一件事。是另一个调查的发现。”

“我突然害怕起来了，”我笑着说道，想让她知道我只是在开玩笑，“你发现什么了？”

“我一直在采访那些经历过兰尼尔战争的老兵。”阿维娅回答道。

我呆住了。

“人不多，也就十来个吧。他们的妻子和母亲说，他们人是回来了，可灵魂中最光辉的部分消失了。”

“这是战斗神经症，”我说，“我们应该通过《退伍军人康复法案》来帮助他们。我想尽快重新推出这个法案——”

阿维娅碰了碰我的嘴唇，“这不是战斗神经症这么简单啊，我感觉。之前有三个年轻人来到报社找我。那天他们啤酒喝多了，就说他们总会做噩梦，会看到幻觉在眼前走来走去。他们还会听到自己心里有个声音在说话。”

迈尔斯肯定懂这个。他肯定知道。或者我可以安排他们见见面。但阿维娅还在滔滔不绝，我便继续盯着她的脸，聆听着。

“他们都有努力抵御这股力量，怕自己的身体会被这种声音控制。他们感觉要是输了这场较量，就只能屈服于那个声音的指令，去伤害他们身边的人了。”

我屏住了呼吸。迈尔斯和我说过这件事。现在这些人开始发声了，告诉人们他们身上的感觉，告诉人们他们对这一切的猜测。

阿维娅又继续说道：“他们还跟我讲了那些读过我报道的战友的情况，也都知道那些对自己家人痛下杀手的人和他们有一样的问题。有些人非常害怕自己失控后会做出什么丧心病狂的事情，就选择了走上绝路，只为保护他们爱的人。”

“那太可怕了。”我说。她又开始说起来，让我有点不知所措。

“他们的症状还有一个共同点，”阿维娅说，“他们心里那个声音说的一直是兰尼尔语。而且所有人都说自己的症状得到了缓解，还在同一天康复了——每个人都在同一个小时内康复了。要我告诉你那天是什么日子吗?”

她完全不用问我这个问题。我很清楚她在说什么。我知道那件事是什么时候发生的，是怎么发生的——迈尔斯编织魔法网解救他们，还差点把小命搭上的时候，我就在现场。

我绕开她，急匆匆地走向我的衣帽架。我那件彩色夹棉束腰外衣旁边就挂着一件大臣参加议会会议时穿的黑袍。我从钩子上扯下袍子，手忙脚乱地披上。

“我得走了，”我说，“会议马上要开始了。”

阿维娅跟在我后面走了一会儿，便在离我几尺远的地方停下了脚步，双手交叉着放在腰间，“我知道你当时在那儿，汉斯莱总理。”

我把两边的纽扣对齐，小心翼翼地把第一颗包扣往扣眼里塞。

“霜之月的第一天，你在拜韦尔。那天整个艾兰国的灯都灭了。那天是这次大返魂的开始。那天我们国家这些被疯病折磨的士兵都痊愈了。那天半神国人来到了拜韦尔。我知道你对那天发生的事都是知情的。你是目击者。或者说，你是参与者。”

我不再盯着纽扣，抬起了头——噢，傻瓜！——阿维娅点了点头。我漫不经心系纽扣的动作证实了她的怀疑。

“你的秘密之墙已经出现漏洞了，”她说，“太多了，你堵不住的。它们会害得你整堵墙都塌掉。你阻止不了。但如果你不想被这堵墙压死，你还可以做点儿什么来自救。”

我的手指定住了，“我做不到。”

“相信我吧，格雷丝，”阿维娅走得更近了，“相信我，和我分享你的故事。没征得你同意的内容我是不会发出去的。”

“那如果我什么都不准你发呢？”

“那至少你不用独自承受这一切啊，”阿维娅说，“至少有我知道你肩负着什么。我向你保证。没有你的允许，我什么也不说。”

我动摇了。我抿着嘴，把舌头贴在了上腭上。为我分担。对她坦白一切。把负担交给别人去背。把那个震惊本世纪的故事告诉她。

我凝视着她的眼睛，感觉到那些话即将脱口而出了。

“我得走了。”我冒出了这么一句，然后踏过画着小鸟图案的地毯来到门口。我开了门，站在一旁。“谢谢你的来访，今天就这样吧。我要迟到了。”

她点点头，“如果你需要我，你知道该去哪儿找我。”

阿维娅从我身边走过，走进了接待室，轻柔的钢琴声依然在空中回荡。弹到一个滑音的时候，她出了门。门关上之前，她回过头来，看了我最后一眼。

第九章 她腕上的操纵绳

阿维娅那篇报道奏效了。阿尔伯特·杰赛普本来还想争辩，但在看过他们叶落之月那会儿出的整版物价广告和现在物价的对比报告后，出席会议的民选议员们随即转过身来，通过了我的动议。会议结束了，会议室里只剩我和塞弗林。我握住他伸过来的手，激动得发抖，从议长席站了起来。我们像往常一样，不慌不忙地穿过大厅，从议会大厅走回我的办公室。

“你太棒了，”塞弗林说，“他们都要气死了。幸好你直击重点，没跟他们扯皮，不然我们现在还得在那儿听他们说为什么设定价格上限会影响市场竞争呢。”

我折好了手里的《星报》，“他们甚至都没留意烟税的那部分。”

“杰赛普还控制了那个行业呢。”

“杰赛普控制的行业可多了去了，”我说，“你还记得要请我吃午饭吗？我快饿死了——”

我们转过弯准备往办公室门口走去的时候，我那到嘴的话却戛然而止。

雷蒙德·布莱克放下了手里的《星报午后要闻》，眼睛直勾勾地盯着我。他又猛地低下头，扬起下巴招呼我过去，搞得我像餐厅服务员似的。站在一旁的塞维林气得身体都绷紧了，我伸手按住他的肩膀，用力捏了捏（就和他以前对我做的一样），以此平息他的怒火。

“殿下，我想我还是去餐饮中心点餐吧。对不起。”

我把王子留在了身后，微笑着走上前去，迎接我的对手。

雷蒙德把报纸夹在腋下，和我一起在政府大楼寒冷的大厅里漫步，小心地保持着步伐，和我并肩走着。我们拐过了几个弯，走过了民选议员们的办公室，上了楼梯，周围环绕着四块画有四季风景的彩色玻璃。呼出的气成了一片白雾，在我们面前飘荡。

他想要什么？他手里拿着那份报纸，就说明他本来就在议会大厅里等我了，不过如果他这么支持我，我可真要晕倒了。他来这儿肯定有别的原因。

这会儿轮到哈丽特来弹钢琴了。她弹奏了一首轻柔的曲子，感觉就像窗外飘落的雪花。下的这些雪，是那场风暴的最后一丝喘息，也是最后一次告诉我们，这就是我们没有保护好艾兰国的下场。我发散了感知力，检查着风暴之炉的状态。它的怒火暂时没有孕育出新的风暴了，但是极锋呢？新的风暴和极锋什么时候会再碰撞呢？

雷叹了口气，摇了摇我的肩膀，“格雷丝。”

“看看这雪，雷。看看。”

“不用，”他说，“我的花园里也是一样的景象。你甚至都看不清树篱里那些装饰建筑物。”

他看着这冰天雪地，看着那一层层柔软的、茫茫的雪。他看到的是雪。而我看到的是今天这个日子，也看到了即将到来的严寒日子。“现在才到霜之月呢，而且霜之月还没过去一半。”

我突然哑口无言，咽了口唾沫。这次暴风雪只是第一次。那在风暴之炉再生出一个风暴之前，我们还有多少时间？一个月？一个星期？

雷的胳膊搂住了我的肩膀。他的声音温柔地飘进了我的耳朵，“格雷丝，振作点儿。我们要管理的是个国家，而且是时候要开始行动了。现在可别崩溃呀，我们都需要你。你可得带领我们大家啊。你想喝点什么吗？”

我逼自己靠着墙。四周的墙壁里放着一排排烫着金漆、用皮带捆着的书。我深吸了一口气，闻到黑色铁壁炉里涂满松香的木头散发出的淡淡芳香，“我没事。”

我挣脱了他的怀抱，走过了奶油色的地毯，来到酒架前挑起了酒。两只琥珀色玻璃瓶里分别装着药酒和奎宁水，几个切割水晶酒瓶里有白兰地，有威士忌，还有云杉啤酒。雷蒙德的最爱。我拿出两个玻璃杯，把蜂蜜球倒进杯底。“你冒着雪跑了五英里来下议院找我，总有个理由吧。”

“今天早上我组织了些活动，”雷说，“你又要管这天气，又要处理艾兰国的日常事务。发生了这些事情，我才意识到你根本没有自己的时间。”

“我回来以后，就一直忙得不可开交。”我往每个杯子里滴了几滴泉水，然后倒入微微泛绿的云杉啤酒，直到酒刚好没过蜂蜜球。我把杯子递给他，坐在了他对面的椅子上。“那么，我能为你做点儿什么呢？”

“我是来为你服务的。我好好考虑过了，”雷蒙德抿了一口酒，嘴里细细体味，而后说道，“列了一份最适合组阁的人选名单。”

噢，是吗？“想听听你的建议呢。”

他笑了，“这些并不是真正的建议，格雷丝。”

我的头猛地一抬，整个人就像被拴着。绳子一头在他手里，另一头缠绕着我的四肢。现在他正扯着绳子，想教我跳舞呢。“就算没有下议院的例行审查，女王也能从名单里，给那些多人竞争的职位挑选出一个最合适的人选。”

“现在是非常时期。下议院负担不了政府的全部职能。如果没有一个内阁——”

不。我不能被他牵着走。“这个时机完全不对。我需要为每个职位推荐至少三个人选。你的选择我也会考虑在内，但那些程序实行了那么多年，我们可不能就这么抛弃它们啊。”

“明早你就把这些名字交到女王手里，”雷蒙德说，“只交我列的这些名字。”

“我不能那么做，雷。理智点儿吧。”

他冷笑了一声，响亮得跟猎鸭枪的枪声似的，“理智点儿？我觉得你倒是该照照镜子。你想通过设定价格上限来干扰市场竞争的自然进程，还把我们的发展倒回去用天然气了？”

“我已经很控制自己了，只在动议上提出这些举措。你知道杰赛普家族卖的生活必需品要收多少钱吗？”

雷蒙德耸耸肩，“可能是有点不太公道吧。”

我都快被他气得冒烟了，“哦，这是‘有点’吗?!”

“可你都没跟任何人透露这个决定，就直接让报纸发报道了？这就是你认为合理的计划？很明显，我们的合作不够密切，不然我不知道你这么不切实际。”他把酒咽了下去，又继续举着杯子，等着蜂蜜球慢慢滚下来，落进他嘴里。

他从来没有想过回避。我是他们之中最有权势的风暴歌者，但他并不尊重我的地位。他想把所有的权力都集中在自己手里。隐巫者们都要为他效劳。他想掌控内阁，抢走我建立自己联盟的机会，并得到我这个位置。他还打算操控我，让我穿着隐巫者主音那件最华丽的长袍，照着他的命令控制天气。

他从衣服的内兜里掏出来一个信封，递给了我。“这是内阁人选。我们要开始准备这个了。下议院能做的也就只有这么多了。”他咬了一口蜂蜜球，咂着嘴把它嚼得嘎嘎作响，“我保证，我和理查德会和你在内阁接待会上见面的。”

他说完这句话，就起身走了。

我打开信封，用颤抖的手拿着里面的信纸。他怎么敢这么做？他敢，因为他有能力。就这么简单。我一边看着名单，一边气得把手放在了肚子上。大部分都是赤裸裸的政治拨款任命，简直可以说是上一批内阁成员里担任这些职位的官员的亲友总动员：来参选的除了他们的子女，就是他们的朋友，还有他们乡下的表兄弟。连理查德都在这个名单上。这真是有史以来获提名的最年轻的内阁，大家都为了支持密友和家人参选，完全不考虑那些年长有经验的候选人。

女王根本不可能同意让一群孩子来管理政府。我要是把这份名单给她，她肯定会觉得我脑子有毛病。但如果我不这么做，雷就会让众多的隐巫者处处和我作对。然而我需要他们去为迎接下一场风暴做好准备。如果他们不听我的命令，艾兰国的每个人肯定都要为此付出代价的。

有人轻轻地敲了两下我办公室的门，这把我的注意力拉了回来，“进来。”

珍妮特开了门，“塞弗林王子殿下想见您，总理。”

塞弗林一直等着我？“快迎他进来。”

塞弗林走进我的办公室。珍妮特向后退了几步，低着头走出了房间，顺带关上了身后的门。我想撑着桌子勉强站起来，才起到一半，塞弗林就马上做了个手势拦住了我。

“别起来，”塞弗林说，“我能坐下吗？”

“当然。对不起，殿下，我把你丢在大厅里就走了。”

塞弗林笑了笑，“我还以为我们之间‘殿下’这个称呼已经是过去式了呢。”

“不好意思。我给你弄点喝的好吗？”

“我自己弄就行，”塞弗林王子伸手拿过我的酒杯，“看来你可以另拿一个杯子了。雷蒙德爵士喝了什么？”

我把我那只厚底大玻璃杯放在塞维林手里，“实话说，他真的又讨厌又烦人。”

“具体说说？”他站在我收藏的酒面前，给我倒了一杯定量的云杉啤酒，滴了几滴泉水，又给自己倒了一些我父亲放在这儿的威士忌。他舒舒服服地坐在雷坐过的椅子上，眼睛盯着我手里那张叠起来的纸。

我把雷的候选人名单放回了信封里面。“这个，”我说，“那天大家正要选他当隐巫者主音的时候，我却拿着康斯坦丁娜女王的令状出现了。他当时认输的表现还挺有风度的。”

王子边听我说话，边抿了口酒。他把酒咽了，说道，“所以说，他来这里是和你对着干的。”

“没错。这是他挑选的内阁成员名单。”我伸出一根手指轻轻敲了敲信封。

塞弗林刚拿起酒杯的手定在了半空。

“他对你的影响有那么大吗?”

我大笑了一声。这声尖锐的笑声里，却充满了苦涩，“你知道的，我本来都要和他结婚了。”

塞弗林点点头，“他来和你重新订婚吗?”

我摇头，“不是。”

塞弗林调了调姿势，让自己坐得更舒适点，“打断你的解释了。不好意思。”

“是父亲给我们订的婚约。和布莱克家族联姻，就能在选内阁成员的时候得到非常可观的选票数量，而他父亲统领的联盟也愿意和我父亲的进行合作。不过他在他的同龄人群体里面更受欢迎——和他同辈的现在都当官了。”

“他家的联盟也比你们的大吧。”

“我家的联盟都不存在了，”我纠正道，“我之所以能当上隐巫者主音，还是因为他退出了竞选，并公开表示支持我。不过我也知道，这没那么简单。”

“你肯定不能屈服于他的命令啊。你打算怎么做?”

“啊，毫无疑问就是要嫁给他了。”我轻声笑起来。可这笑依然是苦涩的。

塞弗林皱起眉头，“那你愿意吗?”

“神哪，当然不愿意啊。这就是一场政治婚姻。”

塞弗林点点头，紧锁的眉头又解开了，“我可不愿意看到你要用这种方法去解决问题。”

“这对他也没啥好处，”我咕哝着说，“反正除了能分点钱也没别的了。”

“人们结婚也没考虑那么多了。”

的确如此。我对婚姻并不抱任何幻想——百大家族的人不关心爱情这种琐事。但在某种程度上，塞弗林王子的处境比我更糟糕。他的婚姻需要得到母亲的御准，这就成了一种束缚。他以前虽然常和美女们狂欢出游，其实也不过是年轻时的风流往事罢了。实话说，塞弗林已经快四十岁了。他早该和媒人见面，看看媒人给他挑的本国女子的情况，然后选个关系合适的女人求爱、结婚，可现在他的年龄已经不适合相亲了。他早就该这么做了。再过几年，塞弗林在女人心目中的形象，估计就会从“迷人的王子”变成“不负责任的男人”了吧。

我从思绪中回过神来，带着歉意朝塞弗林笑了笑，“我走神了。要不还是来聊聊你需要我告诉你什么吧。”

“两件事情，”塞弗林一边说着，一边晃着杯底最后一口威士忌，“母亲想知道为什么你的套房里会有个兰尼尔外交官。”

“噢，那个啊。我们是在迎合她，好让她把她所知道的兰尼尔国侵占我们的阴谋说出来。她挺年轻的，还有点自大。迈尔斯是觉得要从她嘴里套话的话，奉承她会比恐吓她更有效。”我往酒杯里看了看。蜂蜜球正在酒里溶解着，释出一条条蜂蜜细丝。我晃晃杯子，摇得它们在酒里旋转。“其实我想和你聊聊赛维蒂·安·瓦沃特的情况。”

塞弗林若有所思，“她是王室的人吗？”

“王位第九顺位继承人，”我肯定了他的猜测，“她说她知道这个阴谋是怎么实施的，但要求我们把兰尼尔的主权还给他们，否则她不会开口。”

塞弗林抬头看着天花板，似乎真的在考虑这件事。

我抿了口酒。杯子里的蜂蜜完全化了，浓浓的甜味完全盖过了这酒劲。

“女王不可能同意。”

“是的，”塞弗林说道，“但我在想，如果我们饶了兰尼尔国，半神国来的代表们会怎么想。这是一种妥协——而且可能是一种好的妥协。”

他对着他的威士忌皱起了眉头。我举着杯子，在嘴边几英寸的地方徘徊着，“你在认真考虑这个问题啊。”

“对，”塞弗林说，“如果这能救我们的命，我会让兰尼尔国重获主权的。”

“女王会这么做吗？”

塞弗林朝我办公室接待处的方向瞥了一眼，一段钢琴和弦曲吸引住了他，“我觉得很难说服她。”

他想对女王做什么？我肯定要准备好，在他需要我的时候给他帮忙，可我不知道他的计划是什么啊。“行吧，我会告诉迈尔斯的。另一件事呢？”

“一个简单的口信，”塞弗林说，“你父亲想见你。”

我喝下最后一口酒，用舌头接住了蜂蜜球，“你知道为什么吗？”

这是我能想到的最得体的说法了。塞弗林倾着身子，两肘撑在膝盖上，“我感觉他想和你谈谈今天《星报》报道的那个价格上限提案。”

我可没时间去见我父亲、去听他的意见。“我想我最好还是去一趟，”我说，“我去见他之前，我还能为你做点什么吗？”

塞弗林开口前深吸了一口气，脸上的皱纹也随之变化了位置。但似乎他原本想说的话还是没有说出口，“希望你能成功搞定雷蒙德。如果要我帮忙，请告诉我。”

“谢谢你。”我说道。

我们撑着扶手，从坐得深陷下去的舒适座位上站起身，一起走出了办公室。看着塞弗林往半神国人的套房走去，我便往金斯格雷夫监狱走去，决定还是应父亲的要求去见他。

我明明还有一大堆别的事要做，却还是走上了叹息之塔的楼梯，去往最高层的牢房。我艰难地爬着楼梯，路过了关兰尼尔人的牢房。现在他们的床上，有了铺平的毯子和薄薄的枕头。他们披着轻薄的多褶长袍，戴着精致的金首饰，却穿着普普通通的羊毛袜，戴着无指手套，显得有些不搭调。他们的首席神父尼卡尼斯里面穿了件色彩明艳的丝绸束腰外衣，外面套了一件打了不少补丁的毛衣，上面还披着件薄纱披肩。

艾兰国能提供的当然不止这么点儿，但现在给他们的这些衣物也能让他们保保暖，不至于冻死。我爬到首席法师们待的豪华牢房那层，大腿就又累得发烫了。父亲的咳嗽声在楼梯间回荡。我走进牢房，来到他面前。他双手颤抖地捧着瓶子，直接喝光了一瓶补药。

一个兰尼尔士兵的灵魂飘进了牢房。他怒视着我们，但他的存在根本没法对我造成伤害，所以我一点儿都不在意。我站在镀铜的栏杆前，双臂交叉，等着他的咳嗽平息下来。

"我很忙的，父亲。你想干什么？"

他把一块溅满鲜血的麻手帕扔在床脚的篮子里，靠在墙上，大口喘着气。

"你应该卧床休息。"

"没那么严重。"他的西装外套从肩膀上垂下来，衬衫领子也解开了，"你没能制服那场风暴。"

"你叫我爬上来就是为了说这个？"

"不。"他转过头，看了一眼我那幅静态肖像画，目光落在了我画中稍稍弯着的手上——我本来双手紧握着，但在他回头前赶紧松开了。他抬起下巴，眉间的皱纹更深了一点，也更明显了一点。他说："我是培养了个傻瓜吗，菲奥娜·格雷丝？"

"你很清楚，并没有。"

"那你解释解释这个。"父亲转过身来，在桌前那张弹簧椅上坐下了。他用食指戳着一份折起来的《星报午后要闻》，"你和一个记者搞了个特殊的联盟？还是和阿维娅·杰赛普在一起？她就是个不可靠的半吊子，跑到外面去和她父亲处处作对。我都不知道是什么让你着了魔。”

“她的报道奏效了。我成功了。设定价格上限这个决议会通过的，这样金斯顿城里人人都知道这是我的主意。”

“现在你就欠这记者一个人情了啊，”父亲说，“你欠人家这种人情债，就得面对一堆你履行不了的要求。如果她开始问你很多关于以太能量的问题呢？你考虑过这些吗？”

我找她帮忙之前，她就已经问了很多了。但如果我现在把这情况告诉父亲，怕不是会气得突然发病。那如果他得知阿维娅是主动提出会为我保守秘密的话，又会怎样呢？“我觉得我做的决定都很合适。”

“格雷丝啊，我需要你胜任你面前的工作。汉斯莱家族的名声——”

我爬这么一百八十级台阶上来可不是为了听他说这个。“艾兰国正面临着一场你和迈尔斯爷爷都无法想象的危机——我是在为你收拾烂摊子，父亲！我们现在经历的每一件事都是你的责任。一切事情归根结底都是以太能量的祸——一切。”

“摧毁能量网才是让艾兰国陷入困境的原因——”

“而摧毁能量网是让半神国人生气的唯一一个理由！但即便是这样，我们可能也难逃一罚。你也知道，艾菲还在考量要给我们什么样的惩罚呢，父亲。就算你把我叫上来，审查我的每个决定，我也不会为此分心。”

“那就好好做决定。”父亲咆哮道。

“我没时间弄这些，”我转过身，在父亲的牢房前的小空地踱来踱去，“雷蒙德想控制隐巫者们。我要干掉他。我和迈尔斯审的兰尼尔人还说想让兰尼尔重获独立呢，不然就不告诉我们是谁指使他们来复仇的。我还没把这些向女王汇报——而是跑这儿来和你吵架。”

“你说得对。你没时间考虑那些了，”父亲咳嗽起来，他拿起茶杯，润了润嗓子，“你没时间去考虑怎么弥补一个错误了，可怎么说你都是犯了错啊。你和那个记者犯的错，你打算怎么处理？”

“这不是一个错误。”

他恼怒地看了我一眼，“格雷丝，动动脑吧。我什么时候允许过媒体给我做独家访问？你现在欠那个姓杰赛普的女孩一笔人情债了。你会因此吃苦头的。趁早和她断了联系吧。”

我把冲到嘴边的“不”吞回了肚子里，也抑制住了和他继续争论我的选择的冲动。我的目光飘向了那扇小窗户，窗外有一只红松鸦正在啄食一把种子，“我能搞定。”

“在这种时候，你绝对不能出任何差错，”父亲说，“你不能只想着眼前。那会害死你的。你该和王子搞好关系，这样才能保证他继位后你还能给他当总理。”

“他和我一样忙，父亲。”

“你们每个人在这场危机里都有自己的角色，但你现在就该学会怎么对他负责。他会成为国王的，越早开始管理君主的期望就越好。”

父亲有把任何人当过朋友吗？“我到时看看能和他一起做点

什么吧。下次你跟塞弗林说你想见我的时候，把理由告诉他。最好给个充分的理由。”

我转过身去，无视了背后那个对我怒目而视，却根本拿我没办法的兰尼尔人灵魂。

我明明可以把这段时间花在各种各样的事情上，但真正让我冒火的，是父亲命令我不要再和阿维娅来往。这是不可能的。她已经找到太多能拼凑出真相的碎片了，我只能让她到我身边，好监视她。

我蹑手蹑脚地走过关兰尼尔人的牢房。这时一个细小的声音在我脑海中突然响起。真的要这样吗？我风风火火地走过大厅，身上仿佛还残留着她的手为我抚平领带时，在我的翻领上游走的感觉。我不会和她绝交的，我也不敢这么做；但我还是不由自主地想象，假如我真这么做，后果会是怎样。

我沿着弯弯曲曲的小路，走出了金斯格雷夫监狱，脑子里一片混乱。我得让阿维娅在我身边，盯紧她。这也就意味着我要不断地给她讲故事，同时还得保护好那些我必须守住的秘密，不让她知道。让她知道我在议会的打算，这个办法我不能再用了。我只能给她透露一个大秘密了。

一群穿制服的仆人正在把乐谱架从储藏室搬到王宫最大的舞厅里，把走廊给堵了。他们这是在准备一个舞会，欢迎半神国人到访艾兰国。一个舞会！要是女王觉得，这些精英爵士和百大家族的陪伴能软化艾菲对我们的态度，那她就蠢到家了。艾菲想了解真正的艾兰国，想了解这个国家的人民，想了解这里的缺点和优点。她想知道真相。

我没法让艾菲接近艾兰国的普通民众。警卫怎么都不会放我带他们出去的。但我可以邀请一位客人陪我去参加舞会。阿维娅肯定会抓住这个机会跟半神国人交谈。我匆匆赶回办公室，脑子里已经在构思怎么写邀请函了：

亲爱的杰赛普小姐：

兹定于蒙特罗斯宫举行招待会，欢迎神眷者到访我国。届时恭请您的光临——

这样就行了。我匆匆走过珍妮特身边，拿起一支笔，把我常用信笺上方的总理印画掉了，然后用心地写起字来——字母中向下的每一笔我都加了力度，写到弯钩和曲线的时候笔触又如羽毛般轻盈。我没干过抄写员的活儿，但我做得已经很不错了。我把邀请函放在吸墨纸上，弄了个充满温暖空气的结界罩着，这样纸上的墨水能干得更快。

我看了看桌上的托盘。我不在办公室的这一会儿，就来了一堆新的信件。我瞥了一眼，发现那堆纸的最上面，有张奶油玫瑰色的软纸，正面标着“女王的私人留言”这几个字。该死！竟然把这事儿忘了。我拿起它，上面只有一行字：

马上来找我。

我能把“马上”理解成“当然，你可以吃完饭再来”吗？估计不能。我从一碗苹果里拿起一颗菲利普·平克国王牌的，嘎吱嘎吱地嚼了起来。我把邀请函拿给珍妮特时，它还没干透。

“叫个信差，把这个交给《星报》报社的阿维娅·杰赛普，等她答复。”交代完工作，我便拿着那个吃了一半的苹果，匆匆出了门。

第十章 一团头发

女王的私人藏书室门口竟然没有守卫。这里原来是个舞厅，后来改成藏书室了，里面放着艾兰国的禁书，其中大多是国外出版的，但也有不少是我们国家持不同政见的个人和媒体写的。书架上放着许多人民出版社出的书，星罗棋布的黄色书脊很是显眼，看上去就像是一堵黄色的墙。我敢打赌，这个区的书肯定是关于巫术的——就是这个偷偷运营的出版社擅长的题材。

康斯坦丁娜女王不在。我却突然发现房里躺着一具尸体：那是个贵族女人，头发漂得发白，腰肢纤细，穿的裙子像十年前的款式，裙摆层层叠叠的。她手帕上绣着过时的字样：此刻倾听。

房间里的窗帘都拉开了，阳光透过高高的窗户洒了进来。所有壁炉里也都燃着火——现在远未到可以好好享受的时候，但能看看炉火，倒也挺让人愉快的。女王的桌上放着一本书。我壮着胆子挪到近前查看起来：那是一本专著，封皮上绑着条麻绳；封面上说这本书是研究艾兰国地区超自然的与无法预测的天气现象种类的，里面有详细的观测数据。

可怜的家伙，他是想搞清楚这一切吧——但这本书有提出什么模式吗？他所给出的表格和数据里，有提到我所害怕的事情吗？我们所苦苦对抗的极端天气，还会变得更恶劣吗？

这本书拿在手里还挺重的，不像看起来那么轻。翻开书，书页又薄又脆。我快速浏览着这学者写得杂乱无章的文字，不知所云——他试图找出艾兰国这种气候的成因，把分析过程画成了几个表格，分别用来描述国内各地区的情况，可这一切都是徒劳的。这人还把字写得那么小，三百六十五天的天气记录全都挤了在一页纸上。我得拿个放大镜来看，或者读书眼镜——

“找到了什么有意思的东西吗？”

我“嘭”的一声猛地合上了书。“陛下。”我单膝下跪，一只手放在胸口上。

“平身吧。”康斯坦丁娜女王穿着一套运动服，每一针每一褶都是服装师的精心之作。她的儿子跟在后面，戴着的玳瑁眼镜滑到了鼻梁上，腋下夹着一份打开了的文件夹。我站起身，塞弗林冲我微笑。

女王拿起桌上的书，把它放回了书架上。她的头发换成了一个髻，圆形压发梳上还镶嵌着一排珍珠。“我儿子说，女大公专门对我们的天气情况提了个问题。她问了我们气候整体上和长期的变化情况，你知道这是为什么吗？”

“我不知道，陛下。但经历过昨晚的风暴，我觉得谁都会想知道我们到底能不能挺得过这一年。”

女王挥手指向窗外。冰雪掩埋了一切，连外边观景花园也未能幸免。“这就是你们全力以赴之后的结果？”

她并不是在向我发问。我沉默了。

“金斯顿现在被三十三寸的雪盖住了——三十三寸！都破纪录了。你知道吗？一晚上下的雪从来都没有这么厚过。人们出个门都要先把自己从雪里挖出来。你说你能让风暴慢下来的。你说你能减轻它带来的影响的！”

我跪下了，膝盖生疼，“陛下，圈子里的每个法师和次巫竭尽全力，所以只是下了三十三寸的雪。”可这依然是场败仗。我们没能保护好金斯顿。把所有路面上的雪清理干净，都还需要好一阵子。昨晚不少人在风雪中死去了——清点死亡人数的工作也还没结束。

康斯坦丁娜女王走到窗前，盯着外面白茫茫的世界，“只是——”

“我们已经尽全力了，但我们仍然需要更多的风暴歌者。这场风暴只是个开始，后面还有更多风暴接踵来袭，我们得好好准备。”

女王转过头，“塞弗林，今天怎么这么安静，不像你的做派。”

塞弗林本来在读文件，听女王这么一说便抬起头来，“我估计啊，我们应该要雇更多人来夯实雪道。我们得把铲出来的雪运到河边和艾尔斯水湾那里。我们得雇一千个人吧，这样能工作开展得也能轻松点。但如果格雷丝能和首席法师一起——”

女王眯起了眼，“不行。他们这是在勒索，我不会让步的。”

塞弗林把眼镜往鼻梁上推了推，“我们还有选择吗？”

“我不会和你讨论这个问题的，塞弗林。他们只能待在我让他们待的地方。”

如果首席法师还是没法出来，可能还有另外一个法子。“巫师中可能也有风暴歌者，”他们俩都朝我看来，我便继续说道，“精神疗养院里还有几百个巫师呢。”

女王抿着嘴，她那艳红的唇膏看起来就像是一道血痕，“不可能。把他们关在那里就是为了保护人民啊。”

“陛下，这就是个谎言，”我说道，“巫师们和法师们一样，都不会冒险丢掉自己的理智。他们和我们没什么不同。再说了，核查之前的议会会议和补充证据的小组委员会也很快就能判定他们能否重获自由了。”

看样子，我的坦白并没能打动她——她摇摇头，拒绝道：“如果我们假释了那些巫师，他们要是到处去讲述自己的牢狱经历，我们就根本没法阻止了。他们的这些故事肯定会一传十，十传百，最后全国都会知道真相。那样就必然是个失败之举了，而且还会辜负很多人的努力。”

她说得对。可巫师们并没有做错什么，却被迫背负了这么多骂名。让他们待在精神疗养所，对他们而言确实又是一项不公正的举措。但要是把他们放出来，他们却开始讲自己的牢狱故事的话——他们肯定会的，那就又要在全国掀起波澜了。再说了，关在叹息之塔里面的那些人也肯定不会善罢甘休的。

“半神国人想赶紧解决这件事，”我说，“这意味着我们并没有多少选择。”

“他们得明事理啊，”女王说，“和他们谈谈。和他们解释一下为什么不能这么做——”

我努力让自己的表情显得镇定一点。女王刚才的说话声里是有些颤抖吗？她刚才是抓着座椅的扶手，表情又紧张又焦虑吗？“我会回答他们提的那些关于风暴之歌的问题，但我不觉得他们听了这个之后就不再关注巫师能不能重获自由这码事了。”

“他们想要的可真多，”康斯坦丁娜女王说，“我们不可能——他们肯定会把我们国家翻个底朝天，掏空所有人的口袋去给兰尼尔国赔偿——给兰尼尔赔偿！还是在他们斗胆在我们国境内用巫术之后！而你呢，本该从他们那谎话连篇的嘴里套点真话，却让他们中的一员在你的套房里舒舒服服地待着。那间套房也是为了方便你才给你设的啊。”

“陛下，我哥哥曾经在天堂营当过俘虏，他是不赞成严刑拷问的。而且我们也不必这么做，因为我们与那个被关在总理套房里的人稍稍外交角力了一番，她现在是愿意告诉我们一切的。”

康斯坦丁娜女王把头侧了侧，嘴角掠过一丝怀疑，“她想要什么？”

“兰尼尔的独立权。”

女王对此嗤之以鼻，“不可能。”

“母亲，”塞弗林说，“半神国人想为兰尼尔国争取自由和赔款。如果我们能把兰尼尔人对我们施巫术的阴谋呈现给半神国人，把我们的人撤回来，还兰尼尔国独立，这样我们可能就能免受惩罚了。”

康斯坦丁娜噘着嘴，下巴紧绷着，“我不喜欢这样。这样我们和他们的贸易协议又要重新谈判，成本肯定也会提高了。”

我还年轻的时候，一直对威严的康斯坦丁娜心存敬畏。当时的我看到的是，她穿着华丽的服装，每个人都对她毕恭毕敬、无比尊重，还有她那仿佛瓷器般完美的言行举止。可她早已用她的固执和贪婪，狠狠地打破了她给少女时期的我留下的完美印象。但我还是下定决心，和缓地对她说："这样做我们才能争取不用赔钱，不然赔偿金的费用会比重新谈判贸易协议造成的成本还要高。"

她瞥了我一眼，拿起一支涂着紫色亮漆的笔转了起来，思索着什么。思索过后，便无奈地叹了口气，"这也总比最后什么都不剩要好啊。把她那份证明给我看看。"

我低下头，"遵命。王子殿下，您同意去见见那个俘虏吗？我可以联系迈尔斯让他过来，给我们做翻译。"

塞弗林又推了推眼镜，"现在吗？我感觉可以。母亲？我可以晚点儿再和您讨论勤务后备队增设人手的事情。"

"去吧，"康斯坦丁娜挥了挥手，赶蚊子似的把我们打发走了，"我希望你到时候能跟我汇报一下和半神国人谈的结果。"

我朝女王鞠了一躬，和王子一起出了门。我们并肩走着，他伸出手臂让我挽住。死去的朝臣灵魂飘进了走廊，一眨眼就不见了。

塞弗林转过头来打量着我，"你说自己去吃的那顿饭，吃上了吗？"

"没有，"我耸耸肩，"我一直都只顾着干活。"

"现在去吃吧。"塞弗林领着我，往王宫的其中一个厨房走去，里面的主厨和帮厨们都在忙着给一堆鹌鹑调味，准备拿去烤。他朝准备过来帮我们找坐席的厨师笑着摆摆手，"我们要点能快速吃完的东西就行，没时间坐下来慢慢吃了。”

厨师朝我们鞠了一躬，便走到厨房另一边，从烤箱里掏出了两份馅饼。我们接过馅饼，倚在柜台上安安静静地吃着。这烤馅饼的饼皮折成了新月形，里面包着辣辣的羊肉碎和蔬菜。我狼吞虎咽，飞快地吃完了。

我拍拍手，把手上的碎屑拍掉。

“再来一个？”塞弗林问道。

“不用了，吃完这个也能撑几个小时了。”

“我们可以一边喝茶，吃点更能填肚子的东西，一边讨论怎么和你那个兰尼尔国的知情人交谈。”塞弗林说道。我们便离开了厨房，直奔迈尔斯的套房，发现他并没有坐在轮椅上，而是把一段段烧火用的木头从女仆的推车上搬到房间里每个壁炉边上。

“这是你该做的事儿吗？”我问道。

迈尔斯气喘吁吁地看着我，一边捡走衣服上的树皮碎屑，“多运动才能恢复得更快——噢，王子殿下。下午好。”

他朝塞弗林鞠了一躬。塞弗林也向他点头致意。

“我们是来请你帮忙的。我想和那位俘虏聊聊她开出的条件。”

“行，我今天下午除了看看书也没别的事。”迈尔斯答应道。他走向他的轮椅，却没有坐上去，而是把它推到了门口。“我回来的时候应该能用得上，但我现在感觉挺好的。”

“你吃了多少东西？”我问道。

他一脸愉悦地看着我，“赌五马克，我吃得比你多。赌不赌？”

“不赌，”我说，“我一整天都在到处跑。我吃了个馅饼——”

“多亏了我。”塞弗林插嘴道。

“多亏了塞弗林，”我说道，“待会儿还得爬楼梯呢，你不应该给自己留点儿精力吗？”

“好吧，”迈尔斯说，“不过你得坐在我能看到你的地方吃东西。”

“行。”我接过迈尔斯的班，走到轮椅后面推了起来。迈尔斯则自己爬上了楼梯，站在最上面等着塞弗林帮忙把轮椅推上去。

“看见没？我好多了。”迈尔斯说。

“你还是太瘦了。”

“肉会长回来的，”迈尔斯说，“再过几周我就能恢复得差不多啦。”

他摇着轮椅，率先来到有守卫把守着的总理套房门口。我和塞弗林赶到的时候，他正在喊赛维蒂的名字让她出来。可里面就像一潭死水，没有任何回应。

我侧耳细听，里面安静得像个没人住的房间，只有火炉里烧着的木柴劈啪作响的声音。我穿过客厅，抬起手，推开了卧房的门。光线洒在了乱糟糟的床上，上面却没人。我走了进去。

“赛维蒂？”

首先映入眼帘的，是地毯上铺开的一头乱糟糟的卷发。这团卷发仿佛湖面的涟漪，在惨淡的阳光下闪着光。我走上前，在地上那具摊开了四肢的尸体旁跪了下来。赛维蒂的双眼直勾勾盯着天花板，披散着头发，手指抓着头发上一个打了结的位置。她那双美得惊人的绿眸子，此刻却黯淡无光，衬得她那充血发红的巩膜更艳了。

我深吸了一口气，扯着喉咙喊道："迈尔斯！"

门外传来一声轮椅手刹的"嘎吱"声，接着便是两个人匆匆走过地毯的脚步声。迈尔斯把我推到一边，把手指放在了赛维蒂那柔软却静止了的喉咙上。他抬起赛维蒂的一条手臂，检查着背面。

"尸体还没变硬，"他说道，"也没什么尸斑。还有点体温在……有点状出血。"他把赛维蒂的手臂放下了，站起身，绕着她的尸体走了一圈，小心地打量着散落在她身边的几缕亚麻色长发，"双腿弯曲的状态，说明她本来是站着的。"

我指了指地毯上那把上过油的木梳，这梳子就在她手边不远处，"她刚才是在梳头吧。我还能听到浴缸里的滴水声呢。"

塞弗林便走进了浴室。滴水声停了。他走出来，"水还是热的。"

"该死，"迈尔斯喃喃地说，"殿下，您刚才的动作可能破坏证据了啊。"

塞弗林回头看了看，又低头看着自己的手。"指纹？"

"很有可能。我需要我的医疗包，"迈尔斯嘟囔道，"我觉得她的死亡时间还不到一个小时，但如果不知道她的体内温度，这个死亡时间也只能是个猜测。不管是什么人还是什么东西杀了她，行动速度都真够快的。"

塞弗林站得离尸体远远的，"是什么才能做到这一点呢？"

"看她眼里的神情，她应该是窒息而死的，"迈尔斯说道，"但我得解剖尸体才能知道真相。"

“这王宫里连停尸房都没有吗?”我问道。我忍不住一直看着赛维蒂:看着她那圆瞪的双眼,看着她那张着的嘴,仿佛有什么话还没来得及说出口。她本来还在梳头啊,然后一下子就死了。

“有一间吧,是吗?”

“有的,”塞弗林回答道,“迈尔斯爵士,你的意思是要给她做尸检吗?”

“是啊,”迈尔斯说,“我们要找出这个女人的死因。”

迈尔斯开始小心翼翼地检查赛维蒂的尸体。他的目光落在了她的双手上。塞弗林见状,便往后退了几步,想回避回避。

“格雷丝。”

我正倚着墙站呢,听到迈尔斯叫我,便撑起了身子,“怎么了?”

“她有个首饰不见了。你在附近有没有见到一个刻着行星图案的金手镯?”

我四处张望,发现她床边的小桌上放了几个手镯,“有见到几个手镯。”

“很好。你能帮我把它找出来吗?一定得找到。这种手镯对兰尼尔人来说非常重要。她的家人们也会想要回去的。”

塞弗林调整了一下身体的重心,“这成了场棘手的外交事件了。你们还要为区区一个首饰担心吗?”

“是的,殿下,”迈尔斯直起背,活动活动脖子,“那是个有精神意义的物件。兰尼尔人肯定会想要回去的。格雷丝,怎么样？”

我穿过房间，来到床边小桌前，在那堆镯子里翻找起来，找了一遍又一遍，“没有你说的那种花纹。”

“也有可能在浴室里。”

我绕过塞弗林，进浴室查看，可无论是浴柜上、地上都不见那手镯的踪影；我还想这手镯会不会不小心给踢到浴室防滑垫底下了，但找过也没有。

“我没找到，”我走出了那间湿漉漉的浴室，拉开各种抽屉翻找起来，“你是确定她丢了这么一个东西对吧。”

“是的，”迈尔斯抬起一只手拨了拨头发，弄得他那仔细打理过的卷发都往上弹开了，“在兰尼尔，比较穷的人会用便宜的金属来制作这种手镯，但反正人人都会有。他们出生的那一刻，手镯上就会印刻上那时星辰在天空中漫游运转的位置，据说这些手镯凝聚了那个兰尼尔人这一世肉身的灵魂和命运的精华，所以他们是不会轻易拿掉这个手镯的。”

塞弗林清清喉咙，“我们当时要兰尼尔代表团交出身上所有东西再进监狱，他们确实不肯答应，在那里大吵大闹，拼了命地要我们把首饰还给他们。你是说他们的命运皆系于手镯之上？”

“是的，殿下。这些手镯能让他们免受灾祸。”

“灾祸，”塞弗林瞥了一眼赛维蒂的尸体，又立即转开了视线，“那如果我们找不到她的这个手镯，意味着什么呢？”

“我也不敢肯定，”迈尔斯站起身，膝盖估计是跪麻了，疼得他龇牙咧嘴的，“真希望崔斯坦也在这儿啊。”

塞弗林摇摇头，“这件事得保密，就目前来说。我很抱歉。

我知道你很希望他来帮忙——”

“崔斯坦是个侦查员，受过专业的训练。皇家保镖也是他的职责之一。他能力不错的。我很想知道他对这里会有什么看法。”迈尔斯挥手环指整个现场以及赛维蒂的尸体。

“崔斯坦还发誓向女大公效忠呢，”我说，“你能让他别把这事情告诉女大公吗?”

“真该死，”迈尔斯嘟囔道，“我也不想让他难做，但如果我们能通过官方渠道邀请他来帮我们——”

“我认为这样对艾兰国不太有利。”塞弗林说道。

“我也不确定我们能把这事瞒多久。”我说。

“我想查清楚她是怎么死的，”迈尔斯说，“也许她的死因能告诉我们，我们得隐瞒多少东西。”

“确切来讲，我们是要隐瞒什么?”塞弗林问道。

我咬着嘴唇，“赛维蒂的死。”

“是她被杀害的这个情况，”迈尔斯说道，“我需要知道她的死因是什么。我们也要找到是谁杀了她，凶手杀了她能得到什么好处。不是吗?”

塞弗林盯着天花板，认真琢磨着迈尔斯的话，“你说得对。要找出作案工具。我会安排人悄悄地把尸体转移到停尸房的。你打算什么时候验尸?”

“明天吧，”迈尔斯说，“我现在不方便做。”

“那行，”塞弗林说，“我会把她送过去的。”

“我们先把赛维蒂放在这里，进过这间房的人都要登记。我到时候把登记表拿上。”我说。

塞弗林点点头，“我先走了，不打扰你们工作了。我们必须要找出这是谁干的，而且要尽快。”

他走出了套房。迈尔斯面朝房间，抱怨道：“一切看起来都很正常啊。可就是不见了她那个手镯，我不喜欢这样的情况。”

“我也是。”我走向沙发。赛维蒂就是坐在那儿和我们谈判的，要求我们让兰尼尔国重获独立自由。沙发垫之间没有东西掉进去，沙发底下积的灰尘也不多。“你认为她是被谋杀的。”

“没有多少东西能致这么一个健康的年轻女子于死地。能让她立即毙命的就更少了，”迈尔斯说，“不过我明天就能知道更多的信息了。你该回家了，别留在这里忙得累死累活了。”

“还有很多事要干呢，”我说，“现在还多了这么一个调查谋杀案的首要任务。我得去见艾菲女大公——”

“你就让她等等呗，”迈尔斯说，“回家休息吧，把你没吃的饭和没睡的觉都补回来。你的工作就在这儿等着你回来再干。听话，这是医嘱。”

我嗔怪道：“那好吧，你说得倒也没错。”

我们给套房的守卫和仆人们下了一道死命令——只有塞弗林和我们能授权其他人进入这里。女仆们不许碰任何东西。守卫则需要在我们解除他们任务之前继续把守房间。交代完工作，我们便离开了套房。

我回到办公室了，阿维娅那边却还没回音。我也完全可以找个理由留下来开始调查，但迈尔斯说得确实没错，我需要休息，恢复体力。我便扣好滑雪板，出了门，滑上了国王大道。阳光把我的影子拉得差不多有六米那么长，投射在了刚刚压实的雪地上。

我们必须找到是谁杀了赛维蒂。这么久以来，她是唯一一个愿意把兰尼尔国反击艾兰国的计划告诉我们的人。她应该平安无事才对啊。我们不是把她藏得好好的吗？没人知道她在我的套房里啊——

不对。守卫们知道。塞弗林和康斯坦丁娜也肯定知道。守卫在聊八卦的时候可能会提到这个，接着就传遍整个女王警卫队了吧。负责清洁套房的女仆也知道，那这事儿也可能在她们之间广为流传了。那些被关在叹息之塔里的兰尼尔人肯定也知道他们这个年轻的领导人不见了，但要说他们是嫌疑人的话就很不合理了。他们不可能杀她。

不行，我不能再为此烦心了，不能又把自己绕进去了。迈尔斯会做尸检的。我们得从尸检结果出发，现在我在这乱猜也没用。

我的手臂有点疼，但滑滑雪，呼吸一下新鲜空气，感觉还挺不错的。我可以让马夫给我的自行车换上带刺的防滑轮胎，骑车上班，晚上再让威廉和乔治来接我。运动能让我放空大脑，可我之前都没怎么运动。路过《星报》报社，我往里面瞥了一眼，想碰碰运气和阿维娅见一面，可她并没有出现，便只好闷闷不乐地看着那黑乎乎、空荡荡的伊甸山庄酒店，加速滑了过去。

这些兴奋劲儿，让我把雷提的那个荒谬的内阁名单完全抛到了脑后。我根本不可能把他选的名单报给女王啊。我只想他赶紧让开，别碍着我。我要做的事情太多了，没时间跟他玩“占地为王”的游戏。雷能跟他父亲一样当上财政大臣，就该心满意足了——

我把滑雪杖一下一下地插进压实了的雪地，滑行着，滑雪板刮擦着雪地，发出了轻柔的沙沙声。如果雷是急需那个职位呢？布莱克家族给伊甸山庄酒店投了几百万，自信地认为它具备的现代感和奢华感不仅能吸引百大家族以及和艾格尼丝女王有渊源的地主家庭来光顾，还能吸引到一些富豪——这些人并非生于富贵之家，但他们通过搞贸易、办企业赚到了钱。可谁都预估不到竟然会有失去以太能量这一劫，但伊甸山庄酒店的财务状况肯定像在走钢丝一样岌岌可危。我咧嘴一笑，滑得更快了。

我知道怎么才能让雷蒙德·布莱克不再碍着我了。

我解开了滑雪板的绑带，从里面抽出脚来，接着拿起滑雪板和滑雪杖，把它们夹在臂弯，一把推开了艾兰国第一投资储蓄银行的双开门。此时离他们结束营业刚好还剩五分钟。地板是由黑白红三色马赛克瓷砖铺设的。这里有一排排办公桌，后面坐着客户经理和信贷员，我便朝他们走去。正排队存工资的每个职员和秘书都呆呆地望着我。我还没来得及找到座位，分行经理就冲过来迎接我。

“弗莱彻先生啊，不用劳烦你的，我可以等嘛。”

“不行，格雷丝爵士，那可不行。能帮到您可一直是我的一大乐事。是我给自己抢到了为您服务的机会。”他领着我走过这条长长的走廊，两边都是紫檀木做的办公桌，桌前桌后的人都正偷偷瞄着我们。“我们能为您做点什么？”

我把滑雪板倚在了一把椅子上，自己拉过另一张坐下了，“我想从我的账户里提取布莱克房地产开发公司的证明。”

我们身边原本嘈杂的说话声一下就变小了。

“当然可以，格雷丝爵士。您想提取多少?”

“全部。”

房间里顿时鸦雀无声。弗莱彻先生紧张地舔着嘴唇，“全部?”

“我拥有的全部证明都要取出。”

他的额头闪闪发亮。他戴着一副黑边圆眼镜，看起来眼睛变小了，我却依然能从他的眼神里看出，他正在飞快地想象着什么。

“我——好的。马上为您办理。”

我们小时候玩过一种游戏：用涂了蜡的扑克牌搭高塔。那些手最稳又会把聪明劲儿用在这里的孩子们搭起来的塔，能比他们个头还高，够不着再往上搭了才算竣工。迈尔斯可以做一个从地面到他下巴那么高的塔。他经常让我把这些塔推倒，因为我干完这事儿就会大笑起来。

“我会马上开始写文书，但是——”弗莱彻压低声音，“——就算您需要资金，也没有必要提取您的本金啊。”

弗莱彻肯定知道我不会无缘无故地撤资，也肯定知道我一点都不蠢。他这是在引诱我解释我的行为，如果我愿意说的话，可我不想这么早就扫了兴致。

“噢，弗莱彻先生，谢谢你的建议。你真好啊。但我不是那个需要钱的人。”

弗莱彻惊得脸色煞白。

我从夹克衫的内口袋里掏出一支手工雕刻的象牙笔，“既然这会儿要等，我很乐意先把出库单和转交单签了。”

他眨了眨眼睛，把他的紫檀木椅子往后推了推。“表格就在这里。您想喝点茶吗？米尔德丽德，给格雷丝爵士沏点茶。”

我喝着茶，没让弗莱彻让我自曝动机的企图得逞。一个女人带着一大堆证明走了过来，这些证明都是用厚厚的棉麻纸刻的，还盖了章。雷的房地产开发公司的每一张证明都在那里，如果把它们所值的钱都换成现金，占的地儿可比这一堆纸多得多。

地下金库入口上面挂着的锻铁钟报时了。现在是四点钟。弗莱彻伸长脖子看了看时间，然后急忙转过身来对着我，“我今天就能给您完成申请，爵士。一切交给我吧。”

“谢谢你，弗莱彻先生，但也不必急着今天弄完，”我饮下最后一口茶，站起身来，“在初日那天完成就行。祝你有个愉快的夜晚。”

我和他握了手，在一片喧嚣中离开了银行。

第十一章 尸检进行中

这天晚上，我是听着我的侍女伊迪丝的“指令”度过的。她这两周的白天都一直在忙，为我明天晚上的舞会重新打造了一件白色礼服。我站在凳子上，让她看礼服的效果。她盯着我礼服上的每一排亮片，又皱着眉头看着接缝处，做了些最后的缝补和调整。我们还挑了首饰，选择用亮闪闪的钻石搭配更贵重的珍珠。伊迪丝把它们放在一边，准备拿去清洗和擦亮。

睡了一夜好觉，吃了一顿丰盛的早餐后，威廉和乔治驾着雪橇，带我穿过了金斯顿的街道。这天是休息日，戴着白色蕾丝短面纱的人们在寺庙的入口处挤作一团。庙里散发着一阵月桂木和幸运草的香味。那堆人胳膊肘上系着黄色丝带，正随风飘动，眼睛则紧紧地盯着我和我那张扬的橙色雪橇。

我们从他们身边驶过，来到了政府大楼前空旷的车道上。我下了雪橇，大步走过空荡荡的走廊，来到我那间空无一人的办公室。迈尔斯寄来的字条在我办公室的门底下躺着，露出了一半；阿维娅的答复信则在我桌子的正中央等着我。我撕开阿维娅的信封，抽出一张散发着百合花和新闻纸味道的信纸，打开来，上面写着：

亲爱的格雷丝：

谢谢你的好意邀请。虽然说你的通知来得很晚，不过我还是很高兴能参加这个舞会。

阿维娅

我拿着信纸的手颤抖起来。虽然我提醒自己，我邀请她来是为了我们共同的利益，全身却荡漾着喜悦：就算她死都不肯把相机交出来，守卫也会把相机从她冰冷的手里撬走，这样她就采访不了女大公，也就没法借此采访的契机搞出一个轰动全国的独家新闻了。我把那张便笺举到鼻子边，又仔细闻了一遍，才把它塞进书桌的抽屉里。随后我拿起迈尔斯那张字条。他的字写得窄窄的：

格雷丝：

我们到停尸房了。尸检大概要几个小时，不过你来找我们吃午饭的时候我就能把报告给你了。

迈尔斯

看来迈尔斯最终还是把这事告诉了崔斯坦。我也不能怪他——恋人之间怎么会存在秘密呢？崔斯坦会保密的。不过这也意味着，我找艾菲的时候还得给她说明这个情况了。

我在桌上的一堆纸里翻找着。我还有些报告要写，可这些都不能成为我申请晚点再和半神国人见面的理由。这些都可以等到初日再做。所以我放弃了挣扎，走出了办公室，把门锁上了。

艾菲用来开沙龙的玻璃屋里没什么人。她坐在一个长颈乐器旁，双手灵巧地弹奏着和弦和旋律。翅膀上镶着宝石的蝴蝶在她的头顶上摇摆。一身黑银打扮的伊桑德站在透着寒意的窗边，凝视着栖息在他手指上的红松鸦。崔斯坦则穿着一身破旧的花呢套装，外面套着迈尔斯的大衣，长长的亚麻色头发塞在领子下面，头上戴着一顶绿色针织帽。可如果崔斯坦在这儿，迈尔斯字条里写的“我们”指的又是谁?

我静静地站着。艾菲知道我来了，却仍在弹奏着乐器。她弹奏的音符仿佛都漾着光，每根琴弦也都有自己的旋律，它们交织在一起，形成让人难以忘怀的、超凡的和谐之音。我可以站在那儿听上一个小时。

我身后的门打开了，一股暖风涌进了屋里。我迈开脚步的同时回头看了一眼，全副武装的阿尔迪斯大摇大摆地走进房间，他那到小腿的宽腿裤随着他的脚步摆动，褶皱忽现忽隐；棉质背心上绣了满满一片白玫瑰丛，褶边的位置则绣了一根荆棘；背上挎着一个装着箭的皮箭筒，左手拿着配套的长弓。他身上唯一的巫师之印——珀西·斯坦利爵士的灵魂——就在左太阳穴附近徘徊。他经过我身边，冷笑着瞥了我一眼。

“我们很忙的。”他说道。音乐停了。

“这就占用你们一小会儿，”艾菲说，“你们有目标任务了，先生们。”

崔斯坦右手握拳放在胸口，鞠了一躬，“我会尽力去核实伊桑德的调查结果的。你准备好去调查损失情况没有，阿尔迪斯?”

阿尔迪斯又轻蔑地瞥了我一眼，“准备好了。”

“那我们开始吧。”崔斯坦将手臂伸过头顶，在空中画了一个螺旋状的图案。空气浑浊了起来，有种戴了副雾蒙蒙的眼镜看世界的感觉。他画的螺旋密度越来越小，空气中气流扭曲的感觉就越来越强烈，就像风暴引发我剧烈的头痛时光环发出令人眩晕的光芒，模糊了我的视线。此时崔斯坦的手又顺着螺旋轨迹往回收，然后——

——空中出现了一个洞，冬日午后的阳光倾泻于整个房间，明亮耀眼像是到了夏天。崔斯坦把洞扩大了，阳光照在他身上，仿佛给他镶上了金边。一股流水和苔藓的清香掠过我的脸庞。

我站在通往安息之国的大门前，脚边有条小溪潺潺流过，阳光穿过枝繁叶茂的大树，投下斑驳的光影。我正盯着看，这个地方就从小溪边苔藓丛生的石头地变成了鲜花盛开的草地，微风拂过我们的脸，也吹得朵朵小花轻轻摇曳。小山变得越来越高，树苗也长得越来越茁壮，白色的树皮上长着黑色的条纹。

伊桑德皱起了眉头，注视着眼前这消散重组、变化着的风景，“这迹象看起来不妙啊。”

艾菲看了我一眼，然后把手搭在伊桑德的手肘上，“那是安息之国，格雷丝。”

这地方很让人着迷，可我一看它就浑身发抖，“什么——怎么会有这样的变化?”

崔斯坦回答了我，“这块土地是飘忽不定的。这里没有人相信它。”

森林枯萎了，愈发稀疏。枯黄的草本来还扎根在沙地里苟延残喘，但沙地还是笑到了最后，在我的视野里延展开来。一座荒废的城市在眼前升起，但城墙是用亮闪闪的白石筑成的，这就让我很想知道里面的人有没有幸存下来，是否安全。一条河流过沙地，把金色的沙子变成了肥沃的黑土地，上面再次长出了青草。

“好美啊。”

“其实很危险，”崔斯坦说，“特别是这里。”

“为什么？”

崔斯坦越过我的肩膀瞥了一眼他的女大公。她滑下吉他凳朝这边走来，裙子沙沙作响，站到了我身边，“你们注意安全。及时回来参加舞会。”

阿尔迪斯看着他的君主，目光变得柔和起来，“遵命。”

他走进了那个世界。现在的景象，变为了一片高耸的树林，雾气蒙蒙，鸟鸣不绝于耳。崔斯坦也跟随其后了。我们的世界和安息之国之间的通道，就这样轻轻地关闭了。

“阿尔迪斯负责在安息之国里巡逻，崔斯坦则会根据那座城里的线索继续调查。”

他们没有用次元之石就可以离开了这个世界，进到了另一个世界。崔斯坦是怎么做到的？

“为什么会这样呢？为什么这里会发生这样的变化？”

“崔斯坦刚才说过了，安息之国的这块地方没有人住。这里会这么变化，也是因为人们认为它是不断变幻的。”

“你是说这附近没有半神国人住吗？”

“是的，”艾菲说，“很遗憾你昨天没时间和我说话，不过你现在来了，我很高兴。”

这么说，安息之国的话题就只能就此打住了？不过我可以待会儿问问崔斯坦。我糊弄不了女大公，但崔斯坦应该能给我多点信息，“我知道你们对这场风暴有疑问。”

“是的。”艾菲坐回吉他凳，拿起她的乐器。它的琴弦是用肠线做的，而不是铁线，那柔和的音调在空中升起，每弹出一个音符都会招来蝴蝶翩翩起舞。“这暴雪气旋，在你们国家是正常的气候现象吗？”她问道。

“不完全是，”我说，“我以前也遇到过暴雪气旋，但它们通常到我们的雪凝之月的月底才会出现——就是下个月，新年之后。不过它们和我们前几天晚上遇到风暴完全不同。这次打破了降雪量记录。”

“这么说，这次风暴来得太早了，劲头也太猛了，”艾菲说，“你肯定想知道那天晚上是谁帮了你吧。是我，还有伊桑德。”

伊桑德点点头，把栖息在他身上的黑鸽子都驱散至窗外，关了窗。它们在一个木棚里心满意足地叫着，低沉的叫声和艾菲那余音绕梁的三拍子曲子融为一体。

伊桑德裹着一阵飘动的黑烟，穿过房间。他穿着和阿尔迪斯同款的宽腿齐膝短裤，但还搭配了一条压纹的黑色皮方格男式褶裙，上半身则穿着配套的背心，手腕上绑着结实的皮护手，这是为了和猛禽打交道设计的。眼前有一堆成套的椅子。他挥手指向其中一张，示意邀请我过去坐。我便在一把厚重的扶手椅上坐了下来。

“我们还真没见过这么用魔法的，”伊桑德说，“你们肯定有上百人一起施法吧，那么多的意志，你是怎么驾驭它们去齐心协力实现一个目标的?”

“风暴歌者从小就开始训练了，”我说，“我的父亲教了我怎么控制天空，教了我哥哥怎么做我的能量补给站，让我能更有效地对抗风暴。”

艾菲皱起眉头，她的手指却没闲着，一直拨着琴弦，给琴装品，“风暴来了，你就必须逼迫自己去做风暴歌者。你是这个意思吧。”

我眉头紧锁。“是的。得用很巨大的能量才能撕裂一个气旋风暴，”我说，“而且不好的气候并不只是出现在冬天。春天下的雨都很容易平息，但到了夏天，气旋风暴就会席卷而来，对我们国内的庄稼收成和各大城镇的安全造成威胁。秋天一般就是沿海地区会有阵雨，偶尔也会刮大风。所以我们一年三百六十五天都保持警惕，尤其是在风暴多的年份会更为注意。”

“这么说，今年是个风暴之年咯。”

“是的，”我双手交叠，放在大腿上，“而且是最严重的一年，我们从来都没见过这么糟糕的情况。比上一次还要糟糕。”

“上次是什么时候?”

“三年前。我祖父那个年代都是七年出现一次，后来成了五年一次。现在三年。以后呢?”我把手摊开，耸了耸肩，“这也就解释了，为什么我想知道怎么才能把巫师放出来，怎么才能结束对他们的迫害。如果这些风暴变得越来越猛烈，来自百大家族的风暴歌者也没有足够的力量去和它们对抗。”

“所以你是准备答应我的要求了?”艾菲问道。

我又皱了皱眉头，“没那么简单。我们对巫师们下了狠手，还在能力范围内用尽一切手段去掩盖这个秘密。我不知道该怎么揭露这个真相，同时又保全我们的风暴歌者。”

“你双方都需要，”艾菲说，“如果你还想拯救你的国家的话，你需要每一个会施法驱风的巫师来帮忙。想想办法吧，格雷丝。”

伊桑德拉过一张斜斜的膝桌，放在膝盖上，拿出一支黑银相间的金银丝钢笔，小心翼翼地旋开了笔帽。我认出了这支笔。它是威尔逊-史密斯公司推出的热销款钢笔，而不是由半神国人设计出来的精品。他抬起头来，迎上了我的目光，便朝我微笑，脸颊都笑得鼓起来了。

“用这个跟用羽毛笔蘸墨水写字真是天壤之别。我很喜欢这个精巧的设计。”

他喜欢钢笔?我给他带上二十支，再随笔附赠一夸脱墨水都没问题，“你在写什么?”

“我们这个会议的记录。我注意到，你们的女王不在的时候，你和王子都会更放松，能更真实地展现出自己的想法。”

我脸红了，“我们只是在尽力解决艾兰国的麻烦。”

“你和王子很配合我们，”伊桑德用笔在纸上画了几个我完全看不懂的象形文字，和艾兰国语那些有棱有角的字相比，这些象形文字字形更圆滑，很是好看，“我更想和你们两位打交道，而不是康斯坦丁娜。”

我咽了口唾沫。他也不是在暗示什么，只是在简单陈述自己的偏好罢了。我站起身，朝他们鞠了一躬，“感谢您抽空和我见面。您还有什么问题吗？”

“你对于风暴碗有什么了解？”艾菲问。

“萨敏丹水手称之为风暴之炉，”我答道，“那是一片未知的水域，离艾兰国的海岸线大概几百里。在相对较冷的海洋里出现这么一片温热的水域，也就构成了压力系统，最终产生风暴。信风会把风暴往东面推进，就会朝我们这来了。敢于去风暴之炉探险的人，没一个能活着回来。”

“谁敢去那里探险啊？”艾菲又问道。

“艾兰国的天文学家对这个现象极其感兴趣，而萨敏丹的水手都会躲得远远的。”

艾菲抬起头，看着一群蝴蝶在多面的玻璃穹顶下嬉戏飞舞。“远远躲开才是明智的，”她说，“这地方可危险了。”

“您是怎么知道的？”我问道，“那安息之国里也很危险吗？”

艾菲弹漏了一个音符。伊桑德在纸上弄了一个污点。他抬起头来，和艾菲面面相觑，才意识到自己的惊慌失措被我看在了眼里，便转过来面对我，一言不发。

我低下头，尴尬地行了一个屈膝礼，“我在别的地方还有事情，抱歉。”

“希望那是件让你愉快的事。”艾菲说。我没说话，只是微笑着。

我身后的门一关上，玻璃屋里的音乐就停了。可我不能再在这儿试着偷听了。我匆匆走出厢房，找了个仆人问路。

“我要去王宫的太平间。”我告诉她。那个女孩走在前面，估计是王宫侍从的孩子吧。

到了太平间的走廊外，这个小仆人就不敢往里走了，不过她没带错路。我注视着面前紧闭的大门，那宽大的双开门上各印着一行字：“太平间——未经允许不得入内。”

这行字的下面钉了一张便条：

“尸检进行中。请慎入，感谢理解。”

我的手都放到门把手上了，却还是犹豫了一下。迈尔斯就在里面，和一具被解剖了的尸体在一起，尸体的内脏露在外面——仿佛是一个经验丰富的猎手带着我这个第一次打猎的菜鸟行动，把鹿打死之后，当着我的面快刀剖开它的肚子，黏稠的内脏滑了出来——

我把手抽了回去，嘲笑自己没胆子。别跟个小孩儿似的。我自嘲了一番，便按下门把手，推开了门。

一股刺鼻的恶心气味涌入我的鼻腔——那里面夹杂着肉铺的腥味、酒精和溶剂的浓烈气味，还有石碳酸皂散发出来的药味。房间里铺着灰绿色的瓷砖，零星有几块干了的黑色血迹。墙上的挂钟每走一秒都滴滴答答的，有点吵。长长的白瓷桌子上放着一杆弹簧秤，托盘上放着高高的钢碗。我先往铺着鹅卵石的玻璃窗扫了一眼，再往这边看，才看清碗里的红色东西。

“进来吧，把门关上，”迈尔斯说，“你确定它没有问题吗？”

“确定。”原来迈尔斯的神秘助手是他的朋友罗宾。她用一条熟亚麻头巾把头发束在脑后，穿着一件灰色的棉布罩衫，腰间系着一条黑色橡胶围裙，双手戴着赭色橡胶手套，手里轻轻捧着一颗闪着光的人心。

我强忍着，不让自己发出恐惧的叫声。

迈尔斯坐在座椅上，转过身来，眉宇间写满了忧虑。

“我们快完成了，”迈尔斯说，“也许你该到外面等会儿。”

“我没事。”我说。

“你脸都青了，”他摇着轮椅靠近我，给了我一个小小的棕色玻璃瓶，“如果这里味道太浓了，你可以在你上嘴唇抹点这个。”

他扭开了瓶盖，一股薄荷脑的香味溢出来。我摇摇头，“煤气灯把我脸照白了而已。我没事。”

我把目光转向解剖桌，看着赛维蒂的尸体，倒吸了一口气。

“该死，格雷丝。别看。”

但我已经看见了。我看见了皮肤底下的红肉、白森森的骨头和那本该放着心脏的深洞。我看见了她的脸，没有血色，苍白得像蜡一样，而且——

迈尔斯拉了拉轮椅的手刹站了起来，把我转过来面向他。“镇定点，”他说，“你现在有这种感觉是很正常的。身体分泌的肾上腺素会让你发抖、准备战斗或逃跑。你必须学会控制好你的害怕的本能，冷静下来，才能来学我们现在在做的事情。”

我闭上眼睛，竭力止住酸涩的味道在嘴里泛滥，不让自己完全丢掉尊严。身后响起了一阵脚步声，接着是柜子门打开时发出的咔哒声，随即便是织物展开时轻柔的沙沙声。只听罗宾说，“把她盖好了。”

“我在第一堂解剖实用课上晕过去了，”迈尔斯拍了拍我的背，“就像棵被砍倒的树似的，直挺挺倒下了。”

“你告诉我这些是为了让我感觉好点而已。”

“我真的晕倒了。你现在可以回头了。”

赛维蒂身上裹了一张白色的床单，包得严严实实的。我摇摇晃晃地向前迈了一步，“你发现了什么？”

“唯一的线索是眼睛，”迈尔斯说，“她的心脏非常健康，大脑也是完好无损的。肝、肺等所有内脏都没有恶化的迹象。我们仔细研究了组织样本，做了测试，结果都是一样的。”

罗宾摇了摇头，“她是窒息而死的。但具体是怎么窒息的，我们也没办法告诉你。”

“她的嘴和鼻子周围没有瘀青，呼吸完全是畅通的，”迈尔斯说，“没有证据表明有人强行把她掐死，现场也没有搏斗的迹象。”

“那是什么意思？”

迈尔斯和罗宾交换了一下眼色。他闭上了嘴。

“我知道你也是在猜测，”我说，“但是请告诉我。”

“我不能说。”迈尔斯说。

“给我透露点吧。你找不到自然死亡的原因，也就是说她的死是非自然的吧。噢，”我捂住了嘴，“迈尔斯，魔法能做到吗？”

“可以，”迈尔斯说，“如果我碰到其他人的皮肤，我完全可以用法力杀死他们。”

“但你没有这么干过。”

“他当然没有。”罗宾把摘下来的手套扔进了垃圾桶。

“你知道的，”我说，“索普小姐。有件事我不想提醒你，但我觉得还是得告诉你：我知道你是个巫师。”

“这点我很清楚。”罗宾走到一个陶瓷洗手盆旁，扭开水龙头，用一块红色的石碳酸皂擦洗双手。她像迈尔斯一样有条不紊地洗着手，又转过身来，靠在水槽边上，用刷子刷着她那满是肥皂泡的指甲，“迈尔斯说，你是值得信任的。”

“是啊。”我说。

罗宾抿着嘴笑了笑，这笑容带着点讽刺的意味，“你说是就是吧。”

她不是那种会给人留有余地的人。我脸颊滚烫，但还是用清晰、平稳的声音说道：“我要知道一些事情。非常重要的事情。河畔城有巫师，他们有能力控制天气。”

罗宾把刷子换到另一只手上，继续刷着指甲，却一言不发。迈尔斯坐在椅子上，动了动身子。

我把话题推进了一步。“艾兰国需要他们，”我说，“那场风暴只是开始。我们需要聚拢起所有可以调用的力量。”

“这些巫师能和你平起平坐吗？他们会获邀住在西角公园那些豪宅里吗？他们会像你一样能在内阁任职，大富大贵吗？”

她已经知道了。她已经知道所有关于皇家骑士的事了，仿佛这根本不是什么秘密。我站在那里，说不出话来，也不知道该有什么反应。

罗宾用水冲干净了指甲刷，又冲走了手上的肥皂泡，“你把他们放了，如果监察官偷偷去抓他们的亲戚朋友，你会叫他们袖手旁观吗？”

我仿佛又回到了那艘在海里翻滚的小船上，在甲板上摇摇晃晃，我在她的话语攻击里挣扎着，却依然站不住脚，“艾兰国需要他们。这是一场危机。”

“你们几百年来都在迫害巫师，这就已经是场危机了。你们关了他们几十年，也是一场危机。现在有一场你驾驭不了的风暴来到你家门口了，你才在这里谈论‘一场危机’。”

“你不能否认我们面临的问题！”

“你似乎也否认了我们面临的问题吧，”罗宾说，“如果你想让那些巫师帮你，你怎么保证他们不会被关起来？你的家人没有你那样的天赋，你就联结吸收他们的能量，那这些巫师又有什么理由相信，你不会用对你家人的方式去对待他们呢？”

“联结是错误的。我希望停止这种做法。”我说。

“《巫术保护法案》就是错误的，”罗宾说，“你想结束这一切吗？”

我看着绿黑相间的瓷砖地板，“我明白你的意思。我能理解，但我做不到。”

“理解这一点就行，”罗宾说，“我跟你说话，是因为我信任迈尔斯，而迈尔斯信任你。但不管你有多需要这些巫师，我也不会带你去找他们，谁都不找。除非你能给我承诺，不告诉任何人。”

“我话只能说到这儿了。”

“只要你愿意，就肯定可以，汉斯莱总理。你明明可以给我们更多帮助。”

“你已经有想法了。”我说。

“人们在质疑法律。民选议员组成的小组委员会正负责审查法案背后程序呢，他们已经对证据提出了严重质疑。”

“严格来说，作为总理，我不仅代表自己，还代表王室——”

“我也没说这是件容易的事，”罗宾站在赛维蒂的尸体旁，她的声音很平静，“但是你有能力去办成一些事情。”

严格来说，这话确实没错，但这只是一个理想主义者的想法。我甚至有两条路可以走——一是暂时中止这条法律，直到顾问委员会完成对它的审查，然后再进行讨论，辩论和谈判，如此持续七步，才能决定是修改它、增强它的效力还是废除它。这需要下议院和内阁开会……可这会儿还没组阁，也就不需要安抚内阁成员了。

二是请求颁布法令。现在的罗斯王朝允许议会引导法律的制定，只需由总理以各种形式向议会陈述王室的期望即可。但君主还是拥有绝对统治权。如果我得到了女王的命令——

但那是根本不可能的。康斯坦丁娜女王不会同意的。

那如果是塞弗林国王呢？

我愿意为了艾兰国做任何事，不是吗？我都已经答应帮塞弗林了，不是吗？可一想到这里，我的胃就痉挛起来。叛国罪。我会被认为是支持叛国行为的。可我不是叛徒。我作为皇家骑士发过誓——

永远为艾兰国服务，保护人民远离危险，饥饿与黑暗——

神哪，不行，我走不了那么远的。除非我无路可走。

“我可以试着去说服王室。”

迈尔斯叹了口气。罗宾又盯着我看了一会儿，点了点头。

“这是你向前迈出的一步，不过也只是其中之一。如果我们想让艾兰国成为一个讲道德的国家，我们还有很多工作要做。”

“艾兰国是——”

话到嘴边，我停了下来。罗宾等待着，她的表情很耐心。我耷拉着肩膀，盯着地板，“艾兰国现在的行径根本不道德。可能以前还好吧，如今呢？你说得对，我们确实需要改变方向，需要深入挖掘，从而决定我们想要成为什么样的国家。”

罗宾和迈尔斯交换了一下眼色。“这有助于了解你的目标，”罗宾说，“人民心中就有这么一个目标。”

我抬起头，“什么目标？”

“你觉得我们为什么会选黄色丝带作为支持终止艾兰国巫师迫害的运动的标志？”罗宾问道。

我把头往后一仰，“你不能想着打个响指，就能把一个王国变成一个乌扎达式的民主国家。这种国家体系很不错，确实不错。但我做不到，那太难了。”

“我又不是要你明天就把国家体系都给换了，”罗宾说，“我是在告诉你，人民想要的是什么。你能做什么来帮他们实现这些愿望？”

“老实说，我现在回答不了这个问题。我得去做个分析，我需要看一百份报告，还需要一个委员会——等会儿，”我看着罗宾，看着迈尔斯，“克拉克议员带领的小组委员会，负责调查《巫术保护法案》的，就是你们啊。”

罗宾点点头，“就是我们。”

“那么，以下这就是我能做的了。我可以让雅各布·克拉克来找我，问他带的委员会调查到了什么。如果他要和我商量，我会提供……但如果他会碰到什么麻烦，我可以提前给他们警示。

我加入不了克拉克的联盟，但我可以给予支持。”

迈尔斯朝我笑了，我也回赠了他一个微笑，“我可以帮助你。要改变大方向是很难，但我会尽我所能的。”

罗宾考虑了一会儿。

“这是个开始。我知道，这么复杂的事情也不是说打个响指就能立刻实现的，”她说，“所以我还是先不抱太大幻想，稍稍有点信心吧。”

她提起赛维蒂裹尸布的一角，把它往回折，露出了尸体那苍白的肩膀，“我想我可以唤回赛维蒂的灵魂，这样我们就能直接问问她了。”

第十二章 召唤亡灵

我惊得下巴都掉了。墙上的钟滴答走着，数着我用了多久才把嘴合上。我努力挤出一个回应：“我感觉这有点不敬吧，索普小姐，但如果你能把她召唤回来问话，那你为什么还要——”

我指了指那被床单盖着的尸体。

罗宾歪着头，“我以为你要的是正式且可接受的证据。我之前查清单，没看到死者的证词啊。”

“我们必须确定她是怎么死的，”迈尔斯说，“如果她的心脏有先天缺陷，大脑或肺里有血块，那么我们就不作谋杀案调查了，只会觉得她运气太差了。”

“尸检还是必要的，”罗宾说，“实话说，我本来没想着让你们知道我的能力的。”

“你的能力是什么？”

“我是个亡灵歌者，”罗宾说，“亡灵出现之后，我才知道自己有这能力。我这辈子都有魔力，所以我必须学会掩饰我对铜的厌恶。但我没有天赋，至少我是这么觉得的。”

我点了点头，“发现自己没有天赋肯定挺沮丧的。”

“也许我们可以待会儿再探讨那个话题。”罗宾说。

前几天，阿维娅告诉我，亡灵歌者是《巫术保护法案》生效后第一批被捕的巫师。他们的天赋是世代传承的。罗宾的家族里可能就有人被送进了精神疗养院。“当然。我很抱歉提起这件事。”我说。

“谢谢，”罗宾没戴手套，直接把手放在赛维蒂裸露的肩膀上，闭上了眼睛，“我能听见他们的声音，与他们交谈。我甚至应该能指挥亡灵，但我不会那样做。”

太平间里静悄悄的，只剩挂钟的滴答声。伴着秒针走动的声音，我和迈尔斯站着，身体偶尔换换重心，看着对方，等着看会发生什么事情。

罗宾睁开眼睛，“没理由啊。稍等一下。”

罗宾从她的罩衫下掏出两个盒式项链坠。她打开其中一个，用手指按了按里面的一小卷辫子，一个上了年纪的萨敏丹女人便出现在她面前，她穿着一件过时的束腰长袍，和其他灵魂一样全身透明。

“这是我的姑奶奶乔伊。”罗宾说。

我以前见过她。我第一次见罗宾的时候，乔伊就在王宫里迈尔斯那个套间里站岗。我转向她的姑奶奶，低下头致意。

“你好。”她向我回礼，一脸严肃的表情。

罗宾打开另一个挂坠盒，一个年轻的女人出现了，穿着三年前流行的及膝绲边连衣裙，“这是我的堂姐玛哈莉亚。”

“这也是你的中间名哎。”迈尔斯说。

“我们的名字都是我祖母取的。她在一个精神疗养院里去世了，”罗宾说，“监察官把祖母抓走的时候，我才七岁。”

我没猜错。我向玛哈莉亚的灵魂低头致意，她却高傲地扬起下巴，鼻子愤愤不平地吸着气。

“哎。我还以为是有什么东西干扰了魔法，比如说墙里可能有铜的成分，”罗宾说，“但实际上并不是因为这个。”

“或者你是只能召唤自己亲戚的亡灵？”迈尔斯提示道。

罗宾摇摇头，“我试过把屋大维·格林召回来了，他也不是我的亲戚。他把自己埋珍珠宝藏的位置告诉了我，我去找了，确实就是在他说的那里，”罗宾微微噘着嘴，接着说，“找到之后，他对着他的家族宣布杰赛敏·布朗是他的私生女，她有权获得一半的宝藏，然后我就在一片吵闹中离开了他们的家族住宅。他们可能现在还在为那事叫嚷呢。

“那按理说你是可以唤回她的灵魂，”我说，“而你召唤不了？”

“对。”罗宾说。

“为什么会有这种情况？”迈尔斯在座位上扭转身子看向我们，同时从衣服里拉出了一个烟袋。经过发酵和调味的烟叶散发出了强烈的熏香，混合着尸体和甲醛的味道，我才想起这里还有具尸体呢。

“灵魂会不会通过了——”

“通往安息之国的所有路都是封闭的。”我说。

迈尔斯像变戏法似的，卷了一根完美的、没有过滤嘴的香烟，“对，不可能是这样。”

罗宾瞪了他一眼，“你之前可是说想戒烟的啊。”

“我今天过得很糟糕，”迈尔斯说着，把他卷好的第一支烟递给了她，“格雷丝呢？”

一想到那具尸体，我就想吐，“我不能在这个房间里吸烟。”

迈尔斯扭头朝一扇黑漆门的方向看去，“这扇门外面就是殡葬马车的车道。”

“感谢神，”我说，“我们能出去吗？”

迈尔斯把他卷的第二根烟递给我，“等一下。还有一种可能。”

他抬起头。我知道，他说的是在他光环中闪耀的灵魂之冠。罗宾也看到了，她皱起眉头，“你的意思是，赛维蒂的灵魂可能被束缚了？我还以为那必须得双方自愿才行呢。”

“我也不知道是不是这样，”我说，“我见阿尔迪斯在珀西爵士行刑的时候束缚了他的灵魂。”

“真的吗？”迈尔斯说，“这就是它的来源。”

我点了点头，叹了口气，“你能像隐藏你的光环那样隐藏巫师之印吗，索普小姐？”

罗宾叼着烟，“我不知道。我们不了解的魔法可太多了。但要我猜的话……”

迈尔斯又卷好了一根完美的烟，塞进了嘴里，领着我们走向出口。他在一根控制杆旁边停住了。他一拉杆子，黑漆门就开了，根本用不着碰它。他摇着轮椅出了门，来到一条白雪皑皑的车道上。

我们呼出的气在眼前化成了白雾。风把迈尔斯的头发吹得在耳边飘舞。我用双臂搂着自己的腰取暖，罗宾则拿出一个气体打火机，打着火，给自己点上了烟，再分别给迈尔斯和我点上了。

迈尔斯抽烟的方式和士兵的差不多：他用拇指和食指捏着烟头，烟蒂则藏在手掌之下。他呼出一大口烟，自言自语道："所以说她不可能去了安息之国，而是在自己不愿意的情况下被束缚住了。还有别的可能性吗？"

"我再去查查看，"罗宾说，"我家里藏了一些旧日记。我可以先去调查调查，再给你更多信息。"

"谢谢你，"我说，"你完全不必这么做。"

罗宾呼出一缕烟，"我一直很乐意给朋友帮忙。"

她指的是迈尔斯，当然不是我，但这无关紧要。"不知你对受害者有多少了解？"

"我知道她是兰尼尔的——等等。她的手镯呢，在哪？"

"我们当时搜遍了整个房间，但没找到。"我说。

罗宾点点头，好像她已经预料到了这一点，"那手镯可能很重要。"

"怎么个重要法？迈尔斯老是不给我解释这个。"

迈尔斯转动脖子，舒展着肌肉，"星辰手镯里面会有佩戴者五岁生日那天剪下来的一缕头发。兰尼尔的小孩子就是在这一天根据占卜兆相获得自己的名字的。"

我还是有点没听懂，"那手镯上有写赛维蒂的占卜兆相吗？"

"这个是保密的，"迈尔斯说，"但头发才是最重要的。你也知道，父亲总是要我们烧掉剪下来的头发和指甲，衣服要是沾了自己的血——"

“每四个周一次。”我说。

“这是因为它们是具有交感作用的联结物。”迈尔斯说，“有了头发，就能控制那个男人，或女人。如果有个巫师得到了赛维蒂的星辰手镯，那么套房的门有没有锁好，有没有人看守，也都无关紧要了。”

“我还是觉得，我们要和所有负责保护赛维蒂的卫兵，或者说了解套房情况的工作人员都聊聊。”

“好主意，”迈尔斯说，“我来给你记笔记。”

“我得走了，”罗宾说，“我还另外有约呢，要迟到了。需要我帮忙的话，迈尔斯——”

“我会给你写信的。”

罗宾弯下腰，搂着迈尔斯的肩膀。“我很快就回来，”她说道，接着转过身来，朝我致意，“汉斯莱总理。”

“索普小姐。”

我们互相点头道了别。她便转身回太平间去了，身后跟着她那两个幽灵般的亲戚。

警卫站离太平间不远。值班表显示，我们指派来监视赛维蒂的其中一名卫兵，之前是在王宫的大前厅担任检阅警卫。我们让他在一间无人使用的办公室里汇报工作。他穿着一套鲜红的哔叽面料的制服，制服上钉着两排黄铜纽扣；肩上披着一件洁白的披风，腰上还挂着一把军刀。

“萨德勒下士吗？感谢你的到来，”我说，“请坐。”

他站在我们面前，眼睛却完全避开了我们的视线，直直盯着塞弗林王储官方画像的摹本出神——塞弗林是女王卫队的挂名指挥官，“谢谢您，总理女士，但我应该站着。我能为您做些什么？”

“我们派你来守卫我的套房，确保里面居住者的安全。萨德勒下士。我这里有份登记名册，上面说你负责看管这个房间的时候，除了女佣、我和迈尔斯之外，没有人进过这个房间。”

萨德勒下士咬紧牙关，咽了口唾沫，眼睛却依然盯着对面的墙，“是的，总理女士。”

迈尔斯把一只胳膊肘靠在轮椅的扶手上，怕我没有注意到萨德勒的神情，还给我使了个眼色。

“这情况真实无误吗？”我问道。

他犹豫了一下才回答，“我没有每个班次都轮一遍，不过，这情况是没错的，总理女士。”

“有没有人停下来问你，为什么要守着总理的套房？”迈尔斯问道。

“有的，先生，”这个卫兵回答道，“有仆人，别的卫兵。很多人都有问。”

“那你是怎么回答他们的？”我问道。

“我说的是‘我们有命令’，总理女士，”他依然盯着墙，直立的身体比之前更僵硬了，“但我们根本没跟他们提起过囚犯。”

“说说那个囚犯吧，”我说道，“她有没有尝试过和你交流？”

“她不会说艾兰国语，总理女士。”

“你怎么知道？”迈尔斯问。

他瞥了一眼迈尔斯，才回答道：“因为她有试着说服我们，给其他兰尼尔囚犯捎个口信，先生。我们拒绝了她。”

“你值班那会儿，也不是只有你一个卫兵啊，”迈尔斯说，“如果非要猜一个嫌疑人，你会觉得谁最可能会帮她通风报信呢?”

萨德勒下士又咽了口唾沫，“她试图给我们送金子，先生。金手镯。”

“那些手镯上面有刻东西吗，或者有什么装饰吗?”

他皱起眉头，“有刻东西，总理女士。但我不记得那是什么图案了。”

“她不可能送的，”迈尔斯说，“不可能送那个星辰手镯的。”

“我还是比较同意你这个想法的，不过我们还是要调查一下，看看我们派遣的守卫自身是否有经济问题。”我对迈尔斯说道。此时的他已经拔开笔盖，准备做笔记了。

“是富勒列兵，总理女士，”萨德勒下士说，“他家里有个失忆的祖父。他们想拿个养老院的入住名额，可是过了很久都还没等到，请家庭护理的话还得花很多钱。”

“那他处境还挺艰难的，”迈尔斯说，“有人要求见囚犯吗?也就是你不想把他名字登记在册的那个人。可能那人是想把其他兰尼尔囚犯的回复带给她?”

萨德勒下士的目光突然转向了右边，“没有，先生。”

“如果这个人很重要呢?”我问道。萨德勒闭上了眼睛。他那原本挺拔的肩膀往下沉了一点儿。接着又紧紧地抿着嘴。

“你不用再履行那项职责的原因，你是知道的，”我说，“昨天我们把她带出来的时候，你也在场。”

他睁开眼睛，仍然盯着墙壁，不，应该说是盯着王储的画像，“我该回去工作了，总理女士。”

“萨德勒下士，”迈尔斯说，“现在是艾兰国的总理在提问你。”

“我们规定只能休息五分钟——

“如果来的人权力比我小，那你完全可以放心，我会保护你，”我说，“如果是这样，你肯定能告诉我是谁想进总理套房。你不说，剩下的选项就表明，来的是权力比我大的人，而你知道在他面前我也保护不了你。”

“总理女士——”

“女王来看囚犯了吧。或者是塞弗林王储。”

“总理女士，”萨德勒下士说，“求求您了。”

迈尔斯瞥了我一眼，“是塞弗林王子。”

“你确定？”

迈尔斯点点头，“康斯坦丁娜女王不会一个人来——她肯定会带上警卫队长的。而且她也不必要求警卫把她来过这件事当做秘密的。”

萨德勒下士舔了舔嘴唇。他的脸上露出了恐惧的神色，不过他并没有试图否认我们的推测。

“谢谢你，下士。你可以走了。”

他那颤抖的手按下了门把手，开门出去了。迈尔斯和我默默地坐着，听着他离开时那有节奏的脚步声。

“为什么塞弗林王子会想要赛维蒂的命？”迈尔斯问道，“他不是正准备满足她的要求吗？”

“他早就说过想答应赛维蒂了，”我伸手拿过值班表，浏览了一下，“那天我见到女王的时候，塞弗林是和她在一起的。”

“是在我估算的死亡时间前一小时吗？”

我从值班表上抬起头来，“有没有可能是前两小时？在你估算的赛维蒂死亡时间的前一个小时里，萨德勒下士就已经报告说他们来了。”

“洗澡水，”迈尔斯说，“塞弗林说那缸水还很热。”

我闭上眼睛，回忆着在浴室里搜查时的情景，“我没有亲自检查一遍。但如果是他杀了赛维蒂，然后在浴缸里灌满热气腾腾的水，接着又去关掉滴水的水龙头——”

“他的指纹就会留在浴室里了，”迈尔斯说。

“我们不是在认真地考虑这个可能性吧，啊？”我问道，“我们不会真的认为——”

“他不是唯一的嫌疑人，”迈尔斯说，“只是第一个嫌疑人。”

嫌疑人。一个王储，竟然成了嫌疑人。我胆战心惊地呼了口气，“他不是法师。他能这样一下子杀了赛维蒂，肯定会留下什么证据的。”

“赛维蒂可能是被一个橡皮袋闷死的。他可以让她的尸体倒在地上，然后把浴缸里的水灌满，对我们判断赛维蒂的死亡时间造成干扰。这是有可能的。”

“可他为什么要这么做呢？他从中又能得到什么？”

“即使他招了，我们又怎么可能追究他的责任呢？”迈尔斯问道，“这也是我最担心的一点。”

“赛维蒂应该是想试着给兰尼尔代表团的其中一人捎个信，”我说，“她不是法师，但他们那些星辰祭司全都是法师。如果她给卫兵送手镯并不是为了贿赂他们，而是想把那只星辰手镯转交给代表团里的某个人呢？”

听完我的这个想法，迈尔斯反复思考了很久，最后惋惜地摇了摇头，“可能吧。那些法师可以让手镯持有者所爱的人确定，这个手镯持有者是死是活。如果她有爱人或者——她的父亲。”

“尼卡尼斯，”我说，“她是把手镯给了父亲，让他知道她没事吗？我们必须审审他。”

“你没时间了，”迈尔斯说，“你得先回家换衣服，再回来参加舞会。”

“该死。没时间审他了。”但是我的舞会礼服还在家里呢。我回来的时候，阿维娅就会来找我了。

我会把她介绍给半神国人——介绍给艾菲女大公——也许我和她可以找个时间一起喝一杯，谈论一些丑闻或秘密以外的事情。也许我能逗她笑。也许我们可以找一个晚上，一个小时，甚至是一分钟，能让她放下采访工作，回归到阿维娅这个身份；也能让我脱下总理长袍，回归到格雷丝这个身份，同时把我们的姓氏带来的一切负担抛到九霄云外。

“格雷丝，”迈尔斯说，“那你打算去哪儿？”

我摇摇头，“我刚在想别的事情。”

“那你肯定是在想什么好事。不管怎么说，我们先走吧。我答应了崔斯坦，等他回来我就陪他睡个午觉。”

“睡午觉，”我大笑起来，“那肯定能睡得很香。”

“这一切都结束之后肯定能睡个好觉。”迈尔斯说道。他把我们的笔记和值班表的复印件收了起来，领着我出了警卫办公室，嘴里还哼着小曲儿。

回到王宫，我和他在大使厢房门前分别了，随后便穿过走廊，来到政府大楼外，等着威廉和乔治驾雪橇来接我。我今晚就能见到阿维娅了，不知道她会不会穿那套红色的礼服出席呢。

第十二章 《夜幕，正降临》

我回到了汉斯莱府。在舞会开始前，我在这儿待的每一秒，都被伊迪丝掐着时间安排得满满当当：休息，做最后一步的美容护理，以及吃一顿精心烹制的饭菜（这桌饭菜挺丰盛的，但还没奢侈到吃山珍海味的地步）。我穿着雪白的礼服，上面点缀着闪闪发光的水晶珠子；脖子和耳朵上都戴着镶了银边的钻石和珍珠；肩上则披着一件长到脚踝的雪貂皮斗篷。她看着我身着这套服饰走下金色的橡木楼梯，完全按捺不住自己激动的心情。

她这次真是超水平发挥了。我全身上下每个细节都很完美：每走一步，闪闪发光的裙摆下就会露出一双银色的舞鞋。我的指甲也经过了一番修饰，指甲盖涂上了漆白色的指甲油，指甲尖的位置则用银色的指甲油仔细描了边，身上还喷了白兰花味的香水，走起路来都仿佛沐浴在一片清香中。脖子上围着的白色皮草软软的，很是舒服。威廉扶着我上了雪橇，我们便乘着星光，朝王宫飞驰而去。

到了王宫门口，我把安检标签塞进了我那双轻薄白手套的内衬隐形小袋里，随即踏上紫罗兰色的活动地毯，走向蒙特罗斯宫里最大的舞厅。这里的音乐越来越响，三拍子舞曲在召唤我。我和阿维娅，能把那些宾客挑逗性的眼神和臆测抛到脑后，一起跳舞吗？

走到舞厅入口，便已是一片热闹——旋转着的舞者在女王的台前嬉闹着，女王则在和埃尔辛·佩尔弗雷玩战略游戏，两人一心都想着赢下这场战斗。台下，地主们和百大家族的人站在一起，他们注视着这一大群身材魁梧、看起来有点古怪的半神国人。和我们这些尘世东道主朴实无华的装扮相比，这群半神国人的装束奢华无比，简直像珠宝般耀眼。

眼前的场景，让我想起了国王学院举办的舞会：所有的女孩都在舞厅的一侧徘徊，因此男孩们要想试着接近她们，就像是在挑战自我。舞池里唯一的半神国人是崔斯坦，他轻声嬉笑着，和迈尔斯学习着舞会舞蹈的基本步法。塞弗林王储也在给艾菲女大公教同样的内容。

这里没钟，我也没戴手表。艾兰国的舞会没什么时间观念，女王退场之后，乐手们才会停止演奏，以此告诉所有人可以自由离开了。这是我们舞会上唯一有用的措施。

不对，还有另一个，那就是在穿过人群的时候，我会悄悄地留意别人向我投来的眼神。人们经常会把好奇的目光集中到舞厅内某个人身上，有时脸上还会挂着期待的微笑，等不及地想看烟花。

所以消息已经传开了是吗？我拦下一名服务员，从她的托盘里拿了个广口浅底杯，里面装着气泡酒。我选了个位置站定了——这里能让看我的人更好地欣赏我，同时我又能看着哥哥和朋友跳舞。我喝起酒来，酒里的泡泡轻吻着我的鼻子。

背后的人群突然骚动起来。不到三秒，雷蒙德就出现在我面前了。他穿着素净的黑白晚礼服，朝我微笑——或者说，至少他有努力挤出点笑容。

“格雷丝，”他说，“赶紧选出新内阁有多重要，这一点，我还以为我们都清楚了呢。”

“我们搞清楚这个了吗？”我问，“我是觉得要等所有人都充分考虑过这些事情之后再做决定才对吧。”

雷蒙德冷笑了一声。他在笑我不自量力，竟敢和他这么一个影响力巨大的人物对抗，“这么拖延，你可真够蠢的。我还以为你想好好领导我们呢。”

我呷了一口美酒，“你给的名单也太荒谬了吧，雷。我知道你父亲没有好好教你怎么精明地作出政治决策，但我本来还以为你会比你选的那些人聪明点儿呢。”

“所以你以为你选的人就能帮你拉拢其他隐巫者了？你以为只要在女王耳边吹吹风就能动摇他们的地位了吗？”

他就没留意到在场的人对我们这边的争吵很感兴趣吗？我没回答他，而是含上了满满一口“凡尼尔寡妇的鹿谷”牌气泡酒，泡泡在口腔里停驻，嘴里满是浓郁的花香，细品便能尝到不同层次的口味，就像日落时分水面的倒影般变幻不定。

最后，我还是朝他笑了笑，回答道：“我可没这么想过，亲爱的。我考虑过你的名单，你的一些人选也在我的推荐之列——当然，那些没脑子的我可不会考虑。”

“我明白了，”雷蒙德假惺惺地、装作很失望地看了我一眼，“我想我们干脆直接发起不信任投票吧，下星期就举行选举。”

我差点笑出声，“有件事应该没人告诉你。你所有那些朋友，所有那些崇拜者，都没有一个人和你说起过这个吧。”

他瞪着我，“恐怕你喝得太多了。”

“雷蒙德，仔细听好了，这很重要，”我身子稍稍前倾，像是要给他说什么秘密似的，“我昨天把布莱克房地产公司的股份都提现了。”

他的脸色逐渐变得铁青。我给了他一点时间，让他回忆回忆，我和他订婚之后，我父亲在他的公司买了多少股份。过了一会儿，我又给了他几分钟，再让他回忆回忆，我可已经接过父亲的衣钵，成了他们公司的董事。

最后，我开口了：“我那天去得太晚了，没能联系上艾兰国皇家交易中心的过户代理人，但我自己的代理人等到初日交易中心开放的时候就会帮我去办手续。”

他舔了舔嘴唇，咽了口唾沫，“格雷丝。你不能这么做。”

“我不能这么做？那些股权证书都是我的，我有权决定它们是值得保留呢——还是不值得。”我把目光从他身上挪开，打量着所有注视着我们的人，他们离得太远，听不见我们说话。只见理查德·普尔对我咧嘴一笑，举起酒杯表示敬意。

雷蒙德·布莱克忘记了一个很重要的点，而这个点是普遍存在的：

每个人都喜欢看有权有势的人跌落神坛。即使是精英阶层，也对正义得到伸张或大仇得报所带来的戏剧效果毫无抵抗力。

蜡纸做的小卡片在空中飘舞，旋转着落下来。“我一如既往地欢迎你提建议，但最后我必须冷静、谨慎、明智地为政府指引方向。最终做决定的是我。你明白我的意思吗？”我说。

他的脸上满是仇恨。他点了点头，把下巴用力一抬。

我也点了点头，平静地喝了一口酒，“我明早会和我的经纪人谈谈。”

他张开嘴，嘴角扭曲，苦笑着，“趁你还来得及，好好享受吧，格雷丝爵士。”

一位服务员端着满满一托盘加了蜂蜜的云杉啤酒路过。我拿过一杯，把它递给了我的敌人，“拿着吧。你看起来想喝一杯。”

我走开了，心里却并没有幸灾乐祸。可不能显得粗野无礼。但当我从那个有利位置准备走向下一个时，我感觉自己有七尺高，扫视着人群，寻找着那个穿着深红色裙装的倩影——我努力说服自己，会看到她的。

一个穿着正式黑白西服的年轻人站在舞厅入口处。他迟到了。他把邀请函交给了接待人员，然后举起了他的——不对。我看见了那涂着口红的嘴唇，一头漆黑的短发丝滑柔亮，包在那人饱满的颧骨上。我凝视着这个人。

是阿维娅·杰赛普来了。她打着全套的白色领带，黑西服剪裁得当，很贴合她的身材，样子和《夜幕，正降临》那部电影中的多里安·索尔特差不多。她是个轰动一时的人物，美得惊人。我放下杯子，穿过舞厅，除了走近一点，什么也做不了。

她俯下身来，轻轻呼出的暖意在我的肌肤上游走。

“对不起，我迟到了。”

每个人都盯着我们看，但这都无关紧要。“不一起跳支舞的话，我会很遗憾的。”她说。

接着她眨了眨眼睛，领着我往舞池走去。人们纷纷转过头来，目光追随着我们的身影。

这会儿是舞曲的序章，想跳舞的人可以用这点时间进入或离开舞池。我们在舞池里找了个位置。阿维娅把手放在了我的腰上，仿佛一直是她在领着我跳舞。估计她可以像这样跳上个一百遍吧，可她这么勇敢地和一个女人面对面站着，引导着她的舞伴用交叉步跳双人舞，还转着一个个高难度的圈，竟然还能面不改色心不跳。

笛手从乐手席上站起来，指挥着舞曲的第一段变拍。阿维娅迈着轻盈的步子，手指轻轻地放在我的腰上，用信任和她眼中的光引导着我。我们跳得非常开心。音乐都进入下一段了，可我们连舞池的四分之一都没转完。阿维娅便一下把我转了出去，又踮起脚尖，让摇摇晃晃的我回到她的怀抱。

“你跳得很好啊。”她说。

我跳得好吗？“是你带得好。”

“那也得你肯让我带才能跳得这么好嘛。”

经过王座时，我们换成了旋转式的舞步。要是我这时分神去想自己在做什么，那转起来复杂的舞步肯定能把我绊个跟头。转到第四个圈，我们便停下来调整节奏，适应音乐慢下来的拍子。

我们旋转，她的头发也随着身体的转向绽开了；我们走舞步，她的头发又恢复到原状；音乐响起，她的头发服帖地贴在脸颊上，弯曲着。她把我捧在手里，放在眼里——我的眼里也只有她，陶醉在她灿烂的微笑里。

我应该和她对话，和她轻松愉快地聊天，可在她面前，我就像着了魔似的，错失了聊天的机会。我便选择了另外一种方式：评论她。“你看起来太棒了，就像从电影里走出来的人物。”

她微笑着喃喃低语，声音低得我不得不看着她的嘴唇以确保我没听错，“我借来的西装。这是尼克·埃利奥特的。”

我惊呆了，但还是努力让自己站稳了，“他是你的朋友吗？”

“我很高兴，你没有假装对他的死一无所知。”此时，乐手吹响了笛子。这旋律大家都熟悉得都能哼上几段，我们便跳起舞，每个舞步都没弄错。“到最后我还是没有理解他。我后悔了。多希望我能未卜先知啊。”她说。

神哪！我们会面时的所有情形都在我的脑海中激荡着。她问的所有问题，她摆在我面前的所有调查——她都在追随尼克的脚步，追寻他被杀害的原因。她并不是在寻找霜之月一号发生的事件之间的联系，因为她早就知道了。

她打破了我的沉默：“我多希望你和他们不一样。多希望你是清白的。我真傻，竟然还以为你和你父亲不是同一个模子出来的。”

“我不是。”

“真的吗？”她给我来了个开式推转，然后又用流畅的动作稳稳当当地接住了我，不愧是个经验丰富的领舞，“你为了制造以太能量，逼着巫师们做的那些事儿，我都知道。”

“尼克的手稿，”我说，“你拿到了。”

她的脸上一直挂着笑容，她的目光也从未离开过我，“尼克发现了这一切，还打算出版这些稿件。”

她问的所有问题都是有目的的。她想让我承认所做的一切。她早就想和我合作了，希望得到我的配合，但她想要的不可能实现。“阿维娅。你不能这么做。求你了，如果你把这事曝光出去——”

“我想应该不用你告诉，什么能做，什么不能做，我的女士，”她的舞步每一步都走得很准，根本不会让我绊倒，“巫师在精神疗养院里干的事情，你是什么时候知道的？”

“电灯开始没法用的那天。”

“为什么电灯会没法用？”她问道，“我想听你说。”

“因为我——”我话还没说完，就又该转圈了。她温柔地握着我的一只手。我伸出另一只手在空中画出了一道弧线，把自己拉回她的怀抱。“我们摧毁了那个东西。我，迈尔斯和崔斯坦。然后半神国人来了，救了迈尔斯的命。”

这让她大吃一惊，脸上的微笑也挂不住了，“是你打破的？不是半神国人？为什么？”

“你知道那是什么，”我低声说，“我们怎么能允许它存在呢？如果是你，你会怎么做？”

她没吭声。是在想什么吗？她必须理解。必须！

“我发誓，阿维娅。我一开始真的不知道。可我知道那是什么之后，我决不能允许它存在。我不能。”

她的嘴角往后缩，脸绷得紧紧的。她在和我的决定作斗争。

“但你在试图掩盖发生过的事实。巫师们仍未重获自由，还有死者的灵魂却都跑出来了。明天的《午后要闻》一发行，你为掩盖真相所作出的努力就通通白费了。”

音乐的节奏又加快了，这最后的部分快得令人窒息。阿维娅带着我用盘旋步转了几个圈。音乐来到最后的和弦时，我们停了下来。她一只手放在胸口，朝我鞠了一躬，然后抬起头，两颊涨得通红。

“谢谢你和我跳舞，总理。”

她把我领到舞池镶木地板的边缘后就离开了，只留我一个人站在那里。

阿维娅明明彬彬有礼地把我从舞池里领了出来，可我还是感觉她仿佛给了我一记耳光，然后昂首阔步地走开了。我可真傻，还以为自己能瞒过她。昨天我也有烦心事，但那还是值得的。但现在我却被抛下了，独自一人站在人群里，颤抖着。我不能再在这里站太久。肯定会有人跑来跟我说一些琐事，或者邀请我跳舞，那我就得微笑着和他们聊天，啊不，不行，我做不到。

我从阳台门离开了舞厅，走下水泥楼梯，去了玻璃屋。玻璃屋在月光下发出柔和的光。门没锁，我一碰就滑到了一边。里面有群施法者，在刺骨的严寒中研磨着什么，屋内便充满了温暖的空气，闻起来很是清新——那是肥沃的土地、生机勃勃的绿植和干净的流水的味道。我关上了门，让这潮湿的暖意渗透到我的身体里。这和舞厅里闷人的、散发着宾客体味的热气完全不同。

远处响起了一阵管弦乐。又是另一段舞蹈的序章。我拐进一条蜿蜒小径，走上台阶，轻轻抚摸路边植物的巨大而光滑叶子。这些植物远渡艾尔斯海洋，来到这片小地方上生长。这里也本应夏日炎炎，此时却冰天雪地，像是过了个假的夏天。

现在的我形单影只，没有好奇的目光跟着我。我可以咬着嘴唇——也确实这么做了——然后感受唇上温暖，感受它的隐隐作痛。我可以低下头，双臂抱着腰。我也可以打个冷战，对阿维娅临走时说的话感到毛骨悚然。明天下午，一切都会水落石出了。艾兰国的末日即将来临：人们会在愤怒中暴起，颠覆秩序，这样半神国人就能等着看我们的下一步动作，看我们如何证明自己值得他们的怜悯。

要是暴民血溅街头，半神国人还会对我们仁慈吗？他们会宽恕那群满脑子暴力和只想着毁灭的生物吗？我怀疑他们做得出这种事。接着，百大家族覆灭后，无情的风暴就会杀死所有幸存的人。如果阿维娅揭露了真相，那艾兰国可能连今年都挺不过了。

我不能让阿维娅刊登那篇报道。但我能怎么阻止她呢？她穿着的那套西服，属于她的同事兼密友。她很清楚，尼克是因为知道了些秘密才被谋杀的。只要她轻轻一碰，艾兰国这座“纸牌塔”就会轰然倒塌。自从知道我试图掩盖发生过的事实，她就对我很生气了。我想象着她誓要报复的样子——她打好那条白色丝绸领带，向自己的内心承诺：正义终会降临金斯顿。

确实，正义也应该降临金斯顿。这是应该的。她揭露的所有秘密，那些我拼了命想守住的秘密——反倒保护着那些应该担责的人，让他们不用承担任何后果。噢，你说首席法师被关在监狱里了，可那也是为了救康斯坦丁娜的命。父亲可能会被处以绞刑，但他获刑的这个罪名比起他对艾兰国做的事情而言，只是九牛一毛罢了。

我心里精于算计、自私的那个自己盯上了那些首席法师。他们已经被关起来了，其中大多数人都是我父亲那一代的。他们中的许多人是同谋。他们完全能够承担责罚——他们应该承担责罚。如果阿维娅能把他们的名字说出来，也许就能转移人们的怒火，不至于烧到我们这些在海湾努力抵御风暴的人身上。

我得想办法说服她接受我的策略，然后仔细、温和地引导人们接受这个毁灭性的消息。我可以把她带到这里来感受感受夏天的气息，然后——

“你碍着我了。”

我吓了一跳，从思绪里跳出来。阿尔迪斯从香蕉树的树荫底下冒了出来，大步走进我驻足的那片月光中。

我挺直身子，稍稍扬起下巴，脸上带点不屑，“请原谅。我不知道你也在这儿。”

月光下的影子也透出他的冷笑，“我本来是一个人在这儿的，然后你就跑过来了。”

啊，这人可真粗鲁，还敌意满满。“对不起，打扰你了。你不介意的话，我要去别的地方一个人静静了。”我说。

我本来想撤了，可他的嘲笑打断了我。“这就是你想象中的兰尼尔国吗？”他问道，“除了绿油油的植物和潺潺溪流之外，难道就没有其他值得尊敬的东西了吗？”

“不，”我说，“瓦兰港是一个充满活力的国际大都市，一直都很欢迎贸易来往和友好交流，马加尔人推翻了合法政权后，就终止了和我们几十年的贸易。”

他冷笑道：“这就是他们讲给你听的故事吗？一个暴君夺取了王位，所以你必须从她手中夺回兰尼尔？”

“你敢说那里没有发生政变吗？”

“为了掠夺眼前一切有价值的东西而屠杀数百万人，甚至是为了点亮好看的灯而消耗一个国家的灵魂，我认为这样的借口并不合理。”

我咽了口唾沫，“我也这么觉得啊。开战完全就是错误的。看来这件事上我们还是意见一致啊。”

阿尔迪斯抬起头，“你就是这么告诉我你很无辜是吗？”

“我当时很无知，”我说，“算不上无辜。但你应该知道，我得知真相之后做了什么吧。”

“我只知道，你从来都没有为那些在叹息之塔里受苦的政治犯发过声。”

“兰尼尔人可把我哥折腾得够呛，”我的拳头一紧，把指关节都捏得生疼，“他们绑架了他。他们把他关在最折磨人的集中营里。他们做的事情真的坏透了，我哥到现在都还没有告诉我他到底经历了什么。你还想让我打开那些牢房，给他的敌人倒杯茶？”

“你忘了给他们道歉。”

“我永远不会给那些来这里滥杀无辜的人道歉，”我一扬手，像是把这个提议抛开了，“对于那些为了贪婪、权力和统治而不得不互相争斗的人，我感到很遗憾。他们没有受到应有的惩罚，我也想对他们说声遗憾。嗯，如果你不介意的话——”

“我介意，”高大的阿尔迪斯冲到我面前，满脸通红，“你从金斯格雷夫监狱带走了一位重要的外交官。你对她做了什么？”

太该死了！我回答不了他。我们对赛维蒂的死只字未提，也没有公布任何消息，而现在这个拥护兰尼尔的半神国人问我的问题，是完全正当的。“我没必要把我们和兰尼尔谈判的一切内容都告诉你。”

“他们是外交官。”

“他们是罪犯。”话音刚落，我就想倒流时光，把这句话收回去。我也朝阿尔迪斯探过身去，指着他说道：“我们具体怎么和犯人谈话都不关你的事。”

阿尔迪斯抓住我的手腕，捏得紧紧的，把我手腕所有活动的小骨头都挤在一起，“兰尼尔国的福祉都与我有关，我说是就是。我不想再问你了。赛维蒂·安·瓦沃特怎么样了？”

阿尔迪斯有一双黑眼睛，眼神很是锐利。他身材很魁梧，比崔斯坦还要高；身上光芒四射，超凡脱俗。我动动舌头，思索着答案，准备把他想知道的事情、他想知道的一切，甚至他没有要求我说的东西，都告诉他。阿尔迪斯盯着我看了一会儿，便知道了真相。因为我从他的眼神里看到了真相。

他的眼睛大得不像人。他的脸，神秘、精致，又迷人。他在我身上缠了一张魔咒网。我的脑海里突然响起了一个小小的声音，尖叫着，抗议着。

我抓住了那只魔咒网的边缘，把它撕成了碎片，身体止不住地颤抖着。

“放开我。”

我浑身发烫。我被灼伤了，头发丝都直立起来——那股热量穿过我，升到天上炸开了，发出了锯齿状的蓝白光。

一声震耳欲聋的爆裂声划破了天空。那是雷声。阿尔迪斯畏缩了一下，放开了手。我退了回去，闭上眼睛，和他的法术对抗。

“别再碰我，”我举起手，手里电光闪闪，充盈着那种反磁场的麻木感，“以后都别碰我。”

一阵声响穿透了房间里的薄雾。玻璃屋的门“吱”地一声滑开了。我收了法术，转过身来。只见塞弗林王子冲到我面前，把手放在我戴着长手套的胳膊上，“你没事吧？”

我微笑着，从他手里挣脱出来，“谢谢。我只是有点儿心神不安。也许我该进去看看迈尔斯怎么样了——”

我面带笑容，绕过了塞弗林。无论人们看我的时候是面带好奇还是神色诧异，抑或是因为知道闪电到底是从何而来而皱起眉头，我都会对他们报以微笑。但是王子还是追上了我。他把手掌放在我的肩胛骨之间，温暖我的脊背。

“我一直都在找你。忘掉这一切，来和我跳支舞吧。”

他想成为我的护盾。他想让我待在显眼的地方，这样他就能挺身而出保护我了。旁观者也就会知道，我和未来的艾兰国国王是朋友，从而改变自己先前对我的设想。

这手段挺妙。他领着我，来到舞池的镶木地板上，做好准备——我一只手放在他的肩膀上，另一只则握住了他的手——我也不知道这会儿能干什么，就看着他那双明亮的黑眼睛，然后和他一样，愉快地微笑着。小提琴响起，舞蹈也就开始了。我们跳起舞来，脚踩上了节拍。

开场舞只有三分钟，对我而言却是一种慰藉。塞弗林保持着准备舞蹈的姿势，和我站在一起，等着开场曲结束。

“下午早些时候，我让警卫搜查了兰尼尔人的牢房，”塞弗林高兴地说，“他们在兰尼尔的首席祭司尼卡尼斯的牢房里发现了一批星辰手镯，其中有一个不见了。我想我们已经找到凶手了。”

第十四章 战略性尝试

我思索着该说点什么，才能既不让人怀疑又不显得丧气。就在这时，音乐响了起来。塞弗林王子也领着我开始跳舞。他的肩章穗带搔着我的指尖，穿着的哔叽制服原料来自于北方长毛山羊的下层绒毛，还是由人工梳下来织成的。塞弗林仿佛成了我的舞蹈老师，给我的动作提要求——背要挺直，但不能僵硬，肩膀松弛一些，脖子也放松，保持头的平衡，然后脚步开始滑行。

定音鼓咚咚地响了两次。我们跳了一个小节，音乐的节奏也随着进度变换了——鼓声和铜管乐的节奏都加快了，追赶着管弦乐的部分。他跳着前进步，我则跳着后退步。他笑眯眯地看着我，眼角的细纹也因喜悦而变深了，“这是个好消息，不是吗?”

他肯定会像克拉伦斯·霍克斯在《午夜前的十分钟》中扮演的角色那样，投入到调查中去。霍克斯演的男主是个侦探，他向菲瑞纳·戴维斯饰演的漂亮女主达琳·查尔斯沃斯伸出了援手——达琳被控谋杀了自己的祖母，从而赶快把遗产搞到手，可侦探相信她是无辜的。这个侦探便跟进查案到审判的每一步，误导侦办人员和法官，最后帮助达琳逃脱了牢狱之灾。莫非迈尔斯没说错？

“格雷丝？”

“不好意思，”我尴尬得脸颊通红，微微发烫，接着又耸耸肩，对自己心不在焉的状态冲他抱歉地笑了笑，“事情有点眉目了。我在考虑凶手可能的作案动机。”

“你这个工作狂怎么老想着工作啊，”塞弗林说，“你可真是不知疲倦。那你有什么想法吗？”

“想法没有，问题一大堆。”我说。他为什么要这样做？“我在想动机是什么，但我这样纯属胡思乱想，浪费时间。有把那人分开来关吗？”

“有。他和他们代表团其他人没有接触了。”

至少他这一点还是做对了的。“非常好。我和迈尔斯明早去找他聊聊。”

“所以我们可以先把这项工作放在一边嘛。”塞弗林没有看着自己脚下的路，而是把所有的注意力都集中在我身上。他带着我跳了一会儿旋转步，接着把舞步换成了比较简单的行进步，但他从来没有把我松开，我自己连一个圈都没转上。看我们跳舞的人，肯定都对他这种强烈的占有欲惊讶不已，而我的这个“事迹”，也肯定要在那些西角公园豪宅里的权贵间家喻户晓了。

这一整晚下来，原本尽在掌控的一切，仿佛都失控了。阿维娅和艾菲女大公坐在一起，脑袋也凑在一起，密切交谈。雷一直盯着我看。他眼里的仇恨像烈火般熊熊燃烧，都能把他饮料里的冰给化了。阿尔迪斯则不见踪影，这既让我担忧，又给了我一丝宽慰。

“工作永远都停不下来，”我说，“就算是在我们穿着最漂亮的衣服跳舞的时候。谢谢你把我从阿尔迪斯身边救出来。”

“他做了什么事让你这么大动肝火啊？”

“他要我把赛维蒂·安·瓦沃特的下落告诉他，”我说，“我不肯，他就不再掩饰自己了，露出了真面目，想用魔法逼我说。”

“他想干什么。”塞弗林的眼神，让我想起了猎鹰那种专注而无情的凝视。

我的嘴唇有点干，但我还是努力抑制住想舔嘴唇的冲动，“我发脾气了。可真够丢脸的。”

“人之常情罢了，”塞弗林王子说，“我知道，你必须把自己裹在穿不透的完美盔甲里，但你想象一下，如果他对一个没你那么坚强的人干这种事，会怎么样？你可以想象一下如果他对我这么做会怎么样吧。我要跟艾菲女大公谈谈这件事。”

如果阿尔迪斯用魔法去对付塞弗林王子——这确实不堪设想。“谢谢你，”我说，“但我们肯定要给她汇报赛维蒂的死讯。这个我们瞒得了一时，瞒不了一世啊。”

“不必，”塞弗林说，“我们可以说，我们还在与她谈判，她的死亡是非自然原因，也已经拘捕了一名嫌疑人。这件案子已经尽在掌控。只是因为时间不合适，我们才决定推迟公布。”

我没有在意那些转过来看我们的好奇面孔，只是对他们和缓地笑了笑，希望这足以让他们在听到那些无可避免的流言蜚语时找到疑点。塞弗林太专注于我们的话题了，根本没意识到他的行为有多有趣。“嗯，这应该能让大多数人满意。”

“我可不知道你那个朋友会不会满意呢。邀请她来这里，也太草率了吧。”

“艾菲想跟一个普通的艾兰国人说话。”我说。

“阿维娅·杰赛普根本不是什么普通人。”

“确实也是，”我说，“但她是我们最好的帮手了。”

“她就是个丑闻，”塞弗林说。“她那套衣服，搞得像在演荒诞电影似的。”

王子非常喜欢听交响乐，看歌剧、戏剧和舞蹈表演，但他从未接受过电影首映式的邀请。“是我没通知到位，她也不知道要去安排舞会礼服而已啦。”

他耸耸肩，说的话还是带点刻薄，“不过至少她父亲还是给她请了礼仪教练。她倒也没做什么坏事，但我觉得，没经过母亲同意就请她来，你也免不了要受罚。”

“那肯定。我也猜到她肯定会不高兴。”等报纸把我们辛辛苦苦保守的那些秘密全给曝光的时候，康斯坦丁娜女王绝对会大发雷霆，甚至可能愤怒到要以煽动罪起诉阿维娅。

我的胃慢慢地翻滚了一下。全民起义之前，阿维娅就会被绞死，而我也无法扭转这一切。我只能劝她不要这么做。如果她坚持要把那篇报道发出来，一切都会土崩瓦解。

“你看起来很担心，”塞弗林说，“你愿意的话，我可以陪你一起去。我会时不时插一两句话，强调一下如果拒绝神眷者的要求是多么不明智的做法，再强调你的慷慨意图。”

“谢谢你。”

音乐来到了最后一节。我们继续保持着舞蹈姿势，跳着旋转步。音乐结束了。他朝我微笑着，手仍然放在我的腰上。

“谢谢你和我跳舞。”他向后退了几步，把手放在心口上，在整个舞厅的人面前向我鞠了一躬——他风度翩翩，举止优雅，仪态也很完美。一般来说，王室成员几乎不会向地位低于他们的人用这样的姿态表示敬意——哪怕是地位只比他们稍低的皇家骑士。这也就意味着，如果我受到了侮辱，对他来说也会是一种侮辱——一种他会予以回应的侮辱。

我真希望那复杂精细的拼花地板能在我脚下裂开，把我吞进去。可最后，我还是低着头，对他行了个屈膝礼，膝盖都快碰到地面了，以对他这个王位继承人显示出十足的敬意。我给他回应，完全是出于礼貌，并不是对他有什么特殊感情，也只是向他表示尊敬，而不是朋友那种亲昵。

让那些爱嚼舌根的家伙说去吧。我让塞弗林送我走出了舞池。正巧，一群半神国人跑了进去，八个人站成一个方框状，拍起手，跳起了一支速度飞快的舞蹈。阿维娅也在他们的队伍之中。看到这情况，乐手们面面相觑。突然，一位小提琴手站了起来，奏起了一支活力四射的舞曲。熟悉这支舞曲的乐手们也加入了进来。

在正式的舞会上跳八人方框舞或排舞并不是一件容易的事。我本能地转过头去看女王。她也正目不转睛地看着我。我和她对视的那一刻，她举手示意我过去。我便把手从塞维林的胳膊上抽了出来，“看来女王的赌桌上没有人陪她玩。她叫我过去呢。”

“那你肯定是要去的，我也肯定要和雷蒙德·布莱克谈谈，”塞弗林说，“有时间的话，我就过去找你们。”

我转身走向女王的台子。康斯坦丁娜女王就在那里等着我，嘴唇抿得紧紧的。

这里并没有棋盘游戏等着我。我走近王位，康斯坦丁娜脸上却没有一丝笑容。我向她行屈膝礼，裙缝绷得很紧，我等着她开口。

“格雷丝爵士，我想知道，你会在行动前先考虑好呢，还是随兴而动呢。你今晚的行为，你打算怎么解释？”

“陛下，”我先打了个招呼，想给自己留点时间好好想想该怎么讲下去，“我要为自己造成的破坏表示最诚挚的歉意。阿尔迪斯爵士限制了我意志的自由。请原谅我的爆发。我只是太想保持我的耿耿忠心。”

女王探身向前，“忠心。”

噢，又说错话了！“是对您的忠心，女王陛下。是对艾兰国的忠心，也是对我们默默付出的一切的忠心。”

她又靠回王座上，“起来吧。”

我稳稳地站直了身子，“对不起，陛下。”

“知道了，”她用一根手指敲了敲王座的扶手，把手放在了扶手上的狮身鹰首兽雕塑上，“你对我儿子有什么看法吗？”

那一刹那，我的心仿佛都停止了跳动，“您是说塞弗林王储吗，殿下？”

她用嘲讽的语气说道：“姑娘，我就只有一个儿子。你觉得他怎么样？”

“我觉得他很有良心，很正直，也是个清醒的思考者，很受欢迎——”

“你觉得他忠诚吗?”

身后，半神国人正跺着脚大声叫着。我利用这会儿的噪声，逮住机会瞥了一眼后面跳舞的人，给自己赚了一秒思考时间，“我认为他非常爱艾兰国，也很喜欢这里的生活方式，陛下。”

“嗯，”康斯坦丁娜女王一脸不悦，“他在你面前才是这么表现的。”

我脸上看着很冷静，没表现出太多表情，而心里某个部分却在尖叫。她知道。她知道塞弗林打算做什么，她知道我对他发过誓，她要让我们俩都付出代价。

她拿起一杯甜酒呷了一口，但这酒也没能让她的表情甜美一点。“他想跟这些半神国人讨价还价。不管他们想要什么，他都会点头，然后带着最荒唐的建议来找我。要是你知道他们想从我们这里得到的是什么，你肯定也会摇头的。”

我什么也没说。她并不需要我。

“我想你让他明白道理。你很擅长妥协。你已经控制了下议院，也在选择内阁成员的时候很有远见，会思考之后需要处理什么样的事情。你要让他明白，我们不能因为被半神国人威胁，就把保险柜的钥匙交出去，把国库倒空。”

所以她是在试着拒绝半神国人的要求，把责任推到她儿子身上，还想让我去给她拒绝。而我的计划，相当于是用沾红了的手指直指她。毕竟首席法师怎么可能不知道国王的所作所为呢？但是塞弗林——塞弗林那时候可能还是个小孩，甚至可能还没出生。太天真，太理想主义了。

这个揭露真相的游戏，我必须好好玩。不然她就会把我从总理的位置上踢下去了。而且如果我没有权力去推动我的变革、使之成为法律的话，我也帮不了任何人。“陛下——”

舞池那边的音乐结束了，掌声雷动。女王往左边看了看，点了点头。站在台子那一头的卫兵大步走向舞池。

舞厅里充斥着人们跳完舞后的喘气声，与之形成对比的还有一阵窃窃私语声。

艾菲突然高声说道：“杰赛普小姐是我的舞伴，请你立刻放了她，谢谢。”

我朝那边扭了扭身子，但还是看不见，“陛下，杰赛普小姐是我的客人。是我邀请她来的。”

“你着魔了吗？怎么能邀请一个记者来参加皇家舞会呢？更不用说这还是个爱眯着眼看八卦的家伙？”

“她是我的朋友。”我说。阿维娅走过来，映入了我的眼帘，我却缩了缩身子。她的胳膊被两个穿着红色制服的警卫抓着。“她现在就得走吗？”

“整个晚上她都让人尴尬，简直是个丑闻，”女王说，“她的滑稽行为我真是受够了。”

“但我必须——陛下，请原谅，我真诚地道歉，但我必须——”

女王像尊雕像一样，一言不发。

“我只能告辞了。”我喘着气说。

我转身冲过舞池，追着阿维娅和抓走她的警卫们，发出了几声怒吼。我和女王他们结束谈话之前，警卫已经带着她走到大厅的一半了。

“我会安静地走的，”我噼噼啪啪地跑下楼梯时，阿维娅说道，“你不用这样像丢布袋一样把我丢出去的——格雷丝。”

“你们两个，停下，”我对警卫说，“放手。我送杰赛普小姐离开。你们可以走了。”

警卫们面面相觑，但还是松开了阿维娅的胳膊。她小心翼翼地用手指压着上臂，退避了一步，“这里瘀了。”

“我会让他们写检讨，放进他们档案里的。”

“不用麻烦了，”阿维娅说道，她的语气很疲倦，“你想干什么，总理大人？”

“我得和你谈谈。”我浑身发着抖，说道。

她摇了摇头，漆黑的头发都整齐地垂了下来，“你有什么新闻是我以前没听过的吗？”

我环视四周。就算我小声说，在这驻扎的仪仗卫兵也可能会听到的。“我们不在这里讲。”

我们从负责看管行李的服务员那里取回了自己的东西。我让服务员把我的雪鼬斗篷披在肩上，阿维娅打量了一番这斗篷。我不禁打了个哆嗦。她可能在想，它的价钱如果换作一个家庭的生活费——如果牛奶一直保持每夸脱十美分的价格，那能撑多久啊？我摇了摇头，抛开了这种想法，领着她走出了王宫，走下台阶。一名侍从从我们后面，跑向队伍中间的橙色雪橇，准备给我们开门。

一扇高大的铁门后，抗议者们挤在火炉周围。橙色的火光闪烁着，在他们举着的牌子上跳动，有的牌子太暗了，看不清；而其他牌子上只写了一个词：“耻辱”“耻辱”“耻辱”。

他们应该得到更好的。他们应该待在安全又温暖的家里，舒舒服服地躺在床上，好好休息一晚，第二天再去努力工作，赚一笔合理的工资，而不是在这里大喊大叫，引起我们的注意。

他们应该拥有这样的生活。我们也应该努力工作，帮助他们。

阿维娅穿上一件毡毛大衣，扣好了扣子，“怎么了，总理？”

总理。这个称呼仿佛一把硬邦邦、冷冰冰的大锤，向我的腹部直直抡去。

“请允许我送你回家吧。”

“请允许我来邀请你，把你想说的话告诉我吧。”

我的胃翻滚着。成败在此一刻。在我竭力想说话的时候，阿维娅正眯着眼睛看我。我只能说服她，让她放弃那篇报道。这也意味着我必须给她一个理由。我不得不告诉她真相。

我的肩膀放松了。心里也暖意盈盈，如释重负。我能做的只有一件事，所以我必须做好它。

“你是对的。我早就应该把真相告诉你的。准备开始了。”我说。

但这并不容易。我讲得口干舌燥；窗外的风转了个方向，打在我的脸上，我只好眯起眼睛。我不得不挣扎着说出来。我没有左顾右盼，而是看着她的脸，说出了一长串事实中的第一个：

“我父亲杀了尼克·埃利奥特。如果你不够谨慎，他也会杀了你。”

第十五章 斯巴尔克夫人牌清洁剂

雪橇停了。阿维娅瞪着我，一言不发。威廉打开了后座的半开门，她下了雪橇，站在原地，依然看着我。最后，她的眼睛深处闪过了一个决定。

“把剩下的都告诉我吧。”

她让威廉扶着她上了雪橇。我在心里感激地叹了口气。我跟在她后面挤了进去，回到了雪橇上。我们把脚搁在暖脚器上，用手包着放在腿上的钢制热水瓶。威廉和乔治坐在前排，我则紧靠着阿维娅，低声说道：

“父亲发现了尼克的计划。为了掩盖以太能量和精神疗养院的真相，父亲杀了他。不过还有一件事你也得知道。”

“我想应该不止一件事吧。”

我叹了口气，用手捋了捋头发，头发马上就披散下来，遮住了我的眼睛，“你还有上百件事情要了解呢，但先别着急，等我把所有的事情都告诉你之后，你再说你的故事。”

阿维娅打量着我，“那你打算什么时候开始讲呢，格雷丝爵士？”

我深吸了一口气，这空气冷得，差点连喉咙都给我冻上了。“现在就说，”我说道，“我是个巫师。我们都是巫师——这里我指的是皇家骑士。”

听到这个消息，她看起来一点儿都不惊讶。我继续说道，“艾兰国是依赖于我们的魔法存在的。你还记得那场风暴吗？”

“当然。”

“我们用尽一切力量，用魔法去控制那风暴。至于结果，你们之后会看到的——猛烈的暴风雪会汹汹来袭，威力强大到能掀翻屋顶；一天之内下的雪，堆起来有一人高；到了春天，洪水会让第一次播种根本没法开展；还有饥荒、干旱，夏季末的飓风等等。”

阿维娅抬头看着我，眼中流露出对我的理解，“所以这就是你请我成为你的同谋的高尚原因是吗。之所以说是高尚，是因为你用魔法保护了大家。”

“不，”我说，“如果你把这些秘密全都报道出去，康斯坦丁娜女王肯定会以煽动叛乱罪逮捕你。发表这种煽动性言论属于叛国，对叛徒可是要处以绞刑的。”

“我非常关心艾兰国人的命运，就算让我做烈士我也在所不惜。你这是在怀疑我的这份初心喽？”

她这话听起来，像是在侮辱我。我抓着盖在我们腿上的雪橇毯，朝她靠得更近了，“你忘了你给我的承诺了？你说你会听我倾诉，这样我就不用独自背负这些秘密了？这是你的真心话，还是用来骗我的呢？”

阿维娅迅速垂下了眼睛，盯着自己的腿，“我是这么说过。我是想婉言劝说你，在报道你的故事的时候给我提供点帮助——”

“这就对了。我接受你的建议。我会告诉你我的故事。我会告诉你你想知道的一切，我也会让你把这些事情昭告天下。但我们要慢慢来。”

“这得多少年啊？”阿维娅问道。

“一年吧，”我说，“整个真相三言两语可说不完啊。”

她感兴趣了，“那你打算从什么开始说起呢？”

“三个点：从艾兰国电力与照明公司背后的真相说起，”我说，“从我们写了一部法律来监禁那些巫师、欺上瞒下说起。从‘所有的皇家骑士都是巫师’这个事实，以及他们为了保证艾兰国的安全所做的事说起。我们需要人民明白，我们必须活下去。我们活着，他们才有活下去的希望。报道完这几点之后，我们再把剩下的内容告诉大家。”

阿维娅转了转头，她的颈部“啪”地响了一声，响亮得甚至盖过了雪橇驶过坚硬的雪地时发出的嘶嘶声，“这是不是意味着，你想把那些巫师放了？”

“如果没有巨大的压力，女王是不会这么做的。即使是半神国人说，只有我们放了巫师，才会对我们仁慈，也根本动摇不了她的决心。”

阿维娅点了点头，“艾菲告诉我，塞弗林王子很有责任心——如果掌权的是塞弗林，那她做决定就容易得多了。”

我倒吸了一口气，冷得连牙齿都生疼，“她的秘书也是这么说的。他们没说错。如果塞弗林有权同意他们的要求，事情就好办多了。”

阿维娅歪着头，“我们是在讨论一些重要的事情吧？”

“是的，”我表示同意，“我会继续讨论这个问题。”

“那假如——”

我摇了摇头，“不要假设。”

“好吧，”阿维娅叹了口气，“但是我希望你能遵守诺言。你今晚就得开始给我讲。”

“在哪儿讲？”

阿维娅的目光看向了别处，“我想给你看些东西。它们在我的公寓里。”

“什么东西？”

“我的文件夹，我做的调查。还有那些手稿。”她耸起肩膀，飞快地瞥了我一眼，“我想你得来我家一趟了。”

我点点头，“很高兴能到你家做客。”

“这可不是你住习惯的豪宅。这是一个公寓哎，你进过公寓吗？”

“没有。”我说道。

“我会带你参观参观的，”她噗嗤一下笑了，虽然这话题根本不引人发笑，“也用不了多久。”

阿维娅住的这栋楼，挤在一排用红砖砌成的建筑中间，砖墙被煤烟熏黑了，上面原有的白漆也剥落了。楼里的房间都很昏暗，却都开着窗，让冬日的寒冷气息都跑进去了。楼房外面挂着一条黑色的铁楼梯，上面结了霜，走起来很危险。

我看着这一切，阿维娅则看着我。我任由雪橇毯从腿上滑下来，抓住了她的手，捏了一下，“你准备好了吗？”

“你看见这楼，还要装作不难受吗？”

我把脖子上的毛领往上提了提，“你的房东真得挨顿骂。”

“我的房东是布莱克房地产公司。”

我紧紧抿着嘴唇。我几乎要清算阿维娅的房子了，因为雷蒙德已经被债务淹没了。“那雷蒙德就应该挨骂。我们也该制定一部法律来规范规范房地产市场了。”

“你能制定法律哎，多幸运啊。”

“对吧。我们进去吧，我想看看你的工作成果。”

她住在五楼。这里每层楼都充盈着饭菜的香味——我认出了煮白菜的味道。迈尔斯在寄宿公寓住过一段时间，我去看他的时候就吃过。三楼有股大麻燃烧的臭味，但里面又略带一点甜蜜的味道，估计是鸦片。阿维娅拐进一条昏暗的走廊，地板踩上去吱吱作响，仿佛把它踩疼了似的；带有绿色印花的壁纸也已经破破烂烂的了。她把钥匙插进了生了锈的黄铜门板上。

阿维娅吸了一口气，“情况不对。”

“什么情况不对？”我问道。

“门没锁。我明明锁了的，每次进出我都会锁门的。”她推着门杆，开了门，又伸出左手，扭开了煤气灯的开关，照亮了挂着照片的走廊。

我斗篷的下摆蹭过了一排放得整整齐齐的鞋子，鞋头是顶着刷了绿漆的踢脚板放的。我把皮草从肩上脱下来，扭过身子，想把它挂在墙里那个裸露的钩子上。她的外套一件接一件的，就在鞋子的上方挂着。一个高高的架子上放了个帽子盒，上面沾了点水渍。大厅中间的两扇门是关着的，阿维娅开了门，走到里面的房间里。

我跟着她走了进去。这里的空间比我的卧室小一点，一个角落里挤着放了张窄窄的铁床，旁边的书桌上挤着两台又高又重的打字机，排成一排的衣柜也挤占着这书桌的空间。房间的中间有块破地毯，上面放了一张伤痕累累的木桌，还有一把不配套的椅子。

阿维娅给我拉过来一把木椅子。我坐下了，却只见她慢慢地转了一圈，皱着眉头，打量着自己的领地。

"情况不太对啊。"

"没搞懂你在说什么。"

她举起手，我便安静了下来。她把衣柜统统打开了，从放短裙和连衣裙的柜子里拿出了一个缎面盒子。她把盒子放在桌上，打开了它。

盒子上里的金镶红玉珠宝在煤气灯的照耀下闪闪发光。这珠宝太精致了，精美的金银丝细工，玉石切割得也很完美，颜色从浅金棕色到深赭色，看来这珠宝色调搭配也是经过细致设计的。阿维娅每块珠宝都摸了摸，眉头却皱得更紧了。

"全部都在啊。"她合上盒子，把盒子放回了原处，然后转过身走到一个档案柜前，拿起大小和复杂程度各异的相机查看着，"全都没事啊。"

"你在干什么？"

“我去参加舞会的时候，有人进来了，”阿维娅说，“可我的珠宝都还在那儿，我的相机也都完好无损。它们是我最值钱的东西了。”

“你确定有人在这里吗？”我问道，“连贵重物品都不拿，他们还想要什么？”

“我锁了门的。我记得我锁了。”她拿出钥匙，却停了下来，看着一个文件柜，紧张地耸起了肩膀。她伸出手，拉开了抽屉。抽屉的摩擦声让她颤抖起来，“那个我也锁了的。”

可现在抽屉直接就拉开了。我打了个寒战，等着她整理文件。她关上了抽屉，“这抽屉空了。真该死。”

“丢了什么？”

“所有东西。我的调查。还有尼克的手稿，”她说道，一边又砰地关上了一个抽屉，拉开了另一个。她俯在一个抽屉上，里面漏出了一股鼓式印刷油墨的气味，还有相机底片的胶片味。“我的文件夹也不见了。”

“文件夹里面有什么？”

“我要给你看的研究，”阿维娅说，“这下全没了。”她的臀部撞了一下刚才拉开了的抽屉，又打开书桌的抽屉翻找起来，“我的案例笔记本也不见了。我的便条本——全都不见了。”

“这说明了什么？”我问道。

“有人进来了，把所有东西都偷走了。他们拿走了我全部调查资料，我文件夹里的每张照片……我的费用报告，我的银行季度报表等等，全部东西。包括我明天早上要交的文章文件——不过我想这对你来说应该是个好消息吧。”

我默不作声。她掀开了打字机的盖子，却整个人都僵住了。她颤抖着，倒吸了一口凉气。我从椅子上站起来，走到她身边，低头看着打字机键盘底下弯曲的银色支撑臂。打字机上那跟闪亮的小柱子上本应放着线轴，此刻却涂满了墨水。

“他们连你打字机的色带都拿走了？”

她放下盖子，身体晃了晃，“就像尼克那样。那些人杀了他之后，把他所有东西都带走了——每张纸片，所有笔记本，打字机上的色带，都没留下。”

我把她拉到一边，“我们得报警。”

阿维娅大笑起来，“说得像警察会帮我做些啥似的。”

“我倒是觉得，艾兰国的总理可以给他们点温馨提示，让他们记住自己的职责。你说呢？”

她耸耸肩，伸手环抱着自己，“这是谁干的，格雷丝？你父亲都被锁在叹息之塔里了。”

“我知道。但这就是他干的。”可这是怎么做到的呢？

“我手上沾了墨水。”阿维娅转过身去，消失在大厅的尽头。她推开一扇门，一股清新的柠檬味便飘了出来——那味道来自她干干净净的洗手间——用的是斯巴尔克太太牌清洁剂。随之而来的还有游泳池的漂白水味——游泳池就是这样给池水杀菌的。

阿维娅砰的一声关上了卫生间门，回到我身边，脸都吓白了。我走上前去，准备扶住她，她脸色太苍白了。“怎么了？”我问。

她喘不过气来，“我们必须离开。现在就走。”

她把我的斗篷从钩子上扯下来，塞给我。我把它绕在肩膀上，她却没有给我留点时间穿戴整齐。她抓住我的手，拽着我出了公寓，冲下了楼梯。

“我们为啥要跑?”

阿维娅抓着楼梯扶手，在拐弯处跳下台阶。“这是个诡雷，”她一边说，一边跳下了最后三个台阶，砰地一声就跳到了下一个拐弯处，“他们在厕所里设了陷阱。”

“什么?”

“快点，”阿维娅说，“我们需要找警察。楼里的每个人都身处险境。”

我们在雪橇里瑟瑟发抖，紧急救援人员则忙着处理那个陷阱。阿维娅牙齿颤抖着，口齿不清地给我解释了一下：水槽里装着漂白剂，旁边放着个装了斯巴尔克夫人牌清洁剂的碗。清洁剂从碗里慢慢流出来，流进水槽，就会和漂白剂发生反应，浴室里也就会充满致命的有毒气体了。受害者打开门——

她开始剧烈地咳嗽起来。我揉揉她的背，“我们应该带你去看医生。”

阿维娅摇了摇头，“只是心理作用而已。消防员说那两种液体混得还不算很均匀。我们如果早到几分钟，可能就能碰上凶手了。”

几分钟。我一想到这个就不寒而栗。如果我没有跑出去追阿维娅，要不是我耽误了她回家的时间，她很可能一开门就被那个窃贼当场杀害了。我咬紧牙关，拒绝叫马车回王宫，而是爬一百八十级台阶去我父亲的牢房找他，这样我就能——

能干什么？我能怎么办？指控他犯了盗窃罪和谋杀未遂吗？他都被关在艾兰国最高的牢房了，还能企图谋杀？他是怎么下的命令？给谁下的命令？

我的脑海里，突然涌起了王子谈到阿维娅·杰赛普时那副冷笑的表情。他会做这样的事吗？

在我看来，他已经是谋杀赛维蒂的嫌疑犯了。他想杀害阿维娅、压制她的发现——这动机就像精美的玻璃作品一样清楚通透。父亲读报纸的时候，两份报纸的每一版都会仔细看，然后认认真真地做笔记。他完全能够断定阿维娅的文章会带来麻烦，也完全可以把这个发现告诉塞弗林。塞弗林在舞会上见到阿维娅时，就可以下令让人去设陷阱了。

我努力想摆脱这种想法。楼里的人全部撤离了，房客们在寒风里乱转，他们都是直接在睡衣上套了外套就出来了。许多人的袖子上还挂着黄色的丝带，对我们的汉斯莱雪橇侧目而视。带着防毒面具的消防队员和警察把家家户户的窗户完全打开了，用来散走那些被污染了的空气。我捕捉到一阵微风，引着它进了窗户，希望能加快清洁的速度，这样人们就能赶紧回到床上休息了。洁净的空气吹进他们的家里，把窗帘都掀了起来。可我还是没法抛掉一个想法：王子被我父亲利用了。

这个想法给赛维蒂的谋杀案调查带来了个新方向——我不该去想为什么王子想要赛维蒂的命，而是应该看看父亲为什么想看到这样的结局。我还要保护好阿维娅，不能再让她被人谋害。

他偷了她的调查结果，那他满意了吗？我并不这么认为。毕竟调查还可以再做。

“他拿走了你的报道，”我说，“你打算怎么办？”

“我会早点回去，回忆一下我对艾兰国电力与照明公司的调查结果。这是你想让我报道的第一件事嘛，对吧？”

“我也这么想。在说其他事情之前，我需要人们先理解我们的动机。”

阿维娅又咳起来，“我会尽力帮你的。”

“不，”我说，“父亲和迈尔斯爷爷在当年搞的那个阴谋里是处于核心地位的。现在我反倒来到了这个位置。”

“那你至少可以给我发个声明，表达一下你的歉意嘛，”阿维娅从口袋里摸出了一本笔记本，一支笔，“这个我能办到。”

“谢谢你，”我说道，“你就这么写，‘艾兰国电力与照明公司及其后来的形象设计，均用于欺骗人民，使其以为此公司由王室开办。此举是我们对艾兰国人民犯下的最严重的欺骗行为之一——不，应该是诈骗。我将邀请一个调查委员会负责详细调查这一可耻的诈骗行为，并作出补救措施，以尽快结束垄断’。”

“那这可得用上一整版去写了，”阿维娅把笔记本收好，看着邻居们在街上瑟瑟发抖，“他只是为了接近我，却竟然舍得伤害所有这些人？”

“也许你应该躲起来。”我说。

“我正准备这么做。只是我得弄清楚我该去哪里。”

“你跟我回汉斯莱府吧，”我说，“严格意义上它不算是一座堡垒，但——”

一名身穿橡胶防火服的女人从脸上扯下一个昆虫形状的防毒面具，走近雪橇，“所有人都可以进去了。警方想要一份评估报告，但我自己已经把被污染的水处理好了。你的公寓现在安全了。”

“谢谢你，”阿维娅说，“我不知道该怎么补偿邻居们的损失。”

“如果你在打开洗手间门之前在屋子里待了一个小时，那你必死无疑——而且还会死得很痛苦。和你住同一层的孩子可能一辈子都有呼吸问题。你和他们都很走运，”消防员说，风吹动着她那栗色的卷发，她回头看了看房子，“你可能不想听到这个，但是我们确实发现了很多违反消防安全的行为。我们必须把这些情况上报。”

阿维娅呻吟着，“所以我最后还是把所有人都赶了出去。真好，真好啊。”

“房东可能会给这笔钱，”消防员说，“要是自己整治违章行为比违法罚款划算的话。而且现在有违章记录在案，如果真的失火了，他就得不到保险赔偿金了。法律就是这样规定的。”

“辛普森！”有人喊道。消防队员扭过头去。

“我们走啦。你真够走运的。”她一边说着，一边离开了。

“他会提高租金来消化成本，”阿维娅闷闷不乐地说道，“这幢楼里现在肯定没人愿意和我做朋友了。”

“有人想杀你，这不是你的错，但我也能理解，”我说，“我们带威廉上楼去，拿点东西给你来我家住的时候用吧。”

阿维娅摇摇头，“我不能去。”

“没事的，你可以来。你可以选择自己的客房，或者住在寡居屋——”

“你觉得你父亲是这件事的幕后主使，”阿维娅说，“而你们的员工为他效劳了很长时间。你有多确定他们能转而对你忠诚呢?”

我的心一沉，“他们甚至觉得对他忠诚和对我忠诚根本就是一码事。可现在是午夜，你能去哪儿?”

阿维娅耸耸肩，“玛丽公主妇女庇护所应该会有床位吧。”

“那是个流动庇护所。”

“是的，它就在下一个街区。”

“不行。我肯定不能让你睡地板、睡草席的。我们肯定有别的选择。”

我知道在哈尔斯顿区有一栋非常好的联排别墅。崔斯坦会帮忙的，不过我要到早上才能问他。“我有个主意，但要到明天才能安排。你今晚可以和我一起回汉斯莱府。待在我的卧室里。如果我们每时每刻都在一起，就没人敢来伤害你了。”

阿维娅抿紧嘴唇，目光飞快地移开了，“你想让我和你同床共枕?”

哎呀。我的脸颊发烫。“我的意思不是说我们会——”

戴着儿童手套的她，伸出了一根手指，放在我的嘴唇上，打断了我的话：“我很乐意和你同床共枕。”我睁大了眼睛。她对我咧嘴一笑，“当然，不准想歪了。”

她把手指从我唇边移开，“肯定了。这无须质疑——”

“你说呢?”她问道，然后上了雪橇，挪到雪橇长椅的另一端，朝跟着她进去的威廉点了点头。

第十六章

《比婚姻更好的交易》

伊迪丝温暖的指尖抚过我的后颈，解下了我的钻石项链，它带着我的体温，从我的锁骨上滑落。背后传来漆皮舞鞋落在地毯上所发出的轻响，然后便是一片寂静。简在帮阿维娅宽衣解带。为了给对方留点隐私，我们是背对背站着的。

伊迪丝把丝绸包面的纽扣解开了，打开了礼服的后襟，我的脊背便有一阵凉风拂过。一根带子从我的肩上滑了下来，痒痒的。我盯着壁炉炉栅里跃动的火焰，听着木柴在火中劈啪作响——这响亮的声音盖过了我本可以听到的其他声音：阿维娅把胳膊从外套里抽出来时的沙沙声，她的银袖扣落在木制托盘上的叮当声，还有脱下那浆得硬邦邦的衬衫、总算逃离硬前胸和硬高领束缚时她松的一口气。

伊迪丝松了手，礼服就垂到了地上。我从里面走出来，走到火炉边，身上被火光烤得暖烘烘的。

“你冷吗?”简问阿维娅，“你在发抖。”

阿维娅顿了一下，“我受得了。”

“被子下面放了很多暖锅，”伊迪丝说，“我们格雷丝喜欢温暖的床和凉爽的空气。”

她掐了一下我的胸罩的扣环，胸罩掉了下来。接着，她拿过那件挂在炉边烘暖的丝羊绒睡袍，掀起来，往我头上套。我抓住裙边，将裙摆提到臀部。伊迪丝蹲下来，解开了我的长袜。我在床沿上坐下了，让她把我腿上那精致的长袜剥下来，然后晃着我的光脚丫，看着她把长袜卷起来，放进了一个保护袋里。

我的床动了一下。阿维娅在床的另一边坐下了。我的心怦怦直跳。

简又开口说道，“杰赛普小姐，请小心您的裙边，不要绊倒了。”

“好的，”阿维娅答应道，“谢谢你，简。我想我们现在可以转过来了，对吗?”

她从床上站了起来。我也站起身，任由睡袍垂到脚踝。“可以了。”

但我只是走到一张小桌子跟前，上面放着一把小壶和两只无柄的杯子，里面装着助眠的草药茶。我拿起自己那杯，用手捧着这个易碎的容器。

阿维娅穿着我借给她的睡袍，手里提着下摆，这样她就走起路来就不会踩到它了。“你是个巨人吧，”阿维娅说，“看。”

她在床脚边停下来，松开了手。睡袍的下摆落在了地毯上，落在了她涂着红色指甲油的脚趾上，叠成一堆。她的脸未施粉黛，但脸颊和眼皮周围是粉红色的，嘴唇不是红色的，而是玫瑰色的。

她又拾起裙边，向我走近了一点，“这就像我们年轻时参加的通宵派对。”

可我从来没有参加过。我鼓起勇气，朝她笑起来，“确实很像，是吗？”

背后，伊迪丝和简从被子里把暖锅拿了出来。我把另一只茶杯给了阿维娅，她像喝药一样，一下子就把那杯草药茶喝光了。她又给自己倒了一杯，同样迅速喝完了。

“杰赛普晚安特调。”她说。

“不错啊，”我喝干了杯子里的茶，也再倒了一杯，“一夜安眠——”

“闲适安宁，甜梦绵绵，”阿维娅接道，“这小诗是我写的，那时候才十岁。我喜欢押韵的东西。”

伊迪丝抱着一叠暖锅，向我行了个屈膝礼，“小姐，您还需要什么吗？”

“可以了。谢谢你，伊迪丝。五点叫醒我吧。”

“没问题，小姐。睡个好觉，祝你好梦。”

阿维娅学着我，也对给简道了谢，她们打开了我卧室的门。一个男仆站在门外，保护着阿维娅，不让家里其他人看见她。

我偷偷瞥了一眼阿维娅，但她正盯着墙上的那幅画看。画上描绘的是我们家繁花似锦的规则式园林。她发现我在看她，对我笑了笑，耸了耸肩，“我们是不是应该退休了？”

我点点头，咽下最后一点草药茶。阿维娅卷起她的睡袍前摆，绕到离门较远的床边。我们在温暖的被窝里滑来滑去，扭来扭去，想找舒舒服服的睡觉姿势。弄了好一会儿，我们才停下。

我和阿维娅面对面躺着，看着她用双手托着下巴。

“这就像一个通宵派对，”她说，她的笑容像星光一样璀璨，“我感觉这个活动的传统就是要谈论我们喜欢的男孩。”

“看来我已经失去了传统。”我说。

“你没有喜欢的男孩子吗？那他们真可怜，”阿维娅把她的枕头拉下来，放松地躺了上去，“女孩呢？”

我吞了口唾沫。“有一个，”我说道，“你呢？”

阿维娅躺在枕头上，咧开嘴笑了，“我也有一个。”

我抬起头，“你有和她表白吗？”

“我觉得她知道我的心意，”阿维娅说道，“不是吗？”

我突然有点呼吸不过来。我试着找些合适的话说。“是的，”我说，“我猜她知道。”

她伸出手来，轻抚我的手，“事情没有那么简单吧？”

“是吗？”我问，“有时候我会希望……不说了，这太蠢了。”

“告诉我吧。”

“我之前去找迈尔斯的时候，虚荣心太重了，对他的家非常不满意。那时他住在伯德兰的一间寄宿公寓里，和十几个工人住在一起，我便不同意他继续在那住了，就给他找了一套更好的公寓，那里更合适。我甚至自己去看房，在空荡荡的公寓里漫步，对他来说什么够好，什么不够好，都是我给他作的决定。可我从来没有定下哪一间。我不停地去看房，这样我就能想象，我是在寻找自己。”

“可是你住在一个——”

“我并不想让人觉得我忘恩负义，”我说，“但有时我在想，如果我不是克里斯托夫·汉斯莱爵士的女儿，我会是谁。我该怎么办？我又该怎么生活呢？”

阿维娅把我的手掌心向上翻过来，盯着我手上那些颤抖着的小茧子，“我想我能理解你。”

“而你做到了。你摆脱了那一切。你知道自己是谁，为了成为一名记者还会踏踏实实地去做准备。迈尔斯则通过假死，得到了他在这个世界上最想要的东西。他知道自己是谁，也愿意为此而战。”

她对这件事考虑了一会儿，“如果你不是格雷丝·汉斯莱爵士的话，你就不知道自己是谁了。”

我呼了一口气，“当我还是个小女孩的时候，我就知道自己会成为什么样的人，我全身心都投入到了这个准备过程中。我学习知识，操练技能。我所做的一切都是为了走到今天这一步。总理。领导者。但我希望……”

阿维娅伸出手臂。我们紧紧地抱在了一起，温暖又亲密。

“我也不知道。我真希望能得到一些不是格雷丝·汉斯莱爵士这个头衔带给我的东西，得到一些不是我父亲带给我的东西，也就是我自己的，完全属于我自己的东西。”

“如果你真的得到了那东西，”阿维娅问，“你会为了它放弃一切吗？”

她耐心地等着我的答案。我思索着，要放弃一切吗？可还有什么能比艾兰国更重要呢？一想到这件事，我就害怕得发抖。“不会。”

“也许那些就是你的东西，”阿维娅说，“也许你就是那样的人。但这是否意味着你就是汉斯莱家族产业的继承人呢?”

我对她话里的矛盾很是困惑,“这个我得再想想。”

“好吧。”阿维娅说道。她扭动着身子,朝我靠近了一点,“闭上眼睛睡觉吧。已经到初日了。我们都有工作要做呢。”

我醒来时,身上裹着一团乱糟糟的睡袍,阿维娅的手和脚都搭了过来,月光透过窗户照了进来。我和她都睡到了床中间,互相缠抱着。她的头枕在床的中央,我的胳膊则搂住了她的腰。她用一只胳膊搂住我的身体,把我搂得像个巨大的玩偶。

我们的手臂肯定都压麻了,但我们还是舒舒服服地睡着了,就像这样。抱在一起,亲密而熟悉。

我不想把身子挪开。我想待在那里,暖暖地被抱着,闻着她洗头后发丝上留下的玫瑰香,还有她皮肤上残留的最后一点儿男士馥奇香水的草本清香。

我不敢想,在此之后,我自己一个人可怎么睡得着了?和她在一起,温暖、柔软、平静而愉悦的感觉仿佛渗入了我的肌肤。我看着她胸部的起伏,和她用一致的速度呼吸着;我惊叹于她休息时那优雅、安详的姣好面容。我就是她能信赖的人。看着她这么舒服又安全地休息,我不愿动。

我闭上了眼睛。等我再次醒来,就看见伊迪丝拿着一杯热巧克力走了进来,然后开始为我早上的淋浴做准备。她打开了淋浴间的水龙头,把水调到合适的温度,便回到房间,站在衣柜前整理我的衣服。

阿维娅从我肩上抬起头来，“五点了吗？”

她醒了，我的任务也完成了。“早上好。来喝杯巧克力吧。”我对她说。

“嗯。”她坐起来，对简眨了眨眼睛。简给她递了一小杯。她接过杯子，叹了口气，“有咖啡喝吗？”

“下楼吃早餐吧，那里有咖啡。”

阿维娅尽情地享用着她那杯巧克力，像是很久没喝过一样。伊迪丝领着我到浴室后便离开了。我洗完澡，自己裹上了一件便袍。回到房间，我爱穿的三套衣服已经放在了床的一边，而另一边则放着给阿维娅准备的全套衣服。她为了冲个澡，几乎是跑着去的。

我眼看着的是服装本身，但实际上我在看搭配起来的效果——一边是她的，一边是我的。能不能以后每天早上都是这样，而不只是今天？

“我需要尝试一下给您新搭配吗，小姐？”伊迪丝问道。

“不好意思，”我说，“我刚才在想东西。”

她瞥了一眼阿维娅那边的服装，又瞥了一眼简，她给阿维娅的一只鞋上了层黑鞋油，“小姐，如果您还需要别的衣服的话，我可以给您替换——”

“拿那套黑羊毛套装，”我说，“就是那套有灰色细条纹的。”

“没问题，小姐。再配上橙色领带？”

我点点头。伊迪丝让我转过头，对着镜子，给我梳头，烫卷发，又给我用上了帽式烘发机烘干头发。她把一份管家交来的报告拿给我看，里面包括工作人员轮班情况、我的日程安排、本周的菜单，还礼貌地询问了阿维娅的饮食和喜好。我在膝盖上放了一张折叠书桌，修改了报告。豆大的汗珠从我的太阳穴滚落下来，我的耳朵也开始发烫。

我忍耐着。阿维娅从浴室里出来，就去挑衣服了，走出了我的视线。烘发机的风扇的噪音盖过了任何谈话声。

伊迪丝终于把我从烘发机里解放出来了。此时的阿维娅穿着一件衬裙，腿上套着长袜，一动不动地坐着。简在给她化妆。我转向正在给我脸上扑粉的伊迪丝，听从她的一切指示，她协助我穿好衣服后，我便转过身来，注视着阿维娅。她穿了一件蓝灰色的连衣裙，下身裙型是喇叭状的，领口上有一个用丝带打的蝴蝶结。她的头发闪烁着光芒，嘴上画了红色的唇线，吃完早餐之后才会涂上她最喜欢的大红色唇膏。

书房里放满了托盘，盛着我们的早餐：有咖啡，有煮得刚刚好的溏心蛋，剥开鸡蛋，蛋白已经熟了，而金色的蛋黄依然能够流动，可以把它滑到黄油吐司上。我往盘子里装满了鹅肉肠、几片奶酪和几块甜橘。

阿维娅则盯着一幅油画看，看了差不多有五分钟。画里的女人看打扮应该是十二世纪后的，她穿着闪亮的绸缎花边裙，坐在一张雕刻得非常华丽的长椅上。一个穿着橘色外套的绅士牵着她的手，这么多年以来，他仿佛一直很紧张，一直在确保自己外套的纽扣扣好了。可这位绅士亲吻着那位女士的指关节时，她的目光却越过了绅士的头顶，凝视着后面一位目光深情的青年。这青年有一头长长的黑卷发，粉色的嘴唇很是饱满。“这幅画叫《比婚姻更好的交易》。”阿维娅说道。

我把咖啡杯从嘴边拿开，“是的。”

“樱之月的时候，这幅画在全国艺术展上展出了。我还给它拍了照呢。”

我往画上瞥了一眼，“是的。画里的人应该是伯纳德·汉斯莱，还有菲利达·卡灵顿，当然还有她最喜欢的情人，尤斯塔斯·哈维。”

她把杯子放在茶碟上，杯子碰得哗啦响，“这是布莱恩汀的作品。”

“他少年时期画的一幅作品，”我说，“你想不想借本书看？”

“我想不想——噢不用了，谢谢。我自己有一本了。她转过身来，面对着她的盘子和冷得很快的鸡蛋，“吃早餐的时候你都会看什么？”

我举起一份1541年出版的《撒特尔顿议会议事录》复印本，“工作。”

她皱了皱鼻子，拿出一本破旧的廉价小说，“恩迪科特小姐正要从两个追求者中做出选择——一个是她父母喜欢的英俊男子，另一个是颇具诱惑力却略带淘气的戴安娜。戴安娜结婚不久就成了寡妇，此后换情人就像换衣服一样勤快。”

“这听起来比看那些逐字逐句记下来的议会的争吵记录更有趣呢。”

“噢，我也不清楚呢，”阿维娅说，“他们过去不是经常因为政见相左而要决斗吗？”

“我的曾祖母菲奥娜女王结束了这一切，”我说，“现在这只是一种隐性的潜台词了，或者打打辩论当消遣。”

我们打开书，边吃边读。我看了《巫术保护法案》的最终辩论过程和投票结果的记录。

委员会是对的。内阁基于一项最可疑的证据，投票通过了一项法律。我留意了一下赞成和反对的分别都是什么人，就发现迈尔斯爷爷投了赞成票，这也表明了尼古拉斯国王的意愿。我父亲则是追随着总理的步伐，也投了赞成票，在场的所有人都是如此，他们就是艾兰国电力与照明公司的第一批股东。这种显而易见的跟票行为着实令人恶心。他们通过了一条糟糕的法律来进一步推行他们的卑鄙计划，靠那些被囚禁的、被奴役的巫师发了大财。

下议院的是谁投票？我往回翻了几页，寻找着相关的记录。

这时候，阿维娅放下了叉子，碰得盘子边缘哗啦作响。

我抬起头，“你吃饱了？”

她又开始盯着那幅画看了，“某种程度上，我感觉来到这里，就像回到了我的过去。”

我想象着在杰赛普府的图书室里吃早餐的情景。他们吃早餐时也会读书吗？这些书的内容也是能令人愉快、心平气和的吗？

阿维娅抿着嘴，全神贯注地看着她那只吃了一半的吐司。我本想等着她开口说话，但她一直沉默着。“是吗？”

“我真傻，竟然会这样想，”阿维娅说，“你的女仆会给我穿衣服。我的女仆只会把衣服和洗漱用品拿出来，但她从来没有替我穿过衣服。还有这房子……”阿维娅抬起头来，看了一眼墙壁，“你家的墙上挂了那么多杰作哎，它们就是你们家的，可这些杰作对我来说只能在博物馆里看到。”

“这是几代人的藏品了。”

她用没拿书的那只手轻轻地指了一下，“这是布莱恩汀的作品。”

"是他早期的作品之一。"

“可它仍然值很多钱啊，都能买下我租的那栋楼了，还能好好修整修整，把房子租给更好的一批房客。”

我不知道该怎么办。迈尔斯会怎么做？估计他会试着理解她吧。“这很困扰你吧。”我说。

“这让我很泄气。”她说。

“为什么？”

阿维娅本来想回答我这个问题，最终却没有说出口，“你真善良啊，邀请我到你家来，还努力满足我的需求，让我能在足够安全的环境下安然入睡。你对我如此热情款待，我不想泼你冷水。”

“可是？”

“没什么。”

我合上书，“告诉我。”

她还是没吭声，而是悲伤地看着那幅画，摇了摇头，“你拥有的这一切荣华富贵，会让你看不清艾兰国的真实情况。”

我倒吸了一口气，“你怎么能这么说？”

“因为我是从很高的位置上掉下来的——不过即使是那样，你的地位也比我曾经拥有过的高得多，”阿维娅说，“离开家之后，我花了好几个月才看清一切。当时我是气得离家出走的，然后在韦尔斯顿三角区租了套公寓。”

“可你没有住在韦尔斯顿三角区啊，”我说，“发生了什么？”

阿维娅的嘴角勾起一抹微笑，“我父亲封了我的银行账户。我也没法住豪华公寓了，他们连家具都拿走了。之后我就去了东部，住进了那间廉价公寓。”

我摇了摇头，“为什么你要和你父亲斗啊？”

“我想成为一名摄影师，而他想让我嫁给一家运输公司的老板，来谋求合作。”

这种感受我也懂。我父亲想让我嫁给雷蒙德，给他竞选内阁成员的时候换来十一票。“这就是你那天晚上穿了红色衣服的原因。你是为了拒绝他们的要求。”

阿维娅点点头，“我知道我有能力胜任报社的工作。在这一点上我是对的。我知道，一旦我发了署名文章，父亲肯定会想与我和解的。这一点我也猜对了。”

“可你还是没回家，”我说，“这是为什么？”

“因为这不公平，”阿维娅答道，“他们的做法都很有问题。艾兰国的人们一直在受剥削，每当他们站起来试图改善自己的境况时，他们的老板和政客就会想办法把他们打倒。”

当我父亲还是总理时，我确实看到一些前景很好的法案在众议院里被他压下来了。但这种情况很容易就能改变。

“我可以帮你。那些政客都会听我的。”毕竟我现在的政治根基可比之前稳固多了。我举起一只手，把壁炉里的暖气扩散到整个书房中。“我能让事情变得更好办。”

“用法律和政策去办吗，”阿维娅疲惫地点了点头，“你会从一个提案开始，然后进行谈判，可是谈判后得出的法律与和最初的法案计划相比，力度根本不够大。”

“因为我们需要作出妥协——”

“这不够好，格雷丝。你要立法，就必须要有彻底的、大规模的改变——而众议院肯定是不会通过这样的法律的。”

“前进一步算一步嘛。”

阿维娅笑了。她让步了，张嘴说道：“你说得对。但我们还有时间一步步来吗？而且这样形成的法律力度还会被我们作出的妥协削弱呢。”

我知道她其实并不赞同我的看法。或许她也没说错——半神国人拥有不死之躯，但这并不意味着他们愿意在我们缓慢前进、竭尽全力争取进步的时候还在这住下去。我们必须做大事，做能洞见全局且勇敢大胆的事情。

“我得想办法说服女王。”

“如果你说服不了她呢？”阿维娅问道，“如果你做不到，你会怎么办？”

我垂下了目光。“那就试试别的方法。”

“那会是什么呢？”

我抬起头来，甚至没有试图修正我这矛盾的说法，“其他任何做法都是叛国。”

阿维娅没有再追问了。她拿起咖啡，喝了一小口，给了我一点时间恢复镇静。

“也许，你是时候要去寻找你最想要的东西了。”阿维娅说道。她放下杯子，打开一个带镜子的小粉盒，往嘴唇上涂口红。“谢谢你的早餐。我要骑车去上班了。你想好要把我藏到其他什么地方了吗?”

我点点头,“中午前我会给你一个地址的。”

“谢谢。我知道你也没必要这么帮我。我也不是有意——”她又瞥了一眼那幅画,叹了口气,“不过我们还是度过了这么一个美好的早晨呀。”

她垂下了肩膀。但她马上又挺直了身子,挺直了肩膀,昂着头,走出了书房。

我一直听着她远去的脚步,直到听不见才作罢。我拉响铃铛,唤来了一个男仆。阿维娅仍然有生命危险。我也很清楚地知道是谁想要她的命。

第十七章 舍命维护

爬完叹息之塔的最后一级台阶，来到最高层，我听到了一阵扇动翅膀的声音。我从楼梯间走出来，见父亲正微笑着，看着一群鸟儿贪婪地啄食撒在地上的种子。我数了数，这里有麻雀、红松鸦、一只胖胖的信鸽和一群冬画眉。父亲的手指上站着一只黑冠山雀，他爱抚着这只小鸟，整理着它的羽毛，让它很是欢喜。他自己的早餐还没吃完，就放在桌子对面的报纸旁边。

他一看见我，就把小鸟赶走了，“格雷丝。”

松散的羽毛在尘土飞扬的空气里飘浮着。“你昨晚想把阿维娅·杰赛普杀了。”

“你还邀请她作为你的客人参加舞会。我都告诉你——”

“你什么也没告诉我，父亲。你总不能老是推着我走，告诉我下哪一步棋吧。我是总理。我是隐巫者主音。我能判断谁对我来说才是有价值的——而你在贬低自己的价值。”

“你这个小傻瓜，”父亲说道，他的声音像平静的池塘一样，毫无波澜起伏，“她知道所有事情，所有。听到没？有份手稿——”

“这些我都知道。”我说。

父亲站了起来，鸟儿们吓了一跳，纷纷拍打着翅膀，“那她为什么还没死？”

“因为她在帮助我。”他怎么知道的？怎么知道的？

他一定买通了警卫。他完全有时间去干这事，这样就能给真正的犯人传口信了。但是卫兵中有谁会服从他的命令呢？

“你很有眼光，格雷丝。别人只知道盯着眼前近处的事情，但你是个有远见的孩子。你必须忘掉这些权宜之计，把眼光放长远。”

我的头皮刺痛，仿佛有把火从我头上蹿了过去，“父亲，如果你这么擅长把眼光放长远，为什么还要等着看，是癌症先把你带走呢，还是绞索先套你脖子上呢？”

他歪着头，“你觉得我是在担心这些吗？”

他只是在虚张声势。“我觉得你在多管闲事。我觉得你是不知道该如何放手。我也觉得，你是时候收手了。我要拯救一个国家，而你却在这里碍事。”我说。

父亲很平静，“那你要怎么做，才能让我不再妨碍你呢？”

“我跟女王聊聊就行了。”

父亲笑了，“那当她试着找我的同谋的时候呢？当她发现塞弗林经常来我这里的时候呢？会怎么样？”

不消说，她肯定会很生气。她已经很讨厌塞弗林和她对着干了，虽然塞弗林并没有表现得很明显。如果她知道塞弗林正在和主谋会面，决定让半神国人来权衡我们的命运，她可能会做出最坏的决定。她可能会公开谴责他。她可能会给他安一个叛国的罪名。这样的话，艾兰国王室就没有继承人了。

没有继承人的王位，肯定会让地主阶级过来插一脚，因为他们总在争论，谁才是艾格尼丝女王最强大的一支后裔。没有明确的候选人，就免不了会有斗争了。

父亲点点头，“你现在明白了吧。”

我不能丢下其他事情，先去处理这么复杂的继承纠纷。我不能冒险让塞弗林出局，这一点父亲也清楚。但我宁愿陷入困境，也不愿袖手旁观，任由阿维娅死去。父亲只看重一样东西。我唯一的筹码，就是让他相信我会毁了这个东西，从而刁难他。

“你想杀阿维娅·杰赛普。但你失败了。她已经知道是谁安排人洗劫她的家了。作为交换，我让阿维娅把她对艾兰国电力与照明公司的调查结果发表出来。”

他愤怒地皱着眉，抬起眼盯着我，“那会毁了我们家族的。”

“这就是问题的关键，”我展开双臂，摆出架势，双手撑在髋部，“我来给你讲清楚吧，父亲。你不能碰阿维娅·杰赛普。我在保护她。你伤害她一次，我都会在现场保护她，之后就会告诉她一些能扳倒汉斯莱家族的事情。要是下次你再碍着我做事，我会怎么跟报纸说呢？试着再杀她一次呗，你就能知道了。”

“这也是你的家族啊。”

“是。但我要羞辱你，父亲。我要把迈尔斯爷爷从神坛上拉下来。我一定要让你们俩重新受到鄙视。离阿维娅·杰赛普远点。”

“你这个忘恩负义的傻瓜啊。”父亲轻声说。

“我还有事要忙，父亲。再见了。”我转过身，大步走向楼梯，“把你的早餐吃完。”

“格雷丝。”

这一个词把我从沉思中拉了出来。我现在在金斯格雷夫监狱的第一层，我机械地拐过了所有弯，选择了要走的路，来到了一列牢房跟前。这些牢房里关着的是那些被分隔开来的兰尼尔代表团囚犯，房门特别厚。迈尔斯在那里等着，见我走来，便扬起了一边眉毛——因为我不是从大厅南边来的，那边才是王宫到金斯格雷夫的路线；而是从北边的叹息之塔来的。迈尔斯撇着嘴，失望地望着我，这目光刺进了我的心。

“你到那儿去了，是不是？”

他根本就不是在问我问题。“是的。”

他点了点头，把目光从我身上移开了。看着他的动作从抱着双臂，转成了托腮思考的姿势，一脸平静，仿佛在观察着什么。这可比朝我大喊大叫或抱怨指责糟糕多了。我心里很不舒服。

我低头看着光滑的石地板。

最后，他还是开口了，“他有给你建议吗？”

“就给了一次。”我答道。

“噢，格雷丝。”他的声音是那么轻柔，那么理解我。

“不，”我说道，“不是你想的那样子。我根本就不想见他，甚至都不想看着他，不想听见他的声音。”

“但那总得有个原因吧，”他说，“你不想去，可你还是爬了那么多台阶去找他。”

“这是最后一次，”我说，“我再也不去了。”

“你是说这是你最后一次上去找他？”

我抬起头，“他想杀了阿维娅。”

迈尔斯的眼神锐利起来，“为什么？”

“她是尼克·埃利奥特的朋友。”

迈尔斯点点头，继续听着。

“她有——曾拿到——尼克的手稿。”

“曾拿到。”

“父亲找人把她的公寓洗劫一空，还给她设了要命的陷阱。他偷走了手稿，还有阿维娅的调查结果。”

“他对尼克也是这么干的，”迈尔斯说，“所以你是上去让他收手的吗？”

“是的。”迈尔斯还是能理解我的。我松了一口气，“我没采纳他的建议，也没找他帮忙。他想通过我来继续统治这个国家，可现在这是我的工作，不是他的。”

“我觉得，不用我提醒，你也知道要离他远点儿了。”

“确实不用。只是我需要盯紧他。”这话从我嘴里说出来，可真够无力啊。尽管我一去到那里就会大发脾气，可他叫我去，我就会去。

迈尔斯点点头，“我想，他也一样会盯紧你的。”

迈尔斯的意思是，我还是中了父亲的计。他扭过头去，看着牢房门，“或许我们得继续审问他们了。如果你需要和他们说话的话，我会给你翻译的。”

“是的，”我说，“我们得继续审问了。”

他倾身向前，打开了牢房的门。牢房里，地板上的一个洞中冒出了一股臭味。地上放着一托盘食物——一碗小米饭，一个皱巴巴的菲利普国王牌粉苹果，还有一个打了蜡的木杯和配套的水壶，里面装满了一天所需的水。我小心翼翼地绕开了。

我之前在金斯格雷夫被短暂地关了一阵子，所以才知道这些伙食。我试过被黏稠冰凉的小米粥噎住，每吃一口都心生厌恶。我把每一口苹果都嚼成碎渣，把果核上的果肉一点一点啃掉，直至吃得干干净净。我会省着喝水，直到下一顿饭——晚饭一般都是没放调味料的汤，一碗水汪汪的鱼汤，还有软烂的蔬菜和白水煮蟹，通常都是凉的。

尼卡尼斯没有吃东西。他穿着袍子，里面穿着打了补丁的毛衣，手上戴着粗羊毛手套保暖，坐在狭窄的架子上发呆，目光涣散。迈尔斯在我旁边停了下来，若有所思地打量着尼卡尼斯。

“他很伤心。”他说。

这能意味着他是无辜的吗？还是意味着他很后悔杀了赛维蒂？肯定是这两个原因之一。

“尼卡尼斯。”迈尔斯叫了他一声，然后用兰尼尔语和他说起话来，语调很平稳，应该是简单问了个问题。

尼卡尼斯抬起头，眼神空洞地看着迈尔斯，然后慢慢地摇了摇头。

“哎，我直截了当地问了是不是他杀了赛维蒂，”迈尔斯说，“不过我也没指望他会承认。”

“你为什么要那么问啊？”我说，“难道不是应该尝试去抓住他话里的矛盾之处，再指出来吗，或者是——”

“她比她星辰预兆显示的还要优秀。”尼卡尼斯说。

我吃了一惊。他竟然能用这么流利的艾兰国语说出这句话。迈尔斯耸耸肩。尼卡尼斯低下头，看着自己的手：“她真的特别优秀。我这个小女儿出生时，小脸美得像月亮。这么精致的小东西——每一根手指，每一个脚趾都很完美。我便开始了占卜：创造者哈里安和公正者梅纳斯一齐出现了。他们与怜悯者丽莉娅和谐相处，与高空中的旅行者阿麦尔和谐相处，后者在一定程度上，与哈里安隔一直角距离。接着，在这漫长的征途，赛维蒂将成就大业，抑或香消玉殒，皆如哈里安所愿。看到这征兆，我就知道那意味着什么了。”

迈尔斯看了我一眼，我闭上了嘴。“所以你是相信，这次行程能让她成就伟业，攀上更高的地位。但她还不够资历，不能只派她一个人来。”

尼卡尼斯什么也没说，只是耸了耸肩膀。他驼着背，用胳膊环抱着自己的腰，像肚子疼似的。他的身体，轻轻地左右摇摆着，“我为她的命运感到自豪，她很有影响力——马加尔人巩固了政权后，她就成了星辰王室的第九顺位继承人。得此一女，我很自豪。”

我看了看迈尔斯。他在认真听，眼睛也看着尼卡尼斯。尼卡尼斯一直盯着地板。

“我现在多希望她就是个普通人啊。”

“有哈里安给她的天赋，她注定不普通，”迈尔斯说，“你知道的，她一直在和我们谈判。我们不承认兰尼尔的独立，她就什么都不说。她很勇敢，而且雄心勃勃。但如果她最后真的把背后的真相告诉了我们，那她就会背叛星辰王室啊。”

尼卡尼斯摇了摇头，“她不会的。”

迈尔斯说，“寺庙的命令，肯定是星辰王室下达的。这是一种仪式，用来让你们的星辰祭司施法蛊惑你们的战士，给我们艾兰国的士兵设了个圈套：艾兰国的士兵杀了你们的战士，就会被后者的灵魂附身。这么恐怖的行径，如果不是星辰王室下的命令，寺庙又还会服从谁的命令呢?”

尼卡尼斯闭上了眼睛，不看我们。

我把手搭在迈尔斯的肩膀上，“如果赛维蒂谈判成功了，从我们手里中为兰尼尔重新赢得自由，这肯定会把她推向更高的地位。如果她推翻了星辰王室，她有没有可能当选为统治者?”

尼卡尼斯听我这么一说，突然变得紧张起来。他偷偷看了我一眼，点点头，“她本来能往上爬的。”

迈尔斯把胳膊肘放在扶手上，“她贿赂了一个警卫，让警卫把她的星辰手镯拿给你，想让你知道她没事，也想通过这样的方式让你知道她是否安全。”

尼卡尼斯摇了摇头，“我没收到。”

“可当你意识到她要背叛星辰王室时，你就不再为她感到骄傲了，”迈尔斯说，“所以你用头发作为联结物，用魔法杀了她。然后你把手镯扔进了厕所。”

他的脸扭曲了，“她是我的女儿。”

“这就是你伤心的原因吧，”迈尔斯说，“你意识到了，她没有按照你的想法去做。”

“不是的。”

“她背叛兰尼尔之时，你对她的自豪感也就荡然无存了，”迈尔斯说，“她的野心压过了她的忠心，变成了一种背叛。”

“不。”尼卡尼斯否认道。

他身上的压力已经够大了。迈尔斯唱了白脸，那我就唱红脸吧。“她是两天前死的，”我说，“而你却不知道，因为你没拿到她的星辰手镯。你不知道她是活着还是死了，也不知道她是平安无事，还是在受折磨。是这样吗？”

“没人愿意告诉我她在哪里。”尼卡尼斯说。

“那天发生了什么事？”我问，“你做了什么，看到了什么？”

“这里没什么可消遣的，”尼卡尼斯说，“在牢房里我真是度日如年。我吃了稀粥和苹果。神眷者来看了我们，问我们过得舒不舒服。我见到了警卫，见到了你们的王子，正往塔楼的台阶上走。然后我喝了稀汤。里面有三片鱼。真幸运啊。汤喝完之前，我就看到王子回来了。”

我瞥了一眼迈尔斯。他看见了，也给我使了个眼色。“你午饭前见过王子，吃完饭后又见过他？”

“是的。”尼卡尼斯说，“为什么这么问？”

“这很重要，”我说，“那之后还发生了什么事吗？”

“然后就是另一顿难吃的晚餐，吃完我就睡觉了。”尼卡尼斯回答道，“王子第二天又来了。他让警卫搜查了我的牢房，然后就把我带到这儿来了。他骂了我一顿，和你们现在差不多。现在我的日子真是了无生趣了。”

他抬起头，迎上了我的目光，“我只能说，我宁愿死的那个人是我。”

我听得心都碎了。这个男人很爱他的女儿。他愿意为她付出一切，愿意替她而死。

父亲也是爱我的。可他永远不会那么做。

他转过脸去，“我想一个人待着。”

迈尔斯放下了他轮椅的手刹，摇着轮椅，在门前停了下来。我拉开牢房的门，迈尔斯出去了，然后把钥匙递给了我。

我锁上了牢房，“我们还得把它还回去。”

“再查查值班表。我想知道尼卡尼斯和其他兰尼尔人是什么时候吃的午饭。”迈尔斯补充道。

我点点头，走在迈尔斯旁边，迈尔斯摇着轮椅，准备去警卫站。“如果赛维蒂死的时候，塞弗林还在塔里的话，他就不可能有作案时间。不过时间一定要够精确才能下此结论。囚犯只有二十分钟的吃饭时间。”我说。

迈尔斯把轮椅停了下来，“你知道塞弗林为什么会在塔楼里吗?”

我舔了舔嘴唇，“知道。”

“他去看父亲了?”

听到这话，我不由得泛起一阵恶心，但还是点了点头，“是的。”

迈尔斯静静地看了我一会儿，“你知道为什么吗?”

“他是去寻求父亲的建议吧，”我说，“具体的我也不知道。”

迈尔斯眺望着远方。我咬着嘴唇，等着他说话。塞弗林去找父亲谈话这事儿持续多长时间了？他们会聊些什么？

不。我明明知道他们的话题啊。

迈尔斯摇了摇头，“塞弗林已经在尽力谈判了。如果——”

“别说了。”

但无论迈尔斯说不说，那句话就像是回荡在空中，响亮得足以填满我的脑海：如果塞弗林当上国王，那就容易多了。

迈尔斯摇着轮椅来到了警卫站，在尼卡尼斯的牢房钥匙归还记录表上签了字。“我想看看值班表，”他说，“我要确认一下每天的餐食是什么时候送去的。”

当班的职员递过来一本绿色的精装账本，我哥哥翻起了账本，纸张滑动着，噼啪作响。空气中弥漫着熟小米的味道。迈尔斯低下头，在某一页上浏览了一下。

“在这儿。”迈尔斯说。

但他告诉我之前，我就知道了，“他洗脱嫌疑了。”

“是的，”迈尔斯说，“尼卡尼斯刚刚为我们的另一名嫌疑人提供了不在场证明。”

第十八章 茶与信件

路过监狱时，我们都没说话，我的思绪却在乱转，每个想法都争着引起我的注意。塞弗林不再是嫌疑犯了，这让我松了一口气。但尼卡尼斯也是真的伤心。恐怕我们甚至远未能触碰到真相呢。

迈尔斯领着我走在监狱和王宫之间冰冷的走廊上。走到一半，他停了下来，把轮椅转过来面对着我。我走到了右边，让他看看走廊尽头的那扇门。我一直注视着前面那扇门。

他瞥了我一眼。我鼓起勇气，准备再和他聊聊该怎么对付父亲。他反倒来问我，“你今天忙吗？”

我从口袋里掏出了一本笔记本查了查。“没有会要开，”我一边说，一边翻到日程安排那一页，“没有预约，我预计会有人来拜访我，但日程表上什么都没有定下来。”

“比我想象中要好。我想请你帮个忙，但这得花好几个小时。”

“干什么都行，”我说，“你需要我帮你干什么？”

“我要你做个‘共犯’，”迈尔斯说，“艾菲想到王宫外面去。”

“她需要我帮忙吗？”

“她想让你一起去，”迈尔斯说，“你愿意吗？”

“我很乐意，”我说，“但女大公也不能这么随随便便就跑到蒙特罗斯宫外面去啊。你想把她偷偷带出去是吗？”

“是的。你愿意带她出去吗？”

“我肯定会答应的呀。走吧，太冷了。”

“你推我走吧，”迈尔斯说，“我们没时间磨磨蹭蹭了。”

几分钟后，我们就通过了两重警卫的查验，来到了半神国人住的房间门前。

“直接去太阳浴室吧。”迈尔斯说，我推着他，来到了一间屋子前。这屋子是用铁架搭建的，上面铺上了玻璃。门开了。我听见了阿尔迪斯的声音，便挺起了胸膛，准备和他再来一场恶斗。

“您太宽容了，”阿尔迪斯一边说着，一边走到门边，停下了脚步，他看见我，便脸色一沉，“是你。”

“是我，”我说道，推着迈尔斯大步朝前走去，“你刚才是在和女大公殿下说，你是怎么露出了真面目，怎么质问我，试图控制我的意志的吗？”

艾菲眨了眨眼睛。我也朝她眨了眨眼。艾菲穿着的并不是专属于君主那种闪闪发光的、童话书里描绘的礼服，而是穿着一套艾兰国产的粉色条纹套装，身姿很是挺拔，头发裹得高高的，包在叠得很复杂的头巾里，这头巾配色也很大胆，上面印着黄芥末色、橙色和黑色的几何图案。她的衬衫也用的是同样的布料，脖子上挂着一个有褶皱的蝴蝶结。她看上去就像个时尚先锋，正准备到政府大楼与一个小组委员会开一场重要的会议。“阿尔迪斯？”

阿尔迪斯低下头，“我那时候是想问她，兰尼尔代表团的一个成员怎么样了，就是赛维蒂·安·瓦沃特。她本来被关在叹息之塔塔底的牢房里，后来却失踪了。他们都被非法拘禁在那里。”阿尔迪斯狠狠地瞪了我一眼，“我当时只是希望汉斯莱总理能告诉我，赛维蒂现在在哪里，过得怎么样。可总理没有告诉我真相，而是用她的权力威胁和恐吓我。”

我多想吼他两句，可我不能这么做。我紧握着迈尔斯轮椅的把手，让自己的声音保持平稳，“你为了得到想要的东西，就对一个凡人的致命弱点下手。这就是你的正当理由吗？你一过来就要我告诉你这些信息，可我并没有义务要跟你汇报这些啊。也许你也是出于对赛维蒂的关心——”

“别跟我兜圈子了，”阿尔迪斯厉声说，“我问起赛维蒂的情况那会儿，她已经死了，还是被谋杀的。你没告诉我这事。我回到塔里准备和尼卡尼斯·安·沃瓦特说话时，才从一个守卫那里听到这消息。”

现在，艾菲把目光转向了我，“我想知道，你为什么要把她转移到其他地方？”

“我们当时正在审问赛维蒂，”我说，“为了对我们讨论的话题保密，我们让她搬到了另一个地方。我们一直在守着她，却没能够保护好她。有人想让她闭嘴。他们成功了。”

“尼卡尼斯呢，你为什么又要把他保护起来？”阿尔迪斯说最后几个字的时候，语气里满是怀疑。

我朝着女大公说道，“我们怀疑他与这个谋杀案有关。”

“怎么杀？”阿尔迪斯说，“他都被关起来了。”

“最近你不是要我们把兰尼尔人的私人物品、保暖衣物、毯子和其他能让他们过得舒适一点的用品还给他们吗，我们也照办了。”我说。

“暖和的毯子还能杀人吗？”

“我们还把犯人的镀铜镣铐摘了。尼卡尼斯是个强大的法师，他的意志里还有另外九个巫师之印，这能让他的法力更强大。我们给赛维蒂做了尸检，结果表明她可能是被魔法杀死的。所以我们正在审问他，了解他与赛维蒂的死有没有什么关联。”

“我们只得到了你的口头陈述，并无证据。”阿尔迪斯说。

“是的，”我说，“这没错。”

“我们不能让你决定兰尼尔代表团的安危，”阿尔迪斯说，“你必须放了他们。”

“阿尔迪斯，”艾菲说，“我了解你对兰尼尔人的态度。你就是他们的狂热拥护者。也许格雷丝可以听一听建议，看看怎么才能更好地保护他们。但现在，我想给你一个任务。”

“您尽管吩咐，我会好好完成的。”阿尔迪斯说。

他从艾菲身边走开了，他还是穿着那条到小腿的宽腿裤和那件棉质背心。他背着弓，提着一把剑，别着几把匕首，走到了一边，在空中画了个圈，走了进去。这回，里边是一片海边的景象，海潮一直涨到地平线上。通往安息之国的这个传送门关闭的那一刻，我总算松了一口气。

“我很抱歉，”艾菲说，“阿尔迪斯对兰尼尔国感情很深。他还把战争归咎于你呢。”

“这挺公平的，”迈尔斯说，“毕竟我们确实有责任。”

“我们正在调查她被杀的这个案子。我们真的急需了解那个情况，就像我们迫切地想知道她会告诉我们什么一样。”

艾菲带着善意的好奇，扬起了眉毛，“那个情况指的是？”

“我很抱歉，殿下。艾兰国希望对兰尼尔国提出指控，但在没有证据的情况下我们也不能这么做，我也不希望在没有证据支持的情况下就贸然提出指控。”

“你是希望用这个指控来和我谈判，降低我就艾兰国对兰尼尔国所作行径作出的惩罚力度，对吧？”

我点点头，“是的，所以您明白——”

“我明白，”艾菲说，“既然迈尔斯把你带来了，是不是意味着你会帮我出去啊？”

“我会的。我知道这对你来说有多重要，也许一路上还会遇到好玩的事儿呢。”我说，“你想看点什么？我很乐意带你四处转转。”

“我心里有个目的地了。”艾菲说，“我接受了一位市民的邀请，到她自家住宅里吃顿午饭。她还向我的随从发了邀请，但我不想让太多人一起去。”

一位市民的自家住宅。嗯，我可能知道那是谁了。

我们身后的门开了，崔斯坦慢悠悠地走了进来。他穿着一套深灰色羊毛法兰绒西服，脚蹬一双纯手工制作的鞋子，擦得锃亮，走起路来风度翩翩的。

“我认识这套衣服，”我说，“是我给迈尔斯设计的。”

“你真有天赋，”崔斯坦说，“你选的裁缝也好有远见啊。我现在就是个时尚标杆吧。我甚至可以穿着它来决斗。”

“你准备去决斗吗？”

“我的工作就是随时准备决斗，”崔斯坦说，“不过平时工作我们倒不会受伤啦。”

“听你这么说我就放心了，”我说，“其实还得麻烦你帮我个忙。我要把阿维娅·杰赛普藏起来。你会经常回你那个房子里住吗？”

“偶尔吧。”崔斯坦把手伸进口袋，掏出一把钥匙，“我们完成任务后，我会给斯帕罗太太捎个信的。”

“啊，对，任务。”我说，“需要我做些什么吗？”

“带我们穿过王宫，到你的雪橇那儿，然后陪我们去郊游，就这么简单。”

“去河畔城吗？”我猜测道。

“没错，那就是我们要去的地方。”崔斯坦说。

“噢，我猜对了。你们要和一个革命者喝茶。”

“我们也邀请你一起去呀，”崔斯坦眨了眨眼睛说，“这样不是很棒吗？”

“我就知道自己被骗了。行，那我们就去拜访一下罗宾·索普小姐吧。”

“珍妮特，”我一边喊，一边把门顶开了，“我的日程有变动。”

“早上好，格雷丝爵士。我已经把你的口信传给代理人了，要求取消出售你在布莱克地产公司的股份。那位叫阿维娅·杰赛普的记者也给我发来了另一条信息。”

我不知道崔斯坦和艾菲现在逛到什么地方了，但我也已经给了他们留了很多时间来参观我的办公室。我松开手，关上了门，然后穿过办公室，从珍妮特手里接过便条，撕开了信封：

格雷丝：

艾兰国电力与照明公司的故事已经付印了。你要是反悔了，只能在上午11点之前阻止这一切。不考虑考虑吗？

阿维娅

我翻起袖口，看了看表。还有十五分钟。

十五分钟后，阿维娅的这篇报道就会出现在报纸的头版，围绕着艾兰国电力与照明公司（APL）的欺诈和贪得无厌的行为，放出一个个爆炸性的故事。这篇报道里还会有APL大股东的简介，包括我本人。

我对父亲发过誓，如果他敢对阿维娅动手，我就会毁掉我们家族的名誉。这篇报道对他来说是一个信息，也是我小心翼翼地、经过深思熟虑后向艾兰国人民传达真相的开始。

“谢谢你，珍妮特。请马上给杰赛普小姐回信。”

珍妮特把准备好的便条纸和笔记板递给我。我开始写回信：

阿维娅：

恭喜你又出了一条头版新闻。附件的地址是：西哈尔斯顿街，1703号。

格雷丝

我把写字板和崔斯坦的钥匙一起装进了信封。珍妮特见我这么做，极力掩饰着她的惊愕。我拿过我的貂皮大衣，在肩膀上甩来甩去，也不知下摆会不会打到谁，反正它就自由自在地在我的肩上翻腾着。我开了门，站在那里顶着，让我的同伴们走出去。

“我要出去了，”我告诉珍妮特，“估计下午就回来。你能给我找些报告吗？我想看看负责调查《巫术保护法案》的小组委员会在关注些什么，我也想知道他们到底有什么发现。”

如果他们调查得不够细致，我会指出来，给他们提供帮助。我给了崔斯坦和艾菲足够的参观时间，他们也自动自觉地离开了我的办公室，这让我很满意。我带着他们走进走廊，开始了穿越政府大楼的旅程。

我戴上了一顶黑色貂皮帽，盖住了我那精心打理过的大波浪卷发。我仔细听着大理石地面上脚步声的三重回响。这声音可真揪心啊。我的心脏不安地怦怦跳着。如果有人注意到了呢？

啊，不过他们应该怀疑不到那些隐了身的半神国人头上吧。我用手抚平了外套，试图安抚自己紧张的神经。我不擅长鬼鬼祟祟地做事，也对偷偷摸摸、搞恶作剧这些东西一无所知。干这种事，你是不是因为担心被人举报而吓得汗毛直竖？我应该对这事感到恐惧吗？要是我们被抓住了，麻烦可就多了去了。

但我的内心也充满了兴奋。我接到的这个任务，是要让艾菲抛开一切束缚，从王宫里那间小厢房里“逃”出来。这是一场冒险。我现在的行为真的很叛逆，就像我邀请阿维娅来参加舞会时一样。我不得不控制住自己的笑容，向在大厅里走动的职员和抄写员们严肃地点头致意。到达前门时，我高兴得几乎要跳起来了。

“干得漂亮。”崔斯坦和艾菲从一根巨大的石柱后面走了出来。这样的石柱有好几根，支撑着政府大楼前的山形墙——上面有议会第一次集会的浅浮雕。任何从大楼里往外走的人都会以为我和他们自己在台阶上见了面，而任何进入大楼的人都以为我出去散步了。我们成功了。

“马车还要几分钟才到。”我说，“你好吗，崔斯坦?”

“我很好。”他说，“我不介意吃点零食。”他将自己和艾菲隐身了大概十分钟，就仅仅只是需要零食补充一下？眼前这人自己掌控的力量有多大，我简直不敢想象。而艾菲则在大口呼吸着冰冷刺骨的空气，脸上挂着暖暖的笑意，跟个小太阳似的。

“我这辈子还从没感受过这么冷的天气，”她仍然咧着嘴笑着说，“来了艾兰国才体会到。这些雪啊，我真想知道如果埃隆德尔也可以下雪的话，会是什么样子的呢。”

我眨眨眼，“你对天气的控制力这么强吗，还能让你们那边的冬天不下雪?”

艾菲和崔斯坦匆忙交换了一下眼色。“埃隆德尔没有冬天，”崔斯坦说道，“那里有时很凉爽。有时暖暖的。有需要的时候就会下雨。但那里从来都没有冬天。”

一想到这个，我就头疼——不过也可能是因为太阳低垂着，在南半边的天空中闪烁的光芒太刺眼了吧。我把手伸进外套，摸出了一副雪地护目镜，黑色的镜片缓解了我的不适，我松了口气。我应该早点戴上的。现在才戴，我的头至少还得疼一个小时呢。

崔斯坦和艾菲也各自戴上了一副配套的雪地护目镜。崔斯坦指着前面，“那是你的雪橇是吗？”

一辆南瓜橙色的雪橇和四辆相配的灰色雪橇开进了车道。我们一起下了楼梯，爬上了雪橇，在那张黑色的皮长椅上坐下了。我给了乔治一个位于西沃特街的地址，他带我们沿着一条曲折的陡峭山坡走盘旋而上。这里有些巨大的豪宅星罗棋布，是各大家族的姑婆、堂兄妹和其他兄弟姐妹们等亲戚的住所。

我们路过了开门营业的商店，转过街角的餐厅和酒吧。到了下个街区，我们又换了个方向，沿着沃特街，在河畔城市中心的主购物步行街上缓缓行驶着。这步行街很平坦，两边五光十色，琳琅满目。

我四处张望——这里的老人、孩子身上，甚至是老商店的遮阳篷和灯杆上，都飘舞着黄色的缎带。这无声地传递了他们对解放、补偿与和解的期望。我早该料到的。虽然肤色黝黑的萨敏丹族人比普通的艾兰国白人生活过得更好一些，在学术和各种专业领域也有更多的杰出代表，但明显有更多的萨敏丹族人会因犯“巫术罪”而被判刑。这就是为所有人谋求公正与平等运动的核心。

这里的居民们清扫了自家宗族大屋门前的人行道，黄色、绿色、天蓝色或橙色这些木制小路在白雪和湛蓝的天空映衬下，显得格外明亮而欢快。西沃特街上停着一排排雪橇，其中很多都载着供议会使用的羊皮纸和卷轴，由头戴高帽、身穿黑色大衣的雪橇驾驶员驾驶。看来这里还住了些政客呢。我朝崔斯坦和艾菲瞥了一眼。艾菲耸耸肩，说：

“我想见见他们。”

这倒也说得过去。我准备在索普家族的宅子里迎接雅各布·克拉克和他带领的委员会成员。这房子有着栗色的外饰，又大又宽敞。人们满脸好奇地趴在窗户上看热闹。索普的一大家子人注视着我们，看着威廉扶艾菲下了雪橇，走上了拥挤不堪的街道。

不约而同地，萨敏丹族的人们都对艾菲恭敬地鞠了一躬。他们把手放在胸前，表达对女大公深深的敬意。铲雪的步道，真的——我打量着站在屋外的男男女女，每个人身上都有着士兵和警卫的姿势和仪态。

艾菲也把手放在心口，向大家致意。街上的临时保安队队员们的脸上也洋溢着微笑。我领着一行人，走上一条清空了的人行道。走在房檐的荫蔽下，雪地上反射的刺眼的阳光也就照不到我们了，但我的头痛仍然没有消散，只是疼起来的节奏有点不一样。

我们还没走到那条宽阔的弧形门廊上，门就开了。那门廊环绕着房子的首层而建，很气派。房子里响起了音乐，一位身材干瘦、白发苍苍的男子穿着拖鞋走出来，站在地毯上迎接我们，还为我们扶着门。艾菲和他握手，他微笑着，满是皱纹的脸安详又快乐。

“这里欢迎您，”他说，“您吃了吗？”

屋子里暖暖的，空中弥漫着的食物香味足以使我快乐得呻吟慨叹。各式香料散发出浓郁复杂的香气，小火慢炖的肉甘香四溢，烤面包和焦糖的甜香味也很诱人——我简直要哭了。我原以为自己只能坐在客厅的椅子边上，礼貌地吃上两块饼干。可事实恰恰相反。我能坐在一顿丰盛的午餐面前，吃上一肚子美味家常菜。

我们在门口脱了鞋，跟着老人穿过了一条更为宽敞的走廊。他是家族里的长老，只为最尊贵的客人开门。走廊两边的墙上，挂着几百张索普家人的照片——有单人照，双人照，还有全家福——照片里的人仿佛都庄重地凝视着我。我离开时甚至似乎还能感受到，他们的目光在追随我。

随着我们一路深入，音乐声也越来越大，越来越清晰了。前厅里有个弦乐合奏团，对着一群安安静静欣赏音乐的听众，娴熟而精准地演奏着，他们奏响的乐音相互环绕，形成了复调旋律，一派和谐。那个大提琴手是拉蒙娜·索普，她在无线电台的表演给所有金斯顿人带来了无尽的欢乐。不过她在全神贯注地演奏着，没有留意到我，我便继续往前走了。

我们经过几间会客厅，里面坐满了人，都在与民选议员交谈。克拉克议员肯定也在这里，但当我在心里点着每一个在场的议会成员的名字时，我也把他们和我心里的名单对照了一下。这是克拉克的联盟，但他们还有一个身份，那就是调查《巫术保护法案》起源的委员会——这个委员今天晚些时候将会站在政府大楼的圆形大厅里，宣布他们的调查结果。估计他们在这个著名的废奴主义者家里吃过午饭之后就会去吧。

我已经对我的工作任务感到厌倦了，厌倦了兼顾处理一大堆事务的同时，还要出入参加所有舞会。我们在一个有双壁炉的房间前停下了，罗宾·索普和克拉克议员正在这里开会。我们的东道主站了起来，朝我们微笑。

我和克拉克议员互相鞠了一躬，也互相郑重地点头致意。罗宾摇响了铃铛，示意大家到家族餐厅用餐，那个房间装修得非常高雅，天花板上挂着一盏镶银水晶吊灯。长得惊人的桌子横跨了两个房间，这么多宾客都完全能坐得下。索普家族里的年轻人充当了招待员，把我们带到指定的座位上。我坐的位置很靠近主位，克拉克议员坐在了我的右边。领着我们进来的白发老人则坐上了主位。

就在我们慢慢入座时，索普家的其他孩子们端来了一盘盘食物。最后一位客人入座后，我们就开始互相递盘子，盛食物了。萨敏丹人总喜欢把所有菜一股脑都端上桌，而不是一道一道地上菜。我先吃了一份带糖皮的白兰地蛋奶沙司，然后才把美味的炸斑点鳟鱼片放到甜甜的腌白菜里卷着吃。老索普把美食递给我，一道接着一道。我吃得太多了。大家也一样。

我把慢烤的大蒜撒在一片鹅胸肉上，吃了起来。刀叉落在骨瓷碟子上，总会轻轻敲出声响，高脚杯交错相碰，叮当作响。我们品尝着佳肴，陶醉于美味，同时填饱肚子时，长桌周围响起了一片心满意足的咕哝和感叹。我把鳟鱼片都吃光了——可长老又往我的盘子里放了一块。我惊讶地抬起头来。“吃吧，姑娘。”长老说。

有人注意到我的胃口了吗？克拉克议员有些困惑地看着我那吃得干干净净的盘子，但很多索普家的人还在继续吃。

我们吃饭时并不需要交谈。长老不停地给我的盘子添肉添菜，龇着他那洁白的牙齿，笑容满面地示意我继续吃。他给了我六颗腌豆子，我都吃光了。他往我的盘子里放了一片鹅胸肉，给了我一瓶甜芥末酱让我往上撒，又给了我一块用香料调得非常美味的鱼片。我模仿着索普一家的吃法，掰开了一个脆皮面包卷，用它蘸上了盘子里的每一滴酱汁。长老端起了一个装着烤羊腿的瓷碗。

“噢，求求您别给了。”我说道。我们这半边桌上的人大笑起来，包括长老在内。我的头疼又加剧了一点，但我还是和他们一起笑了。

最后，罗宾从另一端桌子的位置上站了起来，举起一只玻璃杯，“欢迎，欢迎大家。我非常荣幸能为大家介绍我们神圣的艾菲女大公，创世之国的王位继承人。”

房间里掌声雷动。艾菲笑着站了起来，“感谢你的邀请。《巫术保护法案》让艾兰国深陷于恐怖局势，所以也要感谢你们为废除这条法律所付出的努力。与我一同前来的是格雷丝·汉斯莱爵士，她是推动立法，为星辰一族带来自由和安全的一位伙伴。”

什么。她怎么就突然介绍我了呢。她向大家举手致意，我便急忙站起身来，一边扣上夹克上的纽扣，一边在脑海里搜寻着该说点什么。

“啊嘿，大家好啊，”我朝桌子四周都投去了笑容，“感谢你们邀请我来到这么棒的家里。还要谢谢您，长老，给我塞了好多鱼。”

大家都笑了。我还在绞尽脑汁地找话题，“虽然我还没看过你的调查结果，但我自己也做了一些调查。《巫术保护法案》确实是一项非常糟糕的立法，它的依据实际上是站不住脚的——而且，我认为，这条法案的确立也源自于立法者的贪得无厌。”

大家点了点头。一部分人小声地说着，“说得对”、“我就知道”。

现在我就是在走钢丝了。“尊敬的下议院议员朋友们，我支持你们。如果各位同意的话，我愿意在今天下午的记者招待会上站在大家身边，以示支持。但女王并不支持废除这项法律。”

一个索普家的人把餐巾掉在盘子里了。她的光环很平滑，很普通的，明显能看出并不显眼。我转开了目光，继续说道：“她认为，如果艾兰国承认巫师并不会给社会带来危险，那就会伤害到国家的信誉，而我在议会只是她的传声筒罢了。我们必须说服她同意各位的调查结果，否则她会逼着我背着良心去投票。”

大家的笑容消失了。他们想让我反抗康斯坦丁娜，我却没有说他们想听的话。但是艾菲仍然站着，拿起她的高脚杯，喝干了里面的酒。

“那就让她听我的，”艾菲说，“我会把女王召唤过来。她不会拒绝我的。我也要表明我的意愿，希望把终身监禁巫师这种可怕做法废除掉。”

此时，大伙欢呼起来。欢呼声仿佛成了一道明亮的淡红色闪电，劈过我的头皮——一股水晶般的光芒在我的视线中央绽放，很是耀眼。我用手指按住太阳穴，闭上了眼睛。耀眼的光芒依然照在我的眼睑上，紧闭的双眼依然能感受到透过的一丝红光。

噢，不。噢，不要。我伸出手，向西延展着我的感知。我怎么会错过这些迹象呢？我不在西角公园，但我也根本不需要用天气风筝去探测了，因为我看到的景象是这样的——

云。一大片厚厚的螺旋云在空洞的风暴眼里旋转。它广阔而无情，延展开去，完全超出了我的视线范围。

又是一场风暴，和上次一样严重。可能还更糟。我站在桌旁，头昏眼花地晃着，赶紧睁开眼睛，眼前好几十号人正盯着我看呢。

“对不起，”我说，“我突然有点不舒服。”

我弯下膝盖，想坐回座位上，头却更疼了，仿佛给了我重重的一击，我听见自己疼得一阵呜咽，然后便倒在了椅子上，眼前一片灰白。

我没有晕过去。如果晕了，可能就不用听到一桌人的惊叫声，就不会再那么难受了。

“安静！”罗宾说，“你们这是在伤害她。”

她绕过桌子，把我的椅子向后拉开，好跪在我面前，“捏住我的手指。”

我努力睁开一只眼睛，寻找着她的手指。

“很好。来，笑一笑，做个笑脸。好。现在说说这几个字‘正，诚，人，尘’。”

我闭着眼睛，重复着刚才的绕口令，又问她，“你在做什么？”

“检查你脑部有没有问题。好消息是你的脑子没事。”

“我头很痛，老是弄得我眼冒金星，”我说，“偶尔会发作。”

“所以你需要黑暗和安静的环境吗?”罗宾问道，“阿莫斯，拿副雪地护目镜过来。”

阿莫斯咚咚咚地跑开了，然后又跑了回来。罗宾把护目镜递给我，“我想你应该吃点止痛药。”

这镜片是深灰色的，足以减轻我的痛苦了。治这种头痛的方法还是会让我觉得头晕目眩，但我还是受得了。

“需要，麻烦你了，”我说，“我能跟你说句话吗?”

“你先起来。”

在罗宾的衬托下，我觉得自己又高又壮。她领着我，来到一间没有窗户的小房间，一张狭窄的铁床占去了房间的一半，另一边则放着锁着的橱柜。罗宾摸出一串钥匙，很快就把一管芳香酊剂拿到了我的眼前。

“这是塞缪尔牌的合剂吗?”

“我感觉你不需要吗啡，”罗宾说，“这个至少也能让你平静下来了。”

我接过来，艰难地把药咽了下去——说实话，要是试着想象它是甜的，入口的那一刻一定会让你觉得更难以下咽——门口传来了轻轻的敲门声，罗宾便去开了门。

“长老想知道这位女士需不需要来点冰?”一个尖尖的声音大声问道。

“谢谢你，阿莫斯。告诉长老，我们这边没什么事，这里也有冰。”

门咔嗒一声关上了。罗宾叹了口气，“去吧，阿莫斯。”

咚咚的脚步声远去了。

“这应该很快就会开始奏效。你想对我说什么？”

“又有一场风暴要来了，”我说，“比上次的更糟。”

她换了换站姿，踩得地板吱吱作响，“更糟。”

“你得向河畔城的巫师圈子发出警告，”我说，“我不知道你们有没有人能感觉到它。”

“这就是你头疼的原因？”

“是的。这种情况经常发生。我已经习惯了。”

“好吧。你还有什么别的事要告诉我吗？”

“一想就难受，”我说，“请告诉你的人务必要小心。我可以把风暴朝哪去的一些详情发给你吗——”

“我们能做到，”罗宾说，“谢谢你告诉我们。”

“你们可能也不用我提醒，”我说，“我看到河畔城的雪下得没那么大了。”

“你的本意是好的，”罗宾说，“而且你还一直记得为我们保密。”

“等这一切都结束了，我才能高兴起来，”我说，“等所有的秘密都揭示出来。他们逼着人们保守这些秘密，也都已经筋疲力尽了。这真的非常可怕。这一切必须得终止。”

罗宾关上柜门，锁上了柜子，“你觉得这个行动会怎样开展？”

我咬着嘴唇。迈尔斯信任罗宾。她是反政府行动的领导者。“我觉得，如果女王不愿意，也没法有任何实质性的进展，”我勉强压低声音说，“希望艾菲能左右她的观点。”

“如果她做不到呢？”

我的喉咙一紧，“那就会有流血事件了。”

“要流的这些血很可能来自我们呢。你很担心这个吗？”

“我不想看到有人流血。”我说。

“这就像做手术一样，”罗宾说，“如果没有外科医生用刀做手术，病人就会死。你就必须要切开病人的身体。是会流血，但病人也能得救啊。”

“艾兰国需要一个外科医生，”我坐了起来，脑袋里仿佛还是被敲打着，但至少这次只是一声闷响，“把危及它生命的东西割下来。你的意思就是这样吧。”

“你不同意吗？”

我不敢摇头，“我同意，但——”

“每个病人都害怕风险。只有最糟糕的医生才会假装手术没有风险。人们有可能会因为做手术而死。这确实很危险，”罗宾说，“但如果你不采取任何干预措施，病人是必死无疑的。”

我知道这话很有道理，她是对的，“我想我现在可以回政府大楼去了。我要去给那个委员会撑腰。”

第十九章 内阁

这该死的雪橇，这讨厌的颜色。我们经过临时搭的栅栏时，手上系着黄丝带的人群见到看见这雪橇，便吵吵闹闹的，朝我们发着怪声。栅栏把他们挡在了政府大楼那长长的浅台阶之外。他们举起标语牌，愤怒地高呼："立刻放了他们！"

获准通过围栏的是记者和摄影师。他们抽着烟，在午后寒冷的空气里四处乱转。一看到我那引人注目的橙色新奇玩意儿，一群戴着尖顶帽的新闻记者就飞跑过来，举起相机。

崔斯坦在我旁边抱怨道："这就是我们溜出来的掩护吗？"

"对不起，"我站起身，让威廉把我扶下雪橇，"我去分散他们的注意力。"

我冲到他们中间，跑上楼梯。他们的每一声叫喊都拼命地往我脑壳里钻，"市民们，我现在头痛得厉害。记下我这话就不要问任何问题了。我还不清楚杰赛普小姐得出了怎样的调查结果。议会还需要对此进行调查和进行最后决定。"

"那你支持哪一方？"一个声音问道。

我朝聚集在顶楼的那群委员会成员点点头，“克拉克议员那边。他今天向媒体宣布了一个消息。克拉克议员？”

克拉克议员甩了甩他梳着辫子的头发，让我跟着他那一大群委员会成员一起走。虽然我也藏不住，但他们还是能保护我的。崔斯坦和艾菲不见了踪影。他们溜走的时候会被人拍到吗？神哪，算了，就这样吧。

街道的另一边，抗议者们挥舞着他们的标语，但当克拉克议员举起喇叭，大喊他的口号时，他们安静了下来。我站在克拉克联盟真正的成员背后，给他的演讲小小地使了个法术，这能让他的演讲声传得更远。他在这场危机中获得了更多的联盟成员，因为出身于平民阶层的城市议会民选议员，已经放弃去讨好那些从乡村获得议员席位的地主了。

“《撒特尔顿议会议事录》，以及那些在讨论和批准《巫术保护法案》的过程中被纳入考量范围的补充文件，委员会已经审阅过了。”他说道，这训练有素的声音在人群中回荡。我保持着正常的表情，试着不让自己看起来像被闪光灯闪死了似的。

“经本委认定，立法依据存疑，辩论不充分，投票结果同样可疑。”克拉克议员继续说道。抗议的人群中发出了刺耳的欢呼声。克拉克让他们稍等片刻，继续说，“因此该法律不应通过。”

街道的对面传来一阵震耳欲聋的欢呼声。我仍然维持着微笑，就像如果我不笑就会死掉一样。克拉克向他面前的记者发表了讲话：“我们的发现，促使我们对投票的关键成员开展调查，调查所获结果也促使我们对十七名投赞成票的下议院议员的财务情况进行了审计和调查。”

“你是说他们被贿赂了？”一名记者问道。

克拉克议员耐心地说：“我们正要求相关人员调查他们的财务状况，这样才能确定他们是否有收受贿赂。”

“但这么说是什么意思呢？”另一名记者问道，“你支持那些法案废除主义者吗？他们主张的是巫师并不危险。”

“这个委员会的成立，是为了调查一份独立的报告中所陈述的问题。这份报告是由一个历史学家、律师和医学专家组成的小组调研后完成的，里面详细描述了普通公民受到的严重虐待，并使用了一些以这些魔法天才为主题的宣传故事和神话作为支撑材料。魔法天才变成精神不稳定者、暴力狂，根本就是无稽之谈。这份报告的材料来源也是公开的，你们可以自己读读看。”

他举起一只手，工作人员便开始分发这些资料，把装订好的书递给那些举手表示想要一本的记者。一位年轻漂亮的女子递了一本精装的给我。我留意到，作者名单里有罗宾·索普，还有一些我不认识的名字。我把它夹在腋下，等着克拉克说完。

他再次把喇叭举到嘴边，“基于这份报告，本委未能找到能与之相悖的指控，因此本委在此发出一项关于《巫术保护法案》的废除通告。我们要求它立即暂停实施。我们希望精神疗养院里的每一个被收容者都能在1584年的雪凝之月一号当天获得释放，重新获得他们的社会地位。”

抗议者们发出了欢乐的尖叫声。但是一个记者喊道：“那也太早了！”这群人猛地又闹了起来。我咬紧牙关，双手放在身体两侧。

一个声音盖过了喧闹声，朝我喊道：“汉斯莱总理，女王会批准这一行动吗?”

我举起手，人群安静下来。“我刚刚才得知委员会的调查结果,”我说，一阵阵的疼痛缠绕着我的前额，“我得和女王陛下谈谈。”

“你赞成这种草率的行动吗，总理?”

就是这个问题。这就是他们一直在等待的问题。我扫视了一下记者们，暗自希望我的护目镜不会让我显得不够亲民。

“我在那本《议会议事录》里读到过关于议会投票的消息,”我说道,“建议你自己去看看——再把投赞成票的人和艾兰国电力和照明公司的大股东名单比较一下。”

“但这是否意味着——”

“是的,”我说,“我认为我们应该把《巫术保护法案》放在一边。但我在众议院投的票并不代表我个人的意愿，而是女王的。我现在就在你们面前，给你们一个肯定的答复。这是一项糟糕的法律，它对艾兰国的民众造成了严重的不公正对待，还迎合了某些人对魔法天才的造谣行为和恐惧心理。我希望它能被撕成碎片。不好意思。”

站在南面台阶上的我再也受不了那些低低斜斜射来的闪光灯了。我受不了那些喧闹的声音。我爬上楼梯，穿过政府大楼，迫切地想找一个够安静、够暗的地方休息，还想去药剂师那里开剂补药。

珍妮特看见我，倒抽了一口冷气,“格雷丝爵士。”

我举起一只手,“请保持安静。别用打字机。我需要躺一会儿，然后——”

一个女人从铺着软垫的沙发上站了起来，走到我跟前。是缪丽尔·贝克，女王的私人助理。她穿着羊毛裙装，很是漂亮，可看着她出现在我的接待室，我只想倒在地上大哭一场。

缪丽尔站着的体态非常完美。她把手臂搭在写字板上，擦掉了上面的一项待办事项，宣布道："女王陛下希望你立即去找她。"

我闭上眼睛，叹了口气，"好的。"

"这边。"

缪丽尔指的路并不是通往王宫的。我们沿着一条狭窄的走廊走着，这走廊是给民选议员和女王内阁成员走的捷径。我们在这里做什么？现在又没有内阁。我们走近一扇高大的门，门上刻着英明的艾格尼斯女王和她的小羊的浅浮雕。嗡嗡的说话声从房间里传了出来。

有声音从内阁里传出来。身穿红色制服、肩披金色穗带和流苏的守卫从门两边的凹室里走了出来。王后的贴身卫士挡住了路，房间里法官敲击木槌的声音，穿透了厚厚的木门，砰地一声打在我的前额上。

门开了，我看到的却是一片灾难。

这是间阶梯式的议事厅。女王坐在大厅前面的一个台子上，穿着她那件不怎么正式的紫色长袍，头上戴着金橡树叶环形状的王冠，臂弯里抱着权杖。塞弗林王子坐在她旁边的次等宝座上，他穿着他最喜欢的一套定制西装，紫罗兰色的领子紧贴着他的喉咙，他的胸前的方巾口袋也是紫色的，紫水晶袖扣在他的手腕上闪闪发亮。他先注意到了我。当康斯坦丁娜把目光投向我时，她压抑着自己，根本没有对我露出一丝微笑。她招手叫我过去。

我走下陡峭的楼梯，看着分层座椅上坐着的人——他们都是穿着黑色长袍、戴着紫罗兰边帽子的内阁成员，坐的位置呈半圆分布。一张张熟悉的面孔转过来，看着我向前走。我给这些面孔做了个统计，根据他们所选的座位和他们的身份进行匹配：约纳特·西布利爵士坐在农业部部长的座位上。艾琳·斯坦利爵士，劳动部部长。萨拉·瓦莱爵士，交通部部长——

埃尔辛·佩尔弗雷爵士，坐在为财政部部长预留的位子上。

我认得他们的脸。他们中的许多人继承了自己父母官位。埃尔辛恶狠狠地瞪着我。我一直忙着镇压雷蒙德，却没有意识到她才是我真正的威胁。

“总理，”女王开口了，整个房间鸦雀无声，“我一小时前就盼着你来了。”

该死。我走下最后一级楼梯，单膝跪下，膝关节压在了冰冷的大理石上。

“对不起，陛下。”我并没有接到任何通知，如果有什么要紧的事情，珍妮特会告诉我的，我什么都不知道。“我不知道要开这个紧急会议，所以用这段时间去见了一些想和我聊聊议会情况的民选议员。”

“希望你见的不是克拉克议员和他的小集团吧？”王后歪着头，看上去并没有恶意。

可她已经知道我是和谁在一起了。“是他们，陛下。他们想跟我谈谈对《巫术保护法案》的调查情况。”

“你建议保留这项法律，是吗？”

噢，真见鬼！“陛下，他们的发现引起了极大的恐慌。对赞成这一法案的议员进行公开质询将不可避免地——”

“什么也不要做，”女王说，“因为这个法案不会被终止。你应该是知道的吧。你怎么不知道呢？”

我的膝盖都跪得发烫了，很痛。女王并没有让我起来，而是要我跪着。所有的目光都集中在我身上，仿佛刺穿了我的后背和肩膀。我的头皮仿佛要裂开了，火焰仿佛灼烧着我的头骨。“陛下，我有紧迫的理由。我们必须小心处理和巫师们相关的事情，并且要对此类事情多加关注。我们必须要结束这种装腔作势的把戏——一方面，人民对我们深恶痛绝，这对我们是个威胁——”

身后，有人发出了一声短促的讥笑。

“另一方面，我们也要考虑神眷者的意思。我们被这两个群体夹在了中间，所以我们最好的办法就是对放出来的巫师们做好跟进把控，然后给人民呈现我们的故事版本。”

“你有个计划。”

我抬起下巴，“是的。”

“我现在很宽容。”康斯坦丁娜女王说。塞弗林咬了咬他的嘴角，“这个计划是什么？”

我稳住了声音，“我们可以利用媒体的报道。强调那个决定是四十年前作出的，决策者就是现在被控犯下叛国罪的那些人。他们目前被监禁，就是因为和他们过去的行为有关。您没有参与其中，陛下。那些法律文件上都没有您的签名。那时候您甚至还不是王位继承人——”

“够了。”女王举起手。我的话让她想起，那场可怕的事故夺走了她的丈夫和哥哥，她也因此成为了王储——我现在如履薄冰，可当我试图寻找一个不同的角度，一个更好的角度时，我脚下的冰裂开了。

女王把手指尖合在一起，“所以，你是建议把你父亲送上绞刑架喽。”

该死。“他们可能会被判终身监禁。”

“人们更倾向看到有人为此丧命吧，”女王说着，用一根手指轻轻敲击着王座的扶手，“最坏的参与者应该受到惩罚，这样能在最大程度上洗清我们所有的过错。告诉我，你会不会为了自己过得幸福，而把你的父亲送上绞刑架呢？”

我本应该很软弱地说“不”，或者残忍地说“是”。可我没有，“我对你说这些，是因为我知道，克里斯托弗·汉斯莱爵士在做某些选择的时候发挥了重要作用，而这些选择却导致了半神国人要来审判我们、来判定我们犯的是什么罪。如果要列一份重犯名单，他的名字会是这上面的第一个。”

“所以你是愿意送他去死的，”康斯坦丁娜用好奇的语气说出了这句话，似乎对我的话很感兴趣，“那我们要不要让内阁成员自愿加入你的计划呢？如果你想看你父亲在绞索末端踢着腿挣扎，看你母亲像个杀人犯一样被吊着窒息而死的话，你就说‘好’，那么，你们谁愿意献祭呢？”

我身后，内阁成员们一阵喧闹，却无人回应这个问题，倒像是显得这房间空着一样。康斯坦丁娜对他们笑了笑，赞赏着他们这个正确的回应。

“我觉得你需要想出一个不同的计划，不需要别人和你一样舍弃掉自己的父母，格雷丝爵士。你是我在议会的代言人。你投的票并不是代表你自己的，所以你也没法发表自己的观点。观点都是我的。你只是个传话的。”

有这样的内阁“支持”，我可真是活不下去了，在她这么说完之后更是如此。真该死啊，她是什么时候有空联系上他们这些人的呢？

我必须做点什么，要控制好局面。

“这可不对，”我说，“我的工作就是给您提供明智的建议，让您知道，什么对艾兰国而言才是正确的。我的建议也不只是意见。我所描述的是一条极其狭窄的道路，可要是我们还想挺过这场危机的话，我们就必须走这条路。如果我不这么说，我作为您的总理就是不称职的。”

“我不想再听到这个计划了。”女王说。

女王换着花样在羞辱我，我也受够了。我站起身，慢慢地伸直膝盖，膝盖因为在大理石地板上跪了太久，一直在颤抖。“陛下，那太可惜了，”我说，“因为这是您唯一的选择了。”

身后，一个穿制服的传令官敲了三次地板，宣布内阁有访客。我马上转过身，身后传来一阵惊讶的声音。一般来说，这样的情况只会在女王出席内阁会议时出现。王储则会等一会儿才进去，就像他对待舞台演员和冰上曲棍球选手一样礼貌。

想进这房间的人，肯定比任何君主的地位都要高。

门开了，伊桑德·福尔克纳大步走了进来，身上弥漫着飘动的黑烟，闪烁着银光。一只巨大的黑鹰站在他那戴着手套的手腕上，它的眼神锐利而专注。伊桑德的目光同样冷酷无情，一个眼神就把女王压制住了。

“康斯坦丁娜·伊索贝尔·蒙特罗斯，”他说，“艾菲女大公，神眷者，创世之国的继承者，埃隆德尔的长女，灵魂的守望者，负责对艾兰国之违规行为衡量判决。现要求你明天九点到玻璃大厅，与女大公会面。请携继承人塞弗林·菲利普·蒙特罗斯出席，闲杂人等不准参与。”

康斯坦丁娜女王脸都白了，“很遗憾，我有任务——”

“若无法出席，艾菲女大公即于当日中午对艾兰国做出判决，”伊桑德说，“不加宽恕。”

女王正准备张嘴，塞弗林说话了：“我们听从女大公的吩咐。那天我们会及时去见她的。”

艾菲会改变康斯坦丁娜对《巫术保护法案》的态度。女王别无选择，她只能做正确的事。

即使她眼神躲开了伊桑德，可这依然会让她觉得很难堪。她的手放在宝座扶手上，指节捏得苍白，就足以表明她的恐惧了。可她的眼睛里依然暗藏着怒火。没人告诉康斯坦丁娜该怎么做，但就连她也不敢违抗半神国首领的命令。现在艾兰国命运岌岌可危——她会接受召唤的。

我多希望到时我也能在场，见证这一切。

“格雷丝爵士，”伊桑德说，“艾菲想感谢你今天的帮助。非常感谢您的服务。”

“请向女大公表达我的谢意，感谢她对我的信任，”我说，

“能帮助她是我的荣幸。”

伊桑德向我点点头，走出了房间，留下一屋子人沉默不语。

我把注意力转到了康斯坦丁娜女王身上，她呆呆地坐着，不安的眼睛睁得圆圆的。“陛下。”我开口道。

她把目光转回我的身上。我的语气很坚定，但又努力地让自己听起来不像是在发号施令，“我建议您准备好面对安息国度国王的长女，陛下。她对艾兰国的判断是公正的，而她要求你作出三个让步。我会开始考虑如何与她合作的。”

“给我滚，”女王的声音颤抖着，“你们所有人。现在就滚。”

身后传来一阵拖沓的脚步声。刚获得任命的内阁成员正急忙服从女王的命令。我不敢给我的右膝上施加任何重量——我刚抓住这个时机施压女王，现在肯定不能丢脸一瘸一拐地走出去。塞弗林跳下台子，一会儿就来到了我身边。

“你不能用右腿撑着走了，”他把肩膀伸过来，“对不起。我曾去找你，但到处都不见你的人影。”

“我没在大楼里。”我说，咬紧牙关，试着把重心放在右膝上。

“去我办公室吧，那里近点儿，”塞弗林说，“我要告诉你一些事情。”

我们通过附属走廊，穿过了政府大楼，躲过了媒体，也避开了任何想和王子说话的人。我一瘸一拐在塞弗林身边走着，而他就像一根耐心的拐杖。我们路过一面墙，上面挂满了不那么精美的艺术品，这些所谓艺术品大多是给职员和仆人看的，太过感伤，只可能是装饰品。

我们没有朝左拐，而是向右走了。走了几步，我就进了塞弗林办公室的接待处。办公室里在播《星星如缕，宛似汝发》的录音，刚好放到首席女高音唱的一个高难度的唱段。我听着也跟着痛苦地呻吟起来。

“把那个关掉。”他对秘书说。那发条留声机很快就沉默了。“再往前走一点。你能做到的。”

一位秘书跑在我们前面，开了一扇门。门后面是塞弗林的起居室，正等着他进来放松。一块黑白相间的地毯上印着醒目的圆圈和方块，图案环环相扣。上面放了几张白色的皮沙发，环绕着跳跃的火堆。塞弗林把我扶到一张沙发上坐下了，在我的膝盖下垫了一些垫子，让我稍稍曲着膝盖休息一下。沙发旁边的矮桌上放了本他的冥想记录，还有一支钢笔。他写了什么？谁也不应该打开它来看。一个人在本子里所写的东西，是他与创造者的神圣交流。那是个人隐私。

可那本子总让我手痒，总想去翻一翻。

“别动。”他把一张紫色的流苏毯子盖在我的腿上，然后走到餐具柜前。“你有点头痛是吗？”

“是的。”

他拿起一个蓝色的瓶子，往里面倒了一种熟悉的黑色糖浆。他把瓶子递给我，我就知道那是塞缪尔牌合剂的味道。我把它一饮而尽，希望这次能快点咽下去，这样就不用尝到它的味道了。

还是尝到了。可能是我没有这样的运气吧。我试着伸直腿，却倒吸了一口气，“噢！真见鬼了！好痛啊！”

“就像有人慢慢地把它碾碎一样，”塞弗林走开了，提高了嗓门，像是故意想让别人听见，“给点时间让你的膝盖休息休息吧。你可以揉一揉，虽然会更疼，但你至少像是有在努力让它赶紧好起来。”

他说得有道理，但不知怎的，揉了之后却好像舒缓了一点。我又揉了揉，等疼劲儿过去，就开始不停地揉膝盖了。

我背后的墙上挂着一组照片，里面都有塞弗林，和一个又一个美女站在一起。王子与歌剧女高音、主舞，还有特别优秀的舞台剧女演员亚森特·乔克一起摆姿势拍照，后者对他们之间存在亲密友情的传言既没有承认，也没有否认。我怀疑他们是有的，但我不会堕落到要去八卦名人的地步。

塞弗林拿着两袋冰回来了。他递给我一袋，冰凉的感觉瞬间抚慰了我的膝盖。我拿过另一袋，把它放在了头上。我如释重负地叹了口气，“你知道这个惩罚是吗？”

“深有体会。我也被你父亲这么罚过，”他大笑一声，“你是怎么计算出伊桑德先生到达的时间的？”

“我没有啊，”我说，“那纯粹是魔法效果。”

“或者可能是创造者们来帮你了，”塞弗林说，“对不起，我没来得及把母亲打算组建新内阁的消息告诉你。我本来想去给你提醒的，可你那时候不在。”

我一头扎进黑灰色的枕头里，抱着头，“我那时候和克拉克议员在一起。”

“还有女大公？”

我点了点头，表示了懊悔，“她想到王宫外面去，我就帮了她。但现在这个新内阁就是场灾难啊。他们马上就会取消休会，重开议会。”

塞弗林坐在沙发边上，靠着我坐着。

“他们甚至可能连议会都没机会进呢。母亲也许会求饶，可能他们还没开始干活就又被撤职。无论哪种方式，他们都注定要失败的。”

“不能这样，”我用一只手遮住眼睛，“如果我们不把巫师放了，艾兰国的一切都会化为灰烬的。”

“如果我们要得到真正想要的东西，我们就得让他们这个计划失败。”塞弗林说。

我把手从眼睛上移开，“你想让女王陷入不利的境地是吗？特别是让人们反对她。但半神国人——”

“赶紧采取行动的话，我们会得到宽大处理的。”

我屏住了呼吸。我在金斯格雷夫监狱所做的承诺——这正是塞弗林所希望的。“会发生骚乱的。”

“我知道。我们要通过推翻旧秩序来平息这些骚乱。就像你说的那样，我会根除保守派的腐败，从而开始我的统治。然后我们把巫师们放出来，他们会责怪死了的那些叛徒，而不是我们。”塞弗林的黑眼睛里闪烁着这个计划。“我们能做到的，格雷丝。我们可以拯救艾兰国。”

有多少人已经悄悄地暗示过他们想要这么做呢？人数已经多到完全能顺利地颠覆现有的政权，推选新王上任。我和康斯坦丁娜说过，我们得走一条很窄的路。这次更危险，可这是我们最好的机会。如果我们把故事打造得非常正面，让英俊帅气、魅力四射的王子因为心怀人民而开展行动，我们就能挺过这一切。我又把手从眼睛上移开了。高高的窗户外，一只毛色斑驳的灰色信鸽落在一个喂食平台上，啄食着小米。

“我们需要你公开支持休会，”我说，“如果你肯和阿维娅·杰赛普聊聊，她可以采访你。她拍的照片很棒。我明天就能把她找来。”

塞弗林抬头看了一眼他的照片墙，“什么时候？”

“如果我们想赶在下午的最后期限前完成，就必须定在早上。十点钟行吗？”

“十点啊，我应该能把其他事情都安排好了。”塞弗林说，“这个计划需要你对康斯坦丁娜显示出强硬的立场，强调你对这个计划的支持，以及她的反对。我们要让人们对下议院的投票结果满意，所以当议会做不到这一点时，我们就是人民需要的英雄。”

一场政变。我们在策划一场政变。这是最好的办法了，但我的呼吸依然局促紧张，恐惧仍然在我周围晃动飘舞，“我希望时机好一点的时候再这么干。我现在其实不是头痛，而是风暴警报。我们马上又要遭遇一场完整的气旋式暴雪了。”

“还来？”塞弗林问道，“这么快又有一场吗？”

“我真的怕整个冬天都会这样。我得把它的进程路线画出来，再算算隐巫者要在什么时候再搞一场仪式。”

“那你该回家了，”塞弗林说，“先好好休息一下。”

“要做的事情太多了。”

“你可能不用那么忙了。”塞弗林说。

我眯起眼睛看着他，“这是什么意思？”

“我的意思是，母亲会对你生气的。非常生气那种。她可能会撤你的职。”

我咬着嘴唇。这对我和风暴歌者打交道的时候可没有好处。影响还挺大的。“但如果我不是总理了，我也帮不了你啊。”

“不会太久的，”塞弗林握着我的手，轻轻地捏了一下，“我都不敢想象，如果没有你陪着我一起管理这个国家，那会是什么样。我需要你辅佐我。你停职的时间不会很久的。”

我的内心其实在尖叫。我也捏了捏塞弗林的手，“但如果我不在这里，我怎么能——”

“半神国人会叫你去陪着他们的。你今天早些时候说的那句话是对的。一边是人，另一边是拥有不死之躯的半神国人，我要利用他们来粉碎母亲的统治。相信我吧，你不会错过这一切的。”

第二十章 鸟食

我在办公室待了很长时间，安抚了忧心忡忡的珍妮特，然后写了封信给阿维娅，了解了解《星报》那边的情况。我邀请她第二天早上来见我和王子——九点先来见我，我来给她简要介绍一下情况，王子十点会来找我们，告诉她真实的故事。

给她简要介绍。这句话我自己都不信。威廉和乔治送我回家了。我在雪橇上望着崔斯坦的联排别墅。看到窗户里闪烁的灯光时，一股希望在我心里跃动起来。我很想停下来看看她怎么样，但我不能因为这一自私的举动，把她的藏身之所暴露给父亲的刺客。即使我完全信任我的司机和仆人，我也不能停下来。

吃过晚饭，我便任由伊迪丝摆布。她知道能减轻我头痛的一切办法。她给我吃补品，用薰衣草香味的洗发水给我洗头，给我吃最清淡的食物，避免让我吃到一些可能会延长疼痛的香料，她还不准我吃巧克力、喝葡萄酒，不让我看书或者做文书工作。尽管我还是给自己争取了五分钟，指导我的助手给每个隐巫者写信，因为新的风暴要来了。新风暴预警发出去了，我便一个人躺在床上，闻着助眠香薰的味道。

我梦见了暴风雨。醒来时，床上只有我自己。我下楼去吃早饭，又抬起头，凝视着那幅画，上面画着我的舅公伯纳德。我学着阿维娅那样，一直盯着它看，连鸡蛋都放凉了。上了雪橇，我坐在后面，缩成一团，看着外面那些衣袖上系着黄丝带的人。威廉把我从雪橇里扶出来，我们的雪橇停在了第三个车位上，前面是两辆满载着邮件的绿色货车。

我歪着头。现在全国的电话都用不了，那政府一天到底能收到多少邮件啊？毕竟早上7点就来了大概两辆货运雪橇派邮件？

雪橇的铃铛在我身后叮当作响。第三辆货物雪橇停在了我们身后，上面依然装满了一袋袋的邮件。一个邮差小跑着从政府大楼里出来，下了台阶，绕到雪橇后面，把一个袋子扛在肩上，又爬上台阶往入口跑去。

我拦住了身后的邮递员，“请问，你这里是不是也有一袋给政府大楼的信呢？”

她眯起眼睛，好像近视似的，“都是给市政府的，夫人。”她把这词说得像“妈妈”一样，发音和河畔城的居民差不多。她上了雪橇，一挥手就把另外两个孩子也拉了上去。

我眨了眨眼睛，“满满三个雪橇的信件？这正常吗？”

“一点都不正常，夫人，”她说，“七点的时候有一袋，或者两袋。十点来的就更多了。但我从没在同一个地方见到过这么多信件。”

这到底是怎么回事？“谢谢你。”我说着，匆匆走进了大楼。

我的办公室门外放着满满一袋邮件。珍妮特正在办公室里，从另外一个袋子中取出一个又一个信封，想给它们分类。她那斑白的头发从发髻中散开了，一缕一缕地绕在头上。

“这是怎么回事？”我问，“珍妮特，发生什么事了？”

“所有这些信都是选民写来的。”她说，接着撕开了一个信封，上面的字迹工工整整，像个小朋友的字，然后抽出了一张叠好的纸。“目前来说，这些信都是关于释放巫师的请愿。有些读着真让人心碎啊。”

她从一叠信里拿出了一封，递给我。我展开信纸：

亲爱的汉斯莱总理：

阿姨让我把躲起来有什么感觉写下来。我感觉很伤心。我可以让植物生长。如果我能把这个能力告诉人们，那我就能让每个人的植物都长得好好的。我可以告诉他们什么时候会有切根虫和坏甲虫，还能帮他们种很多粮食。但我不能告诉任何人，因为他们会把我带走，这样我就再也见不到家人了。

真诚的

无名氏

签名上有停顿时留下来的墨点，看来是作者准备用钢笔写下名字的第一个字母时停了下来。

“这是一个孩子的信。”我说。

珍妮特点点头，“这封信真让人心碎啊。但有些人非常粗鲁。”

我拿起珍妮特整理好的一叠信件，埋头读起来。我读到了一个男孩的故事，他能给受伤的动物疗伤，还有一份“好工作”，却不能告诉我具体是什么。我读到了一位母亲写的信，她第一次意识到她的孩子在直接对她的心灵说话的时候直接哭了，因为她的孩子还太小，并不知道自己的才能会给他们带来危险。我读到了一个女孩的来信，她爱上了一个没有巫术的男孩，可她的父母不让他们在一起，因为被发现的风险太大了。

每个精神疗养院里都有几百号人。金斯顿城里的疗养院关的就更多了，有好几千人呢。他们生活在狭窄的空间里，每天都沉浸在恐惧之中。我周围都堆满了信件。这时，阿维娅走进来，举起相机，把我和职员们读信件、分信件的样子拍了下来。

“《星报》报社已经埋在信件堆里了，”阿维娅说，“组织这一出的人可真是天才啊。”

我从沙发上挣扎着站了起来，“很高兴你能来。要来点咖啡吗？”

“好的，谢谢。”阿维娅叹了口气，“《星报》的报纸已经卖没了。我们在续印。”

我走到一个大腹便便的银瓮跟前，给我们俩各倒了一杯，咖啡醇香四溢，色泽偏暗。阿维娅拿了她的黑咖啡。我们的糖快用完了。她跟着我走进办公室，微笑着看我搅动空气，把壁炉里的热量传播到房间各处。

“总有一天，我要看看你是怎么呼风唤雨的。”

我几乎不需要动用我的感知力。厚厚的乌云便马上在天空中低垂下来，云的底部被未落下的雪笼罩着。我指了指窗外，阿维娅便盯着在微风中飞舞的雪花。

“这是你弄出来的吗?”

“是的,”我说,“不过再过几个小时就真的要下雪了。”

阿维娅望着窗外,双手捧着咖啡杯,“这是怎么做到的?”

“我能感觉到。你也能感觉到——你能感受天气的冷、暖、潮湿、干燥和大风。而我的感觉会更强烈,更细致。我觉得,这就像一个裁缝,看一看,摸一摸,就知道自己要用什么布料了。”

“你能知道风暴什么时候会来,就像上周一样。”

“是的,”我说,“就像上周。也像现在一样。”

她转过身来打量我,“又有一场风暴?”

“还是个挺麻烦的风暴,”我说,“可以说是残酷的。告诉斯帕罗太太给家里多囤点东西吧。风暴来之前,她大约还有三天时间去办这事。”

“这让我的报道比以往任何时候都重要了。”阿维娅从她的包里拿出了一份文件,我打开那熟悉的金色封面,发现里面有一篇打印出来的文章,标题是《百大巫师家族——艾兰国精英如何隐藏法力》。

一股寒意顺着我的脊梁往下爬。这么快就公布,我们准备好了吗?我浏览了一下打印得整整齐齐的那一页。阿维娅用干脆利落的笔调,详细地说明了事实:我们平时说巫师最常见的把戏之一就是蛊惑人,由此证明巫师们已经失去了理智,这实际上是真的,因为艾兰国最有权势的家族——百大家族中那些有钱有权又只顾自己利益的成员——本身就是巫师。

这篇文章后面就是对我的介绍,介绍了我的生活,还浪漫地描述了我是怎么控制空气和水的变化,从而让天气按照我的意愿改变的。我一直读到“以上是对格雷丝的采访”这行字，才合上文件夹，把它丢到了桌上的文件堆里。

阿维娅喝光了咖啡，放下了杯子，“我想让你先看看。”

“你想让我直接说出来，”我抬起手捂住喉咙，“证实消息不是匿名人士提供的。你想让我当众承认这个真相。”

“我觉得这是我们的下一步行动，”阿维娅说，“我想把它放到投票当天的晨报上。”

噢，神哪。我浑身发抖，几乎不能呼吸。如果我这样做了，我就可以和我的主音职务吻别了。我也肯定当不了总理了。到时候我就像毒药，谁也不想接近。估计对塞弗林来说，他也保不了我。

不过，说不准这也能奏效。也许我可以利用我的坏名声来帮助巫师们呢？塞弗林登基的时候，肯定会任命我当总理的。不过这个风险有点大。我们能碰碰运气吗？

阿维娅耸起肩膀，拢到耳朵旁，“你不想这么做。”

“我可没那么说。”

“你什么都没说呢。”

“那是因为我很害怕，”我说，“搞不好还会连累我的。”

“我想它会为你赢得下议院的席位，”阿维娅说，“如果你支持这个计划，你就可以扭转局势，获得选票。”

“这可能还不够。”我嘴里冒出来一股酸味，那是谎言的滋味，最简单的一种谎言，就是那种掺杂了太多真相而被忽视的谎言，“康斯坦丁女王任命了新内阁。他们肯定会否决众议院的投票。”

阿维娅猛地睁开了眼睛，“什么？连议会都还没面试人选就定了?"

"从法律上讲，她不需要让任何人干涉她的决定。"

"我得教教你怎么看什么新闻值得上头条，"阿维娅抱怨道，"怎么像讲头条那样给我讲故事。"

"对不起，"我说道，有人敲响了我办公室的大门，可能又有邮件到了吧，"也许有个方法，可以把它和塞弗林的故事联系起来。"

她歪着头，"你对王储是直呼其名的吗?"

"他坚持要我这么叫，"我说，"我们一起工作。最近我见他的次数比见女王还多——"

一阵沉重的脚步声传来。只听珍妮特抗议道："你们不能进去!"

与此同时，办公室的门开了，女王卫队的警卫们冲了进来。

"阿维娅·费伊·杰赛普小姐，"一个长着鹰钩鼻的警卫说，"我们奉女王之命来逮捕你，罪名是煽动叛乱。"

"什么?"

我们同时发出了疑问。阿维娅盯着我，眼里满是悲伤。

"不，"我说，"阿维娅，这不是我干的。我永远都不会——你们不能带走她!"我喊道，"我要援引法律庇护条款。"

"女王要指控她，你也保不了她，"警卫说，"难道你不知道女王凌驾于你的权力之上吗?"

"你们有什么证据?"我质问道，"有什么证据能证实这一指控?"

"杰赛普小姐持有一些具有煽动性的材料，包括一份内容不实的手稿，用于指控女王陛下的政府密谋煽动人民情绪。这份手稿所附的还有一批用于出版的文字材料。”

我的心一沉。我还以为自己找到了对付父亲的把柄，能保护阿维娅不被他发现。我放松了警惕，以为他被打败了。我还是低估了他。

“你陷害我。”阿维娅说。她看着我，脸上只剩伤心的表情了，我们之间的友谊和信任的温暖消失了，不见了。我的胸口仿佛被撕裂了一样刺痛着。如果一切都能恢复原样，我宁愿给他跪下。

“没有，我没有。我向你发誓，是我父亲。是他干的。”

她盯着我，一脸质疑，“那他是怎么做到的？”

我不知道。所有的希望都破灭了，我心里崩溃了。我不知道怎么做。我没有证据。

警卫们给阿维娅戴上了手铐。他们无情又生硬地给她搜身，拿走了她的相机、钢笔和记者证。她看着我，忍受着他们所有的侮辱。他们把她拖出我的办公室，准备押到金斯格雷夫监狱，她扭过头盯着我看。她会因煽动叛乱而受审。法院会认为她的调查结果纯属胡编乱造。她会被处以绞刑。

我以为我保护了她，但只有傻瓜才会低估克里斯托弗·利兰·汉斯莱爵士。

他们都走了以后，珍妮特进来了，“她做了什么？”

我眼前只有他们带走她时，她脸上悲伤的神情。

“她说的是实话，”我说，“而且她这次刚刚开始呢。”

我给我的辩护律师写了封信，同时还给她寄了一张支票。我让她到监狱里去插手阿维娅的监禁，保证她的安全和舒适。这笔钱应该够用来支付她一个月的费用了。而我要想让她免于一死，能做的只有一件事：把塞弗林·蒙特罗斯推上王位。

邮差打开门冲进奈史密斯和布鲁斯特的办公室时，差点撞到了塞弗林。塞弗林弯下腰，捡起一只留了个靴子印的信封，递给珍妮特。

“看来他们也用信件轰炸你了，”王子说，“不过这里应该发生什么；我从你们脸上的表情就能看出来。”

我点点头，喉咙发紧，“女王以煽动叛乱罪逮捕了阿维娅。”

塞弗林王子也皱着脸，陷入了沉思，“根据《星报》的那篇文章？那这个依据也太站不住脚了吧。”

如果是《星报》上的那篇文章就好了。“我很抱歉。可能如果你当时也在这儿，你就能在我们解决这个问题的时候为她寻求法律庇护了。”

塞弗林气呼呼地发出一声讽刺的轻笑，“我的级别不比我母亲高。”

这只是暂时的。“如果你在的话，我觉得他们会停手。”我说。

“那很抱歉，我没有早点到这儿来，”塞弗林说，“我能做点什么吗？”

“我要保证她的安全，”我说，“应该只是关几天而已。我让我的辩护律师用法院命令阻止每个程序，这样流程就能放慢了。”

这也是我的期望而已。女王完全可以让她立即接受审判。如果女王拿到了手稿和阿维娅的调查报告，她就有足够的证据证明阿维娅有罪了。犯人一旦被判有罪，第二天中午就会执行绞刑。

多萝西必须及时赶到那里。必须。

塞弗林把手放在我的胳膊上，搂着我的二头肌。“不会有事的，”他说，“最多就几天——等着瞧吧。”

我点了点头。计划生效了。有塞弗林的帮助，阿维娅会活下来的。

“我要去看她。”

“估计她进监狱还得走几个小时的流程，”塞弗林说，“但我会告诉警卫队长要好好对待她。你想给她送点什么吗？”

“毯子。一套换洗的衣服，暖和的衣服——还有一切能让她不至于冻死的东西。更好的食物。写字用的东西？”

“她只能用羽毛笔。”

“可以了，”我说，“谢谢你，塞弗林。”

“区区小事，无足挂齿，”塞弗林说，“继续忙你的吧。也许过几个小时你就能见到她了。”

我点了点头，“天知道我还有多少事要做。”但我还没想好从哪儿开始。

“塞弗林，你能再帮我做件事吗？”

“悉听尊便。”塞弗林说。

“你能把目前在塔里值班的警卫都换掉吗？让他们和叶落之月之后就没在塔里值过班的警卫换个班？”

不管父亲葫芦里卖的是什么药，我都必须终止他和那个内鬼的联系。我不能让他为了自己的计划而影响外面的世界。

塞维林歪了歪头，“这事儿我能办。你想我什么时候办成？”

“今天可以吗？”

“没问题。我去叫警卫队长，”他揉搓着我的胳膊，然后抬手捏了捏我的肩膀，“会有好结果的。”

“我知道。”我说。

“我会打个报告的。”塞弗林说，然后离开了我的办公室。

我的三个秘书都赶紧把注意力集中回他们的工作上。我叹了口气。毕竟在政府大楼的办公室里，并不是每天都能看到艾兰国王储的身影。

“我要查一下日程安排，”我说，“现在不接待客人。”

我把自己关在办公室里，目光涣散地盯着窗外。现在一切都要靠塞弗林登上王位才能办成了。我已经表示支持休会。我还没有找到赛维蒂谋杀案的另一条线索——

见鬼了，他到底是怎么做到的？是口袋里有个警卫吗？还是买通了送餐员？我必须知道是哪个家伙。我要查查警卫的值班表，看看阿维娅的公寓被盗的时候，在这里值班的是哪些人。但是他怎么知道那天晚上阿维娅不在家呢？我也没把带她去舞会的计划告诉任何人啊。

除了珍妮特。

珍妮特曾是我父亲的秘书，她在我出生前就给父亲工作了。我从来没有想过要换掉她。她负责接待每一位来访者，知道我每一分钟要干什么，还负责帮我读信写信。她能高效率、有条不紊、泰然自若地管理着总理办公室。我就是靠她坚定的支持，才度过了这次危机。

但她不喜欢我和阿维娅·杰赛普见面。她从没这么说过，但我很了解珍妮特，知道她什么时候会选择不发表自己的意见。如果珍妮特把我在办公室里所做的一切都告诉了父亲，如果她认为对父亲忠诚就是对我忠诚，她就不会认为自己做错了什么。

但这就意味着我的办公室不再安全了。

他们是怎么交流的？父亲只有两个客人。珍妮特和王子朋友圈之外的人一样，王子一来，就会目不转睛地盯着他。但王宫里到处都是邮差和仆人，他们可以那样传递信息。这很有可能。但这种做法是可以追踪的。侍从和士兵们必须对他们在值勤名单上的变动作出解释。这可能得花上好几个小时，要是我发现有邮差老是出入王子的办公室，我肯定会把他们抓住的。不可能是这样。

一只胸脯很丰满的信鸽落在了靠近铰链窗的窗台上。这里有个喂食器。父亲会让鸟儿在他的办公室里飞来飞去。也许这只鸟会希望父亲能打开小舷窗，让他飞出去，到各个地方去寻找羽毛和鸟食。可怜的小鸟。

一阵寒风从窗口吹了进来。我走近窗户，想找找是哪里漏风了，却停了下来。

我走近窗台，信鸽却并没有被吓到。它展开翅膀，抬起头，就像在等我打开舷窗一样。

它的腿上有一根管子。

我小心地往后退了几步，看着那只鸟。邮差还会被抓去谈话和审问呢——可小鸟不会啊。它们比邮差好用多了。小鸟，可以训练它们来送信和小物件。小鸟，从总理办公室的窗户或父亲的牢房窗户往外看，一点也不显眼。

或者说从王储办公室的窗户往外看，也一样。

塞弗林在监禁阿维娅的过程中扮演了什么角色？难道他只是同意了我的计划，用那份报纸的报道来推动休会吗？难道他看上去是在与我合作，却在暗中搞破坏？就像他干涉了我们和赛维蒂·安·瓦沃特的谈话一样——但尼卡尼斯已经给他洗脱了罪名，说是赛维蒂被谋杀的时候，他就在监狱里。

我感觉这并不完全准确。我还得再去找尼卡尼斯谈谈。

我看了看窗户。鸽子还在那儿，晃着脑袋，也朝玻璃里望着。我也许能找点鸟食，喂给它吃，然后截获消息——但这可能会表明我已经猜到珍妮特背叛了我。我必须装作什么都不知道。

我不能让他们知道他们的阴谋已经暴露了。我必须要以谋略制胜。如果我没法把我父亲从董事会上踢下来，我也救不了阿维娅了。

我在我桌上发现了阿维娅留下的文件。警卫们不知道它的特殊之处，因为它就在一堆和它长得很像的文件夹上面。我不能把它留在这里。珍妮特对我所有的文件都很清楚。我拿起它，又读了一遍，仿佛在听阿维娅耐心地讲述我的故事。我久久地凝视着最后一行。

以上是对格雷丝的采访。

我拿出一支铅笔和一本便签本，开始写起来。我听着铅笔在纸上画来画去的声音，稍稍有点恍惚，但并没有停下来思考或是看看我的文字写得怎么样。停笔的时候，我已经写了四页。我想起了那些寄到我办公室的信。他们真的很勇敢，敢于给我写信，敢于为自己的安全权利而战。

这封信，是写给他们的。因为那个男孩长大后应该是金斯顿最伟大的园丁，而不是逃犯。因为疗愈术是一种天赋。因为那个女孩应该和她爱的男孩有机会在一起。因为我们剥夺了他们的幸福、安全和机会。

我拿出一支钢笔和一张更好的纸，准备把草稿誊写上去。我精炼了文字，设法把文章缩短到三页。我把信纸放在桌子上晾干，然后把便签本拿到壁炉边，撕下了我粗糙的草稿——以及因为我写的时候太用力而皱成一团的便笺纸——丢到了火焰里。

纸在炉栅里卷了起来，烧着了，逐渐变黑。我把纸灰都捣成了粉末，接着把阿维娅的文件和我写的那封信收了起来，把它们塞进了一堆放着经济报告的文件夹里中，所有文件夹的封面都一模一样。

那只信鸽还在那儿。我把貂皮大衣披在肩上，准备出发。“我要去趟议会图书馆，”我对珍妮特说，“然后去自助餐厅吃午饭。如果有人来找我，你能和他们另约个时间吗？”

珍妮特点了点头。我便装作什么都没发生，匆匆从她身边经过，走了出去，我走到大厅的一半，又掉转头跑回了办公室。

珍妮特不在座位上。我办公室的门关着。我打开窗户，一股冷风从敞开的窗户中吹了进来，珍妮特吓了一跳。

“我忘了带笔，”我轻松地说，“对不起，让你受惊了。”

“没关系，格雷丝爵士，”珍妮特说，“这些可怜的小鸟。它们还不知道他已经不在这儿了。”

她手里拿着一袋鸟食。在她身后，那只鸽子正贪婪地啄食那堆食物。它腿上的管子不见了。

“请继续喂它们，”我说，“我相信，父亲要是知道他的空中小居民在这里有个避难所，一定会很开心的。”

她朝我笑了起来。以前她觉得我特别聪明或者尽职尽责的时候，就会向我露出这种自豪的笑容。以前看了还觉得特别暖心呢。“我相信他会的。”她说。

我拿起笔盒，又朝她微笑，掩饰了头皮上那隐隐的恼意，“我一会儿就回来。”

我跑向圆形大厅，没时间等自己的雪橇来接了——我伸手招了一辆粗糙的轿式出租马车，给了车夫两张新钞票。

“我要到《金斯顿星报》报社的总部去，”我说，“如果你待会能等等我，我就再给你五马克。”

第二十一章 四条交错的路

《金斯顿星报》的报社大楼曾经是主街最高的建筑，比它的竞争对手《金斯顿先驱日报》在对街的总部还要高出整整两层。但当雷建了整整28层楼高的伊甸山庄酒店之后，《星报》报社大楼也就降级成了“紧挨着主街车站的建筑”。不过它仍然是一栋很可爱的楼，大门前面挂着几个黄铜大字：“准确、有趣、及时”。

司机拿出一本口袋书，裹着一条花呢羊毛毯，心满意足地在寒冷中等着我的五马克。我从后座上跳下来，穿过宽阔的人行道，经过一排排的自行车和抽烟的人，他们耸起肩膀，竖起衣领，迎着风挤作一团。

指示牌显示，二楼是头条新闻部。我踏上了光滑的石灰石台阶。打字机键盘的咔嗒声不绝于耳。我找到了一个办公室，门是磨砂玻璃做的，上面写着“头条新闻”四个字。我便推开了门。

神哪，这也太吵了。这里有一排排的桌子，打字员们正在键盘上敲出一篇又一篇报道。我左边有个空的照相亭，里面透出了一股香香的化学品味。那是显影剂。我在中间的走道上迈了三大步，每走一步，我身边的打字声就消失了。打字员抬起头来，瞠目结舌地看着我。

我又走了三大步，一个女人走到我面前，手里拿着记事本，“汉斯莱总理，即使女王本人反对，你也会真的支持终止实施《巫术保护法案》吗？”

其他人礼貌地让她先问了第一个问题，但在那之后，没人再愿意等下去了。记者们含糊不清地给我抛出一个又一个问题，期待着自己能成为那个得到答复的人，但实际上我根本没听清他们问的啥。

“我是来和编辑谈的，”我说，“我该去哪儿找她？”

一堆手指指向了那个有着玻璃墙的办公室。一个女人站在玻璃后面，背着双手，像白嘴鸦一样警惕。她的黑眼睛紧紧盯着我的脸。我迎上她的目光，她便朝我点了点头。我穿过闲聊的记者，爬上楼梯，来到了她的领地。

门开着，我走了进去，伸出右手去和她握手，“啊嘿。我是菲奥娜·格雷丝·汉斯莱爵士。”

“啊嘿，”她也跟我打了个招呼，甜甜的声音里又带点烟嗓的感觉，“我是德洛拉·加德纳太太。很荣幸见到您。”

德洛拉·加德纳太太似乎根本不在意自己的工作环境好不好看。她办公室后面的墙上挂了块黑板，上面潦草地写着各种项目任务的大纲。我在“调查系列——WPA，火车，以太，1539—1541”这堆字旁边发现了阿维娅的名字。

我想起了自己来这儿的目的，便回头看了看阿维娅的老板。

“我好像记得你的脸，”我说，“五年前你是记者吗？”

“是的。真是惊喜啊，你竟然还记得我。今天《金斯顿星报》能为你做些什么呢？”

直击重点，没跟我寒暄，不错。“我到这里来，是因为阿维娅·杰赛普被控犯了煽动罪，现在关在金斯格雷夫监狱。”我说。

“煽动罪，”德洛拉重复了一遍，“因为揭露了艾兰国电力和照明公司背后的秘密？我记得你从那场骗局中得的利益相当大哦，虽然你后来也骂了这个骗局挺多次的。”

“这篇报道发出后，杰赛普小姐家就被人搜了一通。啊，应该说是杰赛普小姐家被人洗劫了一通。他们偷走了——”

“她所有的文件和照片，”加德纳太太说道，“她告诉我了。她还说了要去政府大楼采访你呢，总理。她是在你安排的会面上被捕的吗？”

“是的。”加德纳太太看到的一切都是一个故事，而在这个故事里，我是一个无情、贪婪的操纵者，企图恐吓和压制阿维娅。这个故事有多真实呢？“但我不是让她被捕的人。”我说。

她把重心放回一只脚上，交叉双臂，眯着眼看我，“那——请原谅我的直率——你为什么在这儿？”

“因为女王的卫兵来逮捕阿维娅时——是依据女王的命令来抓人的——她是准备采访我和王储的，而且还想和我谈论一个秘密，一个从英明的艾格尼斯女王时代以来，皇家骑士们就一直保守着的秘密。”

德洛拉歪着头，“但她在监狱里啊。你为什么跑到这里来跟我抱怨？”

我先是直勾勾地盯着天花板，直到眼睛酸了才转转眼珠，“因为那篇文章剩下的部分是我写的。”

现在她把背挺直了。现在终于用正眼瞧我了。

“这个秘密，你的意思是要把它揭露出来是吗？”

“我想麻烦你把它发表在晨报上。就刚好是在决议中止法案的投票之前。”

“而这篇文章将——你希望——让中止法案的决策朝某个方向发展。”

我勉强叹了口气，“是的。”

她噘起嘴，朝左边噘一会儿，又转到了右边，“我是印新闻的，不是搞宣传的。”

“那好，”我说，“午安，加德纳太太。你还记得《先驱报》那位编辑叫什么吗？”

“等等，我那不是拒绝，”加德纳太太说，“你写了什么？”

我打开文件夹，从那堆打印的文件里翻出了我用钢笔写的那几页纸，“我四岁的时候就学会了童年时期最重要的一项技能。这也是百大家族成员的一项重要技能。在大多数孩子还在因为会读图画书而受到表扬的时候，我就已经能站在汉斯莱府的后花园，随心所欲地发出指令，让天空下起雨来。”

加德纳太太一言不发。我继续说道：“这就是每个皇家骑士的首要职责：用自己的才能来控制天气，保护艾兰国的人民和庄稼免受猛烈的风暴袭击，不让他们受灾。”

我抬起头，“我是个巫师，加德纳太太，艾兰国的皇家骑士们也都是巫师。我们制定了《巫术保护法案》来保护我们的秘密。可现在保密的日子已经结束了。这就是我想让你在决议中止法案的投票那天早上印出来的内容。人民有权知道我们背后的真相。如果你不愿意，我就找法利·哈特帮忙。”

“你想从中得到什么？”

我不知道她是有洞察力还是只是愤世嫉俗。“我想让他们终止对阿维娅·杰赛普的指控，”我说，“我给她雇了个律师——”

“谁？”

“多萝西·奈史密斯。”

德洛拉看起来对她印象很深刻。

“她会竭尽全力拖延审判，排除检方提供的证据，保护阿维娅的利益。你可以通过发报道来帮我们，就说阿维娅被一个日益残暴的政府逮捕和监禁——”

“其实不是她死，就是你亡，”德洛拉打断了我的话，“怎么才能不让女王把你也抓起来，关在她旁边呢？”

“我不能透露这个，”我说，“我这是在冒极大的风险，王室给阿维娅扣上叛徒的帽子，想在人民和媒体面前杀鸡儆猴。我不能袖手旁观。”

德洛拉打量了我很长时间，“你是认真的吗？”

“是的。”

“很好，”德洛拉说，“做个交易吧。不过自由撰稿人在出版时才能拿到报酬哦，如果你关心这个的话。”

“没关系，”我说，“能把报道发出来就足够了。你想让我就阿维娅因煽动叛乱被捕一事作个陈述吗？”

德洛拉给我派了个迷人又英俊的萨敏丹男子，来帮我写阿维娅被捕和监禁的情况。他对我穷追不舍，一直拉着我问问题。我总算从他手里逃脱了，跑到外面，发现那个出租马车夫还在等我。

我挤进后座，把脚放在暖气箱上，“去王宫建筑群的东面，金斯格雷夫监狱。”

他放下书，跳下马车，在我们上路之前把一桶马食收回车上。马车开始行驶，压出一道道车辙，在国王大道转了弯。我把大衣的领子拉得更高了，把手塞进一只貂皮暖手筒里，那暖手筒叠起来大概就两只冬季手包那么大。风把我和街上的行人们都给吹冻僵了。

外面冷得刺骨。可抗议者仍在聚集。他们占据了半个广场，挤在一起取暖。黄色的旗帜在人群中飘扬，一串三角旗被风刮跑了，在风中飘散了。

那些黄色的旗帜上什么图案也没有，但如果它们上面有个由十五颗星组成的圆环，那就是乌扎达的旗帜，那是个由萨敏丹人组成的国际联盟。我又付了那车夫七马克，朝他点头致意。他用手碰了碰帽檐，向我表示感谢。

我走进监狱的正门，种种事实烦扰着我。萨敏丹人并不压迫巫师，反而会教给那些有天赋的公民魔法。

我从暖手袋里掏出了证件，递给警卫。她看了看它，又看了看我，“您的来访事由？”

“探望一位囚犯。”我一边回答，一边收回了证件。

“哪一个？”

“阿维娅·杰赛普。”

警卫查了一下，“她还在走入狱流程。”

“我会仔细监督整个过程的。请派人把她送到她的房间。”

警卫走出值班亭，打开了监狱的门，“霍华德。带总理去见阿维娅·杰赛普。囚犯编号25318，罪名是煽动叛乱罪。”

霍华德不高，几乎没达到警卫选拔身高要求，但他的肩膀很宽。他带着我穿过了一条条石头走廊，来到一处较低的楼层，看着一扇沉重的门。门边挂着一块写字板，上面写着“医疗”两个大字。他点了点头，打开门，领着我进去了。

我走进潮湿寒冷的空气中，石碳酸皂的气味正尽其所能，想盖过霉菌散发出来的酸臭味。阿维娅坐在桌子上发着抖，身上只穿着一件细麻衣，湿漉漉的头发上不停有水珠滴落，肩膀上也都是水痕点点。她晃着光脚，脸上妆容也被擦掉了。见我走进来，她耸起了肩膀。

“你想干什么？”

“你出去吧。”我对霍华德说。

霍华德关上门，把门锁拉上了。

我走近阿维娅。她却避开了。我停住了，两手举着，“他们伤着你了吗？”

她揉了揉肩膀，“他们觉得没有。”

“那你觉得呢？”

“他们剥光了我的衣服。”她说。

我点点头，“然后他们给你擦洗。给你抹上防虱子的药。水是冰冷的，可他们依然会把你弄湿了。没有毛巾。然后他们给你那些‘漂亮’的衣服让你穿上。”

“他们是这么对你的？”

“整套流程做齐了，”我说，“它能让你的尊严荡然无存。它剥夺了你的公民身份。羞辱你，击倒你。如果你挣扎——”

阿维娅缩了一下，“你挣扎了。”

我没回答她，“我得知道你是不是安然无恙。”

她冷笑了一声，“你内疚了？”

“这不是我干的，”我说，“我知道你不相信我。”

“一个否定的命题是很难证明的，”阿维娅说，“不过你也可以试试。”

我把手伸进口袋，拿出几张写满字的打印纸递给她，纸上面还滴了几滴红墨水。她咬着下唇，把纸举起来，读着自己写的字。

她翻了一页，一行行地扫视着上面的文字。

“你这么喜欢用被动语态啊。”

“职业病。”我说。

“嘘。”她现在大大放慢了阅读速度，因为后面的字不是她写的了，她瞥了我一眼，“所以如果你不是天气法师，你就是天气法师的小跟班咯？”

“这是个很可怕的体系。”我说。

她点了点头，继续读下去，眼里焕发出光芒，“这就是一切。你把一切都告诉了他们。”

能从她的眼睛里看到了希望，我心里暖暖的，“我还和一个很帅的男人聊了聊，他问了我一些关于你被捕的问题。他们正在做专题报道。”

“是个萨敏丹人吗？头发上戴着象牙珠子，喜欢打领结，穿得像在大学教书一样那个？”

“是的。”

“约翰·润森。他是我的竞争对手。他还挺棒的。”她交叉着脚踝，继续发着抖，“你知道的，他们可以把这篇新文章当作证据。”

“我也有想过这个，只是不知道你愿不愿让它发出来。”

“要是在外面，我肯定会答应的，”她望向别处，“可一旦金斯格雷夫监狱把你生吞了，感觉就不一样了。”

“我们是不是不应该写这篇文章啊？”

她把那张纸紧紧地攥在胸前。“不是，”她说，“我肯定要被绞死了，可能也算是虽败犹荣了。”

“别那么肯定，”我说，“我雇了多萝西·奈史密斯。”

阿维娅吹了声口哨，“她可贵了。”

“有钱能使鬼推磨。”我说。

她又看了我一眼，努力想把她那充满希望的表情收起来，换上一副冷淡的面孔，“你真的没叫人来抓我？”

“我没有。”求求你相信我吧，求求你了。

“那是谁干的？”

我咬着嘴唇，“我的父亲。”

“你以前也这么说过。可你没说他是怎么做到的啊，他都关在牢房里了。”

“我一开始的想法是，他策反了一个警卫。”我说。

“这很合理，”阿维娅说，“但警卫的行程也是可追踪的。”

“对，”我说，“所以我觉得他的做法肯定比这疯狂得多。我想他是用了鸟。”

阿维娅困惑地看了我一眼，“你得解释一下。”

我身后的门突然开了。两个警卫和一个政府职员走了进来。职员对我眨眨眼，“您在这里做什么？”

“为了被告的利益，”我说，“你要给她提供更暖和的衣服。监狱是没有暖气的。”

“她到法庭上就会暖和了，”职员说，“我们要带她去进行辩诉了。”

“但她的辩护律师还没到啊。”

“我们会给她指派一名律师的。”

“不行，”我说，“她还没咨询律师意见呢。她的律师正在来这儿的路上——”

“指定的辩护律师也可以给她提供意见。”

“你怎么就听不清我说的话呢，”我说，“你叫什么名字？”

“丹尼尔·斯旺。”

“丹尼尔·斯旺。我要在此宣布，我现在是阿维娅·杰赛普的临时辩护律师。我会保卫她应有的权益。”

他撇下嘴角，“这太不正常了。你不能那样做。”

“我不能？”我问，“我不是学过艾兰国法律吗？”

“但你不是专业律师。你——”

“国家制定了法律，让律师们能够运用它们去追求公平和正义。你是在暗示我没有资格吗？”

他吓得脸都白了，“不是，但——”

“阿维娅·杰赛普，”我说，“在你等待多萝西·奈史密斯的时候，你是否愿意接受我作为你的临时辩护人？”

“我愿意。”

“看来我被录用了，斯旺先生，”我说，“作为杰赛普小姐的辩护人，我要指控法庭流程处理不当。”

斯旺激动起来，“什么？”

“根据法律规定，除去吃饭、休息和锻炼时间，被告拥有六个小时的计费咨询时间，可以在听证会前与辩护人协商。这个时间只有律师和委托人都同意，才能申请放弃——这就是为什么你想把我的委托人赶出去是吗？”

“你不可以——”

“我可以，”我看了看表，“哦。现在是下午四点了。30分钟后今天这个法定工作日就结束了，明天早上七点半才会重新开始计时。”

“总理，”那职员抗议道，“这就是我们必须把她告上法庭的原因啊。”

“今天不行，丹尼尔，”我给了他挤了个微笑，把他搞得云里雾里的，“明天看起来也不太妙。我建议你告诉法庭，他们必须要先为流程不当的问题负责，之后他们才能听到辩诉。”

那个职员退缩了，“没有人告诉我们她有个律师——”

“你问过吗？”

“他们从来没有问过。”阿维娅说。

“该走了，丹尼尔，”我说，“再见。”

我看着他低下头离开了。我数到三，然后叹了口气，转过身来看着阿维娅。“在多萝茜来到这里之前，你不能离开我的视线。”我说。

“你——”阿维娅绷紧了肌肉，把纸“啪”的一声贴在了我身上，她把脸埋在了我的貂皮大衣里。我伸出双臂搂住了她，然后紧紧地抱着她。

“不是你干的。”她说。

“我没有。”

“你去了《星报》报社那儿，把一切都告诉了他们。”

“是的。”

“所以你现在也是一个煽动者了，”阿维娅说，“为了我。”

“我不会让你死的，”我把鼻子埋在她那湿漉漉、散发着擦剂味道的头发里，“我不在乎。有必要的话，我会把你送出监狱的。”

“为什么？”

“因为，”我说，“因为我想成为和你在一起时的自己。”

“我不知道我担不担得起这一切的责任，”阿维娅说。

“不只是你。迈尔斯也这么希望，崔斯坦也是。你们所有人都让我想变得更好。你们都清楚自己是谁，即使现在的你不是你应该成为的样子。”

她站着，靠我的怀里，脸颊则贴着我的肩膀，就像她那次睡着时那样。我和她站在一起，紧紧地抱着她，轻轻地摇晃着身体。

有人敲了敲门。一个警卫打开了门，“囚犯杰赛普，你的律师来见你了。”

这时，阿维娅退后了一步，离开了我的怀抱，拍打着自己的脸颊，“谢谢。请让她进来吧。”

“我要把事情的经过告诉多萝西的助手。来，”我脱下外套，披在她的肩膀上，“这样你就不会冷了。”

衣摆碰到地板，压在她的光脚上。

有些话我应该在这里说，那些能把我想表达的一切都呈现出来的话。我寻找合适的词语，冰冷的空气却刺痛着我的肌肤。

“我走啦，你和奈史密斯太太谈谈吧。”我说。

“谢谢。”阿维娅把大衣卷了起来，最后给了我一个笑容，才去和多萝茜握手。

金斯格雷夫监狱的冷真的是深入骨髓。我爬上石阶，来到灯火通明、迷宫般的一层大厅，在一条走廊前停了下来，我去监狱的所有路线，都在这里汇聚交错：这条路通往王宫，那条通往隔离牢房，还有那条通往叹息之塔。

我仍然很想爬上那座高塔去和父亲对峙。但那正是他想要的。我不会让他得逞的。他肯定会找到办法来推进他的计划的——我很清楚他想要什么。塞弗林登基了，他就能被释放了——其他人都被绞死了，可他却能全身而退，准备重新编织他的计划网。他想夺回总理的职位，而且他已经有了这么一个计划了。

我可以回到我的办公室，但在那里我所做的一切都毫无安全保障了——一切都被我的秘书——父亲的秘书看在眼里。我可以假装什么都没有发生，假装把大衣丢在什么地方了——不，我不想回到那个特别的贼窝里去。

石阶上响起了行进靴的声音，身穿红色制服的女王卫队陪着一位身着灰色制服的陌生人从我身边走过，走进了我们关押尼卡尼斯的大厅。一种不祥的预感刺痛了我的脊背，我跟着他们，径直来到了尼卡尼斯的牢房。

“停！你在干什么？”我厉声喝道，声音从石头上反弹起来，“任何人都不许干涉这个囚犯。”

“这是女王的命令，”卫兵队长说。

“要干什么？”

“女王希望采用另一种方式说服他，”她朝那个男人点了点头，他有一双冰冷的蓝眼睛，脸上刮得干干净净，却皱着眉头，“这是约翰逊监察官。他会负责审讯犯人。”

一个监察官。黏黏的汗液正顺着我的脖子往下流。这个人特别擅长让巫师们招供。他会用他们自己的才能折磨他们。他打算在尼卡尼斯身上使用这些技巧。他可能会得到自己想要的答案，也有可能会让尼卡尼斯像鸡蛋一样裂开。

“你的意思是要折磨一名外交官，”我说，“你的意思是要我们再次陷入和兰尼尔的战争——是女王让你这么做的吗？”

“她想让他开口。”

她想找证据，能够指责兰尼尔袭击了艾兰国的证据。她不想毫无准备就去和艾菲见面。“你真的想这么做吗？你真的想伤害这个人、听他的尖叫吗？你享受这一切吗？”

卫兵队长把目光移向了别处，“这是命令。”

“让我试试。”我说，“让我和他待几分钟。给我最后一次机会。”

“十分钟，”她压低了声音，“如果我们吓到他了，可能会有用。”

我点了点头，“十分钟。”

他们让我进了尼卡尼斯的牢房，门口放着一盘没有动过的食物。他用呆滞的目光看着我。

“我想你都听到了。”我说。

“让他们带走我吧，”尼卡尼斯说，“我该死。”

他应该受折磨？我不打算问他。我已经知道答案了，“星辰王室的统治难道比你的女儿的命还重要吗？”

他默默地看着我。

“我也有父亲，”我说，“他是一个渴望权力的操纵者，是艾兰国向兰尼尔宣战的直接推手。但他爱我。”

他耸了耸肩，脸上露出一丝挫败的微笑，“父亲是爱女儿的。”

“我相信你没有杀死你的女儿，即使她会背叛星辰王室，我也肯定你没有。但这意味着那是别人做的，可我不知道是谁。但你可能知道。”

“你真的在乎这个吗？”

“是的。因为赛维蒂要和我们进行和平谈判。她会告诉我们是谁策划了用法术攻击我们、让艾兰国毁灭的行动。作为回报，我们会承认兰尼尔的独立主权。我觉得杀害赛维蒂的人并不是为了阻止这种和平，所以他一定是为了保密才会动的手。”

他听着我的话。我告诉他关于她的谈判条件时，他坐直了，但当我提到秘密时，他却垂头丧气地摇了摇头。

我把声音放轻了，“赛维蒂·安·瓦沃特的命运是顺遂辉煌的，她的预兆是这样说的。但这种命运却被终止了。我相信她的死也不能给兰尼尔带来更好的结果。我想，这是有人在自救。你应该认识那个杀了赛维蒂的人，但你可能没有意识到你认识那个人。就让我来告诉你她是怎么死的吧。”

尼卡尼斯看向了别处，但他点了点头。

“我们发现她时，没有迹象表明她曾与袭击者搏斗，”我说，“她的房间是锁着的，因为她是个囚犯。没人能撬开锁进去，也不可能躲得过门卫。她是喘不过气，窒息而死的。我们从她的眼睛知道了这一点。她的眼睛显示出她在努力想呼吸空气，却呼吸不了。但也没有迹象表明，有人捂住她的嘴和鼻子以阻止她呼吸。她的嘴、鼻子和喉咙周围都没有瘀青，气管也畅通无阻。”

他瞥了我一眼，“如果门都锁上了，而且有人看守，那么凶手是怎么进来的?”

“我们认为攻击者用魔法麻痹了她的肺，”我说，“这只是个猜测。但我们认为这是通过她的星辰手镯内的头发来完成的，因为那个手镯和赛维蒂之间有种神奇的联系。所以我们知道凶手是会魔法的。但我们不知道的是，如果赛维蒂把你们的秘密说了出来，你的代表团中哪位祭司损失最惨重?但肯定是有这么一个人。”

他摇摇头，看着地板。

“什么？噢我说漏了一些东西，”我说，“拜托你了。找到谁是杀害赛维蒂的凶手，是我们了解其他东西的关键一环。关于使用咒语将兰尼尔士兵和艾兰国士兵的灵魂绑定起来的这个决策，你的某个祭司也是决策者之一。这样他们就可以来这里，完成夺权计划。你知道那是谁。你肯定是知道的。”

他又摇了摇头，目光转向了牢房外。他舔了舔嘴唇，张开嘴想说什么，却又闭上了。

我又向前迈进了一小步。“你知道是谁，”我说，“我跟你说完这些，现在你也能非常肯定那是谁了。是谁推动了这个计划？”

他弯下腰，低着头，双手环抱着自己。“没用的，”他说，“让那些要给我上刑的人进来吧。”

“尼卡尼斯。你不准放弃，我们已经很接近真相了。为你的女儿报仇啊。告诉我，是谁推动了这个计划。”

他叹了口气，揉了揉一边的脸。“是我们所有人，”尼卡尼斯说，“我们都同意了。我们都学会了这个咒语，然后把它教给了其他的祭司。我们都去劝那些高尚不愿合污的人去做这种可怕的事情。”

“我不是这个意思。”我说，“这个想法始于一个人，一个了解亡灵法术的人。他看到了这个法术有潜力能把你们的国家从灵魂引擎的迫害中拯救出来。你知道那是谁。而你却在保护他们，即使他们杀了你的女儿。他们杀了赛维蒂哎。凶手还是让她窒息而死的。”

尼卡尼斯前后晃动着身体，摇着头，眼睛紧闭着。

“整整三分钟。”我说，“这漫长的三分钟里，赛维蒂无论如何努力，都呼吸不了。三分钟，她都吓坏了。三分钟，她眼看着自己马上就要死去，却什么也阻止不了。”

泪水从尼卡尼斯的脸上滑落下来。

“我对她的死很难过，”我蹲在他面前，盯着他的脸，“这不仅仅是因为她要站在正义的一边。我喜欢赛维蒂。她很大胆，很勇敢。她对自己有信心，完全相信自己有能力为她全心全意爱着的国家效力。我觉得我和她很像，如果我处在她的位置，我也愿意排除万难，拯救我深爱的国家，因为这是我父亲教我的。”

他的声音哽咽了。他深吸了一口气，坐直了身子，对我露出一丝悲伤的微笑，脸上的泪水也干了，“你什么也做不了，没人能给赛维蒂报仇了，杀她的人不会受到惩罚。”

“为什么?”我说。

身后，牢房的门打开了。“时间到了，”警卫说，“得到答复了吗?”

“再等一分钟，”我说，“拜托了。”

“不，”尼卡尼斯说，“谢谢您的努力，格雷丝·汉斯莱爵士。我不会忘记你所作的努力。”

“凶手是你们的代表之一啊，”我说，“是什么让他这么特别?”

尼卡尼斯站起身来，伸出双手，“我准备好了。”

“不要!”我狠狠地瞪着监察官，试图从他和警卫之间挤过去，“我已经很接近真相了。”

“接下来就让我们处理吧，”监察官说，“你让他开口了，做得很好。”

听到这样的赞赏，我不寒而栗。“他不会告诉你的，”我说，“他情愿在你手里受罪，因为他想受到惩罚。”

“那我们就试试另一种方法，”监察官耸耸肩说，“我会得到答案的。每次都能成功。”

警卫们从我身边挤过去，抓住了这个星辰祭司长。他们用铜手铐铐住他的手腕。尼卡尼斯咬紧牙关，但他承受住了那种可怕的感觉，再次直视我的眼睛。

“你阻止不了他，我们谁也不能。”

警卫把他带出了牢房。我跟在后面，跟在一大群红制服警卫后面。

“至少告诉我那是谁吧，”我说，“就算我阻止不了他，我也可以揭发他啊。他肯定不想被找到。揭发他肯定能伤害到他。至少让我试试吧。”

“你无法熄灭一颗星星，”他说，“别管这个了。你够不着那么高的。”

一个警卫转过身来，挡住了我的去路。“你的提问时间到了，”他说，“现在是给监察官的时间了。”

我在走廊的十字路口停了下来。我遇到了监察官带来的警卫。我站在那里，听着他们远离的脚步声。

你无法熄灭一颗星星，杀害赛维蒂的凶手站得太高了。我不知道那是什么意思。突然，我好像明白了什么。

我跑过大厅，不顾一切地想找到迈尔斯。

第二十二章 计划与准备

我猜到了崔斯坦在这，我也早该料到他们坐在桌前，准备吃烛光晚餐。但还有一个人坐在桌旁，扭过头来看着仍然戴着帽子、手插在暖手袋里的我。那是罗宾·索普。这我就没料到，也根本没想到。

“格雷丝，”迈尔斯说，“见到你真好。来吃东西吧。”

我搂着迈尔斯的肩膀和他打招呼，在他耳边低语道，“我知道是谁杀了赛维蒂·安·瓦沃特了。”

他捏了我的肩膀两下。这是我们一直都在用的“待会再谈”的信号。他把我带到桌边，“有很多饭菜。但你要在我能看到的地方吃饭。”

我等不及了！我必须要及时告诉他。但我还是摘下帽子，把手从口袋里抽出来，坐在了一个个金丝碗前，里面盛满了令人垂涎欲滴的炖菜。我展开一张薄煎饼，往上面舀了点用肉桂烹制的羊肉。对着这么一堆手工自助餐，我却试图掩饰自己的不耐烦。吃饭的人都很悠闲，各自交谈着，整整持续了几个小时。我的视线范围内没有钟，我也看不了表。

酒的颜色是琥珀色的，我拿它来配羊肉。这是甜梨酒，甜蜜蜜的，令人陶醉，后面还带着一点焦香的味道。我看了看其他的炖菜，又恢复了胃口，因为上了甜梨酒，就说明这些菜够香够辣。

“你的外套哪儿去了?”迈尔斯问道。

我舀了点姜汁胡椒烤泽芹，在另一个煎饼上放凉。“金斯格雷夫监狱，”我说，“女王今天早上以煽动叛乱罪逮捕了阿维娅·杰赛普。那里很冷。”

“她被抓了？就因为说了实话?”罗宾皱起了眉头。

“我给她雇了城里最好的辩护律师，”我说，“她能把这个案子拖上几个星期。”

“拖延和释放还是不一样的，”罗宾说，“除了这个，法庭还有给她安其他的罪名吗?”

“有的，”我说，“但是多萝西可以帮她把这些罪名都洗脱。她能把王室的诉讼打个稀巴烂。”

“但在艾兰国的历史上，还没有人能洗脱煽动叛乱的罪名呢。”

我尽量不去想那件事，“我只是需要点时间。”

刚说完这句话，我就希望能把它收回。我把羊肉卷塞进嘴里，发出赞赏的声音。

罗宾把嘴噘到一边，她同情地耸了耸肩，“你可能没时间了。”

她是对的。“我还是得试试。”我说。

罗宾舀了几只用辣椒酱烹制的火辣大虾，这种辣椒酱能呛得你涕泗横流，“很幸运你在这里。我刚告诉迈尔斯，我们又获得了赞成终止法案的五票。这样我们就有四十六票了。”

这么多。罗宾是艾兰国有史以来最好的说客，在这短短的时间里就完成了这一壮举。“所以，如果有五个人选择弃权，你就成功了。”我说。

已经开始下雪了——这还不是暴风雪，而是暴风雪的前兆。也许，如果雪下得够多，一些反对终止法案的议员就会待在家里，心想着他们肯定能获胜。

“票数太接近了，”迈尔斯说，“一想到这个我就肚子疼。杰赛普小姐被关起来了，都没人给我们在报纸上发声了——”

“我和编辑谈过了，”我说，“如果那有用的话。”

“你在众议院里支持他们才是有用的，”罗宾说，“可是女王把你束缚住了。”

可是伊桑德出现在了内阁，还代表艾菲去召见女王。他们打算明天开会，而决议终止法案的投票就在明天下午。如果艾菲与康斯坦丁娜女王达成了协议，女王可能会改变态度。

“我要再试一次，说服她。”我说。

“明天吧。等她和艾菲见完面之后，”崔斯坦回应道，“那是你最好的机会。”

“她们那个会面会有谁在呢?”我问。

“当然有艾菲和她的顾问们，还有警卫，塞弗林王子，以及女王。”

罗宾把手指浸在一个水晶碗里，里面装着热水，“艾菲有几个顾问?”

“我,”崔斯坦答道,“伊桑德和阿尔迪斯。”

“会面九点开始,”我说,“那你要早点过去和他们商量吗?”

“八点半的时候我们有个会。为什么这么问?”

“我想知道我得从什么时候开始在办公室里踱步等待会面结果。”我说道。我的心跳得很快。我在桌上画了个圈,在里面写了个“N”,等着迈尔斯注意。意思是,我有件事必须现在告诉你。这个N就是这句话的提示。

“告诉我们吧,格雷丝,”他举起酒杯,“这个我跟崔斯坦说过啦,他也知道。”

我差点拍桌而起,“那可是国家机密!”

“他马上就是我的丈夫了,丈夫就不算外人了。”迈尔斯喝着酒,对着我笑了笑,“罗宾可能也知道了——她也给赛维蒂做了尸检。说吧,看你都快憋炸了。”

我怒视着他。这应该是个秘密!但说实话,我并不指望他会瞒着崔斯坦,而且正如他所说,罗宾也参加了尸检。我叹了口气,把情况告诉了他们:“我想我知道是谁杀了赛维蒂·安·瓦沃特。是阿尔迪斯。”

“见鬼了。”迈尔斯说。

“阿尔迪斯是谁?”罗宾问道。

“崔斯坦刚才说了,阿尔迪斯是艾菲的顾问之一。”我对崔斯坦点了点头,他已经惊得整个人都定住了,嘴巴张着,却没有作声。“崔斯坦,到底出了什么事?”

“你为什么会觉得是阿尔迪斯?”

"尼卡尼斯·安·瓦沃特，赛维蒂的父亲，也是这么说的。他说，'你无法熄灭一颗星星'。"

崔斯坦靠在椅背上，"那你就是相信，那个积极拥护兰尼尔国的半神国人，竟然会在艾兰国这里杀害一个兰尼尔人是吗?"

"他告诉我，他是灵魂的管理者。那就是亡灵歌者，是吗?"

我说最后这句话的时候看向了罗宾。她点了点头。我继续说道："我认为他利用王宫里的灵魂做间谍。这是能做到的，不是吗?"

罗宾又点点头，"那些灵魂会避开我。他们也会避开玛哈莉亚和乔伊。你可能真的发现了一些东西，这也可能就是为什么我不能接触到赛维蒂的灵魂。"

"是吧，你看?"我拿起酒杯，喝起酒来，酒里带着满满的花果芳香，"你还不信吗?"

"不是不信，但你不能对一个半神国人提出这样的指控，"他作了个苦相，"你得找个办法来证明这一点。"

"我们就不能告诉艾菲吗?"

崔斯坦摇了摇头，金色的头发在烛光下熠熠生辉，"你如果在没有证据的情况下控告他，他是可以要求你和他决斗的，因为你侮辱了他。你学过剑术吗?"

"我想你能猜到这个问题的答案，"我说，"那我该怎么证明呢?"

"你必须拿出他做这事的证据，否则你就只能逼他招供了，"崔斯坦说，"我觉得，你不先和他打一架，只怕逼不了他认罪。"

该死的半神国习俗！我对他们的决斗一无所知，但我知道艾兰国关于决斗的历史。许多不诚实的领导人会宣称他们的荣誉被指控玷污，这样就算他们杀了人也能侥幸逃脱罪名。如果阿尔迪斯也这么做，我也没法为自己辩护了。是曾祖母菲奥娜禁止了这种行为！真烦人啊！如果她没禁止的话，我要起刀来肯定能和我做算术一样快。不过父亲肯定会注意到这个的。“该死。我该怎么做呢？”我说。

“我愿意去，”迈尔斯说，“我的刀法有点生疏了，但是——”

“你不能和半神国人决斗，”崔斯坦说，“至少不要和那个人决斗。我的决斗技术已经算很不错了，可他比我还要厉害。再说了，也许你确实能表现得很好，但科马克还没说你完全康复了啊。”

“如果他能打败你，崔斯坦，那你也不能和他决斗，”我说，“我们能做的就是寻找证据了。”

“找赛维蒂的星辰手镯，”罗宾说着，摸了摸她脖子上的挂坠，“这就像是真相的一个锚。他会把它藏起来——藏在一个别人不会去的地方。”

“我想我知道在哪儿，”崔斯坦说，“他不会让任何人进自己的房间。连女仆也不让进。她们只会把柴火和干净的床单放在他门口。”

这话让我更相信自己敏锐的直觉了。那里面肯定藏了什么，好吧。“那我一定要搜查他的房间。”我把沾满了辣酱的烤羊腿肉卷了起来，“我知道他什么时候不在房间里——在你和艾菲见面的时候，在女王和王子到来之前。如果我在她们会面之前出现，我们就搞定了。”

“太危险了。他会锁门的，你进不去。”

“崔斯坦，我的小羊，”迈尔斯靠在崔斯坦的肩膀上说，“你说过这个王宫里没有锁能把你挡在门外吧。”

崔斯坦抬头望着天花板。“你们俩啊，”他说，“鲁莽的冒险者。”

“我会像往常一样在走廊上散步做复健，”迈尔斯说，“我一看见他离开房间，我就进来找你们。然后你带格雷丝走服务人员的门，撬开他套房的锁，然后再冲去开会，这样你就不会迟到了。格雷丝和我——”

“不行，”我说，“我不能让你冒这个险。”

迈尔斯气鼓鼓地说：“两个人总比一个人搜得快吧。”

我揉了揉太阳穴，“好吧。”

“真快活！我们很快就能打倒这个恶棍了，”迈尔斯说，“既然问题都解决了，你能不能别再拿那些卷饼了，吃点别的东西行吗？我们可以把剩下的事情都告诉罗宾。”

我经常想尽快完成王宫里的工作，这样就不用让威廉和乔治那么辛苦，要等我等上一整天了——可是最近一直都是这样过的。我匆匆穿过政府大楼的大厅，翻起了迈尔斯的军大衣的领子。这衣服跟我的帽子和暖手筒一点都不搭，但它至少能让我撑到回家。大厅里，大多临时点亮的煤气灯已经灭掉了，它们的煤气软管就捆在踢脚板上。我从一处有灯光的地方冲到另一处，在我那没开灯的办公室门前停了下来。

我完全可以进去搜珍妮特的桌子，可以拿出证据证明她在搞阴谋，和她对质——不，我不能。我不能让人知道这件事。我只能假装什么都不知道，继续工作，不过我还是在寻找方法，把她的伪装撕碎——

但我真的想这么做吗？父亲正致力于让塞弗林登上王位。如果我们想让艾兰国在半神国人的审判和人民的愤怒中挺过去，这确实是我们迫切需要的。但是我对父亲的计划有一点不理解的地方——这对父亲有什么好处。

那些犯了叛国罪的内阁成员，塞弗林也赦免不了。没有人愿意看到父亲全身而退，毕竟他干了那么多坏事。他这样做，真的只是为了不让艾兰国毁灭吗？

他不会袖手旁观的。这里面一定有他想要的东西。但那是什么？是什么呢？

我穿过半明半暗的走廊，影子被灯拉得差不多有三米长，在我的面前伸展开。到了大厅的尽头，楼梯间的门开了。塞弗林王子走了出来。

“格雷丝，噢，真是上天赐予我的运气！我正想找你呢。”他朝我走来，手里拿着一个金黄色的文件夹，脸上的笑容灿烂得能照亮整条走廊，“我刚才在档案室里找东西呢。”

“我看你是找到了想要的东西了吧。”

“我找到了关键性的东西，”塞弗林的黑眼睛里激动地闪着光，“真高兴你还在这儿。但我不应该太惊讶。毕竟殊途同归嘛。”

“我和我哥哥一起吃了晚饭，”我说，“卷饼。”

“噢，我真的很喜欢手工自助餐，”塞弗林说，“难怪你来得这么晚。我往你家寄了一封信，信里说的是我已经说服了女大公，明天也让你一起去。”

噢，真见鬼了！怎么回事啊！我笑了笑，“我没料到会这样。”

“你也参与进来才有意义，”塞弗林说，“我希望你也能去。”

“谢谢你，”我说，“但我那会儿刚好有件事冲突了，我必须在会议前一刻钟去做那件事，估计没法重新安排时间了。但我想，如果我拼了命地赶，应该可以及时完成任务，陪你一起去。”

“是关于魔法的吗？”塞弗林问道，好奇得神采飞扬，“是和风暴有关吗？”

我只能跟他说实话，“艾兰国能不能安然无恙，就取决于这件事了。我很担心我会迟到哎。”

“我知道你会尽力的，”塞弗林说，“现在让我来告诉你最棒的一件事。是时候结束母亲的统治了。”

我愣住了，“是吗？”

塞弗林皱起眉头，“我们谈到半神国人的时候，她仍然认为自己还有能力和别人打打杀杀。她打算再一次向他们解释，为什么他们的要求是不可能实现的。到那时，我就会采取行动。”

也就是明天。他准备明天发动政变。我有点头晕，吸了口气，“所以你要用女王的抵触行为和你对半神国人的配合形成对比。你会告诉他们，如果投票通过，她就还是计划保留那条法案吗？”

“没错。而这才是最致命的一击。看。”

他把文件夹给了我。我张开手拿着它，手掌搭在书脊上，手指撑着纸张。文件夹里的第一件物品是一张照片。我抬起头。

今天的康斯坦丁娜·蒙特罗斯已经变得端庄干练了，但照片里的她还是当时那个新婚的公主，光芒四射。她的黑发全都仔细打理过，朝头顶上梳，可能她沿着他们的私人火车轨道做侧手翻，头发也不会散下来。她的身边站着她那同样英俊的丈夫，皮尔逊·海斯公爵，红鹰公国之主。他们是一对璧人——漂亮、富有，他们的结合是因为爱，而不是为了各自的王朝。

这时康斯坦丁娜只是一个公主。她只想着引领时尚，支持未来对她有利的事业，能够过着奢侈的生活，肩上没有一个王国的负担。我盯着她那白皙的皮肤，灿烂的笑容，看着她向皮尔逊倾斜的样子。尽管她的眼睛看着镜头，但他就像块磁铁，吸引着她。

皮尔逊的样子看起来被迷得有点儿神志不清，可他根本没在意。他满怀爱慕地望着公主，嘴角挂着一丝微笑，仿佛在说，啊！我是多么幸运，我们是多么幸福。

我把照片翻过来，看了看上面的日期。那时她已经怀了塞弗林。她估计也没想到，六个月之后，她竟然会在一场事故中失去了丈夫和哥哥，她的生活被搅了个天翻地覆。

我翻看着她那些广为流传的全国蜜月照，心都要碎了。她和皮尔逊通过新建的、极其昂贵的铁路网，走遍了整个艾兰国。她出席剪彩仪式。她亲吻婴儿。她骑着自行车参加了十来次在主街开展上的游行活动，她穿着一条及小腿的开衩包臀裙，上身穿着一件腰间带花边、让她的腰看起来宽了一手掌的夹克，裙腿的下摆遮住了她那双带纽扣的靴子顶部。

她是那么幸福。

我翻了一页，看到康斯坦丁娜穿着漂亮的定制旅行服，眯着眼睛看着精神疗养院那高耸的尖顶和白花花的墙壁。我眯起眼睛，读着红鹰公国塔隆洛克大厅上面挂的铸铁招牌上的字。

我张大了嘴，抬起头看着塞维林，“她知道。”

“是的。”

我又翻过一页，她正在看望那些因为她的到来专门梳洗过的“病人”。我仔细打量着那些囚犯。大多数人都没有看她，也没有看别的东西，目光涣散。但也有一些人斜着眼看她：警惕、不信任，甚至怀有敌意。

没有她在地下室房间里的照片，在那里，他们强迫巫师把死者变成灵魂引擎。但是塞维林真的需要这个吗？她去过精神疗养院，所以她对那里发生的一切是知情的，如果要掩盖这个事实，那可是很困难的。

“如果你把这些告诉艾菲女大公——”

“她会罢黜母亲的，”塞弗林说，“到那个时候，一切就结束了。但我们要走正当的流程——我们会召开紧急会议，发起不信任投票，一步一步往上爬。”

如果一切都如塞弗林所愿，而我又找不到其他选择，那我们就只能拿政府开刀了。我们可以解决一切问题的。而这一切的答案，却藏在了档案馆的地下室里——那是些被人遗忘了、没有用过的宣传材料。

“塞弗林，”我一边说话，一边合上了文件夹，“你怎么知道要找这些东西的?”

“是你父亲把它们的位置告诉了我，”一阵不安掠过我的心头，我笑了笑，“这倒说得通。父亲就是研究尸体埋在哪里的。”

“我是完全信任他的，”塞弗林朝大厅那头指了指，那是他办公室的方向，“我们喝一杯庆祝一下好吗?”

“这就有点儿过分啦，”我仍然保持着微笑，“我刚才把我的雪橇叫来了，所以我的人在外面都要冻僵了。等一切就绪，顺利完成之后，我们就有时间向神表示感谢了。”

“总是那么务实，”塞弗林说，“新的一年，艾兰国会更好的。但你说得对，我们等到合适的时候再庆祝吧。”

他把一只手放在我肩上，笑容满面，“我激动得都不知道今晚怎么样才能睡着了。明天九点见。”

我点了点头，“九点见。”

他又看了我一会儿，手仍然放在我的肩上。但他笑了笑，捏了捏我的肩，就放我走了。他转身走开了，文件夹夹在胳膊下。我急匆匆地走向雪橇，心中焦急不安。

父亲会从中得到什么？是什么?

伊迪丝端着一杯浓茶和报纸进来了，不过在这之前我已经醒了。我瞟了一眼《先驱报》的标题：“审判日：对半神国会议充满期待”。

他们用上了艾菲骑在那头叫“海拉”的鹿角马上，好奇地盯着相机微笑的照片。艾菲的照片旁边，放了一张女王过去的照片，她撇着嘴，嘴角仿佛充满怒气。我一边用电吹风吹着头，一边看报纸。

内阁有成员爆料，说伊桑德来到内阁召见女王。文章的最后写道："她怎么能违抗神眷者的旨意呢？他们发出命令，抗命之人必然大祸临头。但如果他们的命令对我们国家有害呢？"

《星报》的标题却不一样。伊迪丝用颤抖的手拿过报纸，把它递给我。

"《百大巫师家族——艾兰国精英如何隐藏法力》"。

"你把这个告诉他们了。"伊迪丝说。

我和她从来没有谈过这件事，从来没有。伊迪丝从我十六岁起就成了我的女仆，她从来没有当着我的面对天气发表过评论。仆人们从来没有这样做过，因为保持沉默是她们工作的一部分。"是的。"我说。

"那是不是——"她闭上了嘴，脸涨得通红，"小姐，对不起。"

"是时候了，伊迪丝，"我说，"时代变了。我们不能再抵抗它了。"

伊迪丝低下头，走出了我的卧室，去给我开淋浴用的莲蓬头。

我略读了一下这个故事——毕竟我已经知道了。这篇文章的下面则趁热打铁，说的是约翰·润森无法获得许可去和《星报》的同事阿维娅·杰赛普见面，后者被关在了金斯格雷夫监狱里，并被王室指控犯了煽动叛乱罪。

他们把阿维娅试图调查内阁叛国行动中的细节模糊了，从而挑逗读者，说她正想讲一个故事，但如果没有一个完整的系列，这个故事就讲不完。

伊迪丝依旧在床上放了三套衣服，仿佛没有听见我说出西角公园那边最重要的秘密一样。我套上了一双平底鞋，脚上穿着高筒针织短袜，小腿上有一圈几何形状的小燕尾，选了一条斜纹软呢及膝裤，身上的夹克是由崔斯坦大赞其剪裁灵活大胆的那位裁缝制作的——也就是出自我的手。我的背心和袜子很相配。我在最外面套上了一件羊毛大衣，滑雪的时候穿着它，闯到别人房间里的时候也穿着它。

到了办公室，我对珍妮特表现得非常友善，努力地把注意力集中在工作上。我离开我的办公桌去散步的时候，我抖得像个拨浪鼓——冷静！——我顺着走廊来到了半神国人住的厢房。迈尔斯已经在大厅里，迈着沉重的步子走来走去，在遵守医嘱的同时还帮我们放风。

“进去喝杯茶吧，我马上就进去了。”他高兴地说，这一点都不像一个准备溜进神眷者套间的人该有的状态。我叹了口气。崔斯坦和迈尔斯的套间门在我身后关上了，崔斯坦给了我一杯半神国人喝的茶。我喝了一口，眨眨眼睛，突然觉得自己的感官变得敏锐了。我盯着崔斯坦背心上的蓟草和麻雀刺绣上。

“这针法真是巧夺天工啊。”我说。

“谢谢。我对绣出来的效果很满意。”他猛地举起手来。一个模糊的东西径直冲向我的脸。我伸出手，发现自己抓住了一个皮球，然后才惊讶地意识到，自己竟然能不假思索地迅速接住它。

“茶里究竟有什么东西？”

崔斯坦一脸无辜，“没什么啊。嗯，草药之类的。你能驾驭这种刺激。你喜欢寻求刺激吗？”

我笑了笑，一点都没有说服力，“不喜欢！我很怕死的。但是我们马上要解决这个问题了。我们马上就能把一切都搞定了啊。你难道不兴奋吗？”

门上的推杆咔哒响了一声，迈尔斯走了进来。我面对着他。

“走。”他说。

有一种感觉像海浪一样向我涌来，我感觉自己每根神经都活跃起来了。“我自己就能办成这事儿。”我说。

“我知道你能，”迈尔斯说，“但无论如何，我还是要去。”

“好吧。”

崔斯坦领着我们，走到仆人们经常出入的门前。这扇门被巧妙地隐蔽了起来。我们走过了一条狭窄的通道，踮着脚尖溜进了阿尔迪斯的房间。门边放着一叠皱巴巴的被褥。不见柴火，可能已经被他收起来了。门旁边挂着一份值班表，表头用红墨水写着：“请勿进入”。我读着仆人们记录的姓名首字母和日期，追踪他们一天中的活动。

崔斯坦蹲在门前，把两根细细的探针塞进门锁里，扭动着。我得跟他学学这个。我得知道怎么开锁和冒险。不过我还是止住了冲动。以后还有时间问嘛。

“咔哒”，门把手的位置响了一声。崔斯坦站起身，“小心点。”他说着，在迈尔斯的脸颊上亲了一下，然后大步流星地走下仆人通道，一心只想着不要迟到，怕自己来不及迎接艾菲。

“好了，我们开始吧。”我说。我心中充满了期待，同时还有兴奋和渴望。不过我还是不喜欢寻求刺激。不喜欢。

我按下了门把手。门打开的时候，我感觉到了一道非常微弱的阻力，就好像我拧断了一根线。一声尖厉的哀鸣在我的耳边响起，仿佛房间里还有以太能量存在似的，但当我走进房间时，它就消失了。

一个兰尼尔士兵站在房间里，这个房间和迈尔斯和崔斯坦的套间里一样，有一面绿宝石和象牙镶嵌的镜子。他旋转着，穿过了对面的墙离开了。我冲了过去，好像我能抓住他或者拉他一把似的。

这时我才知道，刚刚那阵耳鸣是怎么回事了。一个报警信号。阿尔迪斯把他的侍从留在了房间里，防备入侵者。

“格雷丝，”迈尔斯说，“就这样了，我们任务失败了。赶紧离开这里。”

我却往套房深处跑去，从沙发旁边冲了过去，穿过房间。我们还有一分钟，还是两分钟？时间可别过得那么快啊。

我用肩膀撞开了门。赛维蒂・安・瓦沃特出现在了我的眼前。她双目圆睁，那幽灵般的长发散开了，拖在地板上。她指了指，嘴唇动了动，好像我能听见她说话似的。我跳上床，又蹦到地板上，落在一堆要洗的衣服上。

我来到床头柜前，拉开抽屉，一个金色的东西晃了我的眼。它圆圆的，闪闪发光。我抓起它，上面深深地刻着一些字和图案。是赛维蒂的星辰手镯。她的占卜征兆。

我突然能听到她的声音了，就像有人打开了无线电。她用兰尼尔语哭喊着，我却一个字都听不懂。不过我也没必要要听懂。

我把手镯戴到手腕上，再次跳到床上，沿着直线跑出卧室，出了门。

我从卧室里出来，刚进客厅两步，那个兰尼尔士兵穿过墙壁回来了。阿尔迪斯的套房门开了。我的胃猛地翻腾起来。快跑！但就在我全速前进的时候，他撞上了我，把我撞翻在地，双手扼住我的喉咙。

“你。”他话里所有的仇恨都流露出来了。

我抓着他的手指，双眼圆瞪，因为缺氧而大声作呕。他笑了一下，松了松手，我便吸了一大口气，咳嗽起来。

然后阿尔迪斯又用力掐住我的脖子，我踢着脚，无力地想挣脱他的控制。如果他只是不让我呼吸空气，我可能三分钟就会死。可现在他的手掐住我的脖子，我的大脑没有血液供应。我可能只剩下一分钟了。

突然，我浑身无力，似乎已经败下阵来。他咯咯地笑了，那是种愤世嫉俗的嘲讽。

“我能看出来你在装，”阿尔迪斯说，“死亡可是为我所掌控的，爱管闲事的小东西。你这简单的把戏骗不了我。”

继续说吧，你这个笨蛋。我猛地睁开眼睛，深深地盯着他的眼睛，不怀好意地笑了，汇集我的力量，开始攻击。

第二十三章 罪行与审判

我把手指刺进阿尔迪斯的皮肤里。有些魔法需要触摸，例如我的这种。我将我的力量藏在他的肉体之下，把他整个人包住了，和他灵魂中的魔法、他的巫师之印的力量融合在一起。

我用尽全身的力量裹住了他，但我还是畏缩了。我试过这样对待迈尔斯。我领教过的可比现在的还要厉害。但现在危及我的生命。如果我不这么做，他会杀了我。

阿尔迪斯直起身子，放开了我。我大口大口喘着气。迈尔斯跳到了他的背上，一只胳膊勾住了他的喉咙，手勾住了阿尔迪斯的下巴；另一只手则抓住了他的肩膀，准备拧断他的脖子。

我那温柔可爱的哥哥在兰尼尔都经历了什么？我抛开了这个想法，抓住了阿尔迪斯的手。

“别杀他。”

“我会杀了他的，如果他——”

阿尔迪斯一动——他转动肩膀，低下头——就挣脱了迈尔斯的控制。他用力甩手挣开我的钳制，握紧拳头，对准迈尔斯的肚子就是一拳。迈尔斯弯下腰，倒在地上。

我必须要把他的灵魂束缚住。我必须这么做，否则他会杀了我们俩。

我再次扑向阿尔迪斯，挣扎着伸手触碰他裸露的皮肤。我朝他的眼睛捅去，但他一下子就躲开了我的手，反倒在我脸上打了一记响亮的耳光。这一耳光怕是把我的脸都扇瘀了，散开后便是火辣辣的一片红。我尝到了嘴里的血，那带着金属味的鲜红液体在我的舌头上搅来搅去——

我又呼吸不了了。阿尔迪斯站起来，走到迈尔斯身边。迈尔斯挣扎着，想用手和膝盖撑着身体站起来，却又被他踢中了肋骨。

迈尔斯再次倒在了地上。阿尔迪斯丢下迈尔斯，他愤怒地努着嘴，下巴收得紧紧的。他的手再次伸向了我。对于一个受过武术训练的半神国人来说，我们根本不是他的对手。迈尔斯呻吟着，挣扎着爬开了。

我伸出双手，指挥着猛烈的疾风。阿尔迪斯被疾风牵制住了，脚步踉跄着，试图还击它那无情的击打。迈尔斯转了转他的腿，钩住了阿尔迪斯的一只脚踝。这就足够了。阿尔迪斯被风抓住了，他张开双臂，拼命保持平衡。

我驱使风席卷向了更多地方。一盏台灯从旁边的桌子上滑下来，在空中乱飞，直接打到了阿尔迪斯脸上。他尖叫起来，用手捂着鼻子。一把扶手椅摇摇欲坠，向他那边倒下，我便一拳打在空中，让椅子飞了起来。椅子撞到了他，他摔倒在地，号叫起来。

他不应该打我哥哥的。一股愤怒涌上脑门。我必须发挥我的优势。我从角落里走出来，用一阵风钩住一对跳舞的陶瓷小人，对准了他的脸。他缩了缩，举起双手保护自己的脸，头上却还是留下了一道殷红的血迹。胜利的喜悦涌过我的全身。我拿起另一盏灯，拔掉了它插在墙上的以太能源线，把灯扔到了风中。

他是现在就像个防守球，躲在角落里。我让风停了下来，伸手去够，任由我的力量顺着他的鼻子滑了下去，滑进了他的喉咙。他身体里的空气和水分，现在都要听我指令了。阿尔迪斯喘着粗气，紧紧地抓着自己的喉咙。他瞪大了眼睛，虹膜周围都变成了粉红色。

“格雷丝，”迈尔斯挣扎着站了起来，说道，“你会杀了他的。”

那我还能做什么？如果我停下来，他就会反击我们。“我不能停手。”

“停手吧，可以了。我已经得手了。”

阿尔迪斯缩成一团，挣扎着想呼吸。迈尔斯跌跌撞撞地走到阿尔迪斯身边，用手拍打着阿尔迪斯的脸颊。迈尔斯身上的巫师之印开始发亮，一阵微弱的光在迈尔斯的光环下闪烁着。阿尔迪斯突然停止了挣扎，我便收了法力。他砰地一声倒在地板上，闭着眼，呼吸平稳而缓慢。

我盯着迈尔斯。他喘着粗气，胳膊搂着自己的腰。“你不应该——”

“不用说了，”迈尔斯说，“我们赢了。”

阿尔迪斯套房的门“砰”地一声打开了。崔斯坦冲了进来，身后跟着半神国的护卫兵，“迈尔斯！你还好吗？格雷丝，噢，不。”

我试着微笑，却突然意识到接下来会有一场腥风血雨。我镇静下来，和护卫兵们打招呼，“我要指控这个人，他谋杀了兰尼尔派往艾兰国的代表团团长赛维蒂·安·瓦沃特。请逮捕他，把他带到艾菲女大公那里接受审判。”

穿着紧身短上衣和长裤的半神国护卫兵走上前来，抓住了阿尔迪斯的胳膊。

“你对他做了什么？”其中一名护卫兵问道。她凝视着被毁坏的房间。

“他先出手，引发这场搏斗的。”我喘着气说，“我请求艾菲女大公审判他。阿尔迪斯·亨特为了掩盖一桩重大罪行，杀了人。”

“如你所愿，”护卫队的指挥官说，“把他们都带到女大公那里。”

玻璃大厅里放了一个宝座，这是为艾菲女大公准备的：这个宝座是用红橙色木材刻制的，纹理非常明显，木架上有鲜花的雕刻彩绘，笔触细腻得连花瓣上闪闪发光的露珠都清晰可见。宝座上面施了魔法，显现出花蝴蝶在花丛中飞舞的幻象。这宝座的样式来自于守护者的传说，仅供死亡国度那无情的统治者端坐。

艾菲坐在宝座上，身披一件开着前襟的长袍，腿上裹着绘有飞舞蝴蝶图案的彩釉护腿，但那些蝴蝶的翅膀边缘都撕裂了，仿佛这些生物在作生死搏斗。旁边放着一张弓和一个箭袋，以备不时之需。

女王和王子低着头，跪在宝座前。护卫兵们把阿尔迪斯拖进了房间。迈尔斯摸了摸阿尔迪斯的脸颊，他一下子就醒了过来，在护卫兵手里挣扎着。但当他意识到自己在哪里，以及是谁在看着他时，他就不动了。

我从阿尔迪斯身边走过。我的外套破了，脸上流着血，来到塞弗林王子身边，低下头，弯下膝盖，一只手放在胸口上。

"拿水来，"艾菲说，"你脸上有血，格雷丝·汉斯莱。"

"我很抱歉。没时间——谢谢你。"我正说着，伊桑德就给我拿来了一个镶了银边的水晶盆和一块布。我把布弄湿，拧干，听着水流从布上潺潺流下，却颤抖起来。等等——这是从哪里来的？我正擦着脸，伊桑德拿起脸盆，把他那垂下来的黑色袖子盖在上面，脸盆就消失了。我努力控制着表情，让自己看起来没那么目瞪口呆。

"你是怎么受伤的？"艾菲问。我还没来得及问伊桑德刚才他是怎么做到的，他就走开了。

"殿下，"我说，"我要控告阿尔迪斯·亨特，他杀死了赛维蒂·安·瓦沃特。我在他的套房里发现了他犯罪的证据。"我从手腕上摘下手镯，赛维蒂便出现在我眼前，"这是在他的房间里发现的。我怀疑他运用法术把赛维蒂困住了，这样另一个亡灵歌者就发现不了他对她做了什么了。"

艾菲盯着赛维蒂，后者一直在说话，试图解释自己的经历（我猜的话）。"他杀这个女人的动机是什么？"艾菲问道。

“阿尔迪斯在兰尼尔的时候，他教了星辰祭司一个咒语，可以让被艾兰国人杀死的兰尼尔士兵把灵魂附在那些人体内，”我说，“就是这样，五万多名被附身的士兵回到了艾兰国的家里。他们无法阻止兰尼尔人的灵魂占有他们的身体，利用他们的身体开展可怕的暴力活动。他们计划杀死康斯坦丁娜女王，占领艾兰国。我认为这是一种战争罪行，而且是一种丑恶的罪行。”

艾菲盯着阿尔迪斯，而阿尔迪斯一直盯着地板，“这是真的吗？”

他一言不发，拒绝回答。

艾菲的脸变得灰蒙蒙的，她那金棕色的皮肤显得毫无血色，“你竟然缄口不言，真是麻烦啊，阿尔迪斯。赛维蒂·安·瓦沃特这位外交官威胁要揭露你在兰尼尔被控犯下的罪行。我们不应该问你是否真的杀了她，但你必须回答下面这个问题——你是否将夺魂咒教给了兰尼尔人？是否授意他们执行格雷丝刚才所说的那个计谋？”

“这只是为了防御，”阿尔迪斯说，“艾兰国人有很可怕的武器，死去的人都要被他们那恐怖的灵魂引擎吞噬。兰尼尔人只是想找个方法，让自己活下去。”

“我不想听你讲理由，阿尔迪斯爵士。你有教他们这个咒语吗？”

阿尔迪斯的嘴唇颤抖着，但他还是回答了：“有。”

艾菲双唇紧绷，鼻孔翕动着，“那个让被附身的士兵攻击艾兰国的计划，你有参与其中吗？”

“有。”

艾菲愣住了，凝视着阿尔迪斯。他在这种凝视下颤抖着，低下头，耷拉着下巴。

“谋杀的惩罚便是服役，但你所犯下的罪行甚至比杀人更令人发指。你所犯的罪行实在罄竹难书，”她的语气平静得像一个结了冰的池塘，“这是你的命运，你逃不掉的，阿尔迪斯。你愿意服役吗？”

他抬起头，又低下了头，“我发誓效忠陛下，愿意服役，直到您认为可以释放我为止。我每犯一次错，您可以给我追加一年服役。”

“你必然要服役的，阿尔迪斯·亨特。你会受到惩罚的，这是天意。你杀了赛维蒂·安·瓦沃特。你让成千上万的人犯下了可憎的罪行。他们都死了，而这都是你的行为导致的。你杀了人。你尝试过种族灭绝。你劝我对艾兰国人进行最严厉的审判，以便掩盖那些罪行，我信任你，还听取了你的建议。”

阿尔迪斯低下头，双臂交叉在胸前，“凡此种种，我都做尽了。我对这一切非常内疚。我应该得到您的审判。”

“阿尔迪斯·亨特，你必然要服役，直至我准许你退役，”她从宝座上站起来，摆摆手召他过去，“过来。”

阿尔迪斯站了起来。他抽泣了一声，但他还是勇敢地走了过去，在女大公面前跪下了。

她要做什么呢？她能做什么呢？让他服役，又是如何服役呢？她肯定不会像我那样束缚住他的法力。

艾菲伸出手，把她的手放在阿尔迪斯的头上。“此事必成。”

阿尔迪斯在她的手下哭了起来。他倒在地上，手落在了石头地板上，蜷起手指，握成拳头，然后——

他痛苦地尖叫起来。他身体的边缘伸展开来，在艾菲的触摸下变得畸形。他尖叫着，听起来非常痛苦。他的骨头变长了，幻化了，改变了，把他的衣服撑成了一条条破布。他皮肤上的毛发越来越浓密，长成了黄褐色的毛皮；下巴上长出了卷毛，手腕上也不例外，他的手也变了，变成了坚硬的蹄子，从中间开始分叉。我惊恐地用一只手捂住嘴。

我好想吐。可我没法把视线转开。

阿尔迪斯不停地尖叫。他人类的声音变成了野兽的惊恐尖叫声。他的脑袋上长出了犄角，头变平了，嘴和脸颊也变长了，牙齿成了方形。它那睁得圆圆的眼睛距离拉开了，两眼间有一手掌宽，脸部皮肤上长出了又短又红的毛发。艾菲摸着它的头顶，那对犄角长长了，分裂开来，弯曲成了一对分叉的、毛茸茸的鹿角。

它的身后长出了一条尾巴，尾巴上绒毛光滑得像波浪。阿尔迪斯的叫声现在全是兽性的了，这只野兽身上的毛发随着它的变形而荡漾着，然后颤抖着，呼吸沉重而艰难。它终于完全成型了。

那不是马，也不是鹿。“海拉”是白日梦里才能见到的生物。我心里住着的那个看到马就激动得发抖的小女孩，看着眼前的动物，双手紧握在一起。不过我一看到它就恶心，只能竭力克制着。它——他——叹了口气，把鼻子放在艾菲的手上。

她爱抚着阿尔迪斯，好像它是一头珍贵的野兽。“带他去马厩吧。”她说着，把手抽了回去。

一道魔法罩住了阿尔迪斯。他蹄子中间的缝隙合了起来，鹿角褪去了。他变成了一匹肌肉结实、皮毛光滑的栗色马。一名护卫兵把一根缰绳套在了阿尔迪斯的头上。阿尔迪斯静静地走着，没打蹄铁的蹄子在地板上拖沓着。艾菲等到护卫兵把新马带走，门关上以后，才把注意力转向康斯坦丁娜和塞弗林。他们两人脸色苍白，浑身汗涔涔的，身上散发着恐惧，一言不发。

艾菲又看了他们俩一会儿，“你想谈判吗？”

康斯坦丁娜突然站起来往外跑去。她甩开门，从护卫兵面前冲了过去，护卫兵拦住了她，把她押了回来。

她想踢，想挣脱他们，但他们把她又押回到了宝座前。康斯坦丁娜放声恸哭，她吓坏了，“不要！求求你！”

“你冷静一下，”艾菲说，“我刚才问你了一个问题。”

康斯坦丁娜闭上眼睛，摇了摇头。我想把目光移开，试图给她留点尊严。我瞥了一眼塞弗林，他朝艾菲的宝座靠近了一点。

“殿下，”塞弗林插嘴道，“我想让您看一些东西。康斯坦丁娜和那些被关在塔里的叛徒是一伙儿的。她知道那些精神疗养院正在利用巫师来启动以太能量网。我有她在红鹰公国的疗养院里的照片。”

艾菲伸出手，“给我看看。”

塞弗林呈上了那个文件夹。艾菲浏览了一下里面的照片——塞弗林给我看的那一堆照片。只有真正重要的照片才能到达艾菲的手上。

康斯坦丁娜整个人都蔫了。“你这个笨蛋，”她说，“今后无论你戴上什么样的王冠，艾兰国都不能由你统治了。”

“我们对控制艾兰国的政府没有兴趣，”艾菲说，“我们只希望看到这里能重获正义。我们给你一年的时间改变统治方式。”

“那我就当上国王了？”塞弗林问道，“当然是请您任命了，尊敬的殿下。”

“我们不能把王冠戴在你头上，塞弗林。你得自己去做。”

塞弗林收起了他的惊慌失措，“母亲。我请求您退位，为我的统治让路。如果您愿意，我会把你送到红鹰公国，舒舒服服地养老。我不想绞死您。”

但他会。如果有必要的话，他会把自己的母亲、我的父亲以及其他人一起送上绞刑架。或许他也应该这么做——人们会同情他的母亲吗？

康斯坦丁娜抬起头来，“可能你确实要这么做，塞弗林。但我不会拒绝你的请求。我在此宣布，将王位禅让给我的儿子塞弗林·菲利普·蒙特罗斯。愿他能以智慧和能力治理国家。”

塞弗林低下了头，“谢谢。格雷丝，请带母亲去缮写室，以书面形式宣布退位，然后在宫里的办公室见我。我有些事要做。”

第二十四章 他腕上的操纵绳

用法律文件结束一个王朝，真是出奇的平静。康斯坦丁娜写了退位书，便开始读起一本口袋书。我们在等首席女书记员把退位书誊写好，在此之后才能把官方文件和令状变成合法存在。

在康斯坦丁娜发布了口头声明和签署退位书之间的那段时间里，塞弗林的统治其实是处于一种模糊状态的——这和任何法律协议一样，在生成文件、签字盖章之前，统治并未生效。我们有打字机和印刷机来印文字，但法律文件仍然需要进行手工誊写。

文件誊写好了。康斯坦丁娜拿出了一支刻着图案的银笔，当场签了字。我签名宣布自己是见证人时，她斜视了我一眼。

“我不想坐着雪橇，带着帐篷去红鹰公国。等解冻了，我再坐火车去。”

所以康斯坦丁娜还打算在这里待一段时间——如果她能按自己的意愿行事的话，她肯定会影响儿子的决定。我的头疼又来袭了，一下一下地疼。她要是有什么反对意见，我能应付得来——我甚至可以让它成为我的优势。但我还是想先让艾兰国重新立稳根基。康斯坦丁娜很有可能会阻碍这一进程。

“我们现在去你的套间，好吗？我想你应该和总管商量一下怎么搬到另一个厢房去。”

一群初级书记员放下手中的书法工作，抬起头来，睁大眼睛，听着这些闲话。首席书记员瞪了他们一眼，他们又开始工作了。康斯坦丁娜收紧了下巴，上面的肌肉都突了起来，但她大步走出了房间，好像我并没有冒犯她似的。

“你们两个密谋害我有多久了？”康斯坦丁娜问道，好像这是一场无聊的走廊闲谈。

“不久，”我应该告诉她真相，“就是从你下令把我关起来，然后塞弗林把我从牢房里救出来的时候开始。”

“你们只用了一个多星期就把我从王位上拉了下来。”她的话酸溜溜的，“塞弗林最好记住这是多么容易。你真的觉得他能把国家治理得更好吗？”

“塞弗林对半神国人和他们的愿望都有适当的尊重。”

“塞弗林总是依赖于别人的判断。一个国王要是有这样的特质，那可就危险了。”

“塞弗林有他自己的想法，”我说，“而且他很善于考虑别人的需要。他会试图做出平衡的决定，这意味着要听取他信任的人的意见。”

“软弱的国王登基，国家就不得安生。”

她直视前方。我瞥了一眼她的侧脸，她那优雅的鼻子和弯曲的下巴，和我口袋里的硬币上她的头像一样，特别好认。“不过对于一位雄心勃勃的总理来说，这会是一位很好的君主，不是吗?”她说道。

噢，康斯坦丁娜可没那么容易就被踢出局。“真的吗?我从来没有这样想过。”我说。

“别骗我了，”女王讽刺道，“说得像汉斯莱家族的人会舍得放过任何获得权力的机会似的。”

可我舍得。我从来没有真正想过塞弗林会成为国王，尽管他在我的有生之年肯定会登上王位。甚至当塞弗林来找我，要我支持他夺过王位的时候，我也从来没有想过要如何迎合他的需求，让他喜欢我，并把这个作为自己的目的。

但我在脑海中改变了这个想法。作为塞弗林的总理，我影响了他的许多决定。我可以很轻松地给他打点好一切。但一想到这，我的嘴里就泛起一股酸涩。塞弗林有他自己的想法，他自己的愿景，而我的工作就是制定政策，去实现这些想法和愿景。我想做那份工作，但康斯坦丁娜打算把他变成一个提线木偶，总在为“谁才能让他跳舞”这个话题和我争论不休。

我必须得摆脱她。

“我就送到这里吧，”我说，“建议你和裁缝联系一下。你还需要一段时间换换你衣柜里的服装。”

只有君主才会穿戴紫罗兰色的服饰，而且康斯坦丁娜就喜欢紫色的衣服。所以所有的紫色礼服和西装都得送走。康斯坦丁娜对这个提醒很生气，但又镇定了下来，“你想得很周到，格雷丝爵士。你很有本领，完全可以成为一个得力助手。”

我嘴角勾起一抹笑容，“谢谢。如果我要找一份新工作，我会考虑的。”

我低下了头——这就是皇家骑士面对地主时的礼节——然后根本不需要等待她的命令，就走开了。从王室的住处到王储的侧厅，只有短短一段路程。仆人们在大厅里东奔西忙，拿着箱子和包装材料，来搬运塞弗林的个人物品。一个警卫向我鞠了个躬，领着我去了塞弗林的办公室，那里还没有搬运工和女仆来这里收拾，所以成了这边唯一一个安静的房间。

“您有笔吗，陛下？”我进门时问道，“如果你手头边没有的话，我可以借给你——”

走到半途，我停住了脚步，脚下的地板仿佛在移动。我的胃猛地一沉。我就像坐在过山车上，正经历着第一次可怕的俯冲。

父亲站在塞弗林旁边，手放在新国王的肩上。

塞弗林带着几乎无法控制的兴奋，等着我把退位书拿给他。他试着露出一个随意的微笑，但嘴还是咧太开了，掩藏不住喜悦，“我要借你的。这会开启一段更好的故事。”

父亲站在他身旁，骄傲地微笑着，“做得很棒，格雷丝。是你让这一切实现了。我太自豪了。”

噢，神哪，不要。这是不可能的。“你救不了他，塞弗林。半神国人谴责我们，说我们所做的一切都源于他的阴谋。人民也不会容忍的。”我说。

“那些人无足轻重，”父亲说，“他们就会抱怨，挥舞牌子，想让我们把一切都送到他们手里，但一旦我们重新恢复供电，有工作等着他们，他们就会回家，停止这种胡闹。”

“你听到他说什么了吗？就是刚才说的？”我问塞弗林，他收起了笑容，“人们不仅仅是在抱怨。他们一周工作六天，每天工作十小时，却只换来微薄的工资，肯定没法平静的。等巫师们被放出来，回到家，开始讲述——”

“这些我们都会处理好的，”塞弗林说，“我的统治会纠正这一切。我们会道歉的，会责成政府进行体制改革。但这种通过抗议和罢工造成的破坏，是不能容忍的。作为国王，我将——”

“想想吧，塞弗林。你将成为国王，我将成为总理，而我父亲呢——将成为什么？父亲会得到什么？如果你宽恕他，就会发生叛乱。”

“我将回到我的总理职位上。”父亲说。

“拉倒吧你，你要回到牢房里去才对，”我把注意力转向塞弗林，“如果你说他病得太重，受不住死刑，那你或许还可以留他一条命。”

父亲无视了我的话，继续说道：“我会委托别人去参加我没有精力出席的会议和活动，而你将要做一些完全不同的事情。”

父亲的声音扭曲着，听起来像是在对着一口井说话。我眨了眨眼，试图把这种不真实的感觉驱逐开去，“不同的事情？你不会真的以为，我能让你把我推到一边，然后用别人做你的代理人吧？这是不可能的。”

“我没有把你推到一边，格雷丝，”父亲摇了摇头，“也许我应该退后，让塞弗林来解释。”

他照他说的做了，退后了三步。他在博物学家的陈列室里漫步，然后停了下来，注视着一个圆顶标本罩，里面裱着一只黑色的守护蝴蝶，仿佛刚刚落在树枝上一样美丽灵动。

我回头看了看塞弗林，“你有什么要解释的？他编了什么故事？为什么你觉得会相信他的鬼话呢？”

塞弗林走近我，拉着我的手，“这不是一个故事。这是——啊。该死。这不是我想要的方式。”塞弗林摇了摇头，舔了舔嘴唇，又热情地向我微笑起来：“我的想法很不一样。”

“什么？”

“这个。”

塞弗林松开了我的手，单膝跪下了。

我那坐过山车般的惊悚感觉，像是它突然向右倾斜了。他把手伸进口袋。我的手开始颤抖。

他不会这么做吧。不是的，绝对不是的。舞会上和他那支舞的每一刻突然从脑海里浮现出里。我在他的臂弯里跳舞的每一秒，王子都根本没有松开我。这不可能发生的。

塞弗林拿出一条银制的带子，上面系着——噢，神哪，请庇护我吧。他拿出了一枚镶有蓝宝石的戒指，那颗宝石有我的拇指指甲那么大，周围缀满了闪闪发光的小钻石。

他手里握着的，是王室代代相传的艾兰之心戒指。

“请收下这枚戒指，”王子说，“考虑一下。你愿意成为艾兰国尊贵的格雷丝王妃殿下，皇家骑士，红鹰公爵夫人，韦斯特菲尤尔侯爵，以及我的妻子吗？

他的妻子。我的心怦怦直跳。这完全超出我的想象。这是不可能的。“我们不能结婚。”我说。

“我查过了。没有法律规定说皇家骑士不能嫁给王室成员。

从来都没有。”

“这是约定俗成的。皇家骑士不会外嫁外娶，你们王室也一样。”

“威廉国王娶了他的秘书。”

“威廉国王放弃了王位，跑到乡下生了十二个孩子，而他的表兄继承了王位，做了所有的工作。”

“他的长子是我的曾曾祖父，”塞弗林说，“我需要你，格雷丝。艾兰国的人民需要你为他们挺身而出。”

这正是我父亲想要的。这就是他一直在几乎关不住他的那个牢房里默默谋划的东西——这是让汉斯莱家族权倾朝野的一种方式。我们将永远在百大家族的排行中名列榜首——我们将是皇室成员，是英明的艾格尼丝女王血统的一部分。在塞弗林之后，汉斯莱家的一个孩子将继承王位。魔法将永远在艾兰国统治者的血脉中流淌。

这将是我们家族历史上最伟大的成就，甚至超过了曾祖母菲奥娜的伟业。这是攀登权力巅峰的最后一步。这也是一项成就：让一个生病的老人安享晚年。

这就是他送给我的结婚礼物——一个英俊的、意志薄弱的国王，他希望别人喜欢他。他是我可以轻易控制的亲王。我会成为整个国家最有权势的女人。我几乎什么事都能办成。

我可以领导改革。我可以瓦解皇家骑士阶层最坏的传统——贪婪和任人唯亲。我不再需要通过一次次的妥协来阻碍激进的立法——我只需要决定什么是最好的，塞弗林就会签名。这就是一切的答案。

我所要做的就是为自私的欲望承担义务，承担责任，就像我这辈子一直在做的那样。接受这个婚约，有利于家族伙伴关系的建立，有利于家族的联盟，还能让家族百世流芳。这对艾兰国说也是最好的。

我盯着那枚闪闪发光的戒指，却又觉得它充满黑暗——它有具备某种潜能，可以让一切恢复正常。我可以做任何我想做的事。说“我愿意”是有道理的。说吧。

我突然不知道该怎么张嘴了。

“请允许我坦白一件事，”塞弗林王子说，“这是解决我们之间问题的办法，但谋求政治私利并不是我唯一的动机。”

什么？我眨了眨眼睛，看着他，而不是看着他手中那能催眠人的蓝宝石，“这不是吗？”

“我很仰慕你。近乎狂热地仰慕，”他歪着头，注视着我，“你就没猜到过吗？”

“没有，”我向他坦白，“从来没想过。”

“我觉得你很聪明，”塞弗林说，“我非常佩服你。你真的能迅速看清局势下面涌动的暗流。”

“似乎，不包括爱情吧。”

“你在质疑我的诚意吗？”他那漆黑的眼睛里闪闪发光。他想娶我，这不仅仅是为了建立一个政治影响力联盟。让他舞蹈的，不只是父亲手里的操纵绳。他想要和我的婚姻。他会爱我的。他会崇拜我的——而且他一直都是这样的。

它解决了我所有的问题。它斩开了纠结的地方。但我还是没法果断张嘴答应他。

迈尔斯永远不会——不，他会理解的。他会完全理解的。他还会继续爱我，尽管他永远不会相信我。崔斯坦也许也会理解的，但一想到不管我们彼此多么亲密，还是可能会失去他的友谊，我的心就“咯噔”跳个不停。我会终止塞弗林针对抗议者的那些镇压政策，但我永远不会在罗宾的家里受到欢迎——她会是我的批评者，我尊敬的监督者，却永远、永远不会是我的朋友。至于阿维娅——

那种过山车下坠的感觉又来了。我们彼此又没有承诺过什么。而格雷丝·汉斯莱爵士会接受这枚戒指，统治世界，尽她最大的努力——

当我和哥哥、阿维娅、崔斯坦在一起，当我能像脱掉一件衣服一样甩掉格雷丝爵士这个身份的时候——那个女人永远也成就不了什么。我还不知道她是谁，但如果我的手上有了和国王的结婚戒指，我就永远都不可能知道了。每一个我爱的、钦佩的和尊敬的人都将站在线的另一边。正义的一边。不管我做了多少好事，无论我的意图是多么的纯洁，我也无法和他们站在一起。

所以我朝塞弗林笑了笑。不过我还没开口，他就知道结果了。

“对不起，塞弗林。真的很抱歉。你的求婚让我深感荣幸，但我必须拒绝。这是一条我们不能越过的底线。”

他把它放在心里。他的肩膀弯了下去，眼睛里的光芒也黯淡了。

“对不起。”我说。

他点了点头，沉默而悲伤。

在他身后，父亲盯着我，眼里充满了怀疑，“你说什么？你很抱歉？”

塞弗林站起来，转过身来，“这是她的选择，克里斯托弗爵士。”

“那么多年我都在教你，”父亲说道，他的声音里带着愤怒，“你所学的一切，你所投入的一切，还有你——塞弗林，把她关起来。”

“我不会的，”塞弗林抗议道，“她什么也没做——”

“她故意摧毁了以太能量网。她对所有丢掉工作、所有受苦受难、所有在家里冻死的可怜人都有责任。她在报纸的头版上对皇家骑士的事撒了谎。这都是因为她被一种危险的意识形态颠覆了，这种意识形态摧毁了政府和我们的生活方式。”

他在玩这种权力游戏的时候思维可真够迅速啊。父亲总是有答案的，他总是能发动攻击。他的身体很虚弱，但思想却和以前一样敏锐，一样危险。

塞弗林眨了眨眼睛，“这些都不是真的。”

“这一切都是真实的，”父亲说，“她是我们国家面临的最大威胁，必须把她关起来。”

这真是够了。“如果你愿意，你可以试着把这些事情向女大公解释一下。我相信她会给予应有的回应，”我交叉双臂，把注意力集中在塞弗林身上，“你知道半神国人想要什么。你告诉我，你能满足他们的要求。我把死者从罪恶中解放出来，而那些死者犯下的罪行就是想让我们灭亡。现在把我这个女人关了起来，这对半神国人来说并不是太好的决定。”

“她是对的。”塞弗林摸了摸嘴唇，咽了口唾沫。从他脸上的表情中，我就能看到，他还记得阿尔迪斯变身时的场景，但我还没有说完。

“克里斯托弗爵士想不承担任何责任就获得自由，那是不可能的。如果他认为他能接任总理一职，他就已经没有推理的能力了。你应该押着他上楼梯，让他回到塔楼里，然后封上窗户，这样他就不能再让他的鸟做信使了。你应该为他所犯下的罪行审判他，就像女王对珀西·斯坦利所做的那样，只是半神国人不喜欢杀戮而已。”

“我以为你会高兴，”塞弗林说，“毕竟他是你的父亲啊。”

“半神国人之所以要来审判我们，就是因为他干的好事。他对你没用，塞弗林。他可能还会觉得你应该保留那条法案。”

父亲因为急着说话，发起抖来，“我可以引导艾兰国度过这场危机。”

我也无视了他的话，继续说道：“你需要朝一个大胆的方向迈进，塞弗林。你得让艾兰国人民知道，你不是你母亲羽翼下的儿子了。你需要采取有利于进步和变化的行动。这就是为什么你今天下午要把那个决议是否中止法案的投票取消掉。”

塞弗林眨眨眼，困惑地看着我，“什么？可你刚才说——”

“你要以王室的命令废除法律，”我说，“就是今天，到下议院去。这将是你当上国王后要走的第一步。这将标志着艾兰国和人民和解的开始。就那样做，你肯定能给人们留下深刻印象的。向他们伸出你的手，这会为你赢得一些尊重。”

“我明白你的理由，”塞弗林说，“但王室不应该经常颁布命令。我们应该允许政府的自然进程运行。”

不。我必须说服塞弗林，现在就要。艾兰国的命运如何，都在此一举了。我得说服他听我的，而不是听我父亲的。“你需要废除《巫术保护法案》，而且要立刻去做，”我说，“一场可怕的风暴正向我们袭来，而这次比上次的情况还要糟，上周金斯顿的积雪足足有三英尺厚。我需要得到更多的帮助，否则这风暴带来的雪会把我们埋了。”

“首席法师可以随时准备协助这场风暴，”父亲说，“我要做的就是给他们发令。”

现在我终于承认了他的存在，绷着脸笑了笑，只扫了他一眼。下属不合时宜地发言时就适合这么对待。“谢谢你，但这还不够。我们需要的不仅仅是和首席法师进行有条件的合作，塞弗林，我们需要那些在金斯顿到处躲藏的巫师们。”

他歪着头，“我不知道除了皇家骑士之外还有风暴歌者。”

“是他们不想让你知道而已，”我说，“他们牢牢守着自己的秘密呢。我可以联系他们的领导人，但如果我想说服他们，我就必须废除那项法律。我需要给他们证明，保证不会把他们抓起来。我需要你来保证他们的安全，塞弗林，这样他们才能救我们。我们需要他们，非常需要。”

塞弗林脸都白了，“风暴有那么严重吗？”

“我低估它了，”我说，“说实话，我真的没法想象情况会有多糟糕。我要离开王宫，亲自去问他们——而我这么做的时候必须保证他们是安全的，必须保证能让他们被抓走的家人回家。”

塞弗林抬起头来，他在请求神的指导。我把目光移开了。父亲没说话，愤怒地看着我。不过他知道，我说暴风雪正向我们袭来，并没有夸大其词——他仍然能感觉到风，不过他的身体已经弱得不能再用意志与之对抗了。他知道我们需要尽可能多的帮助，但他不会让我赢的。我们都希望首先取得胜利，才能成为塞弗林听信的那个人。

父亲清了清嗓子："她没有夸大，这些所谓的风暴歌者应该——"

我打断了他，"在精神疗养院，他们现在肯定帮不了我们了。如果他们能在这里，能够扭转风暴，拯救城市，那可真是创造者赐予的福气——我们必须让他们知道，我们需要他们，他们是有价值的。你也必须让人们知道，艾兰国的未来会更好的——这是一个你会鞠躬尽瘁去守护的国家。放了他们吧，赢得他们的信任。"

"这将标志着我作为国王的统治的开始，"塞弗林说，"我必须行动起来保卫艾兰国。我会废除这项法律，并在下议院宣布的。"

"谢谢。"我赢了。我是总理。我是塞弗林最好的提议者。我心里那根紧绷的弦终于松了下来。塞弗林可能是因为想娶我才会这么听我的，但他根本没有轻视我的专业意见。我几乎松了一口气："你要做的下一个善举，就是释放那些因为抗议而被监禁的人。理由就说他们反对的是女王的政府，而不是你的政府，所以他们应该被释放。"

"她才不在乎那些戴黄丝带的乌合之众，"父亲说，"她是想让你释放那些被指控煽动叛乱的人。"

塞弗林的表情变得严肃起来，“煽动叛乱是严重罪行。”

“那是对前任女王来说的。”我说，这该死的父亲！他知道我的目的是什么。他不会坐视不管，完全让我来控制局面的。

父亲嘲笑道：“他们是试图推翻政府的破坏分子和暴徒。把他们放了，也不会改变他们的想法。他们希望摧毁我们的传统和生活方式，取而代之的是无政府状态。”

“他们有暴力行为吗？他们有破坏财产吗？”

塞弗林摇了摇头，“不知道。我得先看看每个人的情况。众议院会议结束后我们再讨论这个。以及风暴过去之后。”

“那克里斯托弗爵士怎么办？你不能还他自由。他必须要回到塔里。他不能到处闲逛，到处搞阴谋诡计。”

“临终关怀。我已经安排好了房间和医疗护理了，”塞弗林说，“这是对临终者的最后一次同情之举。”

不。如果我们不把父亲送回牢房，如果我们没有切断他和外界的联系，阿维娅就会成为我们游戏中的一个卒子。他会用她来探查我的努力，或者给她制造些什么事故，让她受苦。我不能冒这个险。但我没有时间和他们争论了。

“那就赶紧把他带回他的床上去吧。这一天已经够激动的了。在那场关于要不要中止法案的辩论真正开始之前，你就得赶到下议院了。”

“没时间了，”父亲说，“有很多事情要讨论——”

他话还没说完，就突然咳嗽起来。

“多费劲啊。”我还是抑制住了想说话的冲动。因为我要说的话可能会很刻薄。

“您需要休息，克里斯托弗爵士。请坐下。我去叫警卫把轮椅拿来。”塞弗林把头探出门外，对一个警卫说了几句，警卫便跟着他进了屋。他回来了，站在我身边，这时门又开了，一个警卫推着轮椅走进了塞弗林的办公室。

“我得去下议院了。你愿意陪我去吗？”

警卫把父亲带走时，他怒不可遏。我摇了摇头，“雪下得太快了。我必须马上去河畔城一趟。风暴过后，我们会再见面的。我还有很多工作要做，陛下。”

“你还要策划我的加冕礼呢，”塞弗林和我一起出了门，然后又抓着我的手，“格雷丝。你能不能重新考虑一下——”

“不能，”我微笑着，想借此消除心里的痛苦，“我想，你应该清楚这背后的原因吧。我更适合做你的总理，而不是你的妻子。”

塞弗林点了点头，“好吧。我们还有工作要做。去吧。”

我低下头向他行礼，随即立刻离开了塞弗林。

一到外面，我就呼了一口气。一阵解脱的感觉让我的肩膀不再紧绷，也放松了我僵硬的背。我其实并没有赢得一切，只是塞弗林听了我的话。我可以阻止父亲的下一步行动，但我必须现在就去干。我轻快地穿过走廊。我只有一次机会。我得把阿维娅弄到父亲够不着的地方。我必须尽快赶到河畔城，希望罗宾能相信我，把河畔城的风暴歌者的情况告诉我。

如果一路上没有警卫拦住我，我就会尽可能快地跑过走廊，在窗外透进来的寒意中穿行——这窗外是王宫的一个花园，风吹得窗玻璃哗啦作响。我会跑过巨大的门厅，只留脚步声在花色繁杂的大理石瓷砖上回响。我会跑过镶着木板的大厅，来到大使厢房门前才停下脚步，和驻扎在那里的警卫打招呼。通过身份查验后，我敲响了迈尔斯和崔斯坦套房的门。

我屏住呼吸，听着渐渐走近的脚步声。崔斯坦开了门。我松了一口气。

“格雷丝，”崔斯坦说，“你的脸怎么苍白得跟纸一样啊。”

“感谢——星辰，”我说，“很高兴你在这儿。我需要你的帮助。”

第二十五章 逃离

崔斯坦穿上了一件正式的长袍，解开头发，用一个银色的头饰把头发往后拨住。我们离开了套房。他摆出一副神眷者发怒时那种迷人又阴险的样子，在王宫里大步流星地走着，双唇紧闭，瞪得警卫们都缩了回去，找别的事做。

我紧跟在他后面，把手搭在他的肩膀上，以防那个把我隐身了的魔咒失灵。崔斯坦瞪着眼睛穿过王宫，来到那条长长的、冰冷的石头走廊前，准备去往金斯格雷夫监狱的时候，并没有人看见我提着迈尔斯的一捆衣服跟在后面。其实就算别人看到我来这里，也不太可能会把我和劫狱联想到一起。而崔斯坦是半神国人，他想做什么就做什么。

我们走进了那条石头走廊。风在我们身边怒号，从石墙的缝隙中呼啸而过。站在门口的一个警卫挡住了我们的去路，而崔斯坦停了好一会儿才低声吼道："走开。"

那警卫吓得贴到了墙上，崔斯坦迈着大步走开了。我捏了一下他的肩膀，示意我们向左走。崔斯坦便拐进了楼梯间，进入了下层的牢房。

“哪条路?”

“去那个岗哨那儿。”

崔斯坦大步走向走廊的尽头，仿佛很清楚自己要往哪儿走。那些妨碍到他的人，我只能求上天给他们点儿怜悯，帮帮他们了。我问他打算如何通过警卫时，他指出阿尔迪斯受罚的消息是故意传给女王警卫队听的，他们当时都瞪着眼睛，看着一匹马从半神国人住的厢房里出来，被牵到马厩里。不久之后，我们这边的情况就出现了转机。今天没有人敢拦这些不死半神的路了。

于是，我们平安无事地来到了关押阿阿维娅的牢房区。崔斯坦攥着拳头，撑着腰，对门前的警卫说道：“我们要见那位被告的记者。开门。”

那个警卫虽然吓坏了，但还是摇了摇头，“她要转到其他牢房了。”

“我不管，”崔斯坦回答，“我就要见她。”

“任何人都不允许——”

“你觉得，你能成为一条听话的猎犬吗?”崔斯坦问道。

他把手放在警卫的手腕上。我倒吸了一口凉气。警卫的手顿时长出了乌黑油亮的毛发，手掌缩成了拳头，然后变成了爪子——

“求求你!”警卫哭喊道，“求你别这样！我有钥匙!”

“用它开门。”崔斯坦说。

警卫抱着他的手，试着弯曲他的手指，来确保自己的手指还在，还能像手指一样工作。

“赶紧开。”

警卫匆匆忙忙地摸索钥匙，急得把高脚凳都给打翻了，为崔斯坦开了门。崔斯坦披着闪闪发光的丝质袍子，上面还有刺绣，头上一件闪亮的披风半垂到背上。

“我不希望有任何人来打扰我，”崔斯坦说，“我出来之前，不准任何人进来。”

警卫单手握拳，往心口上敲了一下，以示尊重，然后关上了牢房的门。

我松开了崔斯坦的肩膀，“来。”

我递给他一个馅饼。他大口大口地吃起来。我从他身边走过，来到这个区唯一一间有人住的牢房，阿维娅站在那里，光着脚，穿着我的貂皮大衣，下摆都包住了她的脚，垂到地上的小水坑里了。她攥着镀铜的铁栏杆，她的眼睛里焕发出光芒。

“你来这里做什么？”

“我们来救你，”我说，“我不是告诉过你吗，必要时我会救你出来的。”

阿维娅盯着我抱着的那堆衣服，“你贿赂警卫了吗？”

“崔斯坦威胁他，说要把他变成一条狗——”

“只是个幻觉而已，”崔斯坦说，“我没有那种天赋，不过还是把他吓傻了。”

“那我们怎么离开这里呢？”

“这很简单，”崔斯坦说，“稍等。”

他舔了舔手指，从袖子里捏出一套开锁工具，隔着那漂亮的长袍，跪在粗糙的石地板上。他刚把指尖放在锁板上，就猛地把它推开了，连连作呕。

“铜。呸！太可怕了。”他甩了甩手，仿佛那种感觉会像水滴一样能甩掉似的。他把镐头放回锁孔，小心翼翼地避开锁板，开始工作。

阿维娅紧紧抓住牢房的门，因为她必须推开门才能获得自由。崔斯坦轻轻地开了锁，转动杆子，把镐头抽出来。

阿维娅冲出牢房，扑到我的怀里。我放下那捆衣服抱着她。她的头发干枯了，像一根根细绳似的，皮肤上还有一股麝香味，可这些我都不在乎。我紧紧地抱住她，强忍住眼中的泪水。

阿维娅咯咯地笑了起来，把头朝后一仰，看着我微笑起来，“你打算怎么解释呢，总理？”

“我以后再想办法，”我把那包衣服塞给阿维娅，“穿上这些。不好意思啊，可能会有点不合身。”

“快点，”崔斯坦说，“里面有双加厚了两层的袜子，希望这样能帮你穿上迈尔斯的鞋子。逃狱的时候就先别庆祝团圆了，好吗？”

“告诉我，发生了什么？”阿维娅说，“多萝西说我们这个案子还挺好打官司的。我们甚至计划在《星报》上发系列专题报道，解释她向法院提出的动议，它们意味着什么，在一个公正的制度下应该如何运作——”

“康斯坦丁娜女王退位了。”我说。

“见鬼了！”阿维娅跳进了迈尔斯的裤子里，踮着脚尖落地。裤腿太长了，我便跪下来，帮她把裤腿卷起来。“什么时候？”她问。

“大约九点二十分。”我递给她一件衬衫。大衣掉在地板上，她转过身去脱掉了里面的麻衣，露出了后背。

“这么说，塞弗林就是国王了。我们不是一直在说，如果塞弗林——”

“他向我求婚了。”

阿维娅僵住了，一只胳膊半插在袖子里，“但你现在在帮我越狱。如果你要他放我出去，他会放我出去的。那如果你要嫁给他，你能不能——”

她转过身来，把胳膊伸进袖子里。她睁大眼睛盯着我，张着嘴。

“你不想嫁给他，”她说，“你没答应。”

“我没答应。”

“我没答应。是因为——因为我吗？”她抓住我的手，紧紧地握在她的胸骨上，“你本来可以成为王后的。你真的想要这个结果吗？”

“我真的想要和你在一起吗？”我抬起一只手，手指抚过她的脸颊。她把脸斜向我，感受着我的抚摸。见她眼睛半闭地享受着，我的皮肤上仿佛有种酥酥麻麻、软绵绵的感觉，手指也轻轻颤抖起来。这感觉，就像闪电在空中划出一道热热的蓝白色光线前，空气里闪现的那些令人有些恐惧的以太电荷电了我一下；这感觉，就像一场温暖的雨，中止了那漫长的炎炎夏日。

“我想知道关于你的一切，”我说，“我想让你开怀大笑，想了解你的照片，你的艺术，具体给你买什么作为新年礼物和生日礼物，我想再和你跳舞，我想——”

“我想吻你。”阿维娅说。

一场风暴在我的脑海中盘旋——那是一种迅速而难以承受的压力，而不是外界的风暴。那是阿维娅的眼睛，她温柔的嘴唇。她的手放在我的脖子后面，把我的头拉下来，迎接她的吻。

我们的嘴唇互相轻轻触碰着，当她轻吻我的下唇时，我的心怦怦直跳。多轻柔啊，就像雨在干裂的土地上的初吻，直到她张开嘴，我们吻得更热烈了。

她的嘴亲在我的嘴上。我快乐得快要飘起来了——比空气还轻——只是她的触摸让我在地面上流连。那种感觉在我的脑海里像双重发酵过的酒一样，冒着气泡。

她退后一步，抚摸着我的脸，“你想要这个。”

“是的。”

她把我的头发从眼睛上拂开，“我的生日是苹果枝之月三十八号。”

“阳春之月十六号。”

“我会给你买些好东西的，”阿维娅承诺道，“只要我不再算是逃犯就行。”

崔斯坦咳嗽了一下。我朝他那边瞥了一眼。他就转身面向门站着，“我不想破坏这个美好的时刻，但我们越早离开越好。”

阿维娅把衬衫的扣子扣歪了，但也懒得去整理了。她弯下腰，拿起一件羊毛衫，穿好了衣服，然后拉紧了腰上的皮带，免得迈尔斯那宽松的裤子往下滑。她把军大衣搭在肩膀上，拾起了地上毛皮大衣，“对不起，它有点臭了。”

我偷偷地穿上了，上面还残留着她的体温，“没关系。我们准备好了。”

“规则是这样的，”崔斯坦说，“不要偏离我选择的道路。不要磨磨蹭蹭。记得要靠近我。我会尽我所能回答问题，但重点是要把你弄出去。”

“你要怎么把我弄出去？”阿维娅问道。

“像我说的那样，很简单的，”崔斯坦微笑着举起了手，“我们走安息之国那边的路。”

“安息之国！”阿维娅喊道，“走那条路的话，不是需要次元之石才能做到吗？故事说——”

“崔斯坦可以在任何地方开次元道。”我说。

“确实是的。看。”

崔斯坦用手画出了一个螺旋，螺旋形成了实体，闪烁着光芒，展开了。里面吹拂着干热的微风，奇特的绿色天空还是第一次见——天空预示着一场龙卷风即将横扫田野。

崔斯坦把一只手举到嘴边，“噢，不。”

我凝视着天空，寻找漏斗状的云，它会在陆地上裂开一条路，“这是什么？”

“移动的风暴，”崔斯坦说，“这是场灾难。”

金色的平原变得起伏不定，转而成了一片一望无际的沙漠；在我们指尖呼啸的风向天空翻腾；沙子又变成了雪，很是寒冷；而后又渐渐形成了一堵白色的墙，横跨天际。崔斯坦把这个传送门关上了。

“我们不能穿过那里，”他说，“我在天德兰行军的时候就遭遇过一场移动风暴，幸好活下来了。我不能和你们两个碰运气。”

“那我们怎么离开这里？”阿维娅问道，“如果我们不能从那边走，我们该怎么办？”

崔斯坦一只手抹了抹他的额头。“我没有制定应急计划，”他说，“真该死。”

阿维娅担心得嘴唇都发起抖来，“你们两个是不可能把我吓唬走的。”

“不，机不可失，我们别无选择，崔斯坦。”

阿维娅面无表情。她装出一副勇敢的微笑，“审判的情况报纸会发的。多萝西可以把我最后的文章带给《星报》。”

“你要是选择在这呆着，就永远都没机会看到审判了，”我说，“父亲有两个选择——要么他安排你在牢房里上吊，要么他把你永远关在这里，然后用你来控制我。没有光荣的结束。没有告别的话。”

“我得赶紧逃了。”

“是的，”我说，“你肯定要躲起来。但我知道有人能帮忙。我们得把你弄出去。崔斯坦，你能让我们俩都消失吗？”

“你说我们消失是什么意思？”阿维娅问道。

“崔斯坦是个幻术师。崔斯坦，如果你能在我们离开这里的时候让我们隐身，我们就能自己去哈尔斯顿街了。你能做到吗？”

“隐身效果没法持续太久，”崔斯坦说，“如果我自己隐身的话就不会。”

他指了指，一个垂头丧气的人坐在阿维娅房间里的硬板凳上。它的胸部随着幻象呼吸的起伏着，它的容貌和阿维娅像得出奇。真是不可思议。

“我们出去的时候，那警卫肯定想进来看看的。这会让我们领先一步，”崔斯坦朝牢房门走去，“阿维娅，抓住我的肩膀，跟上来，无论你做什么，都不要松手。”

我们正走到连接监狱和王宫那条漏风的石走廊中央，却只听见一阵钟声响起，向金斯格雷夫监狱的警卫传递了一个信息：一个囚犯越狱了。

“见鬼，”崔斯坦说，“快跑。”

我们抬起脚，向王宫冲去。阿维娅也一样——一双大鞋子踩在了石头上，但我们及时穿过了门，冲到左边的一个服务走廊里躲了起来。我们要去哪儿并不重要，只要我们不在金斯格雷夫闲逛，天真地吹着口哨就行。

我们避开了一堆破烂的椅子，上面绑着的绳子中还塞着一张工单。这些走廊从来没有升级到能用以太能量的级别。我们在昏暗的绿光中沿着走廊飞奔，影子时而展开，时而聚拢。

“我们这是在哪里？”阿维娅问道。

“我不确定。”我身体右侧突然一阵刺痛，很是难受。我便用手指戳着那里；在石头地板上跑了步，我的小腿也开始觉得有点疼。我的肺就像一个风箱，呼吸着积满灰尘的干燥空气——但我们还是继续奔跑着，直到看到一个牌子，上面写着：“出口——小心！”这是用来提醒王宫里的仆人的，主要是因为他们从这里走过，外面的人也看不到他们，不知道他们什么时候会从这里推门出来。崔斯坦在门口听了听，然后推开了门。

“我们现在在哪儿？”

阿维娅碰了碰崔斯坦的肩膀，就消失了。

我抓住他的另一个肩膀，确保自己又隐形了，“公共区域。主出口就在前面。”

“太多人了。”崔斯坦说。

“我们没有选择。”我忙着梳理我的貂皮大衣，想把它弄得光滑点，伊迪丝要是看到我的外套这么难看，肯定会哇哇直叫。“我觉得我们应该全力以赴，演一场好戏。”

“好吧。但如果我们遇到了麻烦的话，务必要抓住我。”崔斯坦溜出了仆人走的门，恢复了他的高贵身份，傲慢地昂首阔步。我把手指压在身体的一侧，试图把那种钻心的刺痛从我的内脏里挤出去。

“我们可以和人群一起走。”

“我不觉得我能很好地融入进去呢。”崔斯坦说。

“既然这样，那就往右拐。我们直接去皇家美术馆。”

王宫的公共区域，包括画廊、宫殿和镜面大厅，平时都是导游接待成群游客的地方，现在却几乎空无一人。大家都待在家里，不敢出来和风雪对抗——神啊，光是这风暴来临前的降雪就已经就有一两英尺了。随之而来的风暴破坏性得有多大啊。

我们得从王宫里逃出去。可这样一来，金斯顿城里的每个警察和卫兵都会去追捕阿维娅。我得上报解释一下，但这以后再说也可以。我必须在风暴袭击海岸之前就赶到罗宾那里。我必须说服她带我去见河畔城的风暴歌者，现在我可以保证，使用巫术不再是违法的了。今晚，我需要一切力量来对抗这场风暴。我需要阿维娅是安全的。

“哪条路?”崔斯坦问道。崔斯坦穿过大厅，旁观的人也都盯着他看。仆人们正在整理新年守夜用的蜡烛。房间里挤满了一群身穿红色制服的警卫，他们跑过来围住了我们，还用步枪指着我们。崔斯坦放慢了脚步。

“立定!”他们的队长命令道，“你是做什么的?”

“你在用枪指着我吗，先生?”崔斯坦问，他摆出一副高姿态，就跟他的身高一样令人生畏。

“我们正在寻找一名逃犯和她的同谋，”这个警卫队长说，“瞄准。”

他一声令下，一支支步枪去到了合适的位置上。二十支枪黑洞洞的枪口对准了我和崔斯坦。他冷冷地瞪着他们，“你用死亡来威胁一个半神国人?你知道威胁我会招来什么吗?”

警卫们吓得发抖，手里的枪管也摇晃起来。一名警卫跪倒在地，双手紧握在胸前。他们的指挥官怒火中烧，但另一个警卫还是低下了她的头，放下了步枪。

其他人仍然用枪指着我们。开枪打神眷者?艾菲肯定永远都不会原谅我们，永远不会。她的愤怒必将成为一个传说，艾兰国也必然为此生灵涂炭。我积蓄力量，把空气中的湿气吸了下去。

对于一个风暴歌者来说，这是最简单的法术。我知道水悬在空中时的感觉，知道当你把它吸入体内时的味道，知道它是如何让你的衣服变得潮湿的，又是如何让你最保暖的冬衣里渗进丝丝寒意。

警卫们放下了步枪，盯着螺栓上凝结的水汽。我把意志对准了其中一把枪，枪的主人是个长了一张娃娃脸的警卫。他拿着枪，像是马上要尖叫起来了。我握紧了拳头，他的步枪冻住了，他抽搐了一下，赶紧朝后退去。

他大叫了一声，把枪扔到了地上。其他卫兵转头去看响声是从哪里发出来的时候，我把能看到的步枪都冻上了。这一把，那一把，每把枪的枪管都结满了霜，螺栓上长出了小小的冰刺。他们总算放下步枪，把冻坏了的手指捂在胸前。

远处传来了警笛声。

我有点眩晕，便眨了眨眼，驱散了这种不适感。

崔斯坦和舞台上的变戏法者一样，张开双臂，“你们竟敢如此。”

警卫们盯着他，脸上充满了敬畏和恐惧。

崔斯坦变得若隐若现，在这些凡人的注视下，隐藏着他真实面容的魔法消失了。他站在他们面前，威严而愤怒，指责着警卫队长。

他面前的空气突然闪烁起来。通向安息之国的次元之道打开了，里面，雨水溅在了大理石上，风也正从次元通道吹进安息之国。我把风抓在了手里，使劲地抽打着，把它弄成了一个紧绷的、威力不小的螺旋状风暴。

一些警卫试图逃跑。崔斯坦再次张开了双臂，其他人都惊叫起来。这些警卫都溃不成军了，只知道睁大眼睛，在风和现实中的门洞里踉跄不已。崔斯坦抓住了时机，他向左一转，直奔警卫队伍中的一个缺口，朝半神国人的厢房走去。

“快点，”崔斯坦说，“我刚刚引发了一场外交事件。”

我放开了风，跑了起来，阿维娅跌跌撞撞地跟在我身边。我们穿过走廊，感觉就和穿过汉斯莱府的走道一样令人熟悉。崔斯坦放慢了脚步，他的能量弱下去了。

“把魔咒解除了吧，崔斯坦。”

“不行。我们要去找艾菲。”崔斯坦气喘吁吁地说。

“你去找艾菲就行了，”我说，“我们得去你家。

“艾菲可以保护你们啊。”崔斯坦说。

“我不能再呆在王宫里了，”我喘着气说，“我必须把阿维娅送到安全的地方。”

“好吧。那就是去哈尔斯顿街。”崔斯坦说，“我们走哪条路?”

我领着他们来到一扇不起眼的绿色门前。我打开了门闩，推开门。街上的冷风拍打着我的脸。

“我们出来了，”我说，“谢谢你，崔斯坦。”

“事情还没结束呢。”崔斯坦和我们一起走了出来。小路上的雪深及脚踝。我扣紧外套，以抵御寒风的侵袭。“我跟你一起去。”

阿维娅竖起衣领，手塞进了迈尔斯那件外套的口袋里，掏出了一副手套，“崔斯坦，你不能跟着我们，你没有外套。”

“我别无选择，”崔斯坦说，“王宫门口肯定有守卫驻守，我还不确定自己能不能从中杀出一条路来呢，你们得陪我再等一段时间。”

第二十六章 修补

我们跌跌撞撞地走在哈尔斯顿街上，脚都走麻了。我们挽着崔斯坦走，想给他挡风，但在两个街区之前，他的牙齿就已经没有再冻得咯咯作响了。这可不是什么好兆头。

“如果需要的话，我们可以背着他走。”阿维娅说。

“不用了，”崔斯坦有点喘不上气，“我想我已经习惯了。”

我的心咯噔了一下，“你不冷吗？”

“不太冷，但我觉得很累。”

“噢，不，”阿维娅说，“崔斯坦，别停下来啊，你还不能睡觉。快和我说话。”

“我在想，”崔斯坦说，“迈尔斯现在肯定急疯了。”

我没有扭头去看他，而是直接把身子朝他转了过去，试图通过这种方式让衣领继续紧贴在脖子上，“你怎么知道？”

“科马克的治疗咒语依然捆绑着我们。”

“这样他就知道你在哪儿了。”

“是的。他很害怕。”

他肯定很害怕。我们必须赶到崔斯坦家，但我们几乎看不见它在哪。

“你们能听到彼此的想法吗？”阿维娅问道，“继续走。继续说话。”

“不是那样的，”崔斯坦说，“我能感觉到他。我知道什么时候他会高兴，会生气，会被我干的蠢事吓得魂飞魄散。他也能感觉到我。”

“噢，”阿维娅说，“听起来真是亲密得可怕啊。”

“是的，”崔斯坦说，“半神国人很少以这种方式和别人联结在一起。”

更不用说像迈尔斯这样的凡人了。我默不作声。我想到借口了。我可以施展魔法，让风吹不到我们身边，然后可以透过雪地窥视着街道两旁一排排联排别墅。我们可以敲响任何一扇门。没有人会拒绝我们。但我们还是在雪里埋到小腿深的地方，一脚深一脚浅地寻找着崔斯坦的房子。

可我内心深处很是难受。我强迫迈尔斯和我建立这种联结，但这种关系是单方面的，它给了我一切，而我哥哥什么也没有。我对他做了一件可怕的事，但他仍然爱着我。我解除了和他的联结，让他走了，也无关紧要。我本来就不该那么做。

崔斯坦描述的是一种亲密感。那种感觉太特别了，很难轻易获得。那是一种你愿意把自己奉献给它的珍贵之物。一年前，我根本不明白自己对迈尔斯做了什么——可现在我不敢想象他是如何原谅我的。

“格雷丝？”

“我不能说话，”我说，“嘴都张不开了。”

崔斯坦捏了捏我的手，但我那冻僵的手只有一点点压迫感，“就在那里。”

1703号。终于到了。

崔斯坦想把钥匙从口袋里拿出来，却把它掉到了雪地里。我弯下腰，捡起钥匙，把它插进锁里，扭动门把手，开了门。我们挤在门口。空气里有烤面包的味道。

“斯帕罗太太，”崔斯坦用嘶哑的声音说道，“我恐怕是在外面探险回来了。”

崔斯坦的管家匆匆走了出来。我们一左一右夹着崔斯坦，可这时候他已经有点站不住了。

“我们需要热水瓶，”我说，“他没穿外套，从王宫一直走到这里。”

斯帕罗太太转身跑回厨房。

我把崔斯坦抱了起来，把他甩到我的臂弯里，“你有一吨重吧。”

阿维娅把客厅中间的矮桌子推到一边，从椅子上抓了几张带花边的地毯，“有我们在呢。当你暖起来的时候，皮肤会很痛的。”

“没关系，”崔斯坦说，“这只是肉体上的疼痛罢了。”

斯帕罗太太拿着茶壶和茶杯匆匆走了进来，“还有一壶水在炉子上烧呢，我多煮了点水。我做了奶油蟹肉羹——你能吃吗？”

“能，麻烦您了。多少我都能吃得下，”我说着，把一个沉重的陶土杯子塞到崔斯坦的手里，“喝吧。你的脚怎么样了？”

“我猜它们还在那里吧。”崔斯坦说。

“该死，为什么我不是医生呢，”我说，“阿维娅！你上哪儿去?”

“把他的袜子脱掉，”阿维娅跪在客厅的壁炉前，“他的脚是红色的还是变黑了?”

我跪下来，给崔斯坦脱了鞋袜，“红色的。”

“还好，”阿维娅说，“那只是冻伤而已。他没事的。”

“别大惊小怪了，”崔斯坦说，“我要在这里抱怨一番了，得让迈尔斯相信我现在不是在死神的怀抱里。”

“你觉得够暖和的时候，就去洗个澡，”阿维娅说，“很有用的。”

崔斯坦轻轻哼了一声，表示同意，又喝了一口茶，“跟我说说你的计划，格雷丝。”

“我本来现在应该到河畔城了，招募巫师来帮助我们，”我说，“既然你没事了，我也该启程过去了。”

“明天早上再去也不晚，”崔斯坦说，“你打算怎么办?”

“罗宾跟我讲过那次运动，”我说，“人们已经厌倦了这种制度。他们想要新的东西。既然现在有个愿意和我合作的新国王了，我要和他们做个交易。”

阿维娅和斯帕罗太太抬了一个暖脚器回来了，下面还有块厚厚的木质底托。她们把它放在崔斯坦面前，他把脚后跟伸了过去，放在上面歇着，“谢谢。来喝点茶吧。格雷丝正在告诉我她将如何拯救这个国家。”

“噢，我还没听过这段故事呢。”阿维娅说。她坐在我旁边的长沙发上，手里拿着一杯奶茶。

“我要去找罗宾。既然《巫术保护法案》被废除了，我们就需要放了巫师们。没有了这个法律的压迫，巫师们肯定会帮助我们扭转这场风暴——不过他们肯定会提条件。我会解决这个问题的。埃尔辛将领导其他风暴歌者，但有风暴来袭的时候，我们会合力一起对抗的。”

阿维娅凝视着她的茶杯，“那我呢？”

“你得隐藏好自己了，”我说，“我很抱歉，阿维娅。你必须暂时躲起来。我会努力为你洗脱罪名的。”

“如果你觉得我会放弃写报道，那你可就错了，”阿维娅说，“必要的话，我会把我的文章寄出去。你不能阻止我讲故事。”

“我做梦也没想到你会这么觉得，”我说，“我想看到你在头版上署名。我只是很遗憾，你现在必须躲起来。”

“至少你还能好好过完今晚，”崔斯坦说，“你至少还有这安稳的一晚。”

“我们得想办法把你送回王宫。”我说。

崔斯坦挥挥手，“我估计能进门都算不错喽。你会支持罗宾吗？”

“会。没有人比她更了解艾兰国需要什么。她会对我负责的，如果我迷失了自己，她会把我拖回来的。”

崔斯坦点点头，“这对艾菲来说应该足够了。”

我紧抿双唇，“如果她满意了，那你就会离开这里，回到安息之国去。你和迈尔斯一起。”

“如果她觉得合适的话，可以的。但她需要一个特使在艾兰国驻扎。而我恰巧是非常合适的人选。别想着很快就能摆脱我。”

我松了一口气，“你会和迈尔斯一起呆在这儿吧。”

“迈尔斯会和我一起住在这里，”崔斯坦说，“如果我们走了，斯帕罗太太肯定会很想我们的。”

“是的啊，亨特先生，”斯派洛太太站在客厅的门槛上说，“晚餐准备好了。你们都来吃吧。”

“我觉得现在睡觉还太早了，”崔斯坦说，“很抱歉，阿维娅。主卧套间里的暖气不够热。客房应该很舒服吧？”

“她修好了，”斯帕罗太太说，“杰赛普小姐拿了把螺丝刀就上楼修暖气片了，没几分钟暖气片就冒热气了。”

阿维娅耸耸肩，“如果我家什么东西坏了，房东才不会帮我修呢。你自然能学会一两招的。”

“那我就住客房吧。”崔斯坦紧紧抱住热水瓶，咧嘴一笑，“主卧套房可浪漫多了。”

那间银紫相间、房型狭长的主卧里，并没有崔斯坦收集的那些挂镜；但铁制屏风后面有一对壁炉正烧得噼啪作响，投射出温暖的火光，火苗的光影也在堆积如山的羊皮毯上和旁边的床上跳动着。高高的白木框架上挂着奶油色的薄纱窗帘。一张天鹅绒做的被子被拉开，露出一半床垫，仿佛在邀请我们盖上它，舒舒服服地躺下。

“这是我见过的最好的安全屋。”阿维娅说道。她站在地毯上，把涂着红色指甲油的脚伸进了地毯堆里。她穿着崔斯坦的睡袍，松松垮垮，腰间的带子随意系着，衣领开着，露出了皮肤。她酥胸半露，炉火投射出来的阴影在她锁骨上跳上跳下。她一手拿着两只喝白兰地用的水晶酒杯，一手抓着一瓶从诺顿那边的庄园产的桃子白兰地，握着瓶口，“你很紧张吗。”

“没有啊，”我从火炉旁的座位上跳了起来，“我来倒？”

“你的头发变卷了，”阿维娅说，“就这样吧，小卷毛挺适合你的。”

尽管崔斯坦这里有卷发钳和吹风机，但我也不会搞美发。等阿维娅洗澡的时候，我试图在灯光下读一本小说。我的头发就是那会儿散在肩上的。

阿维娅放下了手里的白兰地，拿起了那本小说。这是另一本关于汉布利小姐的书，她是一位受人爱戴的女侦探，住在一个谋杀案数量惊人的县里，最近的一个受害者是被绑在一个水车上了。但其实我已经把同一页读了五遍。

“你现在很紧张，”阿维娅说，“可你在议会里能管得住那些议员，你可以阻止媒体的乱喊乱叫，你在管理这个国家，刚刚还把我从金斯格雷夫监狱里救了出来。”她把小说放在小桌子上，给我们各倒了一杯白兰地。她给我递了一杯，拿着自己的杯子，沿着杯沿看着我。

“我很好。”

“嗯。”她把杯子拿到嘴边，迅速地喝下了三口白兰地，放下杯子，拉了拉腰间那条绸缎饰带的末端，睡袍从她的一边肩膀上滑了下来。“你知道我仰慕你多久了吗？”

“我不知道。”我说。

“你还记得1581年那场金斯顿城的慈善板球锦标赛吗？”

“是的，”我说，“我赢了比赛。”

“你很聪明。你玩了我所见过的最残酷的板球游戏。真无情啊。你赢了的时候，我真的好想好想去见你。我想祝贺你，我想带你去买冰淇淋，然后你就会喜欢我，即使我只是一个杂货商的女儿。”

“你是在我订婚后不久剪的头发，”我说，“你把它剪成了现在的样子，把它染成闪闪发光的黑色。一大群人围着你——虽然我也是，但那已经不一样了。围着我的那些是雷的朋友，不是我的。我想告诉你，你真的很有魅力。你是多么迷人啊，你的每一个微笑真的摄人心魂啊，每看一次我都忘记该怎么呼吸了。但我们当时从未互相认识。”

维亚摇了摇头，“是的。后来爸爸把我赶了出去——”

“你离巢远飞了，”我说，“你带着这个世界对你的期望，走向了未知。有那种自由多好啊，想做什么就做什么——你知道我有多想做同样的事吗？”

阿维娅的睡袍从另一边肩膀滑落了，“你现在就可以做你想做的事情了。你想要什么呢，格雷丝？”

我这才想起手里还有个装着白兰地的杯子，杯子都被我的体温烘暖了。我放下杯子，朝她走去，用手指描摹出她脸颊的曲线，勾着她的下巴，稍稍往上抬。

阿维娅的睡袍落在了地板上。借来的丝质睡衣也从我肩上滑落了，掉在了我们脚边。她把我领到那张又宽又凉爽的床上，让我用行动展示，我想要的究竟是什么。

权力的游戏:漫游维斯特洛

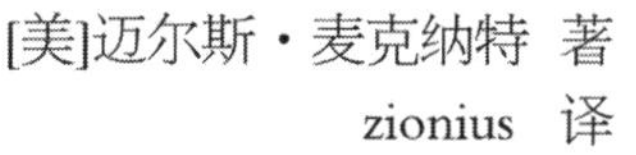

[美]迈尔斯·麦克纳特 著
zionius 译

火遍全球的《权力的游戏》系列剧集终于画上句号。

《权力的游戏:漫游维斯特洛》旨在帮助粉丝们更好地了解维斯特洛世界。

从长城到弥林,

从劳勃北上到艾莉亚西行,

九年来的剧情历历在目。

本书以上百个专题,分析了剧中主要人物的成长历程,

梳理了事件的发展脉络,介绍了幕后的历史地理;

还收录了上百张精美剧照、道具设定图、路线图和统计表,

再次将这个世界栩栩如生地呈现在读者面前。